HENDRIK ESCH

Giftrausch

GOLDMANN
Lesen erleben

Buch

Ein berühmtes Knabenchor-Internat in der bayerischen Provinz: Sir Evelyn Rutland gilt als exzentrisches Genie am Dirigentenpult. Und das von ihm geleitete Kolleg Ida Rubinstein genießt weltweiten Ruhm. Was keiner weiß: Die Jungen werden mit Ritalin gedopt, um ihre Leistung zu steigern. Als ausgerechnet der Sohn des Maestros eine Überdosis erwischt und ins Koma fällt, droht ein riesiger Skandal. Gegen ein fürstliches Honorar soll nun Rechtsanwalt Paul Colossa den guten Ruf des Internats wiederherstellen. Die Summe hätte ihn allerdings stutzig machen müssen. Denn er soll die Kohlen aus dem Feuer holen und dabei selbst geopfert werden. Und dann bandelt Colossa auch noch mit Rutlands Frau an …

Informationen zu Hendrik Esch finden Sie am Ende des Buches.

HENDRIK ESCH

Giftrausch

Kriminalroman

GOLDMANN

Dieses Buch ist auch als E-Book erhältlich.

MIX
Papier aus verantwortungsvollen Quellen
FSC® C014496

Verlagsgruppe Random House FSC® N001967

1. Auflage
Originalausgabe Mai 2020

Dieses Werk wurde vermittelt durch die Scripta Literaturagentur, 80636 München.
Umschlaggestaltung: UNO Werbeagentur München
Umschlagfoto: FinePic®, München
H&C STUDIO/Photodisc/Getty Images
Redaktion: Gerhard Seidl
BH • Herstellung: kw
Satz: Vornehm Mediengestaltung GmbH, München
Druck und Einband: GGP Media GmbH, Pößneck
Printed in Germany
ISBN: 978-3-442-49068-4
www.goldmann-verlag.de

Besuchen Sie den Goldmann Verlag im Netz

»Der verdammte Fall hätte ganz anders laufen sollen …«

❶ CHANTALE1988

Du Minusmensch. Nicht bewegen – ich möchte
Dich genau so vergessen, wie Du jetzt bist! 23:21

Der Himmel war tief strahlend blau. Schon wieder. Es war kurz nach zehn, da war die Hitze gerade noch erträglich. Abgesehen davon war kurz nach zehn übrigens nicht gerade eine ideale Uhrzeit. Kurz vor zehn wäre viel besser gewesen. Nicht nur, weil es mit jeder Minute heißer wurde, sondern vor allem deshalb, weil Paul um zehn Uhr diesen Termin hatte. Punkt zehn. Und eben nicht kurz nach.

Aber was wollte man von einem Montag schon anderes erwarten. Paul wäre vermutlich pünktlich gewesen, wenn er sich nicht in letzter Sekunde diesen verdammten Espresso über sein weißes Hemd geschüttet hätte. Ja – wenn es wenigstens nur das Hemd gewesen wäre! Aber nein, das braune Zeug hatte natürlich auch die Krawatte und das blaue Sakko erwischt. Notgedrungen hatte er jetzt den beigefarbenen Anzug angezogen und dazu ein hellblaues Hemd. Dazu allerdings besaß er keine passende Krawatte. Besser gesagt: Er war zwischenzeitlich so gestresst gewesen, dass er nicht die nötige innere Ruhe gefunden hatte, eine Krawatte als passend zu erachten, und so kam er jetzt eben ganz ohne Schlips. Den obersten Knopf offen. Bei der Hitze, die der Tag erwarten ließ, vielleicht gar nicht die schlechteste Idee.

In Anbetracht der Ernsthaftigkeit seines Termins andererseits vielleicht auch nicht die beste? Abwarten. Ändern konnte er das jetzt sowieso nicht mehr.

Weitere kostbare Minuten hatte Paul auf der Suche nach einem Parkplatz verloren. Schloss Hirschenhaid verfügte zwar über ausgedehnte Parkanlagen. Nicht aber über allzu viele Parkplätze. Man unterhielt großzügig angelegte Wandelpfade, erwartete aber offensichtlich keinen Besuch. Die wenigen vorhandenen Stellplätze waren bereits besetzt. Alle anderen Teilnehmer der Veranstaltung waren anscheinend pünktlich gekommen.

Nun gut, was soll's – Paul war stolzer Eigentümer eines Geländewagens. Eines Land Rover Defender 110 Station Wagon. Das gute Stück hatte früher einmal der Queen höchstpersönlich gehört. Das Ding war grün. Also hatte Paul sich, letztlich im wahrsten Sinne des Wortes, damit in die Büsche geschlagen. Allrad macht's möglich. Hier würde ihn schon keiner abschleppen, oder? Außerdem hatte er britische Kennzeichen.

Der große Zeiger hatte die Zwölf bereits signifikant überschritten.

Paul begann zu rennen. Über die ausschweifende Wiese auf das Schloss zu, als ginge es um alles. In der rechten Hand seine Aktentasche, über dem linken Arm seine Jacke. Unter den Achseln bereits jetzt große dunkle Schweißflecken. Blick auf die Armbanduhr – elf nach zehn. »Scheiße!« Paul blieb stehen. Nein. Jetzt reichte es ihm aber! So ging das nicht. Erst mal durchatmen. Schluss mit dem Kindergarten. Ohne ihn konnten sie sowieso nicht anfangen! Es machte außerdem keinen Unterschied, ob die jetzt noch eine Minute länger warteten, oder?

Paul blickte sich um. Was für ein wunderschöner Ort. Ein endlos ausgedehntes Grün, hoch über Neustadt, von Wald umsäumt. Hier und da kleine Baumgruppen, in deren Schatten Bänke zum Verweilen einluden. Etwa zweihundert Meter vor Paul ragte das prachtvolle Schloss auf. Weiß und gelb mit großen Bogen über Fenstern und Türen. Verschnörkelte Turmspitzen. Weit ausholende, steinerne Treppen, die von einer geschotterten Auffahrt hinauf zu einem breiten Balkon führten. Von dort blickte eine doppelflügelige Glastür in den Palast hinein. Bestimmt lag dahinter ein Ballsaal oder so etwas in der Art. Links und rechts begrenzten zwei mächtige Türme die Fassade, was an eine Kirche erinnerte. Ganz außen jeweils weitere Gebäudeflügel mit großen Fenstern. Ja, wirklich prachtvoll.

Paul zwang sich, ganz gemächlich weiterzugehen. Würdevoll. Er schlurfte regelrecht. Die sollten nur warten. Der Rasen war verblüffend schlecht gemäht, stellte er fest. Nicht, dass ihn das stören würde. Sein eigener war deutlich schlimmer beieinander. Überall wuchsen hier hübsche kleine Wildblumen. Paul beugte sich hinunter zu einer besonders gelungenen rosa Blüte mit langem, filigranem Stängel, deren Blätter aussahen wie ein grünes Spitzenhöschen. Gerade als Paul, inzwischen beinahe die Ruhe selbst, überlegte, ob er vielleicht einmal an der Blume schnuppern sollte oder sie gar abzupfen, näherte sich, laut brummend, ein nektarsuchendes Insekt. Eine dicke fette Hummel. Faszinierendes Lebewesen! Paul fand, dass Hummeln ohne Zweifel die sympathischsten Insekten überhaupt waren. Er hatte einmal im Internet gelesen, dass irgendwelche Luftfahrtingenieure mit ihren Supercomputern berechnet haben sollen, dass Hummeln aus aerodynamischen

Gesichtspunkten eigentlich gar nicht dazu in der Lage sein dürften zu fliegen. Tja, dachte sich Paul. Auch der liebe Gott hielt sich eben nicht immer an die Regeln.

Paul war stehen geblieben. Die Hummel steuerte, dröhnend und ohne ihre Geschwindigkeit zu drosseln, nun geradewegs auf die rosa Blume zu. Ob das gut ging? Eine saubere Landung! Wie ein schwerer Bomber auf einem Flugzeugträger. Zwar schwankte die zarte Pflanze heftig hin und her, doch der pelzige Brummer hatte sicher und präzise an der Blüte angedockt und tankte jetzt die wohlverdiente, süße Belohnung.

Paul sah hinüber zum Schloss. So friedlich lag es da. Blick auf die Uhr: zwölf nach zehn. Er würde also ziemlich genau eine Viertelstunde zu spät kommen, wenn er jetzt so weitermachte. Das berühmte »akademische Viertel« quasi. Schon wieder eine Art von Pünktlichkeit. Außerdem kamen Rockstars immer zu spät auf die Bühne. Alles gut.

Vorsichtig ging Paul auf die Knie. Bloß keinen Grasfleck auf die beige Hose. Er legte Jacke und Aktentasche behutsam ab und beugte sich mit dem Gesicht ganz nah zu der Hummel hinunter. Wie hübsch der schwarze Pelz in der Julisonne glitzerte. Die hübschen orangefarbenen und weißen Ringe. Was Paul besonders sympathisch an Hummeln fand und was ihnen in seinen Augen einen ganz entscheidenden Bonus gegenüber Bienen verschaffte, war die Tatsache, dass sie nicht stachen. Diese absolute Friedfertigkeit! Der Gandhi unter den Insekten. Und jetzt winkte ihm das Tier tatsächlich auch noch mit einem seiner kleinen Beinchen zu! Hier begegneten sich zwei so grundverschiedene Geschöpfe. Zwei fremde Welten berührten einander für einen magischen Augenblick in den endlosen Weiten der

Evolution. Paul war froh, dass er Muße für diesen besonderen Moment gefunden hatte. Das konnte ihm keiner mehr nehmen.

Plötzlich kam Leben in die Hummel. Kräftig summend begann sie, die Flügel zu bewegen. Paul spürte regelrecht den feinen Wind, den sie verursachten. Das sollten sich die Herren Luftfahrtingenieure einmal aus der Nähe anschauen!

Dann ging es ganz schnell. Das Insekt schoss steil hoch, krallte sich in Pauls kurz rasiertem Bart fest und stach ihm kraftvoll mit einem langen, giftigen Stachel tief hinein in sein weiches Fleisch. In die Haut am Kinn. Paul versuchte impulsiv, das Tier wegzuwischen, vergeblich. Das Biest rammte wutentbrannt ein zweites Mal den verderbenbringenden Spieß in Paul hinein, genau in dieselbe Stelle, und schoss dann wütend dröhnend senkrecht in den blauen Himmel hinauf. Paul widerstand dem Impuls, laut aufzuschreien. Aber er hatte Tränen in den Augen.

Fassungslos stand er in den Trümmern seiner Idylle. Besser gesagt: Er kniete davor im Gras. Rechts am Kinn ein infernalischer Schmerz, und weil er beim ersten Stich zusammengezuckt war, hatte er außerdem nun doch Grasflecken. An beiden Knien.

❷ KEINER

Wegen Kreaturen wie dir verdummt die Menschheit. Du bist so unnötig. Du bist primitiv, naiv und hast keine eigene Meinung. Mir macht es Freude, dich zu hassen!!!!!!! 02:14

»Herr Colossa!« Auf dem Balkon des Schlosses winkte eine Frau ihm zu. Scheiße, Scheiße, Scheiße! Hektisch kramte Paul seine Habseligkeiten zusammen und stolperte der Frau über die langen Meter des Rasens und über den knirschenden Kies entgegen. Na großartig – die braunen Schuhe waren jetzt auch noch staubig. Das Kinn brannte und juckte furchtbar. Es fühlte sich an, als wäre es zu einem unförmigen Klumpen geschwollen. Welcher Idiot hatte das Gerücht in die Welt gesetzt, dass diese Drecksinsekten nicht stechen? Ein ganz und gar verdorbener, beschissener Montag war das! Hätte er doch nie das verdammte Bett verlassen.

Die Frau oben auf der Terrasse kannte Paul flüchtig aus den Vorgesprächen. Dr. Lara Wanek, die Schulleiterin des privaten Knaben-Musikgymnasiums im Schloss Hirschenhaid. Es war nicht leicht, sie einzuschätzen. Ihre streng hinter die Ohren gekämmten, kinnlangen Haare zeigten vereinzelt graue Strähnen. Ihr Gesicht wirkte hingegen sehr jugendlich. Die braunen Augen leuchteten selbstbewusst. Lebenserfahren. Allerdings jetzt auch mit einer Mischung aus Verärgerung und Panik.

Ja, regelrecht entsetzt starrte sie Paul an, wie er da, schweißtriefend mit dreckiger Hose, hochrotem Kopf, erkennbar am Ende seiner Kräfte, auf der vorletzten Treppenstufe vor ihr zum Stehen kam. Er stellte die Aktentasche ab und streckte ihr seine schwitzige rechte Hand hinauf, während er sich mit der linken heftig am Kinn kratzte. Dabei stammelte er irre Entschuldigungen. »Wahnsinnig leid … Espresso … Krawatte … Defender … Hummel …«

Schweigend, spürbar vorsichtig, ja geradezu alarmiert, ergriff die Dame Pauls ausgestreckte Hand und wischte sich die ihre danach unauffällig an ihrem engen schwarzen Hosenanzug ab. Die ganze Zeit blickte sie dabei fast angewidert, so kam es ihm vor, in Pauls Gesicht. Er wich den strengen Augen schüchtern aus. Der Moment hatte etwas unerhört Peinliches und wurde zum Glück unterbrochen, als die große Glastür des Schlosses sich einen Spaltbreit öffnete.

Ein klein gewachsener, dicker Kerl mit ölig schimmernder Glatze schlüpfte heraus. Rund um den Mund hatte er im sonst glatt rasierten, feisten Gesicht einen aufwendig gestutzten orangefarbenen Bart. Nur ein schmaler Streifen eigentlich. Er hatte einen Finger in sein linkes Ohr gesteckt, ein riesiges Smartphone an seine rechte Gesichtshälfte gepresst und bemerkte die Szene, in die er soeben geplatzt war, offenbar gar nicht. Konzentriert lauschte er in seinen Apparat hinein. Der Bursche versuchte erkennbar nicht, durch Kleidung einen positiven Eindruck bei dieser Veranstaltung zu hinterlassen. Er trug eine an den Knöcheln zu lange ausgefranste Jeans und ausgelatschte rote Stoffturnschuhe. Sein kurzärmeliges, braun kariertes Hemd ließ er im Schlabberlook aus der Hose heraushängen. Buschiger rötlicher Brustpelz quoll zwischen den geöffneten oberen Hemdknöpfen hervor. Ekelhaft irgendwie. Die stummeligen Arme explodierten vor Sommersprossen, genau wie sein Gesicht und die glänzende Glatze. Dr. Wanek musterte den Mann nur kurz, so wie man eine Kellerassel ansehen würde, die beim Salatwaschen überraschend aus dem Spülbecken kriecht, sagte aber nichts, sondern nahm den Mann vielmehr zum unwillkommenen Anlass, die ohnehin nicht zu rettende Situation hinter sich zu lassen.

»Lassen Sie uns hineingehen, ja? Alle sind schon da.«

Ihre Stimme besaß die angenehme Contenance einer Nachrichtensprecherin bei einer schweren Panne während einer Liveschaltung. Sie wartete, bis Paul sein Sakko übergezogen und sich mit der Hand notdürftig den Schweiß aus dem Gesicht gerieben hatte. Der kleine Dicke ließ ihnen den Vortritt, und Paul nickte ihm höflich zu, als sie durch die Glastür gingen. Der Mann erwiderte den Gruß jedoch nicht, sondern starrte, genau wie zuvor schon die Schulleiterin, fasziniert in Pauls Gesicht. War der Stich etwa so stark angeschwollen?

Der Typ stank nach Zigaretten und hatte gelbe Zähne. Immer noch hielt er sein Telefon ans Ohr, sagte aber nichts. Mailbox vermutlich?

Im Schloss war es viel kühler als draußen. Eine Wohltat. Es sah tatsächlich nach Ballsaal aus. Ein großer weißer Raum. Marmor, aufwendige Stuckdecke. Links und rechts offene Kamine, Nischen mit antiken Statuen und Blumenvasen. Der Holzboden in großem Kassettenmuster mit Intarsien, spiegelglatt poliert durch Jahrhunderte von Schuhen in wechselnder Mode. Der Raum war mit blausamtenen Stühlen gefüllt. Die hintersten Reihen waren fast leer, vorne hingegen ein chaotisches Treiben von Journalisten mit Fotoapparaten und Notizblöcken, die tuschelten, tippten, telefonierten. Einander anblafften oder Witze rissen.

Am Kopf des Saals war, ihnen gegenüber, eine lange Tischreihe aufgestellt worden. Wie ein Schutzwall, der die anbrandende Neugierde abhalten sollte. Dahinter verschanzt: Menschen mit Mineralwasserflaschen, Namensschildern, Kaffeetassen und kleinen Mikrofonen. Die sollten hier Rede und Antwort stehen und wurden deshalb dreist angeblendet von den Scheinwerfern der angerückten Fernsehteams, die sich links und rechts im Saal aufgebaut hatten.

Vor dem Platz, der Dr. Wanek zugedacht war, stand ein buntes Bouquet fetter Mikrofone mit der Aufschrift mehr oder weniger bekannter Sender. Es erinnerte Paul entfernt an den Blumenschmuck vor einem in der Kirche aufgebahrten Sarg.

Ein Mann auf dem Podium war aufgestanden und redete gegen die lärmenden Journalisten an, was dadurch nicht besser wurde, dass er das Mikrofon immer wieder einmal mit großer Geste durch die Luft schwenkte, anstatt es sich vor den Mund zu halten. Die meisten im Saal ignorierten ihn. Er hatte etwas von einem Märchenonkel und erinnerte Paul mit seinen weißen Wuschelhaaren und dem Schnauzbart an Albert Einstein. Das Schild vor ihm auf dem Tisch wies ihn als Professor Leberecht Cornelius aus. Musste man den kennen?

Paul schlich hinter Dr. Wanek rechts außen an den Reportern vorbei in Richtung des Podiums. Dabei musste er mehrfach über Kabelstränge und Metallkoffer steigen. War die Sache wirklich so interessant, dass sie in den Nachrichten darüber berichten wollten?

Noch ein paar Meter bis zum rettenden Schutzwall des Podiums. Bislang hatte keiner ihm irgendwelche Aufmerksamkeit geschenkt. Links von der Mitte des Podiums saß ein junger, blasser Kerl. Vermutlich ein Vertreter der Schüler? Auf seinem Namensschild stand »Johannes Abstreiter«.

Daneben ein leerer Stuhl mit einem Schild: »Dr. Lara Wanek«. Dann ein weiterer freier Platz mit einem »Prof. Dr. Richard Thaler«-Schild und neben dem ein ebenfalls leerer Stuhl und ein Schild »Dr. Paul Colossa«.

Schöne Scheiße. Wo kam denn der verdammte Doktor plötzlich her? Paul hatte gar keinen Doktortitel! Pauls »Onkel« Dr. Oscar Colossa, der hatte einen Doktor. Dafür war der Titel »Onkel« falsch. Wie sich nach Oscars Tod nämlich herausstellte, war Oscar Pauls leiblicher Vater. Deshalb hatte er Paul ja auch die Villa mit der Kanzlei in Neustadt vererbt.

Tja. Jetzt hatten sie ihm den »Doktor« gegen seinen Willen also trotzdem aufs Schild gezwungen. Einen falschen noch dazu. War das nicht strafbar? Wie unangenehm.

Pauls linker Sitznachbar auf dem Podium war einer, den sogar er vom Hörensagen kannte. Der Mann, der die Schule berühmt gemacht hatte. Ihren internationalen Ruf etabliert hatte. Der dafür verantwortlich war, dass es eine Warteliste schwerreicher, prominenter Eltern aus aller Welt gab, die für teures Geld ihre Söhne hier in der bayerischen Provinz das Musikerhandwerk erlernen lassen wollten. Vermutlich waren wegen ihm die Fernsehkameras gekommen und diese ganzen Pressetypen, die mit ihren Handys spielten.

Der besagte Star dieser Pressekonferenz, Sir Evelyn Rutland, der Brite mit dem eigenartigen Frauenvornamen, zollte dem Medienecho jedoch erkennbar keinen Tribut.

Er starrte nur hasserfüllt auf seinen Tisch. Über dem weißen Hemd mit der schwarzen Fliege prangte sein teigiges rotes Gesicht. Grauer Dreitagebart. Eine imposante, blau geäderte rote Nase, von der aus sich tiefe Furchen bis zu den mürrisch hängenden Mundwinkeln hinunter gruben. Schmale, zusammengepresste Lippen. Es war einzig die Lesebrille, die dem Gesicht noch einen intellektuellen Anschein verlieh. Hängende Lider mit dunklen Ringen. Große, wässrig blaue Augen. Darüber wüste, buschige Brauen und ein aus spärlich fransigen Haaren wirr über die Halbglatze gekämmter Scheitel. Ein Säufer wie aus dem Bilderbuch.

Aber all das konnte seiner natürlichen Aura von Autorität nichts anhaben. Der Mann besaß eine beängstigende Präsenz. Eine Ausstrahlung, die jede Kritik an seinen offensichtlichen Makeln zu ersticken schien.

Ganz anders als Cornelius, die Einstein-Karikatur, der tapfer den Pausenclown gab, während der Rest auf den Anwalt wartete.

»Nun, also, meine Damen und Herren, ich hatte ja bereits den anonymen Stifter unserer Musikschule erwähnt. Er hatte die Uraufführung des *Boléro* von Maurice Ravel 1928 in Paris gesehen und war in glühender Liebe zu der Frau entbrannt, die Ravel in den Mittelpunkt seiner, ähm, Inszenierung gestellt hatte. Die Erotikgöttin der Roaring Twenties, die Tänzerin Ida Rubinstein. Ihm war es aber nicht genug, der großen Rubinstein nach der *Boléro*-Premiere einen Strauß roter Rosen zu schenken, nein, er gründete vielmehr gleich eine ganze Stiftung mit ihrem Namen und begann, junge Musiker aus der ganzen Welt hier bei uns im Schloss Hirschenhaid unterrichten zu lassen. Damit wollte er die Rubinstein unsterblich machen … ein großer Romantiker, finden Sie nicht …?«

Cornelius lachte gekünstelt, doch keiner lachte mit. »Unser Internat ist eine reine Knabenschule.«

Paul hatte sich bis unmittelbar vor das Podium durchgekämpft, und einige der Presseleute hatten ihn inzwischen bemerkt.

Cornelius monologisierte indes tapfer weiter, während die Journalisten ungeniert laut mit ihren Redaktionen telefonierten, im Raum herumliefen oder hinaus auf die Terrasse gingen und rauchten. Der Tabakqualm und der Dampf von E-Zigaretten zog, ventiliert von der unerträglich heißen Luft, in den schönen weißen, kühlen Raum herein und hing schwer im Licht der Scheinwerfer.

»Einmal im Jahr führen wir im Kolleg Ida Rubinstein den *Boléro* von Ravel öffentlich auf, und ich möchte Sie alle ganz herzlich zu unserem Sommerkonzert einladen, in unserem herrlichen Garten am …«, Cornelius kramte in seinen Zetteln, »… am nächsten Samstag um zwanzig Uhr …«, er blickte zu Dr. Wanek hinüber, die zwischenzeitlich zu ihrem Platz gelangt war, aber keine Anstalten machte, den Professor zu erlösen. Vielmehr klappte sie ihren Laptop auf und las konzentriert. Paul beobachtete, wie sie, während ihre Blicke über den Bildschirm wanderten, eine kleine Blisterpackung in den Händen hielt und einige Pillen herausdrückte. Sie goss sich Mineralwasser in ihr Glas, spülte die Tabletten herunter und ignorierte Cornelius ansonsten weiter. Schmerztabletten? Gegen Kopfweh? Paul hätte auch gern welche davon gehabt, gegen den Hummelstich. Er würde sie nachher fragen, ob er eine abbekam.

»Wir bilden seit vielen Jahren den internationalen Nachwuchs für die ganz großen Musikschulen und Orchester aus. London, ja? New York! Wer hier abgeschlossen hat, dem steht die große Welt als Musiker ganz weit offen!« Cornelius schwärmte, was ihm aber auch nicht mehr Aufmerksamkeit bescherte.

Paul drängte sich hinter dem Rücken der anderen Anzugträger zu seinem Stuhl und verspürte dankbar den Schutz, den das Podium ihm bot. Fast alle hatten ihn inzwischen bemerkt. Einige Fotografen waren aufgestanden und direkt vor zu den Tischen gekommen. Aus höchstens einem Meter Abstand lichteten sie Paul ab. Mit riesigen Objektiven. Ging es noch aufdringlicher? Klack, klack, klack, klack machten die Kameras. Die waren doch heutzutage alle digital? Konnte man den verdammten Ton nicht wenigstens abschalten?

Paul überlegte, ob es klug sein mochte, den »Doktor« auf seinem Namensschild noch eben kurz zu korrigieren? Oder lieber in völliger Unauffälligkeit und Tatenlosigkeit verharren? Am besten erst einmal einen Schluck Wasser trinken. Klack, klack, klack, klack. Großartige Fotos. Rechtsanwalt Paul Colossa schenkt sich Mineralwasser ein!

Sir Evelyn, sein genialer Dirigenten-Sitznachbar, hatte sich dazu entschieden, Paul genauso konsequent zu ignorieren, wie er es mit den Reportern hielt. Auch gut. Dann begrüßte Paul ihn ebenfalls nicht. Wenigstens hatten die Fotografen sich wieder gesetzt. Es wurde ein bisschen ruhiger.

Paul ließ den Blick durch den schönen alten Raum wandern. Die verspielten Stuckornamente, die großen Wandgemälde. Hinter den Glastüren, durch die er hereingekommen war, der sonnig helle Park.

»Was den formidablen Ruf unseres Hauses in der Musikwelt anbelangt, gibt es neben Maurice Ravel nur einen Namen zu nennen!« Cornelius drehte sich in Pauls Richtung. Das fanden die Journalisten jetzt wohl doch spannend. Es wurde schlagartig deutlich leiser. Auch die Raucher kamen plötzlich, wie auf ein geheimes Signal, hektisch hereingeeilt. Siebter Sinn für Sensationen.

Strahlend deutete Cornelius auf Pauls Nachbarn: »Der musikalische Leiter des Kollegs Ida Rubinstein, Sir Evelyn Rutland!«

Ganz hinten stand einer der Reporter auf. Geblendet von den grellen Scheinwerfern konnte Paul ihn zunächst gar nicht richtig sehen. Aber der Mann plärrte viel zu laut, als dass man ihn nicht bemerkt hätte.

»Vielleicht kommen wir jetzt endlich mal zur Sache: Herr Rutland! Ist es wahr, dass die Schüler in Ihrem Internat systematisch mit Drogen vollgepumpt werden? Und ist einer Ihrer Schüler deshalb jetzt tot? Wegen einer Überdosis?«

Wie bitte? So hatte Paul die Geschichte, wegen der sie sich alle hier versammelt hatten, noch nicht gehört!

Die Journalisten waren sofort wie auf Speed. Jeder, der eine Kamera, ein Diktiergerät, ein Mikrofon hatte, sprang auf und rannte nach vorn. Vor Sir Evelyns Tisch war kein Platz mehr zu kriegen. Ein wilder Haufen kniete dort. Sie berührten den Dirigenten mit ihren Linsen fast, so nah kamen sie heran … klack-klack-klack-klack-klack.

Aggressives Geschrei, manche standen mit ihren dreckigen Turnschuhen auf den samtenen blauen Stühlen, um genau zu dokumentieren, wie Sir Evelyn auf die Mordanklage reagierte.

Deshalb waren sie hergekommen! Skandal!

Rutland wirkte weiter unbeeindruckt. Nein, eigentlich sogar mehr als das. Er wirkte völlig abwesend, starrte weiterhin auf die Tischplatte. Als würde er eine Meditationsübung absolvieren, die zufällig gleichzeitig mit einer Pressekonferenz stattfand.

Aber jetzt machte sich überraschend Dr. Lara Wanek bemerkbar. Sie sprach mit klarer, kräftiger Stimme in ihr Mikrofon: »Meine Damen und Herren! Bitte nehmen Sie wieder Platz!«

Das wirkte, zumindest mit geringer Verzögerung. Erst kamen sie nämlich noch zu ihr herüber und … klack-klack-klack-klack.

»Erlauben Sie mir, mich Ihnen kurz vorzustellen. Mein Name ist Lara Wanek, ich bin die Direktorin des Verwaltungsrats des privaten Musikgymnasiums im Schloss Hirschenhaid, dem Kolleg Ida Rubinstein, kurz KIR.«

Dr. Wanek las vom Bildschirm ihres Laptops ab.

An den Fernsehkameras brannten kleine böse rote Äuglein. Konzentrierte Arbeitsatmosphäre.

❸ Riko

Jeder kriegt was er verdient. Früher oder später kriegen sie auch euch 13:21

Die Worte der Schulleiterin waren vorsichtig gewählt.

»Vor einigen Wochen kam es im Internat des KIR zu einem Krankheitsfall bei einem Schüler der Abschlussklasse. Der junge Mann wird im Neustädter Krankenhaus medizinisch versorgt. Sein Zustand ist ernst, die Ärzte versichern jedoch, dass er stabil ist. Wir alle, die Vertreter der Stiftung, das Lehrerkollegium und die Schüler des KIR sind natürlich sehr besorgt, und wir wünschen ihm, dass er sehr bald wieder gemeinsam mit uns musizieren und lernen darf …«

Mehrere Reporter schrien nach vorn, unverständlich und durcheinander. Darunter auch jener, der vor einigen Minuten aus den hinteren Reihen das Rennen mit seiner Frage eröffnet hatte. Jetzt erkannte Paul ihn: Das war doch der kleine Glatzkopf mit dem roten Bärtchen, der ihnen vorhin draußen auf der Terrasse begegnet war!

»Staatsanwaltschaft … Drogen … angeblich tot … Eltern …« Wortfetzen spritzten durch den Raum.

»Meine Damen und Herren«, beschwichtigte die Schulleiterin und lächelte dabei überlegen, »bitte hören Sie doch zunächst einmal die offizielle Stellungnahme, und wenn Sie dann weitere Fragen haben, werde ich sie Ihnen gerne beantworten, ja? Der Schüler lebt. Natürlich! Es geht ihm, wie ich bereits sagte, den Umständen entsprechend gut.«

Jetzt hatte sie den Faden verloren und huschte mit den Blicken auf ihrem Bildschirm herum.

»Aber was ist mit den Gerüchten von …«, keifte eine Journalistin mit ärmellosem, leuchtend gelbem T-Shirt. Ihre blassen Arme fuchtelten in der Luft.

»Bitte geben Sie mir die Chance, Ihnen alles zu erzählen, was ich vorbereitet habe, und dann dürfen Sie mich alles fragen, was Sie vorbereitet haben«, unterbrach Dr. Wanek die Frau mitten im Satz mit eisiger Freundlichkeit. »Im Zuge der Erkrankung unseres Schülers wurden wir darauf aufmerksam, dass durch einen lokalen Internetblog hier aus Neustadt frei erfundene, völlig unwahre Gerüchte über unsere Schule verbreitet werden. Eine regelrechte Schmutzkampagne möchte ich sagen. Wir bedauern sehr, dass diese Lügen ungeprüft auch von seriösen Medien aufgegriffen und weiterverbreitet wurden. Es wird – und das ist absolut frei erfunden –, es wird behauptet, dass an dieser Schule illegale Substanzen an Schüler verabreicht würden und dass der erkrankte Junge deshalb …«

Sie zögerte erneut einen Sekundenbruchteil und redete jetzt losgelöst vom Bildschirm.

»Aufgrund dieser unseriösen Berichterstattung wurden Ermittlungen durch die Staatsanwaltschaft Nürnberg eingeleitet.«

Den Teil kannte Paul schon. Einiges von dem allerdings, was sie da erzählte, hatte man ihm im Vorgespräch offensichtlich vergessen mitzuteilen. Er war irritiert. Vor allem aber, das musste er zugeben, auch neugierig.

»Wir haben selbstverständlich sofort vollumfänglich mit

den Ermittlern zusammengearbeitet. Wir haben die Staatsanwaltschaft umfassend unterstützt, denn es gibt bei uns nichts zu verbergen, und wir haben uns auch nichts vorzuwerfen.«

Einige Journalisten lachten unverhohlen. Paul musste zugeben, dass das genau nach dem Gegenteil eines »hundert Prozent glaubwürdigen Dementis« klang.

Aber Lara Wanek focht es nicht an. Sie lächelte es einfach weg.

»Wie erwartet, haben wir in der vergangenen Woche Post von der Staatsanwaltschaft erhalten. Uns wurde schwarz auf weiß mitgeteilt, dass die Ermittlungen gegen das Kolleg Ida Rubinstein eingestellt wurden. Weil wir diese Nachricht so wichtig fanden, haben wir Sie, meine Damen und Herren, heute zu uns eingeladen, um mit Ihnen darüber zu sprechen …«

Ein Journalist in der ersten Reihe plärrte dazwischen. Er hatte einen dieser riesigen, aufwendig gepflegten Bärte.

»Frau Dr. Wanek … es muss ja gar nicht sein, dass Sie den Kindern verbotene Substanzen geben, nicht? Die Frage ist, ob es überhaupt stimmt, dass am KIR die Leistung der Jungs durch etwas anderes als durch fleißiges Üben gesteigert wird. Hochleistungsmusik wäre nicht die erste Sportart, bei der mit ein wenig Doping nachgeholfen wird!«

Vereinzelte Lacher.

»Vielen Dank für Ihren Einwand«, Lara Wanek zwinkerte dem Hipster-Journalisten aufmunternd zu. »Aber wie kommen Sie darauf? Das ist ein Vorwurf, dem wir, ohne jeden vernünftigen Grund und ohne jeden Beleg, einzig und allein durch die Unterstellungen eines unprofessionellen Bloggers ausgesetzt sind. Nach dem Motto: Diese Schüler sind Weltklasse, also müssen sie zwingend gedopt worden sein. Ich bitte Sie!« Sie machte eine künstlerische Pause.

Ihr Blick wanderte, fast provozierend, durch den Raum. Das eine oder andere Paar Augen wich ihr aus. Jetzt änderte sie die Tonlage auf verschwörerisch: »Ein Internet-Emporkömmling, der sich ein paar Klicks erhofft, indem er eine exzellente Musikschule einfach einmal so ins Blaue hinein mit einer Schmutzkampagne diskreditiert. Irgendwas bleibt immer hängen. Und Sie alle fallen darauf herein? Dass so jemand ungestört seine Lügen verbreiten darf, in einer Zeit, in der seriöse Fakten so wertvoll sind wie nie zuvor, das ist doch der eigentliche Skandal. Da müssten Sie, meine Damen und Herren, sich doch eigentlich an Ihrer Journalistenehre gepackt fühlen ...« Wieder wanderte ihr Blick, aber jetzt lächelte sie milde, einfühlsam und mütterlich.

Mann, war die Frau gut. Paul war hingerissen.

»Fakt ist – denn nur wegen der Fakten sind wir heute hier –, es gibt keine verbotene Manipulation. Es gibt keine Toten. Es gibt keinen Skandal am KIR. Die Staatsanwaltschaft hat das sorgfältig überprüft und sodann das Verfahren eingestellt. Ein Schüler ist erkrankt, wir hoffen, er wird sehr bald gesund werden. Das ist alles, was es zu berichten gibt.«

Wie alt die Wanek wohl sein mochte? Eine Haarsträhne hatte sich hinter ihrem Ohr gelöst und hing ihr jetzt ins Gesicht. Das war unheimlich sinnlich, fand Paul.

Jetzt schaltete sie wieder in den Nachrichtensprechermodus zurück und proklamierte seriös: »Wir sehen uns trotz der Einstellung des Verfahrens durch die Ermittlungsbehörden weiterhin mit zahlreichen Anfragen von Journalisten konfrontiert. Wir haben uns deshalb dafür entschieden, trotz der eindeutigen Stellungnahme seitens der Staatsanwaltschaft, offensiv gegen diese Gerüchte vorzugehen. Wir möchten unsere Schule zurück in das positive Licht rücken, für das sie seit vielen Jahrzehnten bekannt ist. Dabei dürfen wir auf die Unterstützung von exzellenten Spezialisten setzen, die wir Ihnen heute vorstellen möchten.«

Man hörte das Piepen und Surren der optischen Artillerie, die neu in Stellung gebracht wurde. Spezialisten wofür? Wie sahen sie aus?

»Zum einen, zu meiner Rechten, Herr Professor Doktor Julius Stahl von der international hoch renommierten Kanzlei MacAllistair, Weinstein und Smith, der gegen die rufschädigenden Lügen, die über unsere Schule verbreitet werden, bereits umfassende juristische Schritte eingeleitet hat und weitere derartige Rufmordkampagnen gegen das KIR für die Zukunft nachhaltig unterbinden wird. Professor Stahl hat auch die Staatsanwaltschaft Nürnberg intensiv bei ihrer Arbeit in unserer Schule begleitet.«

Paul beugte sich vor, um den Kollegen besser zu sehen. Stahl saß ganz rechts außen auf dem Podium. Braun gebrannte Glatze, umkränzt von raspelkurzem weißem Haar. Runde goldene Brille in hagerem, ebenfalls sportlich gebräuntem Gesicht. Sicher trieb der Mann sich viel auf Golfplätzen herum. Maßgeschneiderter, dunkler Anzug mit einer Krawatte in Altrosa. Paul hatte bereits das Vergnügen mit diesem Herrn gehabt. Ein Gentleman von beispielloser Höflichkeit und Eleganz, Typ Mahatma Gandhi. Er war der Hausanwalt des KIR. Seniorpartner einer internationalen Großkanzlei mit Hauptsitz in Boston und Niederlassungen weltweit. Außerdem war er Honorarprofessor an der Uni Heidelberg. So einer wie Stahl verlangte bestimmt einen Stundensatz von fünf- oder sechshundert? Wenn's reicht.

Der Kollege Stahl war es auch gewesen, der Rechtsanwalt Paul Colossa dieses ungewöhnliche Mandat übertragen hatte. Letzten Dienstag hatten sie sich hier im Schloss getroffen. Oben in einem der Außenflügel, in einem grünen Zimmer voller Spiegel, Gold und Schnörkel, mit Blick in den Park. Tee aus Porzellantässchen. Es war Paul absolut unwirklich vorgekommen.

Stahl hatte Paul mit sanfter Stimme und ununterbrochenem Lächeln ein kleines Vermögen an Honorar angeboten und ihm dann einen verblüffend kurzen Vertrag auf die kleine Marmorplatte des Teetischchens gelegt. Sonderermittlungen sollte er durchführen, im KIR, ob er daran Interesse hätte. Keine Details. Er hatte Paul nur ganz kurz von der Sache erzählt, um die es heute ging. Von den eingestellten staatsanwaltschaftlichen Ermittlungen und fehlerhafter Berichterstattung, die korrigiert werden müsse. Eher eine Formsache. Ein Schlusswort quasi sollte Paul schreiben. »Ende gut, alles gut«, so in der Art. Kein Wort davon, dass die Sache solch einen medialen Aufruhr erzeugen würde. Nichts von Drogen, nichts von Toten. Später hatte sich Dr. Wanek noch dazugesellt und ihm von der Schule erzählt. Von den großen Erfolgen. Von der sagenhaften Reputation. Den prominenten Familien aus aller Welt, die ihre Sprösslinge herschickten. Und dann hatte man Paul beiläufig zur Pressekonferenz eingeladen.

Alles ganz harmlos. Leicht verdientes Geld.

Paul hatte auch früher schon, als er noch für die Kanzlei Sikorski in München gearbeitet hatte, gelegentlich Prozesse geführt, bei denen Fernsehkameras aufkreuzten. So einen Zirkus wie heute hatte er aber noch nie erlebt.

Er hatte den Vertrag natürlich sofort unterschrieben.

Die Chance bekam man als Anwalt nicht oft geboten. Und eine solche Summe erst recht nicht. Der Füller, mit dem er unterschrieben hatte, war garantiert aus echtem Gold gewesen. Vermutete Paul zumindest.

»Wie viel Schadenersatz verlangen Sie?« – »Gegen wen haben Sie Strafanzeige erstattet?« – »Wer sind die Eltern des kranken Jungen?«

»Ich bitte Sie … versuchen Sie doch … lassen Sie mich …« Nach einer Weile hörten sie der Wanek wieder zu. Der Designeranwalt lächelte weiterhin verbindlich, sagte jedoch kein Wort.

»Wir bitten um Verständnis dafür, dass wir keine Auskunft über die konkreten rechtlichen Schritte geben werden. Wir werden Sie darüber zu gegebener Zeit unterrichten …«

Dr. Wanek unterbrach sich selbst, kniff die Augen zusammen und suchte im grellen Licht in den Reihen der Journalisten. Ihr Blick blieb an einer Stelle haften, und Paul glaubte, bei ihr nun den winzigen Anflug von Schalkhaftigkeit zu erkennen. Sah ziemlich sexy aus.

Sie sah Stahl an, sie sah ihren Bildschirm an, sie hob den Kopf …

»Wenn Sie allerdings danach fragen, *gegen wen* wir juristische Schritte einleiten werden, will ich Ihnen gerne heute Auskunft erteilen …«

Zack! Mucksmäuschenstill war es.

Die Raubtiere witterten, dass jetzt Blut fließen sollte. Hier und da piepte es wieder elektronisch, und Dr. Lara Wanek zeigte nun, dass sie ein Musikprofi war. Sie wartete nämlich. Unnatürlich lang. Wie in Haydns Symphonie Nr. 94 »mit dem Paukenschlag«.

Und dann kam der Paukenschlag: Bamm, bamm, bamm!

»Der Erfinder der Schmutzkampagne gegen unser KIR sitzt direkt zwischen Ihnen. Es ist der Betreiber der Internetseite ›Newtown Blog‹, Herr Elvis Babik aus Neustadt. Herr Babik – wollen Sie sich Ihren Kollegen nicht kurz vorstellen?«

Respekt! Eine Frontalattacke allererster Kajüte. Das gefiel den Herrschaften im Haifischbecken. Paul gefiel es auch.

Es folgte das inzwischen eingespielte Spektakel. Geschrei, Gerenne, Über-die-Stühle-Klettern. Paul war so neugierig, dass selbst er aufgestanden war, ebenso wie einige andere an seinem Tisch. Nur Rutland blieb sitzen. Natürlich. Genauso wie dieser junge Bursche, der hier vermutlich die Schülerschaft repräsentierte. Armer Kerl.

Wer war es, auf den sie die Bluthunde gehetzt hatte? War das nicht schon wieder der kleine Dicke von eben? Derselbe, der die dreiste Frage nach dem toten Schüler gestellt hatte? Diesmal war es nicht schwer, ihn in der Menge auszumachen. Dieser durchgeknallte Spinner hatte sich nämlich auf seinen Stuhl gestellt! Während seine Kollegen um ihn herumtanzten wie die Kannibalen um den Kochtopf mit dem Missionar, drehte er sich, lachte und winkte in die Kameras. Was für ein lächerliches Großmaul.

Aber eines war auch klar: Sollte diese Maßnahme von der Absicht geleitet gewesen sein, den Burschen einzuschüchtern, so bestand ein gewisses Risiko, dass gerade die gegenteilige Wirkung eingetreten war.

»Woher haben Sie die Informationen über Drogen in der Schule …« – »Was wissen Sie über den toten Schüler …?« – »Was sagen Sie zu der Drohung, Sie zu verklagen …?«

Babik sonnte sich im Blitzlicht. »Lesen Sie meinen

Blog!«, rief er den Medienleuten zu. »Lesen Sie den ›Newtown Blog‹, da werden Sie alles erfahren! Jetzt erst recht!«

Stahl kam zu Dr. Wanek herübergeschlichen. Die beiden tuschelten. Beide waren erkennbar beunruhigt. Kein Wunder. Sie wollten Babiks kleine Kerze auslöschen – aber dazu hatten sie dummerweise Öl verwendet, und jetzt brannte der ganze verdammte Tisch. Bildlich gesprochen.

Dr. Wanek zog die Aufmerksamkeit nun wieder auf sich: »Meine Damen und Herren!« Nur wenige wandten sich ihr zu. »Ladies and Gentlemen!« Das half auch nicht. »Ich habe noch weitere Neuigkeiten für Sie. Ich möchte Ihnen einen weiteren Mann vorstellen, der uns dabei helfen wird, unseren guten Ruf zu bewahren. Unseren privaten Sonderermittler. Rechtsanwalt Dr. Paul Colossa.«

Lara Wanek sah zu Paul. Sie streckte ihre Hand in seine Richtung aus. Ruhe kehrte wieder ein. Babik wurde sofort uninteressant. Alle starrten zu Paul. Die neue Sau im Dorf. Er überlegte, ob er vielleicht aufstehen sollte. Besser nicht, oder? Der Kollege Stahl war ja auch nicht aufgestanden. Und Lara Wanek saß ebenfalls die ganze Zeit. Paul blieb also sitzen und nickte nur freundlich. Seltsamerweise kam diesmal keiner zu ihm nach vorn, um ihm ein Kameraobjektiv unter die Nase zu halten. Gut, sie hatten ihn ja vorhin schon fotografiert. Als er Wasser getrunken hatte.

Ein weiteres Problem, so dämmerte ihm, bestand darin, dass Paul gerade quasi »weltöffentlich« erneut fälschlich als »Doktor Colossa« vorgestellt worden war. Jetzt wäre die vielleicht letzte Gelegenheit, diese Sache geradezurücken. Obwohl es natürlich nicht unbedingt ein Glanzmoment werden dürfte, in einer Pressekonferenz zu verkünden, dass *man gar kein* Doktor ist. Alles ziemlich unangenehm, wenn man darüber nachdachte. Allerdings bestand nicht viel Gelegenheit nachzudenken, denn es zeigte sich jetzt, dass die Medien sich entschieden hatten, wie sie auf Paul reagieren wollten. Anders als erwartet.

Erst war es nur der eine oder andere. Sie kicherten leise. Teils hinter vorgehaltener Hand. Dann wurde es heftiger. Lauter. Mehrstimmiger. Herzhafter. Peinlicher, unüberhörbarer, demütigender. Schallender.

Die lachten ihn aus!

Paul blickte Dr. Wanek Hilfe suchend an. Was hatten die denn? Etwa immer noch der blöde Hummelstich? Paul strich sich mit der Hand über den Bart. So schlimm fühlte es sich eigentlich gar nicht an … Auf einer Pressekonferenz von der Presse ausgelacht zu werden war bestimmt ganz schlecht. Da war sich Paul sicher.

Dr. Wanek versuchte sich erneut als Krisenmanager: »Wir konnten Herrn Colossa, dessen Kanzlei in der Region einen ausgezeichneten Ruf genießt, dafür gewinnen, eine umfassende juristische Ermittlung betreffend die gegen unser Haus erhobenen Vorwürfe durchzuführen. Viel intensiver und umfassender, als die Staatsanwaltschaft das getan hat. Wir wollen damit eins ganz klarmachen: Wir meinen es ernst!«

Ende Gelächter. Beginn Fotos. Gott sei Dank.

»Rechtsanwalt Dr. Colossa ist gerade kein Anwalt aus einer Großkanzlei, sondern ein Jurist von hier, einer, der seinen ganz eigenen Kopf hat.« Wieder Gelächter. Doch Lara Wanek ließ sich nicht aus dem Konzept bringen. »Unabhängig. Kämpferisch. Idealistisch. Dieser Mann soll den Beweis dafür liefern, dass keine Bedenken bestehen, dass irgendetwas anrüchig wäre in diesem Haus. Er hat freie

Hand, sich bei uns umzuschauen. Wir möchten uns maximal transparent zeigen, und wir sind optimistisch, dass mit dem Abschlussbericht des Sonderermittlers keine Zweifel mehr am guten Ruf des KIR bestehen. Dies schulden wir unseren Schülern. Wir schulden es den Eltern. Und wir schulden es der großartigen Tradition dieser Schule. Wir erwarten den Abschlussbericht von Rechtsanwalt Colossa noch vor unserem großen Abschlusskonzert am Ende der Woche.«

Der Schreck jagte Paul eine Gänsehaut über den Rücken. Schon Ende der Woche? Anwälte sind Fristen gewöhnt, aber das war verdammt eng.

»Wie wollen Sie die Sache angehen? Haben Sie einen Plan? Was haben Sie bisher herausgefunden?«

Quäkige Stimme. Den Typen kannte Paul noch nicht. Einer mit Pferdeschwanz, der lässig gelangweilt neben einer der Fernsehkameras stand.

Tja. Jetzt sollte Paul also etwas sagen? Etwas umständlich erhob er sich. Verdammt. Da hinten hatte doch schon wieder einer gelacht. Paul nahm sich vor, das genauso pointiert und lässig zu machen wie Lara Wanek. Typisch Anwalt. Bloß nichts Konkretes.

Er probierte ein Lächeln. Schon wieder Lacher! Verdammtes Pack. Nun gut. Er hatte vielleicht ein bisschen zu stark gelächelt. Es war ihm irgendwie entglitten. Scheiße, er wurde rot.

»Ich bitte um Verständnis …« Verdammt! Hätte er doch lieber noch einen Schluck getrunken. Pauls Stimme krächzte wie bei einem alten Mütterchen. Wie der böse Wolf als er Kreide gefressen hatte, um die Geißlein zu täuschen. Dummerweise war es hier umgekehrt. Paul war der liebe Wolf, und diese Drecksbande, das waren die blutrünstigen Geißlein. Und es waren wesentlich mehr als sieben! Mehr als die Hälfte davon meckerte. Rasch griff Paul zu seinem Glas und nahm einen Schluck. Gurgeln wäre jetzt gut für die Stimme, aber … nein, das konnte er natürlich nicht bringen. Schnell ein weiterer Sprechversuch.

»Entschuldigung …« Er räusperte sich noch einmal, und die Lacher hörten auf. »Also, ich bitte um Verständnis, dass ich davon noch gar nichts weiß …«

Schallendes Gelächter. O Mann, das war natürlich eine selten dämliche Formulierung gewesen.

»Also, was ich meine, ist: Ich darf Ihnen aufgrund meiner anwaltlichen Schweigepflicht nicht sagen, was ich bisher in dieser Sache in Erfahrung gebracht …« Glucksen, Kichern …

Ehe Paul stotternd weitere Details seiner Planlosigkeit offenbaren konnte, unterbrach ihn die Wanek.

»Auch dazu werden wir Sie zu gegebener Zeit informieren … vielen Dank, Herr Dr. Colossa … und nun kommen wir noch einmal zurück …«

Paul sackte auf seinem Stuhl zusammen. Schlimme Sache.

❹ DEUTSCHMANN

> Was ist Colossa für ein Scheißname? Ein Kanakenanwalt? Durch Inzest geistig zurückgeblieben. Wie diese osteuropäischen Huren, die sich für ein paar Euro verkaufen. Ohne Gummi. 03:36

Einige Zeit später fand Paul sich erneut mit Stahl im bereits bekannten grünen Teesalon wieder. Unten im Park hatte ein Kamerateam sich auf dem Rasen postiert, um noch ein paar besonders eindrucksvolle Bilder von der Schlossfassade im Sommerglanz mitzunehmen. Durch die großen Fenster hatte Paul einen guten Blick. Der Kollege Stahl saß mit dem Rücken zum Fenster, und das Sonnenlicht umkränzte den teuren Juristen mit einer Art Ganzkörperheiligenschein. Überhaupt, wie er da so saß, braun gebrannt grienend, mit der Brille und der Halbglatze, erinnerte er Paul noch mehr an Gandhi. Der Kollege hatte ihn nach der Pressekonferenz zu einem kurzen Gespräch gebeten und etwas von weiteren Unterlagen genuschelt. Gut. Unterlagen konnte Paul dringend brauchen!

Sie warteten auf Dr. Wanek. Bedauerlicherweise waren die beiden Juristen keine Meister der zwanglosen Konversation, und so herrschte bereits seit einigen Minuten ein peinliches Schweigen. Es gab auch nichts zu trinken. Der Professor blätterte in Papieren herum, und Paul beobachtete das Fernsehteam. Sie waren zu dritt. Eine Frau in weißem Hosenanzug war offensichtlich der Boss. Ihr gehorchten zwei Typen in Jeans und T-Shirt. Wobei die beiden eigentlich gar nicht gehorchten. Der eine trug ein blaues Baseballcap und schleppte auf der Schulter eine monströse Kamera. Der andere stand einfach herum. Hände in den Hosentaschen. Immer wieder rannte die Frau hin und her und fuchtelte mit den Händen. Das hinterließ jedoch nur mäßigen Eindruck bei ihren Lakaien. Der Rumsteher zündete sich nun eine Zigarette an, was die Frau dazu brachte, völlig auszurasten. Paul konnte durch das geschlossene Fenster leider nichts hören, aber ganz klar: Sie brüllte den qualmenden Faulpelz an. Ganz dicht stand sie vor ihm, riss den Mund weit auf, dabei bewegte sie sich pendelnd vor und zurück. Der Beschimpfte zeigte keine Regung und blies Rauch in den blauen Himmel. Paul hätte zu gern herausgefunden, worüber sie sich aufregte, doch bedauerlicherweise öffneten sich ausgerechnet jetzt die geschnitzten Flügeltüren des Salons und herein trat – ein Butler!

Paul hatte noch nie einen echten Butler gesehen, doch es bestand kein Zweifel, dass es einer sein musste. Schwarze Livree, blütenweißes gestärktes Hemd mit Krawatte, grau gestreifte Weste. Fescher Bursche. Markantes Gesicht mit breitem Kinn, makellos rasiert. Pomadig glänzende schwarze Haare. Wie ein Hollywood-Beau aus den Fünfzigern.

Ein angedeutetes, steifes Nicken in Richtung der beiden Anwälte. Er nuschelte etwas Unverständliches, aus dem Paul den Namen »Archer« und das Wort »Diensten« herauszuhören glaubte. Dann drehte er sich rasch auf dem Absatz um und stand nun quasi Ein-Mann-Spalier für die eintretenden Herrschaften, Dr. Wanek und Sir Evelyn

Rutland. Erstere herzlich und verbindlich … »Ich sehe, Sie haben sich bereits zusammengesetzt, schön …« und mit einem Lächeln. Letzterer immer noch grimmig, obgleich nun erkennbar zum Leben erwacht. Er sagte sogar etwas, und zwar in Richtung des Butlers: »Tea, please …«

Durch die geöffnete Tür hörte Paul zum ersten Mal nun auch etwas von der Musikschule. Es klang, soweit er es laienhaft einzuordnen vermochte, nach Blasinstrumenten. Klarinette oder Oboe? Weit weg und durch viele Türen gedämmt, fluteten schöne Klänge durch die Treppenhäuser des Schlosses und offenbarten dessen junge Seele.

Stahl war beim Eintreten der Schulleiterin und des Dirigenten sogleich von seinem Stuhl aufgesprungen. Paul brauchte einen Augenblick länger. Dr. Wanek bat: »Nehmen Sie doch Platz!«

Der Butler bot der Wanek einen Stuhl an, Rutland platzierte er ihr gegenüber. Dann verschwand er. So saßen die vier nun an dem runden Tisch wie die Viertelstunden: Stahl auf der Zwölf, Sir Evelyn auf der Drei, Paul auf sechs und die Schulleiterin auf neun Uhr. Draußen auf der Wiese packte das Fernsehteam zusammen. Will heißen: Die beiden Kerle packten einen Stahlkoffer, die Dame in Weiß eilte mit wütenden Schritten davon. Von der war sicher keine wohlwollende Berichterstattung zu erwarten. Die Frage war, ob sie überhaupt einen Bericht abliefern würde …

»Na, das war ja wirklich eine grässliche Veranstaltung!«, eröffnete Dr. Wanek die kleine Runde. »Haben Sie so etwas schon einmal erlebt?« Sie lächelte Stahl an. Der lächelte zurück.

»Nun ja, diese Branche lebt davon, schlechte Nachrichten publikumswirksam zu verbreiten, weil die sich einfach besser verkaufen als die guten, nicht wahr? Es ist an uns, deutlich zu machen, dass es über Ihr Haus keine ›bad news‹ zu verbreiten gibt.« Ein klein wenig quäkig klang der Professor, fand Paul. »Wir werden sie langweilen, und sie werden enttäuscht weiterziehen …«

»Um die nächsten Kadaver zu schänden …« Es war das zweite Mal überhaupt, dass Paul Rutland sprechen hörte. Er hatte eine tiefe, rauchige Stimme und einen starken britischen Akzent.

»Das soll dann nicht unsere Sorge sein …« Stahl lächelte die Geschmacklosigkeit weg. »Der Kollege Colossa wird die lästigen Nekrophagen ohne Zweifel erfolgreich vertreiben, nicht wahr? Ha, ha, ha …«

Dr. Wanek lachte mit. Eher höflich als erheitert.

»Herr Kollege, wir haben ja bereits über Ihren Auftrag gesprochen …« Stahl wandte sich Paul zu, zog seine Ausfertigung des zweiseitigen Vertrags, den er Paul beim ersten Besuch vorgelegt hatte, aus einer Klarsichtfolie und legte die Papiere sorgfältig vor sich hin.

»Heute geht es nun darum, noch einige ergänzende Regelungen zu vereinbaren, nicht wahr? Auszahlungsmodalitäten, zeitliche Eckpunkte, Geheimhaltungsvereinbarungen … «, sagte er und lachte.

Was gab es da zu lachen?

Einer weiteren Klarsichtfolie entnahm Stahl einen recht ansehnlichen Packen Papier. Umständlich stand er auf, kam um den Tisch herum und legte ihn vor Paul auf den Tisch. Er zögerte einen Augenblick und stupste dann mit spitzem Zeigefinger das zusammengetackerte Dokument noch einmal an der linken unteren Ecke an. Tatsächlich, nun lag es ganz gerade vor Paul. Zufrieden nahm der Professor wieder Platz. Asperger-Syndrom? Oder nur ein Ordnungstick. Paul kämpfte mit der Versuchung, den Papierstapel wieder schräg zu schieben, um den Professor zu testen. Er widerstand aber und rührte die Dokumente zunächst nicht an.

»Sicher möchten Sie kurz einen Blick darauf werfen, ehe Sie es unterschreiben?«

Das war ja wohl nicht sein Ernst? Paul nahm den Stapel hoch und blätterte die letzte Seite auf. »37« stand unten mittig. Und das Ganze allerhöchstens in Schriftgröße 10. Jede Seite war eng bedruckt. Dr. Wanek und Stahl blickten ihn erwartungsfroh an. Der Dirigent sah gelangweilt aus dem Fenster.

Paul war Rechtsanwalt. Er wusste also alles über die geheimen Fallstricke, die Hintertürchen und Doppeldeutigkeiten, die seine Zunft mit großer Sorgfalt, mit Kunst, ja regelrecht mit liebevoller Hingabe in Verträgen versteckte. Wer so einen Vertrag einfach unterschrieb, der war besoffen, verliebt, verzweifelt oder dämlich.

»Äh, ja … einen Augenblick …« Paul musste Zeit gewinnen. Aber schön. Wenn sie es unbedingt wollten – einen Blick darauf werfen konnte er ja mal.

Keiner sagte etwas? Paul legte den Stapel wieder vor sich hin. Schob ihn leicht schräg, blickte Stahl herausfordernd an – der aber reagierte äußerlich unbeeindruckt.

»Präambel« stand auf Seite zwei, die füllte allein schon ein ganzes Blatt! Sollte er das wirklich jetzt alles lesen? Paul konnte sich nicht richtig konzentrieren. Ihm war bisher gar nicht aufgefallen, dass eine Uhr im Raum war. »Tock … tock … tock …« Nervtötend!

»Diese Vereinbarung begreift sich als Ergänzung zum … blabla … Hauptvertrag … blabla …«

Die Tür hinter ihm ging auf, Paul drehte sich um. Ah, der Butler brachte den Tee! Das traf sich gut. Erstens war Paul durstig und zweitens … alle waren abgelenkt. Da konnte Paul schnell mal umblättern. Was würde schon drinstehen in der langweiligen, überflüssigen Scheißpräambel? Also Seite drei. Wenn er das jetzt auch gleich überblätterte, fiel es keinem auf. Der Hummelstich juckte. Plötzlich bemerkte Paul den Hirsch. Er hing zwischen den beiden Fenstern zum Park. Genau genommen war es kein ganzer Hirsch, nur der Kopf von einem. Mit einem prächtigen Geweih. Ausgestopft, mit dunkel glänzenden Augen. Hatte der die ganze Zeit schon dort gehangen? Auch schon bei Pauls erstem Besuch hier im Teesalon? Seltsam, dass er ihm erst jetzt auffiel. Seltsam übrigens auch, sich den Kopf eines toten Tiers an die Wand zu hängen. Seltsam und … irgendwie eklig.

Im Teesalon war es wärmer als im großen Saal, doch hielten die dicken Mauern weiterhin die Hitze in angenehmer Weise fern. Es roch nach altem Holz.

Alle sahen aus dem Fenster. Außer Stahl, der konnte ja schlecht. Es gab draußen ohnehin nichts mehr zu sehen außer leerem grünem Rasen in sengender Sonne. Halt, nein … da fuhr ein Mann mit einem Rasenmähertraktor vorbei.

Zurück zum Vertrag. Paul überflog eine neue Seite und blieb ausnahmsweise doch an einigen Formulierungen kleben. Da ging es um den Schüler, den der Blogger vorhin in der Pressekonferenz für tot gehalten hatte? Sein Name war … Hugo Rutland! Eine zufällige Namensgleichheit? Unwahrscheinlich. Es hätte sich angeboten, Dr. Lara

Wanek hier und jetzt einfach danach zu fragen. Oder Sir Evelyn? Ob der erkrankte Schüler etwa mit ihm verwandt sei? Doch Paul hatte das Gefühl, es könnte unangemessen sein, in dieser Runde einfach so nach dem Jungen zu fragen, dem immerhin fast zwei Seiten Text in einem klein gedruckten Vertrag gewidmet wurden. Einem Jungen, der mit einer rätselhaften Erkrankung in der Neustädter Klinik lag. Einer Erkrankung, die staatsanwaltliche Ermittlungen und eine große Pressekonferenz ausgelöst hatte. Paul hatte die Vermutung, dass dieser Babik nicht wusste, dass dieser Junge Hugo Rutland hieß … noch nicht. Ob der Hirsch es wusste? Er blickte irgendwie wissend. Was der hier in diesem Raum wohl schon so alles beobachtet hatte? Andererseits wäre es Paul im Augenblick lieber gewesen, wenn der Hirsch vielleicht einmal für ein paar Minuten woandershin starrte, nicht die ganze Zeit nur zu ihm. Höflich war das nicht gerade. Aber die Toten müssen nicht mehr höflich sein. Das galt auch für tote Tiere. Wo wohl der Rest des Hirschs hingekommen war, nachdem man den Kopf abgeschnitten hatte? Vermutlich Gulasch?

»Unterfertigter wird jedwede Art von Kontaktaufnahme zu Hugo Rutland unbedingt und unter allen Umständen unterlassen«, las Paul weiter. »Unterfertigter« – damit war er selbst gemeint. Wunderbare Juristenbegriffe.

Dann eine ganze Litanei dazu, welche Form der Kontaktaufnahme zu dem jungen Hugo »Unterfertigter« insbesondere zu unterlassen habe, nämlich die unmittelbare, die direkte, die persönliche sowie auch jede mittelbare, beispielsweise durch Klinikpersonal, auch nicht fernmündlich oder per E-Mail, SMS, über soziale Netzwerke oder vergleichbare elektronische Kommunikationsmittel. Weiter wurde festgelegt, dass Paul auch keinen Dritten über Hugo Rutland befragen durfte. Nicht einmal einen Vierten oder Fünften. Weder für den Schüler selbst hatte er sich zu interessieren noch für seine Erkrankung noch für deren Ursache oder für die Art seiner Behandlung, deren Dauer oder Erfolg.

Paul sollte sich also mit Hugo Rutland nicht beschäftigen. Das hatte er begriffen.

Der Dirigent verlor sichtlich die Geduld. Sein Blick schweifte unstet durch den Raum, seine rechte Hand wanderte in sein Sakko und zog ein schönes silbernes Etui aus einer Innentasche. Fasziniert beobachtete Paul, wie die langen, schlanken Finger es geräuschlos aufklappten und eine Zigarette herauspickten. Er würde doch nicht … hier drin?

Rutland nahm die Zigarette jedoch nicht in den Mund, sondern ergriff sie mit den Fingern der rechten Hand, wie einen Stift. Dann begann er, ganz sacht, mit dem Filter auf den Tisch zu klopfen. Wie ein Telegraf: »Tam – tatata – tam – tatata – tap-tap – tam – tatata – tam – tatata – tatatatatata.«

Es war nicht besonders leise. Es nervte sogar ungeheuer!

Dr. Wanek schlürfte wieder ihren Tee. Stahl tat es ihr gleich. Beide lächelten Paul über den Tassenrand hinweg säuerlich an. Jaja! Er war ja gleich durch!

Was sollte das eigentlich werden? Was für eine Art von Ermittlung war das, bei der er sich vertraglich umfassend verpflichtete, den interessantesten Teil des Rätsels zu ignorieren? Ohne den Jungen gäbe es diesen ganzen Wirbel hier nicht. Also lag es nahe, bei Hugo Rutland mit den Nachforschungen zu beginnen! Seine Patientenakte einzusehen, seine Freunde zu befragen, mit seinen Eltern zu sprechen …

»Tam – tatata – tam – tatata – tap – tap …«

Moment mal … Paul kannte den Rhythmus, den Rutland da mit seiner Kippe trommelte. Natürlich, das war Ravels *Boléro*! Die Hymne dieses Hauses. Vermutlich probte der Dirigent das Werk gerade mit seinen Schülern für das von Cornelius angepriesene Sommerkonzert. Und jetzt ging ihm der hypnotisierende Takt nicht mehr aus dem Kopf? Paul auch nicht. Zumal das »Tock … tock …« der großen Uhr sich perfekt hineinfügte. Hinter ihm stand stumm der Butler und stierte ihm über die Schulter.

Herr im Himmel! So kann doch kein Mensch arbeiten! Mit einem leichten Anflug von Hysterie blätterte Paul nun energisch die letzten Seiten um … Ausführungen zu Gesprächen mit Lehrern, Regeln für Gespräche mit Schülern … Konventionalstrafe bei Vertragsverletzung … strafrechtliche Verfolgung wegen Geheimnisverrat … Endlich kam die Seite mit den Unterschriften. Die las Paul nicht mehr. Würde er alles in Ruhe zu Hause machen. Er hatte da einiges anzumerken!

Er blickte auf und wollte den Vertrag gerade von sich wegschieben und dabei etwas unverbindlich Freundliches sagen, da stand Stahl auf, lehnte sich über den Tisch und reichte ihm einen im Sonnenlicht grell aufblitzenden Stift.

Der goldene Füller, penetrant vor Pauls Gesicht.

Das war ja wohl ein schlechter Witz? Ganz sicher würde er jetzt nicht sofort unterschreiben!

Doch während Pauls rationaler Geist berechtigt rebellierte, hob sich sein irrationales Gesäß fast wie von selbst vom Stuhl. Seine tumbe Hand griff zombiehaft nach dem Stift. Paul konnte gar nicht recht sagen, wie es dazu kam. Er sank zurück in seinen Stuhl. Und wie von Geisterhand erschien nun seine Unterschrift in satter blauer Tinte über dem eigens dafür vorgesehenen Strich auf der letzten Seite des Vertrags.

Ehe Paul sich versah, stand der vermaledeite Butler neben ihm und grapschte nach dem Dokument. Trugen Butler nicht Handschuhe? Dieser Archer trug jedenfalls keine. Seine großen, kräftigen Hände umklammerten das Papier, er trug es hinüber zu Rutland, der deutete mit dem Kopf in Richtung Stahl, und so warf der Butler dem Anwalt die Beute vor. Genau genommen legte er das Dokument fein säuberlich im rechten Winkel vor dem Advokaten auf den Tisch. Korrigierte es noch einmal mit dem Zeigefinger.

Im selben Moment katapultierte Rutland seine taktgeplagte Zigarette in den Mund, schnellte von seinem Stuhl hoch, sagte etwas, das entfernt an »Thank you …« erinnerte, und noch ein paar weitere unverständliche Vokabeln verschluckend verschwand er hinaus in den Flur.

Paul war sich sicher: Jetzt hatte er ihm zugezwinkert, der Hirsch!

❺ TAMI1986

Schau mal in den Spiegel, Arschfresse! Ist echt traurig, dass du blöde Kackbratze nie im Leben eine Frau finden wirst, die nicht eine genauso behinderte Fresse hat wie du. 01:51

Dr. Lara Wanek begleitete Paul über die Marmortreppen hinunter in Richtung Ausgang. Jetzt, da die Pressemeute fort war, machten sich die Schüler wieder im Schloss bemerkbar. Typische Klassenzimmergeräusche drangen durch geschlossene Türen in die Flure. Und Musik. Hier ein Klavier, dort ein Cello. Zwei kleine Jungs schoben einen Videobeamer auf einem Wägelchen und grüßten die Schulleiterin und ihren Begleiter im Vorbeigehen leise und ehrfürchtig. Quiek-quiek-quiek machten die Räder und klack-klack-klack, bei jeder Marmorfliese.

Paul hörte genau, wie die Kerlchen, als sie an ihnen vorbeigefahren waren, immer langsamer schoben. Quieeeek-Quieeek … klack … klack … sich dann zu ihnen umdrehten und ihm nachstarrten. Paul drehte sich ebenfalls um und starrte zurück. Fein geschnittene, dunkelblaue Anzüge, weißes Hemd und blaurot gestreifte Krawatten. Die jungen Herren am KIR trugen Uniform. Nur die Schüler des Abiturjahrgangs waren davon befreit.

Quiek-quiek-quiek, klack-klack-klack, die Kerlchen beschleunigten wieder und verschwanden um eine Ecke.

Paul hörte, wie ihr lautes Lachen in den Gängen widerhallte. Kinder eben. Verfluchtes Pack.

Lara Wanek redete nicht. Dennoch war sie erkennbar gut gelaunt. Nach der Pressekonferenz war ganz offensichtlich eine ungeheure Belastung von ihr abgefallen. Man merkte es an ihrer Mimik, an ihren Schritten. An ihrer Stimme. Sie schlenderte mehr durch die Gänge, als dass sie ging. Eigentlich war sie nicht nur gut gelaunt, sie war regelrecht aufgekratzt. Überdreht. Einmal glaubte Paul zu beobachten, wie sie spielerisch beim Vorbeigehen an einem Fenster den Zeigefinger über den schweren Vorhangstoff gleiten ließ. Ganz sicher war Paul sich aber nicht. Der Vorhang wackelte jedenfalls.

Ihr Po auch. In der schwarzen Anzughose zeichnete er sich deutlich ab. Deutlich und prachtvoll, fand Paul, behielt es aber für sich.

Auch Paul spürte die Erleichterung, wenngleich er sich das nicht ganz so ekstatisch anmerken ließ. Während sie gemeinsam durch die Flure spazierten, blickte die Schulleiterin immer wieder neugierig zu ihm herüber, ohne etwas zu sagen. Er tat so, als bemerke er es nicht. Ihm fiel selbst nichts Schlaues ein. Obwohl er wirklich gern mit ihr geplaudert hätte.

Er spürte, dass ihr Blick wesentlich wohlwollender war als bei ihrer ersten Begegnung an diesem Vormittag. Paul hatte die Hoffnung, dass der Hummelstich vielleicht langsam abklang und sein normales Aussehen nach und nach wieder zum Vorschein kam. Was das betraf, fand er nämlich, dass er kein gänzlich unattraktiver Vertreter seiner Branche war. Der Dreitagebart stand ihm doch recht gut, oder?

»Sie ähneln Oscar sehr!«

Das kam jetzt überraschend! Sie kannte ihn? Daran hatte er noch gar nicht gedacht. Aber es war naheliegend. Sie war in Neustadt sicher eine der eher prominenten Persönlichkeiten. Genau wie Oscar es gewesen war. Da lief man sich häufiger über den Weg. Neujahrsempfänge, Beerdigungen … War sie bei Oscars Begräbnis da gewesen? Es gab noch einen weiteren, fast zwingenden Grund, warum diese Frau und Oscar Colossa sich gekannt haben mussten: Sie war einfach wahnsinnig attraktiv! So eine war Oscar sicher nicht ausgekommen. War die private Bekanntschaft der beiden am Ende der Grund dafür, dass man Paul als Sonderermittler gewählt hatte? Wenn schon nicht Oscar, dann wenigstens seinen Erben? War das schmeichelhaft? Eher nicht … Und flirtete Lara Wanek gerade in Wahrheit vielleicht gar nicht mit Paul, sondern mit einem, der Oscar »sehr ähnelte«, auch wenn das wirklich kaum zutraf?

Es gab mehrere Ein- und Ausgänge zum Schloss. Sie befanden sich nun im Erdgeschoss, unter dem Ballsaal der Pressekonferenz. Aus einem geräumigen Vorraum konnte Paul durch zwei gläserne Flügeltüren in einen ebenfalls ziemlich großen Saal blicken, der sich hier unten verbarg.

»Unser Refektorium.« Dr. Wanek hatte Pauls Neugier bemerkt und stieß einen der beiden Türflügel auf. Sie traten zusammen ein. Drei lange Tischreihen mit Stühlen endeten am anderen Ende des Raums an einer erhöhten Stufe. Dort, im rechten Winkel zu den Tischreihen, wie ein Richterpult, der Lehrertisch. Paul fühlte sich an einen Schwurgerichtssaal erinnert.

»Hier speisen die Schüler und das Lehrerkollegium gemeinsam. Nachmittags gibt es Tee und Gebäck. Mittags und zum Abendessen herrscht silentium. Das ist sehr angenehm, wenn man sich beim Essen nicht unterhalten muss.«

Lara Wanek lächelte Paul an. Dieses Lächeln! Es war ganz anders als jeder der bisherigen Gesichtsausdrücke, den er an ihr wahrgenommen hatte. Bislang war sie wie ein zugefrorener See gewesen, funkelnd unter kalten Sternen. Wirklich sehr schön, aber … ein wenig lebensfeindlich. Nun war das Eis aufgetaut, und Sonnenlicht glitzerte auf sanften Wellen.

Sie war auf einmal so privat. So normal. So natürlich. So ungeheuer sympathisch. Und so ungemein hübsch mit ihren braunen Strahleaugen. Paul ging regelrecht das Herz auf, als er hineinblickte. Eigentlich wollte er gar nicht mehr daraus auftauchen. Aber es blieb der eifersüchtige Stachel des Zweifels: War er für sie nur ein billiges Oscar-Surrogat?

Jäh und etwas linkisch wandte sie das Gesicht ab und blickte beschämt zu Boden. Süß. Wie alt war die Frau denn nun? Nur dieses Exaltierte, das Aufgekratzte irritierte Paul ein wenig. Was war nur los mit ihr?

Paul versuchte es jetzt doch mit Konversation: »Ist es nicht ein bisschen langweilig, so still zu essen? Schüler reden doch ziemlich gern, oder? Ich meine, es sind Jungen. Bei Mädchen wäre es vermutlich regelrecht eine Folter! Aber sogar kleine Männer haben sich zwischen den Unterrichtsstunden bestimmt mal was zu erzählen?«

Die Wanek kicherte. »Nein, wirklich gar nicht! Die Schüler mögen es. Es ist ja auch nicht richtig still. Manchmal hören wir gemeinsam Musik. Ansonsten wird meistens vorgelesen. Im Moment lesen wir eine Biografie von … na wie heißt er denn …?« Lara Wanek eilte, rannte fast, übermütig zwischen den Tischreihen hindurch, nach vorn zu der breiten Lehrerbank. Daneben stand ein hölzernes Pult, ein wenig an eine Kanzel erinnernd, mit einem Mikrofon und einer Leselampe. Sie holte ein Buch darunter hervor: »Da ist er ja. Mandelbrot. Klingt lecker, ist aber ein Mathematiker!« Wieder kicherte sie. »Kennen Sie den?« Sie war ein wenig außer Atem und lachte über das ganze Gesicht. Das war doch nicht dieselbe Person, die vorhin auf dem Podium gesessen hatte?

»Klar, kenn ich!«, rief Paul ihr durch den Raum zu. »Apfelmännchen, fraktale Geometrie, Chaostheorie, stimmt's?« In Pauls Wohnung hing ein Bild vom Apfelmännchen. Oscar hatte es ihm als Kind erklärt. Aber Paul hielt es jetzt doch für klüger, Oscar unerwähnt zu lassen, nachdem dessen Präsenz hier sowieso das Maß des Unerträglichen fast zu überschreiten drohte.

»Ja, genau! Lustig, dass Sie das kennen! Ich hatte nie vorher davon gehört!« Sie verstaute das Buch wieder im Lesepult. Oscar hatte ihr Mandelbrots Apfelmännchen in der Wohnung also nicht gezeigt? Ein gutes Zeichen … Vielleicht irrte Paul sich einfach?

»Ich muss aufpassen, dass das Lesezeichen nicht verrutscht. Damit es gleich beim Mittagessen da weitergeht, wo wir aufgehört haben. Sonst gibt's Tumult!« Erneut kicherte sie. Als sie, nun wieder mit etwas würdevollerem Schritt, zu ihm zurückkam, fragte sie ihn schon auf halber Strecke: »Möchten Sie zum Mittagessen bei uns bleiben? Vielleicht lernen Sie was Neues über die Chaostheorie! Heute gibt es eine Gemüsesuppe und dann Apfelstrudel mit Vanilleeis.«

»Das ist sehr nett, demnächst gerne einmal, aber ich muss wirklich dringend in die Kanzlei. Wenn ich mich dort nicht langsam sehen lasse, ist das Chaos bald keine Theorie mehr. Aber ich habe gesehen, dass Sie Kopfschmerztabletten dabeihaben, davon würde ich gerne eine …«

Lara Wanek blickte ihn entgeistert an. »Was habe ich?« Ihre Augen flackerten kurz, wie weggetreten. »Nein, das ist, das sind …« Sie biss sich auf die Unterlippe. »Davon kann ich Ihnen keine geben.«

Das hatte jetzt aber fast ein bisschen unhöflich geklungen. Dann eben nicht. Vermutlich Frauenkram. Hormonpräparate oder so was? Paul bohrte nicht weiter nach. Er würde einfach Fräulein Christiane fragen.

Sie verließen gemeinsam das Schloss durch eine Tür unterhalb der Treppe, über die Paul den Ballsaal am Morgen betreten hatte, und standen nun blinzelnd im heißen Sonnenlicht auf der Kiesfläche. Insekten summten laut vorbei. Sicher auch Hummeln. Paul fröstelte. War Hummelflug nicht auch so ein Musikstück? Besser nicht danach fragen. Hier konnte jede dilettantische Anspielung auf klassische Musik nur zur peinlichen Offenbarung von Wissenslücken führen. Lieber kurz unauffällig am Kinn kratzen.

Die Erinnerung an die Hummel wurde noch durch ein anderes, lautes Brummen verstärkt. Nicht weit von ihnen entfernt zog der Mann auf dem grünen Rasenmähertraktor weiter seine Kreise auf dem Rasen. Rote Ohrenschützer. Blauer Overall. Er wirkte sehr konzentriert und wichtigtuerisch. Wurde aber auch dringend Zeit, hier zu mähen! Wäre der Kerl früher aufgetaucht, wäre das Hummelvieh vielleicht woanders gelandet.

Es roch nach frisch gemähtem Gras. Nach Sommer. Der finstere Moment mit den Tabletten war zum Glück verflogen.

»Wo haben Sie Ihr Auto geparkt?«

»Ich, ähm … ach da vorn im Wald auf dem Parkplatz …«

Wenn man es genau nahm, hatte Paul in seiner Eile und weil alles von der Presse zugeparkt gewesen war, den Defender direkt in so einer Art Beet geparkt. Das wollte er jetzt lieber nicht vertiefen. Und was die Vertiefungen im Beet durch die großen Stollenreifen des Defender anbelangte: Wenn er erst einmal weg war, würde man das ohne Zweifel diesen Psycho-Medienleuten ankreiden. So was war doch ganz typisch für die. Rücksichtslos private Sachen kaputt machen.

»Ich begleite Sie gerne noch …«, hakte Dr. Wanek nach.

Es hätte Paul jetzt schon gefallen, mit ihr über den Rasen zu flanieren und noch ein bisschen über die fraktale Geometrie der Natur zu plaudern. Er hätte ihr gern auch den grünen Defender gezeigt und ihr erzählt, dass den früher die Queen höchstpersönlich gefahren hatte und dass man in dem Film mit Helen Mirren sehen konnte, wie die Queen den Defender sogar einmal selbst reparierte. Hatte sie im Zweiten Weltkrieg gelernt. Patente Frau!

Aber die Sache mit dem zerstörten Blumenbeet war ein echtes Problem, da half auch die pragmatischste aller Königinnen einem nicht heraus. Vielleicht würde Lara Wanek in Sachen Blumen keinen Spaß verstehen? Bei diesem Thema waren Frauen einfach speziell.

Besser also Nein sagen. Zum Abschied lächelte sie trotzdem noch einmal in dieser besonderen Weise und duldete es eine ganze Weile, dass Paul, ebenfalls lächelnd, mit seinem Blick in ihren Augen verweilte. Erkannte sie ihn nun als den charmanten, jungen Rechtsanwalt, der er war, und nicht als Oscars Erben, den verschwitzten und lädierten Vollidioten?

Wie alt war sie? Paul war vierunddreißig.

6 OBERSTURMBENNI

> Mach dich nur wichtig. Vögel wie du landen schnell in einer Fichtenkiste. Du stehst auf der Liste. Wenn wir kommen, wirst du abgeholt. 05:22

Die Rückfahrt durch die serpentinenartigen Kurven die waldigen Hügel hinunter in Richtung Neustadt führte Paul am Friedhof vorbei. Den besuchte er erst seit kurzer Zeit regelmäßig. Es hatte gedauert, sich daran zu gewöhnen, dass Oscar hier tot in einem Grab verrottete.

Wie von selbst lenkte der bullige Defender auf den von Bäumen umsäumten Parkplatz. Als wüsste er, dass sein alter Herr dort wartete. Die Stollenreifen knirschten auf dem Schotter. Nach diesem Morgen verspürte Paul das dringende Bedürfnis, mit seinem Vater zu reden. Mit »Onkel Oscar«.

Niemand sonst war bei den Gräbern. Viele Blumen ließen durstig ihre Köpfe hängen. Eine Horde großer schwarzer Vögel hüpfte über die Grabsteine.

Paul hatte seine Jacke über die Schulter geworfen und die Hemdsärmel hochgekrempelt. Nachdenklich blickte er auf das Grab seines alten Herrn. »*Audiatur et altera pars*« stand da in die in das Beet eingelassene, liegende Marmorplatte gemeißelt. Man soll sich immer auch die andere Seite anhören. Der Grundsatz der Gerechtigkeit schlechthin, von alten Römern in wohlklingende Worte gefasst. Die Römer hatten das einfach drauf.

Rechtsanwalt Dr. Oscar Colossa war jetzt höchstpersönlich auf der anderen Seite angelangt. Paul vermisste ihn jeden Tag. Er war in seiner Welt der wichtigste Mensch gewesen. Inzwischen hatte er sich an das Gefühl gewöhnt, dass der Mann, den er sein ganzes Leben lang für seinen Onkel gehalten hatte, in Wahrheit sein Vater gewesen war. Er hatte Oscar verziehen, dass er ihn deshalb belogen hatte. Viel mehr noch: Er hatte es inzwischen verstanden. Das Leben ist kompliziert. Und fragil. Wenn man es mit zu vielen Wahrheiten überlastet, zerbricht es allzu leicht.

Und was ist Wahrheit eigentlich, genau betrachtet? Mandelbrot hätte diese Frage an das Apfelmännchen verwiesen. Immer, wenn man dieses Kerlchen genauer unter die Lupe nimmt, tauchen neue, komplexe, verschnörkelte geometrische Strukturen darin auf. Von wegen klare Linien. Alles blankes Chaos. Wunderschön eben.

Es war Paul peinlich, laut am Grab zu reden, deshalb stand er schweigend davor. Wie man das eben so macht. Er brachte auch nie etwas mit. Andere Leute schon. Ständig standen Blumen auf Oscars Grab, manchmal lagen auch Dinge darauf. Einmal fand Paul ein Buch, das Oscar zu Lebzeiten offenbar verliehen hatte, wie das »ex libris« auswies, und das man ihm post mortem hierher zurückgebracht hatte. *Krieg und Frieden* von Tolstoi.

Auf Oscars Grabplatte standen auch heute einige recht durstige Blumen in Töpfen mit trockener Erde. Der schweigend meditierende Paul ertrug deren gar zu erbärmlichen Anblick irgendwann nicht mehr und beschloss, sie zu gießen. Irgendwo hier musste doch …

Er irrte zwischen den Gräbern umher, bis er einen Wasserhahn fand. »Gießwasserzapfstelle« stand darüber auf einem Schild in amtlicher Schrift. Wunderbar deutsch. Oscar fühlte sich bestimmt wohl an diesem Ort. Er hatte eine besondere Vorliebe dafür gehabt, sich über die öffentliche Ordnung zu amüsieren. Vor dem Wasserhahn standen mehrere grüne Plastikgießkannen und eine blaue, mit großen weißen Nummern gekennzeichnet.

Mit der blauen Vier kehrte Paul zum Grab seines Vaters zurück. Einer der großen schwarzen Vögel hatte sich zwischenzeitlich in die Nähe der Grabplatte gesetzt. Es störte ihn offenbar nicht, dass Paul ziemlich nah an ihn herankam, um die Stiefmütterchen und die Chrysanthemen zu gießen, die man dem Toten aufs Grab gestellt hatte. Der Vogel sah aus wie ein Rabe, war aber kleiner. Vielleicht eine Krähe? Angeblich konnten sie sprechen.

Den Rest der Kanne schüttete Paul über die Grabplatte. Das glänzte so schön sauber.

Dann trat er einen Schritt zurück, war allerdings ein wenig enttäuscht. Die Blumen wirkten nach wie vor schlaff. Undankbares Kraut. Nun gut. Es dauerte vermutlich eine Weile. Der Vogel hockte immer noch da und blickte ihn mit leicht schiefem Kopf kritisch an. Oscar hatte das auch manchmal so gemacht. Wie kurios. Überhaupt meinte Paul bei genauerem Hinsehen entfernte Ähnlichkeiten zwischen dem Vogel und dem alten Advokaten zu entdecken. Die Kopfform. Die blitzenden Augen?

Immerhin. Es fehlte jeder Beweis dafür, dass es keine Seelenwanderung gab.

Aber mal ganz ehrlich: Wenn Oscar sich ein Wesen hätte aussuchen dürfen, in dem seine Seele fortbesteht, dann erschien ein solches Federvieh doch ziemlich mickrig.

Was ist mit Blauwalen? Oder, wenn schon ein Vogel, ein Weißkopfseeadler?

Andererseits hatte Oscar immer schon eine Schwäche für die Kleinen gehabt.

Sollte es eine Krähe sein, so gab sie jedenfalls keine Kostprobe ihres angeblichen Sprachtalents zum Besten. Damit hätte das Tier Paul nicht nur beeindrucken, sondern auch endgültig davon überzeugen können, dass es Oscars Seele beherbergte. Dann eben nicht. Dann eben geheimnisvoll.

»Heiß heute!«, sagte Paul zu dem Vogel. Ganz leise. Dann blickte er schüchtern über die Schulter, um zu sehen, ob jemand ihn gehört haben könnte. Nein. Keiner da.

Der Vogel zeigte keine Reaktion. Typisch Oscar. Erst mal den anderen aus der Reserve locken.

»Geht die ganze Woche schon so …« Paul versuchte einen neuen Anlauf. Jetzt etwas lauter. »Laut Wettervorhersage soll es den ganzen Sommer so bleiben … weil es am Siebenschläfer dreißig Grad hatte. Man sagt ja, so wie das Wetter am Siebenschläfer ist, soll's die nächsten sieben Wochen bleiben …«

Unglaublich. Unterhielten sie sich jetzt wirklich übers Wetter? Dabei wussten doch beide, dass es größere Themen zu bereden gab!

»Ich habe ein ganz komisches Gefühl …« Paul gab sich einen Ruck. »Ich habe da so ein Mandat übernommen. Als sogenannter Sonderermittler. Ich weiß, das klingt scheiße. In dem privaten Musikgymnasium da oben in dem Schloss auf dem Berg. Kennst du bestimmt?«

Der Vogel blinzelte. Paul wertete das als Zustimmung. Lara Wanek erwähnte er vorerst nicht.

»Angeblich setzen die ihre Schüler unter Drogen, damit sie besser lernen, oder so was. Wobei sie es bestreiten. Einer soll gestorben sein. Ist natürlich nicht gut fürs Image und deshalb wollen sie, dass ich ihnen einen Persilschein ausstelle, dass alles in Ordnung ist. Sie zahlen gut. Also, ich meine … richtig, richtig gut!«

Paul gab dem Tier, Oscar, kurz Zeit für einen Einwand. Nichts?

»Mir ist schon klar, dass da vielleicht was faul ist! Normalerweise beauftragt man mit solchen Sachen eine Großkanzlei, nicht so einen Feld-, Wald- und Wiesenanwalt wie mich. Noch dazu einen, der neu in der Stadt ist.«

Nachdenklich beobachtete Paul, wie schnell das Wasser auf der Grabplatte in der Sonne verdunstete.

»Ich fürchte, genau darum geht es denen, oder? Die wollen gar nicht, dass jemand mit Erfahrung bei ihnen herumschnüffelt. Die halten mich für so naiv und inkompetent, dass ich nichts merke.«

Die Krähe hüpfte jetzt ein paar Zentimeter nach links und neigte den Kopf auf die andere Seite, ohne den Blick von Paul zu lassen.

»Sie haben mich einen Vertrag unterschreiben lassen, der mir komplett die Hände bindet. Wenn ich ihnen erlaube, den Bericht selber zu schreiben, und ich am Ende einfach meinen Stempel druntersetze, wäre es ihnen wahrscheinlich am allerliebsten!«

Audiatur et altera pars. Immer wieder wanderte Pauls Blick über den lateinischen Schriftzug. Das war eine ganz schön harte Anschuldigung gegen den eigenen Mandanten, die er da vorbrachte. Er musste an Lara Wanek denken. Würde sie ihn wirklich so eiskalt benutzen? Warum eigentlich war er sich so sicher, dass an der Sache etwas faul war? Die Staatsanwaltschaft hatte nichts gefunden!

Aber Paul wusste natürlich, dass es im Zweifel gar nichts zu bedeuten hatte, wenn »die StA« eine Sache einstellte. Das machten die andauernd. Und wenn man genauer hinsah, um zu ergründen, wann sie etwas einstellten und wann sie etwas verfolgten, ob es da vielleicht irgendein System gab, dann landete man ganz schnell wieder bei der Mandelbrotmenge und dem Apfelmännchen. Immerhin bevorzugten sie sicher keinen. Es wirkte wie Würfeln. Chaos war insofern natürlich auch eine Art von Gerechtigkeit. Es konnte jeden erwischen. Jederzeit. Und jeder konnte davonkommen.

»Die Sache ist die … es ist mir eigentlich scheißegal. Ich meine, ich kann mir vorstellen, dass Leute, die ihre Kinder auf so eine Schule schicken, damit sie eine internationale Superkarriere als Musiker machen, alles in Kauf nehmen, oder? Und die Kinder selber doch genauso! Diese Kinder sind doch clever? Die kapieren doch ganz genau, worum es geht. Solange sie die Kinder nicht foltern oder massakrieren, braucht es mich doch auch nicht zu interessieren. Ich will nur keinen Stress. Und ich will nicht, dass irgendetwas Negatives an mir hängen bleibt. Ich meine … wir sind Anwälte, oder? Wir wissen, wie die Welt in Wahrheit funktioniert.«

Der Vogel wippte jetzt mit dem Kopf, öffnete den Schnabel und beugte sich weit vor. Dabei starrte er Paul weiter an, und dann verstand Paul.

Ja, natürlich. Das leuchtete ihm ein. Es klang sogar weise! Anwälte waren nicht dafür da, die Welt zu verbessern. Sie hielten sie nur im Gleichgewicht. Und dazu war es erlaubt, sich mal ein bisschen weiter zur einen oder zur anderen Seite zu neigen. Bis zu einem gewissen Punkt. Wenn man sich dann noch weiter neigte, kippte die ganze Konstruktion um. Ab einem gewissen Punkt wurde das System instabil. Gerade das hatten Anwälte unbedingt zu vermeiden. Das Gleichgewicht musste um jeden Preis gewahrt bleiben. Das war der Job.

Paul nickte der Krähe verschwörerisch zu. »Danke«, sagte er.

Als er schon fast bei der Friedhofspforte war, drehte er sich noch einmal um. Der Vogel saß jetzt unten auf der Grabplatte. Mit heftigen Schnabelhieben zerhackte er die gerade frisch gegossenen Blumen, rupfte große Büschel und Wurzelteile mit Erde aus den Blumentöpfen und verteilte den Dreck auf der so liebevoll gesäuberten Marmorplatte. Einen Sekundenbruchteil verspürte Paul den wütenden Impuls, das dreiste Tier zu verjagen. Doch dann begriff er. Ja, natürlich. Das war Oscar. Wie typisch! Das konnte nur er sein! Es war der endgültige Beweis. Schmunzelnd schlurfte Paul zum Defender.

❼ TOTFICKER123

Du Viehzeug siehst einfach nur wie eine hässliche Scheißfehlgeburt aus. 22:18

Die Buntglasfenster der Kanzleivilla spiegelten bis hinauf zum Fachwerkturm grell die Sommersonne. Der Garten wucherte in allen Schattierungen von Grün. In einem Ausmaß, das möglicherweise ein gewisses gärtnerisches Eingreifen gerechtfertigt hätte. Paul hingegen rechtfertigte seine Bequemlichkeit damit, dass allzu tiefe Einschnitte in das Grünzeug bei so großer Hitze den Pflanzen vielleicht Schaden zugefügt hätten. Wer wollte schon einen gelb verbrannten Rasen mit verdorrten Büschen?

Es war wunderbar erfrischend, als er erst vom Haupteingang ins Treppenhaus und von dort durch die schwere Holztür in das Vorzimmer seiner Kanzlei trat. Die schwarzweißen Schachbrettfliesen des großen Raums luden förmlich dazu ein, barfuß ihre steinerne Kühle in sich aufzunehmen. Natürlich tat Paul nichts dergleichen. Er war der Chef. Nicht irgendein verschrobener Mandant. Zudem fürchtete Paul die Freisetzung von Fußgeruch. Aber schon der Gedanke, dass er es theoretisch jederzeit tun könnte, gerade weil er der Chef war, erfrischte Pauls Füße bereits ein wenig.

Hinter dem Bollwerk der Empfangstheke saß seine Bürochefin, Fräulein Christiane. Daneben seine üppige

Sekretärin Liliane Draxler und außerdem diese Frau Barbara. Die zwielichtige Person, die nach wie vor im Obergeschoss der Kanzlei residierte. Das exotische Geschöpf mit den quietschrot gefärbten Haaren trug ein eng anliegendes, wursthautartiges Lederkostüm und hatte die rote Mähne zu einem globusartigen Dutt auf dem Kopf gerollt. Der rote Planet quasi.

Dr. Oscar Colossa hatte mit dieser Frau Barbara ein Arrangement dahingehend getroffen, dass sie das Haus einschließlich der Anwaltswohnung im Obergeschoss putzte, für ihn kochte, einkaufte, die Wäsche wusch – und mit ihm regelmäßig das Bett teilte. Was Frau Barbara nicht weiter als ungewöhnlich erachtet hatte, als sie ohnehin ihren Unterhalt als Prostituierte erwirtschaftet hatte.

Nicht allein wegen ihres inzwischen fortgeschrittenen Alters hatte Paul, als er die Kanzleivilla erbte, dieses Arrangement insoweit aufgekündigt, als es sexuelle Dienste beinhaltete. Er hatte diesbezüglich Bedenken grundsätzlicher Art. Paul hatte nie im Detail erfragt, welche konkreten Dienstleistungen Frau Barbara für seinen Vater auf diesem Gebiet erbracht hatte. Er hatte ihr vielmehr unmissverständlich klargemacht, dass all diese Aktivitäten mit sofortiger Wirkung beendet wären, was immer es gewesen sein mag. Des Weiteren äußerte er den dringenden Wunsch, Frau Barbara möge, solange sie unter seinem Dach residierte, Liebe und Geld nicht mehr in kausalen Zusammenhang bringen. Wobei man sich einig war, was Paul in dieser Hinsicht unter »Liebe« verstand.

Es war Fräulein Christiane gewesen, die die Sache sodann in die Hand genommen hatte.

Anstatt dem Anwalt des Hauses in sinnlichen Fragen

zu Willen zu sein, half Frau Barbara neuerdings unten in der Rechtsanwaltskanzlei aus. Das war auch dringend notwendig, da Paul sich leichtsinnigerweise vor einer Weile dazu entschieden hatte, die sexuellen Dienste einer anderen Dame im Hause, nämlich seiner früheren Sekretärin Micha Draxler, in Anspruch zu nehmen. Hier hatte er tatsächlich »Liebe« gemeint. Es war trotzdem, oder vielleicht gerade deshalb, gescheitert und hatte zu einem schwierigen Personalnotstand geführt, der jetzt ausgerechnet durch Barbara aus der Dachgeschosswohnung ausgeglichen wurde. Wie das Leben eben so spielt. Liebe kommt. Liebe geht.

Ausgleichen war übrigens eine der verblüffenden Stärken dieser Frau Barbara. Immerhin war es ihr unter anderem auf wundersame Weise gelungen, die intensive Abneigung in Luft aufzulösen, die Fräulein Christiane ihr gegenüber ursprünglich gehegt hatte. Sonst wäre das mit dem Job in der Kanzlei nie etwas geworden.

Die anfänglich extrem schlechte Stimmung zwischen den beiden Damen war leicht zu erklären gewesen. Fräulein Christiane und der verstorbene Dr. Oscar Colossa hatten nämlich über Jahrzehnte ein heimliches Techtelmechtel gehabt, und so empfand Christiane es natürlich alles andere als beruhigend, dass Oscar noch eine weitere Frau im selben Haus konsultiert hatte.

Nun jedoch, wo Oscar für immer fort und Paul an beiden Damen gleichermaßen nicht interessiert war, gab es auch keinen Grund mehr für die zwei Frauen, trotz ihrer gänzlich verschiedenen Charaktere nicht eine verquere Art freundschaftlicher Zuneigung füreinander zu entwickeln. Zumal sie beide etwa gleichen fortgeschrittenen Alters waren und Barbara keinerlei Problem damit hatte, sich Christiane als Alphaweibchen unterzuordnen.

Ausgleichend, in diesem Falle auf verblüffend mütterliche Art und Weise, hatte Frau Barbara auch gewirkt, als Micha Draxler die Kanzlei nach der gescheiterten Bettbeziehung zum »Chef« fluchtartig und tränenreich verlassen hatte.

Dummerweise nämlich war die üppige Liliane Draxler, die verbliebene Schreibkraft im Nebenzimmer, Michas Schwester und hatte nach dem kleinen Eklat zunächst in Betracht gezogen, der Kanzlei Colossa in schwesterlicher Solidarität ebenfalls den Rücken zu kehren. Doch dank der rothaarigen Exotin Barbara war sie geblieben, auch wenn ihr Verhältnis zu Paul derzeit von großer Sachlichkeit geprägt war.

Besagte Riege von Damen, Christiane, Barbara und Liliane Draxler, saß nun also dreisam hinter der Empfangstheke und blickte, intensiv in ein Gespräch vertieft, auf Fräulein Christianes Computerbildschirm, als Paul hereinkam.

Die zunächst heiteren Gesichter wandten sich ihm zu, verharrten noch für Augenblicke in ihrer Stimmung, um sodann kollektiv zu kollabieren. Von einem Moment zum anderen: grenzenloses Entsetzen.

Verdammt, bitte nicht etwa immer noch der Hummelstich?

»Paul, sag mir, dass du nicht so zu der Pressekonferenz gegangen bist …?« Fräulein Christiane sprach aus, was alle dachten.

Paul erinnerte sich zurück an all die anderen kritischen und spöttischen Blicke, die er im Lauf des Vormittags bereits geerntet hatte, und war die Ratlosigkeit selbst: »Können Sie mir vielleicht mal sagen, was mit meinem Gesicht los ist?«

»Ja, schau dich doch an!«, ätzte Fräulein Christiane. Liliane Draxler hielt sich fassungslos die Hand vor den Mund. Barbara war kurz davor, laut herauszuprusten.

Jetzt hatte Paul wirklich die Schnauze voll. Ungehalten stürmte er durch die Tür mit dem großen Doppelkopfadler der Stadt Königsberg in sein Büro hinüber und von dort in das kleine Kanzleibadezimmer. Licht an, Blick in den Spiegel über dem Waschbecken … ach du … ganz große Scheiße!

Rechtsanwalt Paul Colossa hatte aus seinem ersten großen Fall in Neustadt, der Geschichte mit der kleinen Russin und ihrem Hund Tolstoi, ein besonders hässliches Andenken zurückbehalten. Ein Glasauge. Wobei das Glasauge eigentlich ganz hübsch war. Hässlich war die rosig glitschige leere Augenhöhle, die es verbarg. Paul hatte das linke Auge durch einen Molotowcocktail verloren. Er mochte das Glasauge nicht. Entgegen einem verbreiteten Irrglauben war es keine Kugel, sondern eine hauchzarte, filigrane Schale. Damit die Augenhöhle mit der Zeit nicht schrumpfte, musste er es so regelmäßig wie möglich tragen. Was Paul auch tat. Aber er hatte dabei ständig Angst, die filigrane Prothese versehentlich zu zerbrechen, wenn er sich einmal unbedacht herzhaft ins Gesicht fasste. Eine weitere Sorge bestand darin, das Ding könnte einfach herausfallen. Deshalb nahm er das Glasauge, wenn er tagsüber entspannen wollte, heraus. Auch beim Schlafen trug er es nicht. Wenn er das magische Halbglas allerdings nicht eingesetzt hatte und seine schlüpfrige Augenhöhle an die frische Luft ließ, sah er extrem zombieartig aus. Selbst wenn er allein war, mochte er das nicht. Wenn sich sein Gesicht zufällig irgendwo in der Wohnung spiegelte, beim Gang auf die Toilette, in der Keramikherdplatte oder in den abendlich dunklen Fenstern, erschrak er vor sich selbst und ekelte sich. Deshalb trug er zu Hause gern eine schwarze Augenklappe über der Verletzung. Selbst dann übrigens manchmal, wenn er das Glasauge drin hatte. So fühlte er sich einfach sicherer. Auch in der Kanzlei trug er die schwarze Augenklappe oft, wenn nicht mit Mandanten zu rechnen war. Das sah zwar ulkig aus, aber alle hatten sich daran gewöhnt. Alle, die ihn gut kannten. Sonst wusste es ja keiner.

Doch heute früh war es hektisch zugegangen. Der Espressounfall, die vergebliche Suche nach einer geeigneten Krawatte. Er hatte die Nacht wie üblich mit nackter Augenhöhle zugebracht, beim Frühstück die Augenklappe getragen und dann einfach nicht mehr daran gedacht, die Augenklappe gegen das verfluchte Glasauge auszutauschen. Eigentlich hatte er überhaupt nicht an sein Auge gedacht. Das tat er verblüffend selten. Sein Gehirn hatte sich sehr rasch daran gewöhnt, dass Mono für Paul jetzt das neue Stereo war. Natürlich war er eingeschränkt. Links gab es jetzt einen riesigen toten Winkel. Aber auch daran gewöhnte man sich. Hinten hatten die Leute ja auch keine Augen, und es stresste einen nicht. Mit links war es genauso.

Offensichtlich war Paul jedenfalls heute Vormittag bei der Pressekonferenz als Pirat unterwegs gewesen. Mit der Augenklappe. Ausgerechnet. Im Zoom Dutzender Kameralinsen. Vor Tausenden, Zehntausenden, Hunderttausenden Menschen – und doppelt so vielen Augen. Paul spürte, wie seine Knie weich wurden, als er sich all die Reporter wieder ins Gedächtnis rief. Doch in seinem Selbstmitleid wurde er durch ein lautes Johlen von nebenan aus dem Vorzimmer unterbrochen. Frau Barbara hatte offenbar schließlich doch die Contenance verloren und schüttelte sich jetzt hemmungslos vor Lachen. Tief, herzlich und vernichtend japste sie lautstark nach Luft.

Paul strich mit dem Finger über die samtige schwarze Augenklappe, die seinen Verlust bedeckte. Es war erstaunlich, dass er so wenig Frust darüber empfand. Der Verlust eines Auges hätte manch anderen unbeugsamen Recken in einen Abgrund der Depression gestürzt. Doch Paul Colossa war ein zäheres Gewächs, als er selbst von sich angenommen hätte. Ein Stück weit trug er seine Augenklappe regelrecht mit Stolz. Aber eben nicht unbedingt vor aller Welt …

Paul kehrte zurück ins Vorzimmer, wo seine Mitarbeiterinnen sich weiterhin an Fräulein Christianes Computer zusammengerottet hatten. Er gesellte sich dazu und traute seinem verbliebenen Auge nicht. Das, was er da auf dem Bildschirm sah, war so grotesk, dass man beinahe hätte lachen mögen. Oder heulen, je nachdem. Frau Barbara zum Beispiel kicherte immer noch ein wenig, auch wenn sie sich allergrößte Mühe gab. »Elvis Babik ist wieder da«, gluckste sie. Wie nett. Sie kannte den Spinner anscheinend.

Das also war die schmuddelige kleine Internetpräsenz des »Newtown Blog«. Jenes regionale Neustädter Schmierportal, in dem der verhaltensauffällige, dicke, kleine Glatzkopf mit dem roten Bärtchen von vorhin aus der Pressekonferenz der Welt seine verkorkste Sicht der Dinge aufdrängte. Paul hatte sich nie zuvor damit befasst. Weil er sich nur mäßig für Lokalnachrichten interessierte. Weil er sich, ehrlich gesagt, überhaupt nur mäßig für jede Art von ernsthaften Nachrichten interessierte. Immer nur die

Welt miesmachen? Paul hatte Besseres zu tun. Das aber sollte sich nun schlagartig ändern, denn Rechtsanwalt Paul Colossa war selbst zu einer Nachricht geworden. Er war der neue Star des »Newtown Blog«:

»Holt Rechtsanwalt Dr. Hook beim KIR die Leichen aus dem Keller?«

Unter dieser fett gedruckten Überschrift prangte ein riesiges Foto von der Pressekonferenz. Sir Evelyn Rutland mit gesenktem Kopf und Blick auf die Tischplatte auf der einen Seite. Ein leerer Stuhl und eine nachdenklich dreinblickende Dr. Lara Wanek auf der anderen Seite. Und in der Mitte: ein Mann mit wirren dunklen Locken, die ihm teils ins Gesicht fielen. Verzerrte Grimasse mit Dreitagebart, ein Wasserglas in der Hand, offener Mund, den Kopf leicht weggedreht, das rechte Auge halb zugekniffen und … über dem linken … die Piratenaugenklappe.

Er sah wirklich aus wie ein Pirat. Nein, schlimmer noch, wie die dämliche Karikatur eines Seeräubers. Dr. Hook? Echt jetzt? Na toll. Nicht nur die Augenklappe, sondern auch der vermaledeite falsche Doktor holte ihn also ein. Das hatte er ja befürchtet. Aber was sollte das denn? Captain Hook, der blöde Pirat aus Peter Pan, trug doch gar keine Augenklappe, oder? Als ob das jetzt noch eine Rolle spielen würde.

Der besondere Clou des Fotos bestand übrigens darin, dass der Blogger Elvis Babik in den Hintergrund noch ein liebevolles Detail fotomontiert hatte. Es sah richtig echt aus auf den ersten Blick: Hinter Pauls Rücken prangte der berühmte »Jolly Roger«. Ein weißer Totenkopf mit darunter gekreuzten Klingen auf einer riesigen, zerfetzten schwarzen Fahne. Babik hatte sich große Mühe gegeben.

Paul sah ungewollt ein wenig so aus wie einer dieser islamistischen Hassprediger vor ihren weiß auf schwarz gepinselten Koransuren.

Aber Babik war ein schlauer Hund, das erkannte Paul auf den zweiten Blick. Hinter der Überschrift »Dr. Hook« hatte er ein fettes Fragezeichen gesetzt. Damit war der Text nicht angreifbar. Eine Frage, keine Aussage. Und unter dem Foto stand, recht klein, aber wenn man es finden wollte, doch deutlich genug zu erkennen: »Foto künstlerisch verfremdet.«

»Das ist doch …« Paul rang nach Worten für das, was er da sah. Es war auf jeden Fall kein gutes Beispiel für seriösen Journalismus.

»Ja«, stimmte Fräulein Christiane ihm zu. »Das ist Elvis Babik. Wir haben lange nichts von ihm gehört! Aber scheinbar ist er jetzt wieder unser Fan. Die Frage ist nur – wie konnte es dazu kommen und was willst du dagegen tun?« Fräulein Christiane kannte Babik also auch?

Paul hatte begonnen, Babiks Artikel zu lesen. Schnell war der Bursche ja, das musste man ihm lassen! Die Pressekonferenz war gerade einmal zwei Stunden her. Und man musste auch neidlos anerkennen, dass der Typ ein gewisses Talent hatte. Was er schrieb, war fraglos unterhaltsam. Während Paul sich immer näher zum Bildschirm vorbeugte, hatte er einen Moment lang das Gefühl, Oscar Colossa blicke ihm von seinem großen Schwarz-Weiß-Porträt hinter Fräulein Christianes Empfangstheke ebenfalls neugierig über die Schulter und lese mit. Paul wagte allerdings nicht, sich umzudrehen, um es zu überprüfen. Eilig überflog er die Zeilen.

»Pressekonferenz zu den Drogenvorwürfen am Kolleg

Ida Rubinstein in Neustadt – Ein Kommentar von Elvis Babik, Newtown Blog.«

Wie schon festgestellt: Clever war diese Kanaille definitiv. Er nannte es Kommentar, also musste er es mit den Tatsachen nicht so genau nehmen. Kommentieren, das war die Freestyle-Variante des Journalismus.

»Man mag sich gar nicht vorstellen, was reiche High-Society-Oberklasse-Eltern alles treiben, um zu beweisen, dass ihre verzogenen Söhnchen den Jungs von uns normalen Leuten nicht nur gesellschaftlich und wirtschaftlich, sondern auch genetisch überlegen sind. Weil die Reichen glauben, sie wären was Besseres als unsereiner, müssen ihre Kinder es natürlich auch sein. Das KIR ist, wenn man hinter die Schlossmauern blickt, nichts anderes als ein experimenteller Brutkasten für sozialdarwinistischen Größenwahn. Dort wird Frankensteins Monster Tag für Tag neu erschaffen und spielt meisterhaft Geige, Klavier und Klarinette. Damit sollen die kleinen Großkopferten dermaleinst uns und die Welt beherrschen.

Dummerweise haben auch reiche Eltern dumme Söhne. Aber das stellt am Kolleg Ida Rubinstein kein unlösbares Problem dar. Alles eine Frage fett gefüllter Portemonnaies. Deren Inhalt trifft da oben im Schloss auf abgrundtiefe Skrupellosigkeit. Selbst das dümmste Balg wird am KIR zu einem musikalischen Supertalent gedrillt, koste es, was es wolle.«

Auch die nächste Überschrift stellte eine dreiste Unterstellung dar, die Babik mit einem harmlosen kleinen Fragezeichen quasi legal gemacht hatte:

»Werden Schüler mit Drogen gefügig gemacht?

Weder mit normalen noch mit legalen Mitteln kann man

Wunder vollbringen, deshalb sollen sie im Schloss Hirschenhaid angeblich nicht vor extrem abnormalen Mitteln zurückschrecken, um die Kinder zu manipulieren. Es heißt, man pumpt dort die armseligen Kreaturen mit Drogen voll, und zwar so lange, bis sie wie kleine geistesgestörte Robotersklaven ihren *Boléro* herunterspielen.«

Angeblich, schrieb Babik. Auf diese Weise war es keine falsche Tatsachenbehauptung – und dann kam schon wieder die nächste Überschrift mit Fragezeichen.

»Drogentote am KIR?

Wer seinen *Boléro* nicht brav abspult, der fällt dann wohl irgendwann tot um? Tatsächlich soll das, so heißt es hinter vorgehaltener Hand, kürzlich mit einem Schüler passiert sein. Wir vom ›Newtown Blog‹ hatten exklusiv als Erste darüber berichtet! Der Schüler soll zu Tode gedrillt worden sein. Das KIR dementiert natürlich scheinheilig, sie wehren sich mit Zähnen und Klauen, aber sie können nicht verhindern, dass ihr Morast aus schwarzer Pädagogik inzwischen zum Himmel stinkt. Und wir vom ›Newtown Blog‹ haben es gerochen.«

Wenn an dieser Sache auch nur ein Hauch von Wahrheit dran wäre, mutmaßte Paul, dann hätten die Eltern dieses Schülers doch längst einen riesen Terror gemacht und die Behörden hätten die Schule geschlossen? Aber jetzt fiel Paul wieder ein, welche kuriose Namensähnlichkeit zwischen dem angehenden jungen Musikgenie und dem musikalischen Leiter der Schule bestand. Hugo Rutland, so hieß der Knabe. Das wusste Babik nicht, sonst hätte er ein viel größeres Fass aufgemacht.

»Lügen und vertuschen?

Was tut die feine Direktorin Dr. Lara Wanek mit ihrem

internationalen Superdirigenten Sir Evelyn Rutland? Was unternimmt die Schulleitung, jetzt, wo es aussieht, als wäre eine traurige Leiche aus ihrem Keller herausgezerrt worden? Das, was man in oberen Kreisen immer so getan hat? Lügen und vertuschen?«

Babiks Fragezeichentaste musste einem wahrlich leidtun.

»Diese Leute können so etwas natürlich viel besser als wir normalen Sterblichen. Angeblich soll die Staatsanwaltschaft ermittelt haben. Angeblich wurde das Verfahren eingestellt. Angeblich, angeblich ... Wenn da nicht was oberfaul ist? Die Kleinen hängt man, die Großen lässt man laufen?«

Zum Fremdschämen, wie Babik versuchte, sich seinen Lesern anzubiedern. Eine Neiddebatte zu schüren. Die da oben, und wir hier unten. Aber natürlich war das ein bewährtes Rezept, egal ob in der Politik oder im Boulevard. Wenn man im Internet mit irgendetwas noch mehr verkaufen konnte als mit nackten Titten und Katzenbabys, dann mit Neid. Aber ging Babik jetzt nicht zu weit? Fragezeichen hin oder her – das war Verleumdung, und die ist strafbar!

»Selbst dem KIR scheint die Nummer mit der Verfahrenseinstellung durch den Staatsanwalt zu billig zu sein. Sie wollen uns lieber noch mit ein paar Fake News zukleistern und betäuben. Genauso, wie sie ihre Schüler so lange sedieren, bis keine Fragen mehr gestellt werden?«

Jetzt folgte ein Absatz, der bei Paul die Magensäure ein kleines bisschen zum Brodeln brachte.

»Piratenanwalt Dr. Colossa als Pausenclown.

Anscheinend gab es eine Panne in der PR-Abteilung des KIR? Haben sie die Spin-Doktor-Liste mit der Kindergeburtstags-Unterhalter-Seite verwechselt? Sind sie im Telefonbuch in der Zeile verrutscht? Anders ist diese Megapeinlichkeit nicht zu erklären. Anstatt sich einen versierten Profi zu kaufen, der darin geübt ist, geschäftsschädigende Skandale clever unter den Teppich zu kehren, wie Politiker, Schauspieler und Konzernbosse das normalerweise tun, haben sie sich beim KIR einen albernen Pausenclown engagiert. Ein gewisser Rechtsanwalt Dr. Paul Colossa, der neuerdings die Neustädter Kanzlei des höchst dubiosen Juristen Dr. Oscar Colossa übernommen hat, nachdem der sich Anfang des Jahres unter mysteriösen Umständen selbst umgebracht hat. Er wird gewusst haben, warum. Dieser völlig unerfahrene Junganwalt soll den Beweis liefern, dass beim KIR alle Westen weiß sind? Aber vielleicht ist das eine besonders verwegene Strategie – die Öffentlichkeit ablenken, indem man sich selbst zur Lachnummer macht?

Dem Herrn Rechtsanwalt war es jedenfalls nicht zu peinlich, Captain-Hook-mäßig mit Piratenaugenklappe ausgerechnet bei einer Pressekonferenz aufzukreuzen, bei der man versuchen wollte, den guten Ruf der Musik-Eliteschule zu retten, nachdem die Gerüchte über Drogentote nicht mehr unter dem Teppich bleiben wollten.

Der alberne Piratenclown hat allerdings eine mehr als dürftige Show geliefert. Peinlich stammelnd machte er sich zum Affen und versteckte sich vor den Fragen der anwesenden Journalisten aus aller Welt hinter seiner anwaltlichen Schweigepflicht. Es mag ja sein, dass der Mann ein Augenleiden hat. Aber ist es nötig, das so peinlich in den Mittelpunkt zu stellen? Mit einer Sehbehinderung kann man auch anders umgehen! Indem er versucht, mit seiner Behinderung von seinem Auftrag abzulenken, verspottet er all jene Menschen, die mit ihrer Behinderung weniger privilegiert durchs Leben kommen müssen als der Herr Rechtsanwalt. Pfui, Herr Colossa! Schämen Sie sich denn gar nicht? Und was machten die feinen Herrschaften, als sie merkten, dass dem lächerlichen Piratenkapitän das Schiff aus dem Ruder läuft? Volle Breitseite! Dafür hatten sie nämlich noch einen zweiten Anwalt dabei, der sich wenigstens wie ein normaler Anwalt verhielt. Dem fiel nämlich nichts Besseres ein, als dem ›Newtown Blog‹ mit einer Klage zu drohen. Sie wollen Elvis Babik und den ›Newtown Blog‹ gerne mundtot machen. Aber wir werden dafür kämpfen, dass in diesem Land die Wahrheit weiterhin gesagt werden darf, auch wenn einem die Geldbörse nicht in der Hose platzt. Der ›Newtown Blog‹ wird aufklären, ob es Drogen und tote Schüler am KIR gibt. Auch dem Piratenclownanwalt Colossa werden wir bei seiner Untersuchung kräftig auf den Zahn fühlen. Mehr demnächst hier exklusiv beim ›Newtown Blog‹! Schauen Sie wieder rein. Abonnieren Sie uns kostenlos online.«

Paul war irritiert. Richtig ernst nehmen konnte er das nicht. Niemand würde so einen Dreckspatz ernst nehmen. Wer las so etwas schon, einen winzigen Internetblog in einer provinziellen Kleinstadt? Andererseits pisste ihm dieser kleine Penner mit ganz schön viel Schwung ans Bein. Durfte Paul sich das bieten lassen? Wollte er das?

»Das ist ja total krass!«, kommentierte die sonst eher zurückhaltende Liliane Draxler das soeben Gelesene. Pauls Problem an ihrer Aussage offenbarte sich in der daran anschließenden Frage: »Stimmt das echt, dass die da oben einen Jungen mit Drogen umgebracht haben?«

Paul hatte in München, als er noch in der Großkanzlei von Oscars Freund Sikorski gearbeitet hatte, einige Erfahrung im Presserecht gesammelt. Juristisch bedurfte es keines großen Aufwands, um so einen Text sturmreif zu schießen. Allerdings wusste dieser Babik vermutlich ganz genau, was er da tat. Der als »Kommentar« titulierte Text hatte sich mit simpelsten Tricks unter den Deckmantel der Meinungsfreiheit begeben. Damit durfte man sich zwar auch nach dem liberalen deutschen Presserecht nicht gerade alles erlauben. Aber immerhin doch fast alles.

Zwei- oder dreihundert grenzdebile Leser dürfte dieser saudumme Blog vielleicht haben, mehr konnten es wohl kaum sein. Diese Deppen lesen es, soweit sie diese Kulturtechnik überhaupt beherrschen, und sie glauben es. Weil es emotional ist. Weil es in ihr erbärmliches Schwarz-Weiß-, Arm-Reich-, Groß-Klein-Weltbild passt.

Das Problem bei dieser Internet-Hetze war: Anders als bei Printmedien, bei denen die Anwälte wenigstens noch einen halben Tag Vorlauf hatten, bevor der Mist in Druck ging und wo man notfalls in letzter Sekunde per einstweiliger Verfügung die Druckmaschinen stoppen konnte, war das hier online! Diese Scheiße war sofort, auf Knopfdruck, in der Welt! Selbst wenn es illegal war, konnte man es, wenn überhaupt, nur rückwirkend wieder entfernen lassen. Mit mäßigem Erfolg. Bis dahin vergingen bestenfalls Stunden, schlimmstenfalls Tage, und da hatte es sich längst verbreitet in den Suchmaschinen, sich wie eine Zecke festgeklammert im Netz. Anders formuliert: Es war eigentlich von Anfang an zu spät, der Zug war abgefahren, es war nicht mehr zu stoppen! Gott sei Dank war Babik nur eine ganz kleine Kerze am großen Leuchter.

Aber was war das für eine bescheuerte Frage seitens seiner Sekretärin gewesen? Ob dieser Mist am Ende vielleicht auch noch wahr sein könnte? Als ob es hier um die Wahrheit ging! Das hier war etwas Persönliches! Das fette glatzköpfige kleine Miststück hatte Paul ins Gesicht gespuckt – dabei kannte er diesen Mann gar nicht!

Mit unbeabsichtigt entnervter Stimme antwortete er schließlich auf Liliane Draxlers Frage das Einzige, was man darauf antworten konnte: »Alles dummes Geschwätz. Wer liest das schon? … So ein kleiner Provinzblogger!«

»Kleiner Wichser«, sagte er nicht. Obwohl er es dachte. Aber nicht vor seinem Personal.

»Ein paar Leute scheinen es schon zu lesen«, widersprach ihm prompt Fräulein Christiane. »Schau …«, und sie zog mit der Maus den kleinen Pfeil auf dem Bildschirm unter den Babik-Text.

»7 Kommentare«, stand da geschrieben.

»Klicken Sie mal an!«, befahl Paul ungeduldig, und sie machte es. Bereitwillig und voller Neugier. Mögen die Spiele beginnen …

Der erste Kommentar stammte von einer Person, die sich »Mona555« nannte.

»Wenn das wahr ist, gehören die alle ins Gefängnis. Die Schulleitung genauso wie die Eltern. Und dieser Anwalt gleich dazu!«

Naives Geschwätz.

Den zweiten Kommentar hatte ein Schwachsinniger mit dem geistreichen Pseudonym »Pitt Bull« verbrochen. Der dachte wohl, wenn er sich schon so einen provokant martialischen Namen gab, dann musste er auch ganz laut bellen.

»Ich bepis mich vor lachen!!!!! So eine witzfigur!!!! man sollte dem scheisanwalt vieleicht sein Auge mal in echt ausstechen. Wer als Anwalt so was macht dass gehört bestraft!!!

Garantiert kriegt das Schwein dafür massig viel kohle und am schluss kommen die dann davon ohne das sie bestraft werden. Dieses Pack gehört doch gesteinigt und an die wand gestellt und vor allem dieses anwaltasi-arschloch!!!!!«

Wenn es eine Prämie für Ausrufezeichen gab, dann hatte Herr Pitt Bull sich gerade eine Favoritenrolle erkämpft. Den Rechtschreib-Marathon der dritten Klasse hatte er allerdings vermutlich nur als Geheimfavorit bestritten.

Der nächste Kommentar war von »Ferrari1986« verfasst worden.

»Das sint keine Menschen. Hundescheise ist noch zu gut für den Anwalt!!!!!!«

Unterhaltsam war das Statement allerdings trotz seiner absurden Orthografie nicht mehr, als es mit dem Satz: »Direckt in die Gaskammer!!!« abschloss. Offenkundig handelte es sich hier um Leute, die vormittags alle Zeit der Welt hatten, im Internet zu surfen. Was Spielraum für Interpretation ließ.

»Bitte machen Sie das weg«, sagte Paul und wandte sich, leicht angewidert, vom Bildschirm ab.

»Dürfen die so was …?« Frau Barbara war ihre Heiterkeit vergangen. »Das ist doch strafbar, oder nicht?«

»Nein, das dürfen die natürlich nicht«, antwortete Paul entnervt. »Und dieses Provinzportal müsste das natürlich sofort löschen. Das Problem ist nur, dass sie es trotzdem einfach machen, und mal ehrlich, was wollen Sie dagegen tun? Strafanzeige erstatten? Damit in zehn Monaten ein Prozess wegen Volksverhetzung gegen so einen kleingeistigen Spinner läuft und der, wenn wir ganz viel Glück haben, fünfhundert Euro Geldstrafe kriegt? In Zwanzig-Euro-Raten, weil er arbeitslos ist und Unterhalt für fünf Kinder von drei Frauen zahlt? Nein, das darf man nicht so ernst nehmen. Man muss das ignorieren.«

Paul war so gut wie nie aggressiv, aber jetzt gerade war, entgegen seinen beschwichtigenden Worten, tatsächlich einer dieser seltenen Momente. Obgleich es überhaupt nicht half. Es half nie. Das Gefühl, das ihn überkam, war für Situationen gemacht, in denen Mann Auge in Auge mit einem Säbelzahntiger stand. Aber wem hilft es, einen Computerbildschirm mit einem Bürodrehstuhl zu Klump zu zerdreschen? Lust dazu hätte Paul natürlich trotzdem gehabt. Er entschied sich schließlich für einen Kugelschreiber und knallte ihn heftig auf die Tischplatte. Klack!

Die drei Damen blickten ihn verunsichert an. Pauls Ausflug ins Neandertal dauerte nur wenige Sekunden und wäre einem nicht eingeweihten Außenstehenden vielleicht gar nicht aufgefallen. Dann war der böse Zauber auch schon wieder verflogen.

Mit verärgertem Gesichtsausdruck nahm Fräulein Christiane den Kugelschreiber an sich und untersuchte ihn beleidigt nach Spuren von Beschädigungen durch den soeben stattgefundenen Chauvinismus-Exzess. Frau Barbara zeigte einen erneut leichten Anflug von Grinsen, und Liliane Draxler verschwand lieber geschäftig in Richtung des just zum Leben erwachten Faxgeräts, damit Paul ihr Lachen nicht bemerkte.

»Habe ich irgendeinen Termin?«, grummelte Paul.

»Ja, ja«, fauchte Fräulein Christiane, ohne allerdings seine Frage zu beantworten.

»Dann gehe ich nach oben«, entschied er und knarzte sodann schlecht gelaunt über die Holztreppe hinauf in seine Wohnung im ersten Stock der Villa.

8 ANONYMUS

Eure Propagandamaschine hat versagt. Jetzt kommt der Dreck unterm Teppich zum Vorschein. 13:09

Als Paul vor seiner Wohnungstür stand, rumpelte drinnen gerade etwas dagegen. Was insofern überraschte, als die Wohnung eigentlich, in Pauls Abwesenheit jedenfalls, unbewohnt hätte sein sollen. Denn Paul hatte weder Haustiere noch Mitbewohner. Eine denkbare Erklärung wäre vielleicht noch Frau Barbara gewesen, die – wie Paul fand, viel zu selten – die Wohnung putzte. Aber von der wusste Paul ja ganz genau, dass sie in diesem Moment unten in der Kanzlei arbeitete. Dennoch krachte es, wider alle Vernunft und Logik, jetzt erneut energisch gegen die Tür. Paul hatte den Eindruck, dass das Geräusch etwa auf Kniehöhe verursacht worden war. Doch ein Tier? Oder noch etwas Schlimmeres?

Mut zeichnet sich bekanntlich dadurch aus, dass man zunächst Furcht empfinden muss, die man dann überwindet. Sich einfach in eine Gefahr zu stürzen ist hingegen nicht mutig, sondern einfach nur dämlich. Wobei die Grenzen zwischen dämlich und mutig sicher bisweilen verschwimmen. Paul jedenfalls sperrte entschlossen seine Wohnungstür auf und trat in den kleinen Garderobenflur, um dem Spuk dort drin auf den Grund zu gehen und ihn vor allem zu beenden.

Die Angelegenheit war selbsterklärend und besaß die Form eines Klodeckels. Auch von der Größe her war die Sache mit einem Klodeckel vergleichbar, der mit einem monoton surrenden Geräusch gerade von links nach rechts, direkt vor Pauls Füßen, den Raum durchquerte. Das Objekt war glänzend grün und erinnerte an eine Schmeißfliege. Eine riesige, surrende mit einem kleinen blauen Blinklicht. Paul hatte schon von so etwas gehört. Er sah es jedoch das erste Mal. Es war einer dieser vollautonomen Staubsaugerroboter. Die Zukunft. Paul machte einen Schritt in den Flur hinein und blickte dem Kerlchen nach, das, einem urzeitlichen Käfertier gleich, gerade schwungvoll gegen eine Wand rumste, genauso, wie es eben gegen die Tür gefahren war. Ganz schön rabiat!

Dann drehte das Ding stur um und surrte in eine andere Richtung weiter. Direkt auf Paul zu. Rücksichtslos rammte das sture Biest Pauls Schuh. Im gleichen Sekundenbruchteil reagierte es und fuhr sofort rückwärts.

Nach etwa einem halben Meter Rückwärtsfahrt hielt der Klodeckel inne, sein Elektromotor verstummte, und neben dem blauen Blinklicht leuchtete ein rotes Lichtlein auf. Die künstliche Putzintelligenz machte laut »Tideldüt« – und gab wieder Gas, mit leicht verändertem Anlaufwinkel. Was dazu führte, dass der Roboter nunmehr knapp an Pauls Füßen vorbeirauschte. Das rote Licht erlosch, und das Bürschlein ging surrend weiter seinem monotonen Tagwerk nach.

Paul war amüsiert. Aber auch verärgert. Nicht etwa, weil er Roboter nicht mochte oder weil er gar glaubte, diese könnten der Menschheit eines fernen Tages vielleicht den Rang ablaufen – oder schlimmer noch: ihr den Saft abdrehen, wie einige Pessimisten es prophezeiten. Menschen waren zutiefst irrationale Lebewesen. Roboter hingegen waren absolut vernünftige Maschinen. Keine der beiden Spezies wäre jemals dazu imstande, die andere endgültig zu begreifen oder gar zu ersetzen.

Was Paul verärgerte, war vielmehr der Umstand, dass ihn Frau Barbara mit diesem technischen Spielzeug offensichtlich zum Narren halten wollte.

Glaubte sie etwa, sie müsse nicht mehr in seiner Wohnung putzen, wenn sie ihm dieses Ding hier unterjubelte? Oder glaubte sie vielleicht gar, er würde es gar nicht merken und sie weiter bezahlen? Offensichtlich putzte der Klodeckel überall, nur nicht in den Ecken! Genau wie Frau Barbara. Er war ja auch rund. Im Grunde genommen auch wie Frau Barbara. Man würde die Sache bei Gelegenheit ansprechen müssen. Aber nicht jetzt. Jetzt wollte Paul einfach nur seine Ruhe. Auch vor der Maschine. Deshalb sprintete er dem Roboter hinterher und fing ihn ein. Als er den Klodeckel hochhob, entdeckte er an der Unterseite diverse schwarze Gummiräder und rotierende Bürsten. Sofort schaltete sich der Motor ab, und die Maschine begann, rot leuchtend und zornig, zu piepen. Allerdings nicht lange, denn an der Seite fand Paul einen Knopf, der dem ganzen Spuk ein abruptes Ende bereitete. So einen hatte Frau Barbara nicht. Schade eigentlich.

9 GERT

> Sie sind ein Schandfleck in der Größe einer Fußballarena. 15:59

Paul ging hinüber ins Wohnzimmer, legte sich in Embryonalstellung auf seine geliebte rote Couch und starrte die Wand gegenüber an. Es war unangenehm heiß in der Wohnung. Durch das Romeo-und-Julia-Buntglasfenster im Turmerker fiel grelles Licht auf den Tisch mit dem Mühlespiel und auf den Parkettboden. Paul stand, genervt von der Hitze, genervt von seinem Job, genervt von Barbara und dem Roboter, genervt vom Leben, energisch wieder auf und knipste den großen silbernen Ventilator an, den er sich im Internet bestellt hatte. Ein starker, kühler Luftstrom. Schon besser. Er rückte das Ding direkt neben die Couch und sorgte dafür, dass die kalte Luft ihn beständig, von links nach rechts schwenkend, bestrich. Das Geräusch ähnelte dem Staubsaugerroboter. Es nervte eigentlich auch. Aber irgendeinen Tod muss man ja sterben.

Die Wand, die Paul von der roten Couch aus anstarrte, war neuerdings mehr oder minder weiß. Bis vor Kurzem war sie, wie alle anderen Wände in der von seinem Onkel-Vater Oscar geerbten Wohnung, mit zahllosen Bildern bis hinunter zur Fußleiste behängt gewesen. Bleistiftskizzen, Kinoplakate, Porträts von bekannten und unbekannten Menschen. Fotos, Postkarten aus Kunstgalerien, ein

Gebirgspanorama, irgendetwas Modernes mit Originalsignatur, das eigenartig roch und nichts Wiedererkennbares darstellte, und die Konstruktionszeichnung einer selbsttragenden Brücke. Ja, das war Oscar gewesen. Der Schöngeist. Das Universalgenie. Der Bücher-, Bilder- und Musiksammler. Der Größenwahnsinnige. Der liebenswerte Horter von Dingen.

Es hatte Paul große Überwindung gekostet, diese Wand abzudekorieren. Viele der Bilder hatten ihn immerhin seit Kindheitstagen begleitet. Wenn er in den Schulferien aus München hergekommen war, um seinen geliebten »Onkel« zu besuchen, der in Wahrheit eine Daueraffäre mit seiner Mutter gehabt hatte, deren unbeabsichtigtes Ergebnis Paul gewesen war. Wenn er recht darüber nachdachte, war er alles, was er heute war, weil Oscar ihn dazu gemacht hatte. Im Guten wie im Schlechten. Er war sein Vorbild gewesen. Sein Idol.

Aber eben genau deshalb hatte Paul diese Wand auch leeren müssen! Es war an der Zeit herauszufinden, wer er denn selbst eigentlich war. Wie viel Paul blieb übrig, wenn man den alles durchdringenden, omnipräsenten Oscar in ihm abzog? Um das zu ergründen, hatte er sich dazu durchgerungen, eine weiße Wand zu riskieren. Und die Wand war wüst und leer, und der Geist Pauls schwebte in der Wohnung.

Als die Wand dann allerdings, gar nicht so weiß, sondern mit verschiedenen Schattierungen und unzähligen Bohrungen, Kratzern und Schrunden, vor ihm entblößt stand, hatte Paul keine Kraft mehr gehabt, sie wieder zu füllen. Womit auch? Es war das eine, einen Tempel niederzureißen. Aber binnen drei Tagen einen neuen auf den rauchenden Trümmern zu errichten, dazu gehörte schon etwas mehr als eine gesunde Wut auf alte Götter. Ein paar Wochen bereits klaffte deshalb die weiße Wand-Wunde nun anklagend in Pauls Leben.

Wieder sprang er auf. Das war alles ganz schön deprimierend! So konnte kein Mensch einen vernünftigen Mittagschlaf machen. Aber Abhilfe war nahe. Er musste nicht lange in Oscars Musikaliensammlung kramen, bis er eine CD mit einer Karajan-Aufnahme von Ravels *Boléro* gefunden hatte. Ravel hatte ihm die Sache doch eingebrockt, oder nicht? Sollte er es also auch wieder richten. Paul kannte den *Boléro* natürlich. Aber war es nicht an der Zeit, ihn neu kennenzulernen, jetzt, wo sein guter Ruf daran zu scheitern drohte?

Erneut warf Paul sich auf die Couch und lauschte. Am Anfang war es ganz leise. Eigentlich hörte er überhaupt nichts, außer den Ventilator. Dann aber, immer deutlicher, war da wieder Rutland, der mit seiner Zigarette auf den Tisch trommelte …

»Tam – tatata – tam – tatata – tap-tap – tam – tatata – tam – tatata – tatata-tatata …«

Und dann begann der berühmte, leise, schwebende Schlangenbeschwörerton …

⑩ VOLXSTURM

Ihr mit euren volksverhetzenden Lügen gehört gesteinigt und an die Wand gestellt. Gut seid ihr nur im Verdrehen von Tatsachen und Wahrheiten!!!!! 01:21

Paul schreckte vom Sofa hoch. Der Ventilator surrte, sonst war es still. Wie lange hatte er geschlafen? Er fühlte sich wie nach einem Drogenrausch. So jedenfalls stellte er sich das, mangels praktischer Erfahrung, vor. Bleiern schwere Glieder, ein fauliger Geschmack im Mund, trockener Hals, brummender Schädel, weitgehende Orientierungslosigkeit – und Durst! Paul war klitschnass geschwitzt. Auf dem Sofa war ein dunkler Fleck an der Stelle, wo er gelegen hatte. Kein Wunder, dass sein ausgewrungener Körper wie ein dröger Schwamm nach Wasser lechzte.

Paul schleppte sich hinüber in die Küche und öffnete den Kühlschrank. Milch, Gewürzgurken, Bratheringe und Aprikosenkonfitüre, ein halb voller Topf mit Nudeln von letzter Woche, der dringend einmal entsorgt werden musste, bevor die Nudeln ein Eigenleben zu entwickeln begannen und – Heureka, frohlocket, lobpreiset und Halleluja! Dort stand, jungfräulich, eine sonnig goldgelb leuchtende eiskalte Flasche Orangenlimonade. Gierig ließ er die kalt perlende Süße seine trockene Kehle hinabrinnen, ein wollüstiges Schaudern durchlief ihn mit jedem Schluck und jagte ihm kribbelnd starke Kindheitserinnerungen und eine Gänsehaut über den Rücken. Vollkommene Glückseligkeit.

Jetzt, wo sein Gehirn mit Flüssigkeit versorgt war, schaltete sich auch der Neokortex sukzessive wieder zu. Der verlangte eine Tasse Espresso.

Der Kaffeevollautomat musste eine von Oscars neuesten und damit letzten Anschaffungen gewesen sein, denn er war nagelneu und ein Meisterwerk moderner Technik. Hoffentlich ging der nicht irgendwann kaputt, Paul hatte sich nämlich bereits stark daran gewöhnt und konnte sich ein Leben ohne kaum noch vorstellen.

Er sah aus seinem Küchenfenster und schlürfte genüsslich den süßen schwarzen Kaffee. Von hier oben aus wirkte der Garten noch verwilderter, als er ihn von der Straße her wahrgenommen hatte.

Jetzt kam der Neokortex langsam auf Hochtouren, und Paul erinnerte sich daran, was seinem meditativ-komatösen Mittagsschlaf vorausgegangen war. Die grässliche Pressekonferenz und mehr noch – der unglaublich abartige Babik mit seinem verdammten Internetblog!

Paul zog sein Smartphone aus der Anzughose und suchte nach Babiks »Newtown Blog«. Ob es Neuigkeiten gab? Weitere Kommentare zu »Dr. Hook« etwa? Ja, die gab es in der Tat. Waren es vorhin noch sieben gewesen, so war das Hassgezwitscher unter Babiks Schmähkommentar inzwischen auf neununddreißig angestiegen. Grundgütiger – es war Montagmittag! Hatten die Leute nichts zu tun? Nichts Besseres jedenfalls, als ihren albernen, orthografisch fragwürdigen und völlig irrelevanten Scheiß hier abzusondern? Wer las denn so was? Außer Paul …

»Inge51« kommentierte: »Es ist unfassbar, dass ein Organ

der Rechtspflege sich für so was hergibt. Hat dieser Anwalt keinen Anstand? Man müsste den mal bei der Anwaltskammer anzeigen. Die werden ihm schon das Handwerk legen!!!«

Er scrollte über die erbärmlichen Texte, die naiven und dummdreisten Unterstellungen und Verschwörungstheorien, über die hasstriefenden Rechtschreibfehlerwüsten hinweg und war entsetzt, wie viele davon weit weniger den herbeigeschriebenen »Skandal« in den Fokus rückten, sondern vor allem ihn, Rechtsanwalt Paul Colossa.

Ein gewisser »Punkroxx« schrieb unter Babiks Artikel: »Was ist der Unterschied zwischen einem überfahrenen Dackel und einem überfahrenen Anwalt? – Vor dem Dackel findest du Bremsspuren.«

Einige Kommentare später antwortete ein Mensch, der sich allen Ernstes »Geil-o-Mark« nannte: »Was ist der Unterschied zwischen Anwälten und Vampiren? Vampire saugen ihre Opfer nur nachts aus!«

Paul war nicht entsetzt genug, als dass er ein leichtes Schmunzeln hätte unterdrücken können.

Was allerdings nicht lange anhielt, denn beim Weiterlesen stieß er auf die Botschaft eines gewissen »Woodesrogers«: »ich verstehe nicht wie ihr über diesen rechtsanwalt colossa witze machen könnt. der ist ein total uebler typ. er hat frueher für die kanzlei sikorski in muenchen gearbeitet die vertreten auch russische gasunternehmen vor gericht. ist nicht lang her da stand was im netz von colossa. Auch was mit russen. eine junge russin wurde von einem chinesen verfolgt und die hat den colossa engagiert. am ende war der chinese tot. kopf abgeschnitten. hier ist der link zu der story …«

Der Link auf eine Internetadresse war in blauer Schrift

verfasst, und wenn man ihn anklickte, stieß man tatsächlich auf einen Bericht über den Fall Rivinius. Rechtsanwalt Paul Colossa wurde dort quasi als Hausanwalt der Russenmafia beschrieben.

Irritiert las er den Eintrag von »Woodesrogers« weiter: »ich glaube euer piratenclown ist ein spezialist für selbstjustiz. die beim kir wissen ganz genau warum sie sich den geholt haben. mit spass hat das nichts zu tun. seid auf der hut vor diesem typen.«

Eine »Steffi_D« antwortete darauf: »Hi, Woodesrogers! Danke für die tolle Recherche! Da sieht die Sache natürlich gleich noch mal eine Nummer krasser aus. Wer hätte so was erwartet. Gibt es eigentlich nur noch Arschlöcher, die für Geld alles machen? Vielleicht sollte diesem Anwalt mal einer selber ein paar Knochen brechen, dann würde ihm die Lust auf Selbstjustiz vergehen. Echt kranker Typ. Wie der schon aussieht!«

Juristisch ein beeindruckendes Sammelsurium: üble Nachrede und Verleumdung, eventuell eine Anstiftung, sicher jedenfalls eine Menge Beleidigungen. In jedem Fall zu viel, um ruhig zu bleiben. Am meisten beunruhigte Paul übrigens weniger der Aufruf, sein Haus anzuzünden, sondern mehr, dass dieser seltsame »Woodesrogers« ihm tatsächlich extrem gründlich hinterherrecherchiert hatte.

Wer war das? Was wollte der Typ von ihm? Hier ging es um eine Schule! Ein verschrobener Stardirigent, die Kinder schwerreicher Leute, Verdacht auf Drogen … War das nicht genug, um sich verschwörungstheoretisch auszutoben? Paul Colossa war in diesem knallbunten Mosaik doch wohl das farbloseste Steinchen! Also warum er? Warum nicht Rutland?

⓫ SEBASTIAN2000

> Ich war auch mal Pazifist. Aber langsam freue ich mich auf den nächsten Krieg, damit Leute wie ihr endlich eure dreckigen, verlogenen Fressen haltet. 01:02

Die schwere hölzerne Bürotür mit dem großen Doppelkopfadler-Wappen der Stadt Königsberg hatte Paul hinter sich geschlossen. Er legte die Füße auf die massive Holzplatte seines gewaltigen Schreibtischs und lümmelte sich in seinem Drehsessel.

Fräulein Christiane durfte ihn auf keinen Fall so erwischen. Füße auf dem Tisch duldete sie partout nicht. Die Freisprechanlage von Pauls Telefon tutete schon eine ganze Weile. Jetzt, endlich, eine quäkige Frauenstimme: »MacAllistair, Weinstein und Smith, was kann ich für Sie tun?«

Ging es noch gelangweilter?

»Rechtsanwalt Colossa hier. Ich möchte gern mit Herrn Kollegen Stahl sprechen, es geht um die Sache …« Doch das interessierte die Froschkönigin am anderen Ende gar nicht. Sie unterbrach mit einem genervten »Moment bitte …«, und schon war sie weg. Es ging doch nichts über ein gutes Vorzimmer!

Aus dem Lautsprecher des Telefons tönte klassische Musik. War das Bach? Klang ganz nett. Obgleich manche ja behaupten, Bach sei göttlich und nicht nur ganz nett. Paul fragte sich, was eigentlich auf seiner Warteschleife zu hören war. Dazu müsste er bei Gelegenheit einmal bei sich selbst anrufen.

Jetzt wieder eine Frauenstimme – aber holla! Das war ein ganz anderes Kaliber: »MacAllistair, Weinstein und Smith, Büro Dr. Stahl, Herr Rechtsanwalt Colossa – bitte entschuldigen Sie die Wartezeit.«

Toll. So melodisch. Und sie wusste, wer er war!

»Mein Name ist Astrid Singer, ich bin die persönliche Assistentin von Herrn Professor Stahl. Ich werde Sie nun verbinden. Darf ich vorher noch etwas für Sie tun?«

Wow, das war mindestens genauso nett wie Bach, oder göttlich, oder was auch immer. Wie Astrid Singer wohl aussah? Was könnte er mit ihr noch besprechen …? Paul fiel leider überhaupt nichts ein, nicht einmal ein banaler Vorwand. Er hätte sehr gerne noch ein bisschen …

»Herr Rechtsanwalt Colossa …? Sind Sie noch da …?«

»Oh, ja natürlich! Nein, vielen Dank, Frau Astrid … äh, Sie haben schon genug getan!«

Paul wurde rot. Was war das denn jetzt für ein selten dämlicher Spruch gewesen? Frau Astrid? Und: Sie haben schon genug getan? Dabei klang Frau Singer doch so sagenhaft freundlich. Das hätte er ihr vielleicht besser mal erzählen sollen!

Aus dem Lautsprecher des Telefons kam ein glockenhelles Lachen. Sie war überhaupt nicht beleidigt! Großartige Frau!

»Leider ist der Herr Professor noch nicht von seinem Termin zurück, aber ich will einmal versuchen, ob ich ihn im Auto erwische. Vielleicht bis bald, Herr Colossa?«

Paul wollte eigentlich sagen, dass es gar nicht bald genug

sein könnte, aber da kam schon wieder Bach – und diesmal klang er tatsächlich ein klein wenig göttlich, wenn man genau hinhörte. Die Musik fügte sich gemeinsam mit dem sanften Sonnenlicht, das durch die Buntglasfenster in Pauls Büro fiel und farbige Muster auf Parkett und Bücherregale malte, zu einem überirdisch magischen Moment.

Sie hatte ihn »Herr Colossa« genannt. Dabei war er doch eigentlich versehentlich als Dr. Colossa vorgestellt worden. Das war zwar ein Irrtum, aber speziell bei Astrid Singer hätte er ausnahmsweise nichts dagegen gehabt, für einen Doktor gehalten zu werden.

»Herr Kollege!« Paul wurde aus seinen akademischen Träumen gerissen. Stahl.

Es rauschte in der Leitung. Er war tatsächlich im Auto unterwegs.

»Verzeihen Sie, dass ich Sie schon wieder belästige, nachdem wir ja erst heute Vormittag das Vergnügen hatten …« Paul überlegte, wie er die Sache einfädeln konnte, ohne so zu klingen, als würde er herumjammern oder gar um Hilfe betteln. »Es ist nur so, dass es eine neue Entwicklung in unserem Fall gibt. Vielleicht wäre es klug, rasch zu handeln …«

»Könnten Sie bitte etwas langsamer fahren und auf Freisprechen umstellen …«

Paul begriff nicht.

»Entschuldigen Sie, Herr Kollege. Ich bin noch unterwegs. Ich hoffe, es stört Sie nicht, wenn mein Chauffeur das Gespräch über die Freisprechanlage mithört. Dann habe ich beide Hände für den Laptop frei.«

»Äh … natürlich.« Chauffeur? Paul war beeindruckt, ließ es sich aber nicht anmerken.

»Also es geht um Folgendes: Sie erinnern sich vielleicht noch an den aufrührerischen Herrn aus der Pressekonferenz, ich meine, dieser Bursche, der auf den Stuhl gestiegen ist …?«

Es dauerte einen Augenblick, bis Stahl ihm antwortete.

»Babik. Natürlich, ich erinnere mich lebhaft. Ich vermute, Sie haben auch schon mitbekommen, was er im Lauf des Nachmittags so alles getrieben hat in seinem ulkigen Internetblog?«

Stahl wusste also Bescheid. Umso besser. Dann konnte Paul gleich auf den Punkt kommen.

»Und was gedenken Sie dagegen zu unternehmen? Wissen Sie … es betrifft ja nicht allein die Mandantschaft. Ich bin nicht gerade begeistert davon, was er über mich schreibt! Ich meine … das ist Rufmord, oder? Das ist illegal! Dem Typen muss man ganz schnell das Handwerk legen, Herr Kollege!«

Stahl schwieg wieder irritierend lang, bis er mit seiner ruhigen Honigstimme antwortete: »Selbstverständlich werden wir das regeln. Sie müssen sich überhaupt keine Sorgen machen. Wir haben große Erfahrung mit solchen Leuten. Kümmern Sie sich ausschließlich um unser gemeinsames Projekt, ja? Und ich werde mich um Babik kümmern. Ich gebe Ihnen Bescheid, sobald es vorbei ist. Lesen Sie bis dahin am besten nichts mehr von diesem unappetitlichen Geschmier. Sie dürfen das nicht persönlich nehmen! Das ist eben das Internet.«

Der hatte die Ruhe weg. Kunststück – seine Kanzlei wollte ja auch keiner abfackeln!

»Was haben Sie vor?«

Stahl hüllte sich zunächst wieder in Schweigen. Paul hatte das Gefühl, dass er etwas las.

»Nun, wir werden es per einstweiliger Verfügung löschen lassen, und dann wollen wir doch einmal sehen, wie wir dem Herrn Babik endgültig das Handwerk legen, nicht wahr? Aber ich möchte Sie wirklich ermutigen, sich darüber keine weiteren Gedanken zu machen, Herr Kollege. Wir bedauern wirklich sehr, dass Sie solche Unannehmlichkeiten hatten. Wir möchten, dass Sie sich wirklich voll und ganz ungestört mit Ihrem Fall beschäftigen. Wir haben ja nur wenige Tage Zeit.«

Wollte er Paul etwa abwimmeln?

Es war ja nicht gerade so, dass er sich im Medienrecht nicht auskannte. In seiner Zeit in München hatte Paul den einen oder anderen bemerkenswerten Coup gelandet. Stahl würde ihn vielleicht weniger von oben herab behandeln, wenn er erkannte, dass Paul ein Insider war.

Aber Paul war unsicher, mit welchen Worten er Stahl seinen Standpunkt ausreichend pointiert klarmachen konnte. Mehr noch: Fast so, wie ihm das am Vormittag schon einmal mit der Unterschrift unter dem verdammten Vertrag passiert war, rutschte ihm nun ausgerechnet folgender Satz heraus: »Nun gut, dann … grüßen Sie Frau Singer recht schön von mir, ja? Vielen Dank, Herr Kollege!«

Moment mal, das hatte Paul gar nicht sagen wollen! Doch ehe Paul die Sache noch zu relativieren vermocht hätte, hatte seine Zombiehand sich erneut, genau wie bei der Unterschrift, über den Schreibtisch gestreckt und klick – drückte sie den Knopf mit dem roten Hörer auf dem Telefon fest herunter. Tuuuuuut … Freizeichen. Das Gespräch war beendet. Unfassbar. Wie konnte das passieren?

Egal. Hoffentlich hielt dieser Wichtigtuer wenigstens, was er versprach.

⓬ Tino

Wottsefack? Heul doch, Du Muschi! 21:21

Die Türklinke wurde heruntergedrückt. Paul zuckte erschrocken zusammen. Die Klinke verursachte nämlich ein sehr leises, aber markant quietschendes Geräusch. Ein Klang, der dem armen Paul durch Mark und Bein ging. Wie erwähnt schätzte Fräulein Christiane es nicht, wenn er seine Füße auf dem Schreibtisch ablegte. So wie jetzt gerade. Nicht, dass sie ihm deshalb etwas anhaben könnte. Es war ja sein Schreibtisch, oder? Und überhaupt, wer war hier der Boss? Dennoch hielt Paul es nicht für klug, einen solchen Konflikt ernsthaft und bis zur letzten möglichen Konsequenz auszutragen. Wenn er als Anwalt eins gelernt hatte, dann das: Es gab keinen sicheren Sieg! Ein mies gelaunter Richter. Ein unglaubwürdiger Zeuge. Ein unqualifizierter Gutachter, und schon konnte ein vermeintlich leicht zu gewinnender Prozess in einem Fiasko enden. Und so war es auch im Leben außerhalb des Sitzungssaals …

Also schwang Paul behänd die Beine durch die Luft.

In dem Augenblick, wo die Sohlen seiner Schuhe auf den Boden klatschten, stand …

… diese Frau Barbara in der Tür. Na toll. Konnte die nicht klopfen?

»Attila ist da! Ich lasse ihn rein, ja?«

Äh – Moment mal, hatte Paul da vielleicht auch ein

Wörtchen mitzureden? Er hatte immerhin gerade eben noch telefoniert, und vielleicht wollte er ja eine vertrauliche Aktennotiz zu dem Telefonat diktieren? Und überhaupt war es sein Büro. Selbst Herr Attila konnte mal eine halbe Minute draußen …

»Alter! Ich hab dir drei Nachrichten geschickt, du Penner!«

Er war also da. Schön. Paul freute sich. Warum war er eigentlich da?

»Wolltest du nicht erst am … Freitag kommen?« Gut, das war jetzt nicht die freundlichste Begrüßung der Welt, aber unter sehr alten Freunden war es kein Problem, die Formalitäten einmal wegzulassen. Attila hatte ja auch nicht …

»Und? Jetzt bin ich eben heute gekommen. Soll ich wieder geh'n, oder was?«

»Nein! Aber … vielleicht hättest du kurz anrufen können?«

Attilas Blick aus seinen tiefgrünen Augen durchbohrte Paul zornig. Er konnte sich leidenschaftlich an Kleinigkeiten entzünden.

»Hallo, Alter? Wenn du deine Nachrichten nicht liest, kann ich auch nichts machen, oder?«

Die Fahrt aus München war vermutlich anstrengend gewesen? Das würde Attilas miese Laune erklären. Wobei Attila ein Gewächs des Balkans war. Emotionen bedurften bei ihm keiner konkreten Ursache. Die waren einfach da.

Paul griff nach seinem Telefon, und tatsächlich, innerhalb der letzten zwanzig Minuten waren drei Nachrichten von Attila eingegangen.

Die erste lautete: »Bin in zwanzig Minuten da«, dann »Bin gleich da«, und schließlich »Alter, bist du da?????«

Paul war sich vollkommen im Klaren darüber, dass es nicht zielführend sein würde, mit dem ohnehin gereizten Attila einen Streit darüber vom Zaun zu brechen, dass zwanzig Minuten vorher nicht seiner Auffassung von »rechtzeitig« entsprach. Nach kurzem Zögern stand er deshalb vom Schreibtisch auf, nahm Attila einfach in den Arm und drückte ihn fest an sich. Es war gut, in einer solchen Stunde einen Verbündeten bei sich zu wissen. Und zwar die Sorte von Verbündetem, die einen nie fallen ließ und die keine Fragen stellte.

»Deine kleine Sekretärin, diese Micha, mit der du rumgevögelt hast, die ist echt weg, oder? Aber ihre Schwester mit den Riesentitten ist zum Glück noch da!«

Nun ja. Attila war eben ein Verbündeter, der gelegentlich doch Fragen stellte – aber er erwartete zumindest nicht auf jede Frage eine Antwort.

»Sag mal, Attila, willst du 'nen Kaffee?«

Kurz darauf saßen die beiden Freunde nebeneinander an Pauls Schreibtisch. Die Berge von Akten hatten sie an der Tischkante zu einem Turm aufgestapelt, ihre Füße lagen jeweils linker und rechter Hand des in die Mitte gerückten Computerbildschirms. Hoch konzentriert studierten sie die schon wieder gewachsene Menge der Kommentare im »Newtown Blog«. Paul mit versteinerter Miene. Attila mit hochrotem Kopf und Tränen in den Augen.

»Alter, wie geil ist das denn … hast du den gelesen! Hör zu: ›In immer mehr Forschungslabors ist man inzwischen davon abgekommen, Tierversuche mit Ratten zu machen. Man benutzt lieber Anwälte. Erstens ist die Gefahr kleiner, dass die Forscher Mitleid mit dem Testobjekt entwickeln.

Zweitens macht ein Anwalt, anders als eine Ratte, für ein bisschen Geld wirklich alles …‹«

Attila bekam einen Lachanfall, der in Husten überging. In kürzester Zeit war er zu einem großen Fan des fleißigen Kommentators »Punkroxx« geworden. Was Paul wenig hilfreich fand.

Inzwischen hatten sich fast hundert Kommentare unter dem Schmähartikel versammelt. Paul hatte Attila ausführlich über den vergangenen Vormittag ins Bild gesetzt. Nur Lara Wanek hatte er bei seinem Bericht nicht ganz die Aufmerksamkeit geschenkt, die sie in seinen Augen eigentlich zweifelsfrei verdiente. Attila, dieser beunruhigend treffsichere Frauenversteher, konnte nämlich in solchen Fragen gnadenlos direkt werden, und dafür war Paul noch nicht bereit. Bevor er selbst nicht wusste, was von der Sache Wanek zu halten war, wollte er Attila seinen ungeläuterten Gefühlen nicht aussetzen.

Was Paul unterbewusst vermutlich noch mehr hemmte, seinem Freund reinen Wein einzuschenken, war Attilas Außenwirkung: Dieser Tunichtgut mit seinen feengrünen Augen kriegte erfahrungsgemäß schlicht und einfach jede Frau, die er wollte, ins Bett. Paul hatte deshalb verständlicherweise keine Lust, auch nur den äußersten Rand von Attilas Unterbewusstsein auf Lara Wanek aufmerksam zu machen. Das wäre kaum anders, als Blut in ein Haifischbecken zu träufeln.

Der Rest der Geschichte rund um Babiks Blog wiederum schockierte Attila weit weniger, als Paul sich das erhofft hatte. Weder die Sache mit dem angeblich systematischen Missbrauch von Drogen in der Schule noch die hässliche Internethetzkampagne lockten Attila unter seiner pechschwarzen Meckifrisur aus der Reserve. Im Gegenteil.

»Alter, so ein Shitstorm, das ist geile Werbung! Anwälte mag eh keiner. Jetzt bist du wenigstens ein Anwalt, den man kennt. Also genieß die Scheißaufmerksamkeit, solange du sie kriegst. Normalerweise interessiert sich doch keine Sau für dich! Jetzt bist du mal richtig berühmt, oder? Das geht schnell wieder vorbei, dann wirst du erst rumheulen!«

Das war die »Besser schlechte Presse als keine Presse«-Theorie. Paul hatte Bedenken ganz grundsätzlicher Natur, ob diese Binsenweisheit wirklich zutraf – außerhalb von Gangsterrapperkreisen jedenfalls. »Hast du eigentlich die Kartons fertig?«

Paul starrte Attila fassungslos an. »Du hattest gesagt, dass du am Freitag kommst, um sie zu holen! Natürlich habe ich noch keine einzige Klamotte eingepackt. Was glaubst du, wie viele das sind! Außerdem muss man diese Pappkisten erst zusammenfalten! Das ist saukompliziert!«

»Alter, was glaubst du, warum ich extra vorher geschrieben habe, dass ich komme!?«

Diese Diskussion hatte sich schon einmal als fruchtlos erwiesen. Paul ließ sich also nicht erneut darauf ein. Im Gegenteil, er war froh, dass Attila bereits heute gekommen war, um Oscars alte Kleidung abzuholen. Ähnlich wie die Bilder in der Wohnung waren die Hemden, Anzüge, Krawatten, Strickjacken und Wollpullunder oben in den Kleiderschränken der Wohnung nicht nur platzraubend, sondern vor allem ein ungeheurer psychischer Ballast.

Paul kannte viele dieser Kleidungsstücke persönlich. Er verband damit Erinnerungen. Gute vor allem. Und schöne. Deshalb kam es ihm unanständig vor, wie diese Textilien da in den Schränken herumhingen, als wäre nichts passiert – und dabei intensiven Oscar-Geruch verströmten! Paul musste sie loswerden, und Attila würde in seiner Flüchtlingsunterkunft gute Verwendung dafür finden. Es waren teure Klamotten. Andererseits … die meisten Menschen, die vor Krieg und Armut in Attilas Unterkunft geflohen waren, waren junge Kerle. Aus Eritrea, aus Syrien. Weder Oscars Kleidungsstil noch Oscars Konfektionsgröße würden hier auf geeignete Adressaten treffen.

Aber vielleicht war ja doch der eine oder andere stark Übergewichtige, sehr Großgewachsene dabei? Hauptsache, Paul hatte den traurigen Stoff vom Hals.

Es ging dann überraschend schnell, als sie oben in der Wohnung waren. Attila war ein effizienter, konsequenter und durchsetzungsstarker Zusammenfalter von Umzugskartons, und deren Befüllung mit etwa zweihundert Kleidungsstücken wurde von ihm ohne den geringsten Anflug von Rührseligkeit zügig absolviert. Zugegeben: ohne besonders große Hilfe von Paul. Der war vielmehr damit befasst, jedes einzelne Stück, jede Krawatte, jedes Sakko mit trübem Blick zu begutachten und sodann seufzend auf einen der vielen Stapel zu betten, die Attila anschließend in Kartons versenkte. Kiste um Kiste schleppten sie schließlich die Treppe hinunter in den Hof vor der Kanzlei, wo der weiße VW-Bus der Caritas München geparkt stand. Weiß, mit schmutzigen Braun- und Grautönen angereichert. Ähnlich Pauls »weißer Wand«. Weiß ist eben relativ. So wie alles im Leben. Vermutlich hatte Attila seinen »Dienstwagen« noch nie gewaschen? Ein langer blauer Streifen zierte die linke Flanke des Vehikels. Vermutlich eine horizontale Streifkollision mit einem anderen Verkehrsteilnehmer. Wortlos deutete Paul mit dem Finger darauf, Attilas Miene verfinsterte sich einen Augenblick, er ging jedoch nicht weiter auf die Sache ein, sondern verschwand gleich wieder in der Villa, den nächsten Karton holen.

13 MAIK

Ey du krankes Vieh – du suchst Opferkontakt?
Probier doch mal Finger in die Steckdose. 03:31

Eine letzte Kiste befand sich noch im fürstlichen Ankleidezimmer der Wohnung. Die bemalten Türen der leeren Schränke standen offen. Bis auf eine, hinter der sich zwischenzeitlich Pauls eigener, im Vergleich spärlicher Kleidervorrat verbarg. Paul saß auf dem Parkettboden und blickte in den Karton. Obenauf lagen diverse Westen, drunter Seidenhemden in Pastelltönen. Größe 66.

»Alter! Scheiße, dass dein Onkel so fett war. Das wäre sonst echt geiles Zeug!«

»Er war mein Vater!« Paul sah Attila nicht an, als er das sagte. Der Satz hing schwer im Raum.

»Ey, Mann, weiß ich doch! Ich kenn ihn so gut wie du!«

Diese Lüge musste Paul Attila durchgehen lassen. Zum einen, weil sie nicht so gemeint war, sondern nur Attilas ureigenem und unabänderlichem Hang zu ständiger Übertreibung entsprang. Zum anderen, weil sie sogar ein bisschen der Wahrheit entsprach. In all den Jahren, als Paul in München mit seiner verschrobenen Mutter allein lebte, hatte Onkel Oscar sich nicht nur um ihn, sondern nebenbei auch um seinen allgegenwärtigen Schatten und besten Freund Attila gekümmert. Wenn es bei dem einmal klemmte oder er einen echten Männer-Rat brauchte, der weder von Paul noch vom eigenen Vater zu kriegen war, hatte Attila sich, ohne zu zögern, an Oscar gewandt. Der hatte wiederum genau erkannt, dass Attila das überlebensnotwendige Yang zu seinem geliebten Paul-Yin war und hatte den Romano-Ungarn ins Herz geschlossen. Kein Wunder also, dass Attila ebenfalls einen eigenen emotionalen Zugang zu den Kleidungsstücken hatte.

»Und wenn du es dir einfach umnähen lässt?«, schlug Paul vor.

Attila blickte ins Leere. Paul konnte nur vermuten, woran er dachte. Wie vor seinem inneren Auge eine Modenschau mit Oscars änderungsgeschneiderten Anzügen über einen imaginären Laufsteg flanierte …

»Neee, Alter … zu stressig«, resümierte er schließlich. Und schon hatte er die Kiste vor seinen muskulösen Brustkorb gehievt und wollte gerade den Raum verlassen, als er, schon in der Tür zum Flur stehend, bemerkte, wie unter Pauls Augenklappe eine dicke, glitzernde Träne die schlecht rasierte Wange hinunterlief und eine breite nasse Spur im Gesicht hinterließ.

Das Auge war zwar kaputt, aber Weinen ging noch. Die Tränendrüse hatte nichts abbekommen.

Attila reagierte hilflos. »Alter!«, rief er bestürzt aus und ließ die Klamottenkiste fallen. Mit zwei Sprüngen war er bei Paul, der immer noch auf dem Boden hockte. Attila kniete vor ihm und legte dem Freund die Hände auf die Schultern. Und dann rannen auch schon Sturzbäche eigener Tränen über Attilas Gesicht. Er schluchzte herzergreifend, wirren Trost stammelnd.

Paul war das peinlich. Attilas Geheule – und erst recht die eigenen Tränen. Noch peinlicher wäre es andererseits gewesen, den Freund nicht gewähren zu lassen. Viel später, wenn er vorüber war, würde er diesen Augenblick zu schätzen wissen, das erkannte Paul. Er würde im Rückblick von der Nähe zehren, die ihm jetzt gerade zu viel war.

Attila hatte kein Taschentuch. Das war allerdings kein Problem für ihn. Er wischte sich einfach mit dem haarigen Unterarm über sein rot verheultes Gesicht und zog den Rotz lautstark hoch, während er Paul ins Auge sah.

»Mal für eine Weile weg sein und für immer tot sein ist etwas ganz Verschiedenes ...«, sagte Paul mit heiserer Stimme. »Oscar ist jahrelang fort gewesen. Ich kam gut damit klar. Ich hab ja gewusst, wo er war. Aber jetzt ist er wirklich nicht da, ich weiß auch nicht, wo er ist. Oder besser gesagt: Ich weiß, dass er nirgends ist! Das fühlt sich ganz anders an, verstehst du?«

Attila antwortete nicht.

»Ich habe mein ganzes Leben lang einen kleinen Oscar im Kopf gehabt. So eine Art Alter Ego. Ein Gewissen mit Gesicht und Stimme. Alles, was ich gemacht habe ... Ich habe es immer mit dem Oscar in meinem Kopf geklärt. Mein Kopf-Oscar war wie so ein Klon des echten.«

Attila schmunzelte bereits wieder. »Du solltest nicht mit allzu vielen Leuten darüber reden, dass dein Onkel als Zombie in deinem Schädel steckt, Alter. Versteh mich nicht falsch, aber das kann komisch rüberkommen. Bisschen spooky. Ich versteh schon, was du meinst. Ist doch gut, oder? Dann ist er für dich gar nicht tot, oder?!«

Paul tat sich schwer zu ergründen, ob Attila nun einen unangemessenen Scherz auf seine Kosten gemacht hatte oder ob er einfach nur seltsam war. Wohl beides.

»Ja schon, aber ... solange er wirklich gelebt hat, ganz egal wie weit er weg war und wie viel Kontakt wir hatten, hat sich der Oscar in meinem Kopf extrem lebendig und nah angefühlt! Es war …« Paul überlegte kurz, ob er Attila das anvertrauen wollte. Es klang wirklich ein bisschen psycho … »Es war, als ob der Oscar in meinem Kopf eine direkte Verbindung zum echten Oscar hatte. Als würde der echte den anderen irgendwie anleiten oder so was. Ihm zuflüstern, über so einen geheimen Kanal, ein unsichtbares Band oder Kabel. Wenn es mal Überraschungen oder Neuigkeiten im Leben von Oscar gegeben hat, hat sich auch der Oscar in mir drin sofort verändert. Er hat das gleich gemerkt! Er ist gewachsen, er ist gereift, er hat sich weiterentwickelt, er hat dazugelernt. Und hat mir dann anders, besser, gereifter seine neuen Ratschläge gegeben … ein lebender, sich entwickelnder, sich verändernder Geist in mir.«

»Okay. Also ein lernfähiger Zombie.«

Paul ignorierte das und fuhr fort, wobei er eigentlich mit sich selbst redete.

»Weißt du, das ist totaler Scheiß, von wegen Menschen leben in unserer Erinnerung weiter. Sie leben nur in unserer Erinnerung, wenn sie auch wirklich leben! Und wenn sie tot sind, dann hören sie auch auf, in uns zu leben. Dann sind sie plötzlich nur noch ein alter Film. Wie eine Serie oder so. Wir schauen uns die alten Folgen immer wieder an und lachen, aber es gibt keine neuen Staffeln mehr, weißt du? Es ist nicht mehr spannend, nur noch …«

Er wusste gar nicht genau, wie es eigentlich war.

»Das Schlimmste ist: Es verblasst. Das Bild wird immer unschärfer, und nur ein Schatten von Gefühl bleibt übrig, das man früher hatte. Und am Ende ist das vermutlich auch weg, und dann?«

»Ich glaub, du erzählst Bullshit, Alter.« Attila blickte sehr streng aus seinen verheulten grünen Augen und fuhr mit leicht nasalem Ton fort: »Ich glaub, du jammerst einfach nur rum und redest depressiven Scheiß und hoffst einfach, dass dir einer widerspricht. Weil du diesen Scheiß gar nicht glaubst und auch nicht glauben willst! Also. Okay. Mann – ich widersprech dir!«

Attila stand auf und sah auf den hockenden Paul herunter. Es hatte entfernt etwas von einem Exorzismus. Ein klein wenig Furcht einflößend.

»Oscar ist erst ein paar Monate tot, oder? Du weißt doch noch gar nichts darüber, wie das auf Dauer so werden wird, mit dem Trauern und mit der Erinnerung und allem! Hast du mal dran gedacht, dass der Oscar in deinem Kopf auch ganz schön geschockt war, als sein Original plötzlich nur noch Rauschen gesendet hat? Vielleicht trauert der ja auch!«

Attila blickte Paul fragend an. Erwartete er ernsthaft eine Antwort?

»Und dann, wenn ihr beide euch von eurem Trauern erholt habt, dein Kopf-Zombie und du, dann habt ihr bestimmt auch wieder was Neues zu reden. Wenn du mich fragst: Ich denke, wenn du es zulässt, wird sogar der echte Oscar wieder Kontakt zu dem Typen bei dir im Kopf aufnehmen. Ich meine, die Story, die du da erzählst, ist so ein total verdrehter Scheiß – warum denkst du es dann nicht auch konsequent zu Ende? Geheimes Zombie-Geflüster kannst du dir vorstellen, aber wenn einer tot ist, ist es plötzlich unrealistisch, dass er weiter da ist und mit dir redet? Sag mal, ist deine Mutter eigentlich auch in deinem Kopf?«

Attilas Frage war auf Anhieb gar nicht so leicht zu beantworten. Pauls Mutter war wenige Wochen vor ihrem

Geliebten Oscar gestorben, und Oscar hatte mittels Selbstmord versucht, ihr so rasch wie möglich ins Jenseits zu folgen. Es war noch rascher gegangen, als er es geplant hatte, denn dem minutiös geplanten Suizid kam ein Herzinfarkt zuvor. Diese Ereignisse waren alle so belastend und verwirrend gewesen, da hatte Paul kaum Zeit gehabt, angemessen um seine Mutter zu trauern. Zumal sein Verhältnis zu seiner Mutter vordergründig weit weniger herzlich, jedenfalls aber von wesentlich komplizierterer Herzlichkeit geprägt gewesen war als die schlichte, tiefe Liebe zwischen Oscar und ihm. Aber jetzt, wo Attila den Finger in diese Wunde legte, brannte sie ebenfalls heftig, stellte Paul fest. Vater und Mutter hatten ihn verlassen. Ganz allein war er auf der Welt.

»Ja, ich glaube schon …«

Es würde eine Zeit kommen, in der Paul mit der Mutter in seinem Kopf reden musste. Es gab viel zu besprechen. Dinge, die zu Lebzeiten liegen geblieben waren.

⓮ ANNETTE76

> Ich verfluche Dich. Du sollst nie wieder glücklich werden. Du sollst als Strafe elend dahinsiechen! So was wie Du verdient das Allerschlimmste. 21:47

Sie gingen hinüber in die Küche; der letzte Karton blieb als Mahnmal im Flur stehen. Paul warf die futuristische Espressomaschine an und stellte eine der wunderhübsch kitschigen goldenen Tassen hinein, die Oscar ihm dazu vererbt hatte. Attila betrachtete währenddessen fasziniert die halb nackte Dame auf dem Bild mit der barocken Jagdgesellschaft, mit dem Oscar die Küche großformatig dekoriert hatte.

»Magst du vielleicht heute Abend mit mir essen? Du kannst gern auch über Nacht bleiben …« Paul graute bei dem Gedanken, dass Attila ihn allzu bald wieder verlassen könnte.

»Ist Barbara da?« Das Bild schien Attila nachhaltig zu inspirieren.

Paul erinnerte sich sehr gut daran, dass Attila bei seinem letzten gemeinsamen Auftritt an der Kante von Pauls Krankenbett die meiste Zeit über seine Hand an Barbaras Gesäß gehabt hatte. Auch wenn er sich bis heute nicht im Klaren darüber war, was zwischen den beiden eigentlich genau gelaufen war, während er einäugig und hinkend im Neustädter Hospital lag. Ob Attila Barbara dafür bezahlen musste? Oder ob er Barbara schlicht und einfach verführt hatte? Jedenfalls würde er diese unangemessene Liaison sicher nicht unterstützen! Damals, das war quasi Ausnahmezustand gewesen. Da hatte man das eine oder andere ausnahmsweise durchgehen lassen. Aber hier und heute, zurück im geregelten Alltag, da gab es keinen Platz für eine derart verquere Liebelei – noch dazu unter Pauls Dach! Es galt, der Sache sofort einen Riegel vorzuschieben. Dazu war Paul bereit, Attila gegenüber schwerstes Geschütz aufzufahren.

»Wie geht es eigentlich Kassandra?«

Ja, die liebe Kassandra. Pauls toxisch-komplizierte Ex-Freundin und Attila hatten nämlich ebenfalls eine gemeinsame Geschichte, über die Paul nur fragmentarische Kenntnisse besaß. Kaum war die Trennung von Paul endgültig und seitens der bösartigen Kassandra mit großer, hysterischer Geste besiegelt gewesen, da hatte sich Attila ihrer liebevoll Trost und Samen spendend angenommen. Allerdings, zu Kassandras Leidwesen, geschah das in der für Attila typischen Weise: herzlich, heftig … und kurz. Attila, der Bienenwolf, wollte kein neues Bienenvolk gründen. Er hatte es lediglich auf den Honigtopf abgesehen.

Paul hatte seinerzeit kaum Zeit gehabt, sich ausreichend maßlos über Attilas geschmacklosen Verrat aufzuregen, denn soweit Paul es aus der Ferne zu beurteilen vermocht hatte, überdauerte der romantische Spuk mit Sandra nicht einmal drei Wochen, und die Episode mit Barbara hatte inmitten dieser drei Wochen stattgefunden. Attila eben.

Kassandra, die lieber Sandra genannt werden wollte, hatte Paul über viele Jahre perfide konditioniert, und noch heute hatte er schweißtreibende Träume voll Panik und

Gewissensbisse als Erbe der gemeinsamen Zeit mit dieser unsäglichen Frau. Obwohl ja sie es gewesen war, die den Bruch erzwungen hatte! Die ihn erpresst hatte, als Paul München verlassen musste, um Oscars Kanzlei in Neustadt zu übernehmen. Was moralisch von ihr allerunterste Schublade gewesen war!

Und doch war es ihr gelungen, Paul das Gefühl einzupflanzen, er hätte sich gegen sie versündigt. Eine der Konsequenzen dieses psychologischen Kunstgriffs war, dass Kassandra immer noch mietfrei in Pauls Münchener Wohnung logierte. Er würde sich wirklich dringend einmal darum kümmern müssen. Böses Hexenweib!

»Kein Kontakt mehr«, erwiderte Attila wortkarg.

»Hat sie mit dir Schluss gemacht?« Pauls Frage war nicht nur ironisch, sondern boshaft. Auch wenn Paul keine Details kannte, so würde es allen bekannten Gesetzen der Natur, der Physik und der Psychologie widersprechen, wenn eine Frau Attila verließe – und nicht umgekehrt. Und das ging fast nie friedlich vonstatten. Es gab dazu einen bunten Strauß gemetzelartiger Anekdoten um den bedauernswert triebgesteuerten Attila. Warum also sollte es ausgerechnet in der Angelegenheit Kassandra glimpflich ausgegangen sein …?

»Ziemlich hässliche Geschichte«, grunzte Attila. »Sie sagt, dass sie uns dafür, was wir ihr angetan haben, unendlich hart bestrafen wird. Dich und mich. Sie sagt, sie wird uns sehr, sehr hart treffen. Da, wo es uns am meisten wehtut!« Verlegen blickte Attila nach unten. Paul war unsicher, ob er auf seine Genitalien oder auf seine Füße starrte. »Ich glaube aber, dass sie damit eigentlich mehr dich meint, Alter, und nicht mich. Die Frau kann einem echt Angst machen!«

Paul hatte Sandras düster apokalyptische Drohungen zu oft über sich ergehen lassen, als dass sie ihn ernstlich hätten beeindrucken können. Gemeines, manipulatives Weib. Kräftezehrend, vereinnahmend, selbstgerecht. Ein winziges bisschen besorgt war Paul dennoch. Sandra war sehr fleißig. Sehr ausdauernd. Und sehr nachtragend.

Bei Attilas Anblick musste er allerdings schmunzeln. »Ich glaube, wir werden Sandras Fluch überleben. Wir beide haben Sandra höchstpersönlich überlebt! Was können uns da die Verwünschungen der Hexe noch anhaben? – Also, was ist mit Abendessen?«

Er reichte Attila seinen Espresso, der füllte die kleine Tasse mit Unmengen Zucker auf und schlürfte dann missmutig. »Neee, muss zurück. Termine und so. Vielleicht am Wochenende.«

Ach? Aber für Barbara hätte er Zeit gehabt, oder was?

Kurz darauf fuhr der VW Bus die Straße hinunter, das rechte Bremslicht war kaputt. Paul winkte noch einmal und ging zurück in die Kanzlei.

⓯ 12LIZZY13

> Deine Eltern wären besser mal die zehn Minuten spazierengegangen, du Dummbeutel. 00:04

Fräulein Christianes Platz hinter der Empfangstheke war verwaist, doch aus dem Nebenzimmer, in dem Liliane Draxler und neuerdings Barbara ihren Beschäftigungen nachgingen, drang wieder einmal lautes Lachen. Wurde denn hier eigentlich auch mal gearbeitet? Paul wollte nicht herausfinden, ob das Lachen ihm galt, und verbarrikadierte sich lieber in seinem Büro. Doch kaum hatte er sich am Schreibtisch niedergelassen, da öffnete sich die Tür auch schon wieder, und Barbaras roter Dutt ragte herein, über einem entrüsteten Gesicht.

»Attila soll angeblich …«

Das durfte ja wohl nicht wahr sein! Was hatten die beiden nur aneinander gefressen? Paul intervenierte, noch ehe Barbara ihre Vermutung zu Ende formuliert hatte.

»Ist schon wieder weg!«

Das mochte jetzt ein wenig barsch geklungen haben, Paul bedauerte es fast. Umgekehrt erschien es ihm dringend angezeigt, dieses Attila-und-Barbara-Übel nachhaltig auszumerzen, und was bei Attila die Erwähnung von Sandra erledigt hatte, das war bei Barbara vielleicht …

»Sagen Sie mal, was ist das eigentlich für ein Ding da oben in meiner Wohnung? Dieser … Staubsaugerroboter!«

Es wirkte! Sie fühlte sich ertappt. Der rote Dutt verschwand, die Tür schloss sich lautstark, und es gab keine weiteren Fragen zu Attila. Paul war sehr zufrieden mit den Ergebnissen seiner psychologischen Kriegsführung. Hatte diese dumme Person etwa geglaubt, er würde das lästige Ding nicht entdecken?

Ruhe bekam er deshalb aber noch lange keine. Die Tür war noch nicht richtig ins Schloss gefallen, da quietschte die Klinke bereits wieder, und Fräulein Christiane stand im Zimmer, in der Hand eine beigebraune Akte.

»Bist du dann so weit für deinen Telefontermin?«

Paul war nicht so der Terminmerktyp. Das wusste Fräulein Christiane nur allzu gut. Deshalb erinnerte sie ihn daran. Aber eben nicht auf die liebevolle Art – die ihr bisweilen durchaus auch lag. Heute pflegte sie lieber die Methode »böse Schwiegermutter«.

Pauls ratlos verpeilter Blick belohnte sie und stimmte sie sogleich milder. Mehr als das bisschen Genugtuung hatte sie gar nicht gewollt.

»Alfons Biermordt … die Sache mit dem Kampfhund!«

Natürlich, wie hatte Paul Biermordt vergessen können. Dessen Name schon mehr oder minder Programm war. Der seltsame Kauz hatte einen Hund. Allerdings keinen Dackel oder Pekinesen, sondern so eine üble Kampfmaschine von einem Drecksvieh, und dieses bösartige Getier wurde beschuldigt, sich in die Aluminiumfelge eines VW Golf verbissen zu haben: siebenhundert Euro Schaden, der Reifen dazu noch einmal vierhundert. Kratzer am Lack und eine eingedrückte Seitenscheibe. Außerdem sollte die Bestie versucht haben, gewaltsam in den Mietwagen einzudringen. Die Fahrerin hatte beinahe einen

Herzinfarkt erlitten. Problematisch an der Sache war, dass es nicht der erste Pkw samt Fahrer gewesen war, den das Tier zum Dessert hatte verputzen wollen. Ein echter Problemhund.

Biermordt hingegen schwor feierlich, dass sein animalischer Spezl, der bezeichnenderweise den Namen »Amigo« trug, von seiner charakterlichen Veranlagung her eigentlich ungeeignet dazu sei, einer Fliege etwas zuleide zu tun – geschweige denn einem VW Golf oder gar dessen Lenkerin.

Paul charakterisierte seinen Mandanten als signifikant intelligenzverminderte Nervensäge. Den Köter betrachtete er als eine Zumutung von gemeingefährlicher Waffe. Das machte es ungleich schwerer, dem Mandanten vor Gericht zu seinem Recht zu verhelfen. Paul hätte vielmehr nichts dagegen gehabt, Herr und Hund gleichermaßen hinter Gittern zu sehen.

Ein innerer schweinehündischer Konflikt war das, der gar nicht erst entstanden wäre, wenn Paul dieses Mandat nicht zwingend hätte übernehmen müssen. Weil der liebe Herr Alfons Biermordt, genannt »Fonsi«, nämlich gar kein klassischer Biermörder, sondern im Gegenteil ein Anverwandter wer-weiß-wievielten Grades des Inhabers der wichtigsten Neustädter Brauerei war. Wichtige Mandantschaft also. Nicht der saudumme Fonsi. Aber die Brauerei eben schon: dreißig Millionen Umsatz, zweihundert Mitarbeiter … und einer davon der Fonsi. Und deshalb konnte Paul bei dem nicht so, wie er gewollt hätte.

»Willst du die Akte noch mal anschauen, oder soll ich ihn dir gleich durchstellen …?«

»Ähm, ja … nein, ich kenne den Fall, danke. Könnten

Sie mir noch eine Tasse Espresso …?« Paul war so müde heute.

»Rechtsanwalt Colossa …« Paul hatte sich einen ganz besonders sachlichen Ton angewöhnt, wenn er jemanden durchgestellt bekam. Er mochte diesen Ton an sich.

Am anderen Ende der Leitung allerdings herrschte Schweigen.

»Herr Biermordt? Sind Sie dran?«

Immer noch Schweigen, dann ein ganz schüchternes Wispern: »Ähhh … ja, hier wär Alfons Biermordt … ähhh.«

Paul verkniff sich ein »Ich weiß, du Idiot!« und sagte stattdessen: »Herr Biermordt, schön. Also, es geht um den morgigen Gerichtstermin. Ich wollte das noch einmal mit Ihnen durchsprechen, und vielleicht haben Sie ja auch noch ein paar Fragen.«

Biermordt schwieg. Entweder hatte er keine Fragen oder er war zu schüchtern, oder – was Paul verschärft vermutete – zu dämlich, sie zu stellen.

»Sagen Sie, Herr Biermordt, waren Sie denn schon einmal bei Gericht?«

»Ja, vorletztes Jahr, Herr Doktor, mit Ihnen! Wissen'S nimmer? Wegen der Körperverletzung mit dem Maßkrug beim Erntedank-Frühschoppen …«

Das Rindvieh hielt ihn für Oscar! Hatte der denn seine Post nicht gelesen? Oben rechts auf dem Briefkopf der Kanzlei Colossa war ein großes schwarzes Kreuz neben Oscars Namen, und drunter stand dick und ebenfalls unübersehbar schwarz, dass Paul nun die Kanzlei führte. Man hätte es natürlich auch daran erkennen können, dass unter diesem Brief »Paul Colossa« stand. Paul überlegte, wie er dem Mann beibringen sollte, dass Oscar tot war. Und dass er verdammt noch mal kein Doktor war! Das verfolgte ihn ja regelrecht! Paul beschloss, es möglichst einfach zu handhaben. Er ignorierte das Problem und machte einfach weiter.

»Ja, dann wissen Sie ja schon, wie es grob laufen wird. Haben Sie denn noch Fragen, Herr Biermordt?«

Schweigen in der Leitung.

»Herr Biermordt?«

»Ähm, ja scho …«

»Also, die Sache ist die, Herr Biermordt. Man wirft Ihnen eine fahrlässige Körperverletzung vor, weil Ihr Hund die Dame in dem Auto ganz schön erschreckt hat, als er durch das Seitenfenster zu ihr hinein ist und sie beißen wollte. Und die Dame hat sich dabei auch verletzt …«

Paul lauschte in den Hörer hinein. Nach einer langen Pause sprach der Mandant: »Ähm, ja scho …« Biermordt atmete tief ein. Mehr kam nicht.

»Entscheidend, Herr Biermordt, wird der Eindruck sein, den wir bei Gericht hinterlassen. Wir – und vor allem Ihr Hund, der … ähm … der Amigo.«

Stille am Telefon. Paul war sicher, dass der Mann nichts begriffen hatte. Aber noch einmal würde er es ihm nicht erklären.

»Also morgen kommt die Dame, die aus dem Auto. Und dann wird sich vielleicht ein Gutachter zu der Sache äußern. Der hat sich den Schaden an dem Auto angeschaut, er will Ihren Hund auch kennenlernen. Den Hund müssen Sie also mitbringen, haben Sie das verstanden? Und darüber wollte ich gerne noch einmal kurz mit Ihnen plaudern, Herr Biermordt. Also sagen Sie, was für eine Rasse war das noch mal, Ihr …«

»Der Amigo is a Rottweiler …«

Paul überlegte kurz. Das waren diese schwarzen Köter mit dem Stummelschwanz? Die entscheidende Frage lautete: Konnte so ein Vieh einen Golf knacken?

»Der Amigo … ja. Also ein Rottweiler, sagen Sie? Und wie ist der so?«

»Ähm, ja, i woaß ned. So schwarz. Mit braune Pfot'n.«

O Gott, war der Mann dämlich! Pauls Kinn begann sofort wieder zu jucken.

»Ja klar. Ein Rottweiler eben. Nein, was ich meinte, ist eher, wie das Tier so von seiner … Wesensart ist?«

»Wesensart …?« Biermordt sprach es wie ein Fremdwort aus. Er klang fast flehend in seinem grundsätzlichen Unverständnis. »Er is halt … also vom Wesen her isser a Hund …«

»Jaaa …«, Paul holte tief Luft. »Was ich wissen will, Herr Biermordt: Ist der Hund aggressiv? Das wäre schon wichtig, wenn der Gutachter ihn morgen vor den Augen des Richters untersucht. Da wäre es nicht so hilfreich, wenn er den Gutachter beißt, verstehen Sie, was ich meine?«

»Ähm, ja scho. Also, ob der Amigo aggressiv is? I woaß ned. Also, aggressiv ned direkt. Aber … a bissl grantig halt manchmal.«

»Insofern dann durchaus eher aggressiv.« Paul konnte sich das geradezu bildhaft vorstellen, wie die Bestie mitten im Sitzungssaal austickte, sabbernd herumkläffte, die Zähne fletschte und sich dann im Arm des um Gnade winselnden Gutachters festbiss. Der Geruch von Blut, das Knirschen eines Oberarmknochens … Paul schüttelte den Kopf, um die Gedanken zu vertreiben. »Das ist nicht ideal, Herr Biermordt. Dagegen müssen wir was unternehmen. Bitte sorgen Sie dafür, dass der Hund morgen spurt, ja? Sonst können wir die Sache gleich vergessen! Ich will kein Knurren hören, kein Bellen und erst recht nicht … also wenn der Hund beißt, dann …« Paul wurde die Bilder nicht mehr los, überall Blut und Gewebefetzen …

»Ja scho, aber wie soll ich nacherd den Hund …?«

»Herr Biermordt! Das ist Ihre Sache! Es ist Ihr Hund! Sedieren Sie ihn meinetwegen! Verstehen Sie, was ich meine? Betäuben Sie das Tier! Ein klein wenig zumindest. Stehen sollte er noch können, aber sonst eigentlich nichts. Da gibt es doch sicher irgendwelche Substanzen für Hunde?«

»I woaß ned. Vielleicht an Schnaps? Da wird der Amigo immer a bissl müd …?«

Warum nur überraschte es Paul überhaupt nicht, dass der Hund das offenkundige Alkoholproblem seines Herrn teilte. Aber warum eigentlich nicht?

»Ja, warum nicht, Herr Biermordt. Geben Sie dem Tier meinetwegen Alkohol. Aber vielleicht noch ein Pfefferminzbonbon, damit der Hund nicht gar so eine Fahne hat …«

»Ja mei, i geb ihm halt an Obstler …?«

Paul blickte ausdruckslos hinauf zur Zimmerdecke. »Wunderbar, Herr Biermordt. Dann sehen wir uns morgen um Viertel vor neun am Sitzungssaal 111, ja? Amtsgericht Neustadt. Kommen Sie ein bisschen früher. Am Einlass sind Sicherheitskontrollen. Könnte sein, dass die wegen dem Hund ein paar Fragen stellen …«

Paul war kein echter Menschenfreund. Wie auch? Er glaubte nicht ernsthaft, dass wirklich und wahrhaftig einer unter zehn etwas taugte. Jeder Zwanzigste, optimistisch geschätzt – und selbst der mochte immer noch ein halber

Idiot sein. Aber Biermordt? Grundgütiger! Da war wahrlich Hopfen und Malz verloren – und das, obwohl der Mann in einer Brauerei sozialisiert worden war. Nein, wirklich … wie konnte es so einen wie den nur geben? Was hatte Gott uns damit sagen wollen?

⑯ EXXXECUTE

Im Kalender habe ich mir gerade den
Tag notiert, wo wir dich Schnieptröte
an den Baum knüpfen. 04:07

»Hast du Biermordt erinnert, dass er morgen pünktlich bei Gericht sein soll?«

Paul war noch so gefangen von dem Telefonat, dass er gar nicht wahrgenommen hatte, dass Fräulein Christiane hereingekommen war. Klopfen war wohl zu viel verlangt?

Sie wartete gar keine Antwort ab. »Das Landgericht Amberg hat angerufen. In der Sache Pätzold gegen die Bundesanstalt für Immobilienaufgaben …«

»Ähhh …« Pauls Blick heftete sich Hilfe suchend auf seine Bürochefin. Pätzold? Zum einen hatte er sich in den paar Monaten, die er nun hier war, noch längst nicht in alle Fälle eingearbeitet, die ihm Oscar hinterlassen hatte. Und außerdem verfügte Paul nicht über die Gabe eines wahrlich exzellenten Namensgedächtnisses. Eher im Gegenteil. Aber dafür hatte man ja Personal. Die Queen hatte auch einen, der immer hinter ihr stand und ihr die richtigen Namen einflüsterte. »Majestät … der Duke of Gloucester …«

»Die Sache mit dem amerikanischen Schützenpanzer, der bei dem Manöver den Maishäcksler von Pätzold geschrottet hat …«, flüsterte Fräulein Christiane ihm zu.

Ah, Paul erinnerte sich wieder. Coole Geschichte. Die Amerikaner spielten vor den benachbarten Toren Ambergs regelmäßig Krieg. Auf ihrem Truppenübungsgelände in Grafenwöhr hatten sie genug Gerätschaften gesammelt, um jederzeit und ohne Vorankündigung die Weltherrschaft in Bayern an sich zu reißen. Bei den großen Manövern in der Region kam es dabei hin und wieder zu Begegnungen dritter Art mit der einheimischen Zivilbevölkerung. Kollateralschäden. Vom Allerfeinsten. Insbesondere waren Landwirte und deren Felder betroffen. Warum die Bundesstraße 299 kaputt machen, wenn man als Abkürzung ein Maisfeld niederwalzen konnte? Wie zum Beispiel das von Pätzold. Der war dummerweise gerade dabei gewesen, sein Maisfeld selbst niederzuwalzen, als es passierte. Sein Krone BIG X 850 Maishäcksler war eine wahrlich imposante Maschine! Gegen einen M1A2 Abrams Kampfpanzer der US-amerikanischen Landstreitkräfte aber hatte das Ding natürlich keine realistische Chance gehabt.

»Der Richter hat gefragt, ob er am 14. September oder am 21. September terminieren soll?«

Paul blickte sich auf dem Schreibtisch nach seinem Kalender um. Alles war so mit Akten überladen, dass er ihn nirgends entdecken konnte. Aber im Zweifel war ihm der 21. lieber – das war eine Woche später. Später war immer besser. Paul war ein Verfechter der doppelten Prokrastination: Was du später kannst besorgen, verschieb's doch besser gleich auf morgen. Oder auf den 21. Termine zu verschieben und Fristen zu verlängern – oder verlängerte Fristen noch einmal zu verlängern, das gehörte zum wichtigsten Handwerkszeug eines Anwalts überhaupt. Wer hier zimperlich war, der konnte gleich einpacken. Fristen, das waren die Leuchtbojen im juristischen Ozean. Und Bojen sind beweglich.

»Ich habe ihm gesagt, der 14. passt. Je früher, desto besser.« Verdammt, aber warum fragte sie ihn dann überhaupt?

»Willst du den Termin selber in deinen Kalender eintragen?«

Wie spöttisch ihre Stimme klingen konnte!

»Ähm, ja … Fräulein Christiane, ich wollte gerade … könnten Sie das vielleicht für mich …?«

Mit hochgezogenen Augenbrauen kam ihm das Gesicht der alten Sekretärin näher. Bedrohlich nahe. Paul lehnte sich instinktiv zurück. Ein geübter Blick, ein Handgriff, und sie hatte den schwarzledernen Handkalender unter einem Kommentar zur Zivilprozessordnung herausgezogen.

»Manchmal wundere ich mich schon, wie du so arbeiten kannst … aber es ist ja dein Schreibtisch und zum Glück nicht meiner …«

Ganz schön schnippisch für eine Angestellte. Andererseits wunderte Paul sich bisweilen auch, wie ihm das alles so gelang.

⑰ LISA

Wie halten Sie Ihre eigene
Bösartigkeit nur aus? 14:30

Als Christiane den Raum verlassen hatte, checkte Paul seine E-Mails. Die nachmittägliche Hitze war unbarmherzig in sein Büro vorgedrungen, und beim Hochkrempeln seiner Ärmel bemerkte er, leicht beschämt, dass er schon wieder das hellblaue Hemd vom Vormittag anhatte. Weiße Schweißränder unter den Achseln. Markanter männlicher Duft.

Die meisten E-Mails schickte sein künstlich-intelligenter Algorithmus ihm. Die unheimliche Computersoftware namens »Consul«, die sein geschäftstüchtiger Vater für die Kanzlei hatte entwickeln lassen, um in ganz großem Stil kostenpflichtig Schulden für Firmen einzutreiben, ohne dabei selbst einen Finger krumm zu machen. Dieser Inkasso-Algorithmus war eine wahre Goldgrube. Das Programm benötigte nur rudimentäre Basisdaten des Schuldners und konnte diesem sodann, angefangen mit einem veritablen anwaltlichen Drohbrief, über das gerichtliche Mahnverfahren bis hin zur ausgewachsenen Klage vollkommen selbstständig die juristischen Daumenschrauben anziehen. Das Vorgehen war so dreist und aggressiv, die seitens der Maschine gewählten Formulierungen waren so unfreundlich, regelrecht persönlich beleidigend, dass keiner je auf die Idee gekommen wäre, dass dahinter kein Mensch steckte, sondern ein emotionsloser Riesentaschenrechner. Die Zukunft eben.

Aber der Algorithmus konnte noch viel mehr! Die Berechnung unverschämt hoher Zinsen, üppige Mahngebühren, die buchhalterische Erfassung der Geldeingänge – und Nichteingänge. All das überwachte das boshafte, kluge System wie von Geisterhand.

Paul musste die von »Consul« in seinem Namen verfassten Schreiben nicht einmal unterschreiben. In einer kooperierenden Großdruckerei wurde die hässliche Post feinsäuberlich, einschließlich Unterschrift, gedruckt, kuvertiert und an arme Habenichtse versandt. Auf dass der Rubel rollte. »Consuls« Auftraggeber waren vor allem Unternehmen aus dem Bereich des Online-Versandhandels. In guten Jahren spuckte »Consul« schon einmal eine satte Million an Honoraren aus. Ohne dass Paul auch nur einen Finger krumm machen musste. Nur ganz selten war in den Consul-Inkasso-Fällen tatsächliches anwaltliches Auftreten vonnöten. In der Regel vor Gerichten weit entfernt von Neustadt. Selbstredend war der Algorithmus darauf programmiert, die entsprechenden Korrespondenzanwälte vor Ort auszuwählen, schriftlich zu instruieren und zu beauftragen, die sodann vor Gericht den säumigen Zahlern auch noch die letzten pekuniären Blutstropfen abpressten. »Consul« war andererseits aber durchaus auch clever genug zu entscheiden, wann ein säumiger Zahler erkennbar dermaßen pleite war, dass es nicht lohnte, weitere Energie in seine Schächtung zu investieren. Ganz locker ließ der Algorithmus selbst dann allerdings noch nicht. Tief in ihm steckte eben Oscars schwarze Seele, und die war penetrant und gab ungern klein bei, nur weil einer pleite war. Deshalb war der letzte Brief, den »Consul« die Druckerei zu versenden beauftragte, eine Strafanzeige wegen »Verdachts des Betrugs, der Leistungserschleichung und aller in Betracht kommender Straftaten«. Hin und wieder kam daraufhin überraschend doch noch Geld, das sich der Schuldner zusammengeborgt oder das er seiner Oma heimlich vom Konto gemopst hatte. Die Welt war eben schlecht. Oscar hatte das genau gewusst. Wie sollte da sein virtuelles Schattenmonster besser sein?

Argentum non olet – und selbst wenn Geld doch stinken würde, hätte Paul keine Berührungsängste damit gehabt. Diesel stank ja auch, trotzdem fuhr er gern mit dem Defender.

⑱ EPIC

Du bist einfach geil. Geldgeil, du Wichser! 13:55

Viel interessanter fand Paul eine Nachricht, die sich da mitten zwischen die Inkassoreporte geschmuggelt hatte. Absender: lara.wanek@kolleg-ida-rubinstein.de. Warum auch immer, Pauls Herz klopfte, als er die Nachricht entdeckte, und beruhigte sich auch beim Lesen des Inhalts nicht.

»Lieber Paul Colossa,
Sie haben in der Hektik des Vormittags Ihre Unterlagen gar nicht mitgenommen. Die werden Sie sicher für Ihre Arbeit benötigen! Ich kann Ihnen die Sachen natürlich gerne morgen vorbeibringen lassen. Vielleicht wollen Sie aber auch gleich heute noch einen Blick darauf werfen? Ich habe sie extra mit heimgenommen. Sie könnten sie also, wenn Sie möchten, heute Abend bei mir abholen. Vielleicht so gegen neun? Ich würde mich freuen. Mein Haus steht gleich neben dem Schloss. Nicht zu übersehen.

Herzliche Grüße,
LW«

Juristen sind geschult darin, Texte so zu lesen, dass deren eigentlich relevanter Inhalt zutage tritt. Der berühmtberüchtigte »Subtext«.

Vordergründig teilte Dr. Wanek ihm mit, dass er seine

Unterlagen vergessen hätte. Ende der Botschaft. Kaum einen Zweizeiler wert.

Dr. Lara Wanek hingegen verwendete deutlich mehr Zeilen. Jedoch alle juristische Finesse half Paul bei der Entschlüsselung dieser Worte nicht recht weiter. Denn der Subtext dieser Botschaft war offenkundig nicht-juristischer Art. Sicher war Paul sich nur, dass neben der erhöhten Herzfrequenz ein angenehmes Bauchgefühl zurückblieb. Und ein Date, heute Abend, um neun. Pauls Bauch nämlich hatte das, worüber sein Kopf noch grübelte, sofort entschlüsselt. Ganz schön spät am Abend! So spät, dass eigentlich so gut wie keine Gelegenheit mehr bestehen würde, miteinander … zu arbeiten. Aufregend! Jetzt glaubte Paul, den Text verstanden zu haben.

Paul antwortete, nachdem er einige sehr gekünstelt wirkende Formulierungen verworfen hatte, knapp und unverfänglich: »Ich komme gern! Bis neun dann also.«

⓳ RENNY66

Für mich schaut der Typ zugedröhnt aus. Besoffen genau genommen. 21:39

Gegen sieben kam leichter Wind auf und hob die drückende Hitze zwischen den Häusern hinweg. Paul öffnete alle Fenster seiner Wohnung und hielt sein Gesicht in den sanften Hauch.

Paul holte sich eine Flasche kaltes Bier aus dem Kühlschrank. Ob Fonsi Biermordt an deren Entstehung beteiligt gewesen sein mochte? Hoffentlich nicht. Er sah aus dem Küchenfenster in den Garten hinunter. Jede Menge Unkraut. Der Kirschbaum hing voll fetter roter Früchte. »Schneiders späte Knorpelkirsche.« Von Oscar in jungen Jahren in den Garten gepflanzt. Jetzt ein mächtiger Schattenspender. Die Sorte reifte erst im Juli richtig. Passend zu den großen Ferien. Paul hatte als Kind Stunden in den Ästen zwischen den dunkelgrün gezackten Blättern verbracht. Kirschen und *Sprite*, Bauchschmerzen, die man sich ehrlich verdient hatte. Großartige Erinnerungen. Das Bier schmeckte lecker. Paul spürte schon nach wenigen perlenden Schlucken, wie der Alkohol ihn zartbitter betörte, beschwingte. Ihm irrationalen Mut einflüsterte. Aus diesem Gefühl heraus beschloss Paul, die Augenklappe auch an diesem Abend nicht abzunehmen. Er hatte, was das anbelangte, bei Lara Wanek ohnehin nichts mehr zu verlieren.

Und heute Abend würde er in Zivil erscheinen. Da wirkte die Augenklappe längst nicht so unseriös wie bei einem Rechtsanwalt im Dienst. Verdammt verwegen sah das vermaledeite Ding aus.

Und verwegen war Paul in der Tat! Er zog sogar sein Smartphone aus der Tasche und suchte nach dem »Newtown Blog«. Kam auf die Seite. Sah. Und siegte!

Der unsägliche Artikel über »Dr. Hook« war verschwunden. Geblieben war der erbärmliche Hinweis darauf, der Text sei »vorübergehend nicht verfügbar«.

Chapeau, Herr Kollege Stahl! Das war saubere Arbeit. Vermutlich würde Babik, der kleine rothaarige Pisser mit den nikotingelben Zähnen, sich gerade auf dem abgewetzten Teppich seiner Bürohöhle krümmen und heulen wie ein Kind. Sic transit gloria mundi, oder wie der Terminator es ausdrücken würde: »Hasta la vista, baby …« Vielleicht besser in den Worten des großen Bruce Willis? »Yippie Yah Yei, Schweinebacke!«

Hach, war das Bier wirklich so köstlich süß, oder war das vielmehr der Geschmack des Sieges?

⑳ XYZ123

> Macht doch sein anderes Äuglein auch weg. Einfach rausstechen mit dem Messer!!! Dann sieht er vielleicht klarer, was er da für eine perverse Scheiße macht!!! 02:56

Paul war viel zu früh dran. Zwanzig vor neun steuerte er den Defender auf den Waldparkplatz des Schlosses. Zum zweiten Mal an diesem Tag. Warum nahm er eigentlich nie den Haupteingang?

Er hatte lange in seiner Whirlpoolbadewanne gebadet, so lange, dass die schwüle Sommerhitze im Bad seiner schrumpeligen Haut danach regelrecht kühl vorgekommen war. Sodann hatte er sich, in akuter Entscheidungsnot, dreimal komplett umgezogen. Am Ende hatte er sich für »leger« entschieden. Ungezwungen, lässig, eigentlich also überhaupt nicht sein Ding. Dennoch trug er jetzt ein an den Ärmeln umgeschlagenes weißes Hemd und eine Jeans. Und seine Augenklappe. Die Haare hatte er nach hinten gekämmt, wie ein italienischer Gigolo.

Die Sonne stand schon tief, als Paul über den nun perfekt gemähten Rasen auf das Schloss zuschlenderte. Schwärme von Fliegen hingen tanzend über dem frisch geschnittenen Gras, dessen Geruch erneut intensive Erinnerungen in Pauls Unterbewusstsein aufwirbelte. Mit leisem »tak-tak-tak« spritzten mehrere Rasensprenger ihren Strahl kreisend übers Grün. Paul wartete kurz, bis das Wasser weitergewandert war, und eilte dann rasch auf das Schloss zu. Kleine nasse Grasschnipsel klebten an seinen Turnschuhen.

Heute Morgen hatte er die im Vergleich winzig wirkende Villa im Bauhaus-Stil rechts neben Schloss Hirschenhaid gar nicht bemerkt. Ein derber ästhetischer Bruch, fand Paul. Die beiden Gebäude hätten einander kaum weniger ähneln können. Vermutlich war das beabsichtigt. Immerhin, farblich harmonierten sie halbwegs. Die Villa sah aus wie ein Schuhkarton. Mit messerscharfen Kanten. Der untere Stock heller, fast weißer Beton. Das obere Stockwerk Holz. Ein Flachdach, das ein wenig so wirkte wie ein Bierdeckel, den man zum Schutz vor Wespen auf sein Bierglas gelegt hatte. Glas übrigens war das prägende Stilelement des Hauses. Rundum, überall große, das Licht der Abendsonne grell reflektierende Glasfronten. Eigentlich schön. Anders schön als das Schloss. Wer hatte die kühne Idee gehabt, zwei so verschiedene Schönheiten miteinander konkurrieren zu lassen? Verloren dabei nicht beide? Oder gewannen beide am Ende?

Als Paul das Haus erreichte, war es gerade einmal Viertel vor neun.

Nicht nur beim Sex ist zu früh kommen ein Fauxpas, den sich ein Gentleman nicht leisten sollte. Freilich, ernsthafte, authentische Leidenschaft mochte die Ursache der meisten Spielarten jedes zu frühen Kommens sein, beim Auftakt eines Rendezvous genauso wie bei dessen idealerweise krönendem horizontalem Abschluss. Doch Leidenschaft ist bestenfalls eine Begründung, keinesfalls aber eine Entschuldigung! Zu früh kommen ist, wie immer man es betrachtet, keine echte Option. Spießer kommen pünktlich.

Künstler kommen zu spät. Aber wer kommt denn bitte zu früh? Niemand! Und Paul wollte kein Niemand sein.

Andererseits … die milchgläserne Haustür stand weit offen. Das mochte ein Zufall sein. Woran Paul nicht glaubte. Er interpretierte es vielmehr als Einladung. Und zwar als eine, die sofort galt, nicht erst in einer Viertelstunde.

So trat er ein. Ein großzügiges Foyer. Holzboden, Glas, Beton. Links und rechts je eine Tür zu Nebenzimmern, vor ihm eine breite Treppe ins Obergeschoss. Oben rundherum eine Balustrade mit Blick in den Eingangsbereich. Keine Garderobe, keine Bilder, keine Dekoration. Nur Lara Wanek. Sie stand oben auf der Treppe und sah ihn an. Es war völlig still. Nicht einmal eine Uhr tickte.

Sie trug ein langes, ärmelloses Kleid. Eng anliegend, grün, mit glitzernden Stickereien. Im Haar einen silbernen Reif. Sie sah aus, als stiege sie direkt aus den Zwanzigerjahren die Treppe herab. Ein bisschen verrückt war das schon.

Paul, in seiner Jeans, kam sich albern vor. Ein Narr. Ja schlimmer noch, in Bayern nennt man so jemanden schlicht »Depp«. Aber jetzt war es zu spät, obwohl er doch zu früh dran war! Alles war zu spät. Er war schon hier. Und sie war auch hier. Und ihm war natürlich klar, dass Weglaufen keine Alternative war.

»Könnten Sie vielleicht die Haustür schließen?«

Paul folgte der Aufforderung stehenden Fußes. Als er sich ihr wieder zuwandte, war sie die halbe Treppe heruntergeschritten.

»Wirklich sehr lieb, dass Sie es einrichten konnten!«

Zögernd nahm auch Paul die erste Stufe, hielt jedoch inne. Er hätte etwas antworten müssen, war aber zu befangen. Zu beeindruckt? Ganz schön unwirklich, das alles. Aufregend.

Lara Wanek hingegen war bester Dinge: »Bitte!« Damit wollte sie ihn vermutlich auffordern, weiter nach oben zu kommen. Nun gut, deshalb war er eigentlich auch hier. So wagte er sich also hinauf, Stufe um Stufe. Ob sie allein hier lebte? Dafür war das Haus dann doch ziemlich groß. Als er vor ihr stand, zwei Stufen unter ihr genau genommen, wie symbolträchtig, stellte er fest, dass die silbernen Stickereien auf dem grünen Kleid keltische Ornamente waren. Auf dem Haarreif ebenso. Sie beobachtete ihn amüsiert dabei, wie er sie musterte, ließ es aber regungslos geschehen. Für den Bruchteil einer Sekunde schien es, als wollte sie etwas sagen, eine Erklärung zu dem Kleid vielleicht? Dessen Herkunft, seine Bedeutung? So etwas trug doch heutzutage kein Mensch? Sicher war es alt. Unermesslich wertvoll vermutlich? Warum hatte sie so ein Kleid an? Wenn Paul sie besuchte? Sie schwieg aber weiter und ließ Pauls unangemessen neugierigen Blick kommentarlos zu. Bei genauem Hinsehen erschien das Kleid … ja tatsächlich … durchsichtig? Und wie diese Frau duftete! An irgendetwas erinnerte Paul das Parfüm. Neben der blumigen Note war da doch … er hatte diesen Duft schon einmal gerochen, aber wo? Es erinnerte ihn an … Weihnachten. Mitten im Hochsommer. Jetzt erkannte er es! Lara Wanek duftete nach Blumen und nach Weihrauch! Und dazu kam noch ein dezenter Duft nach Alkohol. Der allerdings kam nicht vom Parfüm und mochte fast alles erklären.

»Gehen wir doch hinüber ins Atelier.«

Genug gestarrt, Paul erwachte und errötete. Er stand direkt bei ihr, nur Zentimeter entfernt.

»Oh, äh, ja! Gern. Vielen Dank! Ähm, ein schöner Abend, Frau Dr. Wanek!«

Sie wandte sich von ihm ab, nahm elegant die Stufen nach oben und öffnete, leise lachend, links auf der Galerie eine schmale, hohe Tür, die wieder ganz aus weißem milchigem Glas bestand. Eine Antwort hatte er nicht verdient? Natürlich nicht, nach diesem absurden Auftritt. Obgleich Lara Wanek erkennbar milde gestimmt wirkte. Paul folgte ihr und ihrem betörenden Duftschleier, eilig zwei Stufen auf einmal nehmend, hinauf in den Raum. Und war überwältigt.

Das sogenannte Atelier war das Arbeitszimmer eines Musikers. Oder einer Musikerin. Notenhefte, Bücher, Bilder von Komponisten und Opernhäusern, Instrumente. In der Mitte des Raums ein schillernder schwarzer Konzertflügel. Erhellt wurde das Atelier im Augenblick nur durch eine raumhohe, dem Schloss zugewandte Panoramascheibe, durch die die sommerliche Abenddämmerung einfiel und weiche Schatten zeichnete. Schloss Hirschenhaid glitzerte draußen wie eine Schatzkiste inmitten des abendlichen Parks. Die meisten Fenster leuchteten in warmem Gelb.

Es ergab sich, dass Lara und Paul nebeneinander vor dem großen Fenster standen und hinausblickten. Die Schulleiterin links, Paul rechts, keiner sah den anderen an. Angenehm temperiert war es hier. Vollkommen still.

»Die Augenklappe …«, Lara Wanek sah weiter aus dem Fenster und nicht in Pauls Gesicht, als sie das Gespräch wieder aufnahm, »… ist das eine Verletzung?«

Verstohlen schielte Paul zu ihr hinüber. Als er jedoch sah, dass sie den Kopf nicht drehte, sprach auch er lieber weiter gegen die Scheibe. Ein gutes Thema übrigens, fand er. Es war dringend an der Zeit, diese Sache einmal aufzuklären.

»Ich habe das Haus einer Mandantin beschützt. Es gab

einen Angriff. Mit einem Brandsatz.« Das klang ziemlich gut, fand Paul. Extrem verwegen. Dabei war es nichts als die reine Wahrheit! »Das Geschoss ging durch die Scheibe, ist explodiert und hat mein Auge erwischt. War nichts mehr zu retten.«

Ruckartig drehte Lara Wanek den Kopf. Entsetzen im Gesicht. Er blickte schüchtern zurück. Ja, stimmt schon: Echte Helden sind oft ziemlich schüchtern.

»Sie haben Ihr Auge verloren, weil Sie eine Mandantin gegen einen Angriff verteidigt haben …?«

Genau! Das hatte Paul doch gerade erzählt? Ihre Verblüffung war echt. Keineswegs schmeichelnd oder gespielt. Sie sah wieder hinaus. »Sie Wahnsinniger!« Kurze Pause. »Ich glaube, das würde Julius nie für mich tun …«, fuhr sie bewundernd fort.

Julius? Wer verdammt noch mal war denn plötzlich Julius? »Ist das … Ihr Ehemann?«

»Was?« Sie lachte laut auf. »Nein! Dr. Julius Stahl! Unser Anwalt!« Sie grinste breit. »Ich kann mir nur schwer vorstellen, dass er sich schützend vor mich werfen würde, wenn einer mich mit einem Brandsatz attackiert!«

Ach so. Nur Stahl. Der hatte bei Paul gerade durchaus einen Stein im Brett, nachdem er Babik so erfolgreich ausgeknipst hatte. Also kein geheimnisvoller Ehemann. Gut, so einer hätte Paul glatt den schönen Abend verdorben.

»Ehrlich gesagt ist es allerdings noch wahrscheinlicher, dass Julius mir das Leben rettet als mein Mann! Der würde vermutlich erst am Geruch merken, wenn ich verbrenne. Wenn überhaupt … Und ob er mich dann retten würde? Oder ob er einfach nur einen Wutanfall bekommen würde?«

Scheiße. Also doch ein Mann. Jetzt hatte sie Paul den

schönen Abend tatsächlich verdorben. Ob der ominöse Gatte hier im Haus war? Womöglich kam er jeden Augenblick durch die Tür hereinspaziert? Was für eine Art von Ehemann mochte eine Frau wie Dr. Lara Wanek sich wohl auserkoren haben? »Kenne ich Ihren Mann?«

»Evelyn?«, antwortete sie verwundert.

Jetzt war Paul an der Reihe, wahrhaft schockiert zu sein. Rutland? Allen Ernstes? Sie war mit dem verdammten Dirigenten verheiratet? Mit diesem … versoffenen Penner?

»Ich wusste gar nicht … ist er hier …?«

»Mein Mann ist drüben im Schloss. Er probt. Dieser Raum ist eigentlich sein Heiligtum …«, sie verfiel in einen verschwörerischen Flüsterton, lächelte eigenartigerweise jedoch, »… es wäre nicht gut, wenn er uns hier sieht. Niemand darf in sein Atelier! Ich bin trotzdem jeden Tag da … immer wenn er weg ist … es ist so …«

Sie drehte sich nun ganz zu Paul, auch er wandte sich ihr zu. Sie standen Gesicht zu Gesicht vor der Fensterfront. Sie hob die rechte Hand und berührte Pauls Kinn ganz sanft mit dem Zeigefinger. »Jetzt sehen Sie ganz anders aus als Oscar … Ich glaube, Sie sind auch ganz anders. Oscar hat Frauen nicht gerettet, eher …«

㉑ VELERY111

> Fühlt es sich geil an, wie du kinnlose Scheiße Stück für Stück zum Alkoholiker ohne Chance auf ein geregeltes Leben mutierst? 22:11

Sie ließ Paul ratlos am Fenster stehen, setzte sich an den Flügel und knipste die Notenbeleuchtung an. Wie ein Heiligenschein umgab sie das Licht. Anbetungswürdig. Zärtlich streichelte sie über den schwarzen Lack des riesigen Instruments. »Das ist ein Fazioli …«

Also war da doch etwas mit ihr und Oscar gewesen. Paul wollte es auf gar keinen Fall wissen.

Lara Wanek spielte einige lose Tonfolgen. Gebannt beobachtete Paul, wie sich ihr Gesicht dabei veränderte, strenger wurde, konzentriert. Ihre eigentümliche Verrücktheit wich völliger Klarheit. Ganz bei der Sache war sie. Ihr Körper streckte sich kerzengerade, dann pendelte sie, wie eine beschworene Kobra, wippte, beugte sich ekstatisch, während sie dem Instrument, das so viel kostete wie ein Einfamilienhaus, verspielte Klangkaskaden entlockte.

Trost spendete die Musik Paul allerdings nicht. Weder hatte er den Schreck verwunden, dass diese feingliedrige, faszinierende Frau die Gefangene eines abscheulichen Ungeheuers war, noch wusste er so recht mit dem Gedanken umzugehen, dass er sich im Moment mitten in der verbotenen Höhle ebenjenes Scheusals befand. Nichts und niemand garantierte, dass Rutland nicht in der nächsten Sekunde den Raum betreten mochte und … ja was eigentlich? Auffressen würde er sie vermutlich nicht, oder? Vielleicht herumbrüllen! Man kannte diese exaltierten Künstlertypen schließlich. Die Polizei holen würde Rutland aber sicher nicht, oder? Es war das gemeinsame Haus der Ehegatten, und Paul war hier offizieller Gast. Er tat nichts Verbotenes. Wobei Rutland die Sache mit dem »Gast« sicher missverstehen könnte. Es war nicht auf den ersten Blick offensichtlich, dass er ein klassischer Gast war. Juristen sprechen hier von »Anscheinsbeweisen«. Es gibt Lebenssachverhalte, die liegen so klar auf der Hand, dass man sie nicht erst groß unter Beweis stellen muss. Nach dem jedem bekannten und natürlicherweise zu erwartenden Verlauf der Dinge sind sie eben, wie sie sind. Der Himmel ist, tagsüber jedenfalls und bei schönem Wetter, blau. Wer einem anderen Autofahrer hintendrauffährt, ist schuld. Das sind typische Anscheinsbeweise. Der Gegner muss das Gegenteil beweisen, um es zu entkräften.

Aber in Pauls augenblicklicher Situation, wofür sprach da der erste Anschein, nach dem üblichen Verlauf der Dinge? Fremder Mann am späten Abend bei spärlicher Beleuchtung allein mit verheirateter Frau? Im verbotenen Zimmer? Nach allgemeiner Lebenserfahrung war so einer kein »Gast« … Wenn überhaupt in dieser Situation ein Anschein für irgendetwas sprach, dann doch wohl eher dafür, dass Paul etwas ganz anderes war als ein Gast. Eher eine Art Dieb. Einer von der ganz besonderen Sorte. Einer, der es nicht auf materielle Güter abgesehen hatte, sondern auf etwas wirklich Wertvolles.

Er fühlte sich an die Gebrüder Grimm erinnert. »Der

Teufel mit den drei goldenen Haaren.« Würde Rutland beim Hereinkommen brüllen: »Ich rieche, rieche Menschenfleisch!« – dann wüsste Paul jedenfalls, woran er war.

Lara Wanek nahm die Hände von den Tasten, und die schönen Klänge hingen noch eine Weile im Raum. Es wäre der ideale Zeitpunkt gewesen, freundlich nach den Unterlagen zu fragen und die Kurve zu kratzen.

㉒ MUSTANGZ

Du klingst, wie wenn ein Hund an den Elektrozaun pinkelt. 22:19

»Ich hole uns etwas zu trinken.« So rasch war der ideale Zeitpunkt vorbei, und Lara Wanek hatte den Raum verlassen. Verdammt. Paul hörte ihre Schritte auf der Holztreppe. Jetzt war er allein im Atelier. Er sah hinaus zum Schloss. Würde man Rutland sehen, wenn er über den Rasen zurückkäme? Dann könnte Paul vielleicht noch rechtzeitig flüchten. Aber wohin? Er kannte nur das Treppenhaus. Es wäre fraglos riskant, aufs Geratewohl in ein beliebiges anderes Zimmer zu stürzen. Mit viel Glück war es nur die Besenkammer. Aber es mochte im dümmsten Fall auch das Schlafzimmer sein! Und dann? Was war das dann für ein Anscheinsbeweis, wenn Rutland Paul dort antraf? »Ich rieche, rieche Menschenfleisch!«

Resigniert setzte sich Paul an den teuren Flügel. Vor ihm eine Partitur. Bartók – Piano Concerto No 3 in E major. Viele kleine schwarze Noten. Bogen. Unleserliche Bleistiftanmerkungen. Nein, das war nichts für ihn. Paul blickte lieber auf die makellosen Tasten. Ganz schüchtern drückte er mit dem Zeigefinger das eingestrichene C. »Pling« machte es … Paul erschrak. Was hatte er denn erwartet? Aber es war eben wahnsinnig lange her. Er rechnete zurück. Zwanzig Jahre fast? Schon bald nach Vaters Tod, also nach dem Tod von Robert Colossa, den er lange für seinen Vater gehalten hatte, war seine Mutter mit ihm umgezogen. Das Klavier passte nicht mehr in die neue Wohnung, und er hatte ihm ehrlich gesagt wenig nachgetrauert, als es kurzerhand verkauft wurde, denn so recht hatte es auch nicht in Pauls neues Leben gepasst, damals. Machtvolle Kindheitserinnerungen. Im Rückblick wäre ein Klavier vielleicht gar nicht der schlechteste Begleiter in diesen schwierigen Zeiten gewesen? Vorbei …

Solange sein Vater Robert lebte, war Paul von einer sehr schüchternen, sehr freundlichen und sehr klugen Studentin vom Konservatorium unterrichtet worden. Viele Jahre lang. Er hatte ihren Werdegang vom Abitur bis zu ihrem ersten Orchesterengagement miterlebt und war musikalisch, ein wenig zumindest, gemeinsam mit ihr gewachsen. Paul war kein Überflieger gewesen, aber er hatte die Musik gemocht, hatte durchaus einen Zugang zu dieser Welt gehabt. Wie eigenartig, das alles hatte er fast vergessen. Paul hatte das Gesicht seiner Lehrerin deutlich vor Augen, aber ihr Name fiel ihm verdammt noch mal nicht ein … so lange her. Was wohl aus ihr geworden war?

Er legte seine Hände behutsam, andächtig, auf die kühlen Tasten. Die Finger schöne runde Bogen, niemals durchknicken! Er schloss die Augen. Horchte tief in sich hinein … und seine Hände begannen zu spielen. Nein, das klang falsch, und das war auch nicht gut. Mit offenen Augen wurde es aber rasch besser, damm … dada … dammdamm … unfassbar perfekt, der reine Klang dieses Instruments. Pauls Klavier war immer ein wenig verstimmt gewesen, aber dieses hier war makellos. Noch einmal begann er von vorn, die Augen wieder geschlossen, und da war es!

Als wäre es nie weg gewesen. Wie Fahrradfahren … Stark strömte die Musik auf einmal durch seine Hände. Wie sinnlich es sich anfühlte, wenn die Finger den leichten Widerstand der glatten, festen Tasten überwanden, das Gefühl in den Fingerkuppen, wenn das kleine Hämmerchen im Inneren des komplexen Apparats gegen die straffe Saite prallte und ihr kraftvoll sanfte Töne entlockte. Paul war weit fort, er schwebte. Paul war glücklich.

Ein leises Klirren weckte ihn aus seiner Trance, und er riss panisch seine Hände in den Schoß. Lara Wanek stand bei ihm, im Lichtkegel der Notenbeleuchtung, zwei Weingläser in den Händen. Paul fragte sich, wie viele davon sie heute schon gehabt hatte. Sie wirkte keineswegs betrunken, aber eben auch überhaupt nicht nüchtern.

»O bitte, nein!«, rief sie. »Spielen Sie doch! Ich hatte ja gar nicht vermutet, dass Sie …«

Aber Paul schämte sich, und er spürte, wie ihm einmal mehr die Röte ins Gesicht schoss.

»Das war Mozarts Sonate Nr. 11 … «, sie ließ nicht locker, »… aber Sie sind ein wenig aus der Übung, nicht wahr? Können Sie auch den berühmten dritten Satz? Alla Turca?«

Nein, den konnte Paul vermutlich nicht mehr. Wobei es vielleicht auf einen Versuch ankäme …? Aber das traute er sich in ihrer Gegenwart wirklich nicht.

㉓ CLAUDIA

Diesen Typen würde ich nicht mit
der Beißzange anfassen. 19:31

»Rücken Sie mal ein Stück!« Auf dem mit schwarzem Stoff bezogenen Klavierhocker konnten zwei Menschen nur dann nebeneinandersitzen, wenn sie sich wirklich eng aneinanderschmiegten. Was Lara Wanek keinesfalls zu stören schien. Paul erst recht nicht. Allerdings bereute er es nun bitter, dass er eine Jeans angezogen hatte. Die Baumwolle seiner Anzughosen war viel dünner. Da hätte er deutlich mehr gespürt. Denn, wie Paul bereits auf der Treppe festgestellt hatte: Das grün-silbrige Kleid war fast durchsichtig. Ein Hauch von Stoff nur. Angesichts dieser Erkenntnis war es mehr als fragwürdig, ob die elegante Dame neben ihm auf dem Klavierhocker Unterwäsche trug. Sie schmiegte ihren Schenkel an seinen. Wie sie roch! Das Parfüm trieb Paul fast in den Wahnsinn. Weihrauch, ja … und Rosen …?

»Cin-Cin!« Sie hielt ihm eines der beiden langstieligen Gläser hin. Darin perlte es heftig. Sie stießen klingend an. Erst jetzt spürte Paul, dass er wirklich großen Durst hatte. Hier drin hatte er die Hitze beinahe vergessen. Wie ging das nur? Kein kalter Hauch wies auf das Vorhandensein einer Klimaanlage hin. Er musste sich zusammenreißen, zunächst nur einen höflichen kleinen Schluck zu nehmen. Oh, das war …!

»Weinschorle. Ich habe solchen Durst an diesen heißen Tagen, und wenn wir den Wein pur trinken würden, dann wären wir ja nach wenigen Minuten völlig …« Also von Weinschorle kam ihr Zustand sicher nicht. Da war mehr im Spiel. Sie kicherte. »In Italien würden sie uns dafür steinigen, dass wir den guten Wein mit Wasser verdünnen, aber wir werden es niemandem verraten, ja?« Sie leerte das Glas in einem einzigen Zug fast zur Hälfte und stieß ein befreites »Ahhhhhh …« aus. Paul zögerte einen Augenblick, es ihr gleichzutun. Dann aber … das herbe, perlende Getränk durchdrang ihn wie eine Meeresbrise. Lara hatte offenbar ein paar Tropfen Zitrone hinzugefügt.

Die Direktorin des Kollegs Ida Rubinstein betrachtete den durstigen Paul mit einem sehr privaten Blick, als er das Glas wieder von den Lippen nahm und etwas hilflos damit dasaß.

Lara Wanek stellte ihres auf den makellos schwarzen Lack des Flügels. »Wenn Evelyn das sehen würde …« Wieder kicherte sie. Paul stellte sein Glas daneben.

»Gut!«, kommentierte sie. »Also Mozarts Sonate Nr. 11?« Sie berührte die Tasten, und es erklang dieselbe Melodie, die auch Paul soeben gespielt hatte. Schwerfällig war sein Vortrag gewesen und plump, wie er es jetzt empfand, wo sie dieselben Töne, verspielt, elegant und leicht, mit fliegenden Fingern zauberte. Eine Frau, für die die Tasten eines Pianos so selbstverständlich waren wie Schnürsenkel oder Zahnbürste.

Es war zwar noch längst nicht dunkel draußen, doch schwebte Zwielicht im Raum. Es roch nach Holz und Weißwein und nach Parfüm. Über den dunkelblauen Himmel zogen langsam und in großer Höhe einige schwarze Vögel, das Licht aus dem Schloss spiegelte sich hier und da auf metallenen Oberflächen im Raum.

Das, was Lara Wanek da mit dem Klavier machte, die Art, wie sie das Paul so vertraute Stück spielte, war mit Worten nicht zu beschreiben. Große, tiefe, alte Gefühle überkamen Paul und schleuderten ihn aus großer Höhe in den Ozean seiner Erinnerungen. Er tauchte ein in Bilder und Gesichter; Szenen, Fragmente von lange vergangenen Menschen und Ereignissen wirbelten durch seine Gedanken. Unkontrolliert. Besonders heftig stiegen nun plötzlich Erinnerungen an seine Mutter auf. Seine wunderschöne Mutter. Er hatte nicht viele zärtliche Augenblicke mit ihr erlebt. Doch genau solcher entsann er sich jetzt. Deutlich und plastisch, ganz nah war sie ihm.

Währenddessen bewegte die Pianistin ihren Körper intensiv neben ihm, streifte ihn, und es entstand eine elektrisierende Reibung ihrer Leiber, eine Intimität, die Paul kaum ertragen konnte.

Als Mozart nun auch noch begann, Kapriolen zu machen, hielt es Paul nicht mehr auf dem Hocker. Er griff nach seinem Glas und stand, ja sprang fast auf. Lara Wanek spielte, ohne auch nur eine Nuance aus dem Takt zu fallen, einfach weiter. Ihre Blicke folgten ihm, als es ihn magisch zurück zu der großen Panoramascheibe zog. Sie konnte nicht sehen, dass in seinem Auge eine Träne blitzte. Er hatte heute schon einmal geheult, da kamen sie natürlich umso leichter. Musik umging alle Filter guten Benehmens, alle gekünstelte Zivilisiertheit, alle anerzogene Disziplin. Musik zerrt uns auf die Tanzfläche, genauso wie sie uns aufs Schlachtfeld stößt. Ferngesteuert, wie in Trance, an den Fäden einer göttlich überlegenen Macht. Uneinsichtig. Unausweichlich. Unaufhaltsam.

Wie lang dauerte die Sonate Nr. 11 eigentlich? Als sie zu Ende war, schien ein Menschenleben in diesem Zimmer vergangen. Ein Zeitalter war vorüber in Pauls Kopf. Genau genommen etwa eine Viertelstunde. Jedenfalls war es draußen jetzt noch ein bisschen düsterer, aber bei Weitem immer noch nicht dunkel. Blickte man genau hinunter auf den Rasen, so konnte man, besonders rund um die Bäume, grüne Irrlichter schweben sehen. Glühwürmchen. Und vor dem dunkel leuchtenden Himmel die Silhouetten von Fledermäusen.

24 Evi1989

Der ist ein totaler Psychopath, das sieht man sofort! 22:41

Hinter der still am Flügel sitzenden Lara Wanek beleuchtete das Notenlicht das große Ölporträt eines jungen Mannes. Nach hinten gekämmte, halblange Haare. Markante Nase, übellaunig, arroganter Blick. Lara Wanek drehte sich um, sah auf das Bild, erhob sich dann und stand nun aufrecht davor. Das Weinglas in der Hand, Paul den Rücken zugekehrt. Ihre hübschen Pobacken drückten sich nackt durch den dünnen grünen Stoff, der vom Sitzen einige Falten bekommen hatte.

»Das ist natürlich nicht Mozart …« Mehr sagte sie nicht zu dem Bild. Sie würde erst weiterreden, wenn er zu ihr ging. Schon klar. Paul ging zu ihr.

»Obwohl er sich für einen zweiten Mozart gehalten hat! Der eitle Geck. Franz Liszt. Mozart war nicht der Rockstar unter den Klassikern. Nein – das war der hier!« Wieder standen sie ganz eng nebeneinander. »Liszt war absolut bereit, alles zu tun, um sein Publikum zu faszinieren. Der Mann hat sein Klavier auf offener Bühne zertrümmert! Wie Pete Townshend von The Who mit seiner Gitarre bei Woodstock! Und er war ein ganz, ganz schlimmer Herzensbrecher.« Lara kicherte. »Angeblich haben seine Verehrerinnen die Asche aus seinem Zigarrenbecher genascht, um ihm nah zu sein …« Ein kurzer prüfender Blick auf Paul. »Er hat sich einen großen, wuscheligen Hund gehalten. Es gab nämlich zahllose weibliche Fans, die ihr Leben für eine Locke von Liszt gegeben hätten. Wenn er denen nachgegeben hätte, wäre es aus gewesen mit seiner üppigen Mähne! Also schnitt er einfach dem Köter das Fell herunter und schenkte es den dummen Mädchen.«

Lara Wanek lachte leise, und auch Paul musste schmunzeln. Eine großartige Anekdote. Sie konnte unmöglich wahr sein. Aber was spielte das für eine Rolle.

»Irgendwann war Schluss mit den Groupies und der Bühnenshow. Da hat sich der Franz heillos verliebt in die Carolyne zu Sayn-Wittgenstein. Und umgekehrt. Was ein Skandal war! Weil die nämlich zu diesem Zeitpunkt noch verheiratet war …«

Prüfender Blick auf Paul. Diesmal bemerkte er es deutlich und errötete aufs Neue. Was sollte er darauf schon erwidern? Natürlich war ihm klar, in welcher Situation er und Lara sich gerade befanden. Wenn man unter »harmlos« im Lexikon nachblätterte, würde man sicher kein Foto von ihnen beiden finden, wie sie da ganz nah Seit' an Seit' den jungen Liszt bewunderten. Natürlich sagte Paul kein Wort. Besonders Anwälte wissen das Recht zu schweigen zu schätzen.

»Dann domestizierte die Carolyne den Franz und sperrte ihn praktisch zwölf Jahre lang in ihrem Haus ein, und er komponierte und musizierte wie ein Wahnsinniger. Das waren die kreativsten und produktivsten Jahre seiner Karriere.«

Sie leerte ihr Glas.

»Aber zu seinen Lebzeiten war Franz Liszt nie so berühmt

und erfolgreich, wie er es gern gewesen wäre. Sosehr er sich bemüht hat, so hart er auch dafür gearbeitet und darum gekämpft hat. Es hat immer dieses kleine Quäntchen zum ganz großen Durchbruch gefehlt! Das hat wahrscheinlich jeden Tag seines Lebens an ihm genagt.«

Intensiv starrte sie auf das Bild.

»Liszt ist Evelyns großes Vorbild, wenn man das so sagen kann. Er identifiziert sich jedenfalls ganz stark mit ihm und … die beiden passen großartig zusammen. Ein Klavier hat mein Mann zwar noch nicht zertrümmert, aber …« Es klang unheilvoll, wie sie den Satz nicht vollendete. »Vielleicht zieht er ihn deshalb so an, weil auch meinem Sir Evelyn Rutland jenes kleine Quäntchen Glück nach ganz oben versagt geblieben ist.«

Redete sie mit sich selbst?

»Immer nur die mittelgroßen Häuser. Immer nur der Lückenbüßer. Und jetzt unterrichtet er … das ist für ihn … jetzt ebnet er anderen den Weg zu den heiligen Hallen, deren Türen für ihn verschlossen geblieben sind. Deshalb ist er so niedergeschlagen. So … selbstzerstörerisch geworden. Seine unbeherrschte Wut ist nichts anderes als brachliegendes Genie. Er weiß, dass er ein ganz Großer ist. Ein freier Geist, eingesperrt in eine viel zu enge Flasche. Und deshalb kam es auch dazu, dass …« Wieder vollendete sie einen gewichtigen Satz nicht.

Paul musste dringend etwas sagen. Er würde jetzt schon gerne wissen, wozu es denn gekommen war? Er spürte, dass es nicht mehr um Liszt ging, sondern um den Fall. Aber Paul hatte keine Ahnung von den großen Häusern. Also fragte er schlicht nach dem, was ihn an diesem Typen am allermeisten irritierte: »Warum hat Ihr Mann eigentlich einen Frauennamen? Ich meine … Evelyn ist doch auch in England ein Frauenname, oder?«

Einen Moment lang wirkte Lara Wanek verunsichert. War die Frage etwa derartig dumm gewesen? Aber dann erklang wieder ihr herrliches Lachen.

»O ja, schon. Normalerweise heißen auch in England nur Frauen so. Aber es ist wie … na ja zum Beispiel wie bei Carl Maria von Weber! Es kommt schon immer wieder einmal vor, dass Männer Evelyn heißen. Heutzutage vielleicht seltener. Ganz berühmt ist zum Beispiel Evelyn Waugh. Kennen Sie den?«

Nein. Natürlich kannte Paul den nicht. Von Weber hatte er zumindest schon einmal gehört; der war doch auch Komponist, oder? Aber diese angeblichen Evelyns waren ihm ein Rätsel.

»Also Evelyn Waugh müssen Sie unbedingt lesen. Tun Sie mir den Gefallen, ja? Sprechen Sie englisch? Lesen Sie *Brideshead revisited* und dann sagen Sie mir, wie es Ihnen gefällt! O Gott, das ist vielleicht die romantischste unerfüllte Liebesgeschichte überhaupt! Wie die beiden mit dem Dampfer in den Sturm geraten … bitte lesen Sie es. Für mich! Es gibt auch eine schöne deutsche Übersetzung … *Wiedersehen in Brideshead.*«

Paul nickte, obgleich er sich ziemlich sicher war, dass er den Titel gleich wieder vergessen würde. Und das wenige, was er darüber gerade gehört hatte, klang bereits ziemlich deprimierend!

Was ihn noch mehr störte, war der Umstand, dass die schöne Stimmung jetzt beim Teufel war. Im wahrsten Sinne des Wortes. Dabei war der durchgeknallte Dirigent gar nicht persönlich aufgekreuzt. Es hatte genügt, dass sie von ihm redeten. Die einzige Möglichkeit, die Stimmungshoheit über den Augenblick zurückzuerobern, bestand darin, das Gespräch wieder auf das Wesentliche zurückzulenken.

Paul blickte Lara Wanek unvermittelt tief in die Augen. Dabei vergaß er ganz, dass er sie ja nur mit *einem* Auge sah. Er trat, obgleich sie schon direkt nebeneinander standen, noch näher an sie heran. Juristen unterscheiden bei räumlicher Nähe zwischen Privatsphäre und Intimsphäre. Das hier war ohne jeden Zweifel ein unmissverständliches Eindringen in Letztere. Doch Lara leistete keinen Widerstand. Was vielmehr geschah, da ließ das grüne Kleid keine Zweifel, war, dass ihre Brustwarzen hart wurden.

»Frau Dr. Wanek … bitte helfen Sie mir … Ihr Parfüm ist so … was ist das?«

Sie antwortete mit bebender Stimme: »Das ist ein sehr berühmter Duft. Sein Name könnte Ihnen als Jurist vielleicht Sorgen bereiten.« Sie grinste schelmisch, ohne Pauls Blick loszulassen. »Es heißt nämlich *L'Interdit*, was, wie Sie sicherlich wissen, das Verbotene bedeutet. Givenchy hat diesen Duft Anfang der Fünfziger komponiert. Aus bulgarischen Rosen, Iris, rosa Pfeffer, Sandelholz und Weihrauch. Und zwar exklusiv für eine einzige Frau: Audrey Hepburn. Als sie dieses Parfüm das erste Mal aufgelegt hatte, war sie gleich so besessen davon, dass sie Givenchy für mehrere Jahre verbot, es zu verkaufen. Nur die Hepburn durfte so duften, für jede andere war es verboten. Deshalb heißt es *L'Interdit*. Erst 1957 kam es auf den Markt.«

Ihre Augen hatten die Farbe von sehr dunklem Bernstein, bemerkte Paul.

»Und das Kleid?« Spitz drückten ihre Brustwarzen weiterhin durch den dünnen Stoff, Paul bemerkte das, auch mit einem Auge, auch ohne den Blick von ihrem Gesicht zu wenden, als er danach fragte.

»Das hat Ida Rubinstein getragen«, wisperte Lara Wanek. »Und jetzt, jetzt trage ich es. Manchmal.« Sie wartete kunstvoll einen Moment und ergänzte: »Zu besonderen Anlässen …« Es war Paul inzwischen ziemlich egal, ob sie betrunken war. Sie war einfach wunderschön. Doch gerade als Paul vorsichtig die Hand hob, um sie zu berühren, drehte sie sich weg. Eilig und wortlos verließ sie den Raum. Wieder dieses unkalkulierbare, seltsame Verhalten. Man hörte, wie sie draußen eine Tür öffnete, und kurz darauf kam sie wieder herein. Dabei betätigte sie, ohne dass Paul genau erkannte, wie sie es tat, offenbar einen Lichtschalter. Im Nu war es im Zimmer blendend hell. Es tat fast weh. Der dunkle Park und das Schloss waren verschwunden, das Glas hatte sich im Licht in riesige Spiegel verwandelt, in deren Tiefe sich ein zweiter schwarz glänzender Konzertflügel, ein zweiter Paul, eine zweite Lara Wanek in einem unerreichbaren Paralleluniversum abbildeten. Wobei Letztere einen Stapel Leitz-Ordner und Berge von Dokumenten vor sich trug und auf dem Flügel ablegte. Ganz obendrauf ein Buch. Dann pulte sie wieder eine Tablette aus der Paul bereits bekannten kleinen Blisterpackung und legte sie sich auf die Zunge, ohne nachzutrinken. Paul tat, als würde er nichts bemerken. Er erinnerte sich gut an den unangenehmen Moment heute Vormittag.

㉕ DISLIKE

Unterlagen an die Anwaltskammer geben.
Sofort die Lizenz entziehen lassen!!! 00:20

»Der Grund Ihres Besuchs, lieber Herr Rechtsanwalt, ist dieser Papierkram, nicht wahr?«

Wollte sie ihn verspotten? Zurückweisen? Demütigen? War er zu weit gegangen? Sie hatte doch …?

»Das ist unsere Hausordnung. Schülerlisten, Gebäudeaufrisse, Stundenpläne, Lehrplan, Personalakten. Die Korrespondenz von Professor Stahl mit der Staatsanwaltschaft. Alles, mein Lieber, was ein ordentlicher Sonderermittler für seine Sonderermittlungen so braucht!«

Aber so leicht machte sie aus Paul jetzt keinen kleinen Jungen mehr. Dazu war zu viel passiert. Oder war es das nicht? Genau genommen war eigentlich nicht viel passiert. Aber gerade darum ging es ja, um das, was nicht passiert war. Und das war deshalb so bedeutend, weil es ohne Weiteres hätte passieren können. Es war wie ein Schweizer Käse. Ohne die Löcher wäre der doch … Und so war es auch mit diesem Abend. Das, was nicht gesagt worden war. Die Löcher. Die Dunkelheit. Das machte alles aus. Jedenfalls fühlte Paul sich so mutig, und deshalb zögerte er auch fast nicht, bevor er Lara Wanek nun selbstbewusst und mit Schwung in die Parade fuhr. Sie verkehrten von nun an auf Augenhöhe. Es gab keine Geheimnisse mehr zwischen ihnen.

»Steht da auch etwas über Hugo Rutland drin? So heißt doch der Schüler, über den ich, laut meinem Vertrag, keine Fragen stellen darf? Wegen dem haben wir doch diesen ganzen Irrsinn heute Vormittag über uns ergehen lassen.«

Versteinert stand sie da. Dann legte sie eine Hand auf den Aktenstapel. Eine sinnlose, hilflose Geste. Als wollte sie die Papiere damit beschützen. Vor wem? Vor Paul? Wozu? Gleich nahm sie die Hand wieder herunter. Sie hob die Medikamente hoch, die sie immer noch in der anderen Hand hielt, blickte Hilfe suchend darauf, ließ jedoch auch diese Hand wieder sinken. Weggewischt war die große Künstlerin, die versierte Pianistin. Keine Spur mehr von der erfahrenen Direktorin, der abgebrühten Managerin aus der Pressekonferenz. Eingeschüchtert war sie. Hilflos, ein Häuflein Elend.

Und Paul? Bereute seine Frage sofort. Es tat ihm leid. *Sie* tat ihm leid. Er hatte schon gewusst, dass das ein wunder Punkt war, die Sache mit dem kranken Schüler. Aber dass es sie so sehr traf? Andererseits … jetzt war es ohnehin zu spät. Er hatte ihr bereits wehgetan. Wäre es nicht grausam, wenn der Schmerz völlig sinnlos und umsonst wäre? Als Humanist, vor allem aber als Anwalt konnte Paul nicht anders, als jetzt weiterzubohren. Und die Pille hatte sie auch schon eingeworfen. Sicher würde es gleich wirken. Mit Hormonen hatte dieses Medikament sicher nichts zu tun.

»Ist Hugo eigentlich mit Rutland verwandt? Wer ist der Junge? Und was ist los mit ihm, dass ihr so eine Geheimniskrämerei um ihn veranstaltet? Dieser lächerliche Vertrag …? Lebt er eigentlich noch? Oder ist er wirklich schon tot, wie dieser … dieser Babik behauptet? Was ist überhaupt passiert? Wie alt ist der Junge?«

Paul hatte seinen Vertrag zwar nicht gelesen. Aber das

Auge eines Juristen führt beim Lesen ein Eigenleben, und so hatten sich die Passagen über das absolute Rechercheverbot allein schon beim unkonzentrierten Überfliegen tief in Pauls Netzhaut gebrannt. Er wusste recht genau, dass er gerade gegen mindestens fünf Abschnitte in drei Absätzen der »Frag-niemals-nach-dem-Jungen«-Klausel gleichzeitig verstieß. Und ein Gentleman verhielt sich sicherlich auch nicht so, wie er es gerade tat. Drauf geschissen. Paul wollte es wissen.

Langsam schlich Lara Wanek zurück zum Klavierhocker. Wie ein geprügelter Hund. Sie setzte sich, blickte stumm auf die Tasten.

»Hugo ist vor ein paar Wochen neunzehn Jahre alt geworden. Wir konnten seinen Geburtstag gar nicht feiern … wegen … Als Hugo zu uns kam, war er noch nicht mal vier. Seine Mutter war gerade gestorben. In Dublin. Und die Großeltern konnten sich nicht um ihn kümmern. Evelyn bestand darauf, dass ich ihn zu uns nehme …«

Sie hob den Blick zu Paul, dann ging ein Ruck durch sie, und sie stand auf. Sie kam wieder zu Paul herüber.

»Evelyn ist natürlich sein Vater. Er hat die Frau verlassen, sobald er erfahren hat, dass sie schwanger war. Da hat er noch in London dirigiert. Hat sie einfach sitzen lassen! Geniale Menschen können … mein Mann kann … Evelyn kann wirklich ein Schwein sein. Mein Gott, ich kann Ihnen gar nicht sagen …«

Sie atmete tief durch. Jedenfalls begriff Paul jetzt, warum sie sich so wankelmütig verhielt. Sie unterdrückte Schmerzen. Der junge Mann war ihr Sohn! Das erklärte alles. Vielleicht nicht biologisch, aber er war trotzdem ihr Sohn. So wie Robert Colossa Pauls Vater gewesen war.

»Gar kein Wein mehr da? Hm. Dann eben … Mögen Sie Whisky?« Ihr nächster Stimmungswandel. Sie wartete seine Antwort gar nicht ab, sondern ging zu einer in einer Ecke des Zimmers aufgestellten, golden funkelnden Tuba, die dort stand wie eine riesige Blumenvase, und griff hinein. Heraus holte sie eine grüne Whiskyflasche. Die Tabletten reichten wohl nicht? Pong und Klong machte es, als das Glas der Flasche an das Blech der Tuba schepperte. Paul war fasziniert. Auch Oscar hatte in seinem Büro eine Flasche Whisky versteckt. Die jetzt Paul gehörte. Und die er bisweilen ebenfalls aus ihrem kuriosen Versteck hervorkramte. Aus einem Buch nämlich. Aus einer ausgehöhlten Bibel.

Dieser Whisky hier kam also aus einem Blechblasinstrument. In Pauls Bibel waren auch zwei Gläser mit untergebracht – die fehlten in der Tuba offensichtlich, denn als Lara Wanek mit einem leisen »Plopp« den Holzkorken aus der Flasche gezogen hatte, goss sie die honigfarbene Flüssigkeit einfach direkt in ihr Weinglas. Und zwar nicht zu wenig. Sofort wurde der ganze Raum von dem rauchigen Dunst des schottischen Gebräus durchzogen. Paul hielt sein Glas noch in der Hand.

»Evelyn teilt seinen Whisky niemals, mit niemandem. Wer ihn haben will, der muss ihn stehlen. Und dazu muss er ihn erst einmal finden!«

Nachdem sie fragend die Augenbrauen hochgezogen hatte, streckte Paul auch sein Weinglas hin und versuchte zu lesen, was auf der Flasche stand, als sie einschenkte. »Lagavulin.« Paul hatte noch nie davon gehört, aber der Geruch erinnerte ihn entfernt an Nagellackentferner und Backofenreiniger. Was fanden die Menschen nur an Whisky?

Lara Wanek nahm einen tiefen Schluck, bevor sie, der Alkohol führte zu einer leicht heiseren Stimme, weitererzählte. Paul schnupperte noch an seinem Glas.

»Ich wollte nie Kinder, und jetzt hatte ich diesen kleinen Kerl im Haus. Zuerst war er mir unheimlich, wie er hier herumgeschlichen ist und alles beobachtet hat. So ein stiller kleiner Mensch. Er hat mit niemandem geredet! Deutsch sprach er sowieso nicht. Aber auch wenn wir ihn auf Englisch angesprochen haben, hat er zwar reagiert – aber nie geantwortet. Insbesondere nicht seinem Vater. Dem war das, glaube ich, auch nicht so wichtig. Obwohl irgendwas Gutes in Evelyn sich durchgesetzt haben muss. Niemand hat ihn ja gezwungen, das Kind zu uns nach Deutschland zu holen. Es war seine Entscheidung. Er wollte ihn bei sich haben. Na ja … dieses Zimmer hier durfte Hugo natürlich nicht betreten. Erst mal. Und weil Evelyn sich praktisch fast nur hier aufhält … wenn er überhaupt mal im Haus ist …«

Paul nippte an dem Whisky. Erstaunlich! Der erste Eindruck war … süß. Doch dann schmeckte es, als würde man einen verkokelten Ast direkt aus dem Lagerfeuer ziehen und daran lutschen. Heiß … bitter … verbrannt. Einen derart krassen Rauchgeschmack hatte Paul noch nie bei einem Whisky erlebt, obgleich sie ja fast immer mehr oder weniger nach Holzkohle schmeckten.

»Mit der Zeit haben wir uns ein bisschen angefreundet, Hugo und ich. Obwohl Hugo nie einer von der Sorte gewesen ist, die mit anderen Menschen richtig warm werden. Aber ich glaube, ich zähle schon zu seinen engeren Vertrauten …« Sie musterte Paul etwas nachdenklich, so als könnte der darauf eine Antwort geben, und führte das Glas zum Mund.

»Er lebt also noch?«

»Natürlich!«, hustete Lara Wanek mit echter Entrüstung den Whisky heraus. Sie spuckte Paul regelrecht an. »Glauben Sie doch nicht alles, was diese … diese Leute erzählen! Nein, natürlich lebt er noch!« Nachdenklich neigte sie den Kopf. Wie die Krähe auf Oscars Grab es getan hatte. »Aber er schläft …«

Paul runzelte die Stirn.

»Genau genommen liegt er im Koma. Wir wissen gar nicht, warum er immer noch im Koma liegt. Eigentlich hätte er längst schon wieder … na ja. Die Ärzte sagen, das weiß man nie so genau, er könnte jederzeit … aber es kann natürlich …« Fahrig nahm sie erneut einen kräftigen Schluck und blickte dann gehetzt im Zimmer hin und her. Geradezu aufgekratzt fuhr sie fort: »Später durfte Hugo dann hier herein! Er war sogar jeden Tag mit seinem Vater im Musikzimmer, und der hat darauf bestanden, ihn ausschließlich selbst zu unterrichten! Damals war Evelyn noch … er mochte den kleinen Hugo wirklich gern!«

In diesem Augenblick konnte Paul Rutlands Präsenz in einem Maße spüren, das fast übersinnliche Züge annahm. Er hätte sich nicht gewundert, wenn sich seine Nackenhaare aufgestellt hätten vor lauter Grusel. Wie bei einem Wolf, der in die Ecke gedrängt wird – taten sie aber nicht. Und auch die Tür öffnete sich nicht. Weder von Geister- noch von Dirigentenhand. Obwohl Paul fest damit rechnete. Obwohl es draußen jetzt ganz dunkel war, und wenn man genau auf die reflektierende Scheibe blickte, konnte man vage erkennen, dass etliche Lichter drüben im Schloss inzwischen aus waren. Rutland schlurfte vielleicht gerade in diesem Augenblick, leise den *Boléro* summend, über den frisch gemähten Rasen … auf sein Haus zu … um gemütlich noch einen Whisky in seinem Musikzimmer zu trinken … auf seinem Flügel zu klimpern …

»Aber Hugo war so ein verfluchter Zappelphilipp! Das hat Evelyn manchmal regelrecht zum Explodieren gebracht! Evelyn ist kein besonders talentierter Pädagoge, wissen Sie … Es ist nicht so, dass er ungern unterrichtet. Er hasst es nur, dass die Schüler nichts wissen. Nun ja … das ist natürlich der Grund des Unterrichtens. Aber Evelyn sieht das anders. Er hat keine Geduld für die Basis der Pyramide. Er will seine Schüler ausschließlich perfektionieren. Er sieht sich für den letzten Schliff verantwortlich, für die Spitze. Er will vollenden. Die schweren Steine will er nicht schleppen, er erträgt es nicht, und weil er es eben trotzdem ertragen muss, weil das sein Job ist, bekommt er so furchtbare Wutanfälle. Mein Gott, Sie können sich das gar nicht vorstellen!« Ihr Blick schwenkte hinüber zu dem Liszt-Porträt, und Paul musste daran denken, wie der seinen Konzertflügel auf der Bühne zertrümmert hatte.

»Er hat angefangen, Hugo zu schlagen. Mit dem Geigenbogen, mit den Fäusten, mit einem Stuhl … manchmal hatte das Kind Hämatome am ganzen Körper!« Lara Waneks entsetzter Blick wandte sich nach innen, sichtlich erschienen ihr erschreckende Bilder. Noch ein Schluck, und ihr Weinglas war schon wieder leer.

»Sie können sich das nicht vorstellen!«, wiederholte sie. »Der Junge hatte Tränen in den Augen, aber er hat sich nie, mit keinem Wort beklagt. Im Gegenteil, er hat sich selbst die Schuld an allem gegeben! Und er war besessen davon, es seinem Vater recht zu machen. Wieder und wieder ist er zu ihm hineingegangen. Stunde um Stunde haben die beiden geübt. Klavier. Cello. Klarinette … Hugo ist unglaublich talentiert. Kein Wunder. Seine Mutter war Erste Geige, der Vater ein berühmter Komponist, ein gefeierter Dirigent … aber so ein Zappelphilipp das Kind. So schnell die Konzentration verloren … das war unerträglich für Evelyn. Deshalb hat er ihn geschlagen. Jedes Mal.«

Der Lagavulin stand auf dem Flügel. Schnell war das Glas wieder gefüllt. Paul schüttelte dankend den Kopf. Sein Glas war noch reichlich voll. Zudem wurde er mit dem Geschmack überhaupt nicht warm.

»Natürlich konnte das so nicht weitergehen. Ich habe genau gewusst: Irgendwann haben wir die Polizei im Haus. Spätestens wenn der Kleine in die Schule kam, würden die blauen Flecken auffallen. Also habe ich unseren Schularzt um Rat gebeten. Er leitet gleichzeitig die Klinik in Neustadt. Ein Mensch, dem ich blind vertraue …«

»Meinen Sie Bartholomäus?« Den kannte Paul! Er hatte mit dem stark übergewichtigen Verwaltungschef der Klinik in seinen wenigen Monaten in Neustadt sogar bereits ein recht vertrautes Verhältnis entwickelt. Wobei es hier eher der Arzt war, der auf das Stillschweigen des Anwalts vertraute, weniger umgekehrt. Bartholomäus war Klinikchef, trug aber keinen Doktortitel. Was ihn durchaus sympathisch machte. Genau wie der krause Räuberbart in seinem feisten Gesicht. Wie Luciano Pavarotti, der weltbekannte Operntenor – nur kleiner. Dieser Mann war es gewesen, der Oscars Selbstmordwunsch unterstützt und ihm dafür das Barbiturat verschafft hatte. Paul war gespannt, welchen Dienst er dem KIR und seiner schönen Direktorin nicht hatte abschlagen können.

»Ja. Kennen Sie ihn? Ein toller Mensch, nicht wahr? Er

hat Hugo Ritalin verschrieben und … ich weiß nicht, wie ich das beschreiben soll! Es war, als ob man einen Magneten über einen Haufen Eisenspäne hält! Kennen Sie das? Unser Physiklehrer zeigt das den Kindern immer. Absolut spektakulär …« Sie wartete Pauls Antwort nicht ab, sondern schwärmte weiter von Hugos Ritalinmutation. »Plötzlich ist es kein wirrer Haufen mehr. Eine klare, deutliche Struktur bildet sich in den Eisenspänen heraus, rippenförmige Bogen von magischer Schönheit formen sich entlang der magnetischen Kräfte. Genau so war das bei Hugo. Plötzlich zappelte der Junge nicht mehr. Er konnte seine ganze Begabung und seine Intelligenz auf Evelyns Unterricht bündeln. Es ist eine echte Offenbarung gewesen! Plötzlich war er ein richtiger kleiner Amadeus. Und Evelyn war sein Leopold.«

Ritalin also. Als wirksames Mittel gegen blaue Flecken. Aber wohin führte die Geschichte eigentlich, die Lara Wanek ihm da gerade erzählte? Man merkte ihr den Alkohol kein bisschen an. Trinkgewöhnt würde ein medizinischer Gutachter bei Gericht das vermutlich nennen.

»Hugos phänomenale Leistungssteigerung durch das Medikament hat Evelyn nicht nur erfreut. Es hat ihn auch zum Nachdenken gebracht. Da nebenan ist ein ganzes Schloss mit zappligen Jungs voll musikalischem Potenzial …«

Paul begriff. »Und denen hat man dann auch Ritalin gegeben. Das war es, was Babik meinte …«

»Natürlich unter ärztlicher Aufsicht! Genau abgestimmt auf jedes einzelne Kind!« Lara Wanek geriet in Erklärungsnot, das merkte man sofort an ihrer Stimme.

»Und diese ärztliche Aufsicht, das ist Bartholomäus?«

Sie nickte.

»Und Rutlands Sohn hat trotz der ärztlichen Aufsicht ein bisschen zu viel von dem Zeug erwischt?«

Wieder nickte sie. »Sie haben es über die Jahre immer weiter gesteigert. Die Ansprüche sind ja immer weiter gestiegen! Und … wissen Sie eigentlich, wie erfolgreich unsere Schule im internationalen Vergleich ist? Absolut unerreicht! Wir können unseren Absolventen eine Karriere praktisch garantieren! Jedem!«

Paul blieb ganz ruhig, obgleich es sich ein bisschen um ihn herum drehte. Das war sicher auch der Whisky. Sein Glas war beinahe leer. Wie war das passiert?

»Und … die Eltern der Schüler? Wissen die …?«

»Wer sein Kind hierherschickt, erwartet eine Menge. Was sie nicht erwarten, ist Montessori-Pädagogik.« Plötzlich klang sie ganz kalt und abgebrüht.

»Natürlich«, erwiderte Paul. Es missfiel ihm, dass Lara Wanek ihm plötzlich so unsympathisch vorkam. Er hatte ja geahnt, dass sie Dreck am Stecken hatte. Jetzt kannte er also ein paar Details. Wobei, soweit er das beurteilen konnte, die Sache zwar reichlich morbide klang – aber nicht illegal. Was scherte es ihn also.

Er wollte seine sanfte, warme Pianistin zurück. Ihre harten Nippel waren verschwunden! Also beschloss er, mit diesem Teil des Gesprächs aufzuhören. Er ging zur Tür, suchte den Lichtschalter, fand ihn. Und schon war es wieder finster im Atelier. Nur die Notenbeleuchtung warf ihren Heiligenschein. Und draußen in der Dunkelheit glommen noch immer ein paar erleuchtete Fenster im Schloss.

Lara Wanek wirkte verwundert, unternahm jedoch nichts. Paul hatte die Regie übernommen. Er setzte sich an den Flügel. Stellte sein Weinglas erneut regelwidrig auf den teuren schwarzen Lack und begann, langsam und dilettantisch, im Gegensatz zur Meisterin, aber dennoch mutig und ernsthaft, ein weiteres Mal die Sonate Nr. 11 zu spielen. Und es war, als würde die Musik wie ein milder, gütiger Zauber alle bösen Gedanken, alle hässlichen Wahrheiten, die mit irdischen Worten hereingetragen worden waren, mit himmlischen Klängen auflösen, austreiben, hinwegwehen. Ein großer, harmonischer Reinigungszauber. Wie das wirkte! Wie rasch Paul wieder in die starke, gute Stimmung von eben zurückfand, nach wenigen Takten bereits, die ihm, wie er fand, immer besser gelangen. Und wie sich das hart gewordene Gesicht der gestrengen Direktorin wieder glättete und weich wurde.

Bis plötzlich …

Lara Waneks Kopf zuckte herum. Was außer Mozart hörten ihre brillant geschulten Ohren noch? Paul ließ sofort von den Tasten ab. Die letzten Töne schwebten noch im Raum.

»Sie müssen jetzt gehen!«

Sie flüsterte es gepresst. Drückte ihm dabei drängend den Stapel mit Unterlagen in die Arme. Fast wäre das Buch obendrauf heruntergerutscht.

»Sie werden mich aber doch nicht verraten …?« Paul musste an den Passus mit den Vertragsstrafen denken. »Mir ist so ein Gespräch wie gerade eben strengstens verboten …«

»Vor allem ist es Ihnen verboten, hier zu sein, also …«

Paul hatte schon begriffen. Geteilte Geheimnisse wirkten manchmal wie eine Lebensversicherung.

26 TERROR

> Keine Sorge, Arschlochanwalt. Du wirst nicht vergessen. Wir beobachten Dich. Und wenn Du am wenigsten damit rechnest … 01:09

Paul eilte zur Tür, öffnete sie und … Fast hätte er Archer über den Haufen gerannt. Der verdammte Butler! Dunkel gekleidet stand er im finsteren Treppenhaus vor der Milchglastür des Ateliers. Wie lange wohl schon? In seiner Gegenwart überkam Paul erneut das Gefühl der extrem starken Präsenz von Rutland. Kein Wunder, das hier war ja auch Rutlands rechte Hand. Seine rechte Niere. Sein rechter Lungenflügel. Dieser Butler war ein Stück von Rutland. Und zwar ein ganz, ganz mieses Stück. Ein Blick in die Augen des Briten ließ diesbezüglich keine Fragen offen. Paul suchte nach Worten, doch Archer ließ ihn gar nicht dazu kommen.

»Mister Colossa – Telefon für Sie.«

Tatsächlich hielt er ihm ein Telefon hin. Ein schwarzes handtellergroßes Ding mit leuchtend blauem Display. Auf einem verfluchten Silbertablett! Was für ein psychedelischer Albtraum war das? Wer rief ihn denn um Gottes willen hier an? Natürlich … wer schon. *Ich rieche, rieche Menschenfleisch* … Es gab nur einen Weg, das zu klären. Er klemmte die Unterlagen unter den linken Arm. Dabei rutschte ihm das oben aufliegende Buch herunter, und er konnte nun den Titel auf dem grünen Buchdeckel lesen.

»Evelyn Waugh, *Wiedersehen in Brideshead*«. Da lag es, vor seinen Füßen. Aber er musste jetzt telefonieren.

»Rechtsanwalt Colossa ...?«

»Ah, ja, Herr Kollege, entschuldigen Sie die späte Störung, nicht wahr ... es tut mir ausgesprochen leid, aber ich dachte, ich informiere Sie vielleicht lieber gleich ...«

Stahl! Woher wusste Stahl, dass er hier war? Na prächtig. Dann wusste Stahl ganz sicher auch, dass er die »Frag-niemals-nach-dem-Jungen«-Klausel verletzt hatte. Da hatte der liebe Archer ja nichts anbrennen lassen!

»Ja, ähm, Herr Kollege Dr. Stahl ... was verschafft mir die Ehre Ihres Anrufs ...?«

»Also ich sage es einfach freiheraus – wir haben da jetzt ein Problem. Das Landgericht Hamburg hat unserem Antrag auf einstweilige Verfügung gegen Babik zunächst wohl nicht stattgegeben. Damit ist noch nicht alles verloren, das wissen Sie. Na ja, Sie kennen die Spielregeln. Aber dieser ... dieser Babik ist jetzt erst mal wieder obenauf und online, und ich glaube, er hat Sie ganz schön auf dem Kieker, nicht wahr? Sehen Sie es sich vielleicht am besten selber an. Wir können ja dann morgen ... unschöne Sache. Aber wir werden das schon irgendwie, nicht wahr ... also gute Nacht!«

Und tuuuuuut. Weg war er. Paul stand sprachlos da. Instinktiv griff er nach seiner Brusttasche, erinnerte sich dann aber daran, dass er das Smartphone im Defender gelassen hatte, weil es so peinlich aussah, wenn die Taschen von Jeans und Hemd sich ausbeulten. Dann gab er dem Butler wortlos den Apparat zurück und bückte sich nach dem Buch zu seinen Füßen.

Nach einem hektischen, ja panischen Abschied von der

völlig verdutzten Lara Wanek eilte er aus der Villa über den Rasen. Er rannte und begann, in der abendlichen Schwüle sofort zu schwitzen. Schweiß rann in sein rechtes Auge und brannte. Lief seinen Hals hinunter. Unter den Armen, über den Rücken, über den Bauch. Nackte Angst erfasste ihn. Stahl hatte ernstlich besorgt geklungen! Was hatte Babik angerichtet?

Im Defender stand die Hitze wie in einem Backofen. Er schaltete den Diesel ein und drehte das Gebläse hoch, Fenster runter. Göttlich, der Luftstrom auf dem klitschnassen Hemd. Dann packte er den Unterlagenstapel auf den Beifahrersitz links neben sich, griff nach seinem Handy und begann, im Schein der Kabinenbeleuchtung die neuesten Neuigkeiten im »Newtown Blog« zu studieren.

Alles war wieder da, wenngleich leicht verändert. Die Piratenflagge auf Pauls Augenklappenfoto war verschwunden. Jetzt sah es nach einer ganz normalen Pressekonferenz aus. Nur Paul, der Piratenclown, war noch im Bild, denn der war ja, in seiner ganzen absurden Komik, echt gewesen.

Und die Ratte Babik hatte einen neuen Text verbrochen.

Allein schon die Überschrift! »Ist Dr. Hook ein echter Anwalt?«

Paul musste schlucken. Das tat weh! Was hatte der Mann nur gegen ihn?

»Liebe Freunde des ›Newtown Blog‹. Ein paar Stunden musstet ihr ohne uns auskommen. Aus Vorsicht hatten wir unsere Seite vorübergehend heruntergefahren, denn nach unserem Bericht über die Leichen im Keller des dubiosen Kollegs Ida Rubinstein und des Sonderermittlers Rechtsanwalt Colossa hatten die da oben Gift und Galle gespritzt und uns ihre Anwälte auf den Hals gehetzt. Weit weg, vor dem

Landgericht Hamburg, wollten sie uns mit einer einstweiligen Verfügung mundtot machen, damit die geschäftsschädigende Berichterstattung über den Skandal aufhört. Aber was soll ich euch sagen? Rechtsanwalt Dr. Hook alias Paul Colossa aus Neustadt ist derartig erbärmlich, da haben auch die an seiner Seite kämpfenden Superanwälte nichts retten können. O-Ton unserer tapferen Hauskanzlei, Rechtsanwälte Obenauf und Mechtegern aus Erlangen (denen wir an dieser Stelle wieder einmal danken für ihren unermüdlichen Einsatz für die freie Presse und gegen die Zensur): ›Wir mussten nichts tun. Die haben sich selber fertiggemacht!‹ Jetzt sind wir alle natürlich gespannt, was Colossa für brillante Sonderermittlungen zum Skandal über den möglicherweise zu Tode gequälten Jungen am KIR liefern wird! Wie, Sie meinen, der Mann heißt doch DOKTOR Colossa? Aber nein. Wie der ›Newtown Blog‹ herausfand, hat der Superjurist mit der Augenklappe in Wahrheit überhaupt keinen Doktor, nicht einmal einen mageren, klitzekleinen. Warum gibt er dann so damit an? Ist das nicht strafbar? Da fragen wir doch am besten mal Dr. Hook, o pardon, ich meinte Herrn Hook persönlich? Oder doch lieber einen richtigen Anwalt? Der auch mal einen Fall gewinnt? Wenigstens seinen eigenen! Mehr bald hier exklusiv im ›Newtown Blog‹!«

Paul traute seinen Augen nicht. Darunter sammelten sich bereits jetzt dreihunderteinundsiebzig Hasskommentare!

Thorsten82: »Pack …«
Michi_Mick: »Kadaver …«
AgnesXXX: »Drecksau …«
Superkevin69: »Asi – Arschloch …«
VolkerDeutsch!: »Volksfeinde … aufhängen … vergasen.«

RickyK: »Colossa? Was ist denn das für ein scheis Asylanten Name! Der gehört SOFORT ABGESCHOBEN!!!!!!!!!!!!!!!«

Dazwischen säckeweise Schlaumeier und Betroffenheitsgesülze:

Linda_Falk: »Es ist einfach nur traurig wenn ein Anwalt sich für sowas hergibt und es ist auch traurig dass eine schule, die die Kinder fürs Leben vorbereiten soll das wirklich schwer genug ist sie lieber kapuut macht nur um ihren guten Ruf zu verteitigen. Pfui Rechtsanwalt Colossa! Schande über sie!«

NoWak: »Was jammert ihr alle rum! Damit verändert ihr gar nichts! Wir müssen uns zusammentun. Jeder soll diesen falschen Doktor bei der Polizei anzeigen. Wenn genug Anzeigen zusammenkommen können die die Augen nicht mehr verschließen vor dem. Dann ist er dran! Jeder einzelne für sich kann nichts bewirken aber wenn wir eine starke Einheit bilden dann kann uns niemand aufhalten. Dann können auch die korrupten politiker uns nicht mehr kleinhalten die alle nur in die eigenen Taschen wirtschaften. Die ganzen Bonzen und Anwälte die auf Kosten des kleinen Mannes sich bereichern müssen wir gemeinsam aus unserem Land jagen! Wir sind das Volk!«

Michaela_Rinderspacher: »Ich finde, man sollte bei dieser Geschichte das große Ganze nicht aus dem Auge verlieren. Das ist nämlich das besonders Schockierende daran. Eine Schule, die im Halbdunkeln an Kindern herumdoktert. Eine Staatsanwaltschaft, die ihre Augen verschließt. Ein Anwalt, der für Geld dazu bereit ist, das Ganze unter den Teppich zu kehren. Was für eine traurige Welt, in der das möglich ist. Was für ein kaputtes System, in dem wir leben. Und ganz unten landen dabei die Kids. Die können doch nichts dafür, dass ihre Eltern reich sind, nie Zeit für sie haben und sie auf eine Spezialschule schicken wollen, damit dort die Erziehung geleistet wird, mit der sich die Herrschaften die Finger nicht beschmutzen wollen. Das sind ganz normale Kinder, die im goldenen Käfig sitzen und von allen verarscht werden.«

Paul zwinkerte ein paarmal, als könnte er diese Betrachtungsweise damit aus dem Kopf bekommen. Ein Funke Wahres war vielleicht schon dran. Aber in diesem Kontext weigerte Paul sich, das auch nur im Geringsten ernst zu nehmen.

Auch ein paar alte Bekannte tummelten sich unter den Kommentaren.

Punkroxx: »Was sind 200 Anwälte auf dem Meeresgrund? Ein guter Anfang!«

Und gleich darauf …

Geil-o-Mark: »Wie kriegt man einen Anwalt vom Baum runter? Einfach abschneiden!«

Ein neuer Spaßvogel hatte sich dazugesellt.

ThiloS: »Kommt ein Typ zum Anwalt und fragt: Was kostet es, wenn ich drei Fragen stelle? Der Anwalt: 500 Euro. Darauf der Typ: Das ist aber ganz schön teuer, oder? Der Anwalt: Ja, stimmt. Was ist ihre dritte Frage?«

Beim nächsten Kommentar fiel Paul ernsthaft die Kinnlade herunter.

> Attila_1: »Alter! Kennst du den? Der Teufel erscheint einem Anwalt und macht ihm ein Angebot: Ich sorge dafür, dass du ab heute jeden Fall gewinnst. Und dass du dafür so wahnsinnig viel Honorar bekommst, dass du es nie ausgeben kannst. Und außerdem wirst du der berühmteste Anwalt weit und breit sein, gefürchtet von allen Richtern und Gegnern. Aber dafür verlange ich, dass du mir deine Seele gibst und die Seele deiner Frau und die Seele deiner Kinder! Außerdem will ich die Seelen deiner Eltern und die Seelen deiner Großeltern. Und dazu die Seelen von allen deinen Freunden! Der Anwalt blickt den Teufel skeptisch an und fragt dann: Okay … und wo ist der Haken bei der Sache? Ey Paul, ich bepiss mich! So geil der Scheiß hier! Du bist voll die Celebrity!«

Es stand vollkommen außer Frage, welcher »Attila_1« das war, der sich hier in Pauls Leid suhlte. Und er schien sich sauwohl darin zu fühlen!

Und dann war da noch …

> Woodesrogers: »freunde, glaubt ihr diesen colossa schert es, wenn ihr ihn verspottet? meint ihr so könnt ihr ihn stoppen? wenn ein paar hundert kleinstädter dreck nach ihm werfen? ihr müsst die geschichte verbreiten! an die großen zeitungen. an all eure freunde und follower. in dieser geschichte stecken zwei storys drin. der skandal im kir und der skandal colossa. lasst ihn brennen!«

Welchen scheußlichen Mob hatte Babik da nur entfesselt? Woher kam diese unbegreiflich widerliche, abgrundtiefe Bösartigkeit, die sich da Bahn brach? Was für Menschen waren das? Alles nur Maulhelden? Oder war Paul in ernster Gefahr? Warum nur ausgerechnet er? Wem hatte er jemals im Leben etwas getan?

Genug. Er warf das grässliche Smartphone auf den Beifahrersitz. Vor dessen Erfindung hatte es so etwas nicht gegeben. Er legte die linke Hand auf den Schaltknauf seines Defender und erinnerte sich daran, dass Jahre früher die, vermutlich behandschuhte, Hand der Queen an ebendieser Stelle den Rückwärtsgang eingelegt hatte. Die Queen hatte kein Smartphone besessen, als sie hier rechts am Steuer ihres Dienstwagens gesessen hatte. So etwas hatte es in den Neunzigern noch nicht gegeben. Aber Shitstorms hatte die Queen in diesem Fahrzeug auch schon erdulden müssen. Die gab es, wenn Paul darüber nachdachte, wohl immer schon. Schon vor Erfindung der Druckerpresse. Seit Menschen übereinander zu reden gelernt haben, zerreißen sie sich das Maul. *Homo homini lupus.* Der arme alte Nero! Dem sie bis heute nichts anderes nachtragen, als dass er Rom angezündet hätte. Dabei hatte der verdammte Moloch Rom jeden Tag an irgendeiner Ecke gebrannt! Nero war unter den Psychopathen auf dem Kaiserthron vermutlich noch einer der harmlosen gewesen! Aber er hatte Pech mit den Geschichtsschreibern gehabt. Tacitus und Kollegen, die hatten post mortem den Stab über ihn gebrochen. Im Namen des Mobs lautet das Urteil: zweitausend Jahre Shitstorm gegen Nero!

Viel zu schnell tasteten sich die gelben Scheinwerfer des Defender die dunklen Haarnadelkurven nach Neustadt hinunter. Zum Glück kam keiner entgegen. Keine Zeit, um kurz bei Oscars Grab zu verweilen. Der Vogel schlief sicher eh schon. Jetzt nur noch nach Hause.

㉗ 21ADILO

> Fehlt nur noch, dass dieser gesichtsbehinderte Flachwichser sich Frauenkleider anzieht. 22:23

Paul war lange vor dem Wecker erwacht. Es war so früh schon so hell! Er hatte ganz heiß geduscht. Ein bisschen übel war ihm. Der Espresso half. Ein Schluck Limonade machte es sogar noch besser. Vielleicht die Zitronensäure? War Whisky basisch und Limo sauer? Oder umgekehrt? Neutralisierte es sich möglicherweise wechselseitig? Ganz gleich, welche Flüssigkeiten sauer waren und welche nicht: Der erneute Blick in den »Newtown Blog« war jedenfalls ätzend. Schliefen diese verfluchten Trolle niemals? Grundgütiger, wer hatte denn um drei Uhr nachts Zeit, Kommentare zu verfassen? Über vierhundert waren es inzwischen. Breit gefächert zwischen Dummschwätzerei, moralischem Dünnschiss und abartigen Beleidigungen aus der untersten Schublade.

Paul überflog die Massen von Sprechdurchfall nur noch, sein Daumen scrollte den Smartphonebildschirm Seite für Seite hinunter, und es nahm einfach kein Ende. Jetzt dürfte es doch ein Klacks sein, per einstweiliger Verfügung das Auspumpen dieser Buchstabenkloake zu erzwingen? Babik war ja wohl verpflichtet, die Kommentare unter seinen Texten zu prüfen und sauber zu halten. Allerdings war es Paul natürlich klar, dass Babik jeden einzelnen dieser Kommentare absichtlich freigegeben hatte. Weil er genau wusste, dass es Paul überhaupt nichts nutzte, den Saustall auszumisten. Weil nämlich schon ein paar Stunden später wieder der gleiche Berg nachgewachsen war. Unter dem nächsten Schmähartikel. Wer im Internet Scheiße sät, der erntet Shitstorm. Genau das war Babiks Konzept. Jeder einzelne Kommentar fachte seinen Größenwahn an – und was noch schlimmer war: Jeder Klick ließ bei ihm die Kasse klingeln, und gerade trug Paul selbst dazu bei. Das Internet hatte den Rechtsstaat rechts überholt.

Paul leckte lethargisch seine Wunden, trottete, fast trotzig, gegen kurz nach acht hinunter in die Kanzlei, in der zwar bereits Licht brannte, wo jedoch kein Personal anzutreffen war. Er ließ sich eine weitere Tasse Espresso aus der Maschine und zog sich hinter die Tür mit dem Königsberg-Wappen in sein Büro zurück, um noch einmal einen letzten Blick auf die Akte Biermordt zu werfen. Der fehlte ihm heute gerade noch.

Als er gegen kurz vor halb sein Büro wieder verließ, die Akte unter den Arm geklemmt, bereit für einen morgendlichen Spaziergang zum Amtsgericht Neustadt, da saß Fräulein Christiane hinter dem Frontdesk und blickte ihn streng und fragend an.

Nein, danke. Paul hatte keine Lust darauf, ihre Befindlichkeit zu ergründen. Sicher würden gleich Frau Barbara und Liliane Draxler auftauchen, und mit denen konnte sie dann alle Rätsel der Welt lösen. Der Chef war heute indisponiert. Er nickte ihr also nur kurz zu, nuschelte etwas unbestimmt Morgengrußhaftes und griff nach seiner Robe, die auf einem Kleiderbügel als derzeit einziges Kleidungsstück hing – sofern man zwei vergessene Regenschirme, die dort ebenfalls seit unbestimmter Zeit verweilten, nicht als Kleidungsstücke betrachten wollte.

Bei etlichen Terminen in den letzten Monaten hatte Paul in Ermangelung seiner eigenen Robe behelfshalber Oscars alte, abgewetzte Robe aus den Siebzigerjahren tragen müssen. Mehrmals hatte er das Sekretariat der Kanzlei Sikorski in München angewiesen, ihm seine eigene doch bitte endlich nachzuschicken. Doch jetzt war es so weit. Heute würde er sie wieder überstreifen. Eine Brücke aus schwarzem samtenem Stoff zu seinem alten Leben. Mochte sie ihm auch in dieser neuen Welt Glück bringen.

»Paul!«

Das klang nicht gut ... er hatte sich die Robe gerade lässig über den Arm gehängt und drehte sich nun schüchtern zu Fräulein Christiane um.

»Bevor wir darüber reden, was im Internet über unsere Kanzlei verbreitet wird, verrätst du mir bitte, was du mit diesem ... Ding da vorhast?«

Den ersten Teil des Einwurfs, die Sache mit dem Internet, konnte Paul gut verstehen. Ihm war durchaus bewusst, dass die Babikschen Schmähungen nicht nur ihn allein, sondern auch sein Team verletzen mussten. Aber was für ein Problem hatte sie mit seiner Robe?

»Schau nicht so dämlich, komm schon, gib das mal her!«

Was waren wir prachtvoll gelaunt! Fräulein Christiane war bis zum heutigen Tag noch nicht recht darüber hinweggekommen, dass sie Paul als Baby gewickelt hatte. Dass sie ihn als Dreikäsehoch in den Schulferien, wenn er Onkel Oscar besuchte, die Lateinvokabeln abgefragt hatte. Aus diesem Grunde kam immer wieder einmal dieser unerträgliche Kommandoton, dieses unangemessen erzieherische

Moment bei ihr zum Vorschein. Als wäre er nicht ihr Chef, sondern immer noch der pickelige Teenager, der heimlich Zigaretten aus ihrer Handtasche stibitzte. Paul war sich fast sicher, dass sie es nicht böse meinte. Das war keine Insubordination, das war schlicht Gewohnheit. Letztlich so etwas wie Liebesbezeugung einer gestrengen Mutter. Er gehorchte einfach und reichte ihr wunschgemäß die Robe.

Fräulein Christiane war aufgestanden. Sie legte die Robe der Länge nach über die Empfangstheke und schlug sie auf. Etwa so, wie man eine Forelle filetiert. Oder wie in der Rechtsmedizin eine Leiche geöffnet wird. Letzteres passte übrigens deutlich besser zu dem distanziert angewiderten Blick, den Fräulein Christiane bei dieser Demonstration zur Schau trug. Sie berührte den Stoff tatsächlich nur mit zwei spitzen Fingern, so als wäre er mit etwas Unaussprechlichem kontaminiert.

»Siehst du die Knopfleiste, Paul?«

Natürlich sah er die. Schwarz und wie neu glänzten die Knöpfe einer unter dem anderen im hellen Licht des Vorzimmers. Paul sah genauer hin. War vielleicht einer abgerissen? Er trug die Robe bei Gericht fast immer offen über seinem Anzug, da wäre ihm so etwas im Eifer des Gefechts vermutlich gar nicht aufgefallen. Aber nein, eine derartige Verstümmelung konnte er nicht feststellen. Er beschloss, nichts zu sagen und zu warten, wohin das alles führen mochte.

»Die Knopfleiste ist links! Ist dir das nicht aufgefallen?«

Natürlich war Paul das aufgefallen. Doch man gewöhnt sich an alles. An die linke Knopfleiste der Robe genau wie an das rechte Lenkrad im Defender.

»Das ist eine Damenrobe, Paul! Die tragen nur Frauen!

Rechtsanwältinnen. Bei Männerroben ist die Knopfleiste rechts. Ist dir das nicht unangenehm? Willst du wirklich so zu Gericht gehen? Willst du damit etwas Bestimmtes demonstrieren?«

Wie ein Habicht stierte seine Bürochefin ihn an. Wohl noch nie was von Toleranz gehört?

Aber in Wahrheit schämte Paul sich gerade in Grund und Boden. Deutlich spürte er, wie ihm die Röte ins Antlitz kroch. Dummerweise nämlich hatte Paul bis gerade eben gar nicht gewusst, dass es ihn auch bei Anwaltsroben und Anwältinnenroben gab. Den kleinen Unterschied. Kassandra, dieses selten dämliche Luder!

Die eigentlich entscheidende Frage aber war eine ganz andere: Hatten all die Kolleginnen und Kollegen in den letzten Jahren, all die Richter, Staatsanwältinnen, Gutachter, Protokollkräfte und Mandanten den Unterschied gekannt? Und bemerkt? Und wenn ja: Hatten sie alle nur deshalb geschwiegen, weil sie die Peinlichkeit seines Auftritts nicht anders hatten ertragen können? So, wie man üblicherweise einem Mann nicht mitteilt, wenn sein Hosenstall sperrangelweit offen steht? Paul würde es vielleicht nie erfahren.

Wortlos ging er zurück in sein Büro und holte eben wieder Oscars verschlissene alte Robe aus seinem Aktenkoffer, wo er sie seit dem letzten Gerichtstermin hatte zerknittern lassen. Schon beim ersten Handgriff bemerkte er: Die Knopfleiste saß rechts. So ein Fehler wäre Oscar nie im Leben passiert. Ein Knopf fehlte.

»Und was ist mit diesen Internetschmierereien?«, rief Fräulein Christiane ihm nach, als er ohne ein Wort des Abschieds ins Treppenhaus verschwand.

Später vielleicht.

㉘ FÜHRER2

> Ihr Volksverräter werdet alle sehr bald schon vors Volksgericht gestellt werden und dann gibt's Fleischerhaken für jeden von Euch, bis ihr schön trocken abgehangen seid. 04:11

Keine zehn Minuten ging man von der Kanzlei bis zum Amtsgericht. Das sogenannte »Pflegschloss« war seit einigen Wochen mit einem riesigen Baugerüst verkleidet. Hohle Fenster blickten wie bei einem Totenschädel aus der Fassade. Das halbe Dach war abgedeckt und offenbarte das Lattengerüst des alten Baus. Was sich dort hoch oben unter den alten Schindeln wohl über die Jahrhunderte im Verborgenen angesammelt hatte? Stapel vergilbter Akten aus längst vergangenen Gerichtsverhandlungen? Auspeitschen. Erhängen am Halse, bis der Tod eintritt. Einspannen in einen Stock, auf dass ein jeder anständige Bürger den Schändlichen im Gesicht bespucke? »Der Metzgermeister Nicolaus Nützel zahle dem Gerbergesellen Jeremias Meyer drei Gulden und zwanzig Kreuzer als Satisfaktion dafür, dass er dem seine Mutter beim Schafkopfen als Hure verunglimpft, was nicht wahr, und denselben als Sohn einer solchen tituliert habe, was ebensowenig wahr …« Andere Zeiten, andere Sitten. Aber im Großen und Ganzen waren die Menschen doch die gleichen geblieben. Homo homini lupus. Nirgends eindrucksvoller zu beobachten als hier bei Gericht.

Seit wann war das alte Pflegschloss eigentlich ein Gericht? Welche Überreste seiner früheren Funktion mochten sich unter dem abgedeckten Dach befunden haben? Eine eingemauerte Jungfrau am Ende gar? Vermutlich eher ein paar alte Naziuniformen. Schnell noch versteckt, bevor die Amerikaner kamen.

Riesige, knisternde Folien schützten das historische Gebälk vor möglichem Regen. Schön wär's! Am Ende der langen Eingangstreppe hinauf in den ersten Stock wartete der private Sicherheitsdienstmann in seinem blauen Overall und mit seiner Schirmmütze. Die Ärmel hochgekrempelt. Allerdings machte der ältere Herr, der hier offenbar seine Rente ein wenig aufbesserte, indem er mit seinem spärlich verbliebenen Leben die Gerechtigkeit verteidigte, oder zumindest den Zugang zu selbiger, keinerlei Anstalten, Paul einer Leibesvisitation zu unterziehen oder ihn gar durch den Metalldetektor zu jagen. Er fragte nicht einmal nach Pauls Ausweis. Dazu war man sich in den letzten Monaten einfach zu häufig begegnet. »Herr Rechtsanwalt!«, grüßte er vielmehr freundlich mit leicht sächsischem Anklang. »Wird wieder heiß heude, was menen Sie?« Dabei legte er zum Gruß die rechte Hand an die Schirmmütze und deutete ein leichtes Hackenzusammenschlagen an. Gelernt ist gelernt. Wo auch immer.

»Guten Morgen!«, grüßte Paul jovial zurück. »Da haben Sie recht. Aber Sie haben's ja schön frisch hier drin!«

Der Alte grinste breit und machte Platz. Das Stockwerk war menschenleer. Und hundeleer. Aber noch war ja eine Viertelstunde Zeit. Paul warf einen kurzen Kontrollblick auf den Terminaushang vor dem Sitzungssaal 111.

Biermordt, neun Uhr. Da stand es geschrieben. Auf graubraunem Papier. In Neustadt gab es noch nicht die schicken elektronischen Termintafeln wie in Nürnberg.

Die Tür war leider abgeschlossen, sonst hätte Paul sich schon einmal hineingesetzt. Na schön, wanderte er eben gelangweilt auf und ab und wartete auf seinen Mandanten. Sah sich Porträts von ehemaligen landadeligen Prominenten in Überlebensgröße an, die hier zu Dekorationszwecken herumhingen. Mit arrogantem Gesichtsausdruck in Öl. Perücke, Paradedegen, Pudel. Wobei es immer noch besser war, der Ewigkeit in dieser Weise erhalten zu bleiben, als ganz in Vergessenheit zu geraten.

Im Sicherheitsbereich wurde es jetzt lebendig. Lautes, freudiges Rufen schreckte Paul aus seinen Fantasien hoch.

»Ja servus … ja griaß di … oida Bazi …« Paul verstand nur Wortfetzen.

Der Blaumann mit der Schirmmütze und ein stark untersetzter Mensch mit Halbglatze, der ein viel zu enges Sakko mit seiner Leibesfülle zu sprengen drohte, lagen sich in den Armen. Offensichtlich alte Freunde? Oder Schafkopf? Oder Schnaps? Vermutlich all das.

Näheren Aufschluss über die Identität des Neuankömmlings gab ein mittelgroßer Hund, der den Fettsack begleitete. Verdammt, hatte das Vieh keine Hundeleine dran? Der Kerl musste Biermordt sein. Paul ging ihm entgegen, zögerlich, widerwillig. Er musste ihn begrüßen, daran führte kein Weg vorbei. Den Part des Vorstellens allerdings übernahm überraschend die Schirmmütze. Der sächsische Zungenschlag drang jetzt verstärkt bei ihm durch.

»Ah, Fonsi, da ist ja der Herr Rechtsanwalt für dich!«

Der Hund verhielt sich passiv. Er zeigte keinerlei Reaktion, schien fast wie ausgestopft. Was immer Biermordt ihm eingeflößt hatte – es wirkte!

Biermordt teilte den Enthusiasmus seines Kumpanen betreffend den Herrn Rechtsanwalt nicht. Er druckste herum, wie schon am Telefon. Ein bluthochdruckrotes, feistes Gesicht. Immerhin frisch rasiert. Er glänzte wie ein Schwein. Aus den Haarfransen, die ihm ins runde Gesicht hingen, troff der Schweiß. Er zog ein kariertes Taschentuch aus seinem ebenfalls karierten Jackett, wischte sich über Stirn, Hals und Nacken. Das undefinierbar hellbraune Oberteil saß speziell an den Armen dermaßen eng, dass Biermordt sich kaum bewegen konnte. Er grummelte etwas vor sich hin, mied aber Pauls Blick. Vermutlich hatte er jetzt erkannt, dass Paul nicht der Anwalt vom letzten Prozess war, den er erwartet hatte. Nicht Oscar. Aber Biermordt war keiner, der in so einer Lage aufbegehrte. Erst recht nicht in nüchternem Zustand. Also sagte er gar nichts weiter. Kein Problem – die Schirmmütze war ja da und übernahm den sächsischen Konversationspart. »Der arme Amigo!« Er betonte es wie omä. »Der dut doch keiner Flieche was zuleide! Das ist doch ein ganz dübbischer Fall von Justizwillkür! Ich hab es dem Fonsi schon gesooocht, das ist ein Fall für zivilen Ungehorsam!« Verschwörerisch senkte die Schirmmütze die Stimme und kam ganz nah an Paul heran. »Sie wissen ja, Herr Rechtsanwalt, dass die Weimarer Verfassung von 1919 niemols förmlisch abgeschafft wodden is …«, er blickte Paul tiefsinnig an und fuhr dann fort, »… deshalb ist es nur folgerichtich, dass die Bä-är-dee, rein juristisch gesehen, ene Fiktion is … die existierd goa nich! Mir olle sind Bürger des Deutschen Reiches! Immer gewesen!« Die letzten Worte hatte er erschreckend laut herausgebellt. Jetzt aber wisperte er wieder nur noch: »Und der ganze Zirkus hier … Gerichte, Finanzämter, Polizei … des is' himmelschreiendes Unrecht!«

Na prächtig. Die Schirmmütze war also ein Anhänger der Reichsbürgerbewegung. Allerdings kein besonders treuer. Obwohl er doch offenkundig weder die Rechtsordnung der Bundesrepublik noch deren Justiz anerkannte, hatte er wohl kein Problem damit, sich für seine Tätigkeit als privater Sicherheitsdienstmann nicht etwa in Abermillionen wertlosen Reichsmark entlohnen zu lassen, sondern in harten, goldsilber glänzenden Euros.

Aus dem Wachzimmer kam jetzt eine Justizbeamtin in blauer Uniform und weißem Oberhemd. Sie schloss die Tür zum Sitzungssaal auf. »Herr Colossa, guten Morgen! Könnten Sie nach der Verhandlung vielleicht die Post mitnehmen? Ihr Fach ist ganz schön voll! Eine Strafakte aus Nürnberg, glaub ich …«

Verdammt, Paul konnte sich ihren Namen nicht merken. Dabei war sie eine wahnsinnig nette Justizbedienstete. Ziemlich klein, aber ein bildhübsches Gesicht und ein wahnsinnig langer brauner Zopf. Nur ihren Namen vergaß Paul konsequent. Postfachleeren war eigentlich die Aufgabe von Liliane Draxler! Paul war nicht besonders erfreut, einen kiloschweren Stapel Papier durch die halbe Stadt zu schleppen. Aber er konnte natürlich schlecht Nein sagen. Woher wusste sie eigentlich, dass es sich um eine Strafakte handelte? Naive Frage, das war Paul klar. Natürlich lasen die hier neugierig seine Justizpost, bevor sie in seinem Fach landete.

»Ja, gern … ich hoffe, ich vergesse es später nicht … jetzt muss ich erst einmal einen Hund verteidigen!«

Biermordt und die Schirmmütze verfolgten das Gespräch interessiert, die Frau mit der blauen Uniform lachte herzlich. »Lassen Sie sich nicht beißen!«

»Ach, Unsinn«, erwiderte Paul gut gelaunt. »Der beißt nicht, stimmt's, Herr Biermordt? Genau darum geht's ja heute! Also los, hinein in die gute Stube!«

Die Justizbeamtin lachte immer noch, als Paul mit seinem Mandanten Sitzungssaal 111 betrat.

Paul mochte diesen Raum. Er fand ihn geradezu gemütlich. Rötlich schimmerndes Holz, hohe weiße Wände und eine hübsch geschreinerte Kassettendecke. Vorn das breite Bollwerk der erhöhten Richterbank. Die Fenster zeigten einen prachtvollen Ausblick in den Stadtpark.

»Haben Sie den Hund etwa dabei!«

Paul zuckte erschrocken zusammen. Es war keine echte Frage, eher ein Ausruf freudigen Staunens. Paul hatte nicht damit gerechnet, dass der Richter schon an seinem Platz war. Das Licht war ja noch aus! Was machte der hier? Seltsam, dass er schon vorne saß, ganz allein, ohne Protokollkraft, ohne Staatsanwalt, im Halbdunkeln. Doch Ludwig Eisenreich, von Insidern »Wiggerl« genannt, der dienstälteste Richter des Amtsgerichts Neustadt, war niemand, den man allzu lange ignorieren konnte. Weder absichtlich noch versehentlich. Dazu war er viel zu geschwätzig. Eisenreich war ein Urgestein am hiesigen Amtsgericht. Nur ganz kurz einmal war er zum Oberlandesgericht Nürnberg wegbefördert worden, doch dann war er bald schon wieder zurückgekehrt. Seit Menschengedenken war er in Neustadt Richter gewesen und kannte die halbe Stadt persönlich und beim Vornamen. Eisenreich war eine Institution. Den König von Neustadt nannte man ihn in Justizkreisen. Und das war kein Spott. Ihm entkam man nicht. Seinem Scharfsinn so wenig wie seinem Humor. Man musste höllisch aufpassen, Eisenreich nicht zu unterschätzen. Es ging das Gerücht, der Mann sei homosexuell, wobei niemand etwas Näheres dazu zu berichten wusste, abgesehen von dem Umstand, dass er keine Frau hatte. Genau genommen also war das einzige Indiz für seine mögliche Homosexualität die Tatsache, dass er allein in seiner Wohnung am Oberen Markt wohnte. Direkt über der Bäckerei Loibl.

Eisenreich hatte ein wettergegerbtes Gesicht, etwa in derselben Farbe wie das Holz seiner Richterbank. Struppige graue Haare und einen Sieben- bis Acht-Tage-Bart. Seine schwarze Robe hatte er zusammengeknüllt vor sich auf der Richterbank liegen. Er trug ein kurzärmeliges weißes Hemd, die obersten zwei Knöpfe offen, den Knoten der weißen Krawatte weit aufgezogen. Der Mann mochte um die sechzig Jahre alt sein.

Neustadts prominentester Richter hatte eine recht spezielle Beziehung zu Oscar gepflegt. Befreundet konnten die beiden in aller Öffentlichkeit schlecht sein, der schillerndste Anwalt am Ort und die Galionsfigur der heimischen Judikative. Also hatten die zwei bunten Hunde, in den Worten von Fräulein Christiane, eine »freundschaftliche Affäre« gepflegt. Jeder wusste, dass die beiden ganz dick miteinander gewesen waren. In der Öffentlichkeit aber hatten sich die beiden Männer konsequent gesiezt.

»Guten Morgen, Herr Eisenreich!« Paul hatte sich gefangen. »Ja, richtig, wir haben den Hund extra für Sie mitgebracht. Er ist wirklich ein ganz braver …« Das war ihm jetzt einfach herausgerutscht. Saublöde Bemerkung, in jeder Hinsicht. Es gab nur eine Chance, die Sache zu einem seriösen Abschluss zu bringen. Paul ging, mit stark gekünstelt wirkendem Lächeln, zu Biermordt hinüber, der immer noch dümmlich bei der Tür stand. Paul nickte Biermordt mit aufgesetzter Vertraulichkeit zu. Warum, wusste er selber nicht. Dann überwand er seine ganze Abscheu, seine Angst und seine Vernunft und … tätschelte den schwarzen Köter am Kopf, um dessen angepriesene Harmlosigkeit zu veranschaulichen. Was machte ein guter Strafverteidiger nicht alles, um seinen Fall zu gewinnen!

Der Hund zeigte weiterhin keinerlei Reaktion. Biermordt auch nicht. Also wagte Paul es, das Tier weiter am Kopf betatschend, sich in Richtung Richter umzudrehen. Fantastisch! Der reagierte wenigstens. Auch Eisenreich nickte jetzt fleißig.

»Ja, wie heißt er denn …?«, fragte er freundlich von seiner erhöhten Position herunter. Eisenreich sprach reinstes Hochdeutsch, aber mit einer warmen Oberpfälzer Dialektfärbung. Dennoch: Warum redeten selbst gebildete Menschen, wenn es um Hunde ging, immer mit einem so grenzdebilen Tonfall? Mit einer so übertrieben künstlich hohen Stimme? Immerhin: Es war eine gute Frage! Wie hieß das blöde Vieh noch mal …?

Dummerweise konnte Paul die Neugier des Vorsitzenden aus zwei Gründen nicht stillen. Zunächst fiel ihm der Name des Beweis-Tiers beim besten Willen nicht ein. Und außerdem fiel das Beweis-Tier, möglicherweise bedingt durch Pauls ununterbrochen heftiges Tätscheln, plötzlich seitlich um. Einfach so! Rumms, wie ein nasser Sack. Schöne Scheiße.

»Amigo!«, schrie Biermordt verzweifelt und stürzte verblüffend behände auf die Knie, neben seinen Rottweiler. Damit war jedenfalls die Frage nach dem Namen des Köters beantwortet.

Leider machte der liebe Amigo auf Paul, der zugegebenermaßen nur laienhafte Kenntnisse über Hunde besaß, keinen besonders vitalen Eindruck. Paul war sich sogar fast sicher, dass der Hund tot war. Mit toten Hunden zumindest hatte er seit dem Fall Rivinius im vergangenen Frühjahr unangenehm intensive Erfahrungen gesammelt. Dieses Exemplar hier streckte die Beine lang von sich, und der kurze Stummelschwanz bewegte sich nicht. Sicher kein gutes Vitalzeichen. Ebenso wenig wie der zähe Glibber, der dem Tier aus dem zähnestarrenden Maul troff.

»Ja, was hat er denn …?«, kam es von der Richterbank.

Biermordt schüttelte das Tier und schnaufte dabei heftig. Der Hund seinerseits schnaufte kein bisschen.

Der Richter hingegen bewies jahrzehntelange Routine und ließ sich nicht aus der Ruhe bringen. »Moment, ich mache einmal Licht an, vielleicht …«

Vielleicht was? Erwartete er etwa eine Wiederauferstehung mittels Energiesparlampe? Er versuchte es jedenfalls, und so saßen sie nun bei voller Saalbeleuchtung beieinander. Also der Richter saß. Paul stand, Biermordt kniete, Amigo lag. »Klack«, machte die Uhr über der Tür; laut und wie ein Ruck ging es dabei durch den Richter. »Neun Uhr, dann wollen wir einmal beginnen! Herr Verteidiger …«, er deutete auf den Tisch rechts unterhalb seiner Bank. »Ich habe nichts dagegen, wenn Ihr Mandant sich neben Sie setzt.«

»Herr Biermordt, bitte setzen Sie sich doch neben mich!« Der korpulente Mann blickte hilflos zwischen seinem Anwalt und seinem Hund hin und her, raffte sich dann schwerfällig auf und schlurfte in Pauls Richtung. Auf halber Strecke blickte er sich noch einmal um, setzte sich dann aber auf den Stuhl, den Paul ihm hingerückt hatte. Wieder zückte er das bereits bekannte Taschentuch, diesmal, um sich eine Träne abzutupfen. Er atmete heftig. Schwer zu sagen, ob es der zurückgelegten Wegstrecke oder seiner Emotion geschuldet war.

Der Rottweiler hingegen verharrte, wie nicht anders zu erwarten, bei der halb offenen Tür des Gerichtssaals. In liegender Position.

Für Eisenreich schien er vorläufig keine wesentliche Rolle zu spielen; jedenfalls begann dieser nun ein zwangloses Geplauder mit der Verteidigung – sprich mit Paul.

»Was für einen Narren hat der Babik eigentlich an Ihnen gefressen, Herr Colossa?«

Paul zuckte zusammen.

»Ich weiß auch nicht so genau, Herr Vorsitzender … ich kannte ihn bis gestern gar nicht!«

Eisenreich lachte laut und herzlich. »Na dann, Herr Kollege … wird es aber höchste Zeit, dass sie ihn einmal kennenlernen, unseren großen Blogger. Ihr … Onkel …« Eisenreich hatte gezögert. Wusste er um Pauls Geheimnis? »Der Herr Dr. Colossa hatte seine wahre Freude mit ihm. Wobei der liebe Babik in Ihrem … ähm … Onkel …« Schon wieder! Oscar hatte es ihm offenbar erzählt! »… seinen Meister gefunden hatte …« Wieder lachte er unbeschwert. »Es war eine Pracht, wenn die beiden sich Kommentarduelle auf dem ›Newtown-Blog‹ geliefert haben! Dr. Colossa hatte dabei die Meute immer auf seiner Seite!«

Jetzt verschwand das Lächeln aus dem Gesicht des alten Mannes. Nachdenklich blickte er hinaus in den Park und sagte ein paar Momente lang nichts.

Leider blieb keine Zeit, die Sache zu vertiefen, denn in diesem Augenblick wurde die Saaltür weit aufgestoßen. Ein junger Mann kam hereingestürmt, schwer schleppend an einem grünen Wäschekorb, randvoll mit roten Hängeregisterakten. Er machte zwei lange Schritte in den Raum ... Es krachte und polterte, als ihm der Wäschekorb entglitt, und zwanzig oder dreißig Akten rutschten über den glatt polierten Dielenboden in den Sitzungssaal hinein. Der Staatsanwalt war über den Amigo gestolpert. In Bayern fast symbolträchtig.

»Scheiße!«, brüllte der junge Mann herzhaft. Das hätte man ihm äußerlich gar nicht zugetraut. Er hatte kupferrote Haare, zu einem messerscharfen Scheitel gegelt. Enger schwarzer Anzug, zugeknöpft. Langärmeliges weißes Hemd mit Manschettenknöpfen. Die obligatorische weiße Krawatte eng wie einen Galgenstrick um den Hals geknotet mit einem makellosen doppelten Windsor. Diesem Mann schien die Hitze nichts anhaben zu können.

»Willkommen, Herr Doktor Bauer«, begrüßte Eisenreich den Ankömmling. »Wir haben nur noch auf Sie gewartet. Der Hund ist tot. Aber machen Sie sich keine Vorwürfe, das war er schon, bevor Sie ihn über den Haufen gerannt haben. Der Herr Kollege Colossa hat ihn wohl etwas zu heftig an den Kopf geschlagen ...«

Also ... das war doch gar nicht wahr!

Eisenreich lachte wieder laut. Der junge Staatsanwalt schien ihn wenig zu beeindrucken. »Sammeln Sie nur ruhig Ihre Unterlagen zusammen, jetzt haben wir so lange gewartet, da kommt es auf ein paar Minuten mehr auch nicht mehr an. Ich werde inzwischen mal eine Schreibkraft auftreiben.« Sprach's und verschwand durch eine Tür hinter dem Richterpult aus dem Sitzungssaal.

Paul stand auf und half dem heftig errötęten Staatsanwalt dabei, seine rosaroten Strafakten wieder einzusammeln.

Als der noch leicht derangierte Vertreter der Anklage seinen Seitenplatz oben am Richterpult eingenommen und sein makelloses Sakko gegen eine makellose Robe getauscht hatte, kam auch der gut gelaunte Vorsitzende wieder herein. Im Schlepptau eine junge Blondine, gleichfalls in schwarzer Robe, mit der Eisenreich herumschäkerte. Sie nahm gegenüber dem Staatsanwalt am anderen Ende der Richterbank vor einem Computerbildschirm Platz.

Reflexartig schossen Paul und der Staatsanwalt in die Höhe. Doch noch bevor Zeit war, auch den Mandanten am Arm hochzuzerren, um das Gericht standesgemäß stehend zu empfangen, bis der Vorsitzende Platz genommen hatte, gab dieser die dazugehörige Standardfloskel von sich, die da lautete: »Aber bitte, behalten Sie doch Platz …«

Kaum aber hatte Paul sich wieder niedergelassen, folgte: »Herr Verteidiger, seien Sie so gut, machen Sie doch die Saaltür zu, ja?«

»Herr Dr. Bauer, wir haben uns geeinigt, dass wir dem Sommer heute Tribut zollen und dem Nudismus frönen!« Durch die dicke Hornbrille traf den Vorsitzenden ein entsetzter Blick.

»Ich wollte damit zum Ausdruck bringen, Herr Staatsanwalt, dass wir, wenn Sie nichts dagegen haben, heute die Robe weglassen. Weil es so warm ist …« Wieder errötete der Angesprochene, machte aber keinerlei Anstalten, seine Robe auszuziehen.

»Also gut, neun Uhr einundzwanzig … sagen wir Viertel

zehn, Steffi? Ich eröffne die Sitzung des Amtsgerichts Neustadt.«

Die blonde Protokollkraft kicherte und begann, rasant in ihre Tastatur zu hacken.

»Zum Aufruf kommt die Sache Alfons Biermordt. Dann stelle ich fest, dass erschienen sind der Herr Alfons Biermordt und sein Verteidiger, der Herr Rechtsanwalt Colossa junior. Alle ordnungsgemäß und fristgemäß geladen.« Er blätterte in seiner Akte hin und her. »Zeugen haben wir heute erst einmal keine.«

Eisenreich sah Paul tiefgründig an: »Ich habe mir nämlich überlegt, dass wir vielleicht gar keine Zeugen brauchen. Und wo ich so beim Überlegen war, da habe ich entschieden, dass wir auch erst einmal auf einen Sachverständigen verzichten. Kostet ja alles einen Haufen Geld ...« Jetzt wandte er den Blick Biermordt zu. »Und das gute Geld können wir am Ende des Tages vielleicht viel sinnvoller ausgeben ... Herr Biermordt, wenn Sie vielleicht ganz kurz mit mir Ihre Personalien durchgehen könnten ... es dauert auch nicht lange.« Eisenreich bewies eine Engelsgeduld. Obgleich Paul spürte, dass tief darunter jede Menge glühendes Magma brodelte, das sich jederzeit in einer gewaltigen Eruption entladen mochte. Es war nur so ein vager Verdacht, aber es mochte sich am Ende als unklug erweisen, Eisenreich allzu hartnäckig zu missachten. Was Biermordt Gott sei Dank dann doch nicht tat. »Biermordt, Alfons, geboren am 15. April 1962?«, las der Richter aus der Akte vor. Biermordt grunzte zustimmend. »Das ist genau fünfzig Jahre nach dem Untergang der Titanic gewesen, als Sie geboren wurden, Herr Biermordt! Hatte das irgendwelche Auswirkungen auf den Kurs, den Ihr Leben so genommen hat ...?«

Für derart feinsinnigen Humor war der Fonsi Biermordt nicht geschaffen, das merkte man gleich. Genau genommen wusste er nicht, ob der Richter ihm gerade etwa eine weitere Frage gestellt hatte, und antwortete sicherheitshalber mit »Ähm, ja, Herr Richter.«

Eisenreich lachte freundlich und verstand.

»Geschieden sind Sie?«

»Jawohl.«

»Sie waren doch mit der Anni Greininger verheiratet, richtig? Das ist doch die Nichte vom alten Berger gewesen?«

»Äh. Jawohl.«

»Die ist jetzt mit so einem Unternehmer verheiratet, aus Passau, gell? Die haben den alten Zollhof gepachtet und machen da jetzt so ein … so ein Biohotel, glaub ich …« Der Herr Vorsitzende war offensichtlich gut informiert. Der Fonsi allerdings schien wenig begeistert vom Detailreichtum der Eisenreich'schen Fragen und Ausführungen, die in der Tat die Grenzen der »Vernehmung des Angeklagten zur Person« gemäß Paragraf 243 Absatz 2 der Strafprozessordnung weit überdehnten. Eine Ader an Biermordts Stirn war leicht angeschwollen. Was auch sein Gutes hatte: Immerhin trauerte er jetzt nicht mehr um seinen Hund, sondern um seine Ex-Frau. Die Greininger Anni. Wobei er nicht unbedingt so aussah, als ob er direkt um sie trauern würde. Es waren andere intensive Gefühle, die ihn da beim Gedanken an das neue Biohotel der Nichte vom alten Berger heimsuchten.

»Sie wohnen in der Klostergasse 3, das ist die Wohnung über dem Dessousladen, oder?«

»Ähhh … Jawohl.« Biermordt wand sich verlegen. Dessousladen … in Neustadt vermochte das in gewissen Kreisen durchaus ein Nasenrümpfen hervorzurufen. Wieder lachte Eisenreich.

»Und arbeiten tun Sie in der Brauerei …?«

»Jawohl.«

Na, ging doch! Paul atmete insgeheim durch.

»Ihr Einkommen wüsste ich dann noch gerne, Herr Biermordt. Was bleibt denn übrig? Nach der Miete und … zahlen Sie sonst noch was?«

»Ja, mei Mutter, derer zahl ich immer noch a bissl was zur Rente, und der Hund …« Jetzt geriet Biermordt ins Stocken, wandte den Kopf wieder in Richtung Tür, und man sah, wie ihm neue Tränen in die Augen schossen.

»Ja, natürlich, ich versteh schon.« Ein wahrer Humanist, das war er, der Richter Eisenreich. Ein Menschenversteher. »Herr Biermordt, wenn ich sage, dass Ihnen zweihundert am Monatsende übrig bleiben, dann wird das schon stimmen, oder?« Biermordt war außerstande zu antworten. Er bebte und rieb sich mit dem Taschentuch im Gesicht herum.

»Herr Colossa?«

Paul erschrak.

»Zweihundert?«

»Natürlich, Herr Vorsitzender.« Paul hatte keine Ahnung, was Biermordt am Monatsende zum Leben blieb.

»Gut. Schön. Oder auch nicht. Je nachdem, wie man es sieht.« Eisenreich räusperte sich. Unbeeindruckt ließ ihn der weinende dicke Mann nicht. »Herr Dr. Bauer, wenn Sie bitte die Anklage verlesen würden?«

Mit einer großen Zirkusdirektorengeste streckte der Vorsitzende die linke Hand in Richtung des Staatsanwalts. Der jedoch war, wie Paul jetzt auffiel, einem Nervenzusammenbruch nahe. Offenkundig hatten die Akten in seinem Wäschekorb ursprünglich eine gewisse Systematik besessen, und noch offensichtlicher hatten sie diese durch den Sturz über den Hund verloren, und es war dem Vertreter der Anklage nicht nur misslungen, die ursprüngliche Ordnung wiederherzustellen – ihm fehlte überdies auch die Akte Biermordt.

»Herr Eisenreich, ich … bin untröstlich, wenn Sie kurz … vielleicht könnten wir die Sitzung für einen Augenblick unterbrechen, ich finde beim besten Willen …«

Eisenreich antwortete nicht. Er unterbrach auch die Sitzung nicht. Er öffnete vielmehr mit ein paar raschen Handbewegungen den Schnellhefter vor sich, nahm ein altpapierfarbenes Dokument heraus, erhob sich würdevoll und offenbarte dabei eine an den Knien endende, fransige Jeans. Die wäre eigentlich unter der schwarzen Robe nicht aufgefallen. Aber die Robe trug er ja nicht. Er reichte mit langem Arm dem Staatsanwalt das Dokument hinüber. Der stand ebenfalls auf, streckte sich und bekam das Blatt an einer Ecke zu fassen.

Sodann begann der Staatsanwalt mit erst brüchiger und sodann langsam erstarkender Stimme, die geliehene Anklageschrift stehend zu verlesen.

»Die Staatsanwaltschaft legt aufgrund ihrer Ermittlungen dem Angeklagten folgenden Sachverhalt zur Last …«

Er fuhr fort, mit monoton lallender Stimme zu berichten. Wie der Hund, der früher schon auffällig gewesen war und mehrfach Autos angegriffen hatte, nunmehr zum vierten Mal über den niedrigen Zaun gesprungen ist. Wie er erst den vorderen linken Gummireifen des blauen Golf zerfetzt und dann die Aluminiumfelge zerbissen hat. Wie die verängstigte Frau im Inneren des Pkw panisch gehupt hat, um das fanatische Tier zu vertreiben. Wie die Bestie dadurch erst so richtig ausgerastet war, auf die Motorhaube sprang und den Scheibenwischer wegfetzte. Sodann sei das Tier wieder heruntergesprungen, habe die Scheibe auf der Fahrerseite des Pkw mit dem Kopf eingeschlagen und hätte versucht, durch die zerbrochene Scheibe ins Innere des Fahrzeugs einzudringen.

»Der Geschädigten gelang es zwar, sich rechtzeitig von ihrem Sicherheitsgurt zu befreien und auf die Rückbank ihres Autos zu klettern. Dabei verstauchte sie sich jedoch das Handgelenk ihrer rechten Hand, quetschte sich außerdem den Fingernagel des Zeigefingers der rechten Hand und zog sich zudem eine dreißig Zentimeter lange schmerzhafte Schürfwunde an der rechten Brust zu. Außerdem erlitt sie einen Schock.«

Biermordt war schließlich aus dem Haus gekommen, hatte seinen Köter zurückgepfiffen, und damit war der Hundekrimi dann auch zu Ende gewesen.

»… strafbar als fahrlässige Körperverletzung …«

Dr. Bauer legte das Blatt vor sich ab, nahm Platz und atmete durch. Dann zuckte er zusammen, nahm das Blatt wieder, sprang auf und lehnte sich damit weit in Richtung des Richters.

»Behalten Sie es …«, bemerkte der lächelnd. »Sie haben das so mitreißend vorgetragen, dass ich mir alles merken konnte!«

Etwas säuerlich grinste nun erstmals auch der rothaarige Staatsanwalt und ließ sich zurück auf seinen Stuhl sinken.

»Ja nun, Herr Biermordt«, wandte sich der Richter dem Angeklagten zu, »keine schöne Geschichte! Es stünde Ihnen jetzt frei, etwas dazu zu sagen, wenn Sie möchten. Müssen Sie zwar nicht, das hat Ihnen Ihr Verteidiger vermutlich auch schon erklärt. Bestimmt hat er aber auch nicht vergessen zu erwähnen, dass es einen ungeheuer positiven Eindruck auf uns Richter macht, wenn einer freiheraus alles einräumt und damit allen Beteiligten einen Riesenzirkus erspart, wenn Sie verstehen, was ich meine … Was natürlich umso schwerer wiegt, wenn das Gericht in vorausschauender Hoffnung davon abgesehen hat, Zeugen und Gutachter zum Termin zu laden …«

Biermordt verstand zwar, dass er angesprochen wurde, machte im Übrigen aber einen sehr grenzdebilen Eindruck. Die Stunde des Verteidigers!

»Herr Vorsitzender, bitte erlauben Sie mir, das Wort für meinen Mandanten zu ergreifen. Also zunächst tut es meinem Mandanten sehr leid, dass die Dame in dem blauen Golf … ähm … vor dem Amigo so erschrocken ist. Als ich das zum ersten Mal gelesen hatte, also, als der Herr Biermordt, mein Mandant, zu mir kam und mir die hier zu verhandelnden Vorwürfe gegen seinen Hund geschildert hat, da habe ich es gar nicht richtig glauben wollen! Ich meine, Herr Vorsitzender, schauen Sie sich den Amigo doch einmal an. Das ist ein außergewöhnlich friedfertiges Haustier …«

»Er ist ja auch tot«, warf Eisenreich trocken ein.

Verdammt. Das hatte gesessen.

»Ja, natürlich … richtig, Herr Vorsitzender, jetzt ist der arme Amigo tot. Wie Sie erkennen, trifft meinen Mandanten das außerordentlich hart. Emotional, meine ich. Die beiden waren … unzertrennlich. Der Amigo, das war quasi die Familie vom Herrn Biermordt!«

Paul hatte keine Ahnung, ob das stimmte. Andererseits, wer, außer einem gewalttätigen Hund, würde schon freiwillig mit einem Typen wie Biermordt zusammenleben wollen? Paul blickte auf dessen fette Unterarme, die haarig aus den zu engen Ärmeln des Jacketts herausquollen. Der Amigo hatte sein Herrchen sicherlich gemocht. Allein deshalb schon, weil der aussah wie eine Wurst.

»Ich hatte schon eine Unterbrechung der Verhandlung beantragen wollen, weil der Herr Biermordt durch diesen Schock eigentlich nicht in der Lage ist …«, fuhr Paul fort.

Eisenreich intervenierte mit väterlicher Sanftheit: »Herr Colossa, zum Glück haben Sie ja keine Unterbrechung beantragt. Und ich hätte das auch sicher nicht befürwortet. Mir stellt sich vielmehr immer noch die Frage, ob sich Ihr Mandant möglicherweise voll geständig zeigt und wir die Angelegenheit hier schnell zu einem Ende bringen können …«

»Herr Vorsitzender … wie ich schon erwähnt hatte, ist der … also war der Amigo ein wirklich ganz freundlicher Hund!« Fast verzweifelt warf Paul seinem Mandanten einen Blick zu, nach Bestätigung heischend. Doch der tat so, als hätte das alles gar nichts mit ihm zu tun, und starrte glasig ins Leere.

»Ich muss zugeben, dass ich mir die Frage gestellt habe, ob es überhaupt möglich ist, dass so ein Hund eine Metallfelge zerbeißt … oder die Seitenscheibe eines Autos zerbricht …«, Paul hob ein wenig unbeholfen die Hände.

»Also brauchen wir doch einen Gutachter?« Jetzt klang Eisenreich beinahe sauer. Das war nicht gut. Und ein Gutachter war auch nicht gut!

»Herr Verteidiger … vielleicht kann ich Ihnen Ihre Frage ja beantworten, und vielleicht raten Sie Ihrem Mandanten ja dann doch zu einem Geständnis, das alles hier unendlich viel einfacher machen würde. Also fangen wir einmal mit dem … Amigo … an.« Der Richter blätterte in seiner Akte.

»Also das liebe Tierchen hat … zu Lebzeiten … nach meiner Kenntnis zwei Vorlieben gehabt. Das eine waren Autos. Die fallen üblicherweise nicht unter meine Jurisdiktion, weil der Vorsatz des Tieres, Sachen zu beschädigen, nicht auf sein Herrchen übertragen werden kann. Und fahrlässige Sachbeschädigung spielt nur bei den Kollegen vom Zivilgericht eine Rolle. Die andere Vorliebe des Rottweilers sind Frauen mittleren Alters gewesen. Da hat es insgesamt drei Begegnungen von Interesse gegeben. Beim ersten Mal wurde die Sache wegen Geringfügigkeit nach hundertdreiundfünfzig eingestellt. Beim zweiten Mal hat's einen Strafbefehl über dreißig Tagessätze gegeben, und weil der Amigo anscheinend ein echter Serientäter gewesen ist, sind wir jetzt heute hier wegen eines dritten Falles. Ob es vielleicht eine hohe Dunkelziffer gibt, werden wir aufgrund des Ablebens unseres Kronzeugen wohl nie erfahren. Als gesichert erscheint mir jedenfalls, dass er gar nicht so handzahm gewesen ist, wie die Verteidigung uns glauben machen will, der Amigo. Ja, und was schließlich die Frage betrifft, ob der Hund eine Felge zerbeißen kann … ich habe da einmal im Internet recherchiert. Rottweiler haben enorm kräftige Kiefer. In ihrem Rachen sitzen zweiundvierzig Beißerchen, aufgereiht in einem sogenannten Scherengebiss. Ich fand es recht anschaulich, als einer geschrieben hat, dass so ein Rottweilerkiefer dreihundertachtundzwanzig Pfund Anpressdruck hat. Da kann man sich jedenfalls was drunter vorstellen. Tja, und mit seinem Scherengebiss schreddert der Ihnen eine Felge ganz ohne Mühe. Wie ein

Stück Pappkarton, Herr Verteidiger …« Eisenreich machte eine kleine Kunstpause, um sein Referat wirken zu lassen, ehe er fortfuhr: »Ich muss Sie nicht darauf hinweisen, Herr Colossa, dass der Gesetzgeber für fahrlässige Körperverletzung bis zu drei Jahre Haft vorsieht …«

Jetzt hatte der freundliche alte Herr selbst die Zähne gezeigt. Die hatten auch einen ganz schönen Anpressdruck.

Auch Biermordt und den Staatsanwalt hatten spätestens die Worte »…drei Jahre Haft …« aus ihrer jeweiligen Trance erweckt. Paul war hilflos. Eine solch dramatische Entwicklung hatte er weder vorausgesehen noch mit seinem Mandanten abgesprochen. Eisenreich war doch eigentlich so ein Netter! Zählte es denn gar nichts, dass hier der Sohn seines toten Freundes vor ihm saß? Mit einem toten Hund und einem heulenden dicken Mann im Gepäck?

Eisenreich wandte sich erneut an Biermordt, dessen Erwachen ihm nicht unbemerkt geblieben war: »Herr Biermordt, wie Sie merken, tut sich Ihr Verteidiger gerade etwas schwer. Vielleicht könnten Sie ihm ja helfen? Also, es geht um Folgendes: Wenn Sie jetzt zum Beispiel sagen würden, dass das, was der Herr Staatsanwalt da gerade aus … meiner … Anklageschrift vorgelesen hat …«, ein schalkhaftes Grienen tauchte plötzlich wieder zwischen den Bartstoppeln auf, »… der Wahrheit entspricht, dann könnten wir hier ganz schnell fertig werden …«

»Ja, aber … Herr Richter … drei Jahre G'fängnis … des is doch scho …«

Faszinierend. Biermordt hatte den Ernst der Lage also erkannt!

Jetzt ließ ihn Eisenreich nicht mehr vom Haken: »Ja, da haben Sie schon recht, Herr Biermordt. Schauen Sie, Ihr

Hund ist jetzt dreimal auffällig geworden. Da kann man schon von gemeingefährlich sprechen! Da haben Sie schon mal einen kräftigen Denkzettel verdient, meinen Sie nicht? Um sicherzustellen, dass es kein viertes Mal gibt. Andererseits, wenn ich mir Ihren Amigo jetzt so anschaue … Also, wenn der noch mal eine Frau angreift, werden wir wohl eher einen Exorzisten brauchen als einen Amtsrichter … Wobei manche da kaum einen Unterschied sehen …« Eisenreich stockte. Jetzt hatte er sich selbst aus dem Konzept schwadroniert.

»Also, worauf ich hinauswollte, Herr Biermordt: Sagen Sie einmal, die Reparatur von dem Auto, hat die Ihre Hundehalterhaftpflicht bezahlt?«

»Nein, Herr Richter«, antwortete der Angeklagte. »Die ham net zahlt, weil es jetzt scho es sechste Mal g'wesen is, dass der Amigo was o'gstellt hat, und weil i halt scho' wieder vergess'n hab, dass i den Amigo an die Leine …«

Auch das war die Wahrheit und nichts als die Wahrheit, obwohl es Paul dabei eiskalt den Rücken herunterlief. Es war nie gut, ausgerechnet einem Richter so unverblümt sein Herz auszuschütten! Zumal in Anwesenheit eines Staatsanwalts. Sechsmal hatte der verfluchte Drecksköter also …?

»Hatte ich also recht mit der hohen Dunkelziffer …« Der Vorsitzende lachte. »Und hat die Fahrerin Schmerzensgeldansprüche an Sie gestellt?«

»Mei, i hob ihr zwoahundertachtzig Euro geb'n, sofort. Mehr hob i ned dabeig'habt.«

»… dann ist Ihnen Ihr Hund recht teuer gekommen in letzter Zeit, richtig?«

»Jo mei, am teuersten war des Zeug, wos er immer 'gessen hat, der Amigo. Weil der hat so eine allergische Nahrungsmittelverun … also, der kriegt immer Durchfall, wenn er Fleisch dawischt und da gibt's so a Spezialfutter, mit ohne Fleisch …«

Der Richter wirkte köstlich amüsiert, angesichts der Offenbarungen des Fonsi Biermordt. »Da war Ihr Hund also quasi ein Zwangsveganer? Es wundert einen beinahe nicht mehr, dass es ihn nach frischem Frauenfleisch gelüstete …

Und sagen Sie, Herr Biermordt, Hand aufs Herz: Stimmt denn das jetzt, was der Herr Staatsanwalt uns gerade vorgelesen hat?« Des Richters Blick ruhte ernst auf dem Angeklagten.

»I woaß ned, Herr Richter. I hab ned zug'hört.« Und rasch zupfte er wieder das karierte Taschentuch heraus und tupfte sich die verweinten roten Äuglein.

»Nun ja, er hat gesagt … eben dass Ihr Hund, der Amigo, den Autoreifen und die Felge zerbissen hat und dann das Fenster kaputt gemacht und die Fahrerin erschreckt hat … und dass er nicht angeleint war und über den Zaun …«

»Und den Seitenspiegel hat er zerbiss'n!« Biermordt hatte eine völlig unangebrachte Note von Stolz in der Stimme, als er den Richter unterbrach.

Der wirkte jedoch erleichtert. »Dann sind wir uns also im Großen und Ganzen einig? Herr Staatsanwalt? Herr Verteidiger? Gibt es noch irgendwelche Fragen? Hätten Sie Einwände, wenn ich das als Geständnis werte?«

Nein, Einwände gab es nicht. Und Fragen hatte Paul erst recht nicht. Paul wusste ohnehin nicht, wo die Reise jetzt hinging. Wenn er das geahnt hätte, hätte er seinem Mandanten empfohlen, eine Zahnbürste für den Notfall mitzunehmen. Und eigene Seife. Das machte man so, wenn einem Mandanten sofortige Haft drohte.

Eisenreich gab jetzt richtig Gas: »Dann teile ich mit, dass ich beabsichtige …« Er fixierte Paul mit ausdruckslosem Blick. Es fühlte sich an wie im verdammten ersten Staatsexamen! Auch Dr. Bauer wirkte angespannt. Was hatte Eisenreich vor? »Also ich beabsichtige … die Angelegenheit gegen eine Geldauflage einzustellen. Denn wir sind uns, glaube ich, alle einig, dass weiterführende erzieherische Maßnahmen gegenüber dem verwaisten Hundehalter ebenso wenig Nutzen zeitigen dürften wie entsprechendes Einwirken auf den verstorbenen Hund selbst. Abgesehen von den hohen Kosten, die der Angeklagte hier nach seinen eigenen Angaben selbst zu tragen hat, muss er sich nun überraschend auch noch mit dem Verlust seines … Gefährten abfinden. Und die beiden scheinen ja im Leben doch … so eine Art enge Beziehung geführt zu haben.«

Eisenreichs Stimme klang beschlagen, als er das sagte. Man spürte, dass es ihm naheging, wie dieser dicke Kerl fast platzte vor Trauer um sein missratenes Vieh.

Ein paar Minuten später lag Biermordt im Treppenhaus der Schirmmütze laut schluchzend in den Armen. Amigo, das leblose Fellbündel, hatten sie gemeinsam nach draußen geschleift. Worüber Paul mehr als dankbar war, denn der Balg gemahnte ihn unablässig daran, dass es letztlich seine Idee gewesen war, das Tier so stark zu alkoholisieren. Er war vielleicht also tatsächlich schuld daran, dass Amigo den Vormittag nicht überlebt hatte.

»Wiederschau'n, Herr Colossa!«, rief Eisenreich ihm noch zu. »Und denken Sie an meine Worte. Wegen Babik …«

㉙ REVOLUZZ

Ich würde ja gern sagen was ich gern mit denen machen würde aber in dieser links-grün versifften Diktatur gibt es ja neuerdings keine freie Meinung mehr. Armes Deutschland, hoffentlich wird die schweigende Mehrheit bald die Geduld verlieren und dann … 13:56

Dummerweise hatte Paul erneut einen Blick in den »Newtown Blog« geworfen, bei dem sich nunmehr bereits um die tausend Kommentare angesammelt hatten.

Mr. X-Treme: »wenn sich vier oder fünf zusammentun und einen sack und ein paar baseballschläger mitbringen können wir diesem fotzenanwalt mal einen ganz besonderen sonderbericht verpassen.«

Bederle: »Kraß das heutzutage jeder schimpanse Rechtsanwalt werden kann. Ames Deutschland!«

Ludwig Meck: »Wann zeigt diesen Rechtsverdreher endlich einer an? Das ist Beihilfe was der da macht!«

Paul musste sich wahnsinnig am Riemen reißen, auf diesen erbärmlichen intellektuellen Dünnschiss nicht spontan zu antworten. Sie würden nur über ihn herfallen, wie die Schmeißfliegen über eine tote Katze. Außerdem würde sein Kommentar unter all den tausend anderen gar nicht auffallen. Was auch etwas Tröstliches hatte – in dieser Masse fiel keiner mehr auf. Diejenigen, die hier ihre Verhaltensstörung, ihre Phobien, Traumata und ihr Scheitern zelebrierten, alle die Habenichtse und Taugenichtse, die auf dieser riesigen Welle von Shit durchs Internet stormten, die lasen die Ergüsse ihrer Mitbewerber vermutlich gar nicht. Jeder wollte hier nur rasch seine eigene kleine Pfütze pieseln, und dann trollten sich die Trolle wieder. In ihre Höhlen und Filterblasen.

Rumms, die Tür wurde aufgestoßen, und mit großen, zornigen Schritten kam Fräulein Christiane hereingestürmt. Das war Mistral! Der sanfte Hauch, der durchs Fenster wehte, war nichts dagegen.

Unter den rechten Arm hatte sie eine Tageszeitung geklemmt, in den Händen trug sie mehrere andere. »Paul! Jetzt reicht's …!« Sie rang nach Worten, hyperventilierte regelrecht und klatschte dann eine der Zeitungen vor Paul auf den Schreibtisch. »Dieses … diese … unverschämten … es ist derart unglaublich …« Es fiel in der Tat schwer, Worte für das Phänomen zu finden, das sich da medial gerade vor ihnen auftürmte. Es hatte etwas Naturgewaltiges.

Bei dem Medium, das Fräulein Christiane Paul gerade auf den Tisch geschmettert hatte, handelte es sich um die aktuelle Dienstagsausgabe der *Südwestdeutschen Allgemeinen*, *SAZ*. Die Zeitung war auf Seite 5 aufgeschlagen: »Rechtsanwalt Dr. Paul Colossa, Sonderermittler im Skandal um das berühmte bayerische Musikinternat Kolleg Ida Rubinstein«, so stand es unter dem großen Farbfoto. Darauf pixelscharf gezoomt: Paul, mit verzerrtem Gesicht – und mit Augenklappe. »Rechtsanwalt Dr. Colossa ist im bayerischen Neustadt offenbar kein Unbekannter. Lokale Medien erwähnen irritierende Verstrickungen des Anwalts in einen ungeklärten Todesfall im Umfeld eines umstrittenen russischen Geschäftsmannes, dessen Unternehmen durch

Colossas Kanzlei betreut wird. Auf Nachfrage verweigerte die Pressestelle der Nürnberger Staatsanwaltschaft weitergehende Informationen zu der Angelegenheit unter Verweis auf laufende Ermittlungen. Sicher erscheint jedoch, dass Rechtsanwalt Colossa den Ruf genießt, ein Mann fürs Grobe zu sein. Vor diesem Hintergrund wirft es Fragen auf, weshalb das renommierte Kolleg Ida Rubinstein ausgerechnet einen Mann mit einer solchen Reputation für die Ermittlungen in einer so sensiblen Angelegenheit beruft.«

Hallo? Hatten die noch alle Latten am Zaun? Ausgerechnet Paul als »Mann fürs Grobe«? Offensichtlich studierten die Verfasser dieses Textes intensiv den »Newtown Blog« – inklusive der schmierigen Trollkommentare. Hingegen hatte niemand es für nötig erachtet, vielleicht einmal mit ihm persönlich zu reden! Das war »Verdachtsjournalismus«. Die brauchten überhaupt keine Quellen mehr. Nur einen Laptop mit Internetverbindung und lebhafte Fantasie!

Das galt übrigens auch für die Titelseite der *Nürnberg-Fürther-Tageszeitung*: »Berüchtigter Abmahn-Anwalt soll neutrale Sonderermittlung in Privatschul-Skandal leiten.« Dazu fast dasselbe Bild wie in der *SAZ*: Paul mit verzerrter Mimik und Augenklappe. Unseriös und unsympathisch hoch drei.

»Wie wir aus zuverlässiger Quelle erfahren konnten, handelt es sich bei dem bereits äußerlich durchaus bemerkenswert auftretenden Dr. Paul Colossa um niemand anderen als den Inhaber der international höchst umstrittenen Inkasso- und Abmahnkanzlei ›Consul‹ mit Sitz in London.« Und weiter unten: »Unser Informant, der mit unserem Medienhaus unter dem Decknamen ›Woodes Rogers‹ in

Verbindung getreten ist, hat uns nicht nur auf diese hochinteressante Spur gebracht. Vielmehr haben wir auch erfahren, dass Dr. Colossa außerdem eine bislang ungeklärte Rolle im Zusammenhang mit dem großen Polizeieinsatz im Nürnberger Westen im Frühjahr spielt, bei dem ein Brandbombenattentat auf ein Wohnhaus verübt und ein junger Chinese unter bislang unbekannten Umständen enthauptet aufgefunden worden war. Auch der Rechtsanwalt selbst soll bei diesen Ereignissen verletzt worden sein …«

Die hatten die Zwei-Quellen-Theorie aber auch nicht richtig kapiert, oder? Sie hatten nicht nur den »Newtown Blog« gelesen, sondern auch den Obertroll Woodes Rogers persönlich interviewt. Absurderweise war dieser perverse Schmutzfink verblüffend gut informiert. Das fehlte gerade noch, dass die ausgerechnet in dieser kritischen Lage die Verbindung seiner Kanzlei mit den »Consul«-Aktivitäten offenlegten. Seiner wichtigsten Einnahmequelle!

»Das hat schon gestern Abend angefangen!« Paul hatte gar nicht bemerkt, dass Frau Barbara hereingekommen war und ihn neugierig beim Lesen beobachtete. »Erst habe ich sie abgewimmelt. Dann habe ich einfach den Anrufbeantworter reingehauen. Die haben uns das halbe Band vollgequasselt!«

Paul traute seinen Ohren nicht. »Äh … wie … wer hat angerufen?« Augenblicke später beugten sie sich im Vorzimmer über Fräulein Christianes Kanzlei-Anrufbeantworter: »Pieeep … ja guten Abend, Kronberg ist mein Name, von der *Süddeutschen Zeitung* in München. Wir werden morgen über die Pressekonferenz im KIR berichten und dabei auch auf Ihre Rolle eingehen. Wenn Sie möchten, können Sie sich persönlich äußern, Sie können das entweder schriftlich tun, meinetwegen per E-Mail, oder mich anrufen. Ich verwende alles, was ich bis zwanzig Uhr habe, meine Kontaktdaten sind …«; »Pieeep … Grüß Gott, der *Regensburger Donaubote*, Marianne Riedner ist mein Name. Herr Dr. Colossa, ich hätte einige Fragen an Sie wegen der Vorwürfe gegen das KIR in Neustadt. Meine Nummer wäre …«; »Pieeep … Guten Tag, Herr Dr. Colossa, Ludwig hier, Politikredaktion Bayerischer Rundfunk …«; »Pieeep … Onlineredaktion ZDF … Pieeep … *Spiegel* … Pieeep … *Focus* … Pieeep … Pieeep … Pieeep …«

Pauls Kiefer malmten, es knirschte richtig. Noch ein wenig fester, und ein Zahnarzt wäre vonnöten gewesen. Ganz langsam, wie gegen einen Widerstand, drehte er den Kopf in Barbaras Richtung. Sein Instinkt, sein Bauchgefühl, der Wolf in seinem Kopf befahl: Beiß diesem unfassbar verblödeten Dummhuhn ihre Hohlbirne ab! Doch Paul sagte nur mit leicht zitternder Stimme: »Es wäre besser gewesen …«, er räusperte sich, »… es wäre besser gewesen, wenn Sie mir gleich Bescheid gesagt hätten …«

»Aber …« Doch bevor sie ihren Einwand vortragen konnte, war Paul schon wieder in seinem Büro verschwunden und … rumms! Er hatte die schwere Holztür mit dem Wappen der Stadt Königsberg hinter sich zugeknallt. Das hatte er noch nie gemacht. Aber er war auch selten so wütend gewesen. Dabei hatte er gar nicht mehr richtig hingehört, als Frau Barbara ihm mitteilte, dass in derselben Angelegenheit auch diverse E-Mails eingetrudelt waren, außerdem zwei Faxe. Mit jeder Sekunde, die verstrich, wich die Wut, und an ihre Stelle trat Verzweiflung. Gepaart mit Erkenntnis. Mit der Erkenntnis nämlich, dass Paul sich aus dieser Katastrophe nicht mehr befreien konnte. Denn das war es. Eine ausgewachsene Katastrophe. Er brauchte unbedingt Hilfe. Wenn Oscar nur da wäre …

»MacAllistair, Weinstein und Smith, Büro Dr. Stahl, mein Name ist Astrid Singer, was kann ich für Sie tun?«

Paul hatte die wunderbare Astrid Singer fast vergessen. Wie nett ihre Stimme schon wieder klang. Wäre er eine Katze gewesen, hätte er vielleicht geschnurrt. Er hätte sich vermutlich sogar auf den Rücken gedreht, um sich von ihr den Bauch kraulen zu lassen! Im metaphorischen Sinne. Andererseits, bei aller Liebe, das Problem, das ihn gerade quälte, war zu mächtig, um sich jetzt den Bauch kraulen zu lassen.

»Hallo? Wer ist denn bitte am Telefon …?«

Verdammt. Vor lauter Nachdenken hatte Paul vergessen, etwas zu sagen.

»Ähhh … ja … Rechtsanwalt Colossa hier. Könnte ich bitte mit Herrn Kollegen Dr. Stahl sprechen?«

»Ach, Herr Colossa! Das freut mich aber! Schön, von Ihnen zu hören! Warten Sie doch bitte einen ganz kurzen Augenblick, ich will versuchen, Sie gleich durchzustellen. Falls es mir gelingt, sage ich jetzt schon mal Tschüss!«, und schon war sie wieder weg, und Paul hörte die wunderschöne Warteschleifenmusik. Es war ganz bestimmt Bach. Ob diese Astrid das ernst gemeint hatte, dass sie sich darüber freute, von ihm zu hören?

»Ähm, ja, Stahl hier, nicht wahr? Herr Kollege, was kann ich für Sie tun?«

Paul berichtete kurz über die Entwicklung in den vergangenen Stunden.

»Jaaa … Ins Frühstücksfernsehen haben Sie es auch schon geschafft …«, stellte Stahl lakonisch fest – als ob ihn das alles gar nichts angehen würde!

»Das kostet mich meine Existenz! Die vernichten den guten Ruf der Kanzlei! Und nachdem sie jetzt auch schon ›Consul‹ auf dem Radar haben, bricht mir vielleicht am Ende meine wichtigste Einnahmequelle weg! Was gedenken Sie dagegen zu tun? Ich meine – das kommt ja alles nicht aus heiterem Himmel! Diese Sch …« Beinahe hätte er Scheiße gesagt. »Diese Katastrophe hat nach der Pressekonferenz angefangen! Ich hatte vorher nie irgendwelchen Ärger mit den Medien. Geschweige denn so eine … «, gute Kinderstube hin oder her, er tat sich reichlich schwer damit, eine angemessene Vokabel außerhalb der Reichweite des Begriffs »Scheiße« für das Phänomen zu finden.

»Es ist völlig nachvollziehbar, dass Sie das aufwühlt, Herr Kollege, nicht wahr? Das ist eine wirklich delikate Angelegenheit! Aber bitte vertrauen Sie mir, wenn ich Ihnen versichere, dass wir hier alles unternehmen, um diesen Dammbruch so rasch wie möglich zu flicken!«

Dammbruch nannte Stahl es. Das Bild gefiel Paul. Andererseits gefiel es ihm auch wieder nicht. Er stellte sich einen riesigen Stausee vor, der von einer filigranen Mauer zurückgehalten wurde. Die Mauer brach, wurde regelrecht zerfetzt, eine unkontrollierbare, zerstörerische Welle aus Wasser und Schlamm verwüstete binnen Minuten ganze Landstriche und hinterließ irreparable Schäden, Vernichtung und Tod. Paul sah Pferdekadaver, Menschen und Autowracks an seinem inneren Auge vorüberschwimmen …

Er riss sich am Riemen. Da war kein Stausee! Es waren nur die verfluchten Medien. Andererseits … vielleicht war eine Wasser-Schlamm-Lawine geradezu eine »Katastrophe light«, im Vergleich zu einem ausgewachsenen Shitstorm?

»Herr Kollege Colossa – das Wichtigste ist jetzt, dass Sie

Ihre Arbeit so rasch wie möglich erledigen. Je früher Sie den Abschlussbericht vorlegen, umso rascher lässt das Interesse an Ihnen wieder nach. Lesen Sie diese … na ja, diese ganze Scheiße im Internet, diese geschmacklose Journaille doch einfach nicht …«

Jetzt hatte Stahl selber Scheiße gesagt!

»Halten Sie sich nicht mit Kleinkram auf. Wir beide wissen, was in Ihrem Abschlussbericht am Ende stehen muss. Also schreiben Sie das ganz schnell auf. Fahren Sie ins Schloss, führen Sie ein paar Interviews, halten Sie sich dabei an die Regeln, diktieren Sie ein paar Seiten, und in ein oder zwei Tagen, nicht wahr … ich werde mal sehen, wie wir diese Schreiberlinge in den Griff kriegen. Vielleicht kann das KIR ja auch bei Ihrem Honorar noch was drauflegen …« Es war kurz still in der Leitung. Paul befürchtete schon, sie könnten getrennt worden sein. Doch dann setzte Stahl noch einmal neu an: »Na ja, das Wichtigste ist, dass Sie keine Interviews geben! Haben Sie verstanden? Und wenn Sie es verhindern können, dann lassen Sie sich auch nicht fotografieren oder filmen oder so was. Die haben Sie irgendwie … na ja, die haben Sie wegen Ihres Aussehens anscheinend auf dem Kieker. Halten Sie die Ohren steif …«

Paul hätte noch so viel sagen wollen. So viele Fragen gehabt. Anmerkungen und durchaus auch Kritik, aber … »tuuuuuuut«, das Freizeichen. Wenigstens mit dieser Astrid hätte er gern noch einmal geredet. Interviews sollte er im Schloss führen? Mit wem denn? Gleich war Mittag oben im Internat.Draußen raschelten nervös die Blätter an den Bäumen. In rasender Geschwindigkeit verdunkelte sich der Himmel. Da lag was in der Luft!

30 ALEX

Einfach mal nachts abpassen. Sack drüber. Draufschlagen. Mit dem Baseballschläger oder nem 30er Schlüssel. 22:14

Über den Rasen tuckerte der Kerl mit dem kleinen Traktor, hintendran ein kleiner einachsiger Anhänger. Immer wieder hüpfte er herunter und sammelte Äste ein, die der heftige Wind von den Bäumen im Park heruntergebrochen hatte. Sisyphos. Hinter den Fenstern der orangefarbenen Fassade des Schlosses, die sich vor dem grauen Himmel besonders prachtvoll abhob, waren teilweise Lichter angegangen, so düster war es zwischenzeitlich geworden. Neben dem Schloss duckte sich Laras Villa. Die Villa des Dirigenten. Dort war kein Licht an. Sicher waren alle drüben.

Paul betrat das Gebäude diesmal durch das Portal im Untergeschoss, durch das er nach der Pressekonferenz herausgekommen war. Es war ganz still da drin. Inzwischen erkannte Paul den besonderen, undefinierbaren Geruch nach Schloss wieder. Nach Holz … und alt … Keiner zu Hause? Rechter Hand fand er hinter einer Doppelglastür eine etwas düstere, schmale Holztreppe, der er nach oben folgte. Ein paar Stufen weit, dann blieb er stehen. In der Wende der Treppe hing ein Gemälde an der steinernen Wand. Darauf abgebildet: eine Frau, sitzend, auf einem Bett mit einem leuchtend blauen Überwurf. Nackt, über dem abgewinkelten linken Bein einen grünen Schal. Das rechte Bein übergeschlagen. Mit der linken Hand stützte sie sich hinten ab. Den Blick in die Ferne gerichtet. Wildes schwarzes Haar. Dünn sah sie aus. Teure Ringe an den Fingern. Unter dem Bild ein kleines Schild: »Valentin Serov, Portrait of Ida Rubinstein, 1910.«

Wie ähnlich sie Lara Wanek sah! Die Haare natürlich anders, jünger noch … Was war denn das da unter ihrer linken Hand? Stützte sie sich auf einen Brief? Plötzlich erwachte das Gemälde vor Paul zu einer Geschichte. Tief im Jahre 1910. Als man noch Zaren und Kaisern gehorchte, und als Dampfschiffe über die Ozeane rauschten. Da hatte Ida Rubinstein nackt in diesem blauen Bett gelegen und hatte … hatte diesen Brief gelesen, der dort unter ihrer Hand zerknitterte. Was stand in dem Brief? Paul hatte so eine Ahnung. Gerade eben noch hatte Ida Rubinstein mit dem Autor des Briefs dieses blaue Laken zerwühlt. Ein allerletztes Mal. Das hatten beide gewusst. Dann war er gegangen. Für immer. Und er hatte ihr diese Abschiedsworte hinterlassen. Er hatte ihr das Versprechen abgenommen, den Brief erst zu öffnen, wenn er fort wäre. Und als das Klappern seiner Kutsche auf dem Kopfsteinpflaster verstummt war, da erst hatte sie ihn gelesen. Jetzt saß sie hier und blickte aus dem Bild heraus über die Weiten der Zeit. Sie wusste ja nicht, dass Paul vor ihr stand und sie ansah. Nichts wusste diese Ida Rubinstein, fern im Jahre 1910. Nichts davon, dass bald schon der Zar und dessen Familie verschleppt und umgebracht würde. Nichts von Revolution und Weltkrieg. Nichts von dem Knabeninternat, das nach der Uraufführung des *Boléro* mit ihrem Namen im bayerischen Neustadt gegründet werden würde. Sie dachte nur an ihren Geliebten. Durch das geöffnete Fenster kitzelte ein kühler Windhauch ihre nackte Haut, die noch nass war von seinem Schweiß …

Tatsächlich kam Wind auf, und mit lautem Krachen schlug ein Fensterladen gegen den Rahmen. Paul eilte rasch hin, verriegelte den Fensterladen von innen und schloss auch das Fenster. Ein kurzer Blick noch auf die Rubinstein, und schon öffnete er die Tür zum Obergeschoss.

Wo bereits Archer auf ihn wartete. Der verfluchte Butler! »Mr. Colossa, folgen Sie mir bitte. Die anderen warten bereits …« So vorwurfsvoll klang das! Dabei war Paul pünktlich! Diesmal. Auf die Minute! Drei Uhr nachmittags. Was bildete sich dieser Schrat eigentlich ein, ihn so von oben herab zu behandeln? Paul machte diesem Lakaien schließlich auch keine Vorwürfe, weil der ihm die Tür nicht geöffnet hatte. Gutes Personal ist heute eben schwer zu bekommen. Die Queen wusste sicher ein Lied davon zu singen. Paul war jedenfalls froh, dass Archer nicht sein Butler war. Dann doch lieber der Staubsaugerroboter. Beinahe hätte Paul spöttisch »Tidelüt« zu Archer gesagt. Er folgte ihm einen langen Gang mit Stuckdecke entlang. Es war ein wirklich langer Gang. Am Ende ein riesiges Fenster, durch das der unheimliche, stürmisch düstere Himmel über dem Park sich auf dem glänzenden Steinboden spiegelte. Links und rechts immer wieder kunstvoll gestaltete Türen, aus denen, wenn man daran vorbeiging, allerlei Zeugnis vom Betrieb eines Musikinternats drang. Gesang, Trommel und Flöte, Piano. Mitunter wohlklingend. Teils mörderisch. Alles will gelernt sein. Es ist noch kein Meister vom Himmel … Himmelherrgott! Paul erschrak fürchterlich, als plötzlich direkt vor ihm eine Tür mit lautem Krachen aufgerissen wurde. Heraus sprang, gehetzt, im Gesicht die blanke Todesangst, ein kleiner, zerzauster Blondschopf. Gekleidet in die typische Schuluniform, dreizehn oder vierzehn Jahre alt vielleicht. In der einen Hand eine Geige, in der anderen den Bogen dazu, rannte er wie von Sinnen auf Archer und Paul zu, an ihnen vorbei, weiter den Gang hinunter, als sei der Leibhaftige ihm auf den Fersen.

Mit einem weiteren Krachen sprang nunmehr ein erwachsener Mann aus der Tür. Weit aufgeknöpftes weißes Hemd, hochgekrempelte Ärmel. Roter Kopf mit wirren grauen Zauseln darauf. Sir Evelyn Rutland. In der rechten Hand hatte auch er einen Violinbogen, mit dem er in der Luft herumfuchtelte, dass es nur so zischte. In der Linken ein zerknittertes Notenheft.

»Come back … bloody bastard …!« Er brüllte noch weitere angelsächsische Vokabeln, die für Paul unverständlich blieben. Rutlands Gesicht wurde nun fast lila, er spuckte ganze Fontänen und dann … mit einem schwirrenden Geräusch, wirbelnd wie ein Helikopterrotor, flog der Geigenbogen über Pauls Kopf hinweg. Paul war dankbar für die außergewöhnliche Höhe dieses Flurs. Bis zum höchsten Punkt des Stucks mochten es vier Meter sein. Der Holzbogen verfolgte eine raumfüllende Parabel und schlitterte schließlich scheppernd und mit seinen Rosshaaren schabend über den Boden. Dort blieb er leblos und klanglos liegen. Rutland drehte sich jäh um, trat zurück in den Raum, aus dem das alles gekommen war, und warf die Tür mit berstendem Knall wieder zu. Archer blieb ruckartig stehen, drehte sich unnatürlich starr ein Viertel um die eigene Achse und öffnete mit steifer Geste eine Tür zur Rechten. Neben der Tür ein gehrocktragender Perückenträger mit feistem Gesicht. Öl auf Leinwand. Bach vielleicht? Archer machte mit aufdringlicher Geste deutlich, dass Paul den Raum betreten möge.

31 MIRI

> Ich finde das eigentlich alles wahnsinnig traurig. Zum Fremdschämen, was diese Menschen veranstalten. 11:43

Der Raum, ein barockes Schmuckkästchen, war mehr als doppelt so groß wie jener grüne, in den Paul bislang zum Teetrinken und zur Unterzeichnung der Verträge gezerrt worden war. Schokoladenbraun und Weiß waren die vorherrschenden Töne. Kunstvoller noch als draußen im Gang die hohe Stuckdecke. Elfenbeinschnitzereien. Zwei große Fenster eröffneten den Blick hinaus in den finsteren Park. Links von der Tür ein hoher, blinder Spiegel, gesäumt von zwei eleganten Säulen. Rechts ein zierlicher Kachelofen. In den Ecken des Zimmers unbequem wirkende Sessel mit hoher Lehne. Beherrscht wurde alles jedoch durch einen großen, dunkelbraun glänzenden ovalen Tisch, über dem ein Kronleuchter glitzerte. Rund um den Tisch saßen Menschen. Lara Wanek hatte Paul den Rücken zugewandt und drehte sich nun mit unpersönlich verbindlichem Lächeln zu ihm um. Ihr gegenüber saß ein blasser aschblonder Jüngling in Schuluniform, der Paul bekannt vorkam. Ach richtig – der war bei der Pressekonferenz dabei gewesen. Noch ein Mann und eine Frau. Der Mann Mitte vierzig erinnerte Paul entfernt an den jungen Hugh Grant. Jedenfalls trug er eine ziemliche Tolle auf der Stirn, hatte eine sehr modische Brille im Gesicht und einen bei den derzeitigen Außentemperaturen verwegen albernen Seidenschal um den Hals geschlungen. Die anwesende Dame war das genaue Gegenteil von Lara Wanek – in vielfacher Hinsicht. Sie war sehr dick, was sich zumindest insoweit als vorteilhaft erwies, als sie eine Oberweite zur Schau trug, die selbst Pauls prächtig ausgestattete Sekretärin Liliane Draxler in den Schatten stellte, im wahrsten Sinne des Wortes. Unechte weiße Locken umgaben ihren Kopf. Ein grellroter Lippenstift, eine goldgeränderte Brille. Hinter den Brillengläsern blitzten ein Paar wache hellblaue Augen, die den Rest der biederen Gestalt konterkarierten. Klug, gefährlich, neugierig. Vor allem aber spöttisch musterten sie den Sonderermittler Colossa.

»Herr Rechtsanwalt Colossa!« Lara Wanek ließ mit keinem Wimpernschlag durchblicken, dass sie sich im Entferntesten an den gemeinsamen Abend erinnerte. »Wie Sie sehen, sind wir Ihrem Wunsch bereitwillig gefolgt und wollen Ihnen tapfer Rede und Antwort stehen!« Auch sie verspottete ihn offenkundig. Dabei tat er hier doch nichts anderes als seinen Job! Ihren Job im Grunde genommen!

»Ich darf Ihnen einige sehr wichtige, sehr besondere Menschen vorstellen, die ihren Teil dazu beitragen, dass das KIR ein so außergewöhnlicher Ort für junge Menschen ist …«

Sie klang wie ein Werbevideo, aber wo sie nun schon dabei war, interessierte Paul natürlich schon, wen man ihm hier zuzumuten gedachte. Also?

»Wo wir gerade von unseren jungen Menschen sprechen – unser Schülersprecher Johannes Abstreiter ist einer von ihnen!«

Der Knabe schoss etwas linkisch in die Höhe, dachte offensichtlich kurz darüber nach, Paul über den Tisch hinweg die Hand zu reichen, verharrte in seiner Überlegung und ließ den Gedanken dann fallen, während er verlegen lächelnd auf seinen Stuhl zurücksank. Er wirkte ungesund auf Paul und unnatürlich. Armes Kerlchen.

Ehe Lara Wanek etwas sagen konnte, stand die Dicke mit den Locken vom Tisch auf und kam zu Paul herumgeschwankt. Wenn der Prophet nicht zum Berg …

»Svetlana Nikolovska, ich grrrüße!« Wie bedrohlich sie das R rollte! Russin oder Polin oder vielleicht Bulgarin? Puh, und eine Wolke Parfüm umwogte sie, die einem den Atem raubte. »Stellverrrtretende Schulleiterin und Fachlehrerin für Piano und Gesang!«

»Es ist mir eine Freude …«, log Paul und gab ihr die Hand, in der Hoffnung, sie würde nur rasch wieder Platz nehmen und die Wolke mit sich nehmen. Paul hatte so ein Bild im Kopf davon, wie diese Person einen langen, schrillen Ton herausplärrte und dabei ein Fenster zum Bersten brachte oder eine Vase. Dummerweise setzte sie sich nicht, vielmehr setzte sie ein zynisches Lächeln auf und musterte Paul aus ihren scharfen Augen nun von ganz Nahem. Sie konnte nicht am Ende seine Gedanken lesen? Natürlich nicht. Niemand konnte das. Wäre jedenfalls besser! Dennoch versuchte Paul sicherheitshalber, an nichts zu denken. Was wahrlich nicht einfach war! Die Nikolovska ließ von ihm ab und quälte sich zu ihrem Stuhl zurück.

»Herr Dr. Roth-Gedeck, der Präfekt unseres Internats und zuständig für die … nicht musikbezogenen Lehrinhalte an unserer Schule …« Lara Wanek sagte das beinahe entschuldigend, so als wäre es gewissermaßen anrüchig, sich mit etwas Profanerem als Musik zu beschäftigen. Quasi rechtfertigend fügte sie dann noch hinzu: »Ja, Herr Dr. Roth-Gedeck ist eigentlich Diakon und kümmert sich auch ein wenig um die spirituellen Belange in unserem Hause …«

»Auf ökumenischer Basis …«, fiel ihr der Hugh-Grant-Typ ins Wort. »Und was mir eigentlich noch viel wichtiger ist: Ich sehe mich auch als … sagen wir einmal, seelischer, also ich meine damit, psychologischer Begleiter unserer Jungs. Als Ansprechpartner in schwierigen Zeiten. Sie wissen schon, Pubertät, Heimweh, schlechte Zensuren – wie das Leben einem in jungen Jahren eben so mitspielt …« Er lächelte gequält. Interessant. Schwelgte er jetzt in selbstmitleidigen Erinnerungen an seine eigene Jugend? Höflich war er nicht gerade. Er blieb sitzen und machte, von seiner kleinen Ansprache abgesehen, keine Anstalten, Paul in zivilisierter Weise zu begrüßen. Von der Ähnlichkeit mit dem Schauspieler abgesehen hatte er eben doch so gar nichts Britisches an sich.

»Bitte setzen Sie sich!« Lara Wanek wies auf den Stuhl rechts von dem blassen Schülersprecher. Paul folgte der Aufforderung und ging um den Tisch herum. Kaum saß er, donnerte es hinter seinem Rücken im Park dumpf. Erschrocken drehte Paul sich um und blickte hinaus, wo die Baumwipfel heftig zerzaust wurden und abgefetzte Blätter vor dem dunkelgrauen Himmel herumirrten.

»Herr Rechtsanwalt. Wie können wir Ihnen behilflich sein?« Wollte Lara Wanek dieses Spiel wirklich allen Ernstes weitertreiben? Na schön.

»Frau Dr. Wanek … herzlichen Dank zunächst an Sie und an Ihre … ähm … Ihr Team, dass Sie so kurzfristig

Zeit für mich gefunden haben!« Paul konnte scheißfreundlich auch ganz gut! »Der Kollege … Stahl …«, jetzt machte Paul eine kunstvolle Pause, um den Namen des Hausjustiziars auch ordentlich wirken zu lassen, »… und ich haben … gemeinsam …«, das betonte Paul ebenfalls gravitätisch, um sich ein wenig von Stahls Autorität zu borgen in dieser Runde, die ihn erkennbar für ein Fliegengewicht hielt, »… beschlossen, die Aufklärungsarbeit im Kolleg Ida Rubinstein in Anbetracht der zunehmend unappetitlichen öffentlichen Berichterstattung möglichst zu beschleunigen und vor allem zeitnah abzuschließen.« Paul sah in die Runde, doch keiner sagte ein Wort oder zuckte auch nur. Hatten die hier eigentlich nichts zu trinken?

»Wie Ihnen Frau Dr. Wanek sicher bereits mitgeteilt hat, fällt mir die Aufgabe zu, eine objektive Bewertung des Hauses vorzunehmen, betreffend die Frage, ob hier … wie soll ich es formulieren … mit unorthodoxen Methoden … die Leistung der Absolventen verbessert worden ist …«

Der Hugh-Grant-Typ starrte Paul verwundert an.

»Drogen …!« Paul blickte ihm in die wässrigen Augen.

»Ah …!« Hugh senkte den Blick auf die Tischplatte.

In der folgenden knappen Stunde erfuhr Paul mancherlei. Über Musik im Allgemeinen und im Besonderen. Über die Anforderungen des bayerischen Kultusministeriums an ein international ausgerichtetes Privatgymnasium. Über die großen Ecktürme des Schlosses, die dort beheimateten Schlafsäle der Schüler und auch über den Lehrerturm, in dem die im Internat angestellten Musik- und Fachlehrer unter der Woche strikter Residenzpflicht unterlagen. Über die besonderen außerschulischen Aktivitäten, wozu ein

Opernworkshop und ein Golfkader zählten – Tennis galt als verpönt, weil man sich dabei Arme und Finger kaputt machte, was weder dem Piano noch der Violine zuträglich war. Und, das erstaunte Paul am meisten, alles geschah hier auf Englisch! Denn es war in der Tat schwierig, einen jungen Japaner, einen Slowaken und einen Argentinier auf andere Weise schulisch unter einen Hut zu bringen. Der Tagesplan war strikt und straff. Um Viertel vor sechs sprangen die Schüler in ihren Viererzimmern aus den Federn, um sechs Uhr Frühgymnastik im Park – zu jeder Jahreszeit und bei jedem Wetter. Halb sieben duschen, ab sieben Frühstück nach Belieben. Angeblich holten sich die meisten Schüler nur ein paar Cornflakes und einen Tee auf ihre Zimmer und machten noch rasch ihre Hausaufgaben, denn ab acht ging der Unterricht los. Vormittags die vom Staat geforderten Kernfächer: Mathe, Physik, Englisch, Deutsch – als Fremdsprache. Und dann noch ein paar lästige Nebenfächer wie Biologie, Geschichte und Informatik. Anders als in gewöhnlichen Schulen wurde dieses ganze Wissen in eiligen dreißigminütigen Einheiten heruntergerissen, denn es galt, Zeit zu gewinnen! Zeit für das Wesentliche. Und wesentlich war hier im Schloss nur eins: Musik! Nichts konnte daneben gleichberechtigt Bestand haben. Niemandem wurde hier das Abitur wegen mangelnder Kenntnisse von Pythagoras oder Goethe verweigert. Aber wer seinen Brahms, seinen Rachmaninow und natürlich seinen Ravel nicht beherrschte, der wurde in diesen Mauern nicht alt. War der Vormittag noch von störenden halbstündigen Fragen der Allgemeinbildung durchsetzt, abgewechselt von Musiktheorie und Kompositionslehre, gehörte der Tag nach der Mittagspause um zwölf endlich allein der Muse.

Orchesterproben, Einzel- und Gruppenunterricht an den klassischen Instrumenten, Gesang. Ab siebzehn Uhr dann Zeit zur freien Verfügung.

»Diese Zeit nutzen die meisten unserrrer Schülerrr, um ihre Ferrtigkeiten an den Instrrrumenten zu verrrtiefen …«, entzauberte die Nikolovska die missverständliche Illusion, es würde hier zu irgendeiner Tageszeit auch nur der Hauch von Müßiggang durch die Gänge wehen.

»Gelegentlich nutzen unsere Schüler die freien Stunden aber auch dazu, Besorgungen in Neustadt zu machen oder Sport …«, versuchte Lara Wanek den Eindruck eines Bootcamps zu relativieren. Für diese Ausflüge war es völlig selbstverständlich, dass die Schüler auf Kosten des Hauses ein Taxi bestellten. Um halb sieben dann »Roll-Call«, der große Zählappell im Speisesaal. Allgemeine Mitteilungen und Ankündigungen, das Paul bereits bekannte schweigsame Abendmahl mit Vorlesung und bereits ab halb acht wieder: Vertiefungsstunden an den Instrumenten bis halb zehn. Um zehn meldete der jeweils Stubenälteste dem jeweils Stockwerksältesten »Licht aus«. Dieser meldete das an den Präfekten weiter. Wie in der Kaserne. Nur eben richtig streng.

»Was macht ihr am Wochenende?« Paul richtete seine Frage direkt an den Schülersprecher. Der wirkte irritiert, regelrecht aufgeschreckt, und suchte nacheinander den Blick seines Präfekten, dann den der Nikolovska und schließlich den der Wanek. Erst nachdem letztere ihm freundlich zugenickt hatte, säuselte er schüchtern mit einer Stimme, die genauso blass war wie der Rest des Kerlchens: »Also … samstags ist normaler Fachunterricht … und am Sonntag … also die meisten von uns nutzen den Sonntag für Vertiefungsstunden an den Instrumenten, und die Lehrkräfte bieten individuell … auch Einzelunterricht an.«

»Dann habt ihr nur in den Ferien frei?«, hakte Paul, ernsthaft verwundert, nach.

»In den … äh … Ferien … also einige von uns fahren manchmal ein paar Tage zu ihrer Familie oder … bekommen Besuch. Aber in den Ferien werden sehr viele besondere Kurse angeboten …«

»Vertiefungsstunden an den Instrumenten?«, fragte Paul lächelnd und hoffte, mit seinem Scherz auch den kleinen Abstreiter aus der Reserve zu locken. Doch der fand das sichtlich nicht lustig, sondern antwortete dem nun restlos schockierten Paul schlicht und einfach: »Ja.«

»Dann haben die Kinder also nie frei? Neun Jahre lang, von der fünften bis zur dreizehnten Klasse wird durchgepowert?«

Lara Wanek zögerte einen Moment. »Unsere Schüler legen das Abitur nach der zwölften Klasse ab. Also acht Jahre …«

»Dann acht Jahre ohne Pause?«, beharrte Paul und hatte, ohne es recht zu merken, eine ziemlich grimmige Miene aufgesetzt, die durch seine Augenklappe regelrecht dramatisch wirkte. Besonders die Nikolovska fühlte sich davon offenbar herausgefordert.

»Pausen machen die Jungen an dieser Schule nur, wenn sie in der Parrrtitur vorgesehen sind. Ansonsten ist unser Internat berühmt für Effizienz. Nicht für Herumfaulenzen, verstehen Sie, Herrr Rechtsanwalt?«

Ja, das verstand Paul schon, und er hatte auch keine Lust, sich mit diesem Brunhildenmonster herumzustreiten. Er fragte sich allerdings sehr wohl, wie dieser pädagogische

Gewaltmarsch möglich sein sollte, ohne Spuren bei den Kindern zu hinterlassen. Das fiel mitten in die Pubertät! Wann hatten die Jungs Zeit, herumzuknutschen und heimlich zu rauchen?

»Musik ist an unserer Schule außerhalb des Unterrichts verrrboten«, setzte die Nikolovska noch einen drauf.

Paul war unsicher, ob er diese Frage in dieser Runde stellen durfte, rang sich dann aber doch dazu durch: »Und Sie geben den Jungen Ritalin, damit sie diese immense Belastung durchstehen können?«

Die Herrschaften am Tisch blickten einander an, Johannes Abstreiter sah auf seine auf dem Tisch gefalteten Hände. Die Antwort von Lara Wanek war dann keine Antwort und überraschte Paul dennoch: »Unsere Schüler empfinden ihren Aufenthalt in dieser Institution nicht als Belastung. Belastend ist es lediglich für jene, die aufgrund zu geringen Leistungspotenzials das Haus verlassen müssen. Wir haben strenge Aufnahmekriterien. In unserem Recruiting Center können wir Schülern und Eltern sehr frühzeitig mitteilen, ob ihr Sohn die notwendige Konstitution für diese Schule mitbringt, und wir irren uns zum Glück nur selten …«

»Sie irren sich selten, ob die Kinder mit Ritalin klarkommen?« Bei Paul kam jetzt langsam der Anwalt durch.

»Wir irren uns selten, ob die Schüler die notwendige persönliche Reife, den Intellekt, den Ehrgeiz und das Talent haben …«, gab Lara Wanek patzig zurück. Vermutlich bereute sie es, dass sie am Vorabend so freizügig über das Thema geplaudert hatte.

»Aber letztlich ist es doch ein verschreibungspflichtiges Medikament, oder? Für Kinder mit ADHS? Und die Jungs sind doch eigentlich … gesund?« Paul ließ nicht locker. Er sollte hier eine verdammte Untersuchung durchführen, nachdem eines dieser kleinen Supergenies möglicherweise wegen einer Überdosis ins Koma gefallen war. Und das sicher nicht wegen Vertiefungsstunden an den Instrumenten!

»Herr Rechtsanwalt Colossa …« Jetzt wurde die Wanek eiskalt, und auch ansonsten war die Atmosphäre im Raum recht frostig geworden. Die beiden Lehrer blickten abwesend hinaus in die gewittrige Finsternis. Der junge Abstreiter musterte seine Fingernägel, und die Wanek starrte Paul an wie die Schlange das Kaninchen. »Sie sind Rechtsanwalt, ich bin Musikerin, wir beide sind vermutlich also nicht dazu berufen zu erörtern, ob ein junger Mensch gesund ist oder krank und ob Vitamintabletten oder Aspirin Medikamente sind oder nicht …«

»Wir reden aber nicht über Brausetabletten, sondern über Ritalin …!« Paul war ein denkbar untypisches Kaninchen.

Lara Wanek atmete tief ein, sammelte sich einen Augenblick lang, dann veränderte sich ihre Mimik plötzlich vollständig, und sie lächelte Paul bösartig an. »Idealerweise sollten Sie unseren Schularzt, Herrn Bartholomäus, konsultieren! Ich werde das gern in die Wege leiten … allerdings möchten Sie sicher vorher noch einmal mit Ihrem Kollegen Stahl über die Reichweite Ihres Auftrags sprechen.«

Ein greller Blitz mit gespenstischem Schattenwurf und unmittelbar darauf folgend ein Donnerschlag, der die Scheiben klirren ließ, beendeten die Debatte. Alle zuckten zusammen.

»Jetzt wird's aber ungemütlich …«, stellte Roth-Gedeck schließlich fest, um das auffällig unangenehme Schweigen zu brechen.

»Wollen wir nicht einen Rundgang durch die Schule machen, damit Sie sich selbst ein Bild machen können?«, übernahm Lara Wanek sofort wieder das Wort und sie hatte den Satz noch nicht vollendet, da erschien schon wieder Archer, der Butler, in der Tür. Verdammter Archer. Ging es denn gar nicht ohne den? Welche Aufgabe erfüllte er eigentlich hier drüben in der Schule? Er gehörte doch in die Villa nebenan?

Roth-Gedeck bewegte sich mit einem heftigen Schub rückwärts vom Tisch weg, und jetzt erst erkannte Paul, dass der Mann im Rollstuhl saß. Deshalb war er so unhöflich gewesen, nicht aufzustehen. Na gut. Paul war nicht nachtragend.

Die Gruppe begann sofort, sich in ihre Mitglieder aufzulösen. Niemand zeigte Interesse daran, der Schlossführung mit Anwalt beizuwohnen – was Paul nur recht war. Erstens hatte er sich für keinen der eben kennengelernten Charaktere sonderlich erwärmen können. Und zweitens erschien es ihm nach wie vor wünschenswert, auf das gestern erreichte Niveau bei Lara Wanek aufzuschließen. Warum nicht bei einem romantischen Spaziergang durch das Schloss? Da fiel ihm plötzlich noch etwas Wichtiges ein … Wie hieß der blasse Junge noch einmal? Der war ebenfalls just dabei, sich aus dem Staub zu machen.

»Entschuldigung …«, rief Paul ihm nach. Der Junge blieb stehen, als hätte man ihm in den Rücken geschossen, drehte sich langsam um.

»Ich hätte noch ein paar Fragen an euch Jungs. Vielleicht könntest du mit ein paar Freunden …« Das Kerlchen zuckte erschrocken zusammen.

Lara Wanek intervenierte augenblicklich. »Herr Colossa,

wir hatten vermutet, dass Sie mit den Schülern sprechen möchten. Deshalb hatten wir Herrn Abstreiter hinzugebeten.« Paul verstand. Er hätte »Herrn Abstreiter« wohl nicht einfach so duzen dürfen? Dabei war der doch nichts anderes als ein kleiner Fratz, noch grün hinter den Ohren. »Herr Abstreiter ist der Schülersprecher, es wird sehr aufschlussreich für Sie sein, wenn Sie sich mit ihm unterhalten. Er spricht für die gesamte Gemeinschaft.« Sie wandte sich Abstreiter zu, der die Situation misstrauisch beobachtete.

»Nicht wahr, Johannes? Treffen wir uns mit dem Herrn Rechtsanwalt so gegen fünf?«

Paul wollte gerade einwenden, dass er viel lieber allein, ohne Anwesenheit der Schulleitung, mit dem Burschen zu plaudern gedachte, doch Lara Wanek hatte seine Gedanken längst gelesen.

»Sicher möchten Sie das Gespräch ungestört führen. Ihr Bericht soll ja möglichst objektiv ausfallen.«

Doch noch ehe Paul erleichtert seinen Einwand hatte fallen lassen, ergänzte sie: »Johannes, wir hatten ja darüber gesprochen, welche Fragen der Herr Colossa Ihnen stellen wird …« Sie pulte einen Schlüssel von ihrem Schlüsselbund. »Also um fünf in der Bibliothek.« An Paul gewandt fuhr sie fort: »Sie werden dort völlig ungestört sein. Herr Abstreiter wird Ihnen die gewünschten Auskünfte erteilen.«

Verflucht. Sie hatten den Kerl also gebrieft. Er würde seine auswendig gelernte Lektion herunterbeten! Doch so leicht kamen sie ihm nicht davon. Es war doch letzten Endes wie im Kreuzverhör vor Gericht. Man musste den Zeugen einfach nur genug unter Druck setzen. Ihn reizen, verunsichern, hetzen. Und ihm dann, wenn er am Rande des Abgrunds stand, eine goldene Brücke bauen. Dann kam er aus der Reserve. Das blutarme Kerlchen war siebzehn, wenn es hochkam. Der würde singen wie ein Vögelchen, wenn Paul ihn erst einmal ordentlich in die Mangel nahm.

Aber eins nach dem anderen. Erst war Lara Wanek dran. So konnte sie ihn nicht behandeln! Da war gestern etwas zwischen ihnen gewesen, also einmal abgesehen von Archer, der irgendwie immer dazwischen war. Auch jetzt schon wieder.

㉜ TAMARA_S.

> Sie glauben, dass sich alles mit Geld regeln lässt, oder? Sie irren sich! Geld ist nichts! Und wenn Sie das glauben, sind Sie auch nichts! 22:43

Hinterließ das Schloss schon von außen einen durchaus majestätischen Eindruck, so waren die zahllosen Korridore, Säle und Hallen, die bunten Zimmer, die Fenster und die prächtigen Galerien, Bühnen, Treppenaufgänge, Turmstuben und Gewölbe einfach überwältigend.

Die kleine Gruppe trottete durch einen bei dem Gewittersturm etwas unheimlich wirkenden Gang. Alles wirkte wie in einem Vampirfilm. Immer wieder zuckten Blitze hinter roten Vorhängen. Es trommelte, krachte und rumpelte unheilvoll. Weintraubengroße Regentropfen wurden von Sturmböen gegen die hohen Fenster gepeitscht.

Vorneweg marschierte, davon unbeeindruckt, Lara Wanek, nach links und rechts deutend und enthusiastisch parlierend. Hinter ihr der staunende Paul, und dann, in einigem Abstand: der lästige Butler. Paul machte als Erinnerungsstütze immer wieder Fotos mit seinem Smartphone und diktierte dazu ein Gedächtnisprotokoll, das er später in der Kanzlei würde tippen lassen.

Über eine Wendeltreppe erreichten sie im nordöstlichen Schlossturm einen Schüler-Gemeinschaftsraum. Niemand war hier, alle Kinder befanden sich im Unterricht. Der hohe

Raum war gemütlich, fast wie aus einem Märchenfilm. Bunte Vorhänge vor den mannshohen Fenstern, Bücherregale, Bilder, Sofas. Für junge Kerle im Teenageralter vielleicht etwas zu romantisch? Keine Poster von Eishockeymannschaften oder von Gangsterrappern, die man üblicherweise in einem solchen Quartier hätte erwarten dürfen. Vier Türen führten in die Schlafräume der Bewohner.

»Es sind immer Viererzimmer. Wir sind derzeit voll belegt, also wohnen sechzehn Schüler hier in diesem Stockwerk«, erläuterte Lara Wanek und klopfte höflich an eine der vier Türen, obgleich sie wusste, dass niemand sich im Zimmer aufhalten würde. Dann traten sie ein. Das Zimmer war karg eingerichtet. Vier mit militärischer Ordentlichkeit gemachte weiße Betten, dazu jeweils ein Schrank, ein leerer Schreibtisch und ein Regal mit persönlichen Gegenständen. Neben einem der Betten lehnte ein gewaltiger Kontrabass-Koffer. Und doch wirkte das Zimmer durchaus nicht wie eine Gefängniszelle. Der Boden und alle Möbel waren aus Holz. Es war sauber, und es roch gut. Lara Wanek knipste das Licht an, und Paul fiel auf, dass auch dieser Raum außerordentlich hoch war. Ein kleiner Leuchter hing von der Decke. Acht Kerzenlampen, eine war kaputt. Die leicht gewölbte Zimmerdecke war liebevoll mit einem dunkelblauen Sternenhimmel und einem honigfarbenen Vollmond bemalt. Heimelig. Ein bisschen kindisch vielleicht. Kein Computer, keine Stereoanlage, keine Spielekonsole.

»Wir legen großen Wert darauf, dass die Jungen sich in allem, was sie tun, auf das Wesentliche konzentrieren«, erklärte Lara Wanek. »Jeder Junge hat neben Kleidung und Unterrichtsmaterialien ein kleines Fach, in dem er ein paar höchstpersönliche Gegenstände aufbewahren darf.«

Paul trat näher an eines der Regale heran. Das Foto eines älteren Ehepaars mit Brille an Bord eines Schiffs stand dort. Ein kleines Modell eines eigentümlichen Fluggeräts, einer Mischung aus einem Flugzeug und einem Helikopter mit zwei Propellern. Eine Baseballkappe mit einem hellblauen Davidstern. Ein Siegelring und ein Buch mit hebräischen Schriftzeichen.

»Das ist Sauls Bett. Einer unserer Sechstklässler. Der junge Mann stammt aus Boston. Die Jungen nennen ihr persönliches Regal ihren ›Schrein‹ …« Paul trat sofort einen Schritt zurück. Es war verdammt voyeuristisch, was er hier trieb. Nicht einmal im Knast durften Besucher einfach so in den Zellen der Gefangenen herumschnüffeln. Andererseits … Paul war Sonderermittler. Herumschnüffeln war sein ausdrücklicher Daseinszweck.

Wieder durchschritten sie Ehrfurcht gebietende hallende Gänge. Anders als bei Pauls früheren Besuchen wirkte das Schloss heute trotzdem lebendiger, teils regelrecht aufgekratzt. Andauernd öffneten sich Türen. Gesang, Lachen, Klappern und Plappern. Drei schuluniformtragende Jungen schoben, freundlich grüßend, ein Klavier an Paul vorbei. Sobald sie sich außer Hörweite wähnten, entpuppten sie sich als arttypisch. Paul konnte zwar nur Multikulti-Wortfetzen verstehen, im Sinne von »Goddamn … fuckin … blöder Idiot … sauschweres Teil …«, aber er sah nun doch wieder etwas positiver auf das Schicksal der Kerlchen. Solange sie kräftig fluchten, konnten sie so arm nicht dran sein in diesen reichen Räumen. Durch eine geöffnete Tür sah Paul einen Jungen, der mit einem Cello auf einem Stuhl saß. Vor ihm am Boden ein Metronom. Das machte tok-tok-tok-tok. Und der Junge machte dazu mit dem Cello summ-summ-summ.

Am Schluss der Führung kam der Keller. Anstatt urig gemauerter Katakomben und rostig quietschender Kerkertüren fanden sich dort Hunderte von verschiebbaren Regalen unter Neonröhren. Geweißelte Betonwände versprühten den Charme einer Tiefgarage. Archive voller Akten. Magazine, vollgeräumt mit Musikinstrumenten.. Manche davon sorgfältig in Folie verpackt und versiegelt, hinter schweren grauen Stahlschiebetüren schweigend. Sicher ein Vermögen wert. Und zahllose Türen. Eine richtige Tiefgarage gab es hier unten überdies auch, eine ganz kleine, in der die Lehrer und das übrige Personal ihre Opels und Toyotas parkten. Man ahnte grob, was ein Lehrer an so einer Privatschule verdienen mochte. Einen Hungerlohn. Zweiklassengesellschaft. Hier die reichen kleinen Zöglinge, dort ihre bettelarmen Lehrer und Erzieher. Verdammt – jetzt fühlte Paul sich schon wie Babik mit seinem pseudorevolutionären Volksbefreiungs-Geplapper. Niemand wurde gezwungen, die Kinder wohlhabender Eltern zu unterrichten, oder? Charakterfrage. Man muss in einer freien Gesellschaft auch mal Pech haben dürfen.

Auch den offiziellen Haupteingang von Schloss Hirschenhaid lernte Paul am Ende noch kennen. Eine große Freitreppe führte exakt auf der gegenüberliegenden Seite von Pauls gewohntem Terrasseneingang zu zwei imposanten Torflügeln. Dahinter eine kathedralenhafte Eingangshalle mit weiteren Treppen und Emporen, in der, wie Lara Wanek zu berichten wusste, gelegentliche Matineen großen Zuspruch fanden.

Inmitten des vornehmen Gewölbes tauchte auf einmal schlossgespenstartig der Paul vom Aufsitzmäher bekannte Rasenpfleger auf. Paul hatte ihn gar nicht kommen hören.

Ein spilleriges Kerlchen mit wirrem Schnauzbart und irrem Blick, das hektisch um sie herumwieselte und mehr mit sich selbst als mit Lara Wanek in stakkatohaft atemlosen Worten redete: »… regnet schon wieder rein … erst mal Eimer und Putzlumpen …« Und dann war er auch schon wieder verschwunden.

Knapp zweihundert Fotos hatte Paul jetzt gemacht, mit denen er ohne Weiteres einen Architekturführer hätte ausstaffieren können. Wenn er diesbezüglich Ehrgeiz entwickelt hätte. Dazu etwa eine Viertelstunde Diktat. Lara Wanek war er indes privat keinen Millimeter nähergekommen. Besser so. Der verräterische Archer hatte gestern mehr gesehen, als gut war. *Ich rieche, rieche Menschenfleisch …*

Ein Blick aufs Smartphone zeigte kurz vor fünf, und dazu passend, wie aufs Stichwort, verkündete Lara Wanek: »Schön, jetzt haben Sie einen Eindruck von unserem Haus. Zum Schluss zeige ich Ihnen noch die Bibliothek, dort wird sicher bereits Herr Abstreiter auf Sie warten!«

Wie unpersönlich sie war!

33 Assi

Was regt ihr euch auf? Realität ist was für Leute, die mit Drogen nicht umgehen können. 11:07

Die Bibliothek also. Man konnte sagen: Die Bibliothek hielt, was der Schlosskeller in Sachen pittoresker Romantik hätte versprechen sollen. Wenn der Märchenprinz seine theoretische Ausbildung zur Prinzessinnenverführung mittels Poesie und Weltliteratur an einem idealen Ort erhalten mochte: Dies sollte er sein! Neben wertvollen alten Schinken sämtlicher Genres und Epochen wurde hier natürlich besonders und vor allem Musikliteratur zur Schau gestellt. Zudem unzählige Originalmanuskripte voll vergilbter schöner Noten, die nicht ganz so wertvoll waren, als dass sie unten in den gepanzerten Kellerarchiven gehortet wurden, aber selten genug, um Kennern den Atem zu rauben. Paul war kein Kenner. Nicht in solchen Fragen jedenfalls. Deshalb konnte er die Bibliothek von Hirschenhaid ganz unbefangen bewundern. Der Raum war nicht besonders groß. Also groß war er natürlich schon – aber eben nicht in dieser beinahe aufdringlichen Art und Weise, wie andere Räume in diesem Schloss sich darstellten. Es hatte etwas Beschauliches. Über zwei Stockwerke umliefen prachtvoll geschnitzte, weiß lackierte Galerien den Raum, zu denen filigrane Treppen knarzend emporführten. Hell und klar kam das Licht durch große Fenster. Zudem gab es eine raffiniert verborgene Lichttechnik, die sich wie von Geisterhand dem Tageslicht anpasste. Selbiges übrigens gewann draußen vor den tropfenschillernden Scheiben im Park eben wieder die Oberhand. Die graue Wolkendecke wurde von warmen Sommerwinden zerpflückt, und überall drangen, wie Gottesfinger, Sonnenstrahlen aus den Himmelsrissen hindurch und berührten zart magisch leuchtend das erfrischte Grün. Das Gewitter war vorübergezogen. Ein Hauch von heiler Welt war in diesen schönen Bücherort eingekehrt.

Und an einem der weißen Arbeitstische stand, Paul hatte ihn gar nicht bemerkt, der blasse blonde Abstreiter auf und schaute höflich, aber wortlos seine Schulleiterin an.

»Herr Abstreiter, ich überlasse Ihnen Rechtsanwalt Colossa jetzt. Behandeln Sie ihn mir gut! Ich schlage vor, Sie sperren von innen ab, damit Sie nicht gestört werden … Und ansonsten …«, sie senkte den Blick und sah den Jungen erwartungsvoll an: »… na ja. Sie wissen ja Bescheid.« Glaubte sie etwa, Paul würde das nicht merken? Für wie debil hielten die ihn eigentlich? Andererseits: Die Frau faszinierte Paul so sehr, dass er sich gar nicht recht über sie ärgern mochte. Schade, dass sie ging. Eigenartiges Gefühl, als Abstreiter nun tatsächlich hinter ihr die Tür absperrte.

Da saßen sie also beieinander. Der Schülersprecher und der Sonderermittler. Ersterer blickte schweigend nach unten. Musste also letzterer das Gespräch beginnen.

»Nun … ähm …« Paul fühlte sich eigenartig befangen. Wie albern. Er überlegte, was ihn daran hinderte, mit einem offenen Wort in das Gespräch zu starten, und fand heraus, dass es daran lag, dass er sich innerlich uneins war, ob er das Kerlchen duzen sollte.

»Herr Abstreiter, vielen Dank, dass Sie sich ein bisschen Zeit für mich nehmen konnten …«

Verflucht, jetzt war ihm doch das »Sie« herausgerutscht. Zu spät. Dem Jungen war es gleichgültig. Er blickte unbeweglich weiter in seinen Schoß. Weiß der Geier, was er sich dachte.

»Das gilt umso mehr, als ich heute Nachmittag eine Menge darüber gelernt habe, wie ehrgeizig Ihr Stundenplan an dieser Schule gestaltet ist!«

Paul wartete. Der Bursche musste schon langsam auch mal den Kiefer bewegen. Das war ja der eigentliche Zweck der Übung!

»Ja …« Er machte den Mund also auf! Ging doch, aber nur ganz kurz. Dabei blickte er sogar auf. Zwar nicht gerade in Pauls Augen, also jedenfalls nicht in das eine Auge, das gesunde, ohne Augenklappe, mit dem Paul ihn betrachtete, doch immerhin sah er grob in Pauls Richtung. Aber wirklich nur ganz kurz. Dann starrte er wieder auf die weiße Tischplatte. Paul saß ihm ratlos gegenüber. Er blickte um sich, auf all die Buchrücken. Lesen bildet – aber in akuten Notfällen hat man selten die richtige Lektüre zur Hand. Was wäre wohl im Augenblick das Druckwerk der Wahl? *Wirkungsvolle Manipulationstricks bei verstockten spätpubertierenden Vollidioten*? Was konnte diesen verstockten Johannes zum Plaudern bringen? Daumenschrauben vielleicht.

»Wie Sie wissen, Herr … Abstreiter …« Paul verspürte größten Widerwillen, ihn so anzusprechen. »… besteht meine Aufgabe darin, gewisse Vorfälle zu untersuchen. Sicher haben Sie den unwürdigen Trubel mitbekommen, der in den letzten Tagen stattgefunden hat, und ich verrate

Ihnen nichts, was die Presse nicht längst schon breitgetreten hätte, wenn ich Ihnen sage, dass es um die Frage geht, ob die Schüler hier am KIR irgendwelche …«, Paul überlegte, ob er das nun beschönigen, verharmlosen oder dramatisieren sollte, »… Substanzen verabreicht bekommen … oder konsumieren … die sich auf ihre schulischen Leistungen auswirken. Und jetzt, wo ich weiß, wie enorm die Leistungen sind, die Ihnen hier abverlangt werden, stellt sich mir diese Frage offen gestanden umso dringlicher.« Pause. Keine weiteren Lebenszeichen von dem Knaben. Na gut: »Herr Abstreiter, also einmal ganz direkt: Konsumieren Sie oder Ihre Mitschüler leistungssteigernde Medikamente oder … was weiß ich. Ich rede nicht von Traubenzucker!« Pause.

Abstreiters Blick kam erneut unter dem Tisch hervorgekrochen, musterte Paul für Sekundenbruchteile und tauchte wieder ab.

»Ritalin zum Beispiel …?«, insistierte Paul.

»Nein.« Der Blick blieb gesenkt.

Der Knabe log. Aber Paul hatte ihn jetzt erwischt, das spürte er. Er würde ihn brechen.

»Wissen Sie, Herr Abstreiter, mein Job als Anwalt ist ziemlich kurios. Die Leute kommen zu mir, weil sie glauben, ein Problem zu haben. Manche haben tatsächlich eins. Wobei es übrigens kaum einen Unterschied gibt zwischen eingebildeten und echten Problemen.«

Jetzt sah Abstreiter irgendwohin unten links unter dem Tisch. Als Paul dem Blick folgte, fiel ihm auf, dass der Junge heftig mit den Füßen wippte. Abwechselnd links und rechts, mit irrem Tempo. Nervös war er!

»Seltsamerweise erzählen die Leute mir nicht immer gleich von ihrem Problem, obwohl sie es meist genau kennen. Sie erzählen mir lieber erst einmal alles Mögliche. Und wenn ich dann den Finger in die Wunde lege, wenn ich das Problem wie eine Katze am Nacken packe und es hochzerre und ihnen vor die Augen halte – was glauben Sie, tun sie dann?«

Abstreiter ruckelte unterm Tisch herum.

»Sie lügen mich an! Finden Sie das nicht absurd, Herr Abstreiter? Zu einem Anwalt zu rennen, damit der einem hilft – und ihn dann anzulügen? Ist übrigens angeblich bei Ärzten dasselbe. Chronisch husten, bis Blut kommt – aber vehement bestreiten, dass man Kettenraucher ist!« Paul musste selbst schmunzeln.

»Aber warum lügen?« Er machte eine dramatische Pause. »Es heißt übrigens, dass nirgends so viel gelogen wird wie bei Gericht. Ich darf hinzufügen: Es wird auch nirgends so schlecht gelogen.«

Das komische Gezappel unter dem Tisch machte Paul, jetzt, wo er es bemerkt hatte, selbst ganz kirre.

»Wissen Sie, Herr Abstreiter … nur ganz selten einmal begegnet einem einer, der so gut lügt, dass man ins Grübeln kommt. Ich habe lange gerätselt, wie die das machen, und habe es inzwischen herausgefunden: Diese Spezialisten lügen gar nicht richtig! Sie sagen natürlich auch nicht die Wahrheit. Es ist so was dazwischen. Und dieses Zwielicht aus Wahrheit und Schwindel, das ist die hohe Kunst!

Am glaubhaftesten kann man Sachen erzählen, die man selber erlebt hat. Wenn einer fragt: Wie war die Farbe von dem Auto? Dann erinnert man sich kurz, und schon fällt sie einem ein: blau! Aber ein sehr schmutziges Blau, als wäre es gerade durch Schlamm gefahren … Merken Sie – Details! Die machen es glaubwürdig! Und richtig gute Details, die kann man nicht erfinden. Die muss man erinnern. Wenn man sichtbar in seinem Gedächtnis kramt, wirkt man glaubwürdiger als einer, der sich was ausdenkt, auf alles eine schlaue Antwort weiß und sich am Ende in erfundenen Details verstrickt. Einem, der sich erinnert, passiert das nicht! Deshalb inszenieren wirklich kluge Lügner eine alternative Realität. Sie stellen einen Raum, eine Begegnung, ein Gespräch, aufwendig nach. Sie erleben die Fake-Wirklichkeit ganz real. Wenn sie einen falschen Tatort beschreiben, dann gehen sie dort vorher hin oder waren schon mal dort. Und wenn sie danach gefragt werden, dann erzählen sie von ihrer Inszenierung. Können fantastische Details daraus hervorkramen. Und wir, die Belogenen, können nur feststellen: Der da weiß genau, wovon er redet. Es klingt echt …«

Schubber-schubber-schubber schleiften Abstreiters Füße unter dem Tisch.

»Die schlechtesten Lügner hingegen … sind die, die es einfach abstreiten. Denen glaubt keiner. Niemals.« Ein witziges Wortspiel: »Abstreiten.« Offenbar hatte er es kapiert.

Die Füße unter dem Tisch standen nämlich plötzlich still. Alles war ganz still. Und endlich wieder hob Johannes Abstreiter den Blick. Verunsichert, aber ein wenig neugierig auch. Angriffslustig? Hatte Paul ihn jetzt beleidigt, indem er ihn in einem Atemzug einen Lügner genannt und seinen Namen veralbert hatte? Paul musste bei seinem Anblick spontan an ein Krokodil denken, das einen aus einem Wasserloch anstarrt, in dem es auf unvorsichtige Gnus lauert.

Paul holte aus zum vernichtenden Schlag: »Ich weiß, dass dein Kumpel Hugo Rutland wegen einer Überdosis von irgendwas in die Klinik gekommen ist. Er liegt im Koma.

Und jetzt frage ich mich: Was hat er genommen? Ziehst du dir auch so was rein, damit du ohne Pause bis zum Abitur durchmusizieren kannst …? Und daran schließt sich die Frage an: Wann kommst du wohl in die Klinik?«

Das musste reichen. Jetzt war Abstreiter dran. Der ließ sich Zeit. Fixierte Paul noch eine Weile krokodilartig. Was Paul unangenehm fand. Aufdringlich und durchaus arrogant. Letzten Endes war das hier doch ein Schüler. So eine Art Kind. Und Paul war ein Erwachsener. Da galten ja wohl gewisse Regeln?

»Sind wir jetzt beim ›Du‹ angekommen?«

Paul erkannte die Stimme des Jungen erst gar nicht. Sie klang plötzlich ganz anders. »Haben wir zwei im Sandkasten zusammen gespielt, ja? Ich erinnere mich gar nicht … Und wie nenne ich dich dann, du Anwalt? Soll ich dich Paul nennen?«

Paul war sprachlos. Das war ein Ausmaß an Impertinenz, auf das er beim besten Willen nicht vorbereitet gewesen war. Wie redete der denn mit ihm?

»Oder … ich nenne dich … Doktor Hook! Das ist doch ein schöner Name, oder …?!«

Abstreiter lachte dreckig. Er saß immer noch gebeugt und redete halb von unten zu Paul herauf. Paul fühlte sich tatsächlich in Anwesenheit des Krokodils zunehmend wie ein Gnu. Jedenfalls wie ein Rindvieh. Was ließ er sich da eigentlich von diesem Kerlchen gefallen? Er gehörte offenkundig zu den Konsumenten des »Newtown Blog«. Und wenn Paul ihn sich so anhörte, gehörte er vielleicht auch zu den Hass-Kommentatoren unter Babiks Artikeln? War das da einer der Trolle? Paul hatte sich nie Gesichter zu den dummen Sprüchen vorgestellt. Aber so eines könnte passen.

Was sollte er mit dem jetzt machen? Paul kochte innerlich. Gefühle zeigen? Nein. Er wollte Überlegenheit demonstrieren. Gelassen bleiben. Jetzt erst recht. Er lächelte Abstreiter väterlich an.

»Wenn es dir hilft, mich zu duzen und mir alberne Namen zu verpassen, darfst du das. Ich denke, ich nenne dich weiter Johannes. Und was hier zwischen dir und mir geredet wird, das kann gerne unter uns bleiben. Du kannst bei mir ruhig deine Wut rauslassen, wenn dir das guttut. Man staut sicher eine Menge Wut auf, wenn man so unter Strom steht wie ihr Jungs hier. Wahnsinn, was ihr hier abkönnen müsst. Meinen Respekt, wirklich! Ich kann mir das gut vorstellen, ich habe immerhin zwei juristische Staatsexamen gemacht. Einer meiner Kommilitonen hat sich vor die U-Bahn geworfen, weil er es nicht mehr ausgehalten hat, den ständigen Stress.«

Das war übrigens eine Lüge. Paul hatte zwar gerüchteweise davon gehört, dass angeblich irgendwann einmal irgendein Student der juristischen Fakultät der LMU in München sich vor ein Schienenfahrzeug geworfen haben sollte. Hatte Attila ihm das erzählt? Mochte gut sein, dass es überhaupt nie passiert war. Großstadtlegenden. Trotzdem passte es gut hierher. Paul hatte das Gefühl, dass er sein Gegenüber mit der psychologischen Tour knacken würde. Das da vor ihm war doch wirklich nur ein Kind.

Aber was für eins …

»Das würde dir wohl so gefallen, Doktor Hook, wenn alles, was wir hier reden, unter uns bleibt. Natürlich blöd, dass jeder im Haus weiß, dass du uns keine Fragen zu Hugo Rutland stellen darfst. Man erzählt sich, dass sie dir eine so hohe Konventionalstrafe in deinen Vertrag geschrieben haben, dass du nie wieder auf die Füße kommst, wenn du es verkackst. Dummer, dummer Paul. Und da fällt dir nichts Besseres ein, als ausgerechnet mit mir … über Hugo Rutland zu reden …? Ausgerechnet?« Abstreiter grinste ihn an.

Paul merkte, wie sich seine Herzfrequenz nun merklich beschleunigte. Er wurde rot, das spürte er. Saublöde Angewohnheit. Aber es stritten nun einfach zu mächtige Gefühle in Pauls Brust. Einerseits Angst. Natürlich hatte dieser bösartige Zwerg recht! Er hätte Hugo Rutland nicht erwähnen dürfen. Was hatte ihn nur geritten? Noch stärker aber war das andere Gefühl. Paul Colossas limbisches System. Die über Hunderttausende Jahre geballten Raubtiergene. Der Wolf im Mann. Der schäumte vor Wut! So wie dieses Bürschlein hatte im ganzen Leben noch keiner mit Paul geredet. Das konnte er nicht hinnehmen.

Jetzt richtete sich das Krokodil auch noch auf! Seine Stimme klang fest und bedrohlich. Vermutlich eine Folge seiner Gesangsausbildung? Der Pimpf hatte eindeutig eine ungesund große Portion Selbstbewusstsein in der Muttermilch gehabt. Und wie der redete!

»Ich frag mich ja, wer dir blödem Arschloch ins Hirn geschissen hat?« Abstreiter lachte dreckig. Man hätte ihn schlagen mögen! Warum eigentlich nicht …?

»Oh, Doktor Einauge, bitte erzähl uns alles über die Kunst der Lüge. Bitte, bitte …«

Tickte der Typ jetzt völlig aus? Dieses schmächtige Handtuch war von einem Teufel besessen, der ihn unberechenbar machte. Paul war erstaunt von der hoch konzentrierten Bösartigkeit, die von dieser Kreatur ausging.

»Pass auf, Junge, was du sagst! Noch ein Wort in dieser Tonlage und …« Paul atmete tief durch und ließ die Drohung unvollendet im Raum stehen. In einem Raum voller Bücher. In einem Raum, in dem man traditionell flüsterte. In einem zivilisierten Raum … Paul hätte sehr, sehr gern ein kleines bisschen Gewalt angewendet.

»Du willst wissen, wie viel ich vertrage?« Wieder dieses perverse Lachen. Dann ließ der Junge sich ruckartig auf seinem Stuhl zurückfallen. Das beruhigte Paul ein wenig, weil sich dadurch der Abstand zwischen ihren Gesichtern vergrößerte. Abstreiter wirkte plump in seinen Bewegungen. Ungeschickt. Letztlich war er eben doch ein großmäuliger Teenager. Paul ärgerte sich über sich selbst, weil er sich so von dem Jungen beeindrucken ließ. Beinahe hatte der ihn gerade aus der Reserve gelockt. Ruhig durchatmen. Er war Herr der Lage. Auch wenn der andere den Schlüssel zur Bibliothekstür hatte und diese abgeschlossen war.

Abstreiter griff in seine Uniformjacke. Einen Sekundenbruchteil zuckte Paul zusammen. Eine Waffe? Nein, der Junge zog ein metallglänzendes Etui heraus. Das Krokodil klappte es auf, nahm eine Brille und schob sie sich ins Gesicht. Was sogleich den Eindruck eines deutlich älteren, reiferen, intellektuelleren Menschen erweckte. Wie solcher Zierrat das Wesen doch verändert. Paul, der Pirat, hätte eine Menge dazu zu sagen gewusst.

Abstreiter zog, hoch konzentriert und Paul dabei geflissentlich ignorierend, ein durchsichtiges Plastikbeutelchen aus dem Etui. Er öffnete es. Behutsam und fast schon zärtlich schüttelte er einige kleine Kapseln auf den Tisch.

Zweifarbige. Die eine Hälfte jeder Kapsel war helles Kleegrün, die andere Hälfte Dunkelmoosgrün. Des Weiteren entnahm Abstreiter dem Etui ein kleines Schweizer Taschenmesser. Eine dieser Ausführungen für Damenhandtaschen. Er pfriemelte nervös daran herum, schließlich klappte er eine winzige Nagelschere heraus.

Nicht ohne Routine zerschnitt das bebrillte Krokodil die insgesamt vier auf dem Tisch aufgereihten Kapseln rasch hintereinander. Sodann klappte er das Scherchen wieder in das Messerchen zurück, verstaute es sorgfältig und entleerte rasch die aufgeschnittenen Kapseln auf den Tisch. Pulver. Die schneeweiß lackierte Holzplatte des Tischs kontrastierte mit dem Pulver, das einen leichten Hauch von Gelb aufwies, der sonst nicht aufgefallen wäre. Vier kleine Häufchen hatte Abstreiter vor sich gebildet. Die leeren Kapseln verschwanden im Etui.

Das silberne Zauberköfferchen, das so viel mehr war als ein Brillenetui, offenbarte noch ein weiteres Geheimnis. Eine Rasierklinge. Rasierte sich der blasse Milchbubi eigentlich überhaupt schon? Jedenfalls tat er es vermutlich nicht mit dieser Klinge. In altgedienter Koksermanier schob er die Häufchen nämlich mittels der Rasierklinge zusammen und bildete damit eine gerade Strecke. Zehn Zentimeter lang vielleicht. Eine Line. Paul ahnte, worauf es hinauslaufen würde.

Klinge mit der Zunge abschlecken. Paul weiter ignorieren. Klinge ins Etui. Brille aus dem Gesicht genommen. Ebenfalls zurück ins Etui. Etui zu, schnapp, zurück in die Innentasche der Jacke. Alles schon hundertmal geprobt. Jetzt griff Abstreiter in die andere Jackentasche und zog einen teuer und schwer wirkenden Kugelschreiber hervor. Der war nicht nur zum Schreiben da. Vielmehr begann Abstreiter, ihn auseinanderzuschrauben, und hielt alsbald nur noch das silberne Röhrchen in der Hand. Mine, Feder, alle Kleinteile des Stiftes hatte er achtlos beiseitegeschoben.

Erst jetzt sah er Paul wieder an. Knapp, taxierend, gar nicht sonderlich interessiert. Eher so, als wollte er abschätzen, ob Paul ihn möglicherweise stören könnte.

Dann steckte er sich den entkernten Kugelschreiber in die Nase und saugte mit lautem Schnauben und einem raschen Schwung des Röhrchens fast die Hälfte des gelbweißen Pulvers in sein linkes Nasenloch. Paul war fasziniert. Auch irritiert. Er musste an den Staubsaugerroboter denken. Und fragte sich, wie viel weißes Pulver eigentlich in so ein Nasenloch hineinpasste? Verstopfte es nicht? So richtig genau hatte Paul nie das Bedürfnis verspürt, sich mit seinem Naseninneren auseinanderzusetzen, doch jetzt hätte er allzu gern einmal den Finger hineingesteckt. Ertastet, wie groß das eigentlich war … und wo es hinführte? Er tat natürlich nichts dergleichen. Wäre ja noch schöner. War schon skurril genug, was hier gerade abging. Pauls Wutpegel war deutlich gesunken.

Abstreiter hustete. Die Nase zu voll genommen?

Seine Augen tränten. Kein Wunder. Gesund war das sicher nicht. Was zog sich das Kerlchen da eigentlich gerade in die Stirnhöhle? Ritalin? War das illegal? Was Paul vollkommen egal gewesen wäre, wenn der Knabe nicht minderjährig und er der ihm augenblicklich zugeteilte Erwachsene gewesen wäre. Wie war das eigentlich, so rein rechtlich? Man müsste mal einen Anwalt fragen …

Mit lautem Schnorcheln hatte Abstreiter inzwischen begonnen, auch sein anderes Nasenloch zu füllen. Diesmal schaffte er es nicht in einem Zug, er musste mehrfach absetzen. Aber am Ende war alles sauber.

Abstreiter zog ein benutztes Papiertaschentuch aus der Hosentasche und trompetete unappetitlich geräuschvoll hinein. Das passte nun gar nicht zu der vornehmen Prozedur, die er eben noch zur Vorbereitung zelebriert hatte! War es nicht eine sagenhafte Verschwendung, das ganze aufwendig eingesaugte Pulver einfach wieder herauszurotzen? Ein bisschen was blieb sicher drin. Beim Schnäuzen kam bekanntlich nie alles heraus. Das Taschentuch stopfte Abstreiter wieder in seine Hosentasche. Den Stift schraubte er lieblos zusammen und steckte ihn zurück ins Sakko. Die Magie war raus aus der Szene. Abschließend wischte er nachlässig mit der Handfläche über die Tischplatte und äußerte dabei ein undefiniertes: »So.« Mehr sagte er nicht.

Paul wartete. Ob das Zeug jetzt seine Wirkung entfalten würde? Welche? Was immer es war – es müsste eigentlich schnell wirken. So durch die Nase. Diffundierte es direkt in Abstreiters Birne?

Die Antwort ließ nicht lange auf sich warten, denn jetzt glotzte ihn das Krokodil wieder an. Und wenn das Jüngelchen bislang einfach nur ein Widerling gewesen war, so wurde er nun wirklich dämonisch. Bei Abstreiter waren gerade die Lichter angegangen. Seine verheulten, halonierten Augen schienen von innen heraus regelrecht zu leuchten. Vermutlich eine optische Täuschung? Unheimlich aber allemal.

»Wer Perfektion will, der muss Grenzen überschreiten …«

Abstreiter gab sich immerhin erkennbar wieder mehr Mühe bei der Wortwahl.

»Und wer begonnen hat, Grenzen zu überschreiten, der verliert die Lust zurückzukehren. Der mag lieber jenseits der Grenzen bleiben.«

Klang poetisch. Er hatte sogar recht mit dem, was er da sagte.

»Niemand wird gezwungen, die Grenzen zu überschreiten. Die Grenzen des Wissens, des Wollens und des Könnens. Aber wer bereit ist, findet bei uns ein Zuhause …«

Dieser Spruch war doch sicher nicht auf Abstreiters Mist gewachsen? Klang stark nach Gehirnwäsche. Oder PR-Agentur.

»Weißt du, so ein Penner wie du versteht nicht, was hier passiert. Du wirst die Musik hier nie verstehen.«

Das war jetzt aber nicht vom Spin-Doktor. Das war wieder O-Ton Krokodil! Ging das jetzt wieder los?

»Wir leben dafür. Du hingegen wirst immer ein blödes, mittelmäßiges Arschloch bleiben. Wir werden nach ganz oben kommen. Dich wird niemand hören, keiner wird dich sehen, keiner will dich kennen … du verkackter blöder Wichser. Du bist so dämlich, dass du … dass du …«

Pauls Puls war sofort wieder ganz oben. Auch die Röte schoss ihm wieder ins Gesicht. Er atmete heftig.

»Junge, ich habe dich gewarnt, dass du dich am Riemen reißen sollst …!«

Aber Abstreiter war total weggetreten: »Wir werden die Welt regieren. Wir werden sie dirigieren …!«

Kleiner größenwahnsinniger Psychopath.

»Dein Job, Anwalt, ist es nur, uns hier Ruhe zu verschaffen. Du sollst keine beschissenen Fragen stellen, sondern einen Scheißbericht schreiben. Mit deinem Scheißnamen drunter. Deinem Scheißstempel drauf. Und dann kannst du wieder in dein Scheißloch zurückkriechen und tun, was Leute wie du eben tun.«

Paul sprang auf. »Wenn du jetzt nicht sofort dein böses Mundwerk hältst, kannst du was erleben …!«

Der Junge wich ein paar Schritte vom Tisch zurück,

redete aber unbeeindruckt weiter. Bisher hatten Abstreiters feuchte Augen bösartig glasig geglommen, nun gewannen sie ein träumerisches Leuchten.

»Weißt du, du blödes Anwaltsarschloch, du wirst schon sehen: Manchmal … wenn du dein hässliches Fotzengesicht in den Himmel streckst und aus deinem trüben Äuglein raufglotzt, dann hast du vielleicht Glück, einen von uns da oben vorbeischweben zu sehen. Dann kannst du deinen bepissten Mitwürmern sagen: Ich durfte denen da oben mal die Scheiße vom Arsch abwischen. Heilige, großartige Scheiße … und deshalb werde ich mir mein ganzes Leben lang nie mehr die Hände waschen!«

Paul machte mehrere schnelle Schritte um den Tisch herum. Er versuchte, den Typen am Kragen zu packen, aber dazu musste er ihn erst einmal erwischen. Das Krokodil entkam wie eine Eidechse, indem es davonrannte. Dabei plapperte es munter weiter, wie besoffen!

»… und wenn du hier jetzt ganz schnell die Fresse hältst und deinen Bericht tippen gehst, musst du ihnen nicht sagen: Leider hab ich es verkackt, weil ich mein dummes Maul zu weit aufgerissen habe …«

Paul hechelte, die beiden umkreisten nun Runde um Runde den Tisch …

»*Du* hältst jetzt den Mund, Abstreiter! Dein verdammtes zugekokstes Mundwerk! Ich werde dir …« Dritte Runde, aber er kam seiner Beute keinen Schritt näher. Paul blieb stehen. Er war außer Atem. Wenn er den erwischte, er würde diesem Männlein den Hals umdrehen! Paul blickte sich um. Bücher. Das zivilisierteste aller Medien. Außer Steintafeln vielleicht. Aber Bücher taten es auch. Paul eilte zu einem Regal und griff wahllos zu. Aus den Augenwinkeln las er das Wort »Minnesang« auf dem fetten Wälzer. In Leinen gebunden. Sicher ein gutes halbes Kilo schwer. Und dann setzte Paul das Buch ein. Die Macht der Worte. Abstreiter quiekte wie ein Schwein, als es ihn am Kopf traf. Mitten ins Gesicht. Ob es die Wucht des Wurfs war oder der Schreck darüber: Jedenfalls kippte Abstreiter rückwärts um. Verzweifelt grapschte er im Fall noch nach einer Stuhllehne, was aber nur dazu führte, dass er den Stuhl ebenfalls laut polternd mitriss. Sofort sprang Paul los, um die Beute endgültig zur Strecke zu bringen. Abstreiters linke Augenbraue war aufgeplatzt. Blut lief ihm über das blasse Gesicht.

Genau in diesem Augenblick klackte ein Schlüssel im Schloss der Bibliothekstür, mit leisem Quietschen schwang sie auf, und ein neuer Dämon betrat den Raum. Mit einem silbernen Tablett. Der verfluchte Archer. Hatte vermutlich wieder gelauscht und genau diesen Moment abgepasst. »Tea …?«, fragte er ungerührt, als er sich näherte. Er musste doch erkannt haben, was hier los war? Der blutende Abstreiter am Boden. Der umgestürzte Stuhl. Paul mit verzerrter Fratze zum Sprung bereit. Doch der Butler tat so, als wäre alles vollkommen normal. Das musste Paul Colossa erst einmal verdauen. Er zögerte, blickte zu Johannes Abstreiter, der aber auch nur ängstlich Archer anstarrte, dann wieder zu Archer, der aber nur auf sein Tablett starrte. Und dann sprang Paul mit langen Schritten, ohne weiteren Kommentar, an Archer vorbei, hinaus aus der Bibliothek in den Gang. Nur weg hier!

34 DISRUPTOR

Glauben Sie, dass Sie damit heil davonkommen? Hochmut kommt vor dem Fall! 23:01

Mit hallenden Schritten rannte er. Vorbei an Perückenträgern, Statuen, Vorhängen, Türen. Zwanzig Meter, dreißig Meter. Dann blieb er stehen. Drehte sich erschrocken um, blickte zur Bibliothekstür zurück. Würde jemand herauskommen, ihm hinterherschreien? Mein Gott, was hatte er getan! Er hatte einem Kind einen Folianten ins Gesicht geschmettert. Ihn blutig verletzt, ihn niedergeschlagen. Ein Junge!

Paragraf 224 Strafgesetzbuch, hallte es durch Pauls Kopf. Gefährliche Körperverletzung. »Wer die Körperverletzung mittels einer Waffe oder eines anderen gefährlichen Werkzeugs oder eines hinterlistigen Überfalls begeht, wird mit Freiheitsstrafe von sechs Monaten bis zu zehn Jahren bestraft.«

Staatsanwälte hatten schon Kochlöffel, Stöckelschuhe und Bierkrüge zu »gefährlichen Werkzeugen« erklärt. Ein kiloschweres Standardwerk über Minnesang wäre für die ein gefundenes Fressen! Aus deren Sicht bestand kaum ein Unterschied zwischen dem kantigen Buch und einer rostigen Axt. So ein blutrünstiger Staatsanwalt erklärte kurzerhand jeden Gebrauchsgegenstand zur »gefährlichen Waffe«, wenn er dadurch ein paar Jahre mehr Haft beantragen konnte. Und blutrünstig waren die doch alle.

Paul war am Ende. Er hatte ein Kind blutig geschlagen. Das kostete ihn seine Zulassung. Diesmal würden sie ihn kriegen. O Paul, was hast du nur getan …?

Und plötzlich stand sie da. Wie aus dem Nichts. Dr. Lara Wanek. Direkt vor der Bibliothekstür. Wie lange schon? Hatte sie bereits das Blutbad entdeckt? War sie im Bilde? Der verletzte Schülersprecher am Boden? Paul, in flagranti auf der Flucht ertappt?

Von allen bekannten Fluchtmethoden war Weglaufen nach wie vor die bewährteste. Paul fiel ohnehin gerade nichts Besseres ein. Er wandte sich ab und machte ein paar eilige Schritte, weiter den Gang entlang, doch …

»Herr Colossa!« Sie war hartnäckig. Das konnte Paul jetzt überhaupt nicht gebrauchen. Kam da hinten nicht eine Treppe? Sah alles gleich aus. Stuckdecke, Bilder, Statuen … Paul wusste nicht einmal, in welchem Stockwerk, auf welcher Seite des Schlosses er sich gerade befand. Das war der Nachteil beim Weglaufen: In der Regel ging es unorganisiert vonstatten. Egal, einfach weiter.

»Paul …!« Scheiße, hatte sie ihn beim Vornamen gerufen? Das ging gar nicht! Sie konnte ihn doch nicht einfach Paul nennen! Nicht jetzt, nachdem das gerade passiert war … Aber was half es. »Paul« war das Zauberwort gewesen. Er blieb stehen und sah zurück. Inzwischen stand sie nicht mehr vor der Bibliothekstür, sie kam ihm entgegen. Zögernd. Schüchtern. Wie unhöflich von ihm, wegzurennen! Er konnte eigentlich auch nicht hier herumstehen und warten, bis sie zu ihm kam. Er musste ihr entgegengehen. Das gebot der Anstand. Also gut, kehrte er eben um. Näherte sich wieder dem Ort der Bücher und des Schreckens. Riskierte es, dass Archer jeden Moment herauskommen könnte. Oder der blasse, blutüberströmte Abstreiter. Es half ja alles nichts, da musste er durch. Er musste zu dieser Frau.

Als sie sich gegenüberstanden, sah sie ihn fast so an wie am Tag der Pressekonferenz. Als ihn die Hummel gestochen hatte. Dieser besorgte, irritierte Ausdruck. Allerdings verändert durch eine Komponente, die seinerzeit gefehlt hatte und die es deutlich erträglicher machte: Wohlwollen. Es war sogar mehr als das – sie sah ihn zärtlich an. Fürsorglich! Jedenfalls empfand er es so. Er wünschte es sich.

»Was ist denn mit Ihnen los, Sie sehen ja aus …«

Ja, genau. Wie nach einer Begegnung der dritten Art sah er aus.

»Dieser Abstreiter …« Paul merkte, dass seine Stimme heiser war. Natürlich. Vom Herumgebrülle.

Doch Lara Wanek ließ ihn gar nicht ausreden. »Ja, ich weiß schon, er ist …« Sie sah ihn prüfend an. »Was genau hat er denn zu Ihnen gesagt. Wohl nichts allzu Nettes, wenn ich Sie so anschaue …?«

»Nein«, erwiderte Paul. »Nicht so nett. Macht er das öfter?«

Es passte ihm ganz gut, sich darauf zu verlegen, was für ein krasser Psychopath Johannes Abstreiter war. Dann fiel es nicht ganz so sehr ins Gewicht, was für ein Psychopath Paul Colossa war. Und was er gerade eben mit dem anderen Psychopathen angestellt hatte. Interessanterweise fanden sich im Leben ja immer die richtigen.

»Johannes Abstreiter hat bei uns leider so ein bisschen … wie soll ich sagen … Narrenfreiheit ist vielleicht übertrieben. Es liegt vielleicht daran, dass er Evelyns aktueller Liebling ist. Er behandelt ihn, als wäre er sein …«

Sohn hatte sie wohl gemeint. Aber das sagte sie natürlich nicht, weil es reichlich absurd klang, in Anbetracht dessen, dass er ja keinerlei Bedarf an einem imaginären Sohn hatte. Solange es einen realen Sohn gab. Aber die Dinge sind eben kompliziert. Immer. Zumindest erklärte das so einiges. Auch, warum der kleine Spinner neuralgische Details aus Pauls Beratervertrag kannte. Er kannte den Vertrag vielleicht besser als Paul selbst! Keine große Kunst …

»Wo ist er jetzt?« Lara Wanek machte Anstalten, zur Bibliothek zurückzugehen. Das galt es zu verhindern.

Paul verspürte den Drang, sie an den Schultern zu fassen und festzuhalten. Aber das wäre wohl doch eine Nummer zu melodramatisch. Zu plump. Zu auffällig vor allem.

»Vielleicht könnte ich mich mit einem der anderen Schüler unterhalten …«

Ah, das hatte funktioniert. Sie machte keine weiteren Anstalten, sich in Richtung Bibliothek von Paul zu entfernen, sondern lächelte jetzt in Pauls Richtung. Was Paul, bei aller Dramatik des Gesamtgeschehens, wieder einmal bezauberte.

»Also, wenn es nach mir ginge … Mir wäre es von Anfang an lieber gewesen, wenn Sie mit mehreren Schülern reden, aber Evelyn und … Dr. Stahl fanden …«

»Kennen die beiden Abstreiter eigentlich? Ich meine so richtig? Als sie beschlossen haben, dass ich mit ihm reden soll, war denen da klar, wie das ablaufen würde …?«

Lara Wanek reagierte überraschend abweisend. »Was meinen Sie damit …?«

Jetzt war Paul überrascht. Er hatte gedacht, sie würden über dieselbe Sache reden? Darüber, dass Abstreiter ein unberechenbarer, bösartiger Geselle war, der dazu neigte, sich in aller Öffentlichkeit irgendwelches Zeug in die Nase zu ziehen, und dann vollkommen ausrastete …? Was dachte sie wohl, was da drin eben passiert war?

Seltsam abwesend lief sie neben ihm her, als sie nun dem Gang in entgegengesetzter Richtung folgten. Dabei kamen sie zwangsläufig erneut an der Bibliothek vorbei, deren Tür nach wie vor so weit offen stand, wie Paul sie bei seiner Flucht aufgestoßen hatte. Es war seltsam still dort drin. So still eben wie in einer Bibliothek. Einer ganz normalen. Nicht … zweckentfremdeten. Paul konnte nicht anders. Ob es nun Verantwortungsgefühl war oder schlichte Neugier – oder vielleicht auch dümmlicher Leichtsinn? Er musste noch da rein. Lara Wanek bemerkte erst nach ein paar Metern, dass Paul neben ihr verschwunden war. Der stand nämlich jetzt schon mitten in dem Raum, den er vorhin noch mit seinem Zorn erfüllt und zum Tatort gemacht hatte. Und der jetzt menschenleer war. Abstreiter-leer besser gesagt. Und Archer-leer. Keine Spur von den beiden. Der Stuhl stand auch wieder an seinem Platz. Ein Fenster war gekippt. Das war vorhin noch nicht so gewesen. Vogelgezwitscher. Das Einzige, was Paul daran gemahnte, dass er hier eben keinen bösen Traum gehabt hatte, der gewittrigen Hitze geschuldet, war der Umstand, dass links im Regal ein schwarzes Loch die Stelle markierte, an der unlängst noch ein dickes graues Buch über mittelalterlichen Minnesang gestanden hatte. Das Buch war weg. Es lag nicht mehr auf dem Boden. Es war gemeinsam mit dem Schülersprecher und dem Butler verschwunden. Auf welchem Weg auch immer. Jedenfalls nicht durch den Haupteingang. Zu welchem Zweck auch immer. Jedenfalls sicher nicht, um Paul einen Gefallen zu tun. Und auf dem Tisch war ein roter Tropfen. Blut? Was sonst. Paul ekelte sich. Trotzdem wischte er mit der Hand darüber. Jetzt war er weg.

»Oh, ist Johannes schon fort? Seltsam. Nun, kommen Sie? Ich sperre dann wieder zu. Im Augenblick ist vermutlich große Orchesterprobe, aber vielleicht kann ich Ihnen ein paar der Jungen in einer Pause herausschmuggeln.« Sie hatte sich beruhigt, lachte wieder. Paul blickte seine Hand an, rieb sie angeekelt an der Hose ab. Ganz unauffällig natürlich.

Sie stiegen dieselbe Treppe hinunter, über die Paul anfangs heraufgekommen war. Vorbei an der nackten Ida Rubinstein. Die saß noch immer schmachtend und vom Liebesakt erschöpft auf ihrem Bett. Vorbei am Ballsaal, in dem die verhängnisvolle Pressekonferenz stattgefunden hatte. Nun hörte Paul auch wieder Musik. Ob in den letzten Minuten einfach keine zu hören gewesen war, ob sie in einem klanglosen Teil des Schlosses unterwegs waren oder ob Pauls Geist einfach so von den Ereignissen verworren gewesen war, dass er schlicht nichts Äußeres mehr wahrgenommen hatte, nicht einmal Musik? Paul wusste es nicht. Aber das, was er nun hörte, das war Ravels *Boléro*. Obgleich er ein wenig … dünn klang. Nur von wenigen Instrumenten gespielt. Und jetzt abrupt abbrach. Als hätte jemand Paul nahen gehört. Als hätte man auch in Sachen *Boléro* etwas zu verbergen? Paul hielt inne. Doch dann: Die soeben gehörte Sequenz wiederholte sich, aber von anderen Instrumenten gespielt … und wieder, kaum dass Paul einen Fuß vor den anderen gesetzt hatte, brach es unvermittelt ab. Paul verharrte erneut. Jetzt folgte tatsächlich ein dritter Anlauf! Lauter, klarer, selbstbewusster, mit deutlich mehr Instrumenten. Fünf, sechs Sekunden … und wieder

Schluss. Dabei hatte Paul sich doch gar nicht bewegt! Lara Wanek war inzwischen zu einer weiteren großen Doppeltür aus geschnitztem hellem Holz weitergegangen. Ganz leise und behutsam schob sie einen der Türflügel auf. Sanft schob sie sich durch den Türspalt hinein. Paul ging ihr nach. Schleichend.

35 STEFF.I

> Bei manchen sind Bakterien die einzige Kultur, die sie haben. 19:27

Ein neuer Saal. Prachtvoll, nach Holz riechend. Verzierte Decke, kleine Säulen, weiß, beige, blau, rosa. Halb so groß vielleicht wie der Ballsaal der Pressekonferenz. Mitten im Raum konzentrische Halbkreise aus Stühlen. Schüler unterschiedlichen Alters in ihren Uniformen. Vor sich Notenständer, die teils ihre Gesichter verdeckten. Dahinter ragten Instrumente hervor. Streichinstrumente. Blasinstrumente.

Lara Wanek drehte sich erschrocken zu Paul um. »Nein, Sie dürfen nicht hier herein … bitte gehen Sie wieder!«

Doch Paul hörte ihr gar nicht zu. Fasziniert blickte er sich um. Kaum drei Meter entfernt von Lara Wanek und Paul Colossa stand der Dirigent. Sir Evelyn Rutland. Er sah sie nicht, denn er stand mit dem Rücken zu ihnen. Die grauen Haare wirr vom Kopf abstehend. Er trug keineswegs einen Frack, wie man sich das gemeinhin so vorstellt. Vielmehr ein knittriges weißes T-Shirt und eine Cargohose mit braunem Camouflage-Muster. Barfuß, in Birkenstocksandalen. Und Paul roch bis zur Tür, dass er bestialisch nach Schweiß stank. Es war mucksmäuschenstill im Raum.

Vor sich hatte Rutland einen einfachen Klapptisch stehen. Darauf lag ein aufgeschlagener Leitzordner. Es hätte auch eine Gerichtsakte sein können, wobei die kopierten Gerichtsakten in der Kanzlei von Fräulein Christiane gepflegt wurden und deshalb ausgesprochen ordentlich waren. Anders als das zerfledderte Exemplar des Maestros hier. Der blätterte jetzt, etwas hektisch, fast ein bisschen aggressiv, so empfand es Paul, und beugte sich lesend darüber. Man hörte einzig Rutlands schnaufendes Atmen im Raum, obgleich gut zwei Dutzend weitere Menschen hier saßen. Die hatten Lara Wanek und Paul, anders als der Dirigent, natürlich hereinkommen sehen. Doch sie wagten keine Reaktion. Das war Disziplin! Chapeau. So etwas hatte Paul in einer Schule noch nicht erlebt.

Der Dirigent richtete sich wieder von seinem Ordner auf und blickte zu einem Jungen, der ganz vorne saß. Es war ein dunkelhäutiger Lockenkopf. Schlaksig saß er da, eine silberglänzende Trommel zwischen den langen Beinen und zwei Holzstäbe in der Hand. Regungslos gespannt blickte der Knabe seinen Meister an. Wie das Rehkitz den Wolf. Rutland hob die linke Hand. Nur ganz leicht. Er deutete auf den Trommler. Jetzt sah Paul, dass er wieder eine Zigarette in der Hand hielt. Wie unlängst am Tisch. Die er offenbar als Taktstock verwendete. Jedenfalls zeigte er damit auf den Musiker, und der begann auch sogleich, emsig seine Stäbchen zu schwingen. Es war gar kein Trommeln … er streichelte das Instrument vielmehr. Man musste schon genau lauschen, um es zu hören. Was Rutland auch tat. Er drehte sogar sein linkes Ohr in Richtung der Trommel, beugte sich weit vor. Schloss die Augen.

»Tam – tatata – tam – tatata – tap-tap – tam – tatata – tam – tatata – tatata-tatata …«, machte die Trommel.

Rutland hob die Zigarette in die Luft, der Trommler verstummte augenblicklich. Ganz sachte schüttelte Rutland den Kopf. Und Paul konnte erkennen, wie irre Panik sich in das Gesicht des Jungen schlich. Und wieder zeigte Rutland mit der Zigarette auf ihn. Der dunkelhäutige Junge begann von vorn.

»Tam – tatata – tam – tatata – tap-tap ...«

Rutland ging um das Pult herum auf den Jungen zu, und Paul meinte Schweißperlen auf dessen Stirn glitzern zu sehen ...

»... tam – tatata – tam – tatata ...«, trommelte er tapfer weiter.

Bamm!

Urplötzlich ein lautes Scheppern. Paul erschrak zu Tode! Auch Lara Wanek zuckte neben ihm zusammen. Ein panisches Kreischen. Polternd war der Trommler einen Meter nach hinten gesprungen, und die Schüler in der Reihe hinter ihm sprangen jetzt ebenfalls hektisch auf. Fluchtbereit.

Paul realisierte ungläubig, was da gerade passiert war. Mit einem mächtigen Tritt hatte Rutland die kleine silberne Trommel einfach weggekickt, wodurch sie in mehrere Einzelteile zersprungen war. Und nun begann der Dirigent zu brüllen: »Bastard!« Es folgten einige unverständliche Worte. Ganz nach dem Muster, das Paul bereits einmal erlebt hatte, als der Schüler im Gang an ihm vorbeigeflüchtet war.

Sodann, als wäre nichts geschehen, kehrte Rutland seelenruhig zu seinem Pult zurück. Und entdeckte nun endlich auch Lara Wanek – und Paul natürlich. Was kam jetzt? Ein noch schlimmerer Wutausbruch vielleicht? Provoziert durch Pauls nächtlichen Besuch in Rutlands Atelier, über den der Türlauscher Archer ihn sicher detailliert informiert hatte. Der heimliche Besuch bei Rutlands Frau, mit der er sich jetzt schon wieder zweisam herumtrieb? *Ich rieche, rieche Menschenfleisch*? Mitnichten. Rutland kommentierte nur trocken in Richtung seiner Frau, Paul keines Blickes würdigend: »Shut the door.« Und Lara Wanek eilte und schloss rasch die bislang nur angelehnte Tür des Saals, wobei sie Paul unschlüssig ansah.

Währenddessen blätterte Rutland bereits wieder in seinem schlampigen Ordner, die Kippe jetzt zwischen den Lippen, während einige Schüler hektisch dem Trommler dabei halfen, sein ramponiertes Instrument zusammenzubasteln.

Paul traf fast der Schlag, als er einen der Helfer erkannte: Johannes Abstreiter! Sein Platz war ganz vorn, er hatte eine Violine in der Hand. Und tat so, als würde er Paul gar nicht bemerken. Wofür Paul überaus dankbar war, denn Abstreiter hatte ein weißes Pflaster auf der Stirn. Bei seinem blassen Teint fiel es kaum auf. Aber Paul sah es natürlich sofort. Wie zum Teufel war der Junge so schnell hierhergekommen? Keine zwanzig Minuten waren vergangen, seitdem sie sich Auge in Auge in der Bibliothek gegenübergestanden hatten. Zahn um Zahn. Buch um Buch …

Rutland wartete, verblüffend geduldig, bis Ordnung eingekehrt war, und knurrte dann leise: »Two. Tutti …« Und als Sekundenbruchteile lang keine Reaktion erfolgte, lauter und schon wieder mit Wut in der Stimme: »Two!«

Und schon begann die Magie des *Boléro* erneut, vom Raum Besitz zu ergreifen. Paul bemerkte die mächtige Harfe, die links des Dirigenten schüchtern seufzte unter den geschickten Fingern eines etwas dicklichen Schülers mit halblangen blonden Haaren. Rechts außen ein Glatzkopf mit einem Fagott. Dieses eigenartige, baumstammartige

Instrument, mannshoch fast, aus dem ein Metallrohr zum Mund des Spielers ragte und aus dem hypnotisierende orientalische Klänge sanft in den Raum stiegen. Es erinnerte Paul an diese eigentümliche, shisharauchende Raupe auf dem Zauberpilz in *Alice im Wunderland*. Die Celli und die Geigen wurden gezupft wie Gitarren, und vorn schnarrte leise der bedauernswerte Trommler.

»Tam – tatata – tam – tatata – tap-tap …«

Das alles klang wunderbar und magisch. Man war geneigt, die Augen zu schließen, ganz aufzugehen darin, sich forttragen zu lassen von der grandiosen Monotonie des Motivs … doch …

Bamm!

Wie war das denn jetzt gegangen, in solcher Schnelligkeit …!? Rutland hatte seinen Ordner hochgerissen und ihn gezielt in die hinteren Reihen geschleudert, wo er, im Flug Blätter über dem Orchester verstreuend, den dicklichen blonden Harfenisten getroffen hatte. Neben seinem riesigen Instrument war der Bursche glatt samt Stuhl nach hinten weggekippt.

»Bastard …!«

Dabei war Paul sich gar nicht sicher, ob der arme Kerl gerade in diesem Augenblick überhaupt gespielt hatte … Warum also …? Gott sei Dank rappelte er sich gleich wieder auf. Bei so einem Sturz hätte er sich glatt das Genick brechen können!

Lara Wanek weckte Paul aus seinen Überlegungen, indem sie ihn am Arm packte und zur Tür zog. Schnell stieß sie ihn hindurch, Tür zu, und sie standen draußen im Gang. Sie atmete ein paarmal heftig, offenbar suchte sie nach einer Erklärung.

»Die Probenphase nähert sich dem Höhepunkt, da liegen natürlich bei allen die Nerven blank … es tut mir leid, dass Sie das …«

Manchmal muss man seine Gedanken für sich behalten. Jetzt zum Beispiel dachte Paul, dass eigentlich nur bei Lara Wanek und Evelyn Rutland die Nerven blank lagen. Weil Rutland verrückt geworden war und weil der Sonderermittler gerade höchstpersönlich Zeuge eines schlicht unentschuldbaren pädagogischen Super-GAUs war.

Paul behielt auch noch einen weiteren Gedanken für sich. Zufällig war der eben geworfene Ordner nicht das einzige Schriftwerk, das an diesem Nachmittag als Waffe missbraucht worden war. Abstreiter hatte es genauso gerissen wie gerade den Harfenisten. Mit Grauen dachte Paul an das weiße Pflaster. Sonderermittler zeichnen sich typischerweise nicht dadurch aus, dass sie die zu ermittelnden Missstände persönlich verursachen. Sie sollten sich eigentlich darauf beschränken, sie zu dokumentieren. Oder anders formuliert: Paul sollte das Problem finden und nicht das Problem sein …

»Haben Sie die vier Trompeten gesehen? Die wollte ich Ihnen eigentlich vorstellen.«

Trompeten? Paul hatte so viele Instrumente gesehen … Die Gesichter dazu verschanzt hinter Notenständern.

»Nein, ich glaube, die Trompeten sind mir nicht aufgefallen …«

Lara Wanek verfügte über eine verblüffende Resilienz. Sie lächelte schon wieder. Manch andere Frau hätte zu diesem Zeitpunkt bereits ihren Scheidungsanwalt am Handy gehabt … sie aber grinste Paul an. Paul war es nur recht. Er war der weit bessere Mann als dieser Wüterich. Wobei das

Grinsen der Wanek etwas Unnatürliches hatte, das Paul in diesem Moment gleichermaßen abstieß wie anzog.

»Bei uns gibt es bald Abendessen … Sie sind herzlich willkommen!«

Es war das zweite Mal, dass Paul Lara Wanek eine Essenseinladung ausschlug. Es ging einfach nicht.

36 FUCKOFF

Sofort das Genick brechen, dem gottverdammten Pack. 02:19

Auf dem Rückweg in die Kanzlei bremste er den Defender auf Höhe des Friedhofs kurz ab, ließ ihn dann aber doch lieber weiterrollen. Er war nicht in der Stimmung für ein Gespräch mit Oscar. Er konnte jetzt nicht noch mehr Vorwürfe ertragen.

Im Büro war keiner mehr. Auf seinem Schreibtisch eine Akte mit einem Schriftsatz oben drauf. Unten ein Post-it mit einem großen roten Pfeil, der penetrant auf das leere Unterschriftsfeld deutete.

Was war das …? Vollstreckungsgericht, Flaschenhofstraße 35 in Nürnberg. Mehr las Paul gar nicht. Irgendein blöder Antrag. Langweilig. Krickselkracksel schmierte er lustlos seine Unterschrift neben den roten Pfeil. Was lag da noch? Einladung zu einer Versammlung der Rechtsanwaltskammer Nürnberg. Da musste er sich dringend mal sehen lassen. Oscar war bei denen ein großes Tier gewesen. Es galt, die Familienehre zu wahren. Also »Ich komme gern« ankreuzen und Unterschrift drunter. Fertig. Er legte alles draußen auf die Empfangstheke. Was er jetzt brauchte, wonach ihn regelrecht gierte nach diesem Horrornachmittag, das war etwas anderes: Strafe! Ja. Danach war ihm zumute. Selbstkasteiung. Er hatte heftig gesündigt, und dafür wollte er Buße tun. Paul, der Flagellant. Er setzte sich an seinen Schreibtisch und öffnete auf dem Computer den »Newtown Blog«. Babik selbst war faul gewesen. Kein neuer Beitrag. Babiks schmeißfliegenhafte Anhängerschaft hingegen enttäuschte Paul nicht. Da war wirklich das volle Programm geboten.

»Wund ficken diesen Anwalt … gehört sich anal vergewaltigt … ins Gesicht wichsen …«

Bei Männern ist das Gewaltzentrum nahe dem Sexualzentrum im Gehirn verortet. Keine besonders kluge Einrichtung der Natur, wenn man bedenkt, wo das erfahrungsgemäß hinführt. Nichts Gutes für Leute, die es sanft und zärtlich mögen.

»Sondermüll … Abschaum … entsorgen …«

Man sollte doch meinen, dass im Zeitalter von Recycling und Mülltrennung Abfall einen höheren Stellenwert hatte. Offenkundig nicht in Trollkreisen.

»Dreckschwein … Köter … Kanalratte …«

Natürlich, Tierbeleidigungen. Der Klassiker. Da ging immer was.

Und dann noch das weite Feld der Tötungsfantasien: »Kann dem Typen endlich wer in den Kopf schießen?«; »Ich hoffe du Arschloch wirst mal angegriffen und so schwer verletzt das du ausblutest!!!!!«; »Haut abziehen und in die Sonne legen …«

Aber es gab auch ein paar Altbekannte.

Geil-o-Mark: »Was ist der Unterschied zwischen einer Qualle und einem Anwalt? Das eine ist rückgratloser, giftiger Schleim. Das andere ein Seelebewesen.«

Und ein weiterer guter Trollbekannter tauchte auf:

woodesrogers: »wenn es jemand interessiert: die öffnungszeiten der kanzlei colossa sind acht bis fünf. nach fünf ist colossa GANZ ALLEIN IN DEM HAUS. es ist eine villa. das passt. er wohnt dort auch. vielleicht besucht ihn ja mal jemand.«

Bis jetzt war Paul eigentlich ganz ruhig geblieben. Eine gesunde Portion Verachtung, gepaart sogar mit einem Hauch Belustigung.

Aber das hier war nicht unterhaltsam oder plump beleidigend, sondern ein Aufruf zu … zu was eigentlich? Es kam auf den Empfängerhorizont an. Sicher fühlte sich vielerlei unterschiedliches Gelichter von dieser Einladung in die Villa Colossa angesprochen. Diebe, Erpresser, Brandstifter, Totschläger? Leute, die vom Leben enttäuscht waren und jemand anderen dafür leiden lassen wollten. Leute, die mit ihrer Aggression nicht zurechtkamen. Leute, die eine Rechnung offen hatten, bei der es ihnen am Ende egal war, wer die begleichen würde, solange nur gezahlt wurde. Die Haare an Pauls Unterarmen hatten sich aufgestellt. Ob er in einem Hotel übernachten sollte? Die Polizei anrufen?

Paul war nicht allein mit seiner Sorge, stellte er überrascht fest. Direkt vor seinen Augen ploppte auf Pauls Bildschirm eine weitere Nachricht unter der von Woodes Rogers auf.

Attila_1: »Spinnt ihr Psychos eigentlich total? Wie krank ist das denn? Der Mann ist Anwalt und macht seinen Scheißjob. Alter, wenn ihr einen Anwalt braucht, seid ihr froh, dass es Leute gibt, die den Scheiß machen. Genau wie ihr froh seid, dass die Scheißmüllabfuhr euren Dreck abholt und dass euer Urologe seinen

Finger in euren Arsch steckt und die Prostata checkt. Euch ist schon klar, dass Morddrohungen nicht nur asozial sind, sondern dass man dafür in den Knast kommt? Babik, kümmer dich um deinen Scheißblog und lösch diese asoziale strafbare Scheiße!!! Sonst zeig ich dich an, ich schwör's! Hab ich noch nie, aber DICH zeig ich an!«

Paul war zutiefst gerührt. Gut, der Urologen-Vergleich war grenzwertig. Aber was zählte, das war Attilas absolute, grenzenlose und unumstößliche Loyalität. Es kam völlig überraschend, aber es war genau das, was Paul in diesem Augenblick gebraucht hatte. Einen Freund. Einen Anwalt sozusagen.

Paul befand sich mitten in einer Gesamtgemengelage, in der eine Durchschnittsseele sich früher oder später der Depression hingegeben hätte. Da führte dann bekanntermaßen das eine zum anderen. Das Ausmaß von Verachtung und Demütigung, dem er sich neuerdings ausgesetzt sah, war längst zu viel. Und der Umstand, dass er absolut allein in der Welt dastand, ohne Vater, ohne Mutter, ohne Oscar, ohne Frau, ohne Geschwister, Fußballverein, Partei oder Kirche, machte es noch unerträglicher. Dann noch dieser grauenvolle Sommer, der ihn einfach nur nervte mit seiner unerträglichen Hitze! Es war zu viel für einen einzigen Mann.

Aber er war eben doch kein Einziger. Er hatte Attila. Und deshalb würde er vielleicht damit klarkommen.

»Danke, hab's gelesen. Kannst du kommen?«, schrieb er ihm mit dem Smartphone.

»Pling«, machte es, nur Augenblicke später. »Alter! Hab null Zeit!!! Erst morgen.«

Paul klickte den »Newtown Blog« weg. Schaltete den

Computer ab. Seufzte. Tief. Dann ging er hinüber in die heile Welt. Ins Wartezimmer der Kanzlei genau genommen. Dort sortierte er den Zeitschriftenstapel durch. Ja, das war es, was er jetzt brauchte. Mit einem zusammengerollten Hochglanzmagazin, das er ausgewählt hatte, trommelte er unbewusst einen Rhythmus auf seinen Kopf und ging hinaus in den Garten der Kanzlei. »Tam – tatata – tam – tatata – tap – tap …«

37 PANTHER-G

Bitte schönen Baum aussuchen, Kälberstrick dran und schon baumelt das Drecksvieh im Wind. 00:36

Das hohe, ungemähte Gras war zwar noch ganz nass von dem Unwetter, ansonsten aber brannte die Sonne schon wieder am Himmel. Unter dem Kirschbaum war Schatten. Nass war es allerdings auch. Hinsetzen konnte man sich jedenfalls nicht. Aber oben konnte man sitzen. In den Ästen. Das wusste Paul. Hatte er oft genug gemacht. Viele Sommer lang. Auf dem großen Ast, der fast bis zum Küchenfenster im ersten Stock reichte, hatte er sogar liegen können. Er hatte dazu extra einmal einen kleineren Ast weggesägt. Den Stumpf konnte man immer noch erkennen. Da war er allerdings noch klein gewesen. Ein paar Gramm leichter vor allem. Heute würde er auf diesem Ast nicht mehr liegen können. Sitzen bestenfalls. Einer der klaren Nachteile des Erwachsenwerdens. Dafür war es heute sein Baum! Einer der unschlagbaren Vorteile des Erwachsenseins. Ein erhebendes Gefühl. Einen Baum sein Eigen zu nennen. Wobei das natürlich Fragen von philosophischer Tiefe aufwarf. Ein Baum war immerhin ein Lebewesen. Konnte man der Eigentümer eines Lebewesens sein? Paul war Jurist. Das Bürgerliche Gesetzbuch bejahte die Frage eindeutig. Wenn das Lebewesen nicht gerade ein Mensch war. Aber das BGB löste natürlich das philosophische Grundproblem nicht.

Wenn man diesem Problem konsequent nachging, stellte sich die ergänzende Frage, was Eigentum überhaupt war? In Anbetracht der Tatsache, dass des Menschen Leben siebzig Jahre währt – und wenn es hochkommt, sind es achtzig. Sagt die Bibel. Oscar hatte das gern zitiert. Psalm 90. In dem Punkt ging die Bibel ausnahmsweise sogar einmal mit der Wissenschaft konform. Die Wissenschaft sagte überdies, dass die Erde in ein paar Milliarden Jahren von der Sonne verschlungen werden würde. Weil die nämlich am Ende ihres Brennzyklus explodiert. Und der mickrige Rest würde zu einem kalten Klumpen erstarren. Weiterhin konstatiert die Wissenschaft, dass auch der Rest des Universums ein paar Milliarden Jahre später den Geist aufgeben würde.

Das Ende war vorherzusehen, und zwar in einer solch radikalen und trostlosen Endgültigkeit, dass man sich vor dieser Kulisse schon mit dem Finger an die Stirn tippen musste, was das Thema Eigentum anbelangte. Egal ob an Lebewesen oder an Sachen. Eigentum war Kinderkram. Das letzte Hemd hat keine Taschen! Andererseits: Pauls Eigentum war im Grundbuch von Neustadt verankert und darüber hinaus durch einen Zaun geschützt. Wollte also ein Philosoph, ein Jurist oder ein Wissenschaftler ihm selbiges streitig machen, musste er erst einmal darüberklettern. Und bevor sich das Universum nun verabschiedete, versuchte Paul lieber, rasch auf den ihm eigenen Kirschbaum hinaufzuklettern und auf diesem Wege noch ein wenig von seinem Eigentum zu profitieren. Die besonders spät reifende Kirschsorte hatte gerade dieser Tage ihren Reifehöhepunkt erreicht.

Paul brauchte, die zusammengerollte Zeitung zwischen den Zähnen, mehrere Anläufe, bis er sich endlich mit einer

Mischung aus Hochsprung mit Anlauf und dilettantischem Klimmzug, bar jeglicher Eleganz, mühevoll auf einen der unteren Äste gehievt hatte. Das hatte als Vierzehnjähriger deutlich besser geklappt. Egal. Er war oben, und von hier aus ging alles leichter. Bald saß er zwischen dunkelgrün gerippten Blättern und streckte zwischen Sonnenstrahlen die Finger nach den prallen roten Früchten aus, die traubenweise und völlig unberührt überall um ihn herum im Sonnenlicht glänzten. Und wie die schmeckten! Sie waren direkt aus dem Paradies herübergewachsen, das spürte man deutlich. Kerne-Weitspucken. Hoffentlich sah gerade keiner den Herrn Rechtsanwalt oben in seinem Baum. Das würde Gerede geben. Gleich den nächsten Shitstorm auslösen. Auf Babik würde Paul auch gern mal einen Kirschkern spucken. Überhaupt hätte Paul Elvis Babik gern bespuckt, egal mit was. Aber das war in diesem Augenblick von nachrangiger Bedeutung. Man konnte nicht immer traurig sein. Nicht jeden Augenblick Angst haben. Den Mund voll zuckersüß-saftigem Fruchtfleisch war Paul jetzt kurz ein bisschen glücklich auf seinem Ast und rollte die mitgebrachte Zeitschrift auf: »Die Queen und Prince Philipp auf dem Rückweg vom traditionellen Weihnachtsgottesdienst in der Kirche St. Mary Magdalene am Landsitz der Königin in Sandringham.« War wohl eine ältere Ausgabe … aber eine erfrischende Wintergeschichte mit der Queen, die kam Pauls überhitztem Leben gerade recht. Die Königin winkte fröhlich den Menschen zu, die den Weg zur Kirche säumten. Ihr Gatte blickte ein wenig griesgrämig drein.

38 ADVOCAT

Ganz schön viel Meinung für so wenig Ahnung, Herr Kollege! 21:23

Paul scrollte die Fotos auf seinem Handy durch. Was hatte er bisher herausgefunden? Hübsche, gut gepflegte barocke Anlage. Durchgeknallter Dirigent, der Gegenstände auf Schüler wirft. Was insoweit unerwähnt bleiben sollte, als es zum einen nicht die Art von Erkenntnis war, die seine Auftraggeber von ihm in schriftlich niedergelegter Form erwarteten. Und zum anderen war Paul nicht derjenige, der sich über das Herumwerfen von Dingen auf Schüler allzu überkritisch auslassen sollte. Wer im Glashaus sitzt … Zusammenfassend musste Paul feststellen: Er hatte nichts! Nicht eben die Art von Ausbeute, die sich angesichts der Dringlichkeit der Lage sehen lassen konnte. Ein bisschen allgemeines Blabla immerhin konnte er absondern.

Er ging hinunter in die Kanzlei. Diktierend spazierte er durch die leeren Räume, über die Schachbrettfliesen im Vorzimmer, durch die Bürotür mit dem Doppelkopfadler-Wappen von Königsberg, um seinen Schreibtisch herum, zurück ins Vorzimmer.

»Der Stundenplan der Schüler befasst sich in den Vormittagsstunden, Komma, also von acht Uhr bis zur Mittagspause um zwölf, Komma, schwerpunktmäßig mit den normalen Schulfächern …« Nein, Mist, das klang banal. Er spulte zurück, hörte seine fremd wirkende Stimme den Satz wiederholen und setzte dann an der entscheidenden Stelle noch einmal neu an: »mit dem vom Bayerischen Ministerium für Kultus und Bildung vorgegebenen gymnasialen Fächerkanon …« So klang ein Sonderermittler. Mehr als eine halbe Stunde Text brachte er trotz allem beim besten Willen nicht zusammen.

Und jetzt?

Eigentlich wusste Paul ganz genau, was jetzt zu tun war. Was er die ganze Zeit schon hätte tun sollen. Was das überhaupt Nächstliegende in diesem verfluchten Fall war und was er einfach bislang nur verdrängt hatte. Das, was er jetzt sofort und ohne dümmliches, ängstliches Zögern endlich anpacken würde: Er musste Hugo Rutland besuchen und herausfinden, was mit ihm geschehen war. Um es zu verschweigen, wie sein Vertrag es vorsah, war es unerlässlich, es genau zu wissen! So, wie ein Strafverteidiger seinen Mandanten vor Gericht nur dann erfolgreich, auf Freispruch plädierend, vertreten konnte, wenn er genau wusste, was der in Wahrheit ausgefressen hatte. Nur wenn der Lotse die Sandbank kennt, kann er das Schiff herumsteuern. Seine Auftraggeber waren zu dämlich, das zu begreifen! Er musste die Sache also selbst in die Hand nehmen, Vertrag hin oder her.

Im Defender lief das Autoradio. Paul wusste gar nicht, welcher Sender. Er suchte immer so lange, bis ihm ein Lied gefiel. Gerade liefen überall Nachrichten. Keine guten.

»… verwies die Geschäftsführerin des Kollegs Ida Rubinstein auf die derzeit laufenden Ermittlungen durch eine unabhängige Anwaltskanzlei. Der beauftragte Rechtsanwalt Dr. Paul Colossa aus Neustadt stand für Nachfragen selbst nicht zur Verfügung. Allerdings steht auch er zunehmend in der Kritik. Ihm werden unter anderem zweifelhafte Kontakte zu russischen …«

Paul hatte gezögert, bis seine linke Hand endlich vorgeschnellt war, um den Sendersuchlauf zu drücken. Doch er hatte für seinen Geschmack bereits zu viel gehört. Jetzt lief Werbung für eine Handwaschlotion. Manus manem lavat. Paul fragte sich, wann ihm endlich einmal jemand die Hand waschen würde.

39 LOTTA

Irrenhaus sucht Irren aus. 18:19

Es war praktisch unmöglich, vor dem Krankenhaus in Neustadt einen Parkplatz zu finden. Die spärlichen Stellplätze in direkter Nähe des Haupteingangs waren fast alle durch die Stützen eines riesigen Krans blockiert, der hoch über der Klinik aufragte. Entgegen allem professionellen Gejammer der Lobbyisten war die Menschenheilkunde offenkundig ein einträgliches Gewerbe. Einträglich genug jedenfalls für eine Aufstockung des Hospitals um zwei weitere Etagen. Wo aber parken? Eine Frage, die sich für Ottonormalparker, für Besucher, Patienten und Taxis sicherlich schwierig gestaltete. Für einen Defender mit britischem Kennzeichen war es aber dann doch einfach zu beantworten. Paul würde sicher nicht auf den Großparkplatz »hinter dem Haus« ausweichen, auf den mit großen Schildern hingewiesen wurde. Er stellte sich einfach vor eines der Hinweisschilder. Natürlich so, dass Taxis oder Krankenwagen noch vorbeikamen. Paul war bequem, aber nicht asozial. Die Methode hatte sich vielfach bewährt: Niemand riskierte den bürokratischen Aufwand, einem Ausländer einen Strafzettel zu verpassen. Und zum Abschleppen war der Defender der Queen zu klobig. Ergo: Narrenfreiheit.

Paul ging durch den Haupteingang, vorbei an Kaffee aus Pappbechern trinkenden Gipsträgern, die ihre malträtierten Gliedmaßen in die letzte Abendsonne streckten und mit qualmenden Kippen zwischen den Fingern darüber lamentierten, wie unsinnig das Rauchverbot hier draußen vor dem Krankenhaus doch wäre.

Der unverkennbare Klinikgeruch rief Erinnerungen wach, auf die er gern verzichtet hätte. Sein altes Leben mit zwei Augen hatte durchaus Vorzüge gehabt. Aber Pauls Erinnerungen waren auch pragmatischer Natur: So fiel ihm ein, dass er sich dringend einmal darum kümmern musste, einen Behindertenausweis zu beschaffen. Man genoss dadurch diverse Vorzüge!

Es waren kaum Leute unterwegs. Ein überlebensgroßer, bunt gefliester Jesus prangte an einem Fliesenkreuz vor einer roten Ziegelsteinmauer. Die Besuchszeit war vorbei, die Cafeteria geschlossen. Wer jetzt noch Kaffee wollte, Eis am Stiel oder eine Cola, musste mit dem Automaten vorliebnehmen, der leise brummend in der Lobby leuchtete. »Automat kann nicht wechseln« prangte darauf. Dann halt nicht.

So stand Paul allein am Empfangscounter und blickte auf den stämmigen Rücken und den krausen schwarzen Pferdeschwanz einer Dame, die ihn mit breitem Oberpfälzer Dialekt zunächst begrüßt und sodann vertröstet hatte, sie werde sich seiner gleich annehmen. Oder, wie sie es formuliert hatte: »Warten'S an Moment, gell – I kumm glei'.« Eine Minute verging und noch eine, und die Dame tippte mit stoischer Gelassenheit auf ihrer Tastatur herum. Paul wartete. Was, wenn er ein Notfall gewesen wäre?

Endlich wandte sie sich ihm zu und erfüllte, nachdem sie mit einer beinahe schon gelangweilt anmutenden Professionalität seinen Namen erfragt hatte, seinen Wunsch, den Verwaltungsleiter der Klinik anzurufen und zu erfragen, ob dieser, zu so später Stunde, den Herrn Rechtsanwalt Colossa empfangen würde. Umso überraschter wirkte sie selbst, als sie Paul verkünden durfte, dass der Herr Doktor Bartholomäus gleich höchstpersönlich herunterkommen werde, um ihn in Empfang zu nehmen.

Was auch geschah. Beigefarbener Anzug, weißes Hemd, weit aufgeknöpft, üppige Brustbehaarung andeutend. Paul erinnerte sich daran, unter welchen Umständen er den unheimlich dicken, bärtigen Mann, der ihn an den Tenor Pavarotti erinnerte, kennengelernt hatte. Damals, beim Aufwachen hier im Klinikum, über das Bartholomäus absolutistisch herrschte. Frisch operiert und einäugig war er gewesen. Und er erinnerte sich an das geradezu mystisch anmutende Gespräch bei der Begegnung mit Bartholomäus. Als dieser ihm berichtet hatte, dass Oscar, der zu Bartholomäus' engen Freunden gezählt hatte, sich mit seiner ärztlichen Hilfe das Leben hatte nehmen wollen, weil er zutiefst davon überzeugt war, auf diesem Wege am raschesten mit Pauls kurz zuvor verstorbener Mutter zusammengeführt zu werden. Nachdem die beiden zu Lebzeiten ein heimliches Paar gewesen waren, wollte Oscar die Beziehung auch im Jenseits fortsetzen. Liebe über den Tod hinaus. Paul erinnerte sich daran, wie glaubhaft, wie naheliegend, wie real Bartholomäus diesen doch naiv erscheinenden Plan seines Vaters verteidigt hatte. Bartholomäus war damals so überzeugt von Oscars verrückter Selbstmordfantasie, dass auch Paul am Ende des Gesprächs kaum noch Zweifel an der Existenz des von Oscar beschworenen Jenseits geblieben waren. Wie sich in besagtem Gespräch übrigens ebenfalls herausgestellt hatte, war Oscar gar nicht durch Suizid, sondern an einem kurz vor der geplanten Selbsttötung versehentlich eingetretenen Herzinfarkt verstorben.

Durch diese Unterredung waren die beiden Männer, die jetzt in der Empfangshalle des Klinikums Neustadt aufeinandertrafen, schicksalhaft verbunden worden.

»Gut, dass Sie abends kommen, da ist es viel ruhiger im Haus. Ich mag das! Ich arbeite gern nachts … Wir gehen in mein Büro …«

Spannend. Paul hatte sich bislang nur im Krankenzimmer mit dem Chef der Klinik unterhalten. Er war gespannt, wie so jemand residierte. Er erwartete etwas Opulentes. Von einem, der so opulent wirkte.

Entsprechend überrascht war Paul, als sie am Ende eines Flurs, dessen Eingangssesam Bartholomäus mit einer weißen Karte öffnete, die er durch einen Schlitz zog, ein sehr gewöhnliches Arbeitszimmer betraten. Nicht klein – aber keineswegs repräsentativ. Weiße Lamellenrollos dämpften die Abendsonne. Metallvergitterte Neonröhren an einer abgehängten Odenwalddecke mit Gittern für die Klimaanlage. Ein zum Schreibtisch umfunktionierter Seminarraumtisch. Computerbildschirm, Wandkalender, Metallaktenschränke. Keine persönlichen Gegenstände, die aufgefallen wären. Paul war verwundert. Eigentlich sogar enttäuscht. Bartholomäus fing an zu erklären, als hätte er Pauls Gedanken gelesen.

»Mein Büro ist von den Aufstockungsarbeiten betroffen. Es musste einem neuen Aufzug weichen. Die gute Nachricht ist, dass ich bald ein neues Büro kriege, ganz oben auf dem Dach juchee …« Bartholomäus lachte mit seiner sonoren Stimme, und seine kleinen Augen funkelten euphorisch. »Mit Aussicht über den halben Landkreis und sogar mit eigener Dachterrasse. Wenn ich mal draußen arbeiten will …«, wieder lachte er, »… oder mir vielleicht ein nettes Planschbecken zulege!«

Das gefiel Paul schon besser. Er mochte es nicht, wenn Menschen sich radikal seinen Klischees entzogen. Das machte sie unberechenbar. Speziell für Anwälte waren Klischees unschätzbar wertvoll. Es galt, einen Mandanten, einen gegnerischen Rechtsanwalt, einen Richter, Gutachter oder Staatsanwalt mit wenigen Blicken einzuschätzen, um sich eine Strategie zurechtzulegen. Nur so konnte man gewinnen. Oder zumindest überleben. Bartholomäus im Penthousebüro? Perfekt. Das passte ins Bild. Pauls Welt war wieder in Ordnung. Das hier war also einfach nur ein Provisorium. Römische Kaiser hatten auf Reisen in Zelten schlafen müssen!

»Was macht das Auge? Gibt es Probleme mit der Prothese? Ich sehe, Sie tragen Ihre Augenklappe?«

»Nein, alles in Ordnung. Ich mag es so …« Unwillkürlich hatte Paul jetzt fast ein bisschen patzig geklungen. Diese Sache machte ihn zu jemandem, der er nicht war. Es gab Gesprächsbedarf. Aber die Wände in diesem Büro waren dünn. Von nebenan konnte Paul gedämpfte Stimmen hören. Vielleicht ein paar Oberärzte, die gerade über das geeignete Vorgehen bei einer Operation berieten? Pauls Operation an Bartholomäus, wegen der er gekommen war, war auch nicht gerade einfach. Er entschied sich schließlich zu einem geraden Schnitt: »Ich bin hier, weil ich Hugo Rutland sehen will. Sie wissen schon, der Schüler aus dem KIR, der …«

»Ja, ich weiß!«, unterbrach ihn Bartholomäus.

»Kommen Sie mit, wir unterhalten uns besser woanders …« Bartholomäus erkannte also den Ernst der Lage. Paul war es nur recht, wenn nicht irgendwelche dahergelaufenen Nephrologen, Orthopäden oder Anästhesisten seinen offenen Vertragsbruch durch die dünne Wand belauschten. Aber wo konnte man sich in einer Klinik ungestört unterhalten?

⓸⓪ LOZA333

Ein Fall für die Intensivstation. Wenn wir mit ihm fertig sind *smile*. 01:02

Zur Beantwortung dieser Frage brachte der Aufzug sie wieder zurück ins Erdgeschoss, vorbei an der Notaufnahme und an den Abteilungen C, D und E, vorbei am Schild zur Gynäkologie, einer kleinen Kapelle mit indirekt beleuchteten, farbigen Glaswänden, in der eine alte Frau auf dem Boden kniete und laut schluchzte.

Wie sich herausstellte, war der Ort, an dem man sich im Klinikum Neustadt am ungestörtesten unterhalten konnte: eine Bibliothek!

Schon wieder … Paul hatte ein ungutes Gefühl. Genau genommen mehrere ungute Gefühle. Zum Beispiel, dass doch hier mehr als irgendwo sonst jederzeit Krethi und Plethi hereingestapft kommen mochten, auf der Suche nach Lektüre. Weil das verordnete Schlafmittel nicht wirken wollte. Oder vielleicht ein Chirurg, der noch einmal nachlesen wollte, bevor er zu schnippeln anfing. Leber, Milz und Niere, wie unterscheidet man das eigentlich …? Internetrecherchen hinterlassen bei solchen Fragen unangenehme Spuren. Bücher hingegen nicht. Wobei Paul gerade beim Thema Bücher natürlich auch ganz miese Gefühle hatte. Die hinterließen nämlich sehr wohl Spuren.

»Hier sind wir ungestört …«, setzte Bartholomäus an, und

als er Pauls verwunderten Blick bemerkte, erläuterte er: »Wir haben Hunderttausende in diese Bibliothek investiert, und kein Mensch benutzt sie. Das Internet. Die Patienten daddeln lieber mit ihren Smartphones herum, anstatt ein gutes Buch auszuleihen. Und unsere Ärzte wollen natürlich den neuesten Stand der Wissenschaft, da sind Bücher dem Internet hoffnungslos unterlegen. Also nutze ich den Raum eben anders. Ich führe hier zum Beispiel Personalgespräche.«

Dafür, dass die Bibliothek »Hunderttausende« gekostet haben sollte, wirkte sie auf Paul recht karg. Metallregale und Funktionstische wie jener, den Paul oben in Bartholomäus' Büro bereits bewundert hatte. Leuchtstoffröhren.

»Also wie gesagt, ich bin hier, weil ich etwas über Hugo Rutland herausfinden möchte.« Paul blieb bei seinem Vorsatz: tiefe, gerade Schnitte! Nicht um den heißen Brei herumschnipseln.

»Weiß Lara davon?«

Paul nahm zur Kenntnis, dass Bartholomäus sie beim Vornamen nannte.

»Nein. Es wäre auch besser, wenn sie nichts davon erfährt. Genau genommen bekomme ich mächtig Ärger, wenn herauskommt, dass ich in Sachen Hugo Rutland recherchiere.«

Paul konnte es sich leisten, so mit Bartholomäus zu reden. Der Arzt hatte illegalerweise die Medikamente beschafft, mit denen Oscar sich hatte umbringen wollen, und er wollte Oscar obendrein auch noch beim Suizid behilflich sein. Das hätte ihn seine Approbation gekostet und ihn obendrein in den Knast gebracht. Dennoch hatte er nicht gezögert, sich Paul anzuvertrauen. Paul hatte also keinen Anlass, es in seiner heiklen Situation nicht genauso zu handhaben. Es war fast so etwas wie … Ganovenehre?

»Ich verstehe …« Bartholomäus grübelte und sah Paul nicht an. »Ich habe ungern Geheimnisse vor Lara.«

Das klang ja aufregend! Bartholomäus hatte anscheinend ein Faible dafür, sein Schicksal in fremde Hände zu geben. In diesem konkreten Fall kam möglicherweise hinzu, dass er als Arzt auch jede Menge schmutzige Geheimnisse über Lara Wanek wusste … Und in diesem Zusammenhang dann wohl auch über Rutland! Die Frage war nur: Würde Bartholomäus dieses Wissen mit Paul teilen? Was wiederum Vor- und Nachteile hatte. Der Vorteil lag auf der Hand: Wenn er Paul sein Herz in Sachen Kolleg Ida Rubinstein vollständig ausschüttete, hatte der Sonderermittler alles, was er brauchte. Andererseits: Wenn Bartholomäus das tat, konnte man es natürlich als Beleg dafür ansehen, dass er ein geschwätziger und nur mäßig vertrauenswürdiger Zeitgenosse war, und so einem hätte Paul sich nur ungern anvertraut! Was, wenn er bei nächster Gelegenheit auch Lara Wanek sein Herz ausschüttete, betreffend Pauls verbotenem Besuch im Klinikum Neustadt? Johannes Abstreiter hatte die Zusammenfassung durchaus recht treffend formuliert: Wenn aufflog, was Paul hier machte, würde er als Anwalt keinen Fuß mehr auf den Boden kriegen. Ein Dilemma. Bartholomäus konnte es eigentlich nur falsch machen.

»Lara und ich haben ein sehr vertrautes Verhältnis zueinander. Das sollten Sie wissen, Herr Colossa. Es ist eine nicht ganz unkomplizierte Geschichte, in der auch Ihr Vater eine gewisse Rolle gespielt hat.«

Paul reagierte schnell und spannte die Gesichtsmuskeln rechtzeitig an, bevor ihm verblüfft der Kiefer herunterklappte. Das Gespräch ging in eine unerwartete Richtung. Nicht, dass es das besser gemacht hätte. Paul schwante Übles.

»Vor ein paar Jahren hatte sich das Verhältnis von Oscar und mir … eine Weile eingetrübt. Ach was, Verhältnis … unsere Freundschaft wäre beinahe zerbrochen, und das lag an Lara.«

Er schien darauf zu warten, dass Paul diese Feststellung kommentierte, aber Paul hatte nichts zu sagen.

»Ihre Mutter lebte damals mit Joachim in der Türkei, und Oscar hat darunter gelitten wie ein Hund. Sie wissen ja, wie er an Ihrer Mutter gehangen hat.«

Oscar hatte sich sofort umbringen wollen, kaum dass Pauls Mutter gestorben war. Das sagte eine Menge über die Intensität der Zuneigung. Die Paul bei aller Mutterliebe übrigens nur begrenzt nachzuvollziehen vermochte! Seine Mutter war ohne jeden Zweifel eine außerordentlich schöne und schillernde Person gewesen. Aber ein eiskalter Fisch. Paul jedenfalls hatte psychologisch aus seiner Mutter-Sohn-Beziehung einen ordentlichen Schatten davongetragen.

»Weil er so schrecklich eifersüchtig gewesen ist auf Joachim und weil er Ihre Mutter so entsetzlich vermisst hat, hat er Trost auf seine ganz eigene Weise gesucht.«

»Er hat sich Lara Wanek genommen?« Paul musste das jetzt wissen.

»Dummerweise war Lara damals schon mit Rutland verheiratet. Eine schwierige Beziehung … Sie haben Sir Evelyn schon näher kennengelernt?«

»Äh, ja … Ist Rutland meinem Vater auf die Schliche gekommen? Wie hat Sir Evelyn reagiert? Ich meine, was ist passiert?«

Pauls Fantasie überschlug sich. Er dachte an die versteckte Walther PPK in Oscars Bücherregal. Er dachte daran, wie Rutland dem armen Jungen die Trommel weggetreten hatte. Rutland und Oscar, da waren zwei archaische Ungeheuer aufeinandergeprallt! Und es ging ausgerechnet um eine Frau.

»Ich weiß nicht, ob er es wusste, und wenn ja, hat es ihn nicht interessiert. Rutland war gar nicht das Problem. Die Sache ist die, dass Lara damals auch mit mir zusammen war! Also heimlich natürlich. Wobei Rutland das wohl auch gewusst hat. Jedenfalls wusste es sein Butler, Ambrose … der wusste immer alles!«

Ja, das Problem kannte Paul: »Ich fürchte, das ist mit seinem neuen Butler dasselbe …«

Bartholomäus sah ihn erstaunt an. »Rutland hat einen neuen Butler?«

»Ich vermute. Er heißt Archer …«

Lautes Pavarotti-Lachen: »Ambrose ist der Vorname! Ambrose Archer! Es hätte mich gewundert, wenn die beiden sich trennen. Wenn, dann sicher nur durch den Tod!«

Jetzt war Archer Paul noch unheimlicher. Warum duzte Bartholomäus den Butler eigentlich? Er machte keinen besonders nahbaren Eindruck. Kein Mann, der Freunde hatte. Ob der überhaupt Deutsch sprach?

»Jedenfalls hat es mir das Herz gebrochen, als ich merkte, dass Oscar mit Lara … er hätte jede andere haben können! Er wusste, dass ich Lara liebe …«

Dafür hatte Paul großes Verständnis. Aus demselben Grund hatte er Attila ja auch nicht allzu viel von Lara Wanek erzählt. Aber das Problem, das sich da gerade andeutete, war noch komplizierter: Hatte der Mann »lieben« gerade im Präsens verwendet? War das ein sprachlicher Lapsus, oder war das ein Geständnis? Wenn es letzteres war:

Wie wollte Paul damit umgehen? Seine eigenen Gefühle für Lara Wanek waren im Augenblick noch unbestimmt. Aber sie waren stark. Und sie vertrugen es schlecht, wenn ein anderer vergleichbare Gefühle hegte. Wobei es für Bartholomäus umgekehrt sicher ebenfalls beunruhigend sein dürfte, wenn nun die zweite Colossa-Generation sich über die Frau hermachte, die er ohnehin schon mit einem bösartigen Dirigenten teilen musste.

»Sie lieben Lara Wanek?«

»Ja!«, Tränen schimmerten in Bartholomäus' kleinen Augen. Er nestelte ein Stofftaschentuch aus seinem Sakko. Hygienisch war das aber nicht! Ausgerechnet in einem Krankenhaus. Er wischte sich damit die Tränen weg und auch gleich den Schweiß von der Stirn. Wie Biermordt. Erst jetzt fiel es Paul auf, dass es hier drin viel wärmer war als oben im Büro und unten in der Eingangshalle. Wohl keine Klimaanlage. Ehrlich gesagt hätte er auch gern ein Tuch gehabt, um sich den Schweiß wegzuwischen.

Paul kam der Gedanken, wie dieser außergewöhnlich übergewichtige Mann sich nackt auf der zierlichen Lara Wanek wälzte. Er konnte die im wahrsten Sinne des Wortes gewaltigen Bilder nicht vertreiben. Sicher war Bartholomäus' wuchtiger Leib sehr blass? Welkes Fleisch.

Bartholomäus kam nun zum eigentlichen Thema. »Die Sache mit dem Jungen ist eine Katastrophe. Ich habe Lara oft genug gewarnt, dass das eines Tages alles … es nimmt sie natürlich wahnsinnig mit, dass ausgerechnet ihr eigener Sohn …« Er hielt inne, als suchte er nach einer Erklärung. »Hugo ist Rutlands Sohn, aber er ist nicht … Lara ist nicht seine leibliche Mutter, sie …«

»Ja, ich weiß. Sie hat es mir erzählt.«

»Sie hat es Ihnen erzählt?« Bartholomäus wurde schlagartig misstrauisch. Da war ein siebter Sinn erwacht. Paul musste vorsichtig sein.

Draußen wurde es laut. Aus undefinierbarer Richtung kam lautes Sirenengeheul. Mehrere Krankenwagen. Aus seinem Gedanken hochgeschreckt zog Bartholomäus ein Smartphone hervor und blickte darauf. Vermutlich wurde er als Chef sofort informiert, wenn etwas passierte? Vielleicht ein Autobahnunfall? Besonders beeindruckt wirkte er aber nicht.

»Ich zeige Ihnen den Jungen«, sagte er unvermittelt. »Aber Sie werden nichts von mir erfahren. Ihr Besuch hat offiziell nie stattgefunden. Warten Sie.«

Bartholomäus wuchtete sich hoch, stopfte sein Schnäuztuch in eine Hosentasche und ließ Paul allein zurück.

Paul blickte sich um. Was war das da denn für ein Buch? Paul griff ins Regal. Arnold van der Laab – *Schnitt! Die ganze Geschichte der Chirurgie erzählt in 28 Operationen*? Ekelhaft! …

Also doch das Smartphone. Keine Nachrichten von Attila. Aber der hatte ja bereits mitgeteilt, dass er erst morgen kommen würde. Ansonsten schrieb ihm keiner. Eine Weile hatte Kassandra sich noch gemeldet, aber damit war jetzt zum Glück auch nicht mehr zu rechnen. Gott sei Dank! Blieb also nur der »Newtown Blog«. Wozu Freunde, wenn man solche Feinde hatte?!

41 PAULCHENPANTHER

Vielleicht begegnen sie mal den falschen Leuten und dann hört keiner hin wenn sie rumplärren. Wenn die mit ihnen fertig sind, sind sie nur noch Gemüse und werden mit der Schnabeltasse gefüttert. 03:07

Tatsächlich gab es Neuigkeiten von Babik. Nicht, dass Paul sich darüber gefreut hätte.

»KIR zieht Schwanz ein«, lautete die Überschrift und verhieß nichts Gutes.

»Nachdem die Rechtsanwälte des KIR bei ihrer gestrigen Pressekonferenz noch einen Mordswirbel gemacht hatten, dass sie den ›Newtown Blog‹ juristisch in die Knie zwingen würden, haben sie jetzt sang- und klanglos ihren Antrag auf einstweilige Verfügung zurückgenommen. Das war alles? Wir vom ›Newtown Blog‹ haben dafür nur eine einzige Erklärung: Wir hatten in allem recht! Das KIR experimentiert mit Schülern herum. Das Experiment ist schiefgegangen. Genau wie der Versuch, uns einzuschüchtern, damit die Wahrheit nicht ans Licht kommt. Jetzt erst recht! Mehr demnächst – exklusiv bei uns im ›Newtown Blog‹!«

Sonst nichts? Keine persönlichen Bösartigkeiten? Seitenhiebe auf Paul Colossa? Eigentlich hätte er froh sein sollen. Aber das war er nicht. Es war die Ruhe vor dem Sturm. Was Paul noch mehr beunruhigte, war die Tatsache, dass er auf diesem Weg davon erfuhr. Stahl hatte den Antrag auf Erlass einer einstweiligen Verfügung zurückgenommen? Warum? Damit stand er jetzt juristisch nackt in der Wüste! Babik hatte völlig recht: Das konnte man nur so interpretieren, dass sie feige den Schwanz eingezogen hatten, nachdem ihnen nichts mehr einfiel, um sich zu rechtfertigen. Gnade uns Gott, wenn Babik einen wie Abstreiter in die Finger bekam bei seinen Recherchen!

Es blieb nur noch die Flucht nach vorn. Paul musste diesen Abschlussbericht liefern und sich dann ganz schnell aus der Sache zurückziehen. Am besten ein Weilchen von der Bildfläche verschwinden.

»In Ordnung, wir können …« Paul hatte gar nicht bemerkt, dass Bartholomäus wieder da war. Er musste sich bemühen, ihm hinterherzukommen. Der Mann war wieselflink! Wie machte er das nur, mit locker eineinhalb Zentnern?

Station B, Station C, Aufzug, orangefarbener Gang, grüner Gang. Dazwischen immer wieder Türen, die sich nur mit der Karte des Chefs öffnen ließen. Am Ende: Intensivstation.

»Da lang«, forderte er Paul auf, und sie betraten das Reich der Reinheit. Paul bemerkte sofort den Unterschied. Es war kalt. Künstliches Licht umgab ihn. Ein leises Surren unsichtbarer Ventilationssysteme, daneben eine Kakofonie unterschiedlichster Pieptöne aus allen Richtungen. Der Gang war lang. Links und rechts Türen in Intensivzimmer. Keine Menschenseele war zu sehen. Was passierte, wenn ein Patient ein Problem kriegte? Da sollte doch im Zweifel schnell jemand vor Ort sein. Schwierig, wenn alle weg waren. Die Antwort ließ nicht lange auf sich warten. Plötzlich zerschnitt ein ohrenbetäubender Alarmton die Luft und sorgte bei Paul unwillkürlich für Pulsrasen. Jetzt war bestimmt etwas Schlimmes passiert! Weiter vorn im Gang schwang eine Tür auf, und drei vermummte grüne Gestalten rannten mit einem Wagen, vollgeladen mit Gerätschaften, blinkenden Lichtern und Schläuchen in den Gang. Einer von ihnen riss eine Tür auf, sie verschwanden darin, der Alarmton verstummte. Bartholomäus blieb ungerührt.

Sie blieben vor einem Zimmer stehen. Bartholomäus drückte mehrmals kräftig auf einen Spender, der sich dort befand, wo in weniger morbiden Etablissements der Lichtschalter vermutet werden durfte, und eine stark riechende Desinfektionsflüssigkeit spritzte heraus, die der Arzt mit kräftig knetenden Bewegungen auf seinen Händen verrieb. Auffordernd nickte er Paul zu, und der tat es ihm gleich. Der Geruch war nicht unangenehm. Als Nächstes zupfte Bartholomäus aus einem kleinen Kasten an der Wand zwei Mundschutzmasken. Papiertücher mit Gummibändern. Der Mundschutz erzeugte ein gewisses Beklemmungsgefühl. Dann betraten sie den Raum. Er war winzig klein. Es gab ein Fenster, doch man konnte durch die geschlossenen Lamellenvorhänge nicht nach draußen sehen. Nur spärlich kam Tageslicht herein. Ein einzelnes Bett stand hier. Sie standen am Fußende. Das Gesicht des Patienten war nicht zu erkennen, er trug ebenfalls eine Maske. Ein dicker Schlauch führte von Mund und Nase hin zu einem rot blinkenden Gerät. Und das war bei Weitem nicht der einzige Schlauch, der aus diesem Menschen herauskam. Er trug eine weiße Trainingshose, sein Oberkörper war nackt. Soweit ihn nicht Verbände und Pflaster bedeckten. Darunter quollen die ganzen Intensivstations-Spaghetti heraus. Kabel, dünne Schläuche, dicke Schläuche. Jeder davon führte zu einer anderen Maschine. Hinter dem Bett stand ein großes Gestell, eine Art Kassettendeck, gut zwei Meter hoch, in dem eine ganze Batterie von autoradiohaften Geräten steckte. Displays mit Zahlen und Lichtern in verschiedensten Farben. Der Kopf des jungen Mannes war kahl geschoren. Die Augen waren geschlossen. Große Monitore zeigten eine Reihe von gezackten Kurven an. Hirnströme, Sauerstoffsättigung, Herzfrequenz.

Hugo Rutland. Jedenfalls das, was von ihm übrig geblieben war. Paul sah zu Bartholomäus, in der Hoffnung, der würde etwas erläutern, doch er blickte nur konzentriert auf einen der Monitore, die dem Arzt sichtlich mehr verrieten als dem Anwalt.

»Schläft er? Bekommt er was mit? Träumt er?«

Bartholomäus zuckte nur mit den Schultern. Das wirkte allerdings nicht so, als ob er es nicht wüsste. Er hatte ja angekündigt, nichts zu sagen. Sturkopf.

Die Augenlider des Jungen zitterten. Rapid Eye Movement? Besonders intensive Traumaktivitäten. Die Vorstellung, dass der Junge träumte, gefiel Paul besser als die Alternative. Dass er nur gedankenloses Gemüse war.

Träumen war in Ordnung. Träumen wir nicht ohnehin die meiste Zeit unseres Lebens? Wie groß war schon der Anteil des echten Wachseins? Beim Autofahren zum Beispiel. Wenn Paul mit dem Defender durch die Straßen von Neustadt cruiste, kümmerte sich lediglich sein Unterbewusstsein um Ampeln, Radfahrer und Zebrastreifen. Beim Autofahren schweiften Pauls Gedanken ab. Zum Beispiel betreffend die Frage, ob die anderen Autos überhaupt real waren? Natürlich konnte er sie sehen. Aber waren sie auch wirklich da? Vielleicht war die ganze Welt eine Illusion, die um ihn herum aufgebaut wurde? Solipsismus nannte man diese Denkweise. Wobei der Erfinder des Wortes Solipsismus vielleicht auch nur eine Erfindung war, um Pauls Illusion perfekt zu machen.

Mit einer blitzschnellen Bewegung berührte Paul den Fuß des Jungen. War der real?

»Nicht …!«, Bartholomäus sah ihn entsetzt an.

»'tschuldigung«, murmelte Paul. Plötzlich beschlich ihn ein erschreckender Gedanke: Vielleicht war der Junge echt und er, Paul Colossa und seine ganze Welt, waren nur die Kulisse für Hugo Rutlands eingebildetes Leben? Und weil der Junge jetzt ohnehin die ganze Zeit die Augen zuhatte, waren Paul und der Rest der Inszenierung überflüssig geworden? Aber nein, das konnte nicht sein. Wenn das so wäre, könnte Paul ja nicht darüber nachdenken. Cogito ergo sum! Wenn hier einer real war, dann Paul.

»Wird er überleben?«

Wieder zuckte der Arzt mit den Schultern. Diesmal allerdings war Paul sich fast sicher, dass Bartholomäus es wirklich nicht wusste. Was kein gutes Zeichen war. Dann war Babik mit seiner Theorie vom toten Schüler also doch gar nicht so weit weg von der Wahrheit gewesen …

»Stimmt es, dass er eine Überdosis Ritalin abgekriegt hat und deshalb jetzt hier …?«

»Unsinn!« Bartholomäus klang verärgert. »Das ist absurd. Ammenmärchen, die von Quacksalbern verbreitet werden. Heilpraktiker und Impfgegner …«

»Aber angeblich ist es ein ADHS-Medikament, das zum Gehirndoping …«

»Herr Colossa. Dopen Sie doch auch einmal Ihr Gehirn und fragen Sie sich, woher Sie diesen Stuss haben?«

»Na ja … im Internet …« Paul wirkte unwillkürlich kleinlaut. So ärgerlich hatte er Bartholomäus noch nicht erlebt.

»Internet. Genau. Da, wo sie behaupten, die Mondlandung von 1969 sei in einem Studio gedreht worden. Fakt ist: Methylphenidat, das die Leute unter dem Markennamen Ritalin kennen, so wie sie Taschentücher als Tempos bezeichnen, lässt die Noradrenalin- und Dopaminmenge an den Synapsen ansteigen. Je mehr, umso höher sind die Leistungsfähigkeit und die Konzentration. Dauerhaft unerwünschte Folgen sind wissenschaftlich nicht belegt. Sehr wohl belegt ist aber: Wenn man das Zeug einem Zappelphilipp gibt, wird er ruhig und kann sich auf seine Matheaufgaben konzentrieren. Aber das hier …«, Bartholomäus sah auf Hugo Rutland hinunter, »… ist etwas ganz anderes. Eine wirklich traurige Geschichte …«

So leicht ließ sich Paul Colossa allerdings nicht den Schneid abkaufen. Bartholomäus' selbstherrliche Schwarz-Weiß-Malerei kannte er nur zu gut von Gutachtern bei Gericht. Da war auch immer alles ganz klar und ganz einfach. Von wegen. Das konnte er dem Weihnachtsmann erzählen, dass das Zeug ungefährlich war! Es hatte schon seinen guten Grund, warum die Pharmafritzen gern großzügige Geschenke an Ärzte verteilten. Das machte sie tendenziell etwas unkritischer, wenn es drauf ankam.

»Und was ist das hier genau für eine traurige Geschichte …?« Paul beugte sich unwillkürlich etwas zu Hugo Rutland hinunter.

»Eine schwere kardiovaskuläre Komplikation …« Bartholomäus zögerte, aber er erkannte, dass er ohnehin schon zu viel erzählt hatte.

»Kardio … das ist was mit dem Herzen? Es hat also nichts mit Ritalin zu tun?«, bohrte Paul weiter.

Bartholomäus hatte immer noch diesen barschen Ton. »Wenn Sie zu viel Diclofenac abkriegen und wenn Sie da eine Veranlagung haben, geht das genauso aufs Herz. Das heißt nicht, dass Diclofenac nicht ein absolut gängiges und bewährtes Schmerzmittel wäre! Aber es gibt eben immer einen von tausend Fällen, in denen eine unerwünschte Nebenwirkung auftritt.«

»Diclofenac? Hugo Rutland hat sich also zu viel Rheumasalbe draufgeschmiert?«, fragte Paul bewusst provokativ.

Jetzt wurde Bartholomäus richtig sauer. »So ein Unsinn!«, fuhr er Paul an. »Das hat doch kein Mensch gesagt! Diclofenac ist ein Schmerzmittel, das gegen alles Mögliche eingesetzt wird. Ich habe es nur als Beispiel genannt, Mann, hören Sie mir richtig zu, wenn Sie hier schon über Dinge reden, von denen Sie nichts verstehen … und die Sie überhaupt nichts angehen, wie wir beide wissen.«

Paul wich einen Schritt zurück. Der massige Typ wirkte bedrohlich, wenn er so in Fahrt kam, er war jetzt richtig laut geworden. Aber Bartholomäus merkte selbst, dass er übers Ziel hinausgeschossen war, und ergänzte, mit deutlich leiserer Stimme und beinahe resigniertem Tonfall: »Methylphenidat, also Ritalin, kann in seltenen Fällen aufs Herz gehen. Selbst wenn man alles richtig macht …«

Also doch!

Paul wollte jetzt eigentlich nur noch hier weg.

»Danke, ich würde jetzt gerne gehen.« Dummerweise wollte Bartholomäus ihn nicht so leicht weglassen. Er baute sich vor ihm auf, und ein irres Flackern schimmerte in seinen kleinen Äuglein: »Hören Sie, ich habe Sie hierhergebracht, obwohl wir beide wissen, dass Sie hier nichts zu suchen haben! Sie dürfen das auf keinen Fall … kein Wort davon darf in Ihrem Bericht … das hier ist eine Sache zwischen Ihnen und mir, das ist Ihnen doch klar?«

Er merkte, dass er Paul noch nicht überzeugt hatte.

»Das kann Sie genau wie mich einiges kosten. Das wissen Sie? Also sind Sie am besten nie hier gewesen, ja?«

Paul hätte alles gesagt, um aus diesem Horrorkabinett herauszukommen.

»Natürlich. Je schneller ich weg bin, umso weniger wahrscheinlich ist es, dass man mich sieht, oder?«

Draußen vor der Tür war niemand. Mit einem kurzen Nicken verabschiedeten sich die beiden Männer kurz darauf in der Eingangshalle der Klinik.

Gleich draußen im sommerheißen Defender konsultierte Paul sein Smartphone. Bereits 2002 hatten Wissenschaftler gewarnt, dass es einen Zusammenhang zwischen Methylphenidat und Parkinson gebe. Eine Studie an Erwachsenen zeigte, dass regelmäßiger Konsum zur Konzentration irgendwelcher Eiweiße im Gehirn führte, die genau die gegenteilige Wirkung dessen hatten, was man sich bei ADHS-Patienten wünschte. Das führte dazu, dass man die Dosis immer weiter erhöhen musste, um die eigentlich gewünschte Wirkung dauerhaft zu erzielen. Und ja, tatsächlich, es gab auch einen Zusammenhang zwischen Ritalin und plötzlichem Herztod, jedenfalls bei Überdosis.

㊷ RENATE_SCHUSTER

Eine Schande, dass der Steuerzahler so einem auch noch das Studium finanzieren musste. 20:17

Nachdem Attila erst am nächsten Tag kam und Fräulein Christiane längst daheim war, gab es nur einen, zu dem Paul sich jetzt noch flüchten konnte, um dieses ekelhafte Gefühl von Aussätzigkeit loszuwerden, das ihm der hässliche Fall zunehmend bescherte. Es war gar nicht allein der verfluchte Shitstorm. Das waren kranke Seelen, kaputte Gestalten, die letztlich nur ihre eigene Hässlichkeit in Form von Hass auf andere spiegeln wollten. Die meisten Menschen waren anders. Aber hatte der Mob am Ende gar recht? Wer war er denn schon? Was stellte er dar? Was hatte er erreicht im Leben, was hatte er geleistet? Vermutlich war er wirklich ein mieser Anwalt. Er hatte keine Freunde. Seine Kanzlei hatte er nur geerbt. Er war nicht belesen und hatte keine Ahnung von Kunst. Mit Frauen hatte er auch kein Glück … Der Einzige, der immer große Stücke auf ihn gehalten hatte, war Oscar gewesen! Den brauchte er jetzt ganz dringend!

Aber diesmal wollte er nicht mit leeren Händen kommen. Er fuhr noch kurz in der Kanzlei vorbei. Den Defender ließ er mit laufendem Motor draußen stehen. Nur schnell … das grüne Buch, das Lara Wanek ihm gegeben hatte, von diesem Kerl, diesem Evelyn. Das mit der Dampferszene, die er lesen sollte … wo war das denn geblieben? Er wühlte die Papierberge auf seinem Schreibtisch durch. Musste wirklich mal aufgeräumt werden. Da war es ja.

43 ZISSORX

> Wir wissen, wo wir dich finden, Arschpickel.
> Und wo es dir am meisten wehtut. 01:57

Die Glocke der Kapelle läutete. Sieben? Acht? Keine Ahnung. Jedenfalls war wieder einmal niemand unterwegs. Paul war es nur recht. Er wollte nicht beobachtet werden. Ob der Vogel wieder dasaß? Paul hatte das Buch in der Hand. Er würde Oscar daraus vorlesen. Mal sehen, ob wieder jemand da gewesen war.

Ja, tatsächlich. Jemand war da gewesen und hatte etwas hinterlassen. Paul traute seinen Augen nicht. Es fühlte sich an wie ein Faustschlag. Direkt hinein in seine Seele.

Alle Blumen auf dem Grab waren zerfetzt. Und hier waren keine Krähen am Werk gewesen, sondern Schweine. Menschen, um es beim Namen zu nennen. Über die Grabinschrift hatte jemand mit weißer Farbe einen Kreis gesprüht. Im oberen Drittel wurde dieser Kreis von einer schrägen, weißen Linie zerteilt, auf der Linie ein dicker weißer Klecks. Es war nicht besonders gelungen, aber Paul konnte die Botschaft gut entschlüsseln. Das war ein Gesicht mit einer Augenklappe. Es sollte vermutlich Paul Colossa darstellen? Man hatte, um ihn zu verspotten, Oscars Grab geschändet. Die Grabplatte war nass. Dabei war der Regen doch schon eine ganze Weile her. Paul beugte sich darüber und würgte. Es war … Urin! Man roch es sofort. Tränen schossen ihm in die Augen. Die Machtlosigkeit, die er eben schon empfunden hatte, war jetzt mit Händen zu greifen. Paul hätte laut schreien mögen. Weinen … Er wusste, dass er den oder die Täter niemals finden würde. Er wusste aber auch, dass das hier Babiks Schuld war und dass er auch den nicht dafür drankriegen würde. Aber es war auch Stahls Schuld! Und Rutlands. Und Lara Waneks. Und Abstreiters. In gewisser Hinsicht sicher auch Bartholomäus' und sogar Hugo Rutlands Schuld. Diese ganze verfluchte Saubande. Diese kranken Schweine. Diese Idioten, die sich selbst und zugleich die ganze Welt kaputtmachten mit ihrem närrischen Ehrgeiz, mit ihrer Geltungssucht, mit ihrer Wichtigtuerei, mit ihrer Menschenverachtung. Das kam dabei heraus. Seines Vaters Grab geschändet! Beschmiert, bepisst. Mein Gott, wie tief konnte man sinken? Paul wollte in diesem Augenblick seine ganze Wut über das da unten in der Sonne bräsig dösende Städtchen ausbreiten, Blitze schmettern! Aber das konnte er nicht. Zum Glück. Oscar hätte es auch nicht gutgeheißen. Aber was sollte er jetzt nur tun? Zuerst einmal musste er das Grab säubern. Paul zog los und holte zwei Gießkannen. Die eine leerte er komplett über die Grabplatte. Beißend stieg der Pissegeruch auf, als Paul die Schande wegspülte. Die zweite Kanne kippte Paul ebenfalls darüber. Die weiße Farbe verblasste teilweise. Anscheinend war sie noch ganz frisch. Der Perverse, der sich hier an Oscars Grab ausgetobt hatte, musste erst vor ganz kurzer Zeit hier gewesen sein, sonst wäre auch der Urin weggeregnet worden. Eine Bürste würde jetzt helfen … aber so etwas gab es nicht auf Friedhöfen …

Paul rannte so schnell er konnte zurück zum Defender. Er musste die Farbe abschrubben, bevor sie getrocknet war!

Er musste … etwas … tun. Egal was, es nur nicht einfach hinnehmen.

Eine Bürste fand er nicht, aber immerhin war im Türfach ein Eiskratzer für die Windschutzscheibe, auf dessen Rückseite sich eine Art kleiner Handfeger befand. Damit würde es gehen. Es musste!

Paul eilte zurück zum Grab. Er schwitzte, holte noch einmal eine volle Gießkanne, krempelte die Hemdsärmel hoch und wollte gerade anfangen zu schrubben, als er sich eines Besseren besann. Er trat vor das Grab, holte sein Smartphone heraus und machte ein Bild. Beweise sichern. Vielleicht kriegten sie den Täter ja doch! Wo er gerade schon dabei war, schickte er das Bild an Attila und schrieb dazu: »Oscars Grab. Draufgepisst und beschmiert.« Dann begann er, mühselig und mit großem Aufwand, das Piratengesicht abzukratzen und zu schrubben. Immer wieder Wasser nachschüttend. In den Kerben der Grabinschrift ging die Farbe nicht ganz weg. Hier und da blieben auch auf dem glatten Marmor Flecken, aber immerhin, langsam verblasste es. Nach einer halben Stunde, vielleicht auch länger, Paul hatte jedes Zeitgefühl verloren, schmerzten seine Hände. Das Werkzeug hatte viele seiner schwarzen Borsten verloren. Die Sonne war tief gesunken. Aber es war vollbracht. Die paar verbleibenden Kleckse waren ohne Aussage. Das Grab war wieder sauber. Es war vor allem wieder rein. Die am ärgsten zerstörten Blumen riss Paul ganz heraus. Der Rest würde sich von selbst regenerieren. Alles würde jetzt wieder gut werden. Das war das Gefühl, das blieb. Ein eigentümlich angenehmes Gefühl! Diese Arbeit hatte Paul gutgetan. Er fühlte sich, als hätte er die boshafte Schmähung nicht nur von Oscars Grab, sondern auch von seiner Seele gebürstet. Als hätte er die Pisse nicht nur von der Marmorplatte, sondern auch von seinem Gemüt gespült. Er war verschwitzt und voller Dreckspritzer, aber so sauber wie gerade hatte er sich schon eine ganze Weile nicht mehr gefühlt.

Einen Augenblick verharrte er in der Hocke vor dem Grab und betrachtete sein Werk, als ihn plötzlich der Eindruck überkam, jemand würde ihn beobachten. Seit er sein linkes Auge verloren hatte, war sein Sichtfeld, vor allem nach links hin, stark eingeschränkt. Das Gehirn versuchte allerdings mit allerlei Tricks, dies zu kompensieren. Paul meinte zum Beispiel jetzt besser zu hören. Und vor allem war seine Intuition geschärft. Er drehte den Kopf. Tatsächlich. Auf dem Grab links von Oscar, in dem eine gewisse Marieluise Tischner, geboren 1931, verstorben 1999, ruhte, saß ein Vogel. Schwarz. Vermutlich die Krähe, auf die Paul gewartet hatte. Sie blickte Paul interessiert an. Paul meinte ein gewisses Schmunzeln zu erkennen. Was natürlich bei einem beschnabelten Gesicht schwer zu beurteilen ist. Es kam hauptsächlich von den Augen.

»Die haben auf dein Grab gepisst, kannst du dir das vorstellen? Und draufgeschmiert. Wie krank die Leute sind!«

Jetzt musste Paul lachen … »Draufgeschissen hat zum Glück keiner …!« Paul stand auf. »Du könntest dich natürlich schon auch ein bisschen besser drum kümmern! Ist ja dein Grab, oder? Nicht meins. Ich hab die ganze Arbeit, und du reißt hier Witze!«

Paul beugte sich noch einmal über die Marmorplatte, um sich zu vergewissern, dass keine Harnspuren mehr zu erschnüffeln waren. Ganz trocken war es zwar noch nicht, aber egal. Er setzte sich drauf.

»Schau, hab ich dir mitgebracht. *Wiedersehen mit Brideshead*. Kennst du das? Wurde mir von Lara Wanek empfohlen. Von Evelyn Waugh. Heißt Evelyn, ist aber ein Mann!«

Auf dem Grab sitzend blätterte Paul in dem grünen Buch und sah, dass der Vogel herübergeflattert war und sich jetzt wieder auf seinen angestammten Platz in seine Nähe setzte. Er tat aber, als hätte er nichts bemerkt.

»Ich les dir aber nicht den ganzen verdammten Roman vor! Wird ja auch gleich dunkel, okay? Mal schauen, wie es so ist.«

Und dann begann Paul, allein auf dem Friedhof von Neustadt, auf dem Grab seines Vaters sitzend, umgeben von großer Stille im Licht der Abenddämmerung, einer interessierten Krähe die heiligen und profanen Erinnerungen des Architekturmalers Charles Ryder vorzulesen. Paul und die Krähe erfuhren, wie Ryder im Zweiten Weltkrieg als Hauptmann der britischen Streitkräfte ausgerechnet auf dem noblen Landsitz Brideshead stationiert wird. Einem Ort, der Ryders Jugend intensiv geprägt hatte. In seinen Erinnerungen kehrte Ryder in die Zwanzigerjahre zurück. Begegnet dort dem exzentrischen Sebastian Flyte und besucht mit ihm dessen Elternhaus. Brideshead. »Am Eingang eines Tals, eine halbe Meile entfernt, grau und golden inmitten eines Schutzwalls aus Gebüsch die schimmernde Kuppel eines alten herrschaftlichen Hauses.« Die erste Begegnung mit Sebastians Schwester Julia. Dass bei der Familie Flyte so manches im Argen lag, wurde rasch deutlich. Besonders aber gefielen Paul die Schilderungen des Studentenlebens ins Oxford. Er musste laut lachen, als Sebastian durch das offene Fenster in Charles' Wohnung kotzte. Das alles war so viel stilvoller und großartiger als

Pauls eigene verkorkste Zeit als Jurastudent in München. »Et in Arcadia ego« war das erste Kapitel überschrieben. Auch Paul wäre gern dabei gewesen in jener paradiesisch heilen alten Welt. Bei genauem Hinsehen konnte er freilich nicht ganz leugnen, dass auch er selbst zumindest zeitweise in einem Paradies gelebt hatte, in seiner Münchener Zeit. Und Oscar war der weise Schäfer gewesen, der Paul in seinem Arkadien gehütet hatte.

Irgendwann war es so dunkel geworden, dass Paul die Buchstaben nicht mehr erkennen konnte. Er machte ein Eselsohr in die zuletzt gelesene Seite und klappte das Buch zu. »Ich erzähl dir, wie es weitergeht«, sagte er zu dem Vogel und stand auf. Ganz steif war er geworden. Abgesehen davon, dass von den Blumen fast nur grünes Kraut übrig geblieben war, konnte man nichts mehr von der Grabschändung erkennen. Gut gemacht, Paul. Die Krähe sagte zwar nichts, aber Paul wusste es auch so.

Auf der Heimfahrt fühlte Paul sich aufgeräumt. Er wusste wieder, wer er war. Hatte sich seiner Mitte wieder genähert. Er freute sich auf die Villa. Sein Zuhause. Ja, er hatte es geerbt, dafür musste er sich nicht rechtfertigen. Sein Vater war stolz auf ihn gewesen! Deshalb hatte er ihm sein Lebenswerk vermacht. Paul war Anwalt, hatte das erste und das zweite juristische Staatsexamen erfolgreich abgelegt. Das sollte ihm erst mal einer nachmachen. Das war doch besser als nichts, oder? Und das Buch gefiel ihm auch. Danke, Lara.

Als er zur Kanzleivilla zurückkehrte, brannte nur oben bei Frau Barbara Licht. Das Buntglasfenster mit der Darstellung von Siegfried, dem Drachentöter.

Genussvoll hörte Paul das Klacken des großen Türschlosses, als er das schöne alte Haus betrat. Sein schönes altes Haus. Gierig inhalierte er den Duft der Holztreppe. Genoss das behagliche Dunkel des Eingangsflurs seiner Wohnung. Alles roch nach Zuhause. »Et in Arcadia ego«? War er nicht in Wahrheit mitten in seinem persönlichen Paradies? Wenn nur die äußeren Umstände nicht so garstig wären.

㊹ HermanTheGerman

Weisst du was Angst ist? Wirst es bald wissen. 11:26

In der Wohnung wieselte summend und blau leuchtend wieder der Staubsaugerroboter herum. Paul fing ihn ein und schickte ihn ins Offline-Koma. Beinahe hätte er sich wieder über Frau Barbara geärgert. Doch dann erkannte er, dass sie zwar nicht selbst gesaugt, aber immerhin den Kühlschrank üppig aufgefüllt hatte. Paul holte eine Schale frischer Erdbeeren und eine Flasche Weißwein heraus, riss sich die Klamotten vom Leib und fläzte sich in Boxershorts mit nacktem Oberkörper auf die rote Couch. Er blickte eine Weile auf die weiße Wand. Er könnte ein paar neue Bilder …? Nein, so weit war er noch nicht. Die musste noch weiß bleiben. Er las weiter in seinem Buch.

Diese Freundschaft zwischen Charles und Sebastian hatte eine eindeutig homoerotische Komponente. Das beunruhigte Paul unterbewusst. Warum eigentlich? Attila hätte sicher keine Probleme damit gehabt. Nicht weil er etwa auf Paul stand – dazu hätte Paul schon ein ordentliches Paar Brüste präsentieren müssen. Eher weil Attila deutlich weniger verklemmt war als Paul. Weniger feige.

Es war kurz vor elf Uhr nachts. Paul war tief in sein Buch versunken und hatte die Weinflasche halb und die Schale mit den Erdbeeren ganz geleert. Müde war er nicht. Beseelt vielmehr. Und ein bisschen melancholisch. Es klingelte an der Haustür. Die Türklingel war in dieser Wohnung selten zu hören, und sie klang auch nicht besonders spektakulär. Ding-Dong eben. Gerade der Umstand aber, dass sie so selten zu hören war, machte den schlichten Zweiklang dann doch außergewöhnlich. Paul unterhielt kein erwähnenswertes Sozialleben in Neustadt. Ein Mandant also? Wenn es ein Mandant sein sollte, der hier mitten in der Nacht klingelte, bei Paul privat daheim, dann war auch das durchaus ein Grund zur Sorge. Aber in Wahrheit hatte Paul einen ganz anderen Verdacht. Jenen nämlich, dass es eben kein Mandant war, sondern ein Troll. Eine jener erbärmlichen, hasserfüllten Kreaturen, mit denen Paul sich neuerdings herumschlagen musste. In diesem konkreten Fall eine Kreatur, die möglicherweise dem Aufruf von »woodesrogers« gefolgt war, Paul doch einmal nach Dienstschluss privat zu besuchen. Er musste insoweit fast froh sein, dass der Besucher sich durch Klingeln ankündigte und nicht etwa gleich mittels eines Pflastersteins, der die Scheibe durchschlug. Und jetzt? Paul saß in der Falle. In seiner eigenen Wohnung! Was für eine selten dämliche Idee von Oscar, als Anwalt direkt über der eigenen Kanzlei zu wohnen!

Pauls Optionen waren angesichts des Umstands, dass Flucht ausschied, überschaubar. Er konnte entweder die Tür öffnen und sich der Überraschung dort draußen stellen. Oder … er konnte sie eben nicht öffnen. Dann würde sich sicher bald zeigen, wes Geistes Kind der Besucher war. Und wie er sich in Sachen Gewalt so positionierte. »Ding-Dong.« Es klingelte wieder. Waren es gar mehrere? Paul entschied, die Tür unter allen Umständen geschlossen zu halten. Sein Instinkt riet ihm, überdies das Licht in der Wohnung auszuknipsen. Also wanderte er von Raum zu Raum. Machte das

Licht im Schlafzimmer aus. Im Bad, im Flur, in der Küche und im Wohnzimmer. Bei Lichte betrachtet, also im übertragenen Sinne, war das natürlich ein kühner, wenngleich sinnloser Schachzug gewesen. Dem mordgierigen Mob, der sich dort unten vor seiner Haustür versammelt hatte, war es ohne Zweifel nicht entgangen, dass in der Wohnung im ersten Stock, die »woodesrogers« so genau beschrieben hatte, eben noch Licht gebrannt hatte. Anschalten wollte er es aber jetzt auch nicht wieder. Dann hielten die das noch für ein Spiel, und am Ende gefiel es ihnen!

Paul dachte lieber noch einmal über die Sache mit der Flucht nach. Es gab keinen Hinterausgang aus Oscars Wohnung. Seltsam bei einem Menschen, der als Meister der Hintertürchen gegolten hatte. Aber was es natürlich zuhauf gab, waren Fenster. Die Wohnung auf diesem Weg zu verlassen barg indes Risiken. Bei sorgfältiger Abwägung mochte es das dennoch wert sein. Lieber ein gebrochenes Bein als ein zertrümmerter Schädel. Paul war unentschlossen. Doch das nun deutlich energischer wirkende »Ding-Dong, Ding-Dong« ließ den Entschluss rasch in ihm reifen. Er entschied sich für das Fenster in der Küche, zum Kirschbaum hinaus. Draußen war es still und friedlich. Eine warme Sommerbrise trug ihren Duft durchs offene Fenster. Paul setzte sich in den Fensterrahmen, seine nackten Füße baumelten unter seinen Boxershorts draußen an der rauen Hauswand. Er betrachtete skeptisch den nahen Ast des Kirschbaums. Er würde gute eineinhalb Meter springen müssen, wenn er sicher dort landen wollte. Wie war das mit Masse mal Beschleunigung und irgendwie zum Quadrat? Lange her. Physik bei Frau Dudek. Attila hatte damals versucht, sich eine Tolkien-Rune mit einer erhitzten Kugelschreibermine aufs Handgelenk zu tätowieren. Paul erinnerte sich genau an den Gestank von verbranntem Plastik und verschmorter Bratwurst. An die Formel erinnerte er sich nicht mehr, nur daran, dass am Ende immer mehrere Tonnen herauskamen. Ob der Ast das aushalten würde?

»Ding-Dong-Dang-Dang …« Das waren die Glocken von Big Ben! Genauer gesagt: die Türglocke von Frau Barbara. Es klang gedämpft zu ihm herunter, und sofort rumpelte es oben. Scheiße. Was half es, erfolgreich über den Kirschbaum zu flüchten, wenn der Mob ersatzweise einfach seine Mieterin meuchelte! Paul war nicht unbedingt Barbaras größter lebender Fan. Aber das bedeutete nicht, dass er ihr den Tod wünschte. Er würde sie ganz sicher nicht opfern. Das war eben die Sache mit dem vermaledeiten Heldentum: Es funktionierte nur dann richtig, wenn man eigentlich gar keine Lust dazu hatte.

Paul hörte, wie sich oben die Wohnungstür öffnete. Diese dumme, leichtgläubige Person! Was glaubte sie denn, wer um diese Zeit an der Haustür klingelte? Na ja … sie war Prostituierte, soweit Paul wusste. Insofern hatte sie also möglicherweise eine gewisse Vermutung, wer da so in Betracht kam. Andererseits hatte sie noch nie »Gäste« hier im Haus empfangen. Das wäre auch noch schöner! Unten der Anwalt, oben …

Paul schwang beherzt die Beine zurück in die Küche und rannte entschlossen durch die Dunkelheit der Zimmer zu seiner Wohnungstür. Unbewaffnet und zu allem bereit. Das bescherte ihm ein kurzes Déjà-vu … Genau so war er vor wenigen Monaten schon einmal durch die Villa geeilt, als er glaubte, einen Einbrecher in der Kanzlei zu hören. Damals war es glücklicherweise nur Fräulein Christiane gewesen.

Heute war es leider eine Horde von zu Fleisch und Blut erwachter Internet-Trolle. Scheiße, Scheiße, Scheiße … Paul wollte kein Held sein.

Er riss die Wohnungstür auf und sprang ins hell erleuchtete Treppenhaus. Dabei rannte er beinahe den dunkel gekleideten Mann über den Haufen, der gerade mit langen Sprüngen die Stufen heraufgeeilt kam. Die beiden starrten einander an.

»Alter …«, fluchte der andere und musterte den spärlich bekleideten Paul von Kopf bis Fuß. »Masturbierst du gerade, oder warum machst du die Scheißtür nicht auf, wenn ich fünfzigmal klingel?«

»Oh, Attila!«, flötete aus der oberen Etage Frau Barbara herunter.

Nachdem mit kurzen, aber herzlichen Worten klargestellt worden war, wem der Besuch galt und wem nicht; nachdem Paul sich ein T-Shirt und eine Hose angezogen hatte, während Attila drüben in der Küche verwundert das Fenster schloss und den Kaffeeautomaten anstellte; nachdem sich die beiden Herren im Wohnzimmer zusammengefunden hatten, sich im Turmerker an den Mühletisch gesetzt und gemeinsam den ersten Schluck Espresso geschlürft hatten, begann man endlich, die Ereignisse zu rekapitulieren.

»Alter, das ist doch mein Shirt, oder?« Ja, da hatte Attila natürlich recht. Und auch nicht, denn das verwaschene alte Stück Stoff mit dem Helmut-Schmidt-Zitat »Wer Visionen hat, soll zum Arzt gehen« hatte Attila an jenem denkwürdigen Abend im Dreigroschenkeller in München Paul ja ganz offiziell geschenkt.

»Was machst du hier?«, antwortete Paul ihm.

»Als ich das Scheißfoto von Oscars Grab gesehen habe,

dachte ich mir, dass ich lieber sofort komme. Mir reicht's! Weißt du, wer das war?«

»Nein, keine Ahnung. Den kriegen wir garantiert nie. Aber ich hab alles wieder sauber gemacht.« Paul war stolz, das sagen zu können. »Ich mache mir allerdings Sorgen, dass das erst der Anfang ist. Als du gerade an der Tür geklingelt hast, hab ich eine ziemliche Krise gekriegt.«

»Und dann hast du Idiot das Licht ausgemacht, oder? Damit jeder weiß, dass du die Hosen voll hast.«

Paul antwortete nicht und nippte an seinem Espresso.

Attila ging zurück zur Couch und kam mit einer Laptoptasche wieder. Das sah nach Ernstfall aus!

»Ich hab schon mal ein bisschen was organisiert. 'n paar Leute angefunkt. Ich vermute mal, dass du nicht vorhast, was Sinnvolles zu machen, damit die Scheiße aufhört?«

»Du bist vielleicht witzig! Dein letzter Kommentar war, dass das tolle Werbung ist!« Manchmal nervte Attila.

»Alter, ich hoffe doch, dass du inzwischen kapiert hast, dass sich das Fähnchen für dich gedreht hat? Und zwar nicht gerade in die gute Richtung. Ich meine, du kriegst jetzt Morddrohungen und so. Irgendwelche Assis verwüsten das Grab deines Vaters … das ist natürlich keine gute Werbung!«

»Ich weiß! Ich dachte, dass die Anwälte vom KIR das erledigen …« Paul wollte lieber nicht im Detail erläutern, wie sehr Stahl auf ganzer Linie versagt hatte. Attila hörte ihm ohnehin nicht richtig zu. Er hatte inzwischen seinen silbernen Laptop aufgeklappt, auf dem ein großer roter Stern als Aufkleber seine gelegentlich sozialistische Gesinnung dokumentierte. »Anwälte … viel Blabla … fette Rechnungen … Am Ende musst du es trotzdem allein ausbaden …«, murmelte er vor sich hin, als er auf seiner Tastatur herumhackte. Als Paul gerade, nur halbherzig entrüstet, dagegenhalten wollte, unterbrach Attila sofort: »Hast du WLAN?«

»Äh … Moment, ja … ich muss unten in der Kanzlei …«

Der Code des WLAN-Netzes der Kanzlei, das Paul auch in seiner Wohnung mit nutzte, stand auf einem kleinen Zettel, der an Fräulein Christianes Bildschirm klebte. Als Paul in die Wohnung zurückkam, telefonierte Attila gerade.

»… sonst brauchst du gar nichts? You need nothing else? Cool, ist geil. Unglaublich … Wait a moment …« Attila wandte sich Paul zu. »Und? WLAN?« Paul hatte die lange Ziffernfolge auf ein kleines gelbes Post-it notiert, das er Attila auf den Tisch klebte. »Wait …«, sagte der zu seinem Gesprächspartner, »… ich leg dich kurz … wait a second …«, dann tippte er die Nummernfolge ein, fluchte, tippte sie noch einmal und öffnete dann binnen Sekunden den »Newtown Blog«, der sich seit Pauls letztem Besuch schon wieder verändert hatte. Attila drehte den Laptop so, dass Paul Babiks neuestes Machwerk studieren konnte, während er sein Telefonat fortsetzte. »Okay, Alter, es ist ganz wichtig, dass du es erst machst, wenn ich dir Bescheid sage. Morgen früh vielleicht, okay … You do nothing before I tell you! You got me …?«

Paul las vom Bildschirm ab. »Kein Anwalt muss ein schmutziges Mandat annehmen«, lautete die markige Headline, diesmal ganz ohne schüchternes Fragezeichen, und dann gab es noch einen Untertitel: »Ein Interview mit Rechtsanwalt Wenzel Obenauf von unserer Hauskanzlei Obenauf und Mechtegern aus Erlangen«. In dem sogenannten »Interview« ritt der werte Herr Kollege auf der Berufsehre der Rechtsanwälte herum, und Babik drehte das dann sauber so hin, als wäre Paul Colossa ein Schandfleck für die Anwaltschaft. »Sagen Sie, Herr Obenauf, ist es nicht so, dass der Herr Colossa dieses Mandat annehmen musste, egal ob er es wollte oder nicht?« Was für ein scheinheiliger Drecksack. »Herr Babik, es ist so: Ein Rechtsanwalt ist zwar grundsätzlich dazu angehalten, Mandate ohne Ansehen der Person zu übernehmen. Aber es gibt Grenzen, wenn ein Mandat zum Beispiel gegen Anstand und gute Sitten verstößt oder sogar rechtswidrig ist.« Dieser Schweinehund! … Was war aus der guten alten Regel geworden, dass eine Krähe der anderen kein Auge aushackt? Die galt leider bei Anwälten ohnehin nicht … Paul kochte vor Wut. »Herr Rechtsanwalt Obenauf, habe ich das richtig verstanden? Das Sonderermittlungsgutachten, das Ihr Kollege Colossa da erstellt, macht er nur, weil er wahrscheinlich dafür gut bezahlt wird, und eigentlich darf er das gar nicht machen, weil es unanständig, sittenwidrig und illegal ist?« Das war ja wohl der Gipfel! »Herr Babik, inwieweit die Tätigkeit des werten Herrn Kollegen Colossa in diesem Fall rechtswidrig ist, kann ich nicht beurteilen.« »Vielen Dank, Herr Rechtsanwalt Obenauf, für diese Richtigstellung. Ich glaube, unsere Leser haben sehr genau verstanden, was Sie meinen. Erlauben Sie eine abschließende Frage: Hätten Sie diesen Auftrag übernommen, Herr Obenauf, wenn man Sie gefragt hätte?« »Herr Babik, da muss ich ganz klar mit Nein antworten. Die Kanzlei Obenauf und Mechtegern vertritt eine klare Rechtsethik. Aber natürlich ist jeder Kollege frei in seiner Entscheidung, was man macht und für was man sich nicht hergibt.«

Paul war fassungslos.

Attila kauderwelschte indes weiter, mit wem auch immer.

»Hast du dein Handy laut gestellt? Kann sein, dass es morgen schnell gehen muss … we have to make it quick, you understand?«

Paul schob den Laptop zur Seite und ging zum Schnapsschrank hinüber. In einem Zug leerte er die Espressotasse und griff sich wahllos eine Flasche Whisky mit blauem Etikett heraus. Er goss das Kaffeetässchen voll und nahm nur ganz am Rande wahr, dass es sich bei dem Whisky nicht um einen Schotten handelte, sondern um einen Bayern. Im Rumfass gereift. »Mit fruchtigen Aromen.« Paul interessierten in erster Linie die sechsundvierzig Prozent Alkohol in seiner randvollen Tasse, die er in einem Zug hinunterstürzte.

»Und ich krieg nur den wässrigen Kaffee oder was …?«, beschwerte sich Attila und hielt Paul eine ebenfalls leere Tasse hin. Er hatte zu Ende telefoniert. Paul füllte seine Tasse und die seines Gastes großzügig auf und stellte die Flasche in die Mitte des in den Holztisch eingelassenen Mühlefelds, an dem Oscar so oft gesiegt hatte.

»Die Kommentare sind langweilig«, kritisierte Attila den eben gelesenen Text. »Heute will dir keiner die Hütte abfackeln. Aber das ist jetzt sowieso egal, weil nämlich …«

Paul sah gespannt in das breit grinsende Gesicht des Freundes. »Weil nämlich was?«

»Weil nämlich der ›Newtown Blog‹ bald Geschichte sein wird, Alter!«, proklamierte Attila großspurig.

Paul staunte. »Wer sagt das?«

»Das sagt mein IT-Berater Osamah«, Attila blickte Paul tiefgründig an, »… aus Aleppo.«

»Okay …?« Paul wartete auf eine Erläuterung.

»Osamah wohnt aufgrund der bedauerlichen Zerstörung

und der totalen Entzivilisierung seiner syrischen Heimat durch Terroristen, Islamisten, Sadisten und Russen vorübergehend in München und … er schuldet mir ein Dutzend extrem fette Gefallen. Osamah hat ein Problem mit psychoaktiven Pilzen, ist aber in Sachen IT ein extremer Checker. Und was reimt sich auf Checker?«

Paul sah ihn an und fand es jetzt ein winziges bisschen nervig.

»Bäcker?«

»Nein, Alter, Hacker! Dieser Mann ist ab jetzt dein Buddy!«

Paul ahnte Ungutes. »Das ist illegal. Fast alles, was du mir über diesen … diesen Mann erzählst, ist illegal. Ich habe schon genug Ärger. Außerdem glaube ich nicht, dass es viel bringt, die Scheißkommentare zu löschen oder so …«, protestierte er zaghaft.

»No, man. Das bringt garantiert nichts. Wir haben uns deshalb überlegt, dass wir den kompletten Blog offline schicken. Wir machen das Ding vollständig platt. Verbrannte Erde, Alter. Funkstille forever. Wir übernehmen Babiks komplette Scheißinfrastruktur, kapern den Blog, legen ihn still und so.«

Offensichtlich meinte Attila es beunruhigend ernst.

»Osamah hat für den syrischen Geheimdienst gearbeitet. Er kennt sich also aus mit solchen Sachen. Moderne Kriegsführung, Alter. Genau das Richtige für Leute, die auf Oscars Grab gepisst haben! Du pisst auf Oscars Grab? Du bekommst Krieg. Klare Regeln.«

Paul war sprachlos. Das übertraf seine schlimmsten Befürchtungen. Was war das eigentlich, einen Blogger hacken und seine IT-Infrastruktur kapern? Strafrechtlich natürlich so eine Art Diebstahl oder Sachbeschädigung, also Datenveränderung und Datenvernichtung und wie sich diese neuen Paragrafen alle so nannten, die in den letzten Jahren dazugekommen waren. Damit hatte man im anwaltlichen Alltag eher selten zutun. Und dazu natürlich die zivilrechtlichen Probleme, also Schadenersatz und Unterlassung und natürlich Verlust der Anwaltszulassung. Ganz großes Kino. Nichts, womit Paul zu tun haben wollte. Obwohl …

»Attila, das ist … geht denn so was wirklich?«

Was es natürlich zu berücksichtigen galt, war die Frage, welchen Nutzen ein derart radikaler Schlag entfalten mochte. Paul würde sich mit so einer Nummer mehr als nachhaltig und auf geradezu legendäre Art und Weise an Babik und seiner Schmeißfliegenarmee rächen. Es würde seine Feinde bis ins Mark treffen, sie auf ganzer Breite vernichten. Und er hätte endlich wieder seine Ruhe! Darum ging es doch! Paul war kein Heiliger und auch kein Samariter. Er war einfach ein rechtschaffener Mann, der seine Ruhe wollte.

»Ist das denn halbwegs sicher? Ich meine, wenn die uns erwischen? Spricht dein Kumpel überhaupt gut genug Deutsch, um …«

»Alter …« Attila hatte sich jetzt in einer etwas klischeehaften Pose auf seinem Stuhl zurücksinken lassen und nahm kleine Schlucke Whisky aus seiner Tasse. »Osamah ist ein absoluter Profi. Und du bist komplett außen vor, weil du Osamah gar nicht kennst, oder? Und deine rassistischen Ressentiments, ob der Mann Deutsch spricht oder nicht, kannst du dir sparen; das ist doch völlig unwichtig, weil in der IT sowieso alles Englisch ist.«

»Ich hab diesen Mann noch nie gesehen!«

Attila grinste: »Genau, das erklär ich dir doch gerade. Und deshalb hast du auch keinen Stress!« Verschrobene Attila-Logik. »Vertrau mir einfach. Gewöhn dich dran, dass du ab morgen nicht mehr berühmt bist.«

»Attila, ich weiß nicht, ob ich die Idee wirklich gut finde …« Er wusste natürlich, dass dieser halbherzige Appell auf taube Ohren stieß. Aber etwas anderes schien Attila zu belasten. »Sag mal, Paul …« Was druckste er so herum? »Hast du eigentlich was dagegen, wenn ich heute Nacht oben bei Barbara penne?«

O Mann. Dieser Rammler! Aber Paul stand natürlich jetzt, wo Attila extra hergekommen war, in seiner Schuld. Das konnte er ihm schwerlich verwehren. Also zuckte er einfach nur mit den Schultern.

»Du pennst doch sicher jetzt eh, wird ja ein aufregender Tag morgen, oder? Ich nehm die Flasche mal mit hoch, ja?« Blitzschnell schnappte Paul ihm die Whiskyflasche vor der Nase weg. Wenn man dem Mann den kleinen Finger reichte! »Vergiss es«, ein Schmunzeln konnte Paul sich allerdings nicht verkneifen. Eigentlich wollte er Attila noch von seinem Gespräch mit Abstreiter erzählen. Und von seinem Besuch bei Bartholomäus. Aber dazu hatte er jetzt keine Lust mehr.

Ein bisschen *Brideshead* las Paul noch, bevor er ins Bett kroch. Schlafen konnte er allerdings nicht, obwohl er sich den Ventilator ins Schlafzimmer gezogen hatte. Dabei waren es nicht die Gedanken an das verwegene Unterfangen am kommenden Tag, die den Sandmann von Paul fernhielten. Es waren keine Gewissensbisse, auch nicht die Erinnerung an den kuriosen Besuch bei Bartholomäus und die dort gewonnenen Erkenntnisse und verstörenden Bilder. Er dachte nicht an Lara Wanek und auch nicht an Elvis Babik. Es waren auch keine sirrenden Stechmücken. Nein, Paul konnte nicht einschlafen, weil er lauschte. Er wollte mitkriegen, was dort oben in der Wohnung geschah, hinter dem Siegfried-Drachentöter-Fenster. Er wollte hören, wie die beiden es da oben trieben! Es war gar nicht unbedingt Voyeurismus. Ein klein wenig höchstens. Eigentlich fand er den Gedanken sogar unschön. Die ältliche Barbara und der junge Attila. Nun gut, so jung war der gar nicht mehr. Paul lauschte hauptsächlich aus einem gewissen Kontrolltrieb heraus. Wollte beherrschen, was unter seinem Dach passierte. Wenn er es schon nicht billigte, wollte er es wenigstens genau wissen. Er schaltete sogar den Ventilator ab. Aber dort oben war es mucksmäuschenstill. Verdammt noch mal, was trieben die beiden? Und wie? Sie würden ja wohl kaum kuscheln? Das fände Paul dann tatsächlich fast noch beunruhigender als animalischen Stellungskrieg … Kuscheln ging wirklich zu weit.

㊺ DACHEFFE

> Vielleicht sollte den mal einer richtig durchficken bis ihm die Rosette blutet. 02:17

Er wurde wach, als ein Sonnenstrahl ihn an der Nase kitzelte. Stunden später. Halb acht war es laut Smartphone. Hatte er heute eigentlich Termine? War heute Mittwoch? Das behauptete jedenfalls das Smartphone.

Paul schlurfte zur Espressomaschine. Er trug immer noch das T-Shirt mit den Visionen, hatte aber im Augenblick keine. Auch der Blick hinaus in den Garten half nicht, der Kirschbaum bereitete ihm sogar Bauchschmerzen. Gut, dass er gestern Nacht nicht gesprungen war! Dann hätte er heute tatsächlich zum Arzt gehen müssen. Nicht wegen Visionen, eher wegen Frakturen und Hämatomen. Im Moment hatte er vor allem Angst. Gestern, nach zwei Tassen Whisky, da hatte die verwegene Idee, Babik zu hacken, durchaus interessant geklungen. Nach der Sache mit dem Friedhof hatte er so einen kleinen inneren Rachefeldzug auch gut gebrauchen können. Aber heute, mit leichten Kopfschmerzen bei ansonsten klarem Verstand, da klang es eben nur noch kindisch, albern und nach illegaler Selbstjustiz. Moralisch war es zudem durchaus fragwürdig. Denn zum einen lag Babik zumindest in Sachen KIR womöglich gar nicht so weit vom Kurs, wie es wünschenswert gewesen wäre. Und abgesehen davon konnte Paul doch nicht einfach mal eben aus persönlicher Rache die berufliche Existenz dieses Mannes vernichten! Paul war Bestandteil eines ausgewogenen rechtsstaatlichen Gewaltenteilungsprinzips, da lag das Gewaltmonopol eben beim Staat, und es war nicht notwendig, sich privat Hilfe bei Ex-Mitarbeitern des syrischen Inlandsgeheimdienstes zu beschaffen. Wo war eigentlich der Zucker? Stand noch beim Mühletisch im Turmerker. Um diese Zeit waren die Farben, die durch das Romeo-und-Julia-Buntglasfenster hereinkamen, am stärksten. Überall flackerte und funkelte es blau, rot und grün auf den Dielen, auf den Bücherrücken in den Regalen und an der weißen Wand. Der *Boléro* lag noch auf dem Plattenspieler. Der kleine Plastikarm hob sich. Klack machte die Nadel, als Paul den Schalter betätigte … Frau Barbara hatte ihm diese italienischen Hörnchen in den Küchenschrank gelegt. Jedes einzelne in einer dünnen Silberpapiertüte knisternd, mit pappsüßem gelbem und rotem Gelee gefüllt. Lecker. Paul frühstückte also mit Ravel, im Turmerker sinnierend. Ein Glas Limonade dazu. Und Espresso. »Tam – tatata – tam – tatata – tap-tap – tam – tatata – tam – tatata – tatata-tatata …«, machte die kleine Trommel. Noch einen Espresso. Wie sollte Paul Attila seinen Rückzieher erklären? Jetzt, wo der extra hergekommen war! Und was gedachte Paul alternativ gegen Babik zu unternehmen, wenn Selbstjustiz ausschied und legale Justiz nicht weiterhalf? Es aussitzen?

Vielleicht brachte ihm der »Newtown Blog« Rat? Das tat er nicht. Paul betrachtete angewidert die neuesten Nachrichten. »Hier wohnt Piratenclown-Anwalt Colossa – und dort sein Opfer?«, lautete die Überschrift. Darunter zwei große Fotos. Links die Kanzleivilla, rechts daneben der

Haupteingang des Klinikums Neustadt. Unter dem Foto der Kanzleivilla die Adresse der Kanzlei nebst E-Mail und Telefonnummer. Und dann nur die lapidare Aufforderung: »Der ›Newtown Blog‹ fordert seine Leser auf, Rechtsanwalt Paul Colossa zu sagen, was sie von seiner Arbeit halten. Immerhin leben wir in einer Demokratie, da muss man sagen dürfen, was man denkt!«

Mitten in der Nacht hatte Babik das in seinen Blog gestellt. Ein Aufruf zur Lynchjustiz. Erst einundzwanzig Kommentatoren hatten bislang die Einladung wahrgenommen und Paul ihre Meinung mitgeteilt. Paul überflog es nur.

46 ROLAND

Die Treibjagd ist eröffnet! Wenn jemand sein Auto zerkratzt, gibt's auch noch ein Bier von mir! 20:33

»Ding-Dong …« Konditionierung nannte man das. Die Pawlow'sche Hundeglocke. Paul war seit gestern negativ auf seine Türglocke konditioniert. Kaum klingelte sie, sabberte Paul zwar nicht, aber er dachte an seinen Kirschbaum. Sicher war es nur Attila. Kein Grund, eine Hose anzuziehen.

Es war aber nicht Attila. Es war eine Parfümwolke, die polternd die Treppe heraufkam. Dicht gefolgt von einer Zorneswolke. Durchdrungen von grellen Wutblitzen aus giftig glitzernden Augen. Schließlich stand am Ende der Wolke Fräulein Christiane vor seiner Tür. Anstelle der zwischen einem Chef und Personal zu erwartenden morgendlich-höflichen Begrüßung blaffte sie ihn an: »Jetzt reicht's!« Voll Verachtung musterte sie seine nackten behaarten Beine. »Zieh dir was an und komm runter!« Und schon polterte sie wieder die Treppe hinab. Was war geschehen? Ärger mit Attila? Paul wollte sie nicht allzu lange warten lassen. Sie hatte noch nie privat bei ihm geklingelt. Und ihre Laune würde sich durch Warten sicher nicht verbessern. Wie hieß es doch? »Gut Ding will Weile haben.« Für »schlecht Ding« galt diese Empfehlung nicht.

Paul überlegte, ob er eine Krawatte anziehen sollte, wenn er jetzt zu Fräulein Christiane hinunterging. Wegen der

Autorität. Aber das half im Zweifel auch nicht. Dauerte vor allem zu lang. Paul hatte ein mulmiges Gefühl. Wie ein kleiner Junge, der etwas ausgefressen hatte. Nur wusste Paul gar nicht genau, was er ausgefressen haben sollte! Aber das war bei kleinen Jungen ja meistens so.

Warum war Fräulein Christiane eigentlich schon so früh da? Offiziell öffnete die Kanzlei um neun. Jetzt war es noch nicht mal acht. Fing sie immer so früh an? Paul kam immer so gegen Viertel nach neun herunter, er konnte es also nicht beurteilen.

Als Paul die Kanzlei betrat, saß Fräulein Christiane vor ihrem Computer. Allerdings blickte sie nicht auf den Bildschirm. Sie hatte die Beine lang ausgestreckt und sah Paul an. Mit einer Lesebrille weit vorn auf der Nase. Und schlimmer noch: mit verschränkten Armen. Vor ihr stand eine Packung Einmalhandschuhe. In einer Klarsichtfolie: ein geöffneter Briefumschlag.

»Zieh dir Handschuhe an«, befahl sie brüsk, und Paul gehorchte. Es dauerte einen Moment, denn zum einen waren diese komischen dehnbaren Gummihandschuhe sehr eng, und zum anderen stellte Paul sich etwas ungeschickt an, weil er nervös war. Es war fast wie bei einem Kondom. Der Vergleich drängte sich sowohl in Sachen Material als auch in Sachen Nervosität auf. Nur die Stimmung war nicht vergleichbar. Als Paul, unter den vernichtenden Blicken seiner Bürovorsteherin, endlich an beiden Händen geschützt war, blaffte sie ihn an: »Schau in den Brief rein!«

Paul zog also das Kuvert aus der Folie. Tausend Dinge schossen ihm durch den Kopf. Fräulein Christiane wusste offensichtlich, was sich darin befand. Und sie hielt Schutzvorkehrungen für angezeigt. Also war es gefährlich. Was, wenn die Vorkehrungen zwar sinnvoll, aber nicht ausreichend waren? Vielleicht war weißes Pulver im Briefumschlag? Anthrax! Da halfen Einmalhandschuhe gerade mal gar nichts! Sie wären allesamt binnen Sekunden mausetot! Aber Paul traute sich nicht, Fräulein Christiane Widerstand zu leisten. Nicht einmal, wenn ihn das dem Milzbranderreger aussetzte. Er schnupperte nur ganz unauffällig, nahm aber keinen Geruch wahr. Wie roch Anthrax eigentlich? Die es wussten, konnten es nicht mehr berichten.

Die Post war handschriftlich mit leicht krakeliger Schrift, vermutlich Kugelschreiber, an »Rechtsanwalt Dr. Paul Colossa« adressiert. Kein Absender.

Der Briefumschlag war, wie es im Büro üblich war, oben und an beiden Seiten mit einem scharfen Messer aufgetrennt worden. So konnte man ihn aufklappen, und es bestand keine Gefahr, dass Dokumente unentdeckt im Kuvert blieben und vielleicht im Papierkorb landeten. Bei dieser Sendung bestand allerdings diesbezüglich kein Risiko. Das »Dokument«, das sich Paul beim Aufklappen des Umschlags präsentierte, war schon auf den ersten Blick zweifelsfrei identifiziert: Toilettenpapier. Drei zusammenhängende Blätter, mehrlagig, rosa gefärbt. Und benutzt. In der Mitte war das Papier knittrig und zeigte eindeutig Fäkalabrieb. Und die Scheiße war sicher nicht von einem Hund. Paul verspürte einen heftigen Würgereiz. Instinktiv hielt er die Luft an. Gott sei Dank hatte er nicht näher daran geschnuppert. Das hier verlieh dem Phänomen »Shitstorm« eine ganz neue Note.

Rasch klappte er den »Brief« wieder zu und schob ihn zurück in die Klarsichthülle. Als er entsetzt Fräulein Christiane anblickte, hielt sie ihm einen geöffneten Müllsack und eine Sprühflasche mit Desinfektionsmittel entgegen.

»Alles hier rein!«, kommandierte sie.

Das ließ Paul sich nicht zweimal sagen. Als er die Handschuhe ausgezogen hatte, sprühte sie seine Hände intensiv mit der Chemikalie ein, dann auch sein Gesicht und seinen Oberkörper. »Aua, mein Auge!« Geradezu fanatisch hantierte sie mit der Sprühflasche herum. Sprühte allen Schmutz der Welt damit hinfort. Paul sog den scharfen Geruch, der sich im Raum breitmachte, begierig in sich auf, als könne er sich auf diese Weise auch innerlich desinfizieren.

Aber Fräulein Christiane war längst noch nicht fertig mit ihm.

»Jetzt hör den Anrufbeantworter ab! Oder vielleicht fängst du mit den E-Mails an?« Ihr Mund wurde ganz spitz. »Aber am besten gehst du zuallererst mal nach draußen!« Zack – war sie aufgesprungen. »Tack, tack …« machten ihre Stöckelschuhe, als sie, einem tropischen Wirbelsturm gleich, oder mehr noch, einem eisigen Blizzard, an Paul vorbeifegte und mit roher Gewalt die Kanzleitür und dann die Haustür zum kleinen Treppenaufgang draußen im Garten aufstieß. Sie stakste die Treppe hinunter und blieb im Vorhof stehen. Dort starrte sie hasserfüllt auf die Fassade der Villa.

Paul folgte ihr. Stellte sich neben sie. Sah … und staunte. Große weiße Buchstaben waren dort an der Hauswand. Der Künstler hatte den breiten Pinsel tief in seinen Farbeimer getaucht. Beim »K« und beim »I« waren ihm dicke Tropfen heruntergelaufen. Bis zum »R« hatte die Farbe gereicht. Dann hatte er den Pinsel neu getunkt. Beim »M« troffen wieder ganze Bäche bis zum Mauersockel herunter und färbten sogar die Grasbüschel weiß. Man sah auch den runden Kreis dort, wo der Eimer gestanden hatte, und die Spritzer, die der Pinsel auf seinem Weg zwischen Topf und Wand hinterlassen hatte.

»KINDERMORDER« stand dort. Es sollte vermutlich »Kindermörder« heißen, aber die Ö-Punkte, oder Striche, das war ja Geschmackssache, hatte der Autor im Eifer des Gefechts vergessen. Die Botschaft war auch so deutlich genug. Der Anfang des Wortes war etwas größer geraten als der Schluss. Da hatte ihn wohl der Enthusiasmus verlassen. Paul trat näher und prüfte die Farbe. Schon trocken. Er vermochte nicht zu sagen, ob es dieselbe war wie oben an Oscars Grab. Was den Täterkreis eingegrenzt hätte.

Und jetzt?

»So, jetzt hast du das gesehen, jetzt kommt der Rest!« Fräulein Christiane hatte Tränen in den Augen. Aber es war keine Traurigkeit in ihr. Nicht die Spur. Das war blanke Wut. Nein, mehr noch, das war Hass.

»Tack, tack, tack, tack …« stöckelte sie die Stufen hinauf zurück in die Villa. Paul dackelte ihr nach. Grübelnd, wie man so viel Farbe wieder wegbekam. Jeder Buchstabe war fast einen halben Meter groß. Emotionen verspürte er bislang nicht. Vielleicht brauchten die noch ein wenig länger.

»Piiiep … zwei Uhr neununddreißig …«, sagte die weibliche Computerstimme des Anrufbeantworters, dann kam eine andere Frauenstimme, die ganz echt war und beinahe kreischte: »Schämen Sie sich! Sie sind eine richtige Schande für Neustadt … und … und … für die ganze Menschheit! Sie Schwein! Klack … tut … tut … tut … Piiiep … drei Uhr drei …« Diesmal war es ein Mann, die Stimme klang ein wenig verraucht, und wenn man es genau nahm, lallte er leicht … »Ziehen Sie sich warm an, Herr Rechtsanwalt Paul

Colossa, das wird noch Konsequenzen haben, persönliche Konsequenzen … klack … tut … tut … tut … Piiiep … drei Uhr zweiundfünfzig … du blöder dummer Wichser … klack … tut … tut … tut.« So ging es eine Weile. Überwiegend Männer. Dabei hieß es doch immer, Frauen seien das kommunikativere Geschlecht. Das galt wohl nicht für Hassbotschaften. Fräulein Christiane saß starr da und beobachtete Paul. Der ließ sich jedoch nichts anmerken, blieb ganz ruhig. Immer noch verspürte er keine Emotionen. Alles war so seltsam! Das hatte allerdings keineswegs den Effekt, dass seine Bürochefin sich etwa auch beruhigt hätte. Eher im Gegenteil. »Und? Wie findest du das? Jetzt liest du auch noch die E-Mails!« Sie schrie ihn an. Eigentlich ging sie zu weit, aber Paul verstand ihre Erregung natürlich, auch wenn er selbst das Gefühl nicht teilte.

Die E-Mails waren mit den Hasskommentaren unter den Babik-Artikeln nicht zu vergleichen. Was sicher darauf zurückzuführen war, dass sich der Autor dort mittels seiner E-Mail-Adresse offenbarte. *Reiner_Doleschel@proweb.de* zum Beispiel hatte einen ganz freundlichen Brief verfasst.

»Sehr geehrter Herr Rechtsanwalt Colossa,
seit einigen Tagen verfolge ich mit Interesse Ihre Arbeit für das Kolleg Ida Rubinstein in Neustadt in den Medien. So wie ich es verstehe, hat man Sie beauftragt, Sonderermittlungen wegen des Verdachts des Einsatzes von Dopingmitteln bei Schülern durchzuführen, weil ein Schüler zu Schaden gekommen ist. Weiter entnehme ich den Medien, dass Sie nicht über die notwendige Erfahrung für solche Aufträge verfügen. Ob Sie über die charakterliche Reife verfügen, kann ich nicht beurteilen; die Frage müssen Sie

sich selbst stellen. Ich fordere Sie auf, Ihr Mandat niederzulegen und die Angelegenheit als Ehrenmann abzuschließen, solange Sie es noch können.
Hochachtungsvoll, R. Doleschel, Fürth«

Vermutlich ein ganz seriöser Mann, der gar nicht bemerkte, in welche Fake-News-Falle er getappt war. Pauls Auftrag war streng geheim, die Arbeit noch gar nicht getan. Was der Mann also bestenfalls gelesen haben mochte, das waren die verleumderischen Mutmaßungen von Babik und die darauf basierenden Mutmaßungen anderer Medien. Es war reiner Zufall, dass Doleschel in der Sache recht hatte. Mit der Fahnenstange im Nebel gestochert. Paul war einen Sekundenbruchteil lang versucht, dem Mann eine Antwort zu diktieren. Aber wozu? Zeitverschwendung.

Es war natürlich denkbar einfach, E-Mails auch mittels gefälschter Kontaktdaten zu versenden. Um so einen Fall handelte es sich vermutlich bei der Nachricht von *Arschaufreisser@qmail.com*. Wohl ein Pseudonym, denn diesen Namen hätte sicher kein deutsches Standesamt unbeanstandet gelassen. Die Nachricht beschränkte sich inhaltlich auf ein Wort: »Dreckswichser!!!«

Beunruhigend fand Paul vor allem eine E-Mail des Absenders *Woodesrogers@webmail.de*: »colossa es ist nur eine frage der zeit bis wir dich dahin kriegen wo du hingehoerst. Das ist der anfang. wirst bald wuenschen nie geboren worden zu sein.«

Nicht zuletzt in Anbetracht der konsequenten Kleinschreibung und der fehlenden Umlaute bestand kein Zweifel, dass es sich um ebenjenen Woodesrogers handelte, der Paul schon im »Newtown Blog« zugesetzt hatte und der, wenn auch nur mittelbar, letztlich durch seinen öffentlichen Aufruf das Graffiti an der Hausfassade verursacht haben dürfte.

Paul las noch ein paar weitere Mails. Was war nun zu tun?

Fräulein Christiane war ihm, was das betraf, ein paar Schritte voraus. »Du sorgst dafür, dass es aufhört! Verstanden?« Mit großer Erregung stopfte sie ihren Schlüsselbund in ihre Handtasche und sprang von ihrem Drehstuhl auf. »So etwas ist mir noch nie, im ganzen Leben nicht …« Sie blickte sich um, als hätte sie etwas vergessen, und ihr Blick blieb an Oscars großformatigem Schwarz-Weiß-Porträt hängen, das unübersehbar über dem Eingangstresen verkündete, wer hier im Hause ihr Chef war.

»Oscar hätte das niemals zugelassen! Nie wäre ihm so was passiert! Oscar hätte dafür gesorgt, dass unser guter Ruf nicht mit Füßen getreten wird. *Mein* guter Ruf!« Sie starrte angewidert auf den verknoteten Müllsack, der am Boden neben ihrem Drehstuhl auf den Schachbrettfliesen stand, nahm ihre Lesebrille ab, klappte sie langsam zusammen, blickte Paul tief in die Augen und sprach nun mit deutlich leiserer Stimme: »Wenn du das nicht geregelt kriegst, kündige ich. Und für heute nehme ich mir frei. Dein Halbzehn-Termin am Amtsgericht Weißenburg wurde wegen Erkrankung aufgehoben. Kam heute früh per Fax, liegt auf der Akte.« Sodann machte sie ihr Versprechen wahr und verließ ohne ein weiteres Wort die Kanzlei. »Klack, klack, klack, klack …«

Jetzt stellte sich endlich eine Emotion bei Paul ein: Es handelte sich um Sorge. Sofern man Sorge als Emotion bezeichnen wollte. Man mochte das Gefühl auch Existenzangst nennen. Konkret war es die Sorge oder die Angst, Fräulein

Christiane Wolff zu verlieren. Während all die Ereignisse um das KIR und dieser absurde Shitstorm etwas hochgradig Surreales an sich hatten, mit der wirklichen Welt gar nicht in Einklang zu bringen waren, war der Gedanke, ohne Fräulein Christiane arbeiten zu müssen, für Paul schlicht undenkbar. Unter all den übrig gebliebenen Menschen auf dieser Welt war sie für ihn das, was einer Mutter am nächsten kam. Ganz davon abgesehen war die Kanzlei ohne diese Frau schlicht nicht zu handhaben. Paul konnte es sich nicht vorstellen, sie zu verlieren. Das würde er nicht aushalten.

47 BLOCKWART

Elektroschocks wären das Richtige für ihn. Wenn keiner hilft, hilft Selbstjustiz. Es gibt nichts Gutes, außer man tut es. Verrecke, du Sondermüll! 23:33

Fräulein Christiane klackerte auf ihren hohen Absätzen die Straße entlang auf dem Weg zu ihrem dort geparkten Auto. »Fräulein Christiane … bitte, warten Sie …«, hechelte Paul, ihr nacheilend.

»Bitte …«, stammelte er.

Christiane Wolff blieb stehen. Auch wenn sie nicht begeistert wirkte. Oder vielleicht doch? Immerhin war ihr gerade ihr Chef nachgerannt. Und bettelte! Das war ja doch ein Zeichen von Wertschätzung. Aber sie zog nur die Augenbrauen hoch. Unheimlich hoch! Und runzelte dabei stark die Stirn. Sehr stark. Die Botschaft war klar: Hast du deinen Job schon erledigt? Oder warum belästigst du mich? Sagen musste sie das gar nicht. Bei diesem Stirnrunzeln erübrigten sich Worte.

Paul aber war getrieben von echter Verzweiflung, bergeversetzender. Die auch sein Gesicht wortlos transportierte. Und am Ende siegte wieder einmal die Ungerechtigkeit der Welt: Fräulein Christiane fiel auf den uralten Mutterinstinkt herein. Oder auf Pauls Dackelblick aus dem heilen Auge, was umso erbärmlicher wirkte. Oder auf eines der schrecklichen Missverständnisse zwischen Mann und Frau, die letztlich immer dazu führen, dass Männer kriegen, was sie wollen, auch wenn sie es selten verdient haben …

Christiane Wolff jedenfalls kehrte um, ging an Paul vorbei, zurück in Richtung Villa … klack, klack, klack … und Paul schlich hinter ihr her. In der Kanzlei wurde das Schauspiel noch skurriler. »Bitte, kommen Sie doch in mein Büro!« Paul bot ihr seinen Platz an seinem Schreibtisch an, und Fräulein Christiane folgte der Einladung. Zunehmend bereitwillig, denn inzwischen war sie neugierig geworden. Fast schon amüsiert. Auch sie konnte natürlich nicht aus ihrer Haut heraus.

Paul verschwand im Vorzimmer, wo sie ihn herumkramen hörte. »Was machst du da …?«, rief sie, bekam jedoch nur ein wenig erhellendes »Moment!« zurück. Paul betätigte sich indes in der kleinen Teeküche neben dem Empfangstresen. Er hatte den Wasserkocher angeknipst, der zu zischen begonnen hatte. Er hatte sich zwischen Earl Grey und Pfefferminztee entschieden und suchte jetzt den Zucker. Die Löffel. Milch? Lieber nicht … Und dann noch die besondere Note. Die fand er in einem schlecht getarnten Versteck in Fräulein Christianes Schreibtischschublade.

Mit einem Tablett betrat er nun wieder sein Büro, wo Fräulein Christiane, vom Buntglasfenster dramatisch in Farbe getaucht, tapfer damit kämpfte, ein Lächeln zu unterdrücken. Das einzig Strenge an ihr war eigentlich noch der straff gebundene Pferdeschwanz. Paul stellte den dampfenden Tee vor sie hin. »Du weißt doch, dass ich keinen Zucker mag …« Woher sollte er das wissen? Er ließ ihn einfach stehen und hielt ihr eine ihrer heimlichen Zigaretten aus der heimlichen Schublade vor die Nase. Aus dem dort ebenfalls verborgenen geheimen Feuerzeug ließ er die Flamme schnappen. In der Kanzlei herrschte ein striktes und von Fräulein Christiane drakonisch durchgesetztes Rauchverbot. Nur Paul wusste, dass sie selbst es regelmäßig brach. Ganz kurz blickte sie entsetzt auf das Feuer. Dann lachte sie, nahm die Zigarette, zog kurz daran und blies den Rauch schließlich genussvoll in die Luft. »Mach bloß die Fenster auf! Wenn Liliane merkt, dass ich im Büro rauche … Ich verbiete es ihr nämlich …« Beflissen sprang Paul auf und riss das Fenster zur Straße auf. Auch eines der beiden zum Garten. Aus den Augenwinkeln bemerkte er, dass Fräulein Christiane einen Löffel Zucker in den Tee rührte. Spätestens jetzt wusste Paul, dass er sie zurückgewonnen hatte. »Einen Aschenbecher … ach was, ich nehme den Teller …«

Paul nahm auf dem Gästestuhl Platz und bewunderte einmal mehr die elegante Erscheinung seines qualmenden Bürojuwels. »Also, die Sache ist die: Diese Kanzlei, die das KIR beauftragt hat, die einstweilige Verfügung gegen Babik zu beantragen, dieser Wichtigtuer Stahl, die haben … die haben komplett versagt …«, Paul hielt kurz inne, als ihm ein unerhörter Gedanke kam, »… oder es ist ihnen egal, was aus der Sache wird. Es ist ihnen nur recht, dass ich unter Druck stehe, weil ich dann schneller fertig werde …« Paul kratzte sich am Kinn, das in diesem Moment wieder besonders bösartig zu jucken begonnen hatte. Fräulein Christiane nippte schweigend an ihrem Tee und lauschte ihm.

»Ich meine, es kann denen ja tatsächlich egal sein, was Babik schreibt, solange er über *mich* schreibt! Das kommt denen doch absolut gelegen, wenn ich für sie die Prügel einstecke!«

Fräulein Christiane ließ Asche auf ihren Unterteller fallen. Ihre Fingernägel waren dunkelrot lackiert.

»Warum er sich dermaßen auf mich eingeschossen hat, ist mir allerdings schleierhaft … Ich meine, das mit diesem Internat ist eine wirklich durchgeknallte Sache! Ich hatte gestern ein Interview mit einem Schüler, der sich während unseres Gesprächs, direkt vor meinen Augen, irgendwelches Zeug in die Nase gezogen hat … Ich glaube, es war Ritalin … und dann ist der Junge total ausgetickt!«

Fräulein Christiane sah ihn regungslos an und sog an ihrer Zigarette. Man hörte das Knistern der Glut. Ihr Lippenstift hatte dieselbe Farbe wie die Fingernägel.

»Leider habe ich mich aus der Fassung bringen lassen. Dieser kleine … also dieser Schüler hat mich auf das Übelste beleidigt! Das können Sie sich gar nicht vorstellen … und da habe ich … ich habe ein Buch geworfen und ihn an der Stirn getroffen … ich bin dann sofort … ich habe ihn kurz darauf gesehen, mit einem Pflaster … also ich weiß nicht, ob diese Geschichte noch Konsequenzen hat …«

Der Anflug eines Lächelns kräuselte sich um Fräulein Christianes Mundwinkel, und sie nahm rasch einen Schluck Tee, um es zu verbergen.

»Gestern Abend bin ich noch in der Klinik gewesen und habe mir Hugo Rutland angeschaut …«

Pauls Bürodrache ließ Rauch durch die Nase strömen.

»Wenn das einer rauskriegt, dass ich da war, machen die mich fertig. Im Vertrag mit dem KIR ist eine Klausel, die es mir strengstens untersagt, Fragen zu dem Jungen zu stellen oder Untersuchungen anzustellen oder irgendwas … aber um den Jungen dreht sich alles! Also bin ich bei Bartholomäus gewesen, und wissen Sie, was der mir über Lara Wanek und Oscar erzählt hat?«

Wieder klopfte Fräulein Christiane ihre Asche auf den Unterteller. Ganz sorgfältig diesmal und blickte dabei versonnen auf ihre Finger. Mit einem nun etwas gekünstelt wirkenden Lächeln und mit leicht knarzender Stimme sagte sie: »Das war damals eine Ménage-à-trois, wie man so sagt. Die kleine Schlampe und Oscar und Bartholomäus wie Püppchen in einem Mobile, die umeinander tanzen. Und ich durfte es ausbaden. Das hat Bartholomäus dir erzählt? Erstaunlich! Damals war er noch nicht so fett. Eine ziemlich peinliche Nummer, für alle Beteiligten. Wie geht es dem Jungen?«

Jetzt suchte sie doch wieder Blickkontakt. Christiane Wolff hatte immer alles gewusst. Es musste hart für sie gewesen sein, denn sie hatte Oscar geliebt, und zeitweise war es vermutlich auch umgekehrt gewesen. Eine weitere Ménage-à-trois war das mit Christiane, Oscar und Pauls Mutter gewesen. Fräulein Christiane hatte in jeder Lage einen schweren Stand gehabt mit diesem Mann. Sie wusste, dass da immer auch weitere Frauen gewesen waren. Das hatte sie hingenommen. Weil Oscar ihr zum einen auf seine besondere Weise eben durchaus die Treue gehalten hatte. Und vor allem ihre Würde gewahrt hatte! Die war für Fräulein Christiane von außerordentlicher Bedeutung. Wichtiger noch als Glück und Gesundheit. Und ausgerechnet diese Würde konnte Paul jetzt nicht verteidigen!

»Der Junge … ich glaube, er liegt im Koma. Er hat einfach nur so dagelegen. Mit lauter Geräten und Schläuchen …«, gab Paul ihr Auskunft. »Bartholomäus sagt, es hat was mit dem Herzen zu tun …«

Fräulein Christiane nickte.

»Ich bin gestern bei Eisenreich am Amtsgericht gewesen. Er hat erzählt, Oscar hat sich öfter mit Babik herumgestritten?«, wechselte Paul das Thema.

Einmal mehr schmunzelte Fräulein Christiane, diesmal jedoch nicht gekünstelt. »Babik ist eine Kakerlake. Er provoziert gern, das merkst du ja. Aber er hat Biss. Und Angst hat der auch vor keinem. Er hat sich mit Oscar öfter angelegt. Wenn Oscar einen wichtigen Prozess geführt hat, saß Elvis Babik immer hinten drin. Oscar hat ihn jedes Mal abtropfen lassen. Hat ihn nie ernst genommen. Nie groß werden lassen. Nur einmal, da hat er Babik verklagt. Da war er zu weit gegangen. Auch so eine Rufmordsache. Das hätte Babik fast zu Fall gebracht. Leider hat er damals einen Sponsor gefunden, der das Geld für ihn aufgebracht hat und die Anwaltskosten. Sonst wäre der Typ längst weg vom Fenster. Oscar hat ihn trotzdem auf seine Weise respektiert. Er hat gesagt: Der Babik hat im großen Räuber-Beute-Zyklus eine wichtige Funktion. So ein Wadlbeißer ist für manche Leute unheimlich nützlich. Man darf ihn eben nur nicht zum Feind haben … und wenn doch, muss man ihn richtig händeln können!«

Paul hätte diese kluge Frau wesentlich früher und enger in die Sache einbinden sollen. Sie wusste so viel! Vor allem war in ihr ein Teil von Oscar; genau das, was er jetzt brauchte!

»Aber Babik ist doch ein winziges Licht! Sein Blog ist … ich meine … wen interessiert denn ein Blogger aus Neustadt?«, hielt er verzweifelt dagegen.

Wieder inhalierte Fräulein Christiane den Rauch tief. Draußen fuhr laut rumpelnd ein Lastwagen vorbei.

»Du machst gerade den allergrößten Fehler: Du kennst deinen Feind nicht und unterschätzt ihn deshalb! Erstens einmal wird Babiks Blog gern gelesen. Weil er unterhaltsam ist. Jeder liest so was gern. Und außerdem lesen es alle Großkopferten, weil sie sichergehen wollen, dass er sie selber nicht gerade am Wickel hat. Der Bürgermeister, die Polizei, Eisenreich, die Klinik. Jeder war schon dran. Und die freuen sich wie die Kinder, wenn es nicht sie, sondern einen anderen erwischt. Oscar hat sich manchmal weggeschmissen vor Lachen, wenn Babik wieder einen Artikel gegen einen Kollegen losgelassen hat. Aber die lesen das nicht nur in Neustadt, sondern in der ganzen Region und sonst wo. Der Mann ist kein Dummkopf! Der hat ein Händchen für Themen. Glaubst du, einer kriegt Hunderte von Kommentaren und wahrscheinlich Zehntausende von Lesern, wenn er die nur aus einer Kleinstadt rekrutiert? Er ist ja nicht der einzige Babik auf der Welt. Die kleinen Babiks in jeder Stadt, die sind gut miteinander vernetzt. Die Geschichte vom Piratenclown kommt auch bei Lokalbloggern in Stade oder Saarbrücken super an. Umgekehrt kriegt Babik von denen ebenfalls Stoff geliefert. Das Wichtigste aber, mein lieber Paul, sind gar nicht die normalen Leser! Babik und seine Kollegen, die sind vor allem Pflichtlektüre in den großen Redaktionen. Gerade weil die so nah dran sind an Geschichten wie dem Schloss da oben und dir. Gerade weil diese Typen so bissig sind, graben Leute wie Babik Sachen aus, die eine überregionale Zeitung oder ein Fernsehsender nie im Leben aufstöbern würde! Jetzt haben sie dich ausgebuddelt … «

»Warum mich!? Ich habe doch gar nicht …«

»Schau dich doch an!«, fuhr Christiane ihm barsch über den Mund. »Einen wie dich hätten sie sich backen müssen, wenn sie nicht zufällig über dich gestolpert wären. Ein Foto von dir ersetzt tausend Erklärungen, warum das da oben im Schloss ein Skandal ist! Du bist … du bist so ein verdammter Idiot, Paul! Was hast du dir nur dabei gedacht?«

Betroffen schluckte Paul. Christiane drückte ihre Zigarette auf dem Unterteller aus, ging damit zum Fenster und schüttete Asche und Kippe einfach hinaus. So blieb sie stehen. Verdammt. Die gute Laune war wieder beim Teufel. Der ganze Aufwand umsonst, und jetzt stank es auch noch nach Qualm hier drin. Paul hörte, wie die Kanzleitür geöffnet wurde. Vermutlich Liliane Draxler …

»Aber wie hat Oscar das gemacht? Wie ist er mit Babik fertiggeworden?« Christiane wandte sich Paul wieder zu und lehnte sich ans Fensterbrett, den leeren Unterteller in der Hand. »In den letzten Jahren war Ruhe. Oscar und Babik hatten irgendeinen Deal. Ich weiß nicht, was es war. Jedenfalls hatte Babik von einem Tag auf den anderen alles aus dem Blog gelöscht, was er je über Oscar geschrieben hat, und es kam auch jahrelang nichts Neues mehr. Bis jetzt … irgendwas muss passiert sein, das ihn aufgescheucht hat …«

»Ich wollte noch über was anderes mit Ihnen reden …« Paul erhob sich jetzt ebenfalls. Einen Moment lang stand er unschlüssig da, dann gab er sich einen Ruck, ging zum Gartenfenster und schloss es.

»Der Rauch ist noch längst nicht draußen«, protestierte Fräulein Christiane.

»Wir können es gleich wieder öffnen, aber jetzt wäre es mir lieber, wenn die Fenster zu sind … bitte.«

Etwas widerstrebend folgte die Sekretärin der Anweisung und schloss auch ihr Fenster.

»Na, dann bin ich ja mal gespannt …« Christiane kam näher, stellte den Unterteller wieder auf den Schreibtisch und zog sich einen Stuhl heran. So saßen sie und Paul sich auf der Besucherseite des Schreibtischs nun gegenüber, beide die Arme verschränkt. Paul stand auf und setzte sich auf die Schreibtischkante. Schwere Geburt. Eigentlich hatte er das nicht so haben wollen. Aber wie es aussah, gab es keine Alternative.

»Attila ist gestern Nacht gekommen …«, begann er zaghaft.

»Ich weiß«, antwortete Fräulein Christiane.

»Er hat die ganze Geschichte mitbekommen. Es ist etwas passiert, was ich Ihnen eigentlich nicht erzählen wollte … deshalb ist er sofort gekommen.«

Christiane hob wieder die Augenbrauen. Paul suchte kurz auf seinem Smartphone und reichte es ihr dann. Regungslos starrte sie auf den Bildschirm. Das Foto von Oscars geschändetem Grab. Paul hätte eine bissige Bemerkung erwartet, aber sie gab ihm einfach nur das Telefon zurück.

»Attila meint, dass wir etwas unternehmen müssten und dass … also er findet, dass normale Mittel nicht genug sind, um diese Sache unter Kontrolle zu bringen.«

Christiane wirkte abwesend. Sie sah Paul zwar an, aber es war eher so, als würde sie durch ihn hindurchblicken. Das mit dem Grab war wohl zu viel gewesen.

»Attila hat einen Hacker an der Hand. Er will Babiks Blog komplett lahmlegen. Ihn völlig vernichten.«

Zack, da kehrte Christiane zurück in die Wirklichkeit. Sie öffnete den Mund … schloss ihn wieder … Schnappatmung? Dann stand sie abrupt auf. Machte einen Schritt auf Paul zu. Und drückte ihn ganz fest an sich. »Paul …«, seufzte sie. Sie machte einen Schritt zurück, und mit tränenglitzernden Augen und breitem Grinsen sagte sie: »Du bist ein echter Colossa! Dein Vater wäre stolz auf dich!«

Wie bitte? Die Aussicht auf eine virtuelle Straftat genügte, um alle dunklen Wolken aus dem Gemüt seiner Sekretärin mit einem Wisch zu vertreiben?

»Aber es ist … Unrecht!«, stotterte er.

»Ach was!«, wies Fräulein Christiane ihn ärgerlich zurück, und um das zu untermauern, gab sie ihm allen Ernstes einen Schubs! »Jetzt hast du mich so beeindruckt, mach es nicht gleich wieder kaputt mit deiner Zimperlichkeit!«

Christiane wandte sich wortlos ab, stöckelte … klack, klack … zur Bürotür. Öffnete sie, ging hinaus. Und war weg. Sie schloss die Tür nicht einmal richtig. Hatte sie nur angelehnt. Na toll, jetzt zog der Zigarettendunst ins Vorzimmer. Draußen hörte er Fräulein Christianes Befehlston: »Die Tür bleibt zu, auch kein Telefon, ja? Der Termin in Weißenburg ist ausgefallen. Ruf den Mandanten sicherheitshalber an, dass er nicht kommen muss.«

Dann kam sie wieder herein. Gott sei Dank. Und sie hatte eine neue Zigarette in der Hand! Und jetzt im Mund. Verdammt. Er hätte nicht damit anfangen sollen. Paul hasste Zigarettenrauch. Auffordernd stand sie da. Was erwartete sie? Weitere Erklärungen? Ach so. Wo hatte er es denn hingelegt … das Feuerzeug? Erst als wieder Rauch aus ihrer Nase kam, setzte Christiane die Unterhaltung fort.

»Du hast doch nur Angst, erwischt zu werden!«

Fräulein Christiane hatte recht.

»Wenn mir da einer draufkommt, bin ich erledigt!«

»Ja, ja …«, ging Christiane ungeduldig darüber hinweg und suchte wieder nach dem Aschenteller.

»Ihr müsst das so schnell wie möglich durchziehen. Bevor das Geschmier da draußen und die Sache mit Oscars Grab …«, Christiane räusperte sich, »… bevor das die Runde macht!«

Es klopfte an der Tür. »Ich hatte doch gesagt, dass ich nicht gestört werden will«, bellte Fräulein Christiane. Und das so laut, dass die arme Liliane Draxler, die Paul auf der anderen Seite der Tür vermutete, es ohne jeden Zweifel hören musste. Verblüffenderweise öffnete sich die Tür trotzdem. Was dann doch nicht so verblüffend war, denn Attila kam herein. Wer sonst!? Der war Autorität gegenüber weitestgehend immun.

»Schon alle wach?«, fragte er und lachte fröhlich. »Sorry, Alter«, wandte er sich Paul zu, »war bisschen laut heute Nacht, aber … Alter!«, er grinste von einem Ohr zum anderen.

Wie bitte? Paul hatte doch alles gehört! Genau genommen hatte er gar nichts gehört. Es war doch vollkommen still gewesen! Wollte Attila ihn verarschen? Oder hatte Paul langsam, aber sicher einen an der Waffel?

㊽ PROFIKILLER1

Wenn wir zusammenlegen könnten wir einen dieser arbeitslos rumlungernden Asylbetrüger bezahlen, damit der dem Spacko einfach elegant die Gurgel zudrückt. Und den danach wegen Mord abschieben und da wo der Kanake herkommt machen die ihn dann auch gleich kalt. Zwei Kakerlaken auf einen Streich zerdrückt. 02:59

»Dann wollen wir Großes vollbringen, oder? Weiß Fräulein Christiane Bescheid?« Paul hatte nicht den Eindruck, dass er derjenige war, der hier und heute etwas zu entscheiden hatte. Attila schnupperte. »Kann ich vielleicht auch 'ne Kippe haben?«

»Wie du sicher weißt, gilt in der Kanzlei striktes Rauchverbot!« Fräulein Christianes Ansage war insofern besonders absurd, als sie eine qualmende Zigarette in der Hand hielt. Paul war allerdings zu verpeilt, um zu erkennen, dass die beiden einfach miteinander scherzten. Spätestens als Christiane wieder den Raum verließ und nun mit der dunkelroten Dunhill-Schachtel hereinkam und auch einen kleinen Aschenbecher mitbrachte, den sie anscheinend aus einem Hilton-Hotel entführt hatte, wie der Aufdruck vermuten ließ, hatte selbst Paul die Lage erfasst. In seiner Kanzlei war Anarchie ausgebrochen.

Klick, machte das Feuerzeug, und schon inhalierte auch

Attila ungesund tief Quecksilber und Teer. »Ich dachte, du hättest aufgehört?«, merkte Paul kritisch an.

»Willst du auch eine?«, ging Attila über den Einwand hinweg und fuhr geschäftig fort: »Okay, wir brauchen ein Telefon mit Rufnummernunterdrückung. Am besten Festnetz. Überträgst du deine Nummer?« Während er fragte, hatte Attila sich auf Pauls Stuhl gesetzt.

Paul wusste es nicht.

»Fräulein Christiane …?«

Die Bürochefin zuckte auch nur mit den Schultern.

»Egal, probieren wir es halt«, murmelte Attila und hatte schon den Hörer in der Hand, während er eine längere Nummer auf Pauls Schreibtischtelefon tippte. Kurz darauf erklang »die Internationale« als Klingelton. Attila zog sein sozialistisches Smartphone aus der Jeans, blickte kurz darauf und nickte dann befriedigt, als er den Telefonhörer wieder auflegte. »Alles cool, Nummer unbekannt«, stellte er fest. »Nehmen wir also dieses Telefon für die Aktion. Alter, gehst du mal raus an den Bus? Hinten drin liegt meine Gitarre. Die brauch ich gleich.«

Aber so weit war Paul noch nicht. »Was meinst du damit? Wozu nehmen wir mein Telefon?«

»Wirst schon sehn«, wiegelte Attila ab und schob Paul einen riesigen klappernden Schlüsselbund über den Tisch. »Du musst ihn ins Schloss stecken und drehen. Der Scheißfunkschlüssel funktioniert nicht. Wahrscheinlich Batterie leer.«

Doch Paul ließ nicht locker. »Was soll das? Mein Telefon, die blöde Gitarre? Attila, das ist kein Spiel! Ich will wissen, was du vorhast!«

Als Paul weitere Einwände vorbringen wollte, legte Fräulein Christiane ihm beruhigend eine Hand auf den Arm. »Paul, lass ihn doch einfach mal machen. Hol ihm die Gitarre. Dann werden wir sehen, was er vorhat.«

Die Heckklappe des weißen Caritas-VW-Busses mit dem Münchener Kennzeichen draußen vor der Kanzlei quiekte erbarmungswürdig. Darin, wie immer, zahllose Kartons voller Kram, den Attila für seine Asylbewerber zusammengeschnorrt hatte. Kleidung, Küchengeräte, Spielzeug. Und tatsächlich: die Gitarre. Paul kannte das Instrument gut. Attila hatte damit bereits während der Schulzeit Mädchen ins Bett gekriegt. Es war eine sehr hässliche, stark abgeschabte Gitarre. Wie Unkraut standen oben am Griff die eingespannten Seiten ab. Anständige Musiker hätten die vielleicht abgezwickt. Aber darauf kam es Attila nicht an. Er konnte dem Ding wirklich schöne Töne entlocken, ganz gleich, wie es aussah. Deshalb zog Paul die Klampfe zärtlich und nicht ohne Ehrfurcht aus dem Bus.

Als Paul durchs Vorzimmer zurückkam, machte Liliane Draxler sich gar nicht mehr die Mühe, die Kippe vor ihm zu verstecken. »Oh, schön, eine Gitarre!«, stellte sie vielmehr gut gelaunt fest.

»Gib her!«, begrüßte Attila die Lieferung seiner Gitarre, als Paul wieder durch die Doppeladlertür ins Büro trat, und verzichtete darauf, sich bei Paul zu bedanken. Gerade telefonierte er wieder über sein Smartphone.

»Also ist alles fertig, you can start now?« Es hatte schon etwas Unterhaltsames, einen Ungaro-Rumänen und einen Exilsyrer Deutsch-Englisch kauderwelschen zu hören. Wenn das Thema nur nicht so ernst gewesen wäre. »Es muss genau gleichzeitig passieren … simultaneously, okay? Wenn das Wort kommt, das ich dir gesagt habe. The codeword? In einer Viertelstunde machen wir es, ja? Du bereitest alles vor! I call you in fifteen minutes, man!« Der andere sagte etwas, und Attila lachte dreckig, dann beendete er das Gespräch und begann, als wäre es das Selbstverständlichste der Welt, seine Gitarre zu stimmen. »Dong … dongdongdong … dong …« Während er die D-Saite auf Harmonie trimmte, erteilte er weitere Anweisungen. »Such mal die Telefonnummer von Babik raus. Die brauchen wir gleich … Dongdong … dong.« Ohne weiteren Widerstand befolgte Paul Attilas Befehl. Der saß jetzt auf dem Chefsessel. So lief das eben. Und jetzt war nicht der Zeitpunkt für Rangordnungskämpfe. Paul würde ihn später schon wieder wegbeißen. Er notierte die im Smartphone entdeckte Telefonnummer von Babiks sogenannter »Redaktion« auf einem Post-it und klebte es vor Attila auf den Tisch. Diese »Redaktion« war bestimmt ein windiges Zimmerchen in einem zugigen Altbau. Paul konnte sich bildhaft vorstellen, wie der pummelige Babik zwischen leeren Plastikflaschen und Pizzakartons mit fettigen Fingern seine Computermaus herumschob. »Ding … dingding …«, stimmte Attila die E-Saite, den Zigarettenstummel lässig im Mundwinkel. Auch Fräulein Christiane wirkte gelassen, verglichen mit vorhin. Sie griff sich das Telefon, wählte drei Tasten und … »Liliane, wenn du magst. Mach doch den Anrufbeantworter an und komm zu uns. Barbara soll auch kommen. Bringst du uns Kaffee mit … eins, zwei … also wenn Barbara und du auch einen wollt, fünf Tassen! Und sperr vorne zu, ja?«

Paul setzte sich an den kleinen Besprechungstisch am Fenster, der zu Oscars Zeiten eigentlich für sogenannte Mandanten dritter Klasse reserviert gewesen war. Genau so fühlte Paul sich. Liliane Draxler und Frau Barbara kamen herein, letztere mit einem Tablett voller Espressotassen. Mit einem Augenzwinkern schob sie den Aktenstapel, der vor Paul auf dem Beistelltisch lag, beiseite und stellte ihm einen dampfenden Espresso hin. Attila fummelte, die Gitarre auf dem Schoß, gerade wieder an Pauls Telefon herum. »Funktioniert!« Dann lehnte er sich genüsslich zurück, legte demonstrativ seine beturnschuhten Füße auf die Schreibtischplatte, schlürfte aus seiner Tasse.

»Und jetzt?« Barbara himmelte Attila regelrecht an. Der tippte auf Pauls Computertastatur herum und öffnete am Bildschirm den »Newtown Blog«.

»Dann wollen wir mal …«, verkündete er. Was hatte er nur vor? »Hello …« Eine Männerstimme ertönte aus seinem Smartphone, das er offenbar laut gestellt hatte. »Are you ready? Alles bereit?«, fragte Attila, und aus seinem Telefon antwortete die Stimme mit starkem Akzent: »Alles super. Isch bin total bereit. Are you ready, too?« – »Yes, Sir«, bestätigte Attila mit einem Kleinjungengrinsen. »Wir sehen den ›Newtown Blog‹. Can you see it?« – »Yesss. Isch brauche one klick, und die ›Newtown Blog‹ ist futsch … har, har, har …« Ganz schön dreckig lachen konnte dieser Syrer.

»Dann …«, verkündete Attila, »… beginnen wir mit unserer legendären Paul-und-Oscar-Colossa-Rache-Show!« Er griff nach dem Post-it mit Babiks Telefonnummer, tippte die Nummer auf dem Schreibtischtelefon und schaltete den Lautsprecher erneut ein. Paul beugte sich vor. Jetzt war auch er gespannt. Alle starrten auf Attila. Der zupfte einige Akkorde auf seiner Gitarre, während das Telefon »Tuuut … tuuut …« machte. Was sollte das werden?

Als würde er einem imaginären Rhythmus lauschen, wiegte Attila den Oberkörper hin und her. Aus dem Lautsprecher des Smartphones räusperte sich der Syrer. Aus dem Schreibtischtelefon machte es »Tuuut … tuuut …« Vielleicht war Babik nicht da? Der würde vermutlich nicht den ganzen Tag in seinem versifften Kabuff herumhängen und Pizza futtern? »Tuuut … tuuut …« Langsam bewegte Attila die Hand in Richtung des Telefons. Wollte er auflegen? Dann: »Hallo …?« Eine Frauenstimme. Damit hatte keiner gerechnet. Und jetzt? Wer wollte etwas sagen? Was sah Attilas Drehbuch vor? »Hallo, wer ist denn da …?«, fragte die Stimme.

»Ähhh … ist das der ›Newtown Blog‹?« Attila klang wie ein Kind bei einem Telefonstreich.

»Nein …«, sagte die Frauenstimme. Das brachte Attila aus der Fassung: »Wie, nein? Aber das ist doch die Nummer vom ›Newtown Blog‹ in Neustadt, oder?«

»Nein …«, beharrte die Frau, der Stimme nach sehr jung. »Das ist meine Nummer. Auf Wiederhören … tut … tut … tut …«

Immerhin war sie höflich geblieben.

Fräulein Christiane hingegen riss Attila etwas grob den gelben Zettel mit der Nummer aus der Hand, drückte einen Knopf am Telefon, blickte auf den Zettel, auf das Display, noch einmal auf den Zettel und maulte dann. »Du hast dich vertippt! Vier drei, nicht drei vier!«

»Ey, bin ich eine Sekretärin, oder was?«, ätzte Attila zurück.

»Zum Glück nicht!«, konterte Fräulein Christiane gereizt.

Die Luft knisterte. Wieder begann Attila zu tippen, wieder kam aus dem Lautsprecher ein »Tuuut …«, und dann sofort eine Männerstimme: »Sie haben die Nummer der Redaktion des ›Newtown Blog‹ in Neustadt gewählt, bitte …« Scheiße. Ein Anrufbeantworter. Ein kollektives Luftholen war im Raum zu spüren. »… hinterlassen Sie Ihre Nachricht nach …«, doch dann klickte es in der Leitung, und dieselbe Stimme, in etwas anderer Tonlage, unterbrach den Ansagetext: »›Newtown Blog‹, hier ist Babik …« Attila reckte einen Daumen nach oben, sagte aber nichts. Die Stimme klang genervt. »Hallo? Babik hier, ›Newtown Blog‹ …« Was immer Attila vorhatte: Jetzt oder nie! Attila stand auf, stellte seinen Turnschuh auf Pauls Sessel, suchte mit der linken Hand einen Griff auf der Gitarre und sprach dann in Richtung des Telefons: »Babik, ich habe was für dich!«

»Mit wem spreche ich denn?«, hörte man Babiks Stimme wieder aus dem Lautsprecher. Und dann begann Attila zu spielen. Eine Melodie. Diese Akkorde kamen Paul doch bekannt vor. Attila wiederholte die Akkorde, wiederholte sie noch einmal … das war das Intro von »Wonderwall« von Oasis! Paul musste leise lachen. Es klang sensationell. Babik blieb still an seinem Ende der Leitung. Passierte ihm sicher auch nicht alle Tage. Dann begann Attila zu singen. Mit melodischer, leicht kratziger Stimme. Tief und rockig: »Today … is gonna be the day that they're gonna throw it back to you …« Die Augen der anwesenden Frauen glänzten. Ja, das war die Wirkung, die Attila mit seiner Gitarre auf Doppel-X-Chromosomen üblicherweise erzielte. Paul gefiel das auch. Attila war so cool! Er hatte nur keinen Schimmer, was Attila mit seiner Show beabsichtigte. Attila sang jetzt lauter und eher in Richtung seines Smartphones … »By now you should have somehow realized WHAT YOU GOTTA DO …«

Aus Pauls Smartphone hörte man den Syrer rufen:

»Ready!« Attila spielte indes weiter. »I don't believe that anybody feels the way I do, about you now …«

Zuerst sah nur Liliane Draxler auf den großen Bildschirm auf dem Schreibtisch. Staunend stellte sie ihre Espressotasse ab und zeigte mit dem Finger darauf. Jetzt blickten auch die anderen hin. Dort, wo gerade noch das Foto von der Kanzleivilla und der Klinik in Babiks Blog geprangt hatte, verbunden mit der Aufforderung, Paul die Meinung zu sagen, stand jetzt klein und blau vor weißem Hintergrund: »ERROR 404, page not found.« Sonst nichts. Alles war weg. Der Blog war verschwunden.

Attila warf einen kurzen Blick über die Schulter, erkannte, was passiert war, wandte sich dem Telefon wieder zu und spielte noch ein paar Akkorde. Plötzlich ertönte aus dem Lautsprecher ein wütendes »Fuck, was ist denn … Scheiße …« von Babik, und Attila drückte blitzschnell auf den roten Hörer auf dem Telefon. Das Gespräch war beendet. Es war ganz still im Raum. Der Erste, der etwas sagte, war der Syrer. »Mission completed, Attila, oder? Rischtig gut gemacht, oder? Machgut, Attila, servus!«, und weg war auch er. Der geheimnisvolle Geheimdienstmann. Ja, das hatte der in der Tat richtig gut gemacht. Wahnsinnig unheimlich, aber richtig gut.

»Was war das denn? Und warum … ›Wonderwall‹?«

»Der Text passt einfach total, Alter. Wir haben es dem Penner hingeschmissen. Jetzt weiß er, mit wem er sich angelegt hat!«

Attila legte die Gitarre auf den Schreibtisch und strahlte von einem Ohr zum anderen.

»Wir müssen den Anrufbeantworter ausschalten. Und die Fassade sauber machen! Ich habe keine Lust, dass jeder,

der hier hereinspaziert kommt, mich fragt, warum da Kindermörder auf dem Haus steht!«, rief Christiane die konspirative Gemeinschaft in den Alltag zurück. »Die Show ist vorbei. Hat mir gefallen.« Hatte sie Attila jetzt ernsthaft zugezwinkert?

»Wollen wir vielleicht die Polizei …?« Alle blickten Paul entnervt an. Sogar Liliane Draxler.

»Liliane, Barbara, fahrt ihr doch in den Baumarkt und schaut mal, was man da machen kann. Es gibt doch bestimmt Chemikalien, um Graffiti zu entfernen?«, erteilte Christiane weitere Weisungen. Wenige Augenblicke später herrschte ungewöhnliche Ruhe im Büro. Auf dem Bildschirm prangte immer noch der trostspendende »Error 404«.

49 VOLVO

> Da haben die sich echt den gehirnamputiertesten Deppen der Welt ausgesucht. Ich lach mich schlapp! 20:49

Zwischen den Aktenstapeln hatte Attila seine Gitarre liegen lassen. Paul konnte nicht Gitarre spielen. Nur so ein paar Griffe. »Klong, dang! …« Lieber nicht. Behutsam lehnte er das Instrument aufrecht an den Tisch und widmete sich der Trockenlegung des Papiermeeres. Soweit erkennbar, war das hier überwiegend »Schmierpapier«, also Fehldrucke, überzählige Kopien oder Korrekturfahnen. So ein Schmierblatt konnte Gold wert sein! Aber wann traf man im Leben schon auf den »Idealfall«? Die meisten mit wichtigen Notizen beschmierten Blätter lagen leider nicht in der passenden Akte, sondern auf wüsten Haufen, und Paul hatte bisweilen keine Ahnung, was er sich da eigentlich mit krakeliger Kralle notiert hatte, geschweige denn, zu welchem Fall die Notiz gehören mochte. Besonders kritisch: Einige der hier verstreuten Blätter waren wohl doch kein Schmierpapier, sondern aus Akten herausgefallen. Genau genommen hatte Paul sie herausgezogen und vergessen, sie wieder einzuheften. Und diese Blätter sahen genauso aus wie Schmierblätter. Manchmal hatte Paul sich sogar versehentlich auf deren Rückseite Notizen zu einem Telefonat mit einer Staatsanwältin gemacht. Und es gab praktisch keine Möglichkeit, diese Art von »wertvollem« Papier von dem anderen zu trennen. Nun wäre es zwar möglich gewesen, jedes einzelne Blatt in die Hand zu nehmen, es sich genau anzuschauen und so lange nachzugrübeln, bis einem einfiel, zu welchem Fall es gehörte. Aber dann konnte Paul auch gleich zu einem Heiligen beten, er möge um Herrgotts willen die kosmische Ordnung wiederherstellen. Doch Paul war zum Glück kein träumerischer Spinner. Zudem hätte er auch gar nicht gewusst, welcher Heilige in solchen Fragen eigentlich zuständig gewesen wäre. Paul sah lieber mal auf seinem Smartphone nach. Ob der »Newtown Blog« dort auch verschwunden war? Musste er ja wohl. Tatsächlich. Auch hier hatte sich der »Error 404« bereits verewigt.

50 TEREX

> Diese Hundescheisse sitzt wahrscheinlich den ganzen Tag faul in seinem Büro rum und seine Tastatur ist total mit Wichse verklebt und er zählt sein Abzockergeld. 01:09

Als Fräulein Christiane die Tür des Büros das nächste Mal öffnete, diktierte Paul gerade eine Klage.

»Paul, Frau von Battenberg ist jetzt da …«

Tatsächlich schon eins?

Im Wartezimmer fand Paul eine Frau vor, die ihm auf Anhieb grundsympathisch war. Fliederfarbenes Kostüm, ein fliederfarbener Hut, fliederfarbene Stöckelschuhe. Unter dem Hut: sauber frisierte weiße Locken. Das Alter … so um die achtzig? Diese Frau sah dermaßen aus wie die Queen! Paul war fasziniert. »Frau von Battenberg, mein Name ist Paul Colossa. Darf ich Sie in mein Büro bitten?« Er strahlte die alte Dame an. Diese erschrak, sie hatte gerade eine Illustrierte gelesen. Die Ausgabe kannte Paul schon, er kannte sie alle. »Oh, Herr Rechtsanwalt. Entschuldigen Sie vielmals. Ich war ganz abgelenkt … das ist doch alles dusseliges Zeug, was die in diesen Zeitungen schreiben. Aber recht unterhaltsam …« Sie kicherte. Bezaubernd.

»Ich kann Ihnen nur zustimmen«, bestätigte Paul. »Ich lese das auch sehr gern. Darf ich Ihnen vielleicht eine Tasse Tee anbieten?« Was auch sonst …

»Oh, mein Lieber«, die Dame hatte eine Aura erlesenster Vornehmheit. »Wenn Sie mich schon fragen, hätte ich lieber ein Glas Wasser!«

Als sie an Pauls Schreibtisch saßen, holte die Mandantin umständlich einen Briefumschlag aus ihrer Handtasche. Den gab sie Paul allerdings nicht, als der bereits die Hand danach ausstreckte, sondern hielt ihn fest in ihren runzligen Fingern. »Zuletzt habe ich Sie bei der Beerdigung Ihres Onkels gesehen, Herr Rechtsanwalt. Da hatten Sie diese Verletzung aber noch nicht.« Sie deutete mit dem Finger in ihr Gesicht und spielte damit offenbar auf Pauls Augenklappe an. Paul legte die Augenklappe, vielleicht aus Trotz, inzwischen gar nicht mehr ab. »Aber wenn ich Ihnen das einmal sagen darf: Sie erinnern mich damit ungemein an den Grafen von Stauffenberg. Ich habe ihn damals in München einmal persönlich kennenlernen dürfen. Meine Eltern waren mit der Familie bekannt. Da wusste natürlich noch keiner, dass er … na ja, aus was für einem Holz dieser Mann geschnitzt war! Ich war damals noch ein Backfisch …« Verträumt guckte die alte Dame auf den Umschlag in ihren Händen. »Ganz schneidige Erscheinung, mein Lieber!« Sie lachte Paul an. Der fühlte sich geschmeichelt. Stauffenberg? Der Hitler-Attentäter? Richtig, auf manchen Fotos hatte er eine Augenklappe gehabt. Mit dem ließ Paul sich natürlich deutlich lieber vergleichen als mit Captain Hook! Aber wenn diese Frau Stauffenberg persönlich gekannt hatte, dann musste sie in den Vierzigern ein Teenager gewesen sein? Dann war sie heute … Erstaunlich.

»Sie kannten meinen … ich meine, Sie kannten Dr. Colossa?«

»Oh, natürlich …« Sie kicherte wieder ganz reizend, weshalb Paul die schlimmsten Vermutungen durch den Sinn gingen. Oscar war alles zuzutrauen gewesen. »Wir hatten eine langjährige ganz hervorragende Geschäftsbeziehung, Ihr Onkel und ich. Ich habe ihm blind vertraut …« Erneut kicherte sie. Paul fragte lieber nicht, ob die Beziehung rein geschäftlicher Natur gewesen war. Dann änderte sie die Stimmlage und reichte Paul endlich den Briefumschlag. »Nun, deshalb bin ich aber nicht hier. Ich habe diesen Brief erhalten. Eine unangenehme Sache. Ich bin sicher, Ihnen fällt dazu etwas ein …«

Paul zog das Schreiben aus dem bereits säuberlich geöffneten Kuvert und hielt einen Schriftsatz einer dieser großen Abmahnkanzleien in Händen. Es ging um illegale Downloads von Filmen aus dem Internet. Ein Massenbrief. Die sahen alle gleich aus. Was hatte sie denn illegal heruntergeladen, die alte Dame …? Paul staunte nicht schlecht! Es ging um insgesamt vier Filme. Die Anwälte schlugen zur vergleichsweisen Einigung eine Zahlung von zwölfhundert Euro nebst achthundert Euro Anwaltsgebühren vor. Abmahnerei war ein einträgliches Geschäft! Niemand wusste das besser als Paul, der Betreiber des Abzockalgorithmus »Consul«. Aber das eigentlich Erstaunliche waren in diesem Fall nicht die Anwaltsgebühren, sondern die Filme an sich!

»Frau … von Battenberg … diese vier Filme … das sind anscheinend …«

Paul kannte die Werke nicht, er zog lediglich Rückschlüsse aus den Titeln. Die für sich sprachen. Was war wohl zu erwarten von einem Streifen namens: *Akte Sex – Sex – Sex, notgeile Assistentinnen beim Ficktat*? Auch der Titel *Anal für Cobra Sex* ließ wenig Interpretationsspielraum.

»Ich weiß selber, was das ist. Darum geht es nicht. Die Frage ist, ob ich die zweitausend Euro bezahlen muss? Oder ob Sie vielleicht eine Idee haben …« Ganz sachlich klang die alte Dame. Nur Paul war errötet. Er betrachtete noch einmal den Briefumschlag. »Also … dieser Brief … der kam mit der Post?«

Die Frau kicherte wieder. »Sie meinen, ob der Postmann bei mir zweimal geklingelt hat, als er mir den Brief brachte …?«

Paul wurde noch röter. »Ähm … im Grunde ist genau das tatsächlich die Frage. Wenn es nämlich ein Einschreiben war und Sie dem Postboten den Rückschein unterschrieben haben, dann wäre es eher schwierig … aber der Briefumschlag sieht nicht danach aus …«

»Nein«, bestätigte die Mandantin. »Der lag einfach so im Briefkasten. Ich habe nichts unterschrieben.«

»Nun …«, Paul wusste nicht recht, wo er hinsehen sollte, so peinlich war ihm die Not der alten Dame. »Dann müssten die Ihnen erst einmal beweisen, dass diese Abmahnung Ihnen überhaupt zugegangen ist! Was bei einem einfachen Brief schwierig, ja im Grunde genommen sogar unmöglich ist. Wenn Sie jetzt also so tun würden, als ob Sie den Brief nie bekommen hätten … wissen Sie, diese Anwälte haben es auf schnelles Geld abgesehen. Wenn die zehntausend solche Schreiben verschicken und zehn Prozent der Empfänger Panik kriegen und die zweitausend Euro sofort zahlen, dann verdient der Filmverleih auf einen Schlag über eine Million und die Anwälte obendrauf noch einmal fast genauso viel. Es besteht eine gewisse Wahrscheinlichkeit, dass die den anderen neunzig Prozent gar nicht nachrennen.«

»Aber in dem Schreiben sind hintendran mehrere Urteile …«, merkte die alte Dame skeptisch an.

»Ja«, bestätigte Paul. »Hin und wieder ziehen die tatsächlich jemanden vor Gericht, und sie kriegen manchmal auch recht. Das ist Teil dieses … Geschäftsmodells. Die würden sich natürlich unglaubwürdig machen, wenn sie nie vor Gericht gehen. Dann wäre ihre Drohkulisse ja nicht ernst zu nehmen. Aber von den neuntausend, die nicht zahlen, verklagen die vielleicht zwei oder drei … und da können Sie sich selber ausrechnen, wie hoch das Risiko ist, dass Sie dabei sind …«

Die alte Dame lächelte. »Ich sehe, Herr Rechtsanwalt, dass Sie die Gepflogenheiten Ihres Onkels übernommen haben. Das freut mich sehr!«

Paul war erneut geschmeichelt. Dabei hatte er gehofft, dass die rote Farbe langsam wieder aus seinem Gesicht verschwinden würde. »Ich muss Ihnen natürlich auch sagen, Frau von Battenberg, dass das ein reines Glücksspiel ist und dass Sie, für den Fall, dass die sie doch verklagen und erfolgreich sind, mit noch höheren Kosten zu rechnen hätten …«

»Dann gefällt mir die Geschichte ja gleich noch viel besser. Hin und wieder spiele ich ganz gern …« Sie kicherte erneut. »Hätten Sie etwas dagegen, Herr Rechtsanwalt, wenn ich den Brief gleich hier bei Ihnen lasse? Wenn ich ihn ja ohnehin nie bekommen habe?«

Jetzt musste Paul lachen. »Frau von Battenberg, ich habe da eine hervorragende Idee, bitte folgen Sie mir doch ins Vorzimmer zu Fräulein Christiane!«

Die beiden gingen nach draußen, Fräulein Christiane war jedoch fort. Egal, so gut kannte Paul sich dann doch aus. Er bat seine Mandantin hinter die Empfangstheke, steckte den Brief nebst Umschlag in den schmalen Schlitz des Aktenvernichters und drückte den roten Knopf. Mit lautem Summen wurde das Papier eingezogen und in winzige Papierfäden zerschreddert.

»Entzückend!«, rief die alte Dame aus.

»Aber das muss unser Geheimnis bleiben, Frau von Battenberg, versprochen?«

Sie zwinkerte ihm zu.

Paul fand diese Frau einfach sensationell. »Wissen Sie«, vertraute er ihr an, »ich habe bei diesem Aktenvernichter immer große Angst, dass meine Krawatte einmal hineingezogen wird und mich die Maschine dann langsam, aber sicher stranguliert …«

Jetzt lachte die alte Dame laut auf. »Nein, das wäre in der Tat äußerst unangenehm!« Sie zögerte kurz und ergänzte dann, wieder ganz ernst im Ton: »Wissen Sie, ich denke, dass der Junge aus dem Nachbarhaus sich in mein WLAN gehackt hat. Das ist ein komischer Kauz. Der ist sicher so um die Anfang dreißig! Aber er findet kein Mädchen. Deshalb muss er sich diese Filme ansehen und dabei … Nun, ich will kein Spielverderber sein. Ich war auch einmal jung. Also, was schulde ich Ihnen für die Beratung?« Paul atmete innerlich auf. Sie war also nicht sexuell abartig, sondern nur tolerant.

»Frau von Battenberg«, antwortete Paul verschwörerisch, »ich weiß gar nicht, was Sie meinen. Was mich betrifft, waren Sie nie hier!« Die alte Dame kniff beide Augen zusammen, streckte sich in die Höhe und gab Paul einen Kuss auf die Wange. Dann verließ sie, ohne weitere Worte, die Kanzlei. Als Paul in sein Büro zurückging, pfiff er leise vor sich hin … God save the Queen … Sie hatte das Wasserglas nicht angerührt. Vielleicht hätte er einen Schuss Gin hinzufügen sollen?

⓹① GULDA84

> Der wirkt ja superkompetent hoch drei.
> Meine Oma hat Demenz die macht
> einen schlaueren Eindruck. 22:26

Jetzt war Paul allein in der Kanzlei. Wo waren die denn alle? Und prompt klingelte das Telefon! Was tun? Paul konnte nicht anders, er musste den Hörer abnehmen.

»Ähhh … Kanzlei Colossa …«

Die Stimme eines sehr jungen Mannes antwortete. »Kann ich … mit Rechtsanwalt Doktor Colossa sprechen?«

Paul ärgerte sich darüber, das Gespräch angenommen zu haben. Hätte er doch auf seinen Bauch gehört! Jetzt war es zu spät. Er musste ihn irgendwie loswerden, und zwar so, dass der gar nicht bemerkte, dass er den Anwalt längst am Apparat hatte. Paul verstellte ein wenig die Stimme. Nur ein winziges bisschen. »Darf ich fragen, worum es geht?« Grundgütiger. Das hatte jetzt aber grauenhaft geklungen. So wie der Wolf bei den sieben Geißlein, als er Kreide gefressen hatte. Nur viel dämlicher!

Der Junge am Telefon zögerte. »Es geht … um das Kolleg Ida Rubinstein. Ich müsst aber mit dem Herrn Rechtsanwalt persönlich sprechen …« Der Bursche sprach doch Schweizer Akzent? Eine Sache, die das KIR betraf, interessierte Paul natürlich schon. Dummerweise steckte er jetzt in der Nummer mit der verstellten Stimme fest. Wie kam er da wieder raus?

»Moment, ich stelle durch.« Paul kam sich vor wie eine Zeichentrickfigur. Wie der gehirnamputierte Kumpel von Biene Maja. Dieser Willi! Er eilte rasch hinüber in sein Büro, nahm dort den Hörer auf und sagte mit betont maskulinem Sound in der Stimme: »Rechtsanwalt Colossa, was kann ich für Sie tun?«

»Ja, guten Tag …« Der Junge zögerte erkennbar. Er hatte Paul durchschaut. »Es geht um die Untersuchungen im KIR. Um den … Hugo Rutland genau genommen. Wir würden uns gern mit Ihnen zu einem Gespräch treffen, Herr Rechtsanwalt. Vertraulich, wenn das gehen würde. Vielleicht heute Abend um zehn im Café am Park?«

»Mit wem spreche ich denn, bitte?«, erkundigte sich Paul. Keine Antwort. Wollte wohl anonym bleiben. »Also meinetwegen … aber wie erkenne ich, dass Sie es sind?«

»Wir werden auf Sie zukommen«, sagte der Junge verschwörerisch. Lustig, er klang wie die Werbung für Schweizer Hustenbonbons. Dann hatte er auch schon aufgelegt.

Paul trug den Termin im Kalender ein. Dann ging er nach draußen, um zu sehen, wo alle geblieben waren. Vor dem Haus herrschte ein Riesenzirkus! Attila stand da mit einem nagelneuen Kärcher und spritzte laut brummend mit einem Hochdruckwasserstrahl die verleumderischen Buchstaben von der Hausfassade, die Liliane Draxler vorher, ausgestattet mit rosafarbenen Gummihandschuhen und einem völlig übertriebenen Mundschutz, mit dem Inhalt einer schwarzen Sprühdose behandelt hatte. Immerhin: Es schien zu funktionieren. Dort stand jetzt nur noch »…DERMORDE …« Das M und das O lösten sich allerdings auch bereits in Wohlgefallen auf. »Woher habt ihr den Kärcher?«, fragte Paul fasziniert, und weil das Teil wirklich einen Höllenlärm verbreitete, schrie er es noch einmal: »Wo habt ihr den Kärcher her!?«

»Den gab es im Sonderangebot«, antwortete eine Stimme hinter Paul. Erschrocken drehte er sich um. Dort stand Frau Barbara, zusammen mit Fräulein Christiane und der alten Dame von vorhin, die entzückt in die Hände klatschte. »Also, habe ich das Ding bezahlt? Hätte es nicht genügt, die Farbe … ich weiß nicht … vielleicht mit Wasser und mit einem Schwamm abzureiben? Was sollen wir denn jetzt damit?«

»Sei doch nicht so knickrig«, ärgerte sich Fräulein Christiane. »Vielleicht schmiert ja in Zukunft öfter mal einer was hin. Ist doch praktisch, wenn wir das Gerät dann gleich im Haus haben!«

52 HORNY1982

Alter ich bepiss mich nur noch wenn ich den Anwalt seh. 03:09

Erst abends sah Paul Attila wieder. Er erzählte ihm von dem Anruf. Auch die Details des Gesprächs mit Abstreiter und seinen Besuch in der Klinik hörte Attila nun zum ersten Mal, ohne allerdings eine verbindliche Meinung dazu kundzutun. Als geklärt war, dass Paul die Rechnung zahlen würde, entschieden sie sich, schon gegen neun im Café am Park zu dinieren und dabei möglicherweise die geheimnisvollen Informanten bereits bei deren Ankunft ein wenig zu inspizieren. Es war ein lauschiger Sommerabend. Der Park, der dem Café seinen Namen lieh, war der ehemalige Schlossgarten des heutigen Amtsgerichts und lag, mit einem kleinen Bachlauf, der sich zu einem von Seerosen bewachsenen Teich erweiterte, malerisch hinter dem Gericht hingeworfen. Jahrhundertealte Bäume spendeten Kühle und saftiges Grün.

Draußen vor dem Café, das tagsüber vor allem ein Cappuccino-Müttertreff war, das nachmittags Feierabendbier und Prosecco anbot und sich abends als Restaurant El Mexicano ausgab, standen große Sonnenschirme, unter denen Attila und Paul ein schattiges Plätzchen ergatterten. Eine kleine Band jazzte gefällige Livemusik. Die beiden Freunde tranken gleich einmal ein schnelles kaltes Weißbier und bestellten sich dann sofort noch eines. Attila zog eine rote Dunhill-Schachtel heraus und zündete sich eine Zigarette an. Paul sagte nichts. Ob Fräulein Christiane auch nichts sagen würde? Es waren ihre Zigaretten. Was soll's, heute hatte Attila sie sich redlich verdient. Unglaublich, diese Oasis-Sache, dachte Paul. Und sagte es auch bestimmt zum fünften Mal. Doch Attila kam mit Lob gut klar. Er sog genussvoll den Rauch ein.

Zum alsbald dritten Weizen gesellte sich Hunger, und so bestellten sich die beiden Burritos. Attila reichte eine vollkommen. Paul hingegen verputzte binnen kürzester Zeit zwei der fettigen Teigtaschen. Weil er nämlich, wie er feststellte, den ganzen Tag kaum etwas gegessen hatte. Er kaute gar nicht richtig, sondern schlang die Dinger einfach hinunter.

Die Band war nicht übel. Impro-Jazz. Immer wieder tauchten Songs auf, die man von irgendwoher kannte, und verschwammen dann wieder in sanften Klangteppichen. Ein E-Piano, ein Kontrabass, Drums und ein Saxofon. Wahnsinnig cool, fand Paul, der allerdings auch wahnsinnig stark das Weißbier spürte.

»Wo steckt dein toller Informant, Alter?«, spottete Attila und hatte schon wieder die nächste Zigarette im Gesicht. Das Café wurde zunehmend rappelvoll. Geplauder, Lachen. Viele junge Leute. Was die wohl tagsüber so machten? Ein paar Gesichter kannte Paul, aber er wusste nicht, woher. Da gab es doch diese Fachhochschule in Neustadt? Sicher waren das Studenten. Dann zuckte Paul zusammen. Ein Stück entfernt saßen vier ältere Männer an einem Tisch. Einer davon mit dem Rücken zu ihm, in einem kurzärmeligen karierten Hemd, unverwechselbar: Fonsi Biermordt!

Ihm gegenüber die Schirmmütze. Der Reichs-Sicherheitsbeauftragte aus dem Amtsgericht. Dazu noch zwei weitere Gestalten, die Paul nicht kannte. Hoffentlich bemerkten sie ihn nicht. Er rückte seinen Stuhl ein wenig zur Seite, sodass sein Gesicht von ihnen abgewandt war. Paul hasste es, in seiner Freizeit Mandanten zu begegnen. Weil er immer fürchtete, durch sie mit Problemen konfrontiert zu werden, die er nicht lösen konnte. Mit Fragen, auf die er keine Antwort wusste. Mit Gesichtern, zu denen er den Namen vergessen hatte. Mit Namen, zu denen er den Fall gerade nicht wusste. Die wollten aber immer alle, dass er genau das beherrschte! Attila hatte indes Blickkontakt zu einer Gruppe junger Frauen aufgenommen. Alle drei erwiderten diesen abwechselnd. Anders, als man es klischeehaft erwarten mochte, kicherten sie dabei aber nicht und tuschelten auch keineswegs heimlich über den »süßen Typen«. Sie plauderten vielmehr scheinbar belanglos miteinander, und jede von ihnen suchte immer wieder nach Momenten, in denen die anderen abgelenkt zu sein schienen, um Attila dann exklusiv einen tiefen, sehr privaten Blick zuzuwerfen. Jede wollte Attila für sich allein. Paul beobachtete und staunte. Attila blies hingegen einfach entspannt Rauch aus. Wäre kein Wunder, wenn Attila am Ende des Abends eine von ihnen klargemacht hätte. Das sollte er Barbara lieber nicht erzählen, sonst wäre er sicher ganz schnell obdachlos. Paul bemerkte erst jetzt, dass die Band nicht mehr spielte. Plötzlich kam nur noch belangloses Pop-Gedudel aus einer Stereoanlage.

Im nächsten Moment stand die Band plötzlich bei ihnen am Tisch. »Grüezi« … Erst jetzt erkannte Paul ihn. Ein dunkelhäutiger, schlaksiger Lockenkopf. Das war doch der

Drummer, dessen Trommel Rutland bei der Orchesterprobe umgetreten hatte! Und auch den anderen erkannte Paul wieder: korpulent, halblange blonde Haare: der Harfenist! Ebenfalls eines der Rutland-Opfer. Den hatte der Ordner vom Stuhl gefegt. »Ich bin der Mike, das ist Derek …«, der Schweizer zeigte auf den Harfenisten. »Derek kommt von New Zealand, der spricht nur Englisch.«

»Hi …«, sagte Derek dennoch artig und reichte Paul die Hand.

Paul zuckte. Der blonde Junge hatte rechts ein blaues Auge. Ein waschechtes Veilchen. Wäre es ein stinknormaler Schüler aus einer stinknormalen Schule, hätte Paul auf einen Sportunfall getippt. Vielleicht waren das die Spuren von Rutlands Ordnerwurf? Der Schweizer Dialekt des Dunkelhäutigen klang wahnsinnig seriös. »Mike … und wie noch?«, erkundigte sich Paul.

»Einfach Mike, ja?« Skeptisch blickte der Junge nun Attila an, der die Szene bislang schweigend beobachtet hatte und auch jetzt keine Anstalten machte, sich vorzustellen. Er hatte allerdings einen belustigten Zug um den Mund.

»Das ist Attila. Der gehört zu mir«, beschwichtigte Paul seinen Informanten.

»Mir wäre es lieber, wenn wir unter uns wären«, beharrte der junge Mann.

Paul fand das sympathisch. Attila weniger. »Alter, mach jetzt mal keine Zicken. Hier ist nirgends ein Platz frei; meinst du, ich lasse mein Bier stehen und gehe nach Hause, nur weil du Paranoia hast?«

Mike wirkte eingeschüchtert. Attila hatte so eine natürliche Autorität. Wie diese Hunde, bei denen man im Leben nicht auf die Idee käme, sie zu streicheln. »Also, Alter, setz dich hier mit deinem Kumpel zu uns, und Paul …«, er blickte Paul an, mit seiner natürlichen Autorität, »… bestellt euch zwei Weizen, oder?«

Mike lachte. Das Eis war gebrochen.

Großzügig bot Attila Fräulein Christianes weitestgehend geleerte Dunhill-Schachtel an, doch die beiden Jungen lehnten höflich ab.

»Toll, dass die Schule euch erlaubt, hier öffentlich zu spielen!«, versuchte Paul, das Thema langsam einmal in die richtige Richtung zu lenken. »Das ist ja vom … Stil her ganz anders als … *Boléro*!«

Derek blickte Mike Hilfe suchend an und zwinkerte ihm mit dem linken Auge zu. Wohl in der Hoffnung, der Drummer würde ein bisschen dolmetschen? Der jedoch schnaubte nur verächtlich. »Wenn die wüssten, dass wir hier spielen, wär der Teufel los! Für Studenten des KIR ist ausschließlich Klassik erlaubt. Es ist absolut verboten, andere Musik zu spielen oder zu hören. Auch nicht auf dem Zimmer oder in der Freizeit. Auch nicht mit Kopfhörer. Wer erwischt wird …« Er führte den Satz nicht zu Ende, sondern blickte seinen Kumpel mit dem Veilchen nur vielsagend an. Umso erstaunter war Paul. Es war ja erkennbar belebt hier im Café! Der Junge sah ihm seine Verwunderung wohl an. »Die von KIR sind nie in der Stadt. Das ist eine ganz eigene Welt da oben.«

»Die Lehrer auch nicht?« Paul fand das alles sonderbar.

»Die meisten sind von auswärts und wohnen im Schloss. Ich glaube aber nicht, dass ein Lehrer was sagen würde, wenn er wüsste … die sind eigentlich meistens ganz cool … wollen halt auch keinen Stress kriegen …«

»Und was ist mit deinen Kumpels? Wenn die dich hinhängen?« Der Aspekt des Verbotenen hatte erkennbar nun auch Attilas Interesse an der Konversation geweckt.

»Klar, die wissen es. Aber wenn uns einer verpfeift und wir finden raus, wer es war …« Mike schien Bedenken zu haben, die Konsequenzen zu schildern, die eine Denunziation nach den Regeln der Schüler des KIR hatte. Er blickte Derek an. Dabei hatte der rundliche Blondschopf doch vermutlich kein Wort verstanden? Und sich damit abgefunden, den Abend ausschließlich seinem Weißbier zu widmen – mit erstaunlich gutem Fortschritt. Aber jetzt übersetzte Mike ihm kurz den bisherigen Gesprächsverlauf, und ein skeptischer Gesichtsausdruck machte sich bei Derek bemerkbar, dann zwinkerte er Mike erneut zu. Was wollte er damit zum Ausdruck bringen? Ein klein wenig verarscht fühlte Paul sich schon von diesem Derek.

Mike rang sich schließlich durch: »Jeder von uns hat irgendwas laufen, was gegen die Regeln verstößt. Ist doch normal, oder? Wenn einer damit anfängt, den anderen zu melden, dann kommt das Echo ganz schnell, und am Ende verpfeift jeder jeden. Das will doch keiner. Es ist so ein … Gleichgewicht.«

Ein bisschen verstand Derek anscheinend doch, denn er kommentierte Mikes Erklärung mit den Worten: »It's like cold war«, und wieder begleitete er das mit einem Zwinkern. Sehr witzig.

Attila ergänzte: »Voll DDR-mäßig, oder?«

Nette Jungs, dachte Paul. Man hätte natürlich auch einen auf Solidargemeinschaft machen können. Aber ein Gleichgewicht der Angst, das funktionierte genauso gut. Noch besser vielleicht! Die Gesellschaften zahlreicher totalitärer Regime wurden von solch vornehmen Idealen zusammengehalten, wie Mike sie da gerade beschrieben hatte. Aber in solchen Systemen gab es doch immer auch Geheimdienste? Spitzel …? »Was ist mit Johannes Abstreiter, eurem Schülersprecher? Der ist doch ganz nah an der Schulleitung dran?«, verbalisierte Paul seinen Verdacht.

Wieder sahen Mike und Derek sich konspirierend an. »Der hält auch dicht«, schweizerte Mike dann selbstbewusst. »Er steckt zwar mit der Schulleitung unter einer Decke, aber er hat trotzdem noch nie einen angeschwärzt.«

Paul musste an Abstreiters Pflaster an der Stirn denken. So wie es aussah, konnte er diese These aus eigener Erfahrung bestätigen. »Was habt ihr gegen ihn in der Hand? Was hat er zu verbergen?« Das interessierte Paul jetzt ganz besonders.

»Ist seine Sache …«, antwortete Mike ausweichend.

»Abstreiter is Archers man«, erläuterte Derek.

Es wunderte Paul nun nicht mehr, dass er natürlich auch das mit einem Zwinkern des linken Auges quittierte. Es wirkte durchaus nicht so sympathisch, wie er es sich vielleicht einbildete. Eher wie ein Tick! Aber was meinte er damit? Abstreiter war »der Mann« von Rutlands Butler? Was bedeutete das? Sein Zögling? Sein Liebling? Sein Lustknabe? Sein Spitzel? Und die nächste spannende Frage war: Wer war dieser Archer eigentlich wirklich? Was genau stellte er dar?

»Alter, wer ist jetzt Archer?« Attila war noch nicht ganz so weit.

»Archer ist Rutlands Butler«, erläuterte Paul.

»Archer ist des Teufels General«, stellte Mike fest.

»Und wer ist der Teufel?« Attila gab sich hartnäckig uninformiert.

»Rutland«, bestätigte Derek nervtötend zwinkernd die Vermutung, dass er durchaus etliches verstand, wenn er sich Mühe gab. Paul wurde den Eindruck inzwischen nicht mehr los, dass Derek eigentlich immer zwinkerte, wenn er sprach. Ganz unabhängig von der Aussage. Das war tatsächlich ein Tick. Und was für ein wahnsinnig ätzender!

»Rutland ist der Dirigent …«, erklärte Paul in Attilas Richtung.

»Alter, ich weiß, wer Rutland ist!«, zischte der zurück. »Aber warum ist dieser kleine aggressive Pisser Abstreiter dann nicht Rutlands Mann, sondern der Schoßhund von Rutlands Schoßhund?« Eigentlich eine gute Frage! Jeder der beiden Jungen grübelte nun vor sich hin. Schien eine komplizierte Kiste zu sein.

»Und was wollt ihr Superinformanten uns jetzt Geheimnisvolles erzählen?«, wechselte Attila das Thema.

Mike blieb ganz ruhig. »Sie wollen doch herausfinden, dass bei uns da oben alles ganz korrekt ist, oder? Und Sie sollen dabei die Finger von Rutlands Sohn lassen, richtig? Finden Sie das nicht komisch?« Mike blickte Paul forschend an.

Paul hatte derweil ein ganz anderes Problem. Er musste eigentlich dringend pinkeln. Und zwar nicht nur so ein klein bisschen, er musste richtig dringend! Dieses verfluchte Weißbier! Aber er wusste natürlich auch, dass es ein ungünstiger Zeitpunkt war. Deshalb nickte er nur bedeutungsschwer.

»Wenn Sie nun herausfinden würden, dass bei uns nicht alles in Ordnung ist … Dass es gute Gründe dafür gibt, dass Hugo jetzt …« Mike gab nicht zu erkennen, wie viel er über den Zustand seines Mitschülers wusste.

»Dann würde ich das vermutlich in meinem Bericht zum Ausdruck bringen …« Paul merkte, dass er vorsichtig sein musste. Aber er war nicht so konzentriert, wie man es bei einem solch delikaten Gespräch idealerweise gern sein mochte.

»Auch wenn Sie das nicht dürfen?«, bohrte der junge Kerl nach.

»Was heißt, nicht dürfen? Ich bin ein unabhängiger Rechtsanwalt, der eine neutrale Untersuchung durchführen soll!« Paul fühlte sich ein wenig auf den Schlips getreten.

»Sind Sie das, ja? Wenn wir Ihnen also etwas Interessantes erzählen würden, dann ...« Mike fühlte sich unwohl. Zappelte herum. Er schien kurz davor, einen ziemlich dicken Brocken herauszuwürgen. »Sie würden es in Ihrem Bericht nicht unter den Teppich kehren?«

»Wenn es wahr ist ... nein ...« Paul fühlte sich an diesem Punkt ebenfalls nicht mehr richtig wohl. Ihm wäre es deutlich lieber gewesen, wenn er dem KIR einen Persilschein allererster Kajüte ausstellen könnte und die Sache damit abgeschlossen wäre. Dubiose Gerüchte, die von Schülern in Umlauf gebracht wurden, würden ihn davon wohl eher nicht abhalten. Oder doch?

»Und ... schützen Sie Ihre Quellen?«

Der Knabe trug ja dick auf!

Attila sah das wohl genauso: »Alter, ist ja wie Watergate, was du hier abziehst. Herr Rechtsanwalt, nennen Sie mich bitte Deepthroat.« Attila war der Einzige, der darüber lachte.

»Herr Dr. Colossa, es ist mir schon ernst. Derek und ich würden mehr als nur normalen Ärger bekommen, wenn herauskommt ... verstehen Sie, es geht nicht einmal darum, dass wir von der Schule fliegen ...«

Diesen verfluchten Doktortitel wurde Paul wohl nie

mehr los? Derek zwinkerte ihm heftig zu, und Paul überlegte kurz. Wenn er den beiden Kerlchen keine Diskretion zusicherte, würden sie ihm natürlich auch nichts sagen. Das hätte gewisse Vorteile … was Paul nicht weiß, macht Paul nicht heiß. Wenn er ihnen versprach, sich auf Quellenschutz einzulassen, erzählten sie ihm vielleicht irgendwelches gruseliges Zeug. Andererseits: War etwas zu wissen nicht immer besser, als nichts zu wissen? Andererseits: Wenn er aus der Nummer hier rauskam und gar nichts wusste, könnte er ohne Stress zügig und nach bestem Wissen und Gewissen in seinen Bericht hineindiktieren, dass er nichts wusste. Unwissenheit schützt zwar, wie der Volksmund sagt, vor Strafe nicht. Aber der Volksmund muss schon auch zugeben: Nichtwissen ist das beste Ruhekissen! Paul bedauerte fast, nicht kaltblütig genug zu sein, die Kerlchen aufgrund solcher Erwägungen unverrichteter Dinge mit den besten Wünschen nach Hause zu schicken. Er war leider auch nicht faul genug, um es sich einfach zu machen.

»Ich sichere euch absolute Verschwiegenheit zu. Was immer ihr mir erzählt.«

Derek hob die Hand, zeigte mit dem Finger auf Attila und zwinkerte wieder.

»Alter!«, rief der sofort – ehrlich entrüstet. »Glaubt ihr Typen im Ernst, dass ich jemanden … sehe ich so aus?«

Nein. So sah Attila beim besten Willen nicht aus. Das erkannten auch Mike und Derek. Attila würde im Leben keinen verpfeifen.

Dummerweise war der Druck auf Pauls Blase inzwischen kaum mehr auszuhalten. Jetzt, wo Mike grundsätzlich bereit war, etwas zu erzählen … da könnte man doch vielleicht kurz unterbrechen und … Aber wenn er es sich in der Zwischenzeit anders überlegte? »Also, schieß los!«, ermutigte Paul ihn schließlich, um die Sache zu beschleunigen. Wieder ein kleines Heldenstück, wenn man es genau nahm. Immerhin war Paul bereit zu leiden! Und eine volle Blase, das weiß jeder, der damit einmal zu tun hatte, geht dem Menschen an die Substanz! Nur ein wahrer Held ist dazu imstande, das regungslos hinzunehmen. Ein paar Tricks gab es natürlich noch: Beine übereinanderschlagen, das half tatsächlich ein bisschen. Warum auch immer. Und leicht vor und zurück wippen.

Mike stützte die Ellbogen auf den Tisch und vergrub sein Gesicht in den Händen. Er hatte lange, schlanke Finger. »Die sind total verrückt!«, begann er. »Denen sind Menschen absolut scheißegal! Es gibt nur Leistung. Es geht darum, dass diese verfluchte Schule die besten Musiker der Welt produziert. Egal, wie. Verstehen Sie, was ich meine?« Derek hörte seinem Kumpel aufmerksam zu. »Und wissen Sie …«, fuhr Mike fort, »… das schafft keiner. Ein normaler Mensch kann das unmöglich schaffen! Ununterbrochen üben, üben … immer noch besser, noch genauer … da wirst du … da dreht dein Gehirn sich …« Er nahm einen großen Schluck aus seinem Weizenglas. »Natürlich wissen die auch, dass das nicht geht. Deshalb kriegen schon die Kleinen Vitamine …« Er brach ab und sah Paul fragend an. »Sie verstehen schon, Vitamin R?«

Nein, Paul verstand es nicht.

»Ritalin!«, Mike betrachtete Paul, als wäre der dumm. Oh! Jetzt hatte Paul verstanden. »Solange sie klein sind, ist es kein Problem. Die kriegen es einfach ganz regulär wegen ADHS verschrieben, das ist überhaupt kein Stress. Macht jeder Arzt sofort.«

»Und was ist mit denen, die kein ADHS haben?« Wieder kassierte er den Idioten-Blick.

»Keiner hat ADHS! Glauben Sie, mit ADHS nehmen die einen an so einer Schule? Die brauchen nur einen Vorwand, um die Kinder mit Ritalin zu dopen, verstehen Sie? Und das ist offiziell halt ADHS.«

Jetzt begriff Paul. Das hatte Lara Wanek ihm im Grunde genommen auch schon erzählt. Jedenfalls was Hugo Rutland betraf. Wobei er eigentlich davon ausgegangen war, dass Hugo tatsächlich ADHS gehabt hatte. Hatte er das nicht? »Aber was sagen die Eltern dazu, die müssen doch zustimmen? Man kann den Kindern doch nicht einfach …« Paul war immer noch nicht bereit dazu, seinen Heile-Welt-Kokon zu verlassen.

»Die Eltern?« Mike sagte das, als wäre es eine derbe Beleidigung. »Die Eltern wollen das doch! Die haben uns hier abgeladen und holen uns erst wieder raus, wenn wir Weltklasse sind. Und wehe, wir sind es nicht! Es ist den Eltern scheißegal, wie Rutland es macht. Hauptsache, er liefert. Verstehen Sie? Wir sind ein Produkt. Die Eltern bringen den Rohstoff, und Rutland verarbeitet uns dann. Und dafür verwendet er Vitamin R als Schmierstoff. Rutland besteht darauf, dass jeder es nimmt.«

Paul war entsetzt.

Attila sah es eher aus der professionellen Warte dessen, der damit schon Erfahrung hat: »Aber das funktioniert doch nur, wenn ihr die Dosis steigert!«

»Ja, stimmt. Die Kleinen steigen bei zwanzig ein und steigern sich dann über die Jahre, manche schneller, manche langsamer.«

Attila blieb neugierig: »Aber wenn ihr mal so bei …

sagen wir sechzig, achtzig angekommen seid … da wird es doch ziemlich heiß, oder? Ich meine … welcher Arzt verschreibt solche Mengen?«

Paul fehlte in dieser Diskussion die Praxis. »Wovon redet ihr eigentlich? Zwanzig, sechzig, achtzig? Tabletten am Tag, oder was?«

»Alter, Milligramm natürlich, du Dummbeutel«, kanzelte Attila ihn ab.

»Genau das ist ja das Problem«, fuhr Mike fort. »Es gibt natürlich keinen Arzt, der da mitmacht. Sechzig ist die Grenze. Aber ein Elftklässler braucht bei uns locker achtzig! Eher mehr, wenn er die volle Wirkung haben will. Und gerade in der Oberstufe geht es ja erst so richtig zur Sache!«

Das Weißbier kam, die vollen Gläser mit der bernsteinfarbenen Flüssigkeit schwappten vor Pauls Augen, Attila und die beiden Jungen schütteten das Bier in sich hinein … und Paul dachte einen Moment lang darüber nach, ob er einfach ein klein wenig in die Hose laufen lassen sollte? Nur ein paar Tropfen, um Druck aus dem Kessel zu nehmen. Mit etwas Glück war bei dieser Hitze nach kurzer Zeit auf Pauls Jeans kein Fleck mehr zu erkennen. Er entschied sich aber dagegen.

»Krass«, konstatierte Attila ungerührt. »Und wie beschafft ihr das Zeug in diesen Mengen ohne Arzt?«

»Archer.« Derek war eine ganze Weile still gewesen.

»Alter! Der Butler ist euer Dealer? Der Typ ist schon krass, oder?« Attila machte keinen Hehl aus seiner Bewunderung.

Paul hingegen dachte an seinen Bericht und verzweifelte. Wäre er doch seinem ersten Impuls gefolgt … Das war nicht gut. So viel zu wissen! Entweder, den Jungs bekam das Weißbier nicht, oder Babik hatte seinen schmierigen Finger in eine Wunde gelegt, in die locker auch seine ganze schwitzige Hand hineingepasst hätte. Nicht, dass Paul Sympathie oder Mitleid für den Blogger empfunden hätte, aber einen gewissen journalistischen Spürsinn hatte der wohl doch gehabt.

»Archer organisiert, dass wir die Vitamine in ausreichender Form geliefert kriegen. Ab dem Zeitpunkt, wo wir nicht mehr genug ärztlich verschrieben bekommen, müssen wir den Rest selber dosieren.«

Paul hob erstaunt die Brauen. »Aber das wäre dann doch ein guter Zeitpunkt, um einfach damit aufzuhören? Oder mögt ihr das Zeug?«

Mike zögerte. »Also … aufhören geht gar nicht. Rutland besteht darauf. Er glaubt … er ist da total fanatisch! Er ist absolut davon überzeugt, dass es ohne nicht geht …«

Paul blieb skeptisch. »Aber er wird wohl kaum Pipi-Tests machen? Er merkt doch gar nicht, ob einer die richtige Dosis nimmt oder ob er gar nichts nimmt? Ihr könnt ja behaupten …«

»No way!«, warf Derek jetzt ein und zwinkerte Paul heftig zu.

»Natürlich merkt er das sofort!«, bestätigte Mike. »Es ist ein Unterschied wie Tag und Nacht, wenn du es nimmst! Du brauchst weniger Essen. Weniger Schlaf. Du bist nicht abgelenkt. Du hast die volle Konzentration. Ohne Vitamin R hält keiner eine Doppelstunde bei Rutland durch! Er ist viel zu … zu krass. Zu schnell. Das, was Rutland in einer Stunde mit uns macht … dafür brauchst du normalerweise einen ganzen Tag! Es ist der Hammer … er ist genial …«

Derek nickte. Diesmal ohne Zwinkern. Auch Attila nickte jetzt.

»Aber … das kann doch nicht gesund sein.« Kaum hatte Paul das gesagt, kam er sich albern vor. War das sein einziger Einwand?

Mike blickte ihn triumphierend an. »Hugo Rutland ist ja auch nicht gerade besonders gesund, oder …?«

»Wisst ihr, wie viel der genommen hat?«

Mike schüttelte den Kopf. Derek blinzelte. »Jeder macht das so, wie er es braucht. Wenn jemand neue Vitamine will, geht er zu Abstreiter. Der klärt es mit Archer, und dann kriegt man, was man will. Manchmal steht auf den Packungen was auf Tschechisch; ich denke mal, da kommt es her …«

Attila weigerte sich offenkundig, die kriminelle Dimension dieser Geschichte zu verurteilen, ebenso wie die humanitäre Katastrophe. »Ihr müsst es nicht bezahlen? Ihr kriegt es einfach so?«

»Klar«, antwortete Mike.

»Und … redet ihr da offen drüber?« Paul konnte sich das alles nicht richtig vorstellen.

»Nein!«, Mike wirkte regelrecht erschrocken und senkte jetzt unwillkürlich die Stimme. »Es wird nie darüber geredet! Das ist absolut tabu!«

»Aber Rutland muss euch doch klargemacht haben, dass er es will? Wenigstens er muss darüber reden? Und wenn einer zu wenig nimmt oder was weiß ich, da wird Rutland ja wohl was sagen?« Paul brauchte jetzt schnelle Antworten. Lang hielt er das nicht mehr durch, dann platzte es von allein aus ihm heraus.

»Wenn Abstreiter fragt, ob einer was braucht, dann ist

das genauso, als wenn Rutland sagt, dass einer was nehmen soll«, erklärte ihm Mike. »Es ist nicht gut, wenn Abstreiter kommt und fragt. Immer besser, du gehst zu ihm. Dann weiß er, dass du es im Blick hast. Wenn er fragen muss, bedeutet es, dass Rutland glaubt, du nimmst zu wenig. Und das bedeutet, dass Rutland glaubt, dass du scheiße spielst. Und wenn er das glaubt …«

Jetzt endlich legte auch Attila seinen Empathie-Schalter um. »Alter, bestraft er euch dann, oder was?« Er blickte provokativ auf Dereks Veilchen.

Aber weder Mike noch Derek antworteten ihm. Was beinahe noch deutlicher war.

Attila zündete sich wieder eine Zigarette an, inhalierte lange und blickte intensiv die beiden Jungen an. Dann fragte er, wie Paul bemerkte, mit einer eigenartig vom Rauch veränderten Stimme: »Verratet mir doch mal, warum ihr uns das alles erzählt, ihr Pappnasen? Ihr kriegt Kinderkoks for free, ihr kriegt super Musikunterricht, und eure Eltern sind eh scheiße, die vermisst ihr also auch nicht. Ich meine, … euch muss doch klar sein …«, Attila machte eine bedeutungsschwere Pause, als er wieder an seiner Zigarette zog, »… euch muss doch klar sein, dass ihr euch den eigenen Ast absägt, wenn ihr meinem Kumpel hier solche wilden Geschichten erzählt. Der Mann ist Anwalt. Der schreibt das alles in so eine Akte rein, und dann ist Schluss mit lustig, Alter. Die machen bestimmt euren Laden dicht und schmeißen euch raus, und dann gibt's keine Drogen mehr, und Geige wird auch nicht mehr gespielt! Wollt ihr das? Oder warum zieht ihr hier diese Show ab?«

Mike zögerte keine Sekunde. »Das Ritalin ist nicht das Problem. Der Stress, die vielen Proben, das ist alles okay …«

Jetzt glitzerte plötzlich Fanatismus in seinem Blick, und Paul sah wieder das grässliche Krokodil vor sich sitzen. »Es geht uns um Rutland. Wir wollen dieses Schwein fertigmachen. Die machen das KIR schon nicht dicht. Die Schule ist viel zu wertvoll. Viel zu wichtig. Die schmeißen ein paar Leute raus, ändern ein paar Regeln, finden einen neuen Dirigenten. Alles wird gut. Hauptsache, Rutland kommt weg. Koste es, was es … Paul blickte auf Dereks blaues Auge. Die Jungen mussten diesen Teufel abgrundtief hassen.

»Seit wann geht das schon so?«, fragte Paul.

Beide Jungen zuckten mit den Schultern. »War schon immer so«, antwortete Mike.

»Wissen Sie, Doktor Colossa …«, dieser Schweizer Akzent war so seriös und sympathisch, man mochte Mike einfach nur zuhören, »… es ist ja keine normale Schule, wo wir da sind. Das KIR ist eine der besten Schulen auf der ganzen Welt. Oder was glauben Sie, warum der Derek hier ist und nicht in New York?« Mike blickte Derek vielsagend an, und der zwinkerte zurück. »Die Eltern vom Derek haben eine Goldmine. Die können es sich aussuchen, wo er hingeht. Und sie haben das KIR gewählt.«

Schade, an diesem Punkt hätte Paul auch gern mehr über Mike erfahren, aber das hätte zu lang gedauert. Paul wippte schon so heftig, sie würden am Ende glauben, dass er unter Hospitalismus litt, wenn er nicht sehr, sehr schnell …

»Wir haben hier die Chance, in wenigen Jahren von null auf hundert zu kommen. Das hier ist das Baikonur für Musikstars!«

Attila blickte ihn irritiert an. »Das was?«

»Baikonur? Kasachstan?« Jetzt konnte Paul mit den Kenntnissen aus Oscars Wissenschaftsmagazinen glänzen.

»Der russische Raketenbahnhof. Von da aus versorgen sie die internationale Raumstation ISS.«

Mike und Derek nickten anerkennend. Attila nickte angesäuert.

»Es gibt praktisch keinen Absolventen des KIR, der nicht ganz oben landet!« Jetzt wurde Mike erneut umweht von einem leichten Hauch von Größenwahn.

»Und kommt es nie vor, dass mal eine Rakete vom Himmel wieder runterfällt, oder so? Alter, ich meine, wenn einer jahrelang mit Ritalin zugekokst wird und praktisch nie Pause macht und danach dann gleich nahtlos einen auf internationaler Superstar macht … ich meine … ich hab auch mal Ritalin probiert, und danach ging es mir nicht so toll …!«

»Da haben Sie es vermutlich nicht richtig dosiert, oder?« Mikes Kommentar offenbarte Abgründe. »Also mir ist nicht bekannt, dass einer mal abgestürzt wäre … aber wir kennen die Alumni natürlich nicht alle.«

»Wen bitte?« Das war nicht Attilas Gespräch.

Wieder ergriff Paul die seltene Chance, den Freund zu belehren. »Alumni, die ehemaligen Schulabgänger. In Amerika sind das so Vitamin-B-Netzwerke. Wenn du fertig bist mit der Schule, hilft dir ein Ex-Absolvent, einen Job zu finden.«

»Vitamin-R-Seilschaften!« Jetzt hatte Attila begriffen.

»Aber, Jungs, mal ehrlich!« Paul versuchte sich als Pädagoge. »Das Scheißzeug ist richtig gefährlich. Langzeitwirkungen und so. Aber so lange muss man gar nicht warten! Es führt ganz schnell zu Appetitlosigkeit, Schlafstörungen, Ticks …« Pauls Vortrag stieß bei Mike auf Schweigen. Derek zuckte allerdings wieder wild mit dem Auge. Und jetzt endlich begriff Paul, was der Knabe ihm sagen wollte. Wenn auch eher unfreiwillig. Ja – an der Geschichte mit den Ticks war definitiv was dran! Derek hatte gar keinen Hang zu konspirativer Mimik. Er hatte einfach einen mächtigen Schatten! Eine Nebenwirkung des Methylphenidats.

»Und ihr meint, ohne den Stoff wärt ihr alle nur ganz durchschnittliche Schüler und keine musikalischen Überflieger?«

Jetzt hatte Paul Mike anscheinend beleidigt. Jedenfalls hatte der eine Schmollvisage aufgesetzt. »Ich konnte schon mit drei Jahren Klavier spielen. Mit sieben habe ich das erste Mal Violine vor Publikum gespielt!«, sagte er barsch. »Die Aufnahmeprüfung am KIR ist so mit das Härteste, was es überhaupt gibt! Ich habe mich vier Jahre lang darauf vorbereitet. Meine ganze Grundschulzeit!«

Paul war verblüfft. »Aber dann kapiere ich nicht, wozu einer wie du dieses Doping braucht, wenn er …«

»Das Bessere ist der Feind des Guten«, unterbrach ihn Mike und hatte nun einen ziemlich arroganten Ton angeschlagen, der Paul erneut gefährlich an Abstreiter erinnerte. »Ich habe doch schon erklärt, dass jeder, der das KIR verlässt, praktisch die Garantie hat, absolut ganz oben zu landen!«

»Aber ihr seid dann … wie alt, siebzehn, achtzehn? Da nimmt dich doch keiner als Dirigent oder so was …«

Mike schien Paul allmählich für dessen Unwissenheit zu verachten. »Wenn wir das KIR verlassen, haben wir Abitur. Danach kommt das Studium. Ist doch ganz normal!«

Attila sah inzwischen gelangweilt weg und hörte nicht mehr richtig zu. Wo sah er eigentlich hin … ach! Der Mädelstisch war natürlich immer noch da, und die drei

Damen verhielten sich, jetzt wo Attila sie quasi dauerhaft ins Visier genommen hatte, ausgesprochen aufgekratzt.

»Viele gehen zur Juilliard nach New York oder ans Curtis nach Phillie oder an die Royal Academy in London. Da kommt übrigens unser Rutland her. Derek hier dagegen will nach Moskau ans Imperial … Muss er selber wissen …« – Mit einem Insidergrinsen blickte er zu seinem Kumpel hinüber, der allerdings inzwischen beschlossen hatte, Attilas Blick zu den drei Schönen zu folgen, und dabei vor lauter Verzückung gänzlich vergaß, mit dem Auge zu zucken. Auch bei Drogen war das Bessere der Feind des Guten.

Paul wiederum hatte inzwischen ein neues Stadium des akuten Harndrangs erreicht. Ein Stechen in der Lende, verbunden mit einem Ziehen im gesamten Unterleib. Begleitet wurde dies von einem kribbelnden Gefühl des Taubwerdens im Genitalbereich, das jedoch keinerlei Linderung zu verschaffen vermochte. Der Schmerz aber war es gar nicht, der Paul am meisten umtrieb. Es war vielmehr eine sehr starke, laute innere Stimme, die zu ihm zu sprechen begonnen hatte, ja, die geradezu ununterbrochen auf ihn einredete und es ihm zunehmend schwer machte, gleichzeitig Mikes Ausführungen konzentriert zu folgen. »Geh pissen, geh endlich pissen, warum verdammt noch mal gehst du nicht pissen, Paul?«, flüsterte ihm die Stimme zu.

»An den großen Konservatorien gibt es dann wieder Gruppen von KIR-Alumni, die den Neuankömmlingen aus Hirschenhaid alle Türen öffnen …«

Paul musste vor lauter Anspannung die Augen zukneifen und er bildete sich ein, dass das Feuchte in seinem Auge vielleicht keine Schmerztränen waren, sondern aufsteigender Urin.

»Geh pissen … oder piss meinetwegen einfach in die Hose. Lass die Pisse laufen, lass sie einfach raus. Hauptsache pissen!«

Diese Stimme in Pauls Kopf hatte etwas Mächtiges, Beschwörerisches, auch wenn man nicht eben von Wohlklang reden konnte.

»Und wenn du dein Konservatorium abgeschlossen hast, gehst du zu den großen Häusern, nach Amsterdam oder Wien oder Petersburg oder Tokio und da sind dann auch wieder KIR-Alumni, die dir helfen …«

»… aber zum Pissen brauchst du keine Hilfe … lass es einfach zu … lass es heraus, dann hört der Schmerz sofort auf. Pissen wird dich glücklich machen …«

Paul sprang auf. Vielleicht eine zu heftige Bewegung, denn in diesem Augenblick kam tatsächlich ein kleiner Spritzer … vielleicht durch die Muskelentspannung … oder durch die Kontraktion … Schlimmeres aber konnte Pauls in neunzehn schriftlichen juristischen Staatsexamensprüfungen gestählte Disziplin gottlob verhindern. Niemand würde den kleinen Fleck bemerken.

»Entschuldigung …«, ächzte Paul. Es ging einfach nicht mehr. Er schleppte sich unter den irritierten Blicken seiner Tischgenossen wie ein Kriegsversehrter in das Café hinein, zu den Toiletten. Rot glänzende Fliesen, Chrom. Paul zielte brav auf die eingravierte Fliege. Ehrensache.

Gott, wie tat das gut. Bald kehrte Paul zu seinem lauschigen Platz zurück und traute schon aus halber Entfernung seinen Augen nicht. Da sah er Attila, mit dem Gesicht tief über den Tisch gebeugt. Und auch Mike und Derek schwebten mit der Nase über der Tischplatte. Alle drei hatten ein Glas mit einer roten Flüssigkeit neben sich stehen, ein viertes stand allein herum. Es war das einzige, aus dem ein quietschgrüner Strohhalm ragte. Als Paul am Tisch angekommen war, klärte sich alles auf wundersam albtraumhafte Weise auf: Die Strohhalme aus den anderen Gläsern hatten die drei Herren leicht kupiert und sich sodann die verbliebenen Stümpfe in die Nase gesteckt. Auf diesem Wege saugten sie jeweils kleine pulverige Linien sorgfältig schnorchelnd in ihre Nebenhöhlen hinein. Gerade hatten sie an ebendiesem Tisch noch ausführlich über die problematischen Konsequenzen solchen Verhaltens debattiert, und jetzt, vor aller Augen …

Als würde es das erklären, hob Attila den Kopf, blickte Paul mit tränenvernebelten Augen an und bemerkte mit Schnupfenstimme: »Wir haben Campari-Fanta bestellt. Probier mal, ist total erfrischend!« In diesem Moment verachtete Paul seinen Freund Attila. Dem war das allerdings egal.

Paul trank sein Glas nur halb. Bezahlen tat er kurz darauf hingegen ganz. Und alles. Egal. Er wollte nur noch weg hier. Was zum einen natürlich damit zu tun hatte, dass er es kaum fassen konnte, welch abgründige Dekadenz er soeben hatte bezeugen müssen. Zum anderen, weil … Kaum, dass er seine Konfirmandenblase geleert hatte, spürte er nun überraschenderweise erneut einen heftigen inneren Drang! Was war nur los mit ihm? Diesmal allerdings quasi von der anderen Seite. Ein aufgewühltes Grummeln im Innersten seiner Eingeweide. Die vermaledeiten Burritos … Attila und die beiden Jungen lachten ausgelassen, während sie sich den Rest des Pulvers professionell wie südamerikanische Kartellmitglieder aufs Zahnfleisch rieben. Paul drängte zum Aufbruch. Also verabschiedete man sich rasch, tauschte Handynummern aus, Paul sah auch genau, dass Attila ein Tütchen mit Pillen in die Tasche steckte. Als sie schon standen, zögerte Mike allerdings und fragte Paul: »Wollen Sie sehen, wie der Stoff geliefert wird?«

Paul hörte gar nicht richtig zu. Er sagte eigentlich nur Ja, um endlich wegzukommen. Er fühlte sich gerade gar nicht gut.

»Okay …«, beharrte Mike. »Vielleicht kommt morgen was. Ich schick Ihnen eine Nachricht …«

Attila war zwischenzeitlich einfach zu dem anderen Tisch gegangen. Zu dem mit den drei Damen. Zum Glück kam er dort rasch zur Sache. So wie es aussah, machte er mit seinem Smartphone Fotos von jeder einzelnen der drei Schönheiten. Und die leisteten keinerlei Widerstand! Dann tippte er auf seinem Handy herum, beugte sich hinab und verpasste jeder noch ein Bussi auf die Wange. Schließlich schlurfte er, so gelassen, als hätte er gerade einen Brief in den Postkasten eingeworfen, zu Paul zurück.

»Du hast sie fotografiert!«

»Klar, ich brauch doch ein Gesicht zu den Nummern.«

»Die Frauen haben sicher Namen …«

War Paul neidisch? Weil er nicht mal eben im Vorbeigehen drei Telefonnummern abgegriffen hatte?

»Glaub mir, Alter. Diese Frauen wollen, dass ich mir ihr Gesicht merke, nicht ihren Namen …« Wie schmierig Attila wirkte, wenn er so drauf war! Und wie recht er hatte …

Mit kleinen Tippelschritten bewegte Paul sich in Richtung des Defender, die Gesäßmuskeln stark zusammengepresst. Bisweilen musste er kurz innehalten und sich auf die Zehenspitzen stellen, damit bloß nichts schiefging. Vielleicht doch lieber schnell zurück ins Café und dort …? Die Toiletten wirkten sauber. – Nein.

Als die beiden im Auto saßen, auf dem Rückweg zur Kanzlei, Paul rechts am Steuer des königlich-britischen Schlachtkolosses, Attila links neben ihm, war Paul schweigsam und hoch konzentriert. Derbe Schmerzen rüttelten erbarmungslos an seinen Eingeweiden. Attila bemerkte das alles nicht. Der tippte auf seinem Smartphone herum und grinste selig.

❺❸ ERNESTOCHE

> Siehst scheiße aus, bist aber scheinbar zu dumm zum Scheißen, du Arschloch. 00:04

Kaum hatte Paul den Defender in die Einfahrt der Kanzlei gesteuert, sprang er sofort aus dem Wagen und bewegte sich steifbeinig, mit ballerinenhafter Attitüde die Treppe zur Haustür hinauf, ohne Attila eines Blickes zu würdigen. Der blieb im Wagen sitzen, weiter in den kleinen Bildschirm seines Mobiltelefons vertieft.

Obgleich es dringlicher war denn je, beschloss Paul, den langen Weg hinauf ins Obergeschoss zu nehmen und nicht die viel näher liegende Kanzleitoilette zu bemühen. Er hatte seine Gründe.

Minuten später war das Schlimmste überstanden. Paul verspürte jetzt nur noch ein unangenehmes Brennen. Dabei hatte es etwas Sinnbildhaftes, wie er thronte, die Hose auf den Knöcheln. Ein gefallener König. Seiner Herrschaft beraubt. Er hatte jede Kontrolle verloren. Ganz allgemein. Beruflich, privat. Wie tief wollte er noch sinken? Er hatte das Thema Gerechtigkeit nie sonderlich sentimental betrachtet. Er war kein Gewissensmensch, der jeder kleinen moralischen Schieflage aufgeregt hinterherheulte. Paul Colossa war ein Mann, der notfalls die Zähne zusammenbeißen konnte. Der ein Auge zudrücken konnte. Oder die Arschbacken zusammenkneifen, wenn es nötig war. Aber jetzt war er an einem Punkt angelangt, der selbst für ihn zum Himmel stank. Und was das anbelangte, saß er hier gerade ganz und gar richtig.

Die Frage war: Wie ging es jetzt weiter? Was wollte er mit den Erkenntnissen dieses denkwürdigen Abends anfangen? Jetzt, wo er vollständig entleert war, könnte er ja wieder einmal sein Gehirn benützen? Der Abschlussbericht musste geliefert werden, und zwar schnell. Also, was hatte er bisher? Die Schüler mussten schuften wie das liebe Vieh und wurden, weil das keine normale Kreatur auf Dauer erträgt, mit Medikamenten gedopt. Nein, das klang nicht schön. Besser klänge es so: Die Schüler wurden zu Höchstleistungen motiviert, und selbst schwächere Schüler, auch Schüler mit einer psychischen Erkrankung, die normalerweise aus einem solch elitären Wirkungskreis ausgeschlossen wären, konnten und durften dank streng ärztlich überwachter Medikation an den Wundern der Musik im KIR teilhaben. So eine Art … Inklusion? Das war unangreifbar. Er konnte das Ritalin erwähnen, ohne seine Auftraggeber zu brüskieren … Niemand würde einen Abschlussbericht hinterfragen, der sich mit behinderten Kindern befasste. Paul hatte natürlich keine belastbaren Erkenntnisse dahingehend, dass einhundert Prozent der Schüler nach dieser Definition »behindert« waren. Aber gerade deshalb musste er auch nichts darüber schreiben, dass sie allesamt, jeder einzelne von ihnen, ohne jede ernst zu nehmende Diagnose aus reinem Wahnsinn dauerhaft zugedröhnt wurden. Er wusste es eben nicht, also warum darüber schreiben? Und der Junge im Krankenhaus? Das war eben irgendein Junge im Krankenhaus! So was kam vor! Alle möglichen Jungs landeten aus allen möglichen Gründen in Krankenhäusern. Über den gab es nichts zu berichten, ganz unabhängig vom vertraglichen Verbot. Und der Rest der Geschichte? Dass die Schüler der Oberstufe gezwungen wurden, sich das Zeug selbst in Überdosen zu verabreichen? Unfug. Unbestätigtes Geschwätz eines rachsüchtigen Teenagers.

Ja. Das war ein vernünftiger Ansatz. Ein wenig wissenschaftlich aufhübschen müsste er die Sache vielleicht noch. Die Ritalingeschichte war zu dominant, als dass man sie in einem Nebensatz allein mit ADHS und Inklusion begründen konnte. Zu viel war schon durchgesickert. Er brauchte Bartholomäus. Der war der Quell der Substanz, der Hausarzt der Schule, sollte der ihm die Sache gefälligst auch schönreden! Er könnte ihm ein paar seiner verharmlosenden Pharmavertretersprüche in die Feder diktieren. Wissenschaftliches Zeug klang immer gut. Das machte die Sache rund. Dazu noch ein paar Sätze zu den großartigen Netzwerken, auf die die Schüler Zugriff hatten, wenn sie die Schule nach ihrer perfekten Ausbildung verließen, und schon waren achtzig Seiten Bericht gefüllt und Paul hatte den Albtraum überstanden.

Augen zu und durch. Mit Ruhm bekleckern würde er sich bei dieser Nummer zwar nicht gerade. Aber jetzt war es zu spät zum Umkehren. Und es war gutes Geld. Argentum non olet. Paul machte das Fenster trotzdem weit auf. Besser so.

54 GREEDO

Geh sterben du Opfer. 22:11

Als Paul die Kanzleivilla wieder verließ, dämmerte ein dunkelblauer Abend. Dort, wo der rote Himmel verriet, wo die Sonne verschwunden war, strahlte der Abendstern. Auf den Stufen der Eingangstreppe zur Kanzlei saß Attila, sich in Rauchwolken hüllend.

»Ich finde es richtig scheiße, dass du wieder zu rauchen angefangen hast«, kommentierte das der Hausherr.

»Alter, du klingst wie meine Mutter!«, ätzte Attila zurück. »Wo warst du? Bist einfach abgehauen!«

»Kurz telefoniert …«, log Paul.

»Und jetzt?« Attila versuchte, Rauchringe zu blasen.

»Ich fahr noch mal in die Klinik. Vielleicht ist Bartholomäus da. Ich hab ein paar Fragen wegen dem Ritalin.«

»Cool«, entgegnete Attila. Einen Ring hatte er immerhin geschafft, nicht ganz rund, etwas dünn. »Ich komm mit … warte, muss noch was aus dem Bus holen!«

Attila verschwand zu seinem Caritas-Bus, den er zwischenzeitlich vor der Kanzlei am Straßenrand geparkt hatte. Als er sich neben Paul auf den Beifahrersitz des Defender schwang, hatte er eine CD in der Hand. »Alter, ich hab dir was für den Zombie in deinem Kopf mitgebracht, über den wir geredet haben!« Als der Defender die Straße hinunterbrummte, erklangen aus den Lautsprechern die Cranberries: wilde Gitarrenriffs und dann die sanfte Mädchenstimme von Dolores O'Riordan: »What's in your head, in your head, zombie, zombie, zombie-ie-ie, oh, du, du, du, du … du, du, du, du …« Attila schnippte die glühende Zigarettenkippe aus dem Fenster und sang mit verstellter Stimme den ganzen Song mit. Höchstwahrscheinlich hätte er ihn mit seiner Gitarre auch selbst ganz gut abgeliefert. Paul am Klavier eher weniger. Aber das war ohne Belang. Es fühlte sich gut an, dem Zombie im Kopf eine Hymne zu schmettern. Paul sang nicht, das war nicht sein Stil. Es genügte, wenn Attila das für ihn übernahm.

»Attila?«

»Was ist?«

»Ist das die Wirkung von dem Ritalin, dass du jetzt so abgehst?«

»Du bist so ein blöder Penner, Alter!« Attila schaltete die Musik aus.

Das Klinikum leuchtete im abendlichen Dunkel wie ein gerade gelandetes Raumschiff. Es war das mit Abstand mächtigste Gebäude in Neustadt. An Höhe wurde es nur noch übertroffen vom Neustädter Münster. Noch. Wenn aber die Aufstockung abgeschlossen wäre, würde auch Gottes steinerne Herberge sich vor den Chirurgen verbeugen müssen. Hinter fast jedem Fenster des Gebäudes brannte grelles Licht. Eine unwirkliche, künstliche Welt. Ein Haus voller Hoffnung und Alarmiertheit, voller Trauer, Hektik und Erleichterung. Ein Ort unbeschreiblicher Extreme. Abgründe. Exzesse. Hinter keinem der Fenster herrschte Normalität. Es war der Abend vor der OP, oder der Abend nach der OP. Der erste Abend mit dem neuen Baby. Der letzte Abend mit der sterbenden Mutter. Morphium. Kochsalzlösung. Adrenalin.

Beta-Blocker. Heparin. Ein Haus voller Menschen: Ärztinnen und Ärzte, Pfleger, Schwestern, Angehörige, Patienten. Priester. Blut, Schweiß, Scheiße. Das ganze Leben unter einem Dach. Auf einer Nadelspitze kondensiert. Und kein verdammter Parkplatz frei, nicht einmal ein illegaler. »Fahr hintenrum zur Notaufnahme«, dirigierte Attila ihn.

Er hatte tatsächlich recht. Hinter der Klinik, dort, wo die Schilder mit der Aufschrift »Notaufnahme« dramatisch hinzeigten, dort, wo ein allumfassendes, deutliches, absolutes Halteverbot unmissverständlich die Spreu vom Weizen, will heißen: Zivilfahrzeuge von Krankenwagen, trennte, da gab es jede Menge Platz. Keiner war so irrsinnig, dort sein Auto zu parken. Sei es auch nur für einen Ultrakurzbesuch bei der verhassten Schwiegermutter mit der nagelneuen Schweineherzklappe.

»Hier kann ich mich unmöglich hinstellen, da werde ich abgeschleppt, bevor der Motor aus ist, sogar mit dem britischen Kennzeichen …«, protestierte Paul.

»Bullshit, Alter! Wenn du dich nicht total in den Weg stellst, bist du denen hier scheißegal. Hier ist Kriegsgebiet. Meinst du, so ein Sani hat nichts Besseres zu tun, als Falschparker anzuschwärzen? Und meinst du, hier kontrollieren die Bullen?«

Attila hatte einmal mehr die Logik auf seiner verschrobenen pragmatischen Seite des Lebens, und so stellten sie den Defender auf einen von grellen Scheinwerfern beleuchteten Grasstreifen am Rand der Zufahrt für die Rettungswagen und stiegen aus. Erst jetzt bemerkte Paul die Reihe der Krankenwagen, die unter einem Vordach standen. Aus dem letzten sprangen nun zwei orangerot gekleidete Sanitäter heraus und rannten auf Paul und Attila zu, die sofort erschrocken stehen blieben. Es dauerte einen Augenblick, bis sie erkannten, dass sich in Wahrheit niemand hier für die beiden interessierte. Aus einer weiteren Schiebetür nämlich drängten drei ganz in Grün gewandete Gestalten, die ein rollendes Bett schoben, in dem vermutlich eine weitere Person lag. Während die Grünen und die Orangefarbenen sich damit abmühten, die Person aus dem Bett nebst diverser an der Person hängenden Gerätschaften und Kabel in das Innere des Rettungswagens zu schieben, öffnete sich die Schiebetür ein weiteres Mal. Diesmal kam ein Weißer heraus. Also genauer gesagt: einer der berühmten Götter in Weiß, ein Mann im Arztkittel. Groß, voluminös. Unter dem weißen Mundschutz quoll ein struppiger schwarzer Bart hervor. Ohne jeden Zweifel, hier stand der Herr des Hauses: Bartholomäus. Wie praktisch. Genau den hatten sie doch gesucht! Ob er allerdings Zeit für sie hatte, schien fraglich. Auch Bartholomäus sah interessiert zu, wie die Verladung des Patienten voranging. Einer der Grünen und ein Orangefarbener kletterten nun hinten in den Rettungswagen, der andere Orangefarbene stieg mit einem weiteren Grünen ins Führerhaus des Transporters. Der verbleibende Grüne erstattete Bartholomäus Bericht und verschwand sodann durch die Schiebetür, zurück ins Raumschiff. Bartholomäus wirkte unentschlossen. Er zog ein Smartphone aus der Tasche und blickte darauf. Er trug keine Handschuhe! Da hätte er sich den Mundschutz auch sparen können. Auf so einem Smartphonedisplay tummeln sich angeblich eine Million mal mehr widerliche Fäkalkeime als auf der ekligsten Autobahnraststättenklobrille. Zu spät. Bartholomäus hatte schon darauf getippt. So entstanden sie, die gefürchteten multiresistenten Krankenhauskeime. Zum Glück steckte er sein Telefon wieder in den weißen Götterkittel. Das könnte Leben retten. Jetzt blickte er sich suchend um, dann entdeckte er plötzlich Attila und Paul, und sein Blick blieb an ihnen haften. Paul fühlte sich ertappt. Obwohl er doch eigentlich gar nichts angestellt hatte. Immerhin, die letzte Begegnung war irgendwie ungünstig gelaufen. Warum eigentlich genau? Bartholomäus bewegte sich auf sie zu.

»Alter, wollen wir abhauen ...?« Aber es war zu spät.

»Herr Colossa!«, rief Bartholomäus bereits auf halber Strecke. Und als er dann leibhaftig vor ihnen stand: »Woher wussten Sie es? Wer hat Ihnen Bescheid gegeben? Kommt Lara auch? Ich konnte sie nicht erreichen ...«

Niemand hatte Paul Bescheid gegeben. Worüber auch? Bis gerade eben hatte Paul gar nicht geahnt, dass es etwas gäbe, wovon man Bescheid wissen könnte. Aber Paul war einer, der, entgegen dem Grundsatz »iudex non calculat«, eins und eins halbwegs zuverlässig zusammenrechnen konnte, und das schlüssige Ergebnis von Pauls Rechenexperimenten war:

»Wird Hugo Rutland sterben?«

Bartholomäus war offenbar zu sehr durch den Wind, als dass er bemerkt hätte, dass Paul eigentlich keine seiner Fragen beantwortet hatte. »Seine Werte sind im freien Fall. Wir verlegen ihn ins Herzzentrum nach Erlangen; vielleicht ...« Das da im Krankenwagen war der Sohn des Dirigenten. Pauls Fall. Der sich, wenn der Junge sterben sollte, ebenfalls im freien Fall befand.

»Krass, dafür benutzt man doch eigentlich einen Heli, oder? So ein Scheiß-Sprinter ist doch viel zu langsam, wenn der Junge stirbt. Da hilft einem das Blaulicht auch nicht weiter!«

Paul war nicht unbedingt begeistert davon, dass Attila sich in das Gespräch einbrachte. Obwohl er recht hatte. Einen Todeskandidaten sollte man doch lieber mit dem Hubschrauber transportieren als eine Dreiviertelstunde über die Autobahn.

»Nein, zu viel Papierkram … wir haben schon genug Ärger …«, wehrte Bartholomäus ab. Der Transport lief also »ohne Papiere«?

Eine erstaunliche Herangehensweise, die sich mit dem hippokratischen Eid sicher nur sehr begrenzt in Einklang bringen ließ. Von wegen die Kranken vor Schaden bewahren und vor willkürlichem Unrecht? Das, was Bartholomäus da plante, klang doch eher nach Paragraf 323c des Strafgesetzbuches: »Wer bei Unglücksfällen nicht Hilfe leistet, wird mit Freiheitsstrafe bis zu einem Jahr bestraft.« Um der Wahrheit die Ehre zu geben, klang es eigentlich sogar nach Paragraf 211: »Mörder ist, wer, um eine andere Straftat zu verdecken, einen Menschen tötet.« Und weil Paul Jurist war und als Anwalt immer das Ganze im Blick haben musste, konnte er bei der ganzen Geschichte auch Paragraf 138 nicht ganz ignorieren: »Wer von dem Vorhaben oder der Ausführung eines Mordes zu einem Zeitpunkt erfährt, wo der Erfolg noch abgewendet werden kann, und es unterlässt, Anzeige zu erstatten, wird mit Freiheitsstrafe bis zu fünf Jahren bestraft.« Dieser Paragraf betraf Paul. Wenn er nämlich recht hatte und sie den Jungen hier beim Transport umbrachten, nur weil sie Angst hatten, dass der ganze Wahnsinn aufflog, und wenn er, Paul Colossa, dabei tatenlos zusah – dann hätte er am Ende nicht nur Blut an den Händen kleben, nein –, er würde dafür vielleicht im Knast landen und seine Zulassung als Rechtsanwalt verlieren. Das war ein neues Problem. Paul wusste die Lösung aber nicht. Verdammt, hätte er sich doch nur an Stahls verfluchten Vertrag gehalten, dann wäre er jetzt gar nicht hier! Er wüsste von nichts, würde naiv seinen blödsinnigen Bericht diktieren und das Geld kassieren. Er hätte keinen Stress, kein schlechtes Gewissen und würde sich nicht strafbar machen! Aber jetzt war er eben hier. Daran konnte er nichts mehr ändern. Welche Optionen gab es? Im Großen und Ganzen eigentlich nur zwei: die 110 wählen. Oder nicht die Polizei rufen. Eigenartig, dass er zögerte! Was genau hielt ihn davon ab, das Richtige zu tun? Pauls Kinn juckte wieder fürchterlich. Er kratzte sich, aber es half nicht. Und sein Hintern brannte. Bartholomäus starrte ihn an. Paul konnte nur die kleinen Augen sehen, der Rest des Gesichts war durch den Mundschutz bedeckt. Der Mann hatte Angst. Deshalb sagte er auch nichts, sondern wartete.

»Wenn Sie ihn schon nicht fliegen wollen, dann sollten Sie vielleicht wenigstens langsam mal losfahren …?« Attila behielt einen kühlen Kopf.

Bartholomäus setzte seinen gewaltigen Körper in Bewegung und rannte zum Rettungswagen. »Los, steigen Sie mit ein …«, rief er Paul zu, als er die Türen des Wagens aufriss. Paul überlegte nicht lange und rannte ihm nach. Auch Attila setzte sich in Bewegung, doch mit ungewöhnlich scharfem Ton stoppte Bartholomäus ihn: »Nein, der nicht …!« Attila blieb abrupt stehen. Paul ebenfalls. Er kramte in seiner Hosentasche, zog seinen Schlüsselbund heraus und zögerte kurz. Dann warf er ihn Attila zu. »Nimm den Defender und fahr uns hinterher!«

»Na toll …«, maulte der.

(55) LENA29

Ich verstehe nicht wie man über den lachen kann. Der sieht für mich eiskalt aus. Total skrupelloser typ. Echt ekelhaft, ich krieg da Gänsehaut! 21:50

Paul hatte so gut wie keine Erinnerung an seine letzte Fahrt in einem Krankenwagen. Sein Bein war verletzt gewesen, sein Kopf und sein Auge, als der verrückte Grischa den brennenden Molotowcocktail auf ihn geworfen hatte. In einem früheren Leben, so fühlte es sich jedenfalls gerade an. Dabei war es erst ein paar Monate her.

Es war unheimlich eng hier drin, mit der großen Rolltrage, auf der der sterbende Hugo Rutland mit seinen Kabeln und Schläuchen lag. Am Kopf des Jungen kauerte eine Ärztin im grünen OP-Kittel auf einem dort angebrachten Sitz. Gesicht und Haare konnte Paul kaum erkennen, sie war mit ihrer Plastikhaube und dem Mundschutz verschleiert wie eine grüne Nonne. Nur die Augen und die zierlichen Unterarme verrieten, dass sie eine Frau war. Der linke Arm war bunt tätowiert. Ein Krake, der einen Schlüssel umklammerte, und dazu Worte, die Paul nicht lesen konnte. Ein weiterer Sitz befand sich an der Seite des Fahrzeugs auf Brusthöhe des Jungen. Dort saß der Sanitäter in seiner quietschorangefarbenen Montur mit weißen Reflektorstreifen. Daneben Bartholomäus auf einem dritten Sitz, der eigentlich zu klein für ihn war. Mehr Sitzplätze waren nicht vorgesehen, stellte Paul irritiert fest und stand ratlos im grellen Neonlicht. Als das Fahrzeug sich abrupt in Bewegung setzte, konnte er sich gerade noch an einer gelben Haltestange festklammern. »Setzen Sie sich auf den Boden!«, befahl Bartholomäus. Die beiden anderen ignorierten Paul und starrten auf verschiedene Monitore, während sich der Wagen in erschreckendem Tempo in steile Kurven legte.

Aus einer Schachtel an der Bordwand zupfte Bartholomäus einen Mundschutz und reichte ihn Paul kommentarlos. Paul fand das ausgesprochen unheimlich. Das Ding fühlte sich beklemmend an, er hatte das Gefühl, als könnte er nicht richtig atmen. Wie ein Raubvogel beobachtete Bartholomäus ihn. Über die Monitore wanderten blaue und rote Zacken und Zahlen. Herzfrequenz, Puls, Sauerstoffsättigung.

»Also wer hat es Ihnen gesagt?« Bartholomäus hatte seine drängendste Frage doch nicht vergessen. Um den Motor des Wagens zu übertönen, musste er fast schreien. »Eine der Schwestern? Sie müssen einen verdammt guten Draht in die Klinik haben! Die Krise ist erst vor einer halben Stunde aufgetreten, und schon stehen Sie vor der Tür?«

Paul überlegte, wie er reagieren sollte. Es war immer noch nicht zu spät, die Polizei zu rufen. Der Krankenwagen hatte inzwischen das Martinshorn eingeschaltet. Durch die Scheibe nach vorn ins Fahrerhaus konnte man vage das Flackern des Blaulichts erkennen. Ansonsten gab es keine Fenster nach draußen. Dennoch spürte man, dass der Rettungswagen mit hoher Geschwindigkeit durch Neustadt raste. Vermutlich über die Umgehungsstraße in Richtung Autobahn? Alles vibrierte. Der Lärm war ohrenbetäubend.

»Ich bin zufällig hier! Ich wusste von nichts!«, schrie er zurück. Er hatte sich dafür entschieden, auf dieses verlogene Spielchen mit der nackten, kalten, scharfen Wahrheit zu reagieren. Damit konnte er nicht viel falsch machen, oder? Andererseits wirkte die Wahrheit wie jedes andere Gift, und es galt auch hier der wohl bedeutsamste Spruch des alten Theophrastus Bombast von Hohenheim, besser bekannt als Paracelsus: »Alle Dinge sind Gift, und nichts ist ohne Gift. Allein die Dosis macht, dass ein Ding kein Gift ist.« Das galt für die Wahrheit in besonderem Maße. Also wenn Paul jetzt sein Handy herausziehen und die Polizei anrufen würde, konnte ihm keiner einen moralischen Strick daraus drehen. Die Wahrheit sagen. Offene Karten. Aber war das die richtige Dosis?

»Ich habe herausgefunden, dass allen Schülern im KIR systematisch ab der fünften Jahrgangsstufe Ritalin verabreicht wird. Ohne dass es dafür einen medizinischen Grund gibt. Als Gehirndoping. Und Sie als der Hausarzt des Internats decken das.«

Auch die Ärztin und der Sanitäter mussten es gehört haben. Paul hatte sich große Mühe gegeben, gut verständlich zu schreien. Doch sie zeigten keine Reaktion. Umgekehrt verwunderte Paul das auch wieder nicht allzu sehr. Das hier war ein Himmelfahrtskommando. Ohne Zweifel hatte der Klinikchef dafür ausschließlich seine loyalsten Leute ausgewählt. Oder solche, die so viel Dreck am Stecken hatten, dass er ihnen das Messer, oder wie man in diesen Kreisen vielleicht sagen würde, das Skalpell auf die Brust setzen konnte, wenn sie nicht nach seiner Pfeife tanzten. Im Klinikum Neustadt war Bartholomäus so etwas wie der Gott des Alten Testaments. Und Paul wollte ja sowieso gar nicht die grüne Ärztin und den orangefarbenen Sani beeindrucken. Es ging ihm um etwas ganz anderes. Um was eigentlich genau? Ja, richtig. Er wollte hören, was Bartholomäus zu alledem zu sagen hatte. Denn was er getan hatte, wusste Paul ohnehin längst. Er wollte dem Mann die Chance geben, es zu erklären. Audiatur et altera pars. Immer auch die andere Seite hören. Nicht zuletzt deshalb, weil er Bartholomäus eigentlich mochte. Weil sie jenen großen, mystischen Augenblick miteinander geteilt hatten. Oscars letztes großes Geheimnis. Weil dieser Mann ein enger Freund von Oscar gewesen war. Er musste ihm eine Chance geben.

»Die Rezepte für das Ritalin kriegen die Schüler von Ihnen. Obwohl Sie genau wissen, dass die es nicht brauchen! Obwohl das Zeug gefährlich ist! Obwohl Sie wissen, dass Rutland die Kinder zwingt, es zu nehmen! Und der junge Bursche hier, der hat wahrscheinlich zu viel davon erwischt.«

Bartholomäus stand von seinem Klappsitz auf. Über ihm hing ein rot glänzender Feuerlöscher an der Decke. Paul erschrak. Wenn der Klinikchef ihm den jetzt auf den Kopf schmetterte, wären seine Nachforschungen ein für alle Mal beendet. Immerhin, Attila fuhr hinter ihnen her! Wobei … den hatten sie sicher längst an einer roten Ampel abgehängt. Paul war zu weit gegangen. Wie immer. Und er würde dafür bezahlen müssen. Wie immer.

Doch es kam anders als erwartet. Wie immer. Bartholomäus zeigte nicht das geringste Interesse an dem Feuerlöscher und machte auch sonst keinen Versuch, das Rettungsinstrumentarium des Wagens zum Mordwerkzeug umzufunktionieren. Er setzte sich vielmehr zu Paul auf den Boden. Und damit gelang es ihm erstmals auch, die Aufmerksamkeit der anderen beiden Mitfahrer von den Monitoren abzulenken. Die Augen der Ärztin und des Sanitäters blickten irritiert, oder fasziniert – so genau kann man Mimik ohne Mund und Nase nicht entschlüsseln –, auf den fetten Klinikchef, der jetzt, zwischen der Trage des Patienten und dem frei gewordenen Notsitz eingeklemmt, Paul halb schräg am Boden gegenübersaß. Die Knie konnte er nicht anziehen, da war zu viel Bauch im Weg. Die Beine ausstrecken konnte er auch nicht. Da war Paul im Weg. Also entschied er sich für den Schneidersitz. Die beiden Rettungskräfte widmeten sich wieder den Monitoren. Und Paul blickte auf die kleinen Augen seines Gegenübers. Bartholomäus weinte! Mit einem geübten Handgriff zog er sich die Atemmaske herunter. Links und rechts der kleinen weinenden Augen hatten die Gummis rote Striemen hinterlassen. Paul zögerte nicht lange und riss sich das verhasste Teil ebenfalls aus dem Gesicht. Er atmete tief ein. Es roch nach … Was war das? Krankenwagen eben. Allerlei Chemie.

Bartholomäus räusperte sich. Er versuchte, etwas zu sagen, räusperte sich noch einmal. »Ich …«, mehr schaffte er nicht. Er hustete. Der Krankenwagen zog heftig nach rechts, alles rüttelte, dann wieder nach links, der Motor heulte auf. Die Sirene begann wieder zu jaulen. Paul hatte bei dem ganzen Lärm gar nicht bemerkt, dass sie zwischendurch aus gewesen war. Das Fahrzeug stabilisierte sich. Bartholomäus offenbar auch. »Ich … habe Lara immer gewarnt, dass etwas passieren wird, wenn …« Nur ein leichtes Räuspern. Er wischte sich mit dem Ärmel seines Arztkittels über die verheulten Augen. »Wenn sie nicht damit aufhören. Mit diesem Wahnsinn …«

»Sie meinen, mit dem hoch dosierten Ritalin?« Die Gesprächssituation war denkbar kurios, aber weil man ohne den Mundschutz die Mundbewegungen des Gegenübers erkennen konnte, fiel die Verständigung deutlich leichter, und es war nicht nötig, jedes Wort zu brüllen.

»Das hier fällt unter die anwaltliche Schweigepflicht, ja?«, fragte Bartholomäus.

Genau so hatte auch das allererste Gespräch der beiden Männer damals begonnen, das er vor einigen Monaten mit Bartholomäus im Neustädter Krankenhaus bei ihrem Kennenlernen geführt hatte. Immerhin, es war in der Gesamtschau ein gutes Gespräch gewesen.

Dennoch fühlte Paul sich verpflichtet, mit intensiv fragendem Blick in Richtung ihrer beiden Begleiter zu deuten.

»Die wissen Bescheid«, antwortete Bartholomäus.

Paul kommentierte es mit einem Schulterzucken. »Von mir aus … wobei ich darauf hinweisen muss, dass die anwaltliche Schweigepflicht dort endet, wo es darum geht, ein geplantes Kapitaldelikt zu verhindern, und ich bin mir ehrlich gesagt nicht sicher, ob wir mit dieser Fahrt hier nicht …«

»Der Junge wird den Transport überleben«, unterbrach ihn Bartholomäus. »Das ist nicht das Problem …« Er behielt allerdings für sich, was denn sonst das Problem war. Und das trug wiederum nicht wirklich dazu bei, Pauls Zweifel zu zerstreuen.

»Ich habe Hugo damals Ritalin gegeben, weil ich es in seinem Fall für das Richtige hielt. Er war ein guter Junge, aber eben … traumatisiert. Der Tod seiner Mutter und … Rutland ist ein riesengroßes Arschloch! Man müsste diesem Mann verbieten, sich Kindern auch nur zu nähern! Aber das konnte ich nun mal schwer verhindern, und außerdem hätte Lara mir nie verziehen, wenn ich damals das Jugendamt oder gar die Polizei …«

Bartholomäus überlegte. Schwer zu sagen, ob er in seinen romantischen Erinnerungen stöberte oder ob er nach den richtigen Worten suchte, um diese unguten Ereignisse schönzureden.

»Das Ritalin hat die Auswirkungen des Traumas bei dem Jungen abgemildert, den Eindruck hatte ich. Es fokussiert, egal warum einer abgelenkt ist …«

»Ich dachte, er hätte eine Aufmerksamkeitsdefizitstörung gehabt?« Paul wusste bald nicht mehr, wem er was glauben durfte.

»ADHS, ja. Was immer das sein mag. Eine Krankheit ohne Biomarker, die über die Symptome im sozialen Umfeld definiert wird. Keine Ahnung, ich bin Anästhesist. Hugo Rutland jedenfalls litt unter einer toten Mutter und einem gewalttätigen, psychopathischen Vater, und mit beidem kam er mit Methylphenidat besser klar. Er ist sogar dermaßen gut damit klargekommen, dass er zu einem regelrechten Wunderkind mutiert ist. Was ihm letztlich zum Verhängnis geworden ist, wenn man das so sehen will. Immerhin, Rutland war begeistert und hat aufgehört, den Jungen zu misshandeln, und Lara …«, Bartholomäus blickte Paul abwesend an, »… Lara wollte ab diesem Zeitpunkt wieder Sex. Mit mir. Alles perfekt, oder?« Bartholomäus sah Paul direkt in die Augen. Unheimlich. »Dummerweise ist Rutland zwar ein riesengroßes Arschloch, aber blöd ist er nicht! Er hat sofort kapiert, was das Ritalin mit dem Jungen gemacht hat. Und genau das wollte er dann auch für den Rest der verfluchten Bande …«

»Aber warum haben Sie es ihm gegeben? Sie sind Arzt, das Zeug ist …« Paul kam sich albern vor und wollte nicht »gefährlich« sagen.

»Rutland hat die Eltern durch seinen Erfolg überzeugt, es den Kindern zu geben! Wenn ich es nicht gemacht hätte, hätten sie es von zu Hause gekriegt. Die hätten es sich von ihrem Kinderarzt verschreiben lassen und es mit der Post geschickt!«

Paul merkte, dass Bartholomäus nicht die Wahrheit sagte. Nicht die ganze. »Sie wollen mir also erzählen, dass Rutland von heute auf morgen die Elternschaft einer kompletten Schule davon überzeugt hat, ihre Kinder mit einem gefährlichen, verschreibungspflichtigen Medikament zu dopen?«

»Herr Colossa …« Bartholomäus versuchte offenbar, sich zwischen herablassend-abgebrüht und verzweifelt-diplomatisch zu entscheiden. »Es war gar nicht nötig, alle zu überzeugen. Ein paar Eltern haben völlig genügt. Die Leistungssteigerung der betroffenen Kinder war so unfassbar überdurchschnittlich! Und das hat sich schnell herumgesprochen.«

Jetzt war die Sirene wieder aus. Der Rettungswagen raste gleichmäßig dahin. Vermutlich waren sie auf der Autobahn.

»Wissen Sie, Sie haben nicht die geringste Vorstellung davon, wie diese Leute ticken, wenn es darum geht, dass ihre Kinder erfolgreich sind! Das sind Menschen, die ihre Söhne vom anderen Ende der Welt nach Neustadt geschickt haben. Meinen Sie, die interessieren sich dafür, ob ihre Jungs nachts weinen, weil sie ihre Mami vermissen? Die wollen, dass ihre Sprösslinge funktionieren. Die blättern ein Vermögen dafür hin, dass sie nach acht Jahren hier einen Mozart abholen! Und wenn ihnen einer sagt, dass der eigene Filius leider deshalb nur durchschnittlich ist, weil die anderen Metylphenidat schlucken, was meinen Sie, wie die da reagieren?«

Immer noch fixierte Bartholomäus Paul mit seinen kleinen Augen. Er weinte schon lange nicht mehr. Es hatte eher etwas Schlangenbeschwörerhaftes.

»Ja, ich bin Arzt. Ich hatte die Wahl zuzusehen, wie die sich der munteren Selbstmedikation hingeben, oder ich konnte zähneknirschend dafür sorgen, dass es wenigstens halbwegs nach medizinisch vertretbaren Regeln ablief.«

Beinahe hätte Bartholomäus ihn gehabt. Aber jetzt hatte er den Bogen doch überspannt. Den guten Samariter nahm Paul ihm nicht ab.

»Ich soll Ihnen glauben, dass Sie das alles nur gemacht haben, um den Kindern zu helfen? Damit nicht ein anderer böser Arzt ihnen das Teufelszeug verschreibt? Das ist Ihre Begründung? Echt jetzt?«

Bartholomäus machte einen Augenblick lang ein geradezu schmollendes Gesicht. Dann verfinsterte sich seine Miene eine kurze Weile, bevor er erneut ansetzte: »Sie müssen es mir ja nicht glauben. Aber das ist ganz klar eines meiner Motive gewesen.« Er sah sich um, sein Blick wanderte über die Monitore, als wollte er damit seine altruistische Haltung unter Beweis stellen. »Noch wichtiger war mir, dass Lara glücklich ist. Weil Rutland seinen Willen bekam. Ich hätte alles getan, um Lara glücklich zu machen. Ich habe mir gedacht, ich muss sie nur lange genug glücklich machen. Dann wird sie aus Rutlands Schatten heraustreten und zu mir kommen. Nur so lange wollte ich mitspielen. Ich wollte so bald wie möglich damit aufhören!«

Erstaunlich. Bartholomäus klang wie ein Alkoholiker.

»Aber dann ist mir Oscar dazwischengekommen!«

Das wollte Paul nicht so einfach gelten lassen. »Das wäre doch ein passender Anlass gewesen aufzuhören?«

Bartholomäus überlegte. »Vermutlich … aber damals schien es mir ein passender Anlass, es zu intensivieren. In der Hoffnung, Lara damit noch schneller zurückzugewinnen, verstehen Sie?«

»Das ist doch … bekloppt!« Paul war verärgert. Dass Oscar am Ende an der ganzen Misere die Schuld tragen sollte und, mehr noch, dass ausgerechnet sein Vater die Sache noch verschärft haben sollte, das war schon der Gipfel der dämlichen Ausreden.

»Das Problem war, dass Rutland auch deutlich gemacht hat, dass er es nicht dulden würde, wenn ich ihn im Stich lasse …«

»Er hat Ihnen gedroht?«

»Nein. Ambrose hat das gemacht. Er hat gesagt, dass Rutland mich bei der Ärztekammer hinhängt. Und wenn das nicht hilft, schneidet er mir höchstpersönlich die Kehle durch.«

»Was?« Pauls Augen weiteten sich. Er hatte eigentlich gedacht, dass er längst die tiefste Stelle dieses Abgrunds erreicht hatte, aber es ging immer noch krasser, wie es schien. »Archer hat gedroht, Sie umzubringen? Wenn Sie den Kindern kein Ritalin mehr verschreiben?«

»Sozusagen …«, erwiderte Bartholomäus resigniert.

Paul hatte Archer ja von Anfang an verabscheut, aber so etwas hatte er dann doch nicht erwartet. Ein Gerät im Wagen gab einen schrillen Pfeifton von sich. Paul zuckte zusammen. Starb der Junge jetzt? Aber er war offensichtlich der Einzige, den das Geräusch beeindruckte. Alle anderen blieben ungerührt. Komisches Volk, diese Mediziner.

»Letzten Endes hatte ich mehr Sorge darum, meinen guten Ruf als Arzt und meinen Job zu verlieren, als dass ich Angst vor Archers Messer gehabt hätte«, setzte Bartholomäus seine Beichte fort. »Ich hatte den Kindern schon so viel verschrieben, da gab es kein Zurück mehr …«

»Aber sie sagten doch eben, dass sie es nur getan haben, damit es kein anderer tut?« Dieses wirklich gute Argument hatte Paul gefallen. In gewisser Weise war es der einzige Grund, warum er in seinem tiefsten Inneren einen Funken Mitgefühl für Bartholomäus verspürt hatte. Es hatte einen Schimmer von Anstand übrig gelassen.

»Ja, natürlich! Aber das macht es noch lange nicht legal!«

Das Fenster zum Fahrerhaus öffnete sich, und der zweite Sanitäter steckte den Kopf herein. »Wir sind fast da.« Er schob das Fenster wieder zu. Die Sirene heulte wieder auf, und das Fahrzeug legte sich vibrierend in eine scharfe Rechtskurve. Paul klammerte sich an den gelben Griff. Das war verblüffend schnell gegangen. Keine halbe Stunde! Wenn sie den Jungen heil ablieferten, war er aus dem Schneider. Stirb jetzt bloß nicht auf den letzten Metern! Paul musste mit Unbehagen feststellen, dass es ihm bei diesem frommen Wunsch in keiner Weise um das Wohlergehen des jungen Rutland ging, sondern ausschließlich um den eigenen Kragen. So weit war es mit ihm gekommen. Das machte dieser verdammte Fall mit einem! Die Frage war, was er jetzt mit seinem ganzen Wissen machen wollte. Wenn keine akute Todesgefahr für Hugo Rutland bestand, war er auch nicht mehr unter Strafe verpflichtet, es den Behörden zu melden. Im Gegenteil! Er machte sich strafbar nach Paragraf 203 Strafgesetzbuch, wenn er jetzt anfing, mit den Bullen zu plaudern: »Wer ein Geheimnis offenbart, das ihm als Rechtsanwalt anvertraut worden ist, wird mit Freiheitsstrafe bis zu einem Jahr bestraft.« Es hing quasi allein von Rutlands Herzfrequenz ab, wann und warum Paul in den Knast ging. Dass er dort landen würde, war wohl nur eine Frage der Zeit. Vielleicht lohnte es sich auch für Paul, einmal einen Blick auf Hugos Monitor zu werfen?

Irgendeinen Tod musste jeder sterben. Der Junge vielleicht tatsächlich. Paul möglicherweise metaphorisch. Aber eins wollte Paul dann doch nicht: dumm sterben. Also carpe diem; jetzt, wo sie schon so weit waren, konnte er auch noch die letzten Antworten des Tages pflücken.

»Ritalin ist nicht so ungefährlich, wie Sie es mir weismachen wollten. Das ist Fakt. Ich habe nachgelesen …«

Bartholomäus blieb ruhig, ja, geradezu wissenschaftlich wurde sein Ton, soweit dies vor dem Hintergrundgetöse möglich war. Wegen des Sirenengeheuls musste er nun doch wieder ein wenig schreien.

»Fakt ist, dass keiner weiß, was Fakt ist! Es gibt keine belastbaren Studien. Erst recht keine Langzeitstudien. Aber es gibt natürlich Beobachtungen. Schauen Sie sich die Kerlchen im Schloss mal genauer an. Ritalin führt zu Appetitlosigkeit und Schlaflosigkeit. Und? Blass sind die Bürschlein alle, wie Gespenster! Und klapperdürr! Ritalin führt zu Schwitzen und Haarausfall. Gut, den Haarausfall werden Sie nicht sofort sehen. Aber nehmen Sie doch mal an einer Orchesterprobe teil. In einem geschlossenen Raum. Die Jungs stinken wie die Schweine, so stark schwitzen die, wenn sie den Stoff drin haben. Und eine der Langzeitwirkungen ist Wachstumsverzögerung. Die Schüler sind echte

Zwerge! Es fällt nur deshalb nicht auf, weil keine normalen Kinder als Vergleich herumlaufen. Aber eines ist auch klar: Nichts gibt in Sachen Antrieb und Leistung mehr Schub als Methylphenidat.«

Paul grübelte. »Also ist es gar nicht so dramatisch? Ich meine, ist denn nie etwas passiert vor …?« Wieder deutete Paul mit dem Kopf auf Hugo Rutland.

»Offiziell nicht. Aber niemand am KIR führt darüber natürlich Buch. Immer wieder mal verlassen Jungen die Schule vorzeitig. Einmal soll es einen versuchten Amoklauf gegeben haben. Keine Ahnung, ob was dran ist. Es heißt, dass Ritalin Killer-Kids erzeugt. Wenn Sie mich fragen, killen sie sich in erster Linie selbst. Ich weiß von drei Todesfällen im KIR. Vermutlich alle drei Suizid. Ist aber nicht offiziell. Die Kinder kamen halt irgendwann nicht mehr in die Schule …«

Paul war entsetzt. »Aber die Eltern … spätestens, wenn mein Kind sich umgebracht hat, muss ich doch gegen die Schule …?«

Bartholomäus blickte Paul durchdringend an. »Klagen? Haben Sie es nicht kapiert? Das sind keine normalen Eltern, die sich um ihre Kinder Sorgen machen. Das sind Leute …« Bartholomäus rang verzweifelt nach Worten. »Also von denen hat jedenfalls bisher keiner die Schule verklagt. Nicht, dass ich wüsste. Wobei es natürlich sein könnte …« Der Gedanke, ob hohe Schweigegeldzahlungen für tote Kinder geflossen sein könnten, blieb unausgesprochen. »Diesen Leuten geht es nicht um Geld. Warum sollen die also klagen? Geld haben die schon. Die wollen Ruhm. Und wenn ihr Sohn sich umbringt, anstatt ein Stardirigent zu werden, dann ist das nichts, was so jemand an die große Glocke hängt …« Bartholomäus dachte nach. Er wusste sicher noch weit mehr. Allerdings behielt er es für sich. »Tatsächlich ist alles in allem verblüffend wenig passiert. Spannend wäre es natürlich, die Ehemaligen vom KIR mal genauer unter die Lupe zu nehmen! Wir machen das jetzt seit gut zehn Jahren … Parkinson wird von den Kritikern als Langzeitfolge vermutet … obwohl …«, Bartholomäus dachte nach, »… die nehmen ja später vermutlich kein Ritalin mehr. Also nicht ausschließlich. Es gibt ja noch ganz andere Sachen. Amphetamine … und so was. Na ja, die Lebenserwartung erhöht nichts davon besonders. Aber Sie glauben doch nicht im Ernst, dass, wenn irgendwann ein millionenschwerer Weltspitzencellist bei der Orchesterprobe tot vom Schemel plumpst, jemand schreit: Der war im KIR!? Profimusiker werfen sich doch sowieso alle was ein. Den Leistungsdruck hält keiner ohne aus.«

Paul nickte unbewusst. »Und Rutland, der Alte, meine ich. Nimmt der auch Ritalin … oder … Amphetamine?«

Bartholomäus lachte trocken. »Nein. Rutland nimmt kein Ritalin. Der braucht ein bisschen mehr, um wach zu werden …«

Doch so intensiv Pauls fragender Blick Bartholomäus auch anbettelte, mehr kam zu diesem Thema nicht.

Abrupt hielt der Krankenwagen an, Paul hatte Mühe, im Sitzen das Gleichgewicht zu halten. Bartholomäus hingegen überraschte einmal mehr damit, wie behände er seinen fetten Leib auf die Beine brachte. Ein lautes »Tschack«, und die Türen in Pauls Rücken wurden aufgerissen. Als er den rückwärtigen Sturz aus dem Krankenwagen gerade so ausbalanciert und sich hochgerappelt hatte, spürte er, dass sein rechtes Bein eingeschlafen war. Es kribbelte höllisch. Mühsam kletterte er aus dem Wagen und blickte sich um. Sie standen zwischen mehreren großen, hell beleuchteten Gebäuden. Krankenhäuser. Ein Raumschiffbahnhof. Allerlei Menschen in unterschiedlich einfarbigen Kitteln eilten umher. Rosa, grün, weiß, hellblau. Krankenwagen und Taxis standen herum. Sirenengeheul aus unterschiedlichen Himmelsrichtungen. Die Universitätskliniken Erlangen.

Doch eines zog Pauls Aufmerksamkeit mehr auf sich als alles andere: Direkt hinter dem Rettungswagen stand, mit brummendem Motor und runden, gelb leuchtenden Scheinwerfern: der Defender der Queen. Und hinter der geöffneten rechten Fahrertüre stand Attila. Seelenruhig rauchend und das hektische Treiben beobachtend. Niemand hängte Attila einfach so ab.

Eine Mannschaft in blauer Montur mit Mundschutz und Häubchen kam aus den Schiebetüren des nächstliegenden Gebäudes herangesprintet und baute sich um Hugo Rutlands Trage im Halbkreis auf. Einer der Blauen diskutierte heftig mit Bartholomäus. Die grüne Ärztin aus dem Krankenwagen reichte ihm dabei einen Packen Dokumente. Dann stiegen sie und die beiden orangefarbenen Sanitäter wieder in den Rettungswagen ein. Wollten sie ihre Trage denn nicht einladen? Während Paul noch staunte, begann das blaue Team, sich samt Trage mit Rutland davonzumachen. Bartholomäus mitten unter ihnen. Wenigstens drehte der sich noch einmal zu Paul um und rief ihm zu: »Warten Sie hier auf mich!«

56 TONIT

Freunde hat so einer sicher keine. 00:26

Gut, dann ging er eben zu Attila. Wie hatte der das nur angestellt, dem Rettungswagen zu folgen?

»Alter … bei einer roten Ampel hat es vielleicht geblitzt … aber ich glaub nicht, dass man mein Gesicht erkennt. Du sagst einfach, du weißt nicht, wer das ist, wenn das Foto kommt, okay?«

Obgleich die Gesamtsituation eher unlustig anmutete, ja eigentlich zum Heulen war, musste Paul über Attilas Geständnis lachen. »Brauchst du halt einen guten Anwalt!«

»Ne, Alter«, Attila beugte sich in den Defender hinein, knipste die Scheinwerfer aus und knallte die Fahrertür zu. »Was ich brauche, ist ein Bier! Kommst du mit?«

Paul zögerte. »Bartholomäus hat gesagt, ich soll hier warten …«

»Okay. Hol ich das Bier halt allein. Hast du Kohle?«

Unfassbar. Nicht mal die paar Euro für ein Bier hatte dieser Kerl in der Tasche. Wobei Paul vermutete, dass er sie sehr wohl hatte, sie aber sparen wollte. Also drückte er dem Freund einen Zwanziger in die Hand. »Danke! Aber kein Pils, ja?«

Attila trollte sich über die Straße, auf der Suche nach einer Kneipe. Erlangen war eine Studentenstadt. Grundsätzlich dürfte es nicht allzu schwierig werden, eine urige

Spelunke mit einem guten Bier in einem der zweistöckigen Backsteinhäuser entlang der schmalen Straßen zu finden. Andererseits war das hier zwischen den Klinikhochhäusern schon wieder schwieriger. Theoretisch betrachtet. Praktisch gesehen nämlich quatschte Attila auf der anderen Straßenseite gerade einfach eine junge Frau in weißem Kittel an. Die lachte, erkennbar angetan von Attilas Ansprache, und die beiden liefen gemeinsam los. Wohin? Ob er seinen Kumpel in dieser Nacht noch einmal sehen würde? Paul musste jetzt erst mal den Defender beiseiteschaffen. Den hatte Attila mitten in die Zufahrt zum Krankenhaus gestellt.

Es dauerte eine Weile, bis Paul zurückkehrte. In Erlangen war es deutlich wahrscheinlicher, von einem Radfahrer überfahren zu werden, als einen Parkplatz zu ergattern. Der Krankenwagen stand immer noch da. Drinnen brannte Licht. Mit größtem Erstaunen stellte Paul fest, dass Attila auf ihn wartete. Zwei Bierflaschen in der Hand.

»Ich hatte gedacht, dass du mit der Krankenschwester …«

»Tamara ist Ärztin, Alter. Neurochirurgin!« Attila grinste ihn an.

In Sekundenbruchteilen hatte Attila ein Feuerzeug aus der Jeans gezogen und damit mühelos die Kronkorken der beiden Bierflaschen gehebelt. Pling, fielen diese zu Boden.

»Lammsbräu«, las Attila vom Etikett seiner Flasche, nahm einen tiefen Schluck und rülpste genüsslich. »Hat Tamara in der Krankenhauskantine besorgt! Ist Bio.« Er grinste stolz und hielt Paul seinen Zwanzigeuroschein hin.

»Danke, kannst du behalten«, sagte Paul und nahm ebenfalls einen großen Schluck.

Attila sah Paul finster an. »Alter, ich brauche keine Scheiß-Almosen von dir, okay?«

Paul nahm den Schein und steckte ihn ein. Dieses Gespräch wollte er lieber nicht führen. Da landeten sie ganz schnell bei Sozialismus, Verteilungsgerechtigkeit und Klassenkampf. Einmal hatte Attila ihm mit der Faust ins Gesicht geschlagen! Sozialismus verträgt sich besonders schlecht mit Jägermeister.

»Schade, dass das nichts geworden ist, mit deiner … Neurochirurgin …«, lenkte Paul das Thema in friedlichere Bahnen.

»Warum?«, Attilas Züge hellten sich bereits wieder auf.

»Na ja, die sah nett aus! Und eine Neurochirurgin, so was hast sogar du nicht alle Tage …«

Attila grinste jetzt noch breiter und zog sein Smartphone heraus. »Warum glaubst du, dass es nichts geworden ist mit Tamara …?«

Er hielt Paul sein Telefon hin, von dessen Display ihn das Gesicht einer jungen Brünetten anlächelte.

»Wow, du hast ein Foto von ihr gemacht und kennst gleichzeitig ihren Namen? Klingt nach wahrer Liebe! Und warum bist du zurückgekommen?«, staunte Paul, ebenfalls grinsend, mit gespielter Ehrfurcht.

»Vielleicht wegen dir, du Penner! Du hast nämlich echte Probleme, das ist dir schon klar, oder? Tamara hat eh Nachtschicht, aber jetzt müssen wir erst abwarten, was da drin mit dem Jungen passiert, oder? Wenn der morgen früh nicht aufwacht, dann ist das scheiße für dich. Du bist da extrem involviert, Alter!«

Das hatte Attila schön formuliert. Doch Paul brauchte eine Pause.

»Ich weiß! Können wir bitte mal ganz kurz einfach nur Bier trinken?«

»Ja klar«, erwiderte Attila. Er nippte gelangweilt an seiner Flasche. Eine Weile waren beide still. Attilas Smartphone klingelte. Paul konnte nicht erkennen, welches Frauengesicht auf dem Display aufleuchtete. Attila war jedenfalls sichtlich erfreut, drehte Paul den Rücken zu und schlenderte plaudernd ein paar Meter weg.

Gerade in diesem Moment kam Bartholomäus zurück. Er ging sehr langsam und war allein. Die grüne Ärztin hatte er wohl beim Patienten zurückgelassen.

»Fahren wir nach Hause«, brummte er, als er bei Paul angekommen war. Sein Arztkittel war offen, darunter trug er ein hellblaues Hemd, wieder einmal weit aufgeknöpft. Er roch nach Krankenhaus.

»Geht es dem Jungen gut?«, wollte Paul wissen.

»Wohl kaum, sonst wären wir nicht hier.«

Bartholomäus ging zum Rettungswagen hinüber und öffnete die Beifahrertür. Im herausstrahlenden Licht redete er kurz mit den beiden Sanitätern. Dann kramte er in seiner Hose und zog etwas heraus, an dem er kurz herumnestelte, um schließlich einen Teil davon abzulösen. Aus dem Inneren des Rettungswagens kam eine Hand und griff zu. Waren das Geldscheine? Von hier aus schwer zu erkennen. Die Tür rumste zu, der Motor und die Rücklichter gingen an, und gemächlich wendete das Fahrzeug auf die Hauptstraße. Warum war Bartholomäus nicht mitgefahren?

Der kam nun zurückgeschlichen. Er wirkte müde. Wie ein geprügelter Hund. Wie spät war es eigentlich? Attila telefonierte immer noch. Lachte laut.

»Wir müssen reden …«, sagte Bartholomäus und blickte dabei in Attilas Richtung. »Wie viel weiß er?«

Die Frage, wie viel Attila wusste, war gar nicht so leicht zu beantworten. Theoretisch hatte Paul ihm fast alles erzählt. Aber Attila hatte sich vermutlich nur das gemerkt, was ihn interessierte …

»Er weiß alles«, log Paul.

»Na gut, dann kann er mitfahren.«

57 2EF34RT

Checkt ihr es nicht? Das ist alles ein großer Plan. Das sind die Typen bei denen die Fäden zusammenlaufen. Und wir sind die Puppen die sie tanzen lassen. Die haben die Kontrolle. Weltweit. ÜBER ALLES!!! 05:07

»Attila!«, rief Paul, und kurz darauf saßen sie alle drei im brummenden Defender auf dem Heimweg nach Neustadt. Attila hatte nichts dagegen gehabt, sich auf die Rückbank zu verdrücken, und soweit Paul das erkennen konnte, machte er dort ein Nickerchen. Dieser Mensch hatte die Ruhe weg. Für die beiden Bierflaschen hatte Paul keinen Mülleimer gefunden, deshalb kullerten sie jetzt im Fußraum herum und stießen immer wieder klirrend aneinander. Solange sie noch in der Stadt unterwegs gewesen waren, hatte Bartholomäus aus dem Autofenster geblickt.

Paul hatte leise das Autoradio angemacht. Attilas Cranberries-CD lief immer noch … »There's no need to argue anymore …«

Als sie auf der Autobahn waren, schaute Bartholomäus ihn an. »Was werden Sie nun machen?«, fragte er Paul.

Gute Frage. Im Grunde die Frage aller Fragen. Die Frage, auf die Paul noch keine Antwort wusste. Deshalb gab er auch keine und starrte stur auf die dunkle Autobahn. Kurz nach elf. Kaum ein Fahrzeug war unterwegs.

»Dieser Abschlussbericht … wenn da die Wahrheit drinstehen würde, was würde dann passieren?«

Paul runzelte verärgert die Stirn. Wie naiv war der fette Mensch eigentlich? »Sie sind nicht angeschnallt …«, maulte er Bartholomäus an, als er zu ihm hinüberblickte. Er sah wieder nach vorn. »Wenn ich die Wahrheit schreibe, landen Sie im Gefängnis. Und Rutland. Vermutlich auch Lara Wanek. Und vielleicht sogar ich. Es sei denn, ich fahre jetzt direkt zu den Bullen, schleppe Sie da rein und mache reinen Tisch. Dann landen nur Sie drei im Knast. Ich nicht. Allerdings verklagt mich dann Stahl, der Anwalt vom KIR. Ich würde alles verlieren. Weil ich gegen den Vertrag verstoßen habe.«

»Also werden Sie nicht die Wahrheit schreiben. Sie sind immerhin Oscars Sohn. Also kein Vollidiot.«

Was wollte Bartholomäus von ihm? Ihn manipulieren?

»Das hat mit Oscar nichts zu tun. Offengestanden bin ich mir nicht sicher, was Oscar getan hätte … ich könnte mir gut vorstellen, dass er …«

»Oscar hätte die Sache hochgehen lassen«, unterbrach ihn Bartholomäus. »Er hätte dieses Spiel nicht mitgemacht. Egal, was es ihn gekostet hätte. Das hätte er nicht akzeptiert. Oscar war zu integer.«

Toll. Da waren sie sich also einig. Was Oscar getan hätte und was er gelassen hätte, wussten sie jetzt. Genauso, wie sie wussten, dass Oscar in so eine Scheiße nie im Leben hineingeraten wäre und deshalb so eine Entscheidung gar nicht hätte treffen müssen!

»Aber Sie sind nicht Oscar …«

Paul stieß scharf die Luft aus.

»Weil Sie aber nicht Oscar sind … und weil Oscar mein

Freund war ... und weil Sie sein Sohn sind ... und weil ich Sie mit in diesen Schlamassel reingeritten habe ...«

Paul sah wieder zu ihm hinüber. Was sollte das jetzt werden?

»... werde *ich* dem ein Ende machen. Und *Sie* retten. Ich halte es einfach nicht mehr aus. Ich ...«, er beugte sich nach rechts zu Paul hinüber, »ich ... werde die alle hochgehen lassen. Sie halten sich einfach da raus und schauen zu.«

Einen kurzen Augenblick lang war Paul beeindruckt. Schockiert. Gerührt? Aber dann hatte er die Sache auch schon durchdacht und drei Punkte auf der Agenda gefunden, die ihm missfielen.

»Das kostet Sie Ihre Karriere!« Das war der erste Punkt. Den zweiten sprach er nicht laut aus: Wenn Paul hier schon im Feuer stand, dann wollte er es auch sein, der löschte und der danach als verbrannter Held dastand. Er wollte diesen Moment der Größe nicht einem anderen überlassen. Und auch den dritten Punkt behielt er für sich: Nur weil Bartholomäus sich opferte, würde das Paul nicht zwingend den Kopf retten! Die würden herumkramen und früher oder später trotzdem auf ihn stoßen. Und dann wäre er ebenso dran. Dann aber doch wenigstens verbunden mit dem heldenhaften Ruhm aus Punkt zwei, oder?

»Das ist mir egal ...«, sagte Bartholomäus, was Paul beunruhigte. »Sollte es aber nicht!«, appellierte er an dessen Vernunft oder an seine Eitelkeit oder an seine Feigheit, was auch immer. »Sie richten damit einfach nur riesigen Schaden an, und geholfen ist am Ende keinem!«

Na ja, jedenfalls würde er Paul damit nicht so helfen, wie er es sich einbildete. Möglicherweise aber half es Hunderten zukünftiger Schüler am KIR? Die dann zwar nicht mehr zu einem Superstar wurden, immerhin aber einer wenigstens durchschnittlichen Lebenserwartung entgegensehen durften, was bei den aktuellen Kandidaten eher unwahrscheinlich schien, siehe Hugo Rutland.

»Vielleicht sollten wir uns tatsächlich fragen, was Oscar getan hätte …«, sagte Paul jetzt. Schon erstaunlich, was Oscar für Spuren in der Welt hinterlassen hatte. Wenn allein die Erwähnung seines Namens schon eine Form der Beeinflussung darstellte!

Bartholomäus schwieg. Im Rückspiegel sah Paul Attila mit halb offenem Mund, den Kopf an die Scheibe gelehnt. Der Defender brummte monoton. Im Radio weiter die Cranberries: »To all the kids with heroin eyes – Don't do it, don't do it – Because it's not not what it seems, no no it's not not what it seems. Salvation, salvation, salvation is free …«

58 KarinaSchmidt

Das muss ich Ihnen ganz ehrlich sagen, ich wünsche mir, dass Sie tot sind, Herr Rechtsanwalt! 23:17

Paul riss schwungvoll das Steuer nach rechts, Kies knirschte unter den Reifen, seine Mitfahrer erschraken. Dann stand der Defender, Motor aus. Die Scheinwerfer beleuchteten ein schmiedeeisernes Tor. Paul schaltete die Cranberries ab und verkündete seinen staunenden Mitfahrern: »Wir brauchen Oscar.«

Widerstandslos stiegen Attila und Bartholomäus aus dem Wagen aus und gingen mit Paul zu dem Tor. Es war sicher zweieinhalb Meter hoch, und zwischen den schwarz lackierten Gitterstäben war jeweils gerade einmal eine Handbreit Platz. Der Neustädter Friedhof. Um Mitternacht waren Besucher an diesem Ort unerwünscht. Gerade um Mitternacht vermutlich! Paul rüttelte an dem Tor. Vergeblich.

»Alter …«, quengelte Attila. »Vielleicht kommen wir einfach morgen noch mal …«

Bartholomäus zeigte deutlich mehr Enthusiasmus. Da merkte man eben wieder, dass Oscar ein Thema war, das Paul und ihn in besonderer Weise zusammenschweißte. Zudem befand sich Bartholomäus in einem fortgeschrittenen Ausnahmezustand. Da war es durchaus nicht fernliegend, dass er seinen verstorbenen Anwaltsfreund mitternächtlich auf dem Friedhof zurate zu ziehen wünschte. Auch er rüttelte zunächst am Gitter und untersuchte dann das Schloss. »Wir werden wohl rüberklettern müssen.« Paul und Attila sahen den dicken Mann im Arztkittel irritiert an. Bei Paul blitzte einen Augenblick lang das Bild eines Nilpferds im Ballett-Röckchen vor dem inneren Auge auf. Bartholomäus verstand ihre unausgesprochenen Bedenken. »Ihr seid doch zu zweit! Ihr müsst mich hochstemmen, und ich springe dann auf der anderen Seite runter.«

Bevor Attila weiter herumdrucksen konnte, war Paul schon vor dem Friedhofstor in den Kies gefallen und kniete im Scheinwerferkegel des Defender.

»Alter …«, stöhnte Attila ein letztes Mal gequält und ergab sich dann, Paul gegenüber im Dreck kniend, seinem Schicksal.

Bartholomäus griff nach den Gitterstäben und stieg beherzt auf den Rücken der beiden. Gott, war der Mann schwer! Paul fürchtete um seine Wirbelsäule, verhielt sich aber still. Attila keuchte. Das Spektakel erinnerte an eine Zirkusnummer. Allerdings nicht an die Art von Kunststück, die von drahtigen Akrobaten dargeboten wurde. Es war eine klassische Nummer für den dummen August.

»Scheiße …«, ächzte Bartholomäus, und das Tor klapperte wild. »Könnt ihr nicht … könnt ihr nicht ein Stück höher … es reicht nicht …« Aber nein, das konnten sie beim besten Willen nicht. Sie mussten das Unterfangen wohl oder übel aufgeben. Zähne- und kiesknirschend kletterte Bartholomäus von seinen menschlichen Podesten herab, und diese erhoben sich mit schmerzverzerrten Gesichtern. Aufgeben? Attila wäre sofort dazu bereit gewesen. Doch

Paul war es mitnichten, und Bartholomäus war jetzt erst richtig angefixt von der Idee.

»Wenn wir das Auto näher an das Tor fahren, kann ich über die Motorhaube hochklettern«, schlug er waghalsig vor.

Augenblicke später stieß die Stoßstange des königlichen Vehikels sanft gegen das Gitter. Der Motor surrte monoton, ein Keilriemen quietschte leise. Ohne zu zögern, zog sich Bartholomäus auf die mächtige grüne Motorhaube, stand auf und ragte jetzt tatsächlich von der Brust ab über das Gitter. Ein genialer Plan! Abgesehen davon, dass noch ungeklärt war, wie der Dicke die über zwei Meter Falltiefe auf der anderen Seite überwinden wollte. Ein lächerliches Detail in Bartholomäus' fanatisch blitzenden Äuglein. Dem Ziel so nah holte er einfach Schwung … und unter den entsetzten Blicken seiner beiden Komplizen, Paul am Steuer, Attila hilflos am Rande des Geschehens, kippte die massige Gestalt im weißen Kittel über das Friedhofstor.

In der Fiktion werden solche Momente gern genüsslich zeitlupenhaft geschildert und bebildert. In der Realität galt einfach wieder dieser Grundsatz aus dem Physikunterricht: Masse mal Beschleunigung ergibt zuverlässig immer mehrere Tonnen Aufprallgewicht. Und es ging wahnsinnig schnell. Ein Schrei und sofort danach ein dumpfes Geräusch. Dann ganz kurz Stille, dann noch einmal ein etwas leiserer Schrei, wieder Stille und schließlich ein Wimmern. Suboptimale Gesamtgemengelage. Wenn Bartholomäus sich jetzt auch noch das Genick gebrochen hatte, und das mit Pauls Hilfe, dann konnte er sich gleich selbst die Handschellen anlegen. Attila und Paul warteten gebannt.

Gott sei Dank. Bald schon kamen ermutigende Signale

der Hoffnung von der anderen Seite des Friedhofsgitters. Im Scheinwerferlicht, von Schatten gestreift, erhob sich Bartholomäus zeternd und fluchend aus dem Schmutz und blickte zu ihnen heraus. Schwedische Gardinen. Dieser umgangssprachliche Begriff für Gefängnisgitter geht darauf zurück, dass früher besonders hochwertiger Stahl aus Schweden geliefert wurde.

»Was glotzt ihr so?«, murrte Bartholomäus. »Schwingt euren Arsch rüber!«

Paul war fast noch jung. Entsprechend wieselflink war er über die Motorhaube in den Friedhof gesprungen. Bei Attila sah es sogar elegant aus.

Der Defender leuchtete den dreien den Weg zu Oscars Grab. Bartholomäus humpelte leicht und wirkte grimmig, beklagte sich aber nicht. Sicher hatte er sich bei dem Sturz verletzt.

Oscars Grab lag im Schlagschatten des durch etliche Grabsteine gebrochenen Scheinwerferlichts und wirkte dadurch surreal, wie auf einer Theaterbühne arrangiert. Dennoch erkannte Paul sofort die Veränderung und musste lächeln. Nachdem er das Grab notdürftig saniert hatte, waren wohl auch andere Besucher auf den Frevel aufmerksam geworden und hatten das Ihre dazu beigetragen, die Ehre des Verstorbenen wiederherzustellen. Dreimal mehr Blumen als vorher standen auf der Grabplatte, einige davon jetzt mit geschlossenen Blütenkelchen. Ob Blumen schlafen? Sah so aus. Ob sie träumen? Die Krähe war nirgends zu sehen. Die schlief ganz sicher. Oder? War es dann überhaupt sinnvoll herzukommen? Ach, Unsinn. Das war einfach nur ein Vogel. Oscar war da drin! Nein, das war ja auch Unsinn. Da drin war die vermutlich weitgehend von

Kleinstlebewesen skelettierte und fermentierte Leiche von Dr. Oscar Colossa. Erde zu Erde. Der Körper verschwand ja nicht einfach. Er ging zurück in den Kreislauf, aus dem er entstanden war. Aber Oscar, der war nicht da drin, der war hier drin. In Pauls Brust. In Pauls Gedanken. Zombie in my head. Insofern eigentlich unnötig herzukommen. Warum tat man das? Den Ort besuchen, wo der Leichnam lag? Zwischen den Blumen wieder einmal ein Buch. Wohl eine weitere Leihgabe, die in Oscars Bibliothek zurückzuführen war. Paul hob es auf. Rainer Maria Rilke, *Briefe an einen jungen Dichter*. Alt und braun, sichtlich viel gelesen.

»Es war eine gute Idee herzukommen«, unterbrach Bartholomäus Pauls Zweifel. »Es ist wie immer: Wenn man Oscar aufsucht, gewinnt man Klarheit.« Er wirkte jetzt gar nicht mehr jämmerlich oder grimmig, sondern ganz ruhig. Ja, das kannte Paul. Das machte das Grab. Warum auch immer! Sogar ohne Vogel. Deshalb kam man her.

Bartholomäus näherte sich Paul und flüsterte fast verschwörerisch: »Wie machen Sie es? Ich meine, wenn Sie mit ihm reden, wie …«

Diesmal war es Paul nicht peinlich. »Hallo, Oscar, wir sind es. Attila und Dr. Bartholomäus sind mitgekommen. Wir stecken in einer Krise und wollten dich fragen …«

Wieder unterbrach ihn Bartholomäus: »Guten Abend, Oscar … tut mir leid, dass wir dich so spät … obwohl, es ist dir jetzt wahrscheinlich egal, wie spät es ist …«

Attila beobachtete die Szene aus einigem Abstand. Reichlich verblüfft zwar, er wirkte aber durchaus ernsthaft. Fast ein kleines bisschen andächtig.

»Es tut mir auch leid, dass …«, Bartholomäus trat jetzt ganz dicht an die Grabplatte heran und legte fast zärtlich eine Hand darauf, »… dass ich noch nicht bei dir war, seit …« Er schluckte, und Paul sah, dass in den Augen des Arztes Tränen glitzerten. Der Mann hatte aber verdammt nah am Wasser gebaut! Fast wie Paul. Ja, er mochte diesen Bartholomäus. Egal, was er getan hatte.

Es wurde sogar noch besser. Mit heiserer Stimme erklang es hinter Paul: »Mir tut es auch leid; es ist gar nicht … wegen der Entfernung. Ich tue mich einfach total schwer damit …«

Paul drehte sich um. Was war denn hier los? Attila kullerten ebenfalls Tränen über das Gesicht. Da soll noch mal einer sagen, Männer könnten ihre Gefühle nicht zeigen. Paul war ausnahmsweise nicht zum Heulen zumute. Auch wenn er es rührend fand.

»Die Sache ist die …«, übernahm Paul jetzt wieder die Gesprächsführung, »… wir haben uns in dieser Geschichte mit der Schule alle ziemlich tief in … also wir sind zu weit gegangen. Wir haben diese Grenze überschritten. Du weißt doch noch, was du mir gesagt hast, dass wir uns nur bis zu einem gewissen Grad für eine Sache einsetzen dürfen. Bis zu einem Punkt, und dann … Ich glaube, da sind wir drüber …«

Jetzt unterbrach ihn Bartholomäus: »Nein, Oscar, hör mir zu, Paul kann nichts dafür. Dieser Junge, Hugo Rutland, der stirbt, weil ich dieses perverse Spiel von Rutland mitgespielt habe. Du weißt, ich hab's für Lara getan, aber … jetzt will ich dafür geradestehen. Ach, ich hab so … Angst, Oscar!«

Paul schaltete sich ein: »Oscar, du musst Bartholomäus sagen, dass er das nicht tun muss. Er darf es nicht tun! Sonst wird er alles verlieren! Das ist es nicht wert! Es ist zu spät, es gibt kein Zurück mehr für ihn! Sag ihm das, Oscar!«

Es herrschte Stille am Grab. Alle drei starrten auf die Blumen, als erwarteten sie etwas. Eine Art Offenbarung? Ja, ziemlich genau das. Paul schlug, um irgendetwas zu tun, wahllos eine Seite in dem Rilke-Buch auf und überflog ein paar Zeilen, die im Zwielicht so gerade eben lesbar waren. Er staunte. So verblüfft war er, dass er im spärlichen Scheinwerferschein laut vorlas: »Denken Sie, lieber Herr, an die Welt, die Sie in sich tragen, und nennen Sie dieses Denken, wie Sie wollen; mag es Erinnerung an die eigene Kindheit sein oder Sehnsucht zur eigenen Zukunft hin – nur, seien Sie aufmerksam gegen das, was in Ihnen aufsteht, und stellen Sie es über alles, was Sie um sich bemerken.«

Bartholomäus und Attila blickten Paul verwundert an.

»Oscar lässt einen nie ohne Rat gehen, wenn man herkommt«, erklärte Paul ihnen.

Attila nahm Paul das Buch aus der Hand und las die Stelle noch einmal. »Alter, aber was meint er jetzt genau?«

»Ich weiß, was er meint. Gehen wir!«, sagte Bartholomäus entschlossen. Er blickte sich um, machte ein paar Schritte, hob einen großen Kieselstein auf, zog sein Taschentuch heraus, wischte den Kiesel sauber und legte ihn sehr achtsam auf den Grabstein. Wie die Juden es tun. »Gehen wir«, wiederholte er dann und schritt in Richtung Tor. Paul und Attila folgten ihm. Der Motor des Defender lief immer noch. Der Keilriemen klang entfernt wie Vogelgezwitscher. »Es war die Nachtigall …« Eigentlich ganz schön laut, so spät auf einem Friedhof! Besser nichts wie weg jetzt, bevor es am Ende doch noch Ärger gab. Allerdings …

»Scheiße, Alter … wie kommen wir denn jetzt wieder raus?« Allgemeines Entsetzen. Der Friedhof war von einer hohen Mauer umgeben. Es war genauso heikel hinauszukommen, wie hinein. Nur hatten sie hier drin nicht die Hilfe Ihrer Majestät der Queen. Hier hatten sie nur Oscar, und dessen Rat hatten sie jetzt schon in anderer Sache verbraucht …

Paul sagte nichts. Er zog sein Smartphone heraus, wischte ein paarmal über den Bildschirm und telefonierte dann leise.

Es dauerte keine fünf Minuten, da leuchteten die hellen Xenon-Scheinwerfer eines nagelneuen Mercedes Kombi hinter dem Defender auf. Im grellen Licht war erst nur die schwarze Silhouette des Mannes zu sehen, der ausstieg und auf das Tor zukam. Ein kurzes Knacken des Schlosses, dann öffnete er quietschend die Flügel des Friedhofstors. Ein gut aussehender Mann mit grau melierten Haaren, schwarzem Anzug, schwarzer Krawatte. Der aussah wie ein Totengräber. Was daran lag, dass er ein Totengräber war. Einer der dubiosesten Mandanten, die Paul von Oscar geerbt hatte: der Bestatter Franicek. Mit seiner unheimlichen, hohen, rauen Stimme begrüßte er die Anwesenden, soweit sie ihm persönlich bekannt waren: »Herr Doktor, Herr Rechtsanwalt …« Ganz selbstverständlich und unaufdringlich sagte er das. »Jetzt haben Sie wirklich Glück gehabt. Ich bin gerade auf dem Weg zur Autobahn. Da hat's heftig gescheppert. Die Polizei sagt, es warten zwei, vielleicht sogar drei Kunden auf mich. Ich muss schauen, ob ich die überhaupt alle in den Wagen bekomme …« Man konnte regelrecht sehen, wie Franicek vor seinem inneren Auge die Toten, geschickt platzsparend, aufeinanderstapelte. Ein selbstgerechtes Lächeln breitete sich dabei in seinem Gesicht aus.

»Deshalb bin ich jetzt auch unter Zeitdruck, wenn Sie verstehen. Am Ende schnappt der Siebenkäs mir die Kunden noch weg. Erst letzte Woche hat der mir einen gestohlen, den Zimmerer Miller. So eine schöne Leiche! Zwei Wochen hat der sich herumgequält, der arme Teufel. Ein Lungenkarzinom. Starker Raucher, der Miller. Leider haben Sie ihn daheim gepflegt und nicht zu Ihnen getan, Herr Doktor.« Mit einem fast kollegialen Kennerblick sah er den mit der Situation leicht überforderten Bartholomäus an. »Der Siebenkäs hat einfach die Familie angerufen! Kaum dass der Miller den letzten Schnaufer getan hat! So was von pietätlos. Woher der's nur immer weiß! Und natürlich hat er die armen Leute schamlos belogen. Dass bei ihm die Särge besser wären und billiger und dass er eine schöne Musik am Grab organisiert. Dass ich nicht lache! Ich war höchstens fünf Minuten später am Telefon! Da war schon alles zu spät. Dass so ein Gauner sich Bestatter nennen darf, eine Schande für den ganzen Berufsstand, der Siebenkäs! Verleidet einem regelrecht das Sterben.«

Während er mit heiserem Krächzen wütend über den Konkurrenten herzog, schob er geflissentlich die drei nächtlichen Friedhofsbesucher zum Tor hinaus und verschloss es, mit einem gewaltigen Schlüsselbund rasselnd, wieder sorgfältig. Zu welchen Pforten diese Schlüssel wohl noch Zugang gewähren mochten?

»Ja, dann einen schönen Abend noch!«, grüßte er, schwang sich in seinen Oberklasseleichenwagen und brauste davon. Kein Kommentar zur Absurdität der Lage. Keine indiskreten Fragen. Keine dummen Kommentare. Ohne Zweifel war Franicek ein Mann, der schon Zeuge weit skurrilerer Umstände geworden war. Das brachte der Beruf mit sich. So langsam lernte Paul, sich des Netzwerks von Oscar zu bedienen.

Wortlos lieferten sie Bartholomäus bei seiner Klinik ab, obwohl es so viel zu sagen gegeben hätte. Auf der Weiterfahrt hörte man nur den Diesel und die leeren Bierflaschen hin und her rollen. Wortkarg verabschiedete sich auch Attila im Treppenhaus der Villa und stieg hinauf zu Frau Barbara. Paul hörte ein Lachen, als sie ihm die Tür öffnete. Dann war es wieder still im Haus. Nein, doch nicht ganz! Ein Poltern an der Tür verriet, dass Pauls künstlicher Kobold sich wieder um die Sauberkeit seiner Wohnung bemühte. Vorsichtig öffnete er die Tür, um ihn nicht zu stören. Im Dunkeln sah Paul das emsige blaue Licht des intelligenten Staubsaugers hin und her flitzen. Es tat gut, jetzt nicht allein zu sein.

Aus dem Tresor holte Paul sich Whisky. Er ließ die Tresortür offen, um die Spieluhr »Claire de lune« klimpern zu lassen, während er in seiner spärlichen CD-Sammlung stöberte. Heute Abend brauchte er Annie Lennox. Er schloss die Tresortür, und Debussy verstummte. Stattdessen »No more I Love You's«. Er hatte den CD-Player auf »repeat« eingestellt, sodass sich das Lied unendlich oft wiederholen würde. Oben bei Barbara und Attila war es ganz still. Ob die ihn hören konnten? Verdammt, was machten die nur? Nichts? Sex klang anders! Er setzte sich auf das rote Sofa und blickte auf die fleckige, schartige weiße Wand ohne Bilder. Er nahm einen großen Schluck Whisky. »Do be do be do do do oh …«, seufzte Annie Lennox. Paul blätterte in dem Rilke-Bändchen von Oscars Grab. Das Buch war antiquarisch. Eine Erstauflage aus dem Jahr 1929. Weiß Gott, wer es schon in Händen gehalten haben mochte. Plötzlich kam Paul eine Idee. Er sprang auf, stieg vorsichtig über den Staubsaugerroboter, der gerade aus dem

Flur ins Wohnzimmer zurückkehrte, und eilte hinunter in die Kanzlei. Nach kurzer Suche wurde er dort fündig. Ein dicker schwarzer, wasserfester Filzstift. Damit wurden in der Kanzlei üblicherweise die Pakete beschriftet, in denen Ermittlungsakten zurück an die Staatsanwaltschaft geschickt wurden.

»*Denken Sie, lieber Herr, an die Welt, die Sie in sich tragen, und nennen Sie dieses Denken, wie Sie wollen; mag es Erinnerung an die eigene Kindheit sein oder Sehnsucht zur eigenen Zukunft hin, nur, seien Sie aufmerksam gegen das, was in Ihnen aufsteht, und stellen Sie es über alles, was Sie um sich bemerken*«, schrieb er an die schmutzig weiße Wand im Wohnzimmer. Über gut zwei Meter Breite.

Pauls erster eigener Akzent in seiner Wohnung. Natürlich, es ging auf einen Anstoß von Oscar zurück. Aber das war in Ordnung. Alles in der Welt ging immer auf den Anstoß von etwas anderem zurück, seit dem Urknall war das so. Ein Anstoß von Oscar war nicht das Schlechteste, das einem passieren konnte.

»The monsters are crazy – There are monsters outside«, sang Annie Lennox. Wichtige Entscheidungen mussten getroffen werden, und zwar rasch. Aber Paul hatte keine Lust dazu. Lieber las er *Wiedersehen in Brideshead* weiter. Die Dampferszene. Die Lara Wanek ihm besonders ans Herz gelegt hatte. Ein mächtiger Ozeanriese kämpfte sich hell erleuchtet durch eine von Sturm verzerrte Welt aus grauem Himmel und schwarzem Wasser. Fast alle Passagiere lagen seekrank in ihren Kabinen. Auch Charles Ryders Ehefrau. So bemerkte keiner, wie sich auf dem stampfenden und schlingernden Schiff die hoffnungslos romantische Tragödie zwischen Charles und Julia Flyte entwickelte. Es hatte so kommen müssen … Paul musste an Lara denken. Natürlich. Sie hatte gewusst, was sie tat, als sie ihm die Dampferszene ans Herz legte.

59 KERNELZK

Anwälte sind genau wie Nutten, nur dass sie mehr Geld verlangen und weniger Niveau haben. Wenn Du dem einen großen Schein hinlegst, macht der Sachen, vor denen jede Nutte sich nur ekeln würde. 01:55

Den Donnerstagmorgen verbrachte Paul mit Liliane Draxler und Frau Barbara. Fräulein Christiane hatte sich freigenommen. Überstundenausgleich. Wer entschied das eigentlich? Und wer führte Buch über angeblich geleistete Überstunden? Vermutlich Fräulein Christiane. Und wer kontrollierte die Kontrolleurin? Fräulein Christiane hatte jedenfalls an diesem wunderbar sonnigen Tag frei, während Paul tun musste, was ein Anwalt tun muss. »Frau Barbara!«, rief er entsprechend verzweifelt von seinem Schreibtisch aus durch die halb geöffnete Adlertür ins Vorzimmer hinüber. »Was soll ich tun?«

Neugierig steckte sie den Kopf durch die Tür. Ihre rot gefärbten Haare hatte sie zu einem strengen Zopf gebunden. Der davon ausgehende intensive Chemiegeruch des Haarlacks übertönte fast ihr starkes Parfüm. Wie üblich war sie grell geschminkt. Aus dem tiefen Ausschnitt ihres engen smaragdgrünen Oberteils quollen die Brüste regelrecht heraus. Die Haut des Dekolletés war ein bisschen runzelig.

»Sie müssen doch selber wissen, was Sie zu tun haben!«

Wenn diese Frau nicht diese unfassbar melodische Stimme gehabt hätte, hätte Paul das beinahe schon als Akt der Insubordination auslegen mögen. Andererseits hatte sie natürlich recht. In der Theorie. In der Praxis nämlich verhielt es sich so, dass Fräulein Christiane Paul morgens erklärte, was zu erledigen war und mit welcher Dringlichkeit selbiges in welcher Reihenfolge abzuarbeiten wäre. Auf dem Schreibtisch stapelten sich immerhin Dutzende Akten. Paul konnte die wohl schlecht einfach so alle auf einmal …?

Inzwischen war Frau Barbara ganz hereingekommen.

»Wo ist eigentlich Attila?«, fragte Paul sie und kratzte sich wieder heftig am entzündeten Hummelstich. Eigentlich hätte er lieber gefragt, was die beiden in der vorangehenden Nacht oben miteinander angestellt hatten. Weil es wieder gar so leise gewesen war. Das traute er sich aber nicht.

»Der schläft noch«, antwortete Frau Barbara und fügte dann mit einem unverschämt lasziven Grinsen hinzu: »Er hatte eine harte Nacht …«

Bevor Paul der Sache weiter auf den Grund gehen konnte, wechselte Frau Barbara von sich aus das Thema.

»Ziemlich ruhig geworden, seit der ›Newtown Blog‹ nichts mehr schreibt. Keine E-Mails, keine Drohanrufe, keine Journalisten …«, stellte sie fast mit einem Anflug von Enttäuschung fest.

»Ja, zum Glück«, erwiderte Paul. »Da sieht man mal, was dieser Babik für einen Einfluss gehabt hat! Alle sind ihm nachgerannt, dem Rattenfänger. Aber kaum ist er weg, interessieren sie sich nicht mehr für die Sache. Obwohl doch in Wahrheit viel mehr dran ist, als …« Nein, die Erkenntnisse des vergangenen Abends würde Paul dieser

Barbara bestimmt nicht anvertrauen. Hoffentlich hatte Attila nicht geplappert! Barbara wirkte einfach nicht vertrauenswürdig. Eigentlich ein Witz, dass diese Person ausgerechnet in einer Rechtsanwaltskanzlei arbeitete! Aber das hatte Fräulein Christiane entschieden, da konnte man nichts machen.

»Ein bisschen tut Elvis mir ja schon leid. Klar, er ist mal wieder zu weit gegangen. Aber was soll er denn jetzt machen, wo sein ganzes Lebenswerk zerstört ist?«

Paul war erschrocken. »Sie nennen den Typen beim Vornamen? Kennen Sie Babik etwa?« Wieder spürte er einen intensiven Juckreiz am Kinn und kratzte sich.

Frau Barbara schloss die Bürotür und redete jetzt plötzlich nur noch halb so laut. Sie wirkte irritiert. »Aber … Herr Colossa, wussten Sie denn nicht …?«

Paul ahnte, dass da etwas Großes im Busch war. Groß und faul …

»Erzählen Sie es mir doch einfach. Was glauben Sie denn, was ich wissen sollte?«

Frau Barbara nahm sich einen der Stühle an Pauls Schreibtisch und setzte sich ihm gegenüber. Sie beugte sich vor, gewährte ihm tiefen Einblick in ihren Ausschnitt und flüsterte: »Hat Oscar Ihnen etwa nichts erzählt von dem … von der Absprache, die wir hatten?«

»Wer ist wir?« Paul grübelte verzweifelt, ob er sich gerade selbst zum Narren machte. Hatte er in Oscars Abschiedsdokumenten für die Kanzleiübergabe etwas Wichtiges überlesen?

»Na ja, Oscar, Elvis und ich …?«, fuhr Barbara ungläubig fort.

Paul zog nur die Stirn in Falten und blickte trotzig.

»Aber Sie wissen, dass Elvis Babik und Oscar Streit gehabt haben? Es ist nicht ganz so verrückt gewesen wie bei Ihnen, aber er hat Oscar schon auch ziemlich heftig … provoziert …« Fragend sah sie Paul an.

»Ja, die Geschichte kenne ich. Und Oscar hat dann irgendeinen Deal mit ihm gemacht und …« Paul unterbrach sich selbst und starrte Frau Barbara ungläubig an. »Wollen Sie etwa sagen …?«

»Er kam zweimal im Monat zu mir.« Barbara sagte das ganz ruhig, so als wäre es nichts Ungewöhnliches. War es ja auch nicht, aus ihrer Perspektive.

»Und er hat Sie … Sie haben …?«

Barbara zog die Augenbrauen hoch. Schon klar, blöde Frage.

Seine nächste Frage kam ihm hingegen weniger blöd vor: »Aber … wenn Babik praktisch dafür … belohnt wurde, dass er uns in Frieden lässt … warum hat er uns jetzt plötzlich nicht mehr in Frieden gelassen?«

Frau Barbara wirkte fassungslos. »Na, weil er furchtbar wütend auf Sie ist, Herr Colossa!«

»Wie bitte? Aber ich kannte den Typen bis vor drei Tagen doch gar nicht? Ich habe ihn noch nie im Leben gesehen! Wir hatten nichts miteinander zu tun! Warum in aller Welt soll er wütend auf mich sein? Spinnt der?«

»Weil Sie verboten haben, dass er weiter zu mir kommt! Ich war die einzige Frau, mit der er …«

»Was?!« Jetzt sprang Paul von seinem Bürostuhl auf und wurde richtig laut. »Ich wusste doch überhaupt nichts davon! Wie soll ich es denn da bitte verboten haben?« Wieder kratzte er sich heftig am Bart.

Barbara blieb ganz ruhig. »Kein Grund herumzuschreien. Muss ja nicht jeder hören.« Mit ihrer melodischen Stimme fing sie Paul rasch wieder ein. Er setzte sich.

»Sie haben mir doch ganz klar zu verstehen gegeben, dass alle … speziellen Abmachungen, die ich mit Oscar getroffen habe, sofort beendet werden sollten. Was die Vergütung in natura für das Putzen der Wohnung betrifft und so weiter. Sie sagten, dass Sie nicht wünschen, dass ich dieser … Art von Arbeit nachgehe, wenn ich hier weiter wohnen will. Im Gegenzug durfte ich hier unten in der Kanzlei arbeiten. Genau das haben Sie doch verlangt, richtig …?«

»Ja, schon. Aber …«

»Also habe ich Babik gesagt, dass seine Abmachung mit Oscar gestorben ist und dass er nicht mehr kommen darf, weil ich solche Sachen nicht mehr mache … das hat ihn ziemlich getroffen. Er hat geweint. Ich glaube, er ist in mich verliebt. Jedenfalls bildet er sich das ein. Ist nichts Ungewöhnliches, dass Stammkunden sich manchmal ein bisschen verlieben.«

»Waren Sie denn auch … privat … befreundet?«

Barbara fixierte ihn mit bitterbösem Blick. »Herr Colossa, es ist absolut unprofessionell, sich privat mit seinen Kunden einzulassen!«

Das saß. Natürlich wusste Barbara, dass Paul eine Affäre mit seiner Mandantin Maja Rivinius gehabt hatte. Vielleicht ahnte sie sogar, dass da etwas mit Lara Wanek im Busch war. Paul schämte sich, ausgerechnet dieser Frau, die ganz offensichtlich Geheimnisse außerordentlich gut bewahren konnte, Indiskretion unterstellt zu haben, während er selbst … Paul war der Allerletzte, der auf solch einem hohen Ross Platz fand.

»Ich habe aber nicht erwartet, dass er sich so aufführt!

Das ist viel schlimmer als alles, was er früher gemacht hat …«

Zum Glück war Barbara Paul anscheinend nicht böse.

»… trotzdem finde ich, wenn ich es mir jetzt so richtig überlege, er hat es nicht verdient, dass man ihn dafür … praktisch vernichtet!«

Also war sie Paul doch böse? Es war doch Attilas Idee gewesen! Dem müsste sie böse sein!

»Ich bin mir inzwischen sowieso nicht mehr sicher, ob das eine wirklich kluge Idee gewesen ist, den Blog zu hacken … klar, es war spektakulär, aber ich kann mir nicht vorstellen, dass er sich das einfach so bieten lässt …«, fuhr Barbara fort.

Auf welcher Seite stand sie eigentlich?

»Elvis Babik müsste schon selten dämlich sein, wenn er nicht kapiert hat, wer ihm das angetan hat …«, ergänzte sie. »Und man könnte ihm nicht einmal einen Vorwurf machen, wenn er jetzt noch viel, viel wütender wird. Diesmal haben Sie ihm ja nicht nur die Frau gestohlen, sondern auch noch den ganzen Rest … da wird er vielleicht noch schlimmer zurückschlagen …«

Paul schlug dieses Gespräch gerade ziemlich auf den Magen. Er hatte eigentlich, bei dem ganzen Ärger, den er ohnehin schon hatte, darauf vertraut, dass wenigstens an der Babik-Front Ruhe eingekehrt wäre! Man stelle sich vor, die kassierten Rutland, Bartholomäus und Paul ein, und Babik stand feixend daneben. Paul konnte sich grob vorstellen, wie die Überschrift in Babiks Blog klingen würde.

»Könnten Sie mir einen Espresso bringen?« Eigentlich wollte Paul Barbara nur loswerden.

»Also so was … ich dachte, Oscar hätte Ihnen alles

erzählt …«, klagte sie und verschwand zur Tür hinaus. Paul hatte einen leichten Panikanfall. Er griff nach einem Blatt Papier und einem Kugelschreiber. Den Feind sehen, um ihn zu verstehen. Den Feind benennen, um ihn zu erkennen. Juristen zeichnen gern, wenn sie ein abstraktes Problem gedanklich nicht recht zu fassen bekommen. Nun sind Juristen nicht zwingend große Künstler, deshalb beschränken sie sich in der Regel bei ihren Zeichnungen auf simple Formen. Punkte, Striche, Dreiecke. Diese ergänzen sie gern mit Zahlen oder Buchstaben, mitunter auch mit Paragrafen, um die Wechselwirkung zwischen diversen Problemen zu visualisieren.

Also, wie sah es denn genau aus, Pauls Problem?

Paul machte erst einmal einen dicken Punkt auf sein Blatt. Dann dachte er kurz nach und schrieb schließlich »StA« neben den Punkt. Die Staatsanwaltschaft. Die würde ihn demnächst garantiert drankriegen und in den Knast sperren. Weil er viel zu tief in die Nummer verstrickt war. Weiter rechts machte er noch einen zweiten Punkt und schrieb »Stahl«. Kurios, wie ähnlich seine beiden Sorgen klangen. »StA« und »Stahl«. Nur war der Name des Anwalts des KIR etwas länger. Was gut passte, denn das Problem, das Paul mit ihm verknüpfte, war ja auch noch größer. Paul hatte mehrfach ausgiebig gegen seinen Vertrag verstoßen. Sogar Abstreiter hatte es begriffen: Dafür würde Stahl Paul das Fell über die Ohren ziehen, er würde ihm eine Vertragsstrafe aufbrummen, die die Kanzlei finanziell vernichtete. Zwischen den beiden Punkten zog Paul eine Linie. Bis vor zehn Minuten wäre das bereits ein außerordentlich unschöner Strich gewesen. Aber jetzt genügte dieser Strich nicht mehr, um das volle Ausmaß von Pauls

Sorgen künstlerisch auszudrücken. Seine Not war nämlich dank Barbara gerade zu einem ausgewachsenen Dreieck herangewachsen. So eine Art persönliches Bermudadreieck. Paul machte einen dritten Punkt oberhalb der anderen beiden, schrieb Babik dazu und verband die zwei anderen Punkte mit Linien. Oscar hätte seine Freude an diesem Dreieck gehabt. Immerhin hatte Oscar oben im Turmerker unheimlich gern Mühle gespielt, und das hier war eine astreine Zwickmühle! Egal nämlich, ob Paul jetzt von der Staatsanwaltschaft links eingesperrt wurde oder von Stahl rechts ausgeblutet, oder vielleicht sogar beides – Babik würde sich ins Fäustchen lachen! Es war nur eine Frage der Zeit, bis der seinen Blog wieder online stellte, und dann würde er sich wie Phönix aus der Asche erheben und den Rest von Pauls gutem Ruf mit Schmähartikeln auslöschen. Außerdem würde er Paul vielleicht anzeigen oder verklagen oder beides, wegen der Hackerei … Paul grübelte. Gab es einen Ausweg aus dem verdammten Dreieck? Mal angenommen, er würde sich mit Stahl doch noch arrangieren? Vertragstreue war nach wie vor eine echte Option. Der Junge musste nur überleben. Und der Bericht musste so klingen, dass Stahl daran nichts auszusetzen hatte. Dann würde er ihm auch nichts tun. Und dann konnte Babik Paul plötzlich auch nichts mehr anhaben! Echte Breaking News waren das nicht gerade, wenn Paul genau den weichgespülten Abschlussbericht lieferte, den man von ihm erwartete. Babik hatte diese Sau jetzt so lange durchs Dorf getrieben, dass sie abgemagert war und humpelte. Das reichte nicht für einen neuen Shitstorm. Höchstens für eine leicht übel riechende Brise. Einen Furz. Und was half es Babik, wenn er wegen des gehackten Blogs einen Verdacht gegen Paul hatte, den er nicht beweisen konnte? Babik war gar keine wirkliche Gefahr! Solange nur der Junge lebte.

Die Staatsanwaltschaft hingegen … Was war mit der Staatsanwaltschaft? Die hatte das Verfahren doch bereits eingestellt. Staatsanwälte waren chronisch arbeitsüberlastet. Oder faul. Oft beides. Wenn niemand ihnen neue Fakten lieferte, waren die doch froh, wenn sie eine Akte weniger zu bearbeiten hatten! Und wer sollte die Fieslinge in den schwarzen Roben neu aktivieren? Also ruhig durchatmen.

Paul nahm den Stift wieder in die Hand und machte einen weiteren Punkt, diesmal unterhalb des Dreiecks. Als alle Punkte verbunden waren, hatte das Problem die Form einer Raute angenommen. Er schrieb »Bartholomäus« neben den neuesten Punkt. Der weinerliche Pavarotti mit seinen Gewissensbissen war ein echtes Risiko! Wenn der, sei es auch nur, um sich selbst zu bestrafen, zu den Bullen rannte und alles auffliegen ließ, dann waren sie dran. Alle miteinander. Dann würde die verdammte Raute mit voller Wucht explodieren. Das musste Paul unbedingt verhindern. Es gab nur eine Person, die Bartholomäus in Schach halten konnte …

Paul machte einen kleinen Strich vom Bartholomäus-Punkt weg nach unten. Jetzt sah das Bild aus wie ein Drache im Herbst, der an einer viel zu kurzen Leine im juristischen Sturm gehalten wurde. Und wer hielt diesen Drachen? Der neue Punkt hieß »Lara Wanek«. Wenn sie Bartholomäus in Schach hielt, wenn der seinerseits den Jungen am Leben hielt, wenn Paul seinen Bericht sauber ablieferte … dann würde die träge Staatsanwaltschaft weiter schlummern, Babik bekäme keinen neuen Stoff geliefert und Paul bekäme einen netten Scheck statt einer vernichtenden Konventionalstrafe. Alle kämen mit einem blauen Auge aus der Nummer heraus. Dass er mit einem Auge für einen Fall bezahlen musste, war Paul ja inzwischen gewöhnt.

Paul griff nach seiner Tastatur. Lara Wanek … wenn sie die Lösung dieses Falls war, dann würde er nicht darum herumkommen, sich erneut mit ihr zu treffen. Am besten um neun. Das hatte ihm gut gefallen. Und welchen Grund sollte er dafür angeben? Ach was. Er war Sonderermittler. Er brauchte keinen Grund.

»Haben Sie heute Abend um neun wieder Zeit für mich? Ich komme zu Ihnen.« Und »Senden«. Keine zwanzig Sekunden dauerte es, da ploppte ein Textfenster auf dem Computerbildschirm auf: »Eine neue Nachricht«. Paul klickte die Nachricht an … sein Puls beschleunigte sofort heftig … »Neun Uhr. Ich erwarte Sie!« Und das mit Ausrufezeichen.

60 HERBERT.F

Sie menschenverachtender Zyniker!
Schande über Sie! 21:53

Die Tür öffnete sich, und Frau Barbara kam mit einer Tasse Espresso herein. Paul schloss die E-Mail rasch. Warum? Er hatte doch eigentlich nichts zu verbergen!

Barbara stellte die kleine Tasse vor Paul ab und blieb kurz stehen, wohl in der Hoffnung, an das Gespräch von eben anzuknüpfen. Paul aber sagte nur abweisend »Danke!« und griff wahllos nach einer der Akten auf den Stapeln vor sich, um zu verdeutlichen, wie beschäftigt er war. Aber sie war hartnäckig. Blieb einfach vor ihm stehen. Als er gezwungenermaßen zu ihr aufblickte, hielt sie ihm eine rote Cremetube vor die Nase. »Machen Sie das auf Ihr Kinn. Man hat das Gefühl, mit einem räudigen Hund zu plaudern, wenn Sie sich die ganze Zeit kratzen. Das ist Cortison. Wirkt sofort!« Paul nahm ihr, verschämt und widerwillig, die Cremetube ab, machte sich einen erbsengroßen Tropfen auf den Zeigefinger und rieb damit die juckende Stelle ein. »Geben Sie her, die brauch ich noch!« Paul reichte ihr verdutzt die kleine Cremetube zurück, und noch ehe er danke sagen konnte, war sie schon wieder fort. Hatte er sie beleidigt?

»Ping« machte in diesem Moment das Smartphone. »Mike« stand da als Absender. Wer in Gottes Namen war Mike? Das Kerlchen mit dem Schweizer Akzent aus dem

Café. Und woher hatte der seine private Handynummer? Vage erinnerte Paul sich daran, dass er sie ihm möglicherweise gegeben hatte. Er war abgelenkt gewesen. Wegen der Burritosache. Bei dem Gedanken daran lief ihm ein Schauer über den Rücken. Und was wollte Mike von ihm? Er hatte schon genug Probleme verursacht, der verdammte kleine Whistleblower, diese Pfeife. »Wie versprochen: Abstreiter sagt, heute Abend kommt eine frische Lieferung. Wir treffen uns um acht beim Arboretum!«

Paul schickte das alberne »Daumen hoch«-Emoji an Mike zurück. Obwohl er keine Ahnung hatte, was es mit diesem Arboretum auf sich hatte. Er hatte doch eigentlich um neun den Termin mit Lara Wanek vereinbart! Hatte er da überhaupt Zeit für ein Arboretum?

Die Tür öffnete sich schon wieder. Diesmal kam Liliane Draxler herein, mit einer Akte. Darauf geheftet mehrere frisch getippte Seiten Papier. Der erste Teil des Abschlussberichts. Den hatte Paul ja bereits diktiert gehabt. Auf diese Akte hatte er jetzt besonders wenig Lust …

»Frau Draxler … Arboretum, was sagt Ihnen das?« Paul starrte ihr ins Dekolleté, während er fragte. Verdammt, er wollte das nicht … aber er konnte einfach nicht anders. Liliane Draxler hatte eine dermaßen unfassbar üppige Oberweite! »Ein Arboretum, also das ist so ein … ein Baumgarten quasi. Da stehen exotische Bäume herum, und dazwischen kann man spazieren gehen. Wir haben sogar einen in Neustadt, den müssten Sie doch eigentlich kennen, Herr Colossa?«

»Ich weiß nicht genau …« Paul zögerte.

»Na oben beim Schloss! Der Wald beim Musikinternat! Da sind Sie doch jetzt regelmäßig …?«

Ah! Jetzt verstand Paul, weshalb Mike diesen Treffpunkt vorgeschlagen hatte.

»Herr Colossa, darf ich Sie etwas zu diesem Schriftsatz fragen …?« Sie hielt die Akte mit dem Abschlussbericht immer noch in Händen.

»Ja, natürlich …«

»Was werden Sie jetzt weiter tun? Was werden Sie da hineinschreiben, in diesen Bericht?«

Paul schielte auf die Skizze, die er gerade gezeichnet hatte. Letztlich würde sie den Bericht ohnehin tippen, da konnte er ihr eigentlich auch gleich reinen Wein …

»… ich meine, da oben in diesem Schloss passieren ja wirklich furchtbare Dinge! Und Sie haben es jetzt in der Hand …!«

Sie hatte offensichtlich hoffnungslos naive Ansichten.

»Na ja, mal sehn …«, antwortete er ausweichend und streckte die Hand aus, um ihr das Manuskript rasch abzunehmen.

Aber sie gab Paul die Akte nicht, sondern bohrte weiter.

»Ich finde die Vorstellung grauenvoll, dass etwas so Reines wie Musik mit solchen … Methoden … Da geht doch alles Schöne verloren! Die verderben es den Kindern doch völlig! Wie sollen die jemals in ihrem Leben Freude beim Musizieren empfinden, wenn sie es auf diese furchtbare Art erlernt haben?«

Ach, was wusste Liliane Draxler schon davon …

»Ich habe ja selber eine Zeit lang eine musische Schule besucht. Bis ich den Unfall hatte und nicht mehr weitermachen konnte. Ich war so gut, dass ich zweimal in der Woche nachmittags Privatstunden in Regensburg bei Ludovic Stendal bekommen habe. Ich bin immer mit dem

Zug hingefahren. Das war die wunderbarste Zeit in meinem Leben. Und was machen die im KIR? Sie betäuben die Kinder, damit die Musik spielen? Das ist, als würde ich in ein Drei-Sterne-Restaurant gehen, und man stopft mir das Essen mit einem Schlauch direkt in den Magen, wie einer Gans! Freilich, satt bin ich dann auch. Aber der Geschmack kommt halt zu kurz! Die Jungen tun mir so leid! Und ausgerechnet den *Boléro* von Ravel nehmen sie dazu her … es ist geradezu widerlich, finden Sie nicht?«Paul wusste, dass seine Sekretärin so eine Art B-Promi in der Volksmusikszene war und sogar gelegentlich im Fernsehen auftrat. Er musste sich allerdings beschämt eingestehen, dass er sie ansonsten kaum kannte.

»Ich wusste nicht, dass Sie einen Unfall hatten, Frau Draxler … ich wusste auch nicht … also eigentlich habe ich nur gewusst, dass Sie in Ihrer Freizeit Musik machen. Ich habe die Auszeichnungen gesehen. Beeindruckend! Wirklich! Sogar im Fernsehen … aber dass Sie …«

Das war jetzt natürlich ein echter Offenbarungseid gewesen. Aber Paul schuldete ihr das! So ignorant zu sein gegenüber jemandem, mit dem man jeden Tag zusammenarbeitete, das war bodenlos. Da musste er jetzt durch, das war ihm klar.

Aber Liliane Draxler lächelte einfach nur. »Oh, vielen Dank, Herr Colossa! Der Unfall … das war, als wir …« Jetzt zögerte sie doch. Hatte Paul einen neuen Fettnapf erwischt?

»Na ja, wir waren mit dem Auto unterwegs, meine Eltern und ich, in Sri Lanka, als wir das erste Mal die Micha dort besucht haben … bevor wir sie später zu uns holen konnten und … der Papa hat … das Auto hat sich überschlagen und …«

Paul stöhnte innerlich auf. Diese Geschichte hing also ausgerechnet mit Micha Draxler zusammen, der jungen Frau aus Sri Lanka, aus Pauls Vorzimmer, die gekündigt hatte, weil Paul mit ihr ins Bett gestiegen war und danach Schluss gemacht hatte … was beinahe dazu geführt hätte, dass Liliane Draxler ihm auch gekündigt hätte, wenn Frau Barbara nicht gewesen wäre … alles hing immer in grässlicher Weise zusammen.

Aber Liliane Draxler erzählte ganz ruhig weiter. »Ich habe dann erst dort in einem Krankenhaus gelegen und dann in Singapur und dann noch in Erlangen … ganz lange im Koma, das war schrecklich für meine Eltern! Aber es ist ja alles wieder gut geworden! Dank der Musik eben! Weil ich, kaum dass ich aufgewacht bin, mein Instrument in die Hand genommen habe … das hat mich gesund gemacht!«

Paul war entsetzt. »Wie lange …?«

»Oh, zwei Jahre fast. Als ich den Unfall hatte, da war ich dreizehn.«

Paul glotzte ihr jetzt nicht mehr auf die Titten. In die Augen sehen konnte er ihr allerdings auch nicht.

»Und was für ein Instrument spielen Sie?«

»Ach …«, Liliane Draxler wirkte ausgesprochen fröhlich bei diesem doch ernsten Thema, »… ich kann alle möglichen Instrumente und auch Gesang, aber am allerliebsten …«, jetzt schmunzelte sie beinahe anzüglich, »… mag ich meine Amore.«

Paul blickte verdutzt, und sie lachte laut auf.

»Die Oboe d'amore!«

»Ah …«, sagte Paul. Unter Oboe konnte er sich grob etwas vorstellen.

»Wollen Sie hören?«

Liliane Draxler wartete Pauls Antwort gar nicht ab, sondern stürmte hinaus aus dem Büro und war dann eine Weile verschwunden. An ihrem Auto vermutlich. Oder bewahrte sie etwa Musikinstrumente drüben in ihrem Büro auf? Paul hielt in dieser Kanzlei fast alles für denkbar.

Dann kam sie wieder herein, im Schlepptau die äußerst neugierige Frau Barbara.

In der Hand trug sie eine schwarz glänzende Oboe, deren leicht abgewinkeltes Mundstück Paul an eine Wasserpfeife erinnerte.

Es wurde hier langsam zur Gewohnheit, dass Leute Musikinstrumente in Pauls Büro schafften. Erst Attila, jetzt seine Vorzimmerdamen …

»Kennen Sie die?«, fragte Liliane Draxler Paul neugierig und bastelte an ihrem Instrument herum.

»Ja … schon …«, log Paul.

»Im *Boléro* ist die Oboe d'amore eines der wichtigsten Instrumente …«

Ach, tatsächlich? »Können Sie den *Boléro*?« Paul hätte es natürlich spektakulär gefunden, es einmal live zu hören.

»Also, Herr Colossa! Die Amore zu spielen und den *Boléro* nicht zu können, das wäre doch albern!« Sie lachte.

Paul Augen leuchteten jetzt. »Könnten Sie … für mich …«

Wenig später durchdrang Ravels markanter Schlangenbeschwörerton das Erdgeschoss der Kanzleivilla.

Barbara stand mit geschlossenen Augen in der Tür. Paul hatte das Kinn auf die Unterarme gestützt und schwärmte still. Und ihm fiel auf, dass die sonst etwas mauerblümchenhafte Liliane Draxler wunderschön aussah. Geradezu divenhaft. Der Zauber der Musik.

61 ULRIKE

> Dieser Mann ist nicht nur auf einem Auge blind. Der sieht den Wald vor lauter Bäumen nicht. Augen auf bei der Berufswahl! 16:26

Das also war das Arboretum? Paul hatte den Defender dort geparkt, wo er ihn bereits bei der Pressekonferenz versteckt hatte. Am Waldrand beim Schloss. Er stand, einmal mehr, nicht auf dem offiziellen Parkplatz, sondern quasi eine Reihe tiefer, mitten in der Botanik. Auf diese Weise sah man das grüne Ungetüm nicht gleich auf den ersten Blick. Sein Treffen mit Mike hatte ja eher inoffiziellen Charakter. Konspirativ. Ein erneuter Quell für potenziellen Ärger mit Stahl. Attila war nirgends zu finden gewesen. Sein Bus war spurlos verschwunden, und er antwortete nicht auf Pauls Nachrichten. Nicht, dass Paul sich Sorgen gemacht hätte. Es nervte ihn einfach, wenn hier neuerdings jeder machte, was er wollte.

Auf dem Parkplatz stand, außer Paul, der ja offiziell nicht wirklich dort stand, nur ein älterer silberfarbener Golf mit Regensburger Kennzeichen und deutlichen Rostspuren an den Kotflügeln. Wer mochte das sein?

Für Paul sah das Arboretum aus wie jeder andere stinknormale Wald. Das waren doch alles ordinäre Fichten? Hatte Liliane Draxler nicht von exotischen Bäumen gesprochen? Paul betrat die große Wiese, die das Schloss umgab. Still war es. Grün und idyllisch. Vogelgezwitscher im Wald. Die Strahlen der Abendsonne tauchten das Schloss in mannigfache Goldtöne. Einige Fenster reflektierten das Licht und blitzten wie Edelsteine aus der Fassade. Ein traumhaft schöner Ort. Paul ließ den Blick über den Waldrand schweifen. Wenn das also das Arboretum sein sollte, dann war es verdammt groß. Wie wollte er da bitte seinen informellen Informanten finden? Er spazierte erst einmal einfach über die Wiese auf das Schloss zu. Weit und breit kein Mensch. Am blauen Himmel kreuzten sich die Kondensstreifen von Flugzeugen. Paul spürte, wie sich eine große Ruhe von dieser weitläufigen grünen Fläche auf ihn übertrug. Rechts neben dem Schloss die Bauhausvilla. Ob Lara Wanek im Haus war? Aber wenn sie zu Hause sein sollte … Erst jetzt wurde ihm bewusst, dass er hier wie auf dem Präsentierteller herumstolzierte. Nicht nur Lara Wanek, auch der verrückte Dirigent, dessen durchgeknallter Butler und jeder einzelne Lehrer und Schüler des KIR konnten ihn aus den Fenstern des Schlosses und der Villa beobachten, und Paul würde es nicht einmal bemerken. Reflexartig zuckte er zusammen, verspürte den starken inneren Drang, sich flach ins Gras zu werfen. Aber … das würden die möglichen Zuschauer dann auch sehen. Es würde möglicherweise sogar noch mehr Aufmerksamkeit erregen, wenn er sich ohne erkennbaren äußeren Anlass plötzlich auf den kurz gemähten Rasen legte. Wie totgeschossen. Ein gellender Pfiff weckte ihn aus seinen Überlegungen. Erschrocken blickte Paul in die Richtung, aus der der alarmierende Ton gekommen war. Da, am Waldrand, ein gutes Stück entfernt, stand eine Gestalt. Stand und winkte. Meinte der ihn? War ja sonst keiner da. Und jetzt?

Es mochte Mike sein. Oder auch nicht! Und selbst wenn er es war: Paul konnte jetzt schlecht quer über die Wiese einfach zu ihm schlendern! War Mike sich der feindlichen Beobachter denn nicht bewusst? Paul entschied rasch und halbwegs kaltblütig: zurück in den Wald! Schnellen Schrittes erreichte er die ersten Bäume. Dort arbeitete er sich entlang des äußersten Saums des Waldes durch das Unterholz auf den Kontaktmann zu. Paul trug Slipper, eine Jeans und ein hochgekrempeltes Hemd. Das war der Witterung angemessen, den übrigen Umständen jedoch nicht. Denn hier am Waldesrand, da wuchsen Brombeeren. Die Beeren an sich waren nicht das Problem, aber die Büsche! Die waren nicht nur lästig, sie taten durchaus weh. Piksten bösartig durch den Stoff der Jeans, von den ungeschützten Unterarmen gar nicht zu reden. Mannshoch wucherte das gemeine Kraut, und schon bald fühlte Paul sich in einen archaischen Zustand des Existenzkampfs versetzt. Von wegen Arboretum. Er schwitzte, es brannte, und er hatte völlig vergessen, warum er sich eigentlich durch das Gestrüpp wühlte. Es galt nur noch voranzukommen. Meter um Meter, bisweilen auf Knien unter fingerdicken, dornigen Trieben hindurch, immer wieder über mächtige Baumwurzeln stolpernd. Hier kam ein Mann, der sich gegen die Natur bewähren musste. Fast eine Minute lang dauerte der Kampf, kaum zehn Meter war er vorangekommen. Dann riss ihn ein Ruf aus seiner Ekstase: »Herr Rechtsanwalt!«

Verdammt. Er war entdeckt worden. Seine Tarnung war aufgeflogen. Der Ruf war aus Richtung des Schlosses gekommen. Von der Wiese, ganz nah.

»Herr Doktor Colossa!«

Das war Mikes Stimme! Ein kurzes Knacken und

Rascheln, da stand der dunkelhäutige Knabe auch schon vor ihm.

»Was machen Sie denn hier in den Büschen?«, fragte er ungläubig. »Kommen Sie, hier geht's hinaus.«

Jetzt nervte der Schweizer Akzent Paul fast ein bisschen. Drei, vier Schritte nur, und sie standen wieder im Sonnenlicht auf der Wiese. Kaum einen Steinwurf entfernt von der Stelle, an der Paul sich ins Unterholz geflüchtet hatte. Er war zerkratzt und verschwitzt, hatte Zweige in den Haaren – und Durst. Seine Augen brannten.

»Wenn uns jemand sieht«, maßregelte er Mike aufgebracht.

Doch der gab sich unbeeindruckt und antwortete nur: »Wichtiger ist, dass wir ihn sehen, oder? Er ist schon da!«

Bevor Paul die Frage klärte, von wem die Rede war, wollte er noch eines wissen: »Was ist denn das mit diesem Arboretum? Das hier ist doch einfach nur ein Wald!«

»Ja, stimmt«, gab Mike freiweg zu. »Wir nennen es halt Arboretum.«

Na ganz toll. »Also ist es eigentlich gar kein Arboretum?«, beharrte Paul trotzig, so als könne er dadurch seine Exkursion rechtfertigen.

»Doch, schon«, beendete Mike die Debatte und ging zurück in Richtung Parkplatz. Verblüffenderweise aber verschwand nun er plötzlich zwischen den Bäumen! Na toll, also back to the roots. Wieder über Baumwurzeln robben. Paul hatte die Schnauze gestrichen voll von diesem Wald! Doch weit gefehlt. Sie liefen nun auf einem hübschen, gut gepflegten Pfad, hin und wieder gesäumt von kleinen, kniehohen Schildern, die auf besondere Bäume hinwiesen. »Cryptomeria japonica – Japanische Sicheltanne«. Für

Paul war das eine Fichte, wie jede andere auch. Zum Thema Arboretum hatte Paul sich nämlich eine abschließende Meinung gebildet. Die große Küstentanne »Abies grandis« würde ihn davon sicher nicht abbringen. Und was sollte das denn bitte sein? Riesenlebensbaum? Lächerlich.

In Pauls Augen war es schlicht und einfach eine verwilderte Thuja. Und zwar eine, die aussah wie eine verdammte Fichte!

Mike verließ den Pfad linker Hand, winkte Paul zu und kniete sich neben einem Brombeerbusch hin, Paul mit Gesten bedeutend, es ihm gleichzutun. Erst jetzt bemerkte Paul, wo sie waren: zurück beim Parkplatz! Mit Blick auf den rostigen Golf.

»Da ist er!«, flüsterte Mike gut gelaunt, zupfte eine schwarze Brombeere vom Busch und schob sie sich in den Mund.

Paul tat es ihm gleich. Die war lecker! Und saftig. Nicht gerade durststillend, aber … Paul vertilgte zehn oder zwölf Stück davon. Besser als gar nichts. Mike beobachtete ihn fasziniert. Was mochte er denken von diesem Anwalt? Egal. Erst als keine einzige reife Brombeere mehr in unmittelbarer Reichweite war, fragte Paul: »Auf wen warten wir?«

»Auf den Hausmeister. Er ist der Lieferant.«

Klar, der Kerl mit dem Rasenmähertraktor. Der Mörder ist immer der Gärtner.

Gerade als Paul sich auf die Suche nach weiteren Brombeeren machen wollte, hörten sie ein Geräusch, das den Hausmeister einwandfrei identifizierte: der laute Motor eines Aufsitzmähers. War der Kerl allen Ernstes zu faul, die paar Meter zu laufen? Immer näher kam das infernalische Dröhnen der kleinen Maschine. Und dann fuhr er in ihr

Blickfeld. Wie üblich im blauen Overall mit roten Ohrenschützern. Hinten dran an seinem grünen Traktor hing ein einachsiger Autoanhänger.

Der Hausmeister stieg ab, ließ den Motor aber laufen. Er öffnete den Kofferraum des Golf, beugte sich hinein und wuchtete dann, mit sichtlicher Anstrengung, einen großen Plastiksack heraus, den er zu seinem Anhänger hinüberschleppte. Soweit Paul es auf die Entfernung erkennen konnte, waren auf dem Sack Blumen abgebildet. Was draufstand, konnte er nicht lesen. Als der Mann erneut zum Auto ging, zog Paul sein Smartphone heraus und machte ein Foto. Der Vorgang wiederholte sich noch einige Male, bis sechs der ominösen Säcke auf dem Anhänger lagen. Der Hausmeister schloss den Kofferraum wieder und ging nach vorn zur Beifahrertür. Er setzte sich kurz in den Golf hinein und zog einen Briefumschlag aus seinem Overall, den er, ohne zu zögern, ins Handschuhfach legte. Das machte er nicht zum ersten Mal! Anschließend schwang er sich wieder auf den Rasenmäher und schleppte seine Beute davon.

Fragend blickte Paul zu Mike.

»Das ist das Kurierfahrzeug. Ein Mann bringt es her, es wird ausgeladen, der Mann holt es wieder.«

»Was sind das für Säcke?«

»Weiß nicht«, entgegnete Mike. Paul vergrößerte auf dem Smartphone das Bild, das er vom säckeschleppenden Hausmeister gemacht hatte. Jetzt konnte er die Aufschrift lesen. »ZEMINA« stand dort. Er gab das Wort bei Google ein und staunte: »Das ist tschechisch! Es ist einfach Blumenerde! Wir haben euren Gärtner dabei observiert, wie er eine Ladung illegaler Blumenerde in Empfang genommen hat, du Held!«

»Quatsch«, antwortete Mike. Allerdings wirkte er verunsichert.

Ganz überzeugt war auch Paul noch nicht. Sich vorsichtig in alle Richtungen umblickend, verließ er das Gebüsch und ging zum Auto. Er zögerte kurz und öffnete dann die Beifahrertür. Er beugte sich hinein, klappte das Handschuhfach auf und fand darin nichts, außer jenem Briefumschlag, den der Hausmeister darin abgelegt hatte. Der Umschlag war nicht verschlossen und prall gefüllt. Mit Hunderteuroscheinen. Paul nahm sie heraus und begann, das Geld auf den Beifahrersitz zu blättern. Fünfzig Stück. Fünftausend Euro. Für sechs Säcke Blumenerde aus Tschechien? Bullshit. Das war keine Lieferung für den grünen Daumen. Hier ging es um die goldene Nase! Wieder zog Paul sein Handy heraus und fotografierte alles, bevor er das Geld wieder eintütete und zurück ins Handschuhfach legte. Erst jetzt wurde ihm bewusst, dass er gerade sicher jede Menge Fingerabdrücke hinterlassen hatte! Am Auto, auf dem Briefumschlag und an jedem einzelnen Geldschein. Wenn diese Hunderter jemals bei irgendwelchen dubiosen Geschäften auftauchen sollten, war er ab jetzt dabei. Zu spät. Egal, hoffentlich. Schnell weg hier. Als er sich umdrehte, stand Mike aufrecht im Gebüsch und sah neugierig zu ihm herüber. Paul zeigte ihm den erhobenen Daumen, diesmal in echt, nicht als Emoji. Mike grinste. Paul verspürte ein kribbelndes Gefühl. Ziemlich aufregend …

»Wohin bringt er das Zeug?«, fragte er Mike, zurück im Busch.

»Kommen Sie, ich zeige es Ihnen!«

62 MANUEL

Wohl ein paar Krümel Koks ins Auge gekriegt der Herr Advokat? 21:22

Sie rannten gemeinsam los. Über verschlungene Pfade durch den Wald. Mike voraus, Paul, schwitzend, hinterher. Vorbei an »Cedrus Atlantica«, »Picea Engelmanni« und »Pinus Ponderosa«, einmal rund um den halben Park. Natürlich hatten sie keine Chance, den Traktor noch einzuholen. Der hatte längst das Schloss erreicht. Aber immerhin führte Mike Paul im Wald zu einer Stelle, von der aus man das Weitere gut beobachten konnte. Hausmeister, Traktor und Anhänger standen unterhalb der großen Freitreppe, über die Paul bei der Pressekonferenz das Schloss betreten hatte. Dort unten gab es seitlich so eine Art Lieferanteneingang. Mit dem Smartphone konnte Paul fotografisch dokumentieren, wie die Säcke hineingeschleppt wurden. Der arme Hausmeister musste die schwere Arbeit diesmal nicht allein bewältigen. Zwei andere halfen ihm. Aus der Entfernung konnte Paul nur Mutmaßungen anstellen. Der Große mit dem schwarzen Outfit, das konnte doch eigentlich nur Archer sein. Der andere war ein schmächtiger Blonder. Natürlich gab es im Internat deren mehrere, aber Pauls Instinkt tippte auf Abstreiter. Als der Hausmeister gerade den letzten Sack geschultert hatte, gab es anscheinend Streit. Der Rasenmähermotor verhinderte, dass Worte zu verstehen waren, aber es hatte stark den Anschein, als würde Archer den Hausmeister anbrüllen. Archer wechselte nun zu Mitteln der nonverbalen Kommunikation. Paul konnte mit seinem Smartphone festhalten, wie Archer dem Mann ins Gesicht fasste. Er schlug ihn jedoch keineswegs! Vielmehr sah es so aus, als hätte er ihn an der Nase gepackt. Der Hausmeister ging vor dem Butler in dic Knic. Den schweren Sack immer noch auf der Schulter. Archer ließ die Nase los und versetzte dem Hausmeister einen kräftigen Tritt, sodass dieser rückwärts umkippte und wie ein Käfer neben seinem Traktor lag. Der Blondschopf stand regungslos daneben. Archer drehte sich um und verschwand im Schloss. Der Blondschopf näherte sich dem Hausmeister. Paul erwartete, dass er ihm vielleicht aufhelfen würde. Aber nein: Er verpasste dem am Boden Liegenden einen weiteren heftigen Tritt, packte dessen Plastiksack und folgte Archer ins Gebäude. Der Hausmeister wartete noch kurz, bevor er sich mühsam aufrappelte und wieder auf seinen Traktor krabbelte. Kurz darauf fuhr er nah genug an Pauls Versteck vorbei, um ein weiteres Foto zu ermöglichen, das zeigte, wie Blut aus der Nase des Mannes troff. Ob es von dem brutalen Griff des Butlers herrührte oder vom Tritt seines jungen Adlatus, war unklar.

Mike beobachtete die Szene ohne erkennbare Gefühlsregung. Als der Traktor weit genug weg war, fragte Paul ihn: »Was war das denn jetzt?«

Mike zuckte mit den Schultern. Er wirkte allerdings nicht wirklich überrascht oder gar schockiert, wie man es bei so offen zur Schau gestellter Barbarei hätte erwarten dürfen. Auch eine Antwort.

»Ich muss wissen, was in den Säcken ist!«, forderte Paul.

»Was wird schon drin sein!«, gab Mike zögerlich zurück.

»Ich muss es sehen!«

»Okay. Wir sollten warten, bis sie fertig sind da drin …«

Also warteten sie. Zehn Minuten vielleicht. Paul hatte sich an einen Baum gelehnt und spielte mit seinem Smartphone herum. Er sah sich die bisher bei dieser Mission gewonnenen fotografischen Erkenntnisse noch einmal genauer an. Paul war verblüffend kaltblütig, wenn man sich vor Augen führte, in welcher Situation er sich gerade befand. Selbst wenn man die Stahl'sche Vertragsstrafe mit ihrer existenzvernichtenden Auswirkung einmal ignorierte, spionierte er gerade zwei Leuten hinterher, die wenige Minuten zuvor nicht gezögert hatten, einem Menschen die Nase zu brechen. Ob sie da mit einem halb blinden Schnüffler Mitleid zeigen würden, wenn der sie in flagranti beim Inventarisieren großer Mengen verbotener Betäubungsmittel ertappte? Kurz vor neun. Eigentlich hatte er gleich ein Date mit Lara Wanek …

Auch Mike daddelte mit seinem Smartphone herum. Irgendwann sagte er: »Derek schreibt, wir können jetzt rein. Los geht's!«

Das war ja alles generalstabsmäßig organisiert hier.

Sie rannten über das Stück Rasen, das sie vom Schloss trennte. Die Abendsonne war jetzt rot-orange geworden und verlieh ihnen lange Schatten. Inzwischen schien selbst Mike besorgt zu sein, aus den Fenstern des Schlosses beobachtet zu werden. So oder so, schnell hatten sie die Tür erreicht, durch die eben die Säcke verschwunden waren. Die allerdings war verschlossen. Mike tippte auf seinem Smartphone herum, und kaum hatte er seine Nachricht versendet, da öffnete sich auch schon die Tür von innen, und Derek, der Junge mit dem Veilchen, stand ihnen grinsend gegenüber. »Hi«, begrüßte er Paul und blinzelte wild.

Paul trat ein und erkannte den Ort gleich wieder. Hier war er bei seiner Schlossführung bereits gewesen. Das Kellerarchiv des KIR. Angenehm kühl war es, allerdings gruselig finster, als sie die Tür zum Park wieder hinter sich geschlossen hatten. Offenbar wollten die beiden Jungen kein Licht einschalten. Vielleicht besser so. Also gingen sie im funzeligen Schein von Dereks Handy und der Notbeleuchtung die endlosen Kellergänge entlang. Endlich blieben sie stehen. Vor einer Metalltür. Kein Hinweisschild, das den Raum dahinter identifiziert hätte. Mike drückte die Türklinke herunter. Verschlossen. Wenig verwunderlich. Sie waren also umsonst durch den Keller geirrt …

Doch Derek war auch in dieser Frage vorbereitet. Und das auf die denkbar simpelste Weise: Er hatte einen Schlüssel für die Tür. Woher auch immer. »Klack« machte das Schloss, »Quiek« machte die Tür, und schon waren sie drin. Ein kleines, stickiges Kellerloch ohne Fenster. Der Schein von Dereks Smartphone offenbarte links und rechts zwei Regale, gegenüber der Tür an der Wand stand ein Schreibtisch.

Plötzlich wurde es blendend hell, und Paul fuhr, zu Tode erschrocken, herum. Es war nicht Archer. Nur Mike, der die Tür geschlossen und das Licht angeknipst hatte. Paul sagte nichts, auch wenn ihm das Herz fast aus dem Hals sprang. Immerhin, jetzt konnte er sich besser umsehen. Und was er fand, war ein paar Fotos wert. Der Raum hatte den Charme eines Hobbykellers in einem großen Mietshaus. Nur war hier keine Modelleisenbahn aufgebaut, auch keine Heimwerker-Werkstatt. Paul brauchte ein paar

Augenblicke, um einen Eindruck davon zu bekommen, was in diesem sehr sauberen, sehr aufgeräumten Raum für ein Hobby gepflegt wurde. Die Regale standen voller Plastikkisten, die mit geheimnisvollen Buchstaben und Zahlen beschriftet waren. Auffällig waren mehrere Kisten im Regal links, in denen sich anscheinend diverse Behältnisse mit Reinigungschemikalien befanden. Auf dem Boden vor dem rechten Regal gestapelt und dieses damit weitgehend verdeckend fanden sich auch die ominösen Blumenerdesäcke wieder. Alle sechs. Der oberste war mit einem langen Schnitt geöffnet worden. Darin sichtbar: Hunderte kleine durchsichtige Plastiktüten mit Druckverschluss. Voll mit grünen Pillen. Paul zog eines der Tütchen heraus. So um die zwanzig Stück mochten darin sein. Ja, solche hatte er schon einmal gesehen. Bei dem denkwürdigen Gespräch mit Abstreiter in der Bibliothek. Paul machte ein Foto. Er wollte das Päckchen eigentlich zurück in den Sack legen, aber seine Hand entschied sich, es in die Hosentasche zu stecken. Wieso tut sie das nur, die Hand? Er sah die beiden Jungen an. Die grinsten schelmisch, sagten aber nichts.

Paul widmete seine Aufmerksamkeit dem Schreibtisch. Darauf aufgebaut fand sich so etwas wie ein kleines Labor. Zwei große Glaskolben mit Schläuchen, mehrere Bunsenbrenner und eine Reihe von Flaschen mit Reinigungsmitteln sowie einige Kanister, einer davon mit exotischen Schriftzeichen … Vielleicht Chinesisch? Eine Packung mit Einmalhandschuhen stand da noch herum, und ein roter Feuerlöscher hing an der Wand. Paul fotografierte und drehte sich dann Rat suchend zu den beiden Jungen um.

»Des Meisters Hexenküche«, scherzte Mike.

Paul begriff nicht.

»Ein Meth-Labor!«, präzisierte Mike, und Derek zwinkerte lustig.

Paul war fassungslos. »Crystal Meth?«, fragte er erschüttert.

Die beiden Jungen nickten.

»Aber … ich dachte, es geht um … Ritalin?«

»Schon«, bestätigte Mike. »Aber wenn Ritalin nicht reicht, ist Meth das Mittel der Wahl. Gibt's in Notfällen direkt beim Meister.«

»Und er selber? Nimmt er auch …?«

Wieder nickte Mike. »Das hält ihn auf Touren!«

»Aber … er sieht nicht aus wie einer dieser Junkies, die am Bahnhof hinter den Mülltonnen …«

»Crystal hält einen fit! Nur wenn es dreckig ist, macht es einen kaputt. Sir Evelyn stellt nur High-end-Stoff her! Der ist ja nicht blöd. Meinen Sie, der Mann will sich umbringen?«

Paul war geneigt, diese Frage zu bejahen … Die Theorie vom »sauberen Stoff« allerdings machte ihn nachdenklich.

»Und wo ist das Zeug? Ist es hier?« Paul sah sich um, wusste aber in Wahrheit gar nicht, wonach er suchen sollte. Wie sah Crystal Meth eigentlich aus?

Mike schüttelte den Kopf. »Glaub ich eher nicht.« Paul überlegte kurz, ob er die Plastikboxen durchsuchen sollte. Dabei fiel ihm etwas an der Decke über dem linken Regal auf. Ein Rauchmelder? Paul machte einen Schritt darauf zu. Von Nahem erkannte er Details. Panik erfasste ihn. Eine Linse!

»Ist das … eine Kamera?«, fragte er die beiden Jungen. Die starrten erst ihn, dann die weiße Kapsel an der Decke ungläubig an. »Klick«, Derek hatte das Licht ausgeknipst.

Als ob das jetzt noch helfen würde! Panisch verließen sie den Raum und rannten, im Schein von Dereks Handy, die Kellergänge Richtung Ausgang zurück. Plötzlich blieb Derek stehen. »I didn't lock!«, stöhnte er und zog den Schlüssel aus der Hosentasche. »Ist doch scheißegal, ob abgeschlossen ist oder nicht. Wir sind eh auf der Kamera drauf!« Mike sah Paul an. »Finden Sie allein hinaus? Diesen Gang weiter und dann rechts!«

Dann stand Paul allein im Licht seines Smartphones in der Finsternis; immer weiter entfernten sich die eiligen Schritte der beiden Jungen. Er kam sich vor wie ein Astronaut, der ein außerirdisches Raumschiff betreten hatte. Nur schnell raus hier. Paul hatte keine Lust auf unheimliche Begegnungen.

63 ZORRO

> Boah, was für eine total runtergekommene, versiffte Gestalt! Krass, was sich heute alles Anwalt nennen darf. 01:15

Zurück im Abendlicht des Parks bemerkte Paul, dass er schon seit fast zwanzig Minuten bei Lara Wanek hätte sein sollen! Verdammt. Absagen konnte er jetzt auch nicht mehr. Er blickte an sich hinunter. Das Hemd war schmutzig, er hatte Zweige in den Haaren und er roch nach Schweiß. Die Jeans hatte am rechten Knie einen Fleck. Wollte er so eine Dame besuchen? Verspätet noch dazu? Andererseits: Dieser Auftritt unterschied sich nur unwesentlich von der Hummelstichbegegnung am Montag. Lara Wanek kannte ihn ja praktisch nur verdreckt, verschwitzt oder verspätet. Vielleicht war es gerade das, was sie an ihm mochte …?

Selbst wenn nicht: Immer noch besser, sie zu erschrecken, als sie zu versetzen! Also rannte Paul los. Querfeldein. Sollten sie ruhig alle aus den Fenstern glotzen! Oder durch Kameralinsen. Es war eh zu spät! Paul hatte gerade ein geheimes Meth-Labor im Keller des KIR entdeckt und war wahrscheinlich erwischt worden. Dabei hatte er sich doch vorgenommen, einen harmlosen Bericht zu verfassen! Ahnungslos und ausführlich … Was hatte ihn da nur wieder geritten? Das wollte er doch alles gar nicht wissen! Darüber würde er sich später den Kopf zerbrechen. Er musste jetzt Lara Wanek überreden, Bartholomäus von seiner Harakiri-Aktion abzuhalten, und dann würde er schon einen Ausweg finden.

Wenn er nur vorher etwas zu trinken bekäme!

Die Milchglas-Haustür des Bungalows stand wieder offen. Paul verharrte dennoch kurz auf der Schwelle. Er hatte das Gefühl, dass er die Kontrolle über sein Leben erst so richtig verloren hatte, nachdem er das erste Mal hier eingetreten war. Woran lag das? Vielleicht daran, dass er sich in die Hausherrin verliebt hatte? Hatte er das denn? Das galt es herauszufinden … das und noch einiges mehr. Er trat also ein. Es hätte ihn nicht überrascht, wenn der furchtbare Butler ihm aus dem Nichts gegenübergetreten wäre. Tat er aber nicht. Paul war allein. Bis auf das flaschengrüne Abendlicht, das durch die zahlreichen Glasflächen ins Haus sickerte, war es düster. Langsam stieg Paul die Treppenstufen hinauf. Sollte er rufen? Lieber nicht. Am Ende der Treppe links ging es zur Tür des Arbeitszimmers. Dort würde Lara Wanek sicher auf ihn warten? Sie waren ja verabredet. Geschäftlich. Das waren sie doch? Paul hatte Durst. Wahnsinnigen Durst. Er konnte unmöglich warten, bis sie ihm höflichkeitshalber etwas zu trinken anbot. Paul roch außerdem nicht gut. Deshalb ging er oben auf der Galerie spontan nach rechts. Beton. Helles Holz. Hier fiel weißes Licht spärlich durch die Glasflächen des Flachdachs. Er blickte nach unten … er hätte vielleicht besser die Haustür schließen sollen …

Hier oben war doch sicher ein Badezimmer? Eine Milchglastür links, eine geradeaus. Er entschied sich für die linke, drückte die Klinke hinunter … Es war eine absolute Unverschämtheit, was er da tat! Das war Paul vollkommen klar.

Hinter jeder Tür in diesem Haus mochte einer der Bewohner lauern. Oder der Butler. Jemand jedenfalls, der zu Recht erwarten durfte, dass Paul nicht ohne Einladung herumschnüffelte und private Räume betrat.

Es war das Bad. Und keiner war darin. Ein sehr großer, klarer Raum. Ganz aus grauem, rohem, glatt geschliffenem Beton, auch der Boden. In der Mitte eine große runde Glaskabine, die Paul an einen Fahrstuhl erinnerte. Vermutlich die Dusche? Auch in diesem Raum kam das einzige Licht durch große Milchglasplatten in der Decke. Rechts zwei Holzwaschbecken. Paul fiel auf, dass es keine Spiegel gab, wie man sie eigentlich in einem Badezimmer gewöhnt war. Oder Schränke. Neben den beiden Waschbecken stand lediglich eine Art Binsenkorb auf einem Metallständer. Darin: weiße Handtücher und Glasflaschen.

Paul ging zum rechten der beiden Waschbecken. Ein kupferfarbenes Rohr ragte darüber aus dem Beton. Der Wasserhahn? Na toll, und wie drehte man den auf? Als Paul sich etwas näher hinbeugte, um die Konstruktion zu untersuchen, schoss ihm ein Wasserstrahl entgegen. Bewegungssensor? Egal, Wasser war gut! Paul wusch sich das Gesicht. Das Wasser war eiskalt! Er trank es, in großen, gierigen Zügen. Schmeckte das Wasser süßlich? Keine Ahnung. Vermutlich schmeckte für einen Verdurstenden sogar Meerwasser süßlich. Verdurstende hatten ja schon alles Mögliche getrunken, hatte Paul gelesen. Sogar Pipi. Apropos: Wo war in diesem Bad eigentlich die Toilette? Auch egal. Zum Glück musste Paul diesmal nicht.

Als er sich wieder vom Waschbecken erhoben hatte, triefend nass und ein kleines bisschen glücklich, ging er zu dem Storchennest mit den Handtüchern hinüber. Die waren ziemlich sorgfältig dort hineindrapiert worden. Kaum vorstellbar, dass Paul eines herausnahm und es genau so kunstvoll gefaltet wieder hineinzulegen vermochte. Das würde auffallen. Und jetzt? *Fortuna fortes adiuvat.* Paul tauchte sein Gesicht einfach tief in den Korb und in die Handtücher hinein, möglichst ohne dabei deren Form zu verändern. Wie weich das war! Und wie die dufteten. Nach Zitrone?

Apropos Duft … Paul roch nicht nach Zitrone. Eher nach Kumpel bei Schichtende. Was wohl in diesen Glasflaschen drin sein mochte? Sie waren unbeschriftet. Um es herauszufinden, musste man sie aufschrauben. Die erste enthielt etwas Öliges, Cremiges, das roch nach … Paul brauchte eine Weile … Apfel! Ja, aber es roch nicht einfach nur nach Apfel, sondern nach … Paul konnte es nicht ergründen. Es war etwas in den tiefsten Schichten seines Unterbewusstseins. Etwas Gutes! Aber ungeeignet gegen den Schweißgeruch. Also wieder zugeschraubt. In der zweiten Flasche war eine weiße Flüssigkeit. Die roch fast gar nicht. Seltsam. Paul schwenkte sie hin und her und schnupperte noch einmal. Was sollte das denn darstellen? Es ließ Paul keine Ruhe. Deshalb setzte er die Flasche ganz vorsichtig an die Lippen … nahm einen winzigen Schluck. Ach! Das war ja kurios! Wenn Paul sich nicht völlig irrte, dann schmeckte das nach … Kondensmilch? Lecker. Paul nahm noch einen Schluck. Vielleicht war da auch ein Hauch Mandel? Aber nicht das, wonach er gesucht hatte.

Her mit der nächsten Flasche. Aufschrauben. Die war es! Das merkte Paul sofort. Ein scharfer, frischer Duft von ätherischen Ölen stieg ihm in die Nase, sein Auge tränte sogar leicht davon. Es war so etwas zwischen … Eukalyptus und Pfefferminz? Paul zog sein Hemd aus der Hose, um die Essenz darunter auf seinem verschwitzten Oberkörper zu verteilen. Dann entschied er spontan, das Hemd ganz auszuziehen. Er ließ es einfach neben sich auf den Betonboden fallen, goss sich einen großen Spritzer von der duftenden Essenz in die linke Hand und begann, sich damit einzureiben. O ja … das fühlte sich wunderbar an! Es kühlte sanft und roch großartig. Noch mehr davon! Besonders unter den Achseln … jetzt würde man nichts mehr von Pauls Abenteuern in Dickichten und Katakomben riechen. Pauls Füße waren auch so heiß. Denen würde diese Erfrischung sicher unendlich guttun. Ja, warum denn nicht? Paul setzte sich auf den Boden und zog die Schuhe aus. Und die Socken. Er massierte seine geplagten Füße mit der ätherischen Flüssigkeit. Das war …

»Kann ich Ihnen helfen …?«

Scheiße …

64 21KERMIT

Womit sie so einen wohl bezahlen? Kokain? 23:11

Paul war so mit sich selbst beschäftigt gewesen, dass er die Welt um sich herum völlig vergessen hatte. Wie hatte das nur passieren können! Er hatte ohne Erlaubnis ein fremdes Haus betreten und saß dort nun halb nackt im Bad. Bei genauer Betrachtung hatte er rundherum um das Waschbecken auch eine ziemliche Sauerei gemacht. Nur Wasser, aber trotzdem …

»Möchten Sie vielleicht duschen?«

Es half ja alles nichts, er musste sich jetzt stellen.

»Sehr freundlich, wirklich, danke … es ist nur so …« Paul fasste sich. Dieses Gestammel machte es auch nicht besser. Also in einfachen Worten, Paul!

»Ich bin gerannt und war sehr verschwitzt, und das wollte ich Ihnen nicht zumuten. Und noch mehr verspäten wollte ich mich auch nicht. Deshalb dachte ich, ich könnte mich etwas frisch machen, bevor …«

Lara Wanek lächelte, und obwohl Paul es eigentlich die ganze Zeit schon bemerkt hatte, wurde er sich jetzt erst wirklich darüber bewusst, dass sie einen Bademantel trug. Was heißt Bademantel … es war natürlich nicht so ein billiges weißes Frottee-Teil, wie man es üblicherweise im Hotel klaut. Es war eher ein Kimono. Seidig weiß glänzender, hauchdünner Stoff. Aber die entscheidende Frage war:

Warum in aller Welt trug sie diesen Hauch von Nichts am Leib, wo sie doch ausdrücklich mit Paul verabredet war? Geschäftlich!

Unter dem weißen Kimono trug sie übrigens nichts. Das war unschwer zu erkennen. Nicht nur, weil der Mantel durchscheinend war, sondern auch, weil sich ihre Brustwarzen hart hindurchdrückten. Und weil sich der Stoff bei der leichtesten Bewegung so eng an ihren Körper schmiegte, dass er eher wirkte wie eine zweite Haut denn wie ein Kleidungsstück.

Sie war ungeschminkt.

Wie hätte der Empfang wohl ausgesehen, wenn sie Paul nicht eine halbe Stunde verspätet halb nackt in ihrem Bad ertappt hätte?

Dr. Lara Wanek sah schön aus. Ihre Augen glänzten. Genau genommen war der Glanz ihrer Augen richtig unnatürlich, fand Paul. Aber wunderschön! Ohne jede Frage.

»Vielleicht wollen wir gemeinsam duschen?«

Paul verschlug es die Sprache. Und er stellte nebenbei fest, dass die Erwähnung der Dusche eine Erektion bei ihm auslöste. Die Jeans war eng genug, um hier keine ernsthaften Zweifel zuzulassen. Verdammt … aber das war jetzt auch nicht zu ändern. Sicher war es Lara Waneks guter Erziehung geschuldet, dass sie nicht darauf starrte.

Paul erkannte übrigens noch weitere Probleme. »Wenn Sir Evelyn …«

Kaum dass er es gesagt hatte, hasste Paul sich schon selbst dafür. Das war alles, was ihm dazu einfiel, wenn eine wunderschöne, beinahe nackte Frau ihn zum Duschen einlud? Angst, erwischt zu werden? Im Ernst?

Lara Wanek schien Pauls Feigheit nicht zu stören, eher

zu amüsieren. Sie war sichtbar erheitert. Erst kicherte sie nur. Dann lachte sie laut, und dann prustete sie regelrecht, völlig enthemmt, was Paul wiederum etwas eigenartig fand. Als sie sich wieder im Griff hatte, teilte sie, immer noch gelegentlich glucksend, mit: »Sir Evelyn Rutland werden Sie, werter Herr Rechtsanwalt Colossa, in diesem Badezimmer sicherlich selten antreffen. Das gilt übrigens für das ganze Haus, ausgenommen sein Musikzimmer und den Trainingsraum im Keller. Sir Evelyn bevorzugt es nämlich, in einer Studentenbude drüben im Schloss zu residieren.«

Ein spöttischer Zug offenbarte einige Fältchen rund um ihren Mund.

Lara Wanek machte ein paar Schritte auf Paul zu und ließ dabei mit vollkommen natürlicher Eleganz den Kimono zu Boden gleiten. Nun war sie splitterfasernackt.

Die Dämmerung im Bad verlieh der nackten Frau einen mystischen Anhauch.

»Cassiopeia … spiel Gidon Kremer, Bach, Violinsolo Nummer zwei, d-moll«, sagte sie in sanftem Befehlston, und sofort begann der eindringliche Klang einer Geige, den Raum zu erfüllen.

Cassiopeia war vermutlich ein Computer? So wie Pauls Staubsaugerroboter. Die meditativen Klänge von Bach erinnerten Paul daran, wen er vor sich hatte. Eine Musikwissenschaftlerin ersten Ranges. Und die Mutter eines todkranken jungen Musikers. Der im Koma lag. Um den es so ernst stand, dass Bartholomäus ihn aufgegeben hatte. Und sie stand hier … nackt? Und wollte … mit Paul duschen? Das war es, was sie gerade beschäftigte?

Sie kam noch einen Schritt näher und knickte dabei leicht mit dem linken Fuß ein, fing sich jedoch und lächelte.

Jetzt verstand Paul: ihr Lachen, die glasigen Augen, das Stolpern … Lara Wanek war zugedröhnt. Wieder einmal. Heute offenbar noch ein bisschen mehr als sonst. Paul durfte das nicht ausnützen! Das war unehrenhaft … er musste sofort …

Sie kam einen weiteren Schritt näher. Jetzt stand sie direkt vor ihm. Paul konnte sie riechen. Wieder der verbotene Weihrauchduft. Sie legte ihre rechte Hand auf seine nackte Brust. Die Hand war warm. Es fühlte sich schön an. Sie schloss die Augen und ließ ihre Hand langsam über seinen Oberkörper wandern, über seine Brustwarzen, über seinen Bauchnabel, zu Pauls Gürtel. Und weiter glitten ihre Finger über seine hart ausgebeulte Hose. Ganz zart, ohne Druck. Genug! Paul musste jetzt unbedingt sagen, dass sie aufhören sollte! Dass sie ihren Bademantel besser wieder anziehen sollte …

Aber Paul schloss stattdessen auch das Auge und hörte auf die Violine. Er spürte, wie die Frau seinen Gürtel öffnete. Den kupfern glänzenden Knopf seiner Jeans. Den Reißverschluss. Er spürte, wie sie die Hose seine Beine hinunterschob. Und seine Unterhose. Paul stieg heraus und stieß sie mit dem Fuß beiseite. Sein Auge öffnete er nicht! Um nichts in der Welt wollte er das jetzt öffnen. Er hatte das Gefühl, solange er es geschlossen hielt, wäre er woanders. So lange wäre all das hier in Ordnung. Selbst wenn es eigentlich nicht in Ordnung war. Aber alles wäre gut, wenn es nur dunkel blieb.

Ihre warmen Hände streichelten sein Gesicht, sein Augenlid, seinen Bart. Er spürte, wie sie seine Schultern küsste. Die linke, die rechte. Dann umschlossen ihre Hände die seinen und zogen ihn sanft zu sich. Er öffnete das Auge nicht! Er sagte immer noch nicht, dass sie aufhören müsste. Er dachte nicht daran, dass sie nicht Herr ihrer Sinne war, dass ihr Junge in Erlangen mit dem Tod rang. Er ließ sich widerstandslos von ihr durch den Raum ziehen. Blind, um nur den Moment nicht zu sehen und ihn dadurch zu verlieren.

Ganz behutsam, Schritt für Schritt zog sie ihn an den Händen. Dann blieben sie stehen. Beide nackt. Und Paul verspürte etwas Eigenartiges. Es war … ganz warm … und feucht, es war überall auf seiner Haut. Ein warmer Nebel, ja so fühlte sich das an. Paul konnte nur vermuten, dass sie inzwischen in der Dusche waren. Die Violinklänge waren nach wie vor ganz klar und deutlich. Paul stand in einer warmen, feuchten Wolke voll Musik. Und da waren Laras Arme, die sich um seinen Hals legten. Und ihre Lippen … auf seinen Lippen. Und ihre Brüste, die sich an ihn drückten, weich … Ihr ganzer schöner Körper schmiegte sich an ihn, rieb sich an ihm, sie war überall, ihre Haut. Lara, die Musik und das Wasser … denn es war nun auf einmal gar keine Wolke mehr, es waren große, prasselnde Regentropfen. Ein heißer Schauer, der von allen Seiten zu kommen schien. Ihre Zungen berührten sich, und Pauls Hände glitten über ihren Körper. Ihre Arme, ihr Hals. Wie zierlich sie sich anfühlte. Wie muskulös sie war … Wie alt sie auch immer sein mochte. Ihr schmales Becken, ihr Po … an ihrem Becken ertasteten Pauls Finger eine lange Narbe auf der Haut. Wer mochte sie verletzt haben? Rutland? Paul spürte Wut aufflammen. Wer ihr das angetan hatte, sollte dafür bezahlen …! Viel wahrscheinlicher aber war es wohl eine Operation gewesen. Das Leben geht nicht spurlos an uns vorüber. Sie hob das Knie, glitt an seinem Oberschenkel entlang.

Lara saugte an Pauls Lippen, sie nagte zärtlich daran und griff ihm zwischen die Beine. Mit diesen Händen, die über das Klavier geflogen waren wie Schmetterlinge. Kräftige, geschickte Hände.

In der Dunkelheit hinter Pauls geschlossenem Auge wuchs seine Gier. Eine schillernde Seifenblase. Wenn sie ihn weiter auf diese Weise berührte, mochte er jeden Moment platzen!

Das prasselnde, heiße Wasser war wie ein Sturm an der Kaimauer. Wo die Wellen brachen. Meterhoch schäumend und spritzend zerstoben die Wassermassen. Paul hielt Lara ganz fest. Seine ganze Welt war in diesem Augenblick auf diese Frau zusammengeschrumpft. Er griff in ihr nasses Haar, an ihre Brüste, packte ihre Pobacken mit beiden Händen … er wollte sie ganz haben … und dabei packte sie ihn mit ihrer Hand noch fester … sie spielte ein perlendes Tremolo, ein rauschendes Crescendo, einen flinken Lauf. Paul strengte seinen ganzen Willen an … doch konnte sich nicht länger beherrschen! Er kam. In ihrer Hand. Spritzte gegen ihren Bauch. Paul wurde … ganz weich.

Er hörte Lara leise lachen.

Und dann, nach einer Weile, war das Wasser weg. Ein heißer Luftstrom umhüllte ihn stattdessen von allen Seiten. Sie hatte ihre Hand von ihm gelöst und hielt ihn mit beiden Armen umschlungen, während der geheimnisvolle Wind sie beide trocknete.

»Lass uns nach drüben gehen …«, hauchte sie und als sie ihn wieder an der Hand zog, da war schon kein Tropfen mehr auf seiner Haut.

Ohne es zu wollen, öffnete Paul jetzt das Auge. Es war fast dunkel. Sie standen in jener gläsernen Dusche in der

Mitte des Raums. Laras bernsteinfarbener Blick las in seiner Seele. So fühlte sich das an. Der Boden war noch nass. Und seine Augenklappe. Der Filz hatte sich vollgesogen. Auch Laras Haar. Wenn es so nass, so dunkel glänzte, konnte man keine einzige graue Strähne darin entdecken.

Als Lara ihre Finger in Richtung der runden Glaswand ausstreckte, die sie umgab, öffnete die sich geräuschlos. Hand in Hand gingen sie durch den dunklen Raum. Vorbei am weißen Kimono, Pauls Jeans, Hemd, Schuhen, die dort am Boden lagen. Sie gingen zu einer hölzernen Flügeltür, und als Lara die Hand in Richtung des Türgriffs bewegte, öffnete auch die sich magisch, und sie betraten ein neues Zimmer. Kein Beton mehr. Ein Raum ausschließlich aus Holz, bis auf die riesige, gläserne Fassade, die sich zur einen Seite zum Schloss hin, zur anderen Seite in Richtung des Waldes öffnete. Die Panoramascheiben reichten, wie auch in Rutlands Arbeitszimmer, vom Boden bis zur Decke. Das letzte Abendrot verlieh dem Raum noch eine Note von Orange.

Auch hier: keine Möbel oder Einrichtungsgegenstände. Kein Schrank, keine Lampe, kein Regal, kein Bild. Aber auf dem Boden lag eine dünne grüne Matte. Darauf, zu einem Dreieck gefaltet, ein weißes Laken. Schlief Lara hier? Auf dem Boden? Wie asketisch.

»Cassiopeia … Karajan, Ravel, *Boléro*, die Aufnahme von 1985«, befahl sie leise und lächelte Paul an. Sofort erklang die berühmte tickende Trommel, und bald schon setzten die magischen Töne ein, die Paul heute schon einmal in seinem Büro gehört hatte. Zu Hause. In einer anderen Welt.

Und jetzt? Paul war ein junger, gesunder Mann … Lara war eine wunderschöne Frau. Aber das bedeutete nicht, dass Paul erotische Superkräfte besaß. Wenn überhaupt konnte er, mit großem Enthusiasmus und gutem Zutun … vielleicht in einer Stunde noch einmal …

Gerade hatte er zwar ein sehr wohliges Befinden, aber seine Männlichkeit hatte sich im Übrigen weitestgehend ergeben und pendelte verschrumpelt unter seinem leichten Bauchansatz. Hätte man Paul gefragt, wonach ihm der Sinn gerade am allermeisten stünde, so hätte er vermutlich auf das grüne Lager am Boden gezeigt. Sich dort zusammenrollen und einschlafen, das erschien ihm erstrebenswert. Gerne nackt. Gerne mit Lara im Arm, im letzten Licht der Abendsonne. Löffelchen.

»Cassiopeia … Kerzenlicht!« Obwohl das plötzlich aus unsichtbarer Quelle den Raum erhellende Licht sehr gedämpft war, indirekt, künstlich flackernd wie eine Kerze, war es doch sicher hell genug, um durch die großen Panoramascheiben den nackten Paul auf dem gesamten Rasen des Schlosses Hirschenhaid in Dr. Waneks Schlafzimmer sichtbar zu machen. Von den Fenstern des Schlosses ganz zu schweigen, die grell erleuchtet herübergrüßten und aus denen weiß Gott wer herausstarren mochte.

»Cassiopeia … Vorhänge.« Ach, was für ein hilfreicher Zaubertrick. Diese Cassiopeia beherrschte eine Menge Dinge, von denen Pauls Staubsaugerroboter nur träumen konnte! Wie befohlen ließ sie einen cremefarbenen Sichtschutz über die Scheiben gleiten, und bald schon hatte Paul das Gefühl, in einem Zelt zu stehen. Paul, ein Fürst der Beduinen …

Er hatte gar nicht mitbekommen, dass Lara den Raum verlassen hatte, so sehr war er von der Kunst der Vorhänge gefesselt gewesen. Als sie wieder eintrat, hatte sie ein Handtuch dabei. Vermutlich hatte sie es aus dem Korb im Bad genommen. Außerdem die Flasche, aus der Paul die weiße Flüssigkeit gekostet hatte, dazu eine Wasserflasche und eine kleine rote Dose.

Lara setzte sich auf die grüne Bodenmatte und legte ihre Hand neben sich. Das galt wohl Paul? Er setzte sich also zu ihr. Sie schmiegte sich an ihn, küsste ihn … Paul erwiderte den Kuss. Vielleicht konnte Paul sie ja doch von einer Runde Kuscheln überzeugen? Ein Nickerchen?

Doch Lara schien eigene Pläne zu verfolgen. Plötzlich hatte sie auf ihrer Zungenspitze eine kleine, rautenförmige blaue Tablette. Wollte sie sich schon wieder etwas einwerfen? Das war doch nicht nötig … alles war doch gut gerade?

Mit ausgestreckter Zunge näherte sie sich Pauls Gesicht. Als der aber so gar nicht begriff, was sie von ihm begehrte, da öffnete sie zärtlich mit den Fingern seinen Mund und führte ihre Zunge zwischen seine Lippen. Mit der blauen Pille … und ehe Paul sich versah, war die Pille auf seiner Zunge und Lara hielt ihm die mitgebrachte Wasserflasche hin. Er konnte das Ding doch nicht einfach …? Zudem in einem Haus, in dem sich offensichtlich jeder alles Mögliche an Substanzen einschmiss! »Los …«, drängte die nackte Lara ihn. Hilflos gab Paul seinen aufkeimenden Widerstand auf, trank aus der Flasche und schluckte die bittere Pille. Ironischerweise schmeckte sie tatsächlich leicht bitter.

Paul spürte in sich hinein. Nichts. Keine spontane Wirkung, was immer es gewesen sein mochte.

Lara hatte inzwischen die nächste Flasche in die Hand genommen. Die mit der Kondensmilch oder was auch immer. Auskunftsfreudig war sie leider auch in dieser Frage nicht gerade. Aber dafür umso freizügiger. Sie öffnete die Flasche nämlich und spritzte den Inhalt einfach über sich.

Über ihre makellosen Schlüsselbeine, ihre kräftigen Arme, ihre Schenkel. Dann stellte sie die Flasche zur Seite und legte sich, feucht schimmernd im künstlichen Kerzenschein des Zelt-Zimmers, auf den Rücken. Ein Bein ausgestreckt, das andere angewinkelt. Sie nahm Pauls Hand und legte sie auf ihren Bauch. Paul hatte begriffen. Er begann, die warme Flüssigkeit sanft zu verreiben. Auf ihrem weichen Bauch. Auf ihrem Busen. Zärtlich und hingebungsvoll widmete er sich ihrem schönen Leib und vergaß seine Müdigkeit und sein Grübeln und die Zeit.

Doch der *Boléro* wurde immer lauter und riss ihn aus seiner Gedankenlosigkeit. Paul hatte außerdem auf einmal das Gefühl … nein … er konnte sogar mit Bestimmtheit sagen, dass sich zwischen seinen Beinen wieder signifikante Aktivität regte. Lara hatte das offenbar gleichfalls bemerkt. Sie schob ihre Hand dorthin und ermunterte Paul rhythmisch stimulierend.

Paul hatte übrigens inzwischen einen starken Verdacht, was es mit der kleinen blauen Pille auf sich gehabt haben mochte. Nahmen das nicht nur alte Männer …? Scheinbar wirkte es auch bei jungen.

O ja! Da war mächtig Bewegung in die Sache gekommen! Es hörte gar nicht mehr auf! Genau genommen war Paul noch nie … so groß geworden! Das Ding schien nach einer Weile regelrecht zu platzen! Paul war ein wenig besorgt. Andererseits … die Erektion tat nicht weh. Im Gegenteil. Dank Laras sanftem Zutun hatte Paul durchaus schon wieder das Gefühl, er könnte …

Aber gerade, als er diesbezüglich Hoffnung schöpfte, ließ Lara unvermittelt von ihm ab und griff zu dem mitgebrachten roten Döschen. Weitere Pillen?

»Du schraubst es auf und schnupperst daran, ja? Nur riechen! Atme es tief durch die Nase ein. Achte darauf, dass du nichts davon in den Mund bekommst … oder … in dein Auge …« Sie grinste.

»Was ist das …?« Aber anstelle einer Antwort schraubte sie nun selbst den Deckel auf und hielt Paul die Dose vors Gesicht. Es roch wie … Putzmittel? Ein wenig fruchtig, aber vor allem nach Chemie.

»Los, atme tief ein!«, kommandierte Lara ungeduldig. Paul gehorchte und inhalierte durch die Nase. Diesmal spürte er den Effekt sofort! Es war, als hätte er das Zeug direkt ins Gehirn geschnüffelt! Krass! Er hatte das Gefühl, sein Kopf würde platzen! Als würde alles Blut seines Körpers gleichzeitig durch seine Schläfen rauschen. Sein Gesicht fühlte sich heiß an. Und dann wurde es Paul schwindelig. Er hatte das Bedürfnis, sich hinzulegen, hatte überhaupt keine Kraft mehr, aufrecht zu sitzen … sackte einfach seitlich weg. Apropos Bedürfnis … auch hier stellte das seltsame Putzmittelchen eigenartige Dinge mit ihm an. Paul hatte auf einmal wieder das ihm schon unangenehm bekannte Burritogefühl. Nur war es diesmal so, dass er sich absolut unsicher war, ob er es zurückhalten konnte, denn sein Allerwertester war … weich … und … weit offen. Genauer gesagt war sein Schließmuskel erschreckend entspannt, und Paul hätte keine Garantie dafür übernehmen wollen, dass hier alles gut ausgehen mochte … nackt … auf der grünen Matte. Was hatte sie ihm da nur verabreicht?

Doch nicht nur das Burritogefühl eroberte seinen Körper. Gleichzeitig war da etwas, das man kaum weniger drastisch denn als absolute Geilheit beschreiben mochte. Das Bedürfnis, Lara jetzt sofort zu packen, in sie einzudringen und sie … bis zur Besinnungslosigkeit zu ficken! Dieses Verlangen füllte Paul ganz und gar aus. Wenn er nur die Kraft besessen hätte, sich dafür aufzurichten!

»Bastard …!«

Wütendes Gebrüll, begleitet von Gepolter. Es kam von unten, aus dem Erdgeschoss. Es bestand kein Zweifel daran, wer der Urheber des Lärms war. Als Paul es hörte, wurde bei ihm schlagartig die berühmte »fight-or-flight-response« aktiviert. Die Kampf-oder-Flucht-Reaktion des Körpers, die bereits vor Hunderten von Millionen Jahren erfunden worden war, als Menschen noch Mäuse waren und von T-Rexen oder anderem furchtbarem Viechzeug gehetzt und gefressen wurden. Dieser hormonelle Automatismus begann damit, dass Pauls Gehirn, kaum hatte es Rutlands Stimme identifiziert, panische elektrische Impulse über die Bahnen des vegetativen Nervensystems an das Nebennierenmark aussendete, was dort zu einer schlagartigen Freisetzung großer Mengen von Adrenalin in die Blutbahn führte. Das wiederum verursachte eine signifikante Steigerung der Herzfrequenz und einen sprunghaften Anstieg des gerade noch schlappen Blutdrucks. Auch der Muskeltonus und die Atemfrequenz wurden von dem Stresshormon angepeitscht. Sicherheitshalber lieferte die Nebennierenrinde gleich auch noch eine satte Portion Cortisol für späteres überlebenssicherndes Verhalten mit, denn Adrenalin wirkt nur kurz, und bekanntlich dauern Kampf und Flucht ja bisweilen etwas länger.

65 KELLOGS

Einfach seine blöde Drecksfresse einschlagen. So lange reinschlagen, bis er ausblutet wie ein Schwein!!! 02:22

Äußerlich sah das Ganze so aus, dass Paul unvermittelt aufsprang. Mit seinem gewaltigen, lanzenartig nackt aufgerichteten Penis. Auch Lara wirkte alarmiert. Sie stand ebenfalls auf und griff dabei, ganz Dame, nach dem Bettlaken, um ihre Blöße zu verbergen.

Paul sah sie panisch an. Hatte sie nicht gesagt, dass Rutland sich nie im Haus aufhalten würde? Dass er drüben im Schloss in einem Zimmer hauste, außer, wenn er …

»Vielleicht war er unten im Trainingsraum!«, flüsterte sie, und ihre Stimme hatte alle natürliche Souveränität eingebüßt. Na großartig! Das hatte Paul jetzt gerade noch gefehlt. Als ob er nicht genug Probleme am Hals hätte.

»Komme ich irgendwo hier raus …?«

Lara schüttelte, mit angstgeweiteten Augen, nur den Kopf.

Es ist immer gut, seine Optionen zu kennen. Fliehen fiel also aus. Dann musste Paul also gegen Rutland kämpfen. Auch schön. Wobei Paul natürlich, anders als der Urmaus, noch eine durchaus erfolgversprechende dritte Variante einfiel: verhandeln! Paul war immerhin Anwalt. Verhandeln war eine seiner ganz großen Stärken, seine Superkraft sozusagen. Und Rutland war Brite. Ein Volk von Diplomaten. Ein Untertan der Queen. Vielleicht würde er Paul nicht wehtun … Würde sich guten Argumenten gegenüber aufgeschlossen zeigen …

Wenn Paul nur ein gutes Argument gehabt hätte!

»Bastard!«, hallte es wieder durchs Haus. Grundgütiger, dieser Mann war auf seine Weise ja schon recht einsilbig. Und so ungeduldig! Gut, dann also … Paul wusste gar nicht recht, was er tat, doch Lara half, ungefragt kräftig schiebend, nach, als er sich in Richtung der zweiten Tür dieses Raums bewegte. Die vermutlich hinaus ins Treppenhaus führte? Ja, tatsächlich. Schon war er draußen. Lara knallte die Tür hinter ihm zu. Moment mal! Paul hätte schon gern wenigstens die Hose angezogen, da waren ja auch seine Autoschlüssel drin und sein Smartphone …!

Das Paul inzwischen vertraute Treppenhaus war ungewohnt grell erleuchtet. Paul stand oben auf der Balustrade und sah hinunter zur Milchglashaustür, die immer noch so weit offen stand, wie er sie bei seinem Eintreffen vorgefunden hatte. Unten wartete der Stardirigent Sir Evelyn Rutland. Offensichtlich wartete er auf Paul. Mit hochrotem Kopf. Und neben ihm, wer auch sonst … sein verfluchter Butler Ambrose Archer. Beide waren nur unwesentlich bekleideter als der nackte Paul. Immerhin: Sie trugen beide Unterhosen. Sonst aber nichts. Wie eigentümlich.

Sobald Rutland Paul erblickt hatte, begann er wieder herumzubrüllen.

»Du fickst mein Frau in meine Haus, eh!? Schon wieder kommt so eine Scheißcolossa in mein Haus und fickt mein Frau!«

Das war ja doch ein in vielerlei Hinsicht starker Vortrag!

So viel hatte Rutland in Pauls Gegenwart noch nie geredet. Offenbar beherrschte er also durchaus die deutsche Sprache in ihren Grundzügen. Und Rutland hatte gleich auch die Frage beantwortet, ob und inwieweit er Kenntnis von den Affären seiner Gattin hatte. Zumindest von der Sache mit Oscar hatte er also gewusst … und das mit Paul hatte er wohl auch richtig interpretiert. Obwohl genau genommen von »ficken« keine Rede sein konnte, da war Rutland ein paar Minuten zu früh gekommen … aber es erschien Paul nicht ratsam, dieses Missverständnis jetzt und hier en detail aufzuklären.

»Herr Rutland …«, rief Paul von seiner Balustrade beschwichtigend hinunter, »… Sir Evelyn … ich bitte Sie, lassen Sie uns doch wie zivilisierte Menschen miteinander …«

»You fucking bastard!«, unterbrach der ihn jedoch sofort unwirsch. »Komm her! Du fickst mein Frau? Du fickst mein Schule? Du fickst mein Sohn? Du fickst mich? Come here! Jetzt wirst du gefickt, asshole!«

Rutland schien umfassende Kenntnis davon zu besitzen, was Paul in den letzten Tagen alles herausgefunden hatte. Und er erweckte nicht zwingend den Eindruck, dass er Interesse daran hätte, die Angelegenheit auf zivilisierte Weise zu klären. Seine Wortwahl zumindest sprach dagegen. Vielleicht lag es auch daran, dass Paul unbekleidet war? Dabei konnte Rutland das volle Ausmaß von Pauls Nacktheit bislang noch gar nicht erkennen! Er sah bis jetzt ja lediglich Pauls entblößten Oberkörper.

»Komm her, du kleine Wichser und kämpf wie eine Mann!«, plärrte Rutland erneut ,und irgendwie erwischte er da bei Paul einen Nerv. Mal ganz ehrlich: Was führte dieser Typ sich eigentlich so auf? Dieser drogenabhängige

Kinderquäler! Dieser alte, böse Mann hatte jedes Anrecht auf Satisfaktion verwirkt!

Und so ging Paul, plötzlich ein kleines bisschen zornig, hinüber zur Treppe und zielstrebig einige Stufen weit hinunter.

Der Anblick machte Sir Evelyn zunächst für einen kurzen Augenblick sichtbar sprachlos. Bei aller Absurdität entbehrte es nicht einer gewissen Größe, wie Paul hier, unbestreitbar männlich, die Stufen herabgeschritten kam. Ein ehrlicher Auftritt, der keine Fragen offenließ.

Doch als jener kurze Moment der Ehrfurcht vorüber war, verfiel Rutland gänzlich in Raserei.

Nicht nur sein Gesicht, auch sein Oberkörper war krebsrot vor Erregung, was besonders ungesund wirkte, weil sich darunter ein fetter, kreidebleicher Bauch wölbte. Eine ausgewachsene, über Jahre angefressene und angesoffene Altmännerwampe. Rutland schrie Unverständliches und spuckte dabei um sich, auch in Richtung von Archer, dem Paul bislang gar keine Beachtung geschenkt hatte. Den Butler schätzte Paul auf Mitte fünfzig, doch er war körperlich deutlich besser in Schuss als sein Dienstgeber. Blass zwar, doch sichtbar gut trainiert, ja geradezu muskulös. Und jetzt reichte er seinem Meister etwas, das Paul zuerst für eine Tasche hielt, bis er es richtig erkannte. Es war ein Paar roter Boxhandschuhe! Rutland konnte sich kaum ruhig halten und zeterte unablässig, als Archer ihm die Handschuhe mit bewundernswerter Ruhe an den Fäusten zuschnürte.

Paul war in der Mitte der Treppe stehen geblieben. Was sollte das denn bitte werden?

Immerhin hatte er jetzt eine konkretere Vorstellung davon, was es mit dem »Trainingsraum« im Haus auf sich hatte. Die spärliche Bekleidung der beiden Herren war wohl dem Kampfsport geschuldet.

Dennoch empfand Paul das Ganze als im höchsten Maße lachhaft! Rutland mochte ein genialer Musiker sein, aber er war in diesem Augenblick doch vor allem ein feister, alter Mann! Er war Paul körperlich hoffnungslos unterlegen. Erwartete er allen Ernstes, dass Paul gegen ihn kämpfen würde? Mit Fäusten? Das war doch peinlich! Bei aller Verachtung, die er für den Briten empfand: Er wollte Sir Evelyn nicht demütigen. Paul beschloss also, sich nach den Grundsätzen des Notwehrrechts zu verhalten: Wenn einer einen anderen zu einem Angriff provoziert hatte, dann durfte er den Angreifer nicht einfach mit voller Gewalt abwehren, wenn der Gegner austickte. Die Regel lautete: »Erst Schutzwehr, dann Trutzwehr.« Paul hatte ja tatsächlich ein klein wenig zu Rutlands Erregung beigetragen. Er würde also den Schlägen des alten Mannes ausweichen, bis der sich verausgabt hatte. Ihn höchstens vielleicht ein bisschen schubsen, wenn der es allzu sehr übertrieb …

Rutland hatte aufgehört zu schreien. Er hampelte albern am Fuß der Treppe herum. Schnaufte schwer. Die roten Handschuhe vor dem Gesicht.

Paul blieb einfach stehen.

Rutland tänzelte die ersten Stufen hinauf. Es war sonst ganz still im Haus, außer dem Keuchen des Dirigenten.

Drei Stufen entfernt stand er jetzt noch unter ihm, und er tat Paul fast leid. »Sir Evelyn … es ist nicht so, wie Sie denken … wollen wir nicht einfach ganz in Ruhe …?«

Allerdings beruhigte sich der Mann kein bisschen. Er schnaubte wie ein Walross – und dann ging alles wahnsinnig schnell.

Mit überraschender Dynamik sprang Rutland die verbliebenen Stufen mit einem einzigen Satz hinauf. Er kam rechts neben Paul zum Stehen und brüllte laut, duckte sich leicht, drehte seinen Oberkörper aus der Hüfte, holte mit der rechten Faust weit aus. Paul wandte Rutland das Gesicht zu, sah ihn aus seinem heilen Auge ungläubig an. Just in dem Moment allerdings, wo Paul in Deckung gehen wollte … Bamm! Der rote Handschuh donnerte mitten in Pauls Gesicht.

Die Handschuhe hatten so weich ausgesehen! Aber es fühlte sich an wie ein Vorschlaghammer. Rutland hatte das Jochbein unter Pauls gesundem Auge getroffen, und plötzlich sah Paul gar nichts mehr. Der Schlag war so gewaltig, dass es Paul die Füße vom Boden riss. Mit dem Rücken knallte er hart auf die Treppe. Hilflos, blind und orientierungslos rollte er die Stufen hinab in Richtung Haustür. Er überschlug sich, erst seitlich, dann kopfüber. Er knallte erst mit der Schläfe gegen die Stufen, dann mit dem Hinterkopf. Immer wieder verzweifelt um sich herumfuchtelnd versuchte er, Halt zu gewinnen, doch erst als er nach etlichen heftigen Anstößen unten am Fuß der Treppe aufschlug, kehrte Ruhe ein. Ganz kurz. Denn Rutland war noch lange nicht fertig mit ihm.

»Bastard!«, hörte Paul ihn einmal mehr brüllen, und schon kamen Schritte die Treppe heruntergepoltert. Viel Zeit blieb nicht, dann würde der nächste Schlag Paul treffen … und noch einer vermutlich und noch einer … Noch einen solchen Hammer verkraftete Paul auf keinen Fall.

Pauls Auge fühlte sich geschwollen an. Dennoch gelang es ihm, einen Schlitz weit Licht ins Dunkel zu bringen.

»Fight-and-flight« … Also die Sache mit dem Kämpfen

hatte sich erledigt. Aber die Nebennierenrinde hatte Paul glücklicherweise noch mit einer satten Portion Cortisol versorgt. Weshalb Paul augenblicklich kaum Schmerzen verspürte. Wobei er natürlich nicht so naiv war zu glauben, dass sich das nicht rasch ändern würde. Jetzt aber bereitete Paul den Strategiewechsel zu »Flucht« vor. Klare Sache: Er musste hier weg. Er musste raus aus diesem Haus. In den Schutz der Dunkelheit. Bevor der Typ ihn totschlug.

»Bastard!«, keuchte Rutland, ganz nah.

Paul rappelte sich hoch, orientierte sich durch seinen Sehschlitz, erkannte die dunkle Tür, robbte erst, kam dann auf die Beine und rannte einfach drauflos, kaum dass er auf die Füße gekommen war. Das ging besser als gedacht! Nach wenigen Schritten atmete er die Luft der warmen Sommernacht … und er rannte weiter. Er spürte Gras an den nackten Füßen. Der nächste Waldrand war sicher fünfzig Meter weit entfernt. Gegen einen Baum würde er also erst einmal nicht prallen. Nur stolpern durfte er nicht. Der Fluchtmodus versorgte die Urmaus Paul mit der nötigen Kraft. Sein Wille wurde auf das Wesentliche zentriert: überleben!

Weit hinter sich hörte er Geschrei. »Bastard … I'll kill you …« Paul rannte und rannte und rannte. Bald hörte er nichts mehr. Dann waren das Adrenalin und das Cortisol aufgebraucht. Paul blieb abrupt die Luft weg. Seine Beine versagten ihm den Dienst. Er stolperte, die Knie knickten durch, er kippte ins Gras. Dort blieb er reglos liegen. Alles war dunkel. Er lauschte. Es war still, bis auf das Zirpen einiger Grillen. Ein Sommernachtsalbtraum. Paul schlief ein.

66 LUDDSCHER

> Wenn man ihm seinen Schwanz abschneidet und ins Maul stopft sieht er aus wie ein halb blinder Elefant. Aber wahrscheinlich ist sein widerlicher Pimmel so klein, dass er sich dran verschluckt und dran erstickt. 03:01

Als Paul erwachte, zirpten die Grillen immer noch. Er war benommen. Es war finster. Milliarden Sterne glitzerten am Himmel. Etwas kitzelte in Pauls Nase. Er schnaubte, und das Kitzeln war fort. Aber an seinem Hals kitzelte auch etwas. Überall kitzelte es! Paul wollte sich kratzen. Als er den Arm dazu hob, spürte er Schmerzen. Nicht konkret am Arm. Eigentlich eher an jeder einzelnen Stelle seines Körpers. Überhaupt machten sich seine Empfindungen jetzt unangenehm deutlich bemerkbar. Zum Beispiel fröstelte Paul. Kein Wunder, er war ja nackt. Nackt unter dem Sternenhimmel. Warum eigentlich? Das Bein, das er sich damals bei dem Angriff mit dem Molotowcocktail verletzt hatte, tat auch wieder weh. Und weitere, besonders unangenehme Schmerzen verspürte Paul in der Leistengegend. Scheiße, Paul hatte immer noch eine Erektion. Jetzt kam ihm die geballte Erinnerung zurück und gesellte sich zu den hässlichen Schmerzen dazu. Dieses Kribbeln! Unter der rechten Achsel. Und noch eines in der Kniekehle und noch eines … verdammt, das waren Insekten! Viecher!

Die waren überall! Vermutlich hielten sie ihn für Aas und wollten ihn jetzt mit ihren kleinen Zangen, Greifern und Rüsseln zerstückeln und verputzen? Ihn ihren Larven zum Fraß vorwerfen. Aber da hatten sie die Rechnung ohne den Wirt gemacht. Paul ignorierte die Schmerzen und drehte sich zur Seite. Jetzt erst, als er sich zu orientieren versuchte, spürte er das rechte Jochbein … und vor allem sein Auge. Aber immerhin: Er konnte es öffnen und halbwegs damit sehen. Das Schloss lag dunkel da. Nur hier und dort leuchtete noch ein Fenster. Auch die Villa war dunkel. War Lara jetzt dort drin? Und Rutland? Paul musste das Viechzeug loswerden. Er musste hier weg. Beim Gedanken an sein Smartphone und den Defender wurde ihm allerdings das volle Ausmaß seiner Misere bewusst: Das Telefon und der Autoschlüssel waren im Haus geblieben. Bei seinen Schuhen, seiner Hose, seinem Hemd. Und seiner Würde. All das hatte er dort zurückgelassen …

Paul raffte sich auf die Knie. Wischte sich mit den Händen über alle Stellen, die kribbelten. Weg mit euch! Tot bin ich noch lange nicht!

Er fühlte sich schwach. Müde. Hoffnungslos. Gott sei Dank war es finster. Paul musste unbedingt nach Hause. Der Zündschlüssel des Defender allerdings war unerreichbar. Laufen? Eine schreckenerregende Vorstellung. In solch geschwächtem Zustand den ganzen langen Weg hinunter nach Neustadt. Nackt! Aber es half nichts. Hierbleiben konnte er schlecht. Wollte er auch nicht. Erst mal einen Fuß vor den anderen setzen. Es tat so weh! Auch an den Füßen. Paul war nicht der Barfußtyp. Hippiekram. Seine Sohlen waren jungfräulich und weich, und das stoppelige Gras war eine Zumutung.

Als Paul so leidend dahintrottete, über die Wiese in Richtung Straße, da sah er etwas im Augenwinkel bei einer weiteren Baumgruppe stehen: den Rasenmähertraktor des Hausmeisters. Hinten dran der Anhänger, voll beladen mit Geäst, das der Sturm heruntergerissen hatte. Die Idee, die Paul sofort in den Sinn kam, war so ungeheuer stark, dass man die Schritte, die ihn dem Gefährt jetzt näher brachten, beinahe als Joggen bezeichnen mochte.

Da stand das Prachtstück. Ein kleiner John Deere. Der Zündschlüssel steckte. Den Anhänger hatte Paul mit einem Handgriff abgelöst. Er schwang sich auf den Sitz. Pfui, das fühlte sich kalt an am blanken Gesäß. Und nass. Morgentau vermutlich? Keine Zeit für Befindlichkeiten. Paul drehte den Zündschlüssel, und sofort begann ein ohrenzerfetzendes Getöse. Der Motor war an. Gut! Oder schlecht, je nachdem. Dieser Lärm würde jeden Verfolger in fünfhundert Metern Entfernung aufschrecken und sofort zu ihm führen. Zudem waren auch noch verräterisch grelle Scheinwerfer vorne am Traktor angegangen. Und die Tatsache allein, dass der Motor lärmte, brachte das Gefährt noch keinen Meter vorwärts. Da, wo man es vermutete, hatte der Aufsitzmäher ein Gaspedal. Paul trat beherzt drauf und … der Motor jaulte auf. Sonst passierte nichts. Verdammt. Hatte das Ding vielleicht Gänge? Eine Kupplung …? Paul entdeckte links von sich einen Hebel. Der stand auf null. Aber der Hebel bot auch Alternativen an. Tiersymbole. Einen Hasen zum Beispiel und eine Schildkröte. Paul stellte den Hebel probeweise auf Schildkröte. Das Motorgeräusch änderte nun zwar seinen Klang, sonst aber passierte nichts. Bestimmt würde gleich jemand kommen. Der Hausmeister zumindest. Und ob der sich mit Erklärungen von einem nackten Mann auf einem Rasenmäher abwimmeln ließe? Und wären sie auch noch so schlüssig und plausibel? Sicher nicht. Man würde ihn der Polizei übergeben, und dann war alles aus. Paul drückte noch einmal mit dem Fuß aufs Gaspedal. Heureka! Die Maschine machte einen Sprung! Im Schritttempo zuckelte Paul nun über den Rasen. Das war schon mal besser als selbst laufen, aber es war noch nicht gut. Paul stellte den Gang probehalber auf »Hase«. Das zeigte Wirkung. Im Nu wurden die geballten Kräfte des grünen Rasenmähers entfesselt. Mit infernalischem Klang und heftigem Ruckeln rauschte Paul durch die Nacht, auf den Wald zu, der Freiheit entgegen. Er zuckelte über den leeren Parkplatz. Der silberne Golf war verschwunden, der Defender im Gebüsch versteckt. Um den würde er sich später kümmern. Morgen vielleicht. Jetzt nur weg hier!

Bald schon dröhnte Paul, splitterfasernackt auf seinem gestohlenen grünen Rasenmähertraktor, die Straße nach Neustadt hinunter. Die Scheinwerfer leuchteten hell die steilen Haarnadelkurven aus. Er war ganz allein. Besser so. Nackte Männer auf Aufsitzmähern sind selbst im ländlichen Raum kein alltäglicher Anblick. Noch zwei Kilometer etwa. Wegen seines lauten Motors hatte Paul gar nicht gehört, dass von hinten ein Auto herangeschlichen kam. Jetzt erst bemerkte er das helle Licht. Der andere Wagen überholte und als sie nebeneinander fuhren, bremste der Wagen ab. Paul blickte kurz hinüber. Ein Taxi. Voll besetzt. Warum fuhren die denn nicht einfach vorbei? Paul sah noch mal hin. Scheiße, sie gafften ihn an! Und lachten. O nein, einer hielt jetzt ein Smartphone hoch. Wollte der ihn etwa fotografieren? Rasch wandte Paul das Gesicht ab. Er konnte keine Hand davorhalten. Die benötigte er beide, um das Lenkrad stabil zu halten. Die Lenkung war so sensibel, dass das Gefährt bei der kleinsten Bewegung ausbrach, und ein Unfall war jetzt das Allerletzte, was er noch brauchen konnte. Das Taxi beschleunigte wieder und brauste an ihm vorbei. An den nächsten beiden Serpentinen sah er die Bremslichter noch aufleuchten, dann war es verschwunden. Hoffentlich hatte keiner ihn erkannt. Dafür fand selbst ein Anwalt keine beruhigende Erklärung.

Weitere Begegnungen blieben Paul erspart, und so fuhr er den Rasenmäher etwa zwanzig Minuten später in die Einfahrt der Kanzleivilla. Seine Ohren dröhnten noch weiter, als er den Motor schon abgestellt hatte.

Und jetzt? Auch den Schlüssel zum Haus hatte er bei Lara Wanek zurückgelassen. Aber so nah am Ziel … da wollte er nicht aufgeben. Musste er eben klingeln.

Einmal. Zweimal. Fünfmal. Sturm. Na endlich! »Brrrrrrrr …«, machte der Summer, und Paul drückte die Haustür auf. Hatte Frau Barbara eigentlich einen Schlüssel zu seiner Wohnung? Natürlich, musste sie ja. Sie war schließlich seine Putzfrau. Als Paul die Stufen zum zweiten Stock hinaufstieg, überlegte er, wie er ihr seinen Zustand erklären sollte. Abgesehen von seiner Nacktheit sah sein Gesicht nach dem Faustschlag sicher nicht gerade appetitlich aus. Vielleicht sagte er einfach gar nichts. Verhielt sich ganz normal, als ob nichts wäre, und bat sie schlicht um ihren Schlüssel?

Als Paul oben ankam, ergab sich dieses Problem jedoch nicht – sondern ein ganz anderes …

»Alter! Weißt du eigentlich, wie spät es ist? Bist du besoffen, oder was …?«

Auch Attila war nackt. Allerdings wesentlich besser in

Form als Paul. Anscheinend trainierte er regelmäßig? Seine Brustmuskulatur war sauber definiert, und bei bestimmten Bewegungen schimmerte ein Sixpack am Bauch durch. Respekt. Nur eines war bei Paul im Moment gerade deutlich größer, und Attila starrte gerade mit einer Mischung aus Faszination und Ekel darauf.

»Alter, du hast einen Riesen …«

Bevor er seinen Eindruck zu Ende beschreiben konnte, tauchte Barbara hinter ihm auf. Glücklicherweise war sie zumindest nicht ganz nackt, sondern in einen Hauch von pinkfarbener Seide gehüllt. Nicht, dass das nicht mehr zeigte, als es verbarg … aber es war immerhin ein Kleidungsstück und damit ein großer Schritt in Richtung zivilisierter Verhältnisse.

»Herr Colossa! Du meine Güte, was ist denn mit Ihnen passiert!«

Sie schob Attila zur Seite und zog Pauls Gesicht nah zu sich heran.

»Ah, zum Glück … das Auge hat es nicht erwischt …«, kommentierte sie nüchtern.

Schuldete Paul ihr jetzt doch eine Erklärung?

»Könnte ich mir Ihren Wohnungsschlüssel ausleihen? Also … ich meine Ihren Schlüssel für meine Wohnung …?«

»Jetzt kommen Sie erst einmal herein, und ich verarzte Sie!« Wieder fühlte Paul die bezaubernd beruhigende Wirkung von Barbaras melodischer Stimme. Aber er wollte auf gar keinen Fall hereinkommen.

»Na ja, dann gebe ich Ihnen aber wenigstens eine Salbe mit …«

Sie verschwand in der Wohnung. Attila blieb. Er sah Paul

mit einem amüsierten Zug um den Mund an. Sagte aber nichts. Was die Sache nicht besser machte.

Barbara kam mit einem Kühlakku, einer blauen Cremetube und einem Schlüssel an einem kleinen Silberkettchen zurück. »Erst das Eis drauf und dann, wenn es fast taub ist, die Creme. Die brennt wie die Hölle, das gehört so, ordentlich drauf! Viel hilft viel.«

Paul war dankbar. Bemuttert werden war genau das, was er jetzt brauchte. Deshalb vermutlich brachte er auch den Mut auf …

»Kennen Sie sich mit Viagra aus …?«

Natürlich tat sie das. Sie würdigte sein Problem zwar keines Blickes, hatte die Situation allerdings erkennbar längst erfasst. »Das dauert leider immer ein paar Stunden. Es geht von ganz alleine weg. Machen kann man da nichts, aber Sie können ja das Eis drauflegen, wenn das Auge kalt genug ist. Gute Nacht!«

67 KATERCARLO

> Hübsch schminken die Schwuchtel und nachts im Park aussetzen, da findet sich dann schon jemand der sich richtig intensiv drum kümmert *lach*. 22:59

»Ding-Dong, Ding-Dong.« Paul hatte Kopfweh. »Ding-Dong.« Pauls Gesicht brannte. »Ding-Dong, Ding-Dong.« Paul hatte Durst. Endlich hörte es auf. Paul wollte schlafen. Das Auge geschlossen halten. Nicht darüber nachdenken, wo er war, wie spät es war, was als Nächstes sein würde. Einfach weiterschlafen.

»Geht's noch! Was ist denn mit dir los? Weißt du eigentlich, wie spät es ist?«

Fräulein Christiane. Wie war die denn jetzt hereingekommen? Natürlich wusste Paul nicht, wie spät es war, obwohl … er öffnete sein Auge … es war ziemlich hell hier drin im Schlafzimmer … also nicht mehr Nacht. Fräulein Christiane stand am Fuß des Betts und betrachtete ihn. Scheiße! Er war nackt! Und nicht zugedeckt. Instinktiv griff Paul sich zwischen die Beine, um sich wenigstens da mit der Hand zu bedecken, aber erleichtert stellte er fest, dass er speziell dort bereits geschützt war. Da lag der blaue Kühlakku. Er zog sicherheitshalber dennoch die Decke über sich. Fräulein Christiane erwartete vermutlich eine Erklärung.

»Du musst um elf bei der Jahresversammlung der Rechtsanwaltskammer in Langwasser sein!«

Wie bitte? Deshalb drang sie in seine Privatwohnung ein und weckte ihn auf? Da würde er ganz bestimmt heute nicht hingehen!

»Nein, lieber nicht, ich fühle mich nicht gut …«

»Es ist mir vollkommen egal, wie du dich fühlst! Du musst da hin! Du bist der neue Colossa, die wollen dich alle sehen! Was macht das für einen Eindruck, wenn du einfach wegbleibst? Oscar war eines der prominentesten Mitglieder der Kammer, jahrelang hat er …«

Paul setzte sich auf. Die Kopfschmerzen waren wirklich heftig, vor allem das Auge tat weh. Auch Christiane war jetzt Pauls Gesichtsverletzung aufgefallen.

»Ach du lieber Gott, was hast du denn …« Ihr Entsetzen beruhte keineswegs auf Mitleid. »In dem Zustand können wir dich da unmöglich vorzeigen! Wo hast du dich nur herumgetrieben? Wir müssen …«

Und dann war sie weg. Endlich wieder Ruhe. Paul ahnte allerdings, dass das nicht von Dauer sein dürfte. Ganz offensichtlich hatte Fräulein Christiane ernsthaft vor, ihn zu dieser verfluchten Jahreshauptversammlung der Rechtsanwaltskammer Nürnberg zu schicken. Die hatte er völlig vergessen.

Er hörte Stimmen in der Wohnung. Frauenstimmen. Das konnte doch nicht ihr Ernst sein, wen schleppte sie denn jetzt noch alles an sein Bett? Er kam sich vor wie der Sonnenkönig. Der hatte vormittags, wenn er aufstand, seinen halben Hofstaat im Bett begrüßt und sodann Audienz gehalten, während er auf dem Topf saß. Das erinnerte ihn wieder an den Abend oben beim Schloss und an das gesamte Ausmaß seiner augenblicklichen Misere. Er musste unbedingt den Abschlussbericht diktieren! Er hatte wirklich keine Zeit für repräsentative Pflichttermine!

Christiane und Barbara kamen herein. Barbara musterte ihn kurz, entdeckte dann den Kühlakku in seiner Hand und erkundigte sich, wesentlich fürsorglicher als Fräulein Christiane: »Und, hat … alles geholfen?«

Paul nickte. Er lernte die Diskretion und Professionalität dieser Frau immer mehr zu schätzen. Heute war sie glücklicherweise sogar vollständig bekleidet, im Vergleich zur vergangenen Nacht. Zumindest für Barbaras Verhältnisse. Der schwarze Rock war zu eng und zu kurz. Die Bluse war zu tief ausgeschnitten und zu pink. Das Make-up war zu grün und zu orangefarben. Und das Parfüm war wieder einmal … atemberaubend. Aber all das verzieh Paul ihr aus tiefstem Herzen.

»Frag ihn doch mal, was er letzte Nacht angestellt hat!«, ätzte Fräulein Christiane in Barbaras Richtung. »Er muss in zwei Stunden eine Rede vor der Vollversammlung der Rechtsanwaltskammer halten! Du musst ihn irgendwie … ich meine, dass er halbwegs wieder ausschaut wie ein normaler Mensch …«

Wie bitte? Rede halten? Das wurde ja immer besser! Hatte davon etwas in der Einladung gestanden? Paul hatte den Brief nur überflogen, aber es wäre ihm doch sicher aufgefallen, wenn er darin mit einem Redebeitrag erwähnt worden wäre!

»Die Schwellung ist ja zum Glück weitgehend weg …«, taxierte Barbara ihn nüchtern. Ohne konkreter zu werden, welche Schwellung sie meinte. »Aber das Veilchen …« Sie setzte sich neben Paul aufs Bett und inspizierte aus nächster Nähe sein Gesicht. »Wir müssen einfach eine … sehr starke Schicht Grundierung auftragen … und dann mit Puder und Rouge … ach, ich glaube, das kriegen wir hin.« Sie stand wieder auf und sagte in Fräulein Christianes Richtung gewandt: »Er darf halt niemanden zu nah an sich heranlassen, dann fällt es kaum auf. Wie nah kommen sich Rechtsanwälte?«

Hatte Paul nicht deutlich gemacht, dass er nicht dorthin gehen wollte? Sicher erst recht nicht geschminkt! So richtig ernst schienen sie ihn nicht zu nehmen? Außerdem hatte er im Moment gar kein Auto, mit dem er zu irgendwelchen Terminen fahren könnte. Scheiße … und der Rasenmähertraktor stand auch noch draußen …

⑥⑧ ALISA79

Einfach nur peinlich, diese Drecksau. 23:33

Es war etwa zehn Uhr, als ein schmutzig weißer VW Bus mit Münchener Kennzeichen und einem großen roten Caritas-Logo die Straße von Neustadt hinauf zum Schloss Hirschenhaid fuhr. Auf der Sitzbank saßen: Attila am Lenkrad, in Jeans und T-Shirt. Wortlos. Dauergrinsend. In der Mitte Paul, schwarzer Anzug, weißes Hemd, grüne Krawatte, frisch geduscht, vollgepumpt mit Ibuprofen, feinsäuberlich gekämmt, trotzig seine Augenklappe tragend, mit mehrschichtigem Make-up im Gesicht. Und rechts daneben Fräulein Christiane, elegant im grauen Zweiteiler, die sichergehen wollte, dass Paul seinen wichtigen Termin pünktlich wahrnahm. Und deshalb lieber mitkam. Weniger aus Fürsorge, sondern vor allem aus Misstrauen. Weder Attila noch Christiane hatten – trotz eindringlichen Insistierens – auch nur ein einziges Wort über den gestrigen Abend aus Paul herausgebracht.

Am Parkplatz des KIR lehnte Attila die zwei Bretter, die er in Pauls Garage aufgetrieben hatte, als Behelfsrampe an den Bus und ließ vorsichtig den Rasenmähertraktor herausrollen. Paul stand teilnahmslos daneben. Ihm graute vor dem Gang, den er jetzt machen musste. Der sprichwörtliche Bußgang Heinrichs IV. zu Papst Gregor VII. nach Canossa im Jahre 1076 war nichts gegen das hier. Zumal der

Kaiser seinerzeit, anders als Paul heute, nicht zu befürchten hatte, vom Butler des Papstes vermöbelt zu werden, wenn er an dessen Tür klingelte. Colossa in Canossa.

Sie boten eine eigentümliche kleine Karawane, als sie sich im vormittäglichen Sonnenschein über die Wiese auf das Schloss zubewegten. Christiane und Paul zu Fuß und vorneweg Attila auf dem Aufsitzmäher, vergnügt wie ein Kind. Rund um das Schloss herrschte hektisches Treiben. Aus mehreren Lastwagen wurden die Bestandteile einer großen Bühne geladen, Scheinwerfer wurden umhergeschleppt, Kabel und Lautsprecher. Das große Sommerkonzert des KIR warf seine Schatten. Der *Boléro*. Die Deadline für Pauls Abschlussbericht, der noch nicht geschrieben war. Der Anhänger mit den Ästen stand immer noch dort, wo Paul ihn in der Nacht abgekuppelt hatte. Vielleicht hatte ja niemand das Verschwinden des Traktors bemerkt? Und wenn schon. Jetzt war er wieder da. Sie ließen die kleine Maschine einfach unter den Bäumen stehen. Wobei Attila darauf sitzen blieb. »Geht ihr mal«, sagte er süffisant. »Ich schau von hier aus zu!«

Feigling.

Paul überlegte kurz, ob er vielleicht auch lieber von hier aus zusehen wollte? Fräulein Christiane würde sicher keiner etwas antun, wenn sie allein auftauchte. Aber Paul wusste natürlich, dass Fräulein Christiane ihm das nicht durchgehen ließe. Er würde selbst an die Tür klopfen müssen, um seine Habseligkeiten dort abzuholen.

Diesmal war die Haustür der Villa verschlossen. Etwas ratlos stand Paul davor. Christiane wartete ungeduldig, dass er endlich tat, was zu tun war. Aber was? Einen Briefkasten oder eine Klingel mit Namensschild suchte man hier vergebens. Die Milchglastür hatte auch keinen Türgriff, stellte Paul fest. So stand er da. Dämlich regelrecht. Und ängstlich. Aber nicht lange, denn die Tür öffnete sich von ganz allein. Einen bangen Herzschlag lang hoffte und fürchtete Paul, es könnte Lara Wanek sein, hinsichtlich derer seine Gefühle seit der vergangenen Nacht noch weit ambivalenter geworden waren als zuvor. Aber sie war es nicht. Es war, natürlich, Archer. Woher wusste der, dass sie hier waren? Begleitet von einem undurchdringlichen Blick präsentierte er Paul einen kleinen Stapel mit verschiedenen Utensilien: seine Jeans, sauber zusammengelegt und … gebügelt? Sein Hemd, sauber zusammengelegt, offensichtlich ebenfalls gebügelt. Seine Schuhe, die einen fremden Geruch an sich hatten – vermutlich mit einer vornehmen Paste gewichst? Sie waren zudem in Papier eingeschlagen, um das Hemd nicht zu beschmutzen. Dann noch ein paar Socken, zusammengelegt. Und Pauls dunkelgraue Boxershorts. Die ebenfalls gebügelt wirkte. Ganz oben auf dem Haufen: Handy, Schlüsselbund und … verdammt … das Tütchen mit dem Ritalin, das Paul geklaut hatte.

Archer blickte Christiane an … »Madame«, er sah Paul an … »Sir«, und überreichte den Stapel. Dann schloss er die Tür einfach wieder.

»Unfreundlicher Geselle«, stellte Fräulein Christiane fest. Sie wanderte zurück zu Attila, der nach wie vor auf seinem Traktor thronte und sich scheinbar nur schwer davon zu trennen vermochte. Paul sah sich noch einmal um, zu den großen Panoramafenstern der Bauhausvilla. Sie reflektierten hell das Sonnenlicht. Ob Lara da oben stand? Ihm hinterhersah?

Paul blickte auf sein wiedererlangtes Smartphone. Mehrere Anrufe in Abwesenheit. Alle von Stahl. Es war noch nicht vorbei …

Im Defender, auf der Fahrt nach Langwasser, spielte Paul die Nachrichten laut ab. Die erste vom gestrigen Abend war noch sehr höflich. Stahls reizende Assistentin Astrid Singer bat um dringenden Rückruf. Der zweite Anruf war von Stahl selbst. Spätabends. Unterkühlt, aber sachlich. »Herr Kollege Colossa, bitte rufen Sie mich zurück, sobald Sie dies abgehört haben. Sie erreichen mich auch unter meiner privaten Handynummer …« Der dritte Anruf war wieder von Stahl, und seine Stimme pendelte nun zwischen Wut und Panik. Nach Mitternacht. »Herr Kollege, ich weiß nicht, ob Sie die bisherigen Rückrufbitten nicht erhalten haben. Es ist dringend. Es sind … Dinge passiert, über die wir sprechen müssen. Mann, Colossa, das ist kein Spiel!« Beim vierten Anruf nur Rauschen, keine Nachricht. Dann aber die fünfte Nachricht. Gegen zwei Uhr in der Früh. Da war kein Gandhi mehr zu hören: »Colossa, wenn Sie glauben, Sie könnten uns alle zum Narren halten, dann sind Sie sich offenbar nicht darüber im Klaren, wie dünn das Eis ist, auf dem Sie stehen. Sie wissen, was von Ihnen erwartet wird. Bisher sind Sie eine herbe Enttäuschung. Glauben Sie bloß nicht, wir wüssten nicht, was Sie treiben! Und glauben Sie nicht, dass das ohne Konsequenzen bleibt. Freitag um null Uhr läuft Ihre Frist ab. Gnade Ihnen Gott, wenn der Bericht nicht vorliegt. Und wenn nicht das darinsteht, was wir vereinbart haben. Dann werden Sie sich wünschen … dann … ich werde Sie vernichten, Colossa. Sie kriegen nie wieder einen Fuß auf den Boden. Sie werden alles verlieren. Sie werden nie wieder, verstehen Sie, nie wieder …«, er schrie jetzt ins Telefon, »… als Anwalt arbeiten, oder als irgendwas anderes. Was bilden Sie sich eigentlich …«, er atmete heftig ein, dann sprach er mit ganz ruhiger, kalter Stimme: »Wir sind eine der besten Kanzleien der Welt. Es ist eine Frage unseres guten Rufs zu demonstrieren, was mit Leuten passiert, die Spielchen mit uns treiben. Sie können aus dieser Nummer nicht heil herauskommen. Rufen Sie mich an!«

An Pauls Armen standen die Härchen auf. So hatte noch nie jemand mit ihm geredet. Er nahm diesen Mann absolut ernst. Er hatte Angst.

Fräulein Christiane jedoch, die alles mitgehört hatte, war völlig ruhig und sah nach vorne auf die Straße. »Die kochen auch nur mit Wasser«, sagte sie trocken. Sonst nichts.

69 LARA

> Kommt mir vor wie so ein verkleideter Schulbubi. Total unsicher. Null selbstbewusst. Ich kann den nicht ernst nehmen. 19:44

Das Samson-International Seminarhotel in Langwasser sah von außen aus wie zwei ineinandergestapelte Kartons. Der kleinere im Inneren ragte etwas über den größeren hinaus. Vermutlich befand sich dort oben eine Dachterrasse. Auf dem Dach ein Mobilfunkmast. Waren die nicht ungesund? Egal, Paul hatte nicht vor, hier zu übernachten. Er wollte die Veranstaltung schnellstmöglich wieder verlassen. Dazu musste er sie allerdings natürlich erst einmal offiziell aufsuchen. Und dafür musste er den Defender parken. Gar nicht so einfach. Der offizielle Hotelparkplatz war hoffnungslos überfüllt. Große Audi-, BMW- und Mercedes-Limousinen. Durchaus aber auch der eine oder andere Maserati oder Bentley. Man wurde, wie man hier unschwer feststellen durfte, nicht unbedingt ärmer davon, die Probleme anderer Leute zu lösen. Jedenfalls nicht, wenn man dies mithilfe von Paragrafen bewerkstelligte. Paul hätte keine Gewissensbisse gehabt, sich alternativ in der Umgebung des Hotels in ein Halteverbot zu stellen. Aber das hier war eine Versammlung von Rechtsanwälten, was bedeutete: Jedes noch so winzige, verwinkelte, verborgene, abwegige Parkverbot in unmittelbarer Umgebung des Hotels war längst in dreistester Art und Weise juristisch interpretiert worden – will heißen zugeparkt. Die permanente Suche nach Gesetzeslücken wirkt sich natürlich auf den Charakter eines Menschen nachhaltig aus.

Es war ein gutes Stück zu Fuß, das sie vom Parkplatz der U-Bahn, der ihnen schließlich Zuflucht geboten hatte, zum Samson-International zu absolvieren hatten. Und sie verhielten sich dabei keineswegs unauffällig. »Tak-tak-tak« machten Fräulein Christianes Stöckelschuhe, als sie hocherhobenen Hauptes wortlos vor Paul herstolzierte. In absurdem Tempo! Paul vermochte ihr kaum zu folgen und wirkte dabei vermutlich auf Außenstehende wie ein tollpatschiger, junger Hund.

Dabei war er, geschuldet den gestrigen Eskapaden, dem schwarzen Sakko und der sengenden Mittagssonne, recht bald außer Atem. Der Schweiß lief ihm übers Gesicht. Das war besonders unangenehm, weil er Sorge hatte, sich das Make-up zu ruinieren. Er würde sich dringend frisch machen müssen, wenn sie ankamen. Während dieser wenigen Meter lernte Paul mehr über die Sorgen von Frauen im öffentlichen Alltag als in vierunddreißig Lebensjahren zuvor. Für Fräulein Christiane schien all das allerdings nicht zu gelten. Sie wirkte frisch und wie aus dem Ei gepellt, als sie endlich die gut klimatisierte Lobby des Hotels betraten.

Paul erschrak – obwohl ihn dort nicht mehr und nicht minder das erwartete, was zu erwarten gewesen war. Anwältinnen und Anwälte. Eine ziemliche Menge davon. Paul musste an einen der Witze denken, die er unter Babiks Blog gelesen hatte. »Was sind tausend Anwälte auf dem Grund des Meeres? – Ein guter Anfang!« Tausend waren es nicht, aber zweihundert sicher. Allein oder in Gruppen standen sie herum. Die meisten lachten, in Gespräche mit Kollegen vertieft. Einige, besonders solche, die allein standen, zeigten offensichtliche Auffälligkeiten und Ticks, die den Ritalinjunkies vom KIR alle Ehre gemacht hätten. Einer hatte ein schief sitzendes Toupet auf dem Kopf, das so aussah, als würde sich gerade eine riesige blonde Ratte über seine Glatze hermachen. Ein anderer Kollege lehnte an einer Säule, weil er sich offensichtlich nicht mehr aus eigener Kraft auf den Beinen halten konnte. Der musste locker achtzig Jahre auf seinem krummen Buckel haben. Und drei Promille intus. Vermutlich kam er nur wegen des Büfetts her? Der Anzug hatte lange keine Reinigung von innen gesehen. Manche dieser Einzelgängertypen zuckten nervös mit dem Kopf, andere wippten hospitalistisch oder führten Selbstgespräche. Das kommt vom ständigen Diktieren! Frauen standen nirgends allein herum. Anders aber, als sonst bei Frauen häufig zu beobachten, standen sie auch keineswegs in abgesonderten Damengrüppchen beieinander. Es verhielt sich vielmehr so, dass überall dort, wo eine oder mehrere Kolleginnen sich aufhielten, eine größere Traube balzender männlicher Juristen drum herumtanzte. Und zwar völlig unabhängig davon, ob die Damen jung oder alt, attraktiv oder hässlich waren. Hauptsache weiblich.

Insoweit überraschte es nicht, dass sich sofort etliche Krawattenträger ihnen zuwandten, als sich die vollautomatische Glasdrehtür hinter Christiane und Paul geschlossen hatte.

Allen voran ein wirkliches Monster von einem Anwalt. Gegen den war Bartholomäus ein Handtuch. Unterhalb seiner sorgfältig rasierten Glatze quoll ein Fettpolster im

Nacken heraus, das fast genauso groß war wie der eigentliche Kopf. Paul hatte noch nie zuvor einen so dicken Menschen gesehen.

»Christiane Wolff! Das freut mich aber wirklich …« Charmant war er, das musste man ihm lassen. Er löste sich von einer Gruppe anderer Anwälte, mit denen er gerade geplaudert hatte, und walzte zu Fräulein Christiane herüber. »Es fällt mir schwer, mich nicht nach Oscar umzublicken, jetzt, wo ich Sie hier sehe … Sie beide waren doch immer ein unzertrennliches …«

»Und deshalb bin ich auch nicht allein gekommen, sondern habe den neuen Colossa mitgebracht!«, unterbrach Fräulein Christiane den Mann mit aristokratischer Arroganz, die diesen allerdings nicht im Geringsten zu verletzen schien.

»Herr Professor Wiegand, darf ich vorstellen, Paul Colossa. Der Erbe!«

Paul hatte keinen Schimmer, was hier gerade passierte, warum die beiden sich kannten, wer der Dicke war und warum er sich so verhielt, wie er es jetzt tat. Jedenfalls trat der Mann vor Paul, streckte ihm die rechte Hand hin und sagte, ehrlich, aufrichtig und wie Paul sich einbildete, mit einem Hauch Ehrfurcht in der Stimme: »Herr Colossa, es ist mir wirklich eine Ehre! Und es tut mir zugleich unendlich leid, dass wir Oscar Colossa verloren haben.«

Paul ergriff zögernd die Hand.

»Paul, das ist Professor Wiegand, Schatzmeister der Rechtsanwaltskammer Nürnberg und langjähriger geschäftsleitender Vorsitzender des Anwaltsgerichts Nürnberg …«

»Und Vorsitzender der ersten Kammer des Anwaltsgerichts«, ergänzte Wiegand unbescheiden. Das waren ja eine Menge Ämter auf einmal!

»Wenn du also mal etwas ausgefressen hast, lieber Paul, dann landest du beim Anwaltsgericht und wirst es mit ihm zu tun bekommen!«, fuhr Fräulein Christiane unbeeindruckt fort.

Paul wurde nicht recht schlau aus dem Blick, den sie ihm dabei zuwarf. Sie wusste ja gar nicht, wie tief er zwischenzeitlich in der Klemme steckte und wie wahrscheinlich es tatsächlich war, dem Dicken demnächst zum Fraß vorgeworfen zu werden. Wenn ein Rechtsanwalt gegen das anwaltliche Standesrecht verstieß, kam er dafür vor ein eigens gebildetes Anwaltsgericht, das natürlich nur aus Rechtsanwälten zusammengesetzt war. Und von wegen, eine Krähe hackt der anderen …

»Oder Sie landen beim Kollegen Zetschke in der zweiten Kammer, je nachdem, ob Ihre Sünde ein gerades oder ein ungerades Aktenzeichen bekommt. Ich mache nur die ungeraden Fälle!« Diabolisch grinsend verzog Wiegand die Mundwinkel. Natürlich entschieden auch normale Gerichte über die Verfehlungen von Rechtsanwälten. Das Anwaltsgericht war der besondere Bonus, der bei Advokaten noch obendrauf kam. Wenn es richtig dumm lief, verurteilte ein Landgericht einen Anwalt, der versagt hatte, zu horrendem Schadenersatz. Ein Strafrichter steckte ihn anschließend wegen der gleichen Sache in den Knast, und das Anwaltsgericht zupfte einem dann am Schluss noch die letzten Fetzen von den verbleichenden Knochen, indem es einem die Robe herunterriss und die Anwaltszulassung aberkannte. In den Staub, du Wurm! Das war wie im Mittelalter, wo man eine gefolterte Leiche nach dem Erhängen vierteilte, bevor man sie auf dem Scheiterhaufen verbrannte.

Solch grässliche Dinge passierten natürlich nur mit Anwälten, die richtig tief in die Kacke gegriffen hatten. Wie Paul …

Sie bewegten sich weiter durch die Hotellobby. Genau genommen bewegte sich Fräulein Christiane. Paul schlich ihr einfach hinterher. Dutzende Männer und einige Frauen begrüßten seine Bürochefin, teils regelrecht überschwänglich, und immer wieder einmal stellte sie Paul fremden Leuten vor. Denn tatsächlich kannte Paul hier nicht ein einziges Gesicht. Die Reaktion schwankte zwischen Höflichkeit und Neugier, wobei Paul deutlich spürte, dass kaum einer es unterlassen konnte, ihn anzustarren. Wegen der Augenklappe vermutlich? »Schwuchtel …«, hörte er es allerdings dann halblaut hinter sich zischeln. Ernsthaft jetzt? Das ging zu weit! »Transe …«, flüsterte eine junge Anwältin ihrer Kollegin kichernd zu. Es ging vermutlich eher um sein Make-up? Da hatte Frau Barbara wohl doch etwas zu dick aufgetragen. »Vampir …«, vernahm er aus einer Gruppe von Männern, die alle sofort wegsahen, als er sich ihnen zuwandte. Die meinten das nicht so. Anwälte eben, die können nicht anders. Die beißen nicht, die wollen nur spielen. Und müssen immer und zu allem eine Meinung haben.

Christiane Wolffs Bekanntheitsgrad bewegte sich auf Rockstarniveau. Was insoweit erstaunte, als sie nur Oscars Sekretärin gewesen war. Aber nein, Paul korrigierte diesen unklugen Gedanken sogleich selbst. Sie war weit mehr als das gewesen, natürlich, sowohl beruflich als auch privat. Warum also sollte diese in Oscars Leben so ungemein wichtige Frau nicht auch andere beeindruckt haben? Andere Anwälte.

Eine Frau mit schwarzem Rock und weißer Schürze stand plötzlich vor ihnen. »Darf ich Ihnen ein Glas Sekt … oder Orangensaft …?«

Fräulein Christiane griff beherzt zu. Paul lieber nicht. Beim Gedanken an Alkohol begann sein Magen sofort zu rebellieren. Er hatte nichts gefrühstückt. Überhaupt waren die abscheulichen Burritos seine letzte Mahlzeit gewesen, wenn er recht darüber nachdachte. Also nein, sicher kein Sekt. Obwohl er auch nichts getrunken hatte seit dem letzten Abend.

Ein steter Strom von Juristen bewegte sich zwischenzeitlich über eine große Treppe ins Obergeschoss. Christiane und Paul ließen sich mittragen. Oben, in einem hellen Foyer, musste man in einer Schlange darauf warten, auf einer Anwesenheitsliste zu unterschreiben. Hatte man das getan, bekam man ein kleines Plastikschild mit seinem Namen ausgehändigt, das man sich ans Revers heften durfte. »Rechtsanwalt Dr. Paul Colossa« stand auf Pauls Schild. Der falsche Titel verfolgte ihn wie ein Fluch. Und was stand auf Christianes Schild für ein Titel? »Christiane Wolff«, sonst nichts. Das passte zu ihr. Weniger ist mehr.

Im Foyer wurde auf einem großen Tischrund gerade ein Büfett vorbereitet. Es roch nach Bratwurst und Campingkocher. Aber alles war noch unter silbernen Deckeln verborgen. In Pauls Bauch grummelte es. Ungewiss, ob es Hunger war oder das Gegenteil. Oder beides zugleich.

Die versammelte Anwaltschaft drängte sich, lemminghaft, zwischenzeitlich weiter durch zwei weit geöffnete Türflügel in einen Konferenzsaal. Blauer Teppich, graue Decke, getönte Fenster. Grelle kleine Scheinwerfer, wohin man auch sah.

Reihe für Reihe standen Tische und Stühle. Auf jedem Platz ein Notizblock mit Kugelschreiber. »Samson-International. Excellent Spaces for your business.« Und dann diese Minifläschchen aus der Hotelbar: Wasser, O-Saft, A-Saft. Keine Gläser? Wohl vergessen. Christiane und Paul setzten sich vorne in die zweite Reihe, gleich beim Mittelgang. Vor ihnen das Podium, noch leer. Dahinter eine große Leinwand mit einem Bild des Nürnberger Justizpalastes und einem Schriftzug: »Rechtsanwaltskammer Nürnberg«. Paul musste an die Pressekonferenz im KIR denken. Er hatte wahrlich Besseres zu tun, als seine Zeit hier totzuschlagen!

Die Sitzreihen füllten sich. Wie in der Schule: von hinten nach vorne. In die erste Reihe setzten sich nur die Eierköpfe. Die mit den Ticks. Die, die keinen Anschluss an Gruppen hatten. Die coolen Cliquen saßen wie immer ganz hinten. Die Junganwälte von Singer und Kollegen. Die Superstreber aus der Nürnberger Filiale von Schmitt und Schmidt. Die auf Arzthaftung spezialisierte Kanzlei Professor Faust aus Erlangen. Die Strafverteidiger von Blasius, Nörr und Federlein. Fräulein Christiane kannte sie alle, zählte sie Paul auf, mit dezentem Fingerzeig. Zu solchen Veranstaltungen kamen aus den Großkanzleien in der Regel eher die jüngeren Kolleginnen und Kollegen, ausgelassen schnatternd und kichernd, begleitet von ein oder zwei Seniorpartnern. Ein paar Namen kannte natürlich selbst Paul. Da kam gerade die Kollegin Strauß durch die Tür, auf dem Kopf ihr Markenzeichen: eine kunstvoll hochtoupierte Turmfrisur. Sie war in den letzten Wochen häufiger in der Presse gewesen, weil sie den brutalen Dreifachaxtmörder aus Regensburg verteidigt hatte. Sie plauderte mit einem ganz jungen Kollegen, strohblond, mit Hornbrille und Mittelscheitel. Fiedel oder Friedel oder so ähnlich hieß der doch? Hatte sich als Nebenklagevertreter bei diesem Neonaziprozess in München ein paar Fleißpunkte gesammelt. Immer wieder bemerkte Paul, wie tuschelnd auch auf ihn gezeigt wurde.

»Herr Kollege Colossa!«

Paul erschrak, er hatte gerade fasziniert beobachtet, wie sich der dicke Professor Wiegand durch den Mittelgang auf seinen Platz am Podium schleppte, und die ältere Dame mit der grauen Kurzhaarfrisur und der randlosen Brille gar nicht bemerkt, die sich da von vorne zu ihm über den Tisch beugte.

Fräulein Christiane schon. Allerdings musterte sie die Frau nur wortlos und gab sich keine Mühe, die in einer solchen Situation angemessenen höflichen Floskeln zu bemühen. Sie starrte die Frau lediglich wortlos, nicht uninteressiert, aber mit einem spöttischen Kräuseln um die Mundwinkel an. Christianes Augen waren nicht unbedingt zu Schlitzen verengt, aber es ging schon stark in die Richtung. Andererseits war es durchaus auch nicht zu übersehen, dass besagte Dame Fräulein Christiane dermaßen geflissentlich ignorierte! Obwohl sie deren Blick doch überdeutlich spüren musste. Die Luft knisterte ja richtig zwischen den beiden!

Paul, ganz Gentleman der alten Schule, sprang auf und reichte ihr die Hand.

»Miriam Costello.« Ihr Blick war souverän. Aber sie trug ein rotes Kleid! Das wirkte … verwegen? Verzweifelt? Jedenfalls sonderbar. Es war durchaus nicht das, was man bei einer Versammlung der Rechtsanwaltskammer erwartete. Immerhin, es passte zu ihrem Lippenstift.

»Sie glauben gar nicht, wie sehr ich mich freue, Sie bei uns begrüßen zu dürfen!« Die Frau hatte doch einen leichten Akzent, oder?

»Oscar und ich haben lange Jahre im Menschenrechtsausschuss der Bundesrechtsanwaltskammer zusammengearbeitet …«

Jetzt plötzlich drehte sie doch den Kopf in Richtung Christiane. Ganz kurz nur, aber lange genug, um ihr einen Blick voll nuklearem Winter zuzuwerfen. Sicher war Paul sich freilich nicht, vielleicht hatte er es sich auch nur eingebildet.

Andererseits: eine Frau mit rotem Kleid, einem exotischen Namen und leichtem Akzent, mit der Oscar gemeinsam in einem Ausschuss gearbeitet hatte? Der sicher in irgendeinem Hotel getagt hatte? Und dessen Mitglieder vermutlich auch im selben Hotel genächtigt hatten? Paul hatte kaum noch ernst zu nehmende Zweifel, betreffend die Ursache der atmosphärischen Störungen zwischen diesen beiden Damen. Oscar hatte was mit dieser Miriam gehabt, Christiane wusste es, und deshalb hassten die beiden sich. Nicht sein Problem …

Glücklicherweise schwebte die Frau nun auch schon wieder davon. In Richtung Podium! »Meine sehr geehrten Kolleginnen und Kollegen! Ich darf Sie alle ganz herzlich begrüßen, besonders auch im Namen unseres werten Präsidenten! Herr Professor Opper nimmt heute eine Einladung des Justizministers wahr, weshalb ich die Ehre habe, ihn zu vertreten. Wie Sie alle wissen, gibt es immer noch intensive Diskussionen zur längst fälligen Modernisierung der

Gebührenordnung, aber wir nähern uns jetzt langsam dem Durchbruch. Und unser Präsident kämpft dafür an vorderster Front. Es kann nicht sein, meine lieben Kolleginnen und Kollegen, dass einige von uns mit Gebühren haushalten müssen, die praktisch seit den Neunzigerjahren nicht mehr reformiert wurden! Letztlich geht es hier um nicht weniger als die Frage: Was ist uns eigentlich ein funktionierender Rechtsstaat noch wert? Guter Rat darf auch etwas kosten, finden wir …!«

Sie wollte eigentlich noch mehr sagen, aber sie wurde durch tosenden Beifall mundtot gemacht. Ja, wenn man sich in diesem Saal so umblickte, bekam der Spruch »Hier ist guter Rat teuer« eine richtig lebendige Note, während die Dame in Rot sich in ihren Zorn auf die viel zu niedrigen Rechtsanwaltsgebühren hineinsteigerte und die Reaktionen der anwesenden Anwaltschaft zunehmend hysterischer wurden. Die Stimmung ähnelte dem Kampf um die Rettungsboote auf einem sinkenden Schiff. Paul überflog die vor ihm liegende Tagesordnung. Eineinhalb Stunden Palaver noch bis zum Büfett! Ein halbes Dutzend weiterer Kollegen mit Reden zu anwaltspolitischen Themen … schon beim Lesen der Tagesordnung musste Paul gähnen. Und dann hatte er plötzlich diesen Geruch in der Nase … Hähnchen … kross gebraten. Er konnte sie vor seinem inneren Auge schmurgeln sehen. Und der Hunger zerrte wölfisch an seinen Eingeweiden. Während Dr. Detlef Schnorrer, der ausgerechnet das Amt des Kassenprüfers im Präsidium der Rechtsanwaltskammer Nürnberg bekleidete, Kolonnen von langweiligen Zahlen auf die große Leinwand hinter sich projizierte, stand Rechtsanwalt Paul Colossa auf, nickte entschuldigend in verschiedene Richtungen und verließ den Saal mit eleganter Selbstverständlichkeit. Erst noch freilich musste er sich von Fräulein Christiane losreißen. Die hatte den Ärmel seines Sakkos gepackt und wollte ihn doch tatsächlich festhalten! Aber Pauls Wille war stärker als Christianes faltige Hand. Stärker auch als ihr wütender Blick, der sich in seinen Rücken bohrte. Und so folgte Paul, den Mittelgang entlang, neugierig von etlichen Kollegen begafft, dem köstlichen Geruch des gebratenen Hähnchens. Verdammt! Was glotzt ihr! Könnte doch sein, dass Paul einfach einmal kurz auf Toilette musste?

(70) MARTIN F.

Man kann gar nicht so viel essen, wie man kotzen möchte!!! 02:06

Die Saaltüren waren angelehnt. Deshalb hatte der Geruch vom Büfett seinen Weg zu Paul finden können. Welch glückliche Fügung. Paul schlüpfte hinaus ins Foyer. Und dort fand er es bereitet. Das gelobte Land. Meter für Meter zu Bergen aufgetürmte Köstlichkeiten! Lachshäppchen. Fleischbällchen. Käsespießchen. Exotische Früchte, kunstvoll geschnipseltes Gemüse, Töpfe mit verlockend duftender Terrine. Minischnitzel, Szegediner Gulasch, geräucherte Forelle, frittierte Auberginen. Paul schritt würdevoll langsam um das Büfett herum. Er fühlte sich wie die Queen, Trooping the Colour. Und da, auf der anderen Seite des Tafelrunds, auf einem großen goldenen Tablett, da lagen sie aufgestapelt. Kross, goldbraun, fettig glänzende Hähnchenkeulen. Dutzende und Aberdutzende davon. Ein Teller, ein Königreich für … ah, da standen sie ja. Türmeweise. Besteck? Quatsch. Paul legte sich erst einmal drei Schlegel auf das angenehm vorgewärmte Porzellan und überlegte, ob er sich damit irgendwo hinsetzen sollte. Nein, unnütz, sich zu entfernen. Immer an die Quellen halten.

Erst zupfte Paul zärtlich an der knusprigen Kruste. Zunächst noch etwas zaghaft löste er mit den Zähnen das warme weiße Fleisch vom Knochen. Gott, war das gut!

Sehr bald schon ließ Paul alle Zurückhaltung fahren. Drinnen aus dem Saal kam Applaus. Sicher hatte ein Kollege wieder etwas über bettelarme Anwälte und deren Gefahr für den Rechtsstaat gesagt. Die da drin waren wie hungrige Wölfe im Winter, die eine Siedlung umschlichen.

Paul war auch ein hungriger Wolf und als er sich das achte Hähnchenbein in den Rachen schob, er nahm es jetzt direkt von der goldenen Platte und legte es gar nicht mehr auf den hoffnungslos mit Knochen überfüllten Teller, brauchte er nur wenige geschickte Bissen, um Haut und Fleisch herabzubeißen. Zack, zack, zack ging das. Kauen? Wozu, wenn man es hinunterschlingen konnte. Pauls Gesicht glänzte ölig, und ein breites, glückliches Grinsen zog sich beinahe von einem Ohr zum anderen.

»Mahlzeit!«

Paul fuhr herum. Wie bei Max und Moritz lugte ein Hühnerknochen aus seinem fettigen Mund. Paul wirkte wie ein Streuner, den man beim Fressen aus der Mülltonne ertappt hatte. Aber Paul war kein verlauster Straßenköter, sondern ein erfolgreicher Rechtsanwalt, der sich selbst in einer solch ausweglosen Situation zu verteidigen wusste. Zu verteidigen gewusst hätte. Wenn er nicht das halbe Hühnertier im Schlund balanciert hätte. Sprache war seine Waffe. Sprachlose Anwälte aber sind so nutzlos wie ein Bogen ohne Pfeile.

Glücklicherweise hatte der Amtsrichter Ludwig »Wiggerl« Eisenreich schon weit Schlimmeres als das hier erlebt. Auch betreffend Rechtsanwälte. Zudem mochte er Paul. Allein deshalb schon, weil er ja der Sohn seines verstorbenen Freundes Oscar war. Und weil sie erst unlängst eine so nette Begegnung am Amtsgericht Neustadt gehabt hatten.

»Da soll jemand noch einmal die Macht der Gene infrage

stellen! Oscar hat sich auch immer als Erster ans Büfett geschlichen. Allerdings bevorzugte er die Würste!«

Wie zum Beweis hielt der Amtsrichter eine halb abgebissene Nürnberger Rostbratwurst in die Höhe.

Paul hatte nicht den Eindruck, dass der alte Mann sich seit der Sache mit dem toten Hund rasiert hätte. Oder seine strubbeligen Haare mal gekämmt? Aber er trug heute eine Brille mit goldenem Rand, einen Nadelstreifenanzug mit messerscharfer Bügelfalte und eine mit filigranen Silberfäden durchzogene Krawatte. Er wirkte damit dermaßen vornehm, dass der kontrastierende Shabby-Look seines ungepflegten Kopfes schon wieder als »Stil« durchging.

Nichts, was man über Paul, den Hühnerwürger, sagen mochte. Was machte Eisenreich eigentlich hier? Der war doch Richter? Hatten die nicht ihre eigenen Versammlungen? Ihr eigenes Büfett?

»Man hat mich gebeten, einen kurzen Gastvortrag zu halten«, beantwortete Eisenreich die nicht gestellte Frage von selbst. »Die holen mich fast jedes Jahr, haben wohl einen Narren an mir gefressen. Na ja, ich geb mir Mühe, Sinnstiftendes unterhaltsam zu formulieren. Anwälte lachen gern.«

Inzwischen war auch Paul wieder in der Lage, Konversation zu betreiben. Die Hand konnte er dem Richter allerdings nicht reichen. Die war noch zu fettig. Und für eine förmliche Begrüßung war das Gespräch ja auch schon zu weit fortgeschritten.

»Ich komme augenblicklich kaum zum Essen. Diese Ermittlungssache für das Kolleg …«, eröffnete er seinem kauenden Gegenüber.

Eisenreich unterbrach ihn: »Ja, darüber wollte ich auch mal mit Ihnen reden, ohne Zuhörer …« Er blickte in Richtung Treppe, als wolle er sichergehen, dass auch von dort keiner lauschte. »Wie kommen Sie denn voran mit Ihren … Untersuchungen?«

Erwartete er allen Ernstes, dass Paul ihm erzählte, was er herausgefunden hatte? Paul starrte nur verwundert.

»Dachte ich mir schon«, bemerkte Eisenreich, während er beschwörend mit der Hand über dem Büfett kreiste, um sich dann ein Kanapee mit Ei und Garnele zu greifen. »Wenn Sie mich fragen, haben die ordentlich Dreck am Stecken und Sie sollen jetzt das Feigenblatt abgeben, nicht wahr? Gefährliches Spiel. Und dann ist Ihnen der Babik draufgekommen. Die alte Schmeißfliege folgt dem Geruch und findet die Häufchen.« Genussvoll schob sich der Richter das komplette Kanapee in den Mund und mampfte. »Und plötzlich …« Er merkte, dass der Mund nun doch etwas zu voll war, und Paul musste warten, wie es weiterging, obwohl er es ja selbst wusste. »Dann war der ›Newtown Blog‹ plötzlich von der Bildfläche verschwunden …« Eisenreich sah Paul mit leicht zusammengekniffenen Augen an. »Auch ein gefährliches Spiel, wenn Sie mich fragen …«

Er wusste es! Aber woher? Natürlich, weil es offensichtlich war. Wer, wenn nicht Paul Colossa, hätte nach diesem Shitstorm ein größeres Interesse daran gehabt, Babik mundtot zu machen!

»Die Sache ist die …« Eisenreich schwebte schon wieder mit gespreizten Fingern über dem Büfett und entschied sich dieses Mal für einen kleinen Curryspieß mit gelber Paprika, gelben Tomaten und Tofuwürfeln.

»Die Sache ist die …« Er zog mit den Zähnen ein Stück Tofu vom Spieß. »Ich habe gestern einen Anruf bekommen, von … ein guter Bekannter von der Staatsanwaltschaft …«

Angewidert verzog Eisenreich das Gesicht. Tofu war Geschmackssache. Vermutlich hatte er es für Pute gehalten? Er legte den angegessenen Spieß einfach wieder zu den anderen zurück und nahm sich noch einmal eines der Garnelenkanapees.

»Der hat mir eine Menge Fragen gestellt.« Diesmal schob er das Kanapee nicht komplett in den Mund, sondern biss nur ein Stückchen herunter. Natürlich hätte Paul schon gern gewusst, was für Fragen die Staatsanwaltschaft dem Richter gestellt hatte. Zumal das nicht gerade der offiziell vorgeschriebene Weg für staatsanwaltliche Ermittlungen war, einfach mal beim Richter vor Ort anzurufen.

»Dieser … Staatsanwalt, der kannte unseren Oscar auch ganz gut. Also privat. Und beruflich. Und ihm ist natürlich der Name Paul Colossa sofort ins Auge gesprungen.«

Wieder ein kleiner Biss in das Häppchen.

»Es ging interessanterweise in dem Telefonat genau um die Fragen, die wir beide gerade angesprochen hatten. Das Schloss, der Babik …«

Jetzt sah er Paul erneut mit diesen zusammengekniffenen Augen an, zögerte einen Moment und ergänzte dann: »Und es ging um einen Durchsuchungsbeschluss für die Kanzlei …«

Es war, als würde Paul der hühnchenschwere Magen mit einem Ruck direkt hinunter bis auf die Knie sacken. Eisenreich hatte jetzt aufgehört, an seinem Snack herumzuknabbern, und seine Stimme nahm einen deutlich richterlicheren Ton an.

»Der Kollege Staatsanwalt und ich, wir waren uns einig, dass es keinen Anhaltspunkt dafür gibt, förmlich einen Durchsuchungsbeschluss zu beantragen. Bisher. Wir wissen ja noch gar nicht, was bei dem Ermittlungsbericht der Kanzlei Colossa herauskommt. Bisher. Und die Sache mit dem Herrn Babik … nun, der liebe Elvis hat viele Feinde. Auch wenn es natürlich gerade in Richtung Kolleg Ida Rubinstein und Rechtsanwaltskanzlei Colossa eine gewisse Verdichtung möglicher Motive gibt. Und einen schwer zu leugnenden zeitlichen Zusammenhang. Aber dieser Staatsanwalt glaubt … und ich war da ganz bei ihm … dass der Herr Rechtsanwalt Colossa, selbst wenn er hinter dem Angriff auf den ›Newtown Blog‹ stecken würde, dies ganz bestimmt nicht selbst und von seinem kleinen PC in der Kanzlei gemacht hätte. Und da wäre es doch vollkommen unsinnig, den Laden auseinanderzunehmen, hab ich zu dem Kollegen gesagt. Deshalb hat die Staatsanwaltschaft Nürnberg-Fürth zunächst davon abgesehen, einen Durchsuchungsbeschluss bei Gericht zu beantragen.« Eisenreich schob nun den Rest des Kanapees in den Mund und kaute nachdenklich.

Paul war sprachlos.

»Aber eines muss ich Ihnen schon ganz deutlich sagen … die Geier kreisen bereits … und lange kann das nicht mehr gut gehen …« Eisenreich tupfte sich den Mund mit einer Serviette ab. Der Richter hätte Paul das natürlich nie im Leben erzählen dürfen, das war ihm völlig klar. Er hätte auch nie in dieser Sache mit einem Staatsanwalt herumkumpeln dürfen. Hier hatte Oscar post mortem die Finger im Spiel gehabt. Der Richter lehnte sich extrem weit für Paul aus dem Fenster. Es könnte den alten Mann am Ende seine Pension kosten, wenn das herauskam. Paul entschied also, dass er ihm einfach blind vertrauen würde.

»Ich stecke fest …«, gestand er. »Ich kann zwischen Pest und Cholera wählen! Entweder die Staatsanwaltschaft packt mich, weil ich mit dem KIR gemeinsame Sache mache, oder das KIR packt mich, weil ich gegen meinen Beratervertrag verstoße …«

Eisenreich schmunzelte jetzt schalkhaft. »Hat Ihnen der Kollege Stahl einen Knebelvertrag verpasst …?«

Paul wunderte es nicht wirklich, dass Eisenreich auch Stahl kannte. Jetzt, wo der alte Richter sich so deutlich auf Pauls Seite geschlagen hatte, war er sogar froh darüber, dass der so gut Bescheid wusste.

»Diese Großkanzleien haben ein anderes Rechtsdenken als wir in der … juristischen Diaspora. Neustadt ist für die ein Außenposten. Und selbst klugen Köpfen wie Professor Stahl steigt das bisweilen zu Kopf, und sie vergessen, dass hier in der Provinz eben auch die Provinzgesetze vor Provinzgerichten diskutiert werden.«

Paul verstand noch nicht ganz, worauf der Mann hinauswollte.

Eisenreich merkte das wohl. Er kam ganz nah zu Paul und flüsterte: »Manchmal sieht es kompliziert aus und ist plötzlich ganz einfach … wann haben Sie denn zuletzt mal den Paragrafen hundertachtunddreißig im Bürgerlichen Gesetzbuch gelesen …?«

Paragraf 138 BGB? Das war doch …

»Ein Rechtsgeschäft, das gegen die guten Sitten verstößt, ist nichtig. Genau das steht da. Nicht mehr und nicht weniger. Ich weiß ja nicht genau, was Stahl Ihnen in Ihren Vertrag so hineintippen hat lassen, aber sollte es das sein, was ich vermute, dann würde ich sofort an den Hundertachtunddreißig denken … glauben Sie mir, Herr Colossa. Stahl ist nicht Ihre größte Sorge. Ihr vordringliches Problem sitzt im zweiten Stock, im Neubau des Justizpalastes!«

Er meinte den neuen Anbau drüben bei der Staatsanwaltschaft. Paul war sich nicht ganz sicher, ob er sich nicht übergeben musste. Sein Inneres befand sich in gefährlichem Ungleichgewicht. Die letzte Nacht, die damit verbundenen Substanzen, der fehlende Schlaf, die gerade vernommene Hiobsbotschaft und nicht zuletzt das viele fettige Huhn …

»Sag mal, spinnst du? Was machst du denn hier draußen, du Narr? Du bist jetzt dran! Die warten auf dich!«

Ja, das war es, was Eisenreich gerade gesagt hatte: Paul war jetzt dran, die warteten auf ihn … sie würden kommen. Sie würden ihn abholen. Sie würden ihn einsperren. Die Geier kreisten über der Villa.

Was das aufgebrachte Fräulein Christiane allerdings damit eigentlich zum Ausdruck hatte bringen wollen, war, dass eine Tür weiter einige Hundert Advokaten mit scharrenden Füßen Paul Colossa sehen wollten. Und mehr noch, sie wollten ihn hören.

»Wie siehst du denn schon wieder aus? Das gibt's doch nicht!«

Bevor Paul auch nur den geringsten Hauch von Protest entwickeln konnte, hatte Fräulein Christiane sich vor ihm aufgebaut, hatte aus ihrem Handtäschchen eine Packung Taschentücher hervorgeholt und begann damit, in Pauls Gesicht herumzutupfen.

»Wiegand redete gerade über Oscar und da hat er vorgeschlagen, dass du dich als sein Nachfolger vorstellen könntest, und was machst du, treibst dich am Büfett herum, kleckerst dich voll und verschmierst das ganze Make-up. Du bist doch schlimmer als …« Sie führte den Vergleich nicht zu Ende, sondern begann jetzt zu reiben. »Du siehst aus wie …« Wieder ließ sie offen, was sie meinte. »Ludwig, bring mir mal Wasser oder irgendwas …« Eisenreich hatte die Szene grinsend beobachtet und schreckte jetzt zusammen, als er merkte, dass der Befehl ihm gegolten hatte. Beflissen eilte er zu einem separaten Tisch, auf dem sich diverse Getränke befanden. Offenbar jedoch kein Flaschenöffner, wie sich aus Wiggerls Fluchen folgern ließ. Schließlich kam er mit einer geöffneten Proseccoflasche daher, was Fräulein Christiane jedoch völlig zu befriedigen schien. Sie tränkte ein frisches Taschentuch und reinigte damit weiter Pauls Gesicht.

»So, von Weitem merkt man nichts, jetzt geh schon rein, die warten alle!« Sie nahm einen großen Zug aus der Flasche, reichte sie Eisenreich und der tat es ihr gleich.

Paul war vollkommen überfordert. Was sollte er denn zu denen sagen? »Guten Tag, mein Name ist Rechtsanwalt Colossa, machen Sie sich gar nicht erst die Mühe, sich mein Gesicht zu merken. Ich werde eh bald von der Polizei abgeholt und verliere dann meine Zulassung, und dann werden wir uns sicher nie wiedersehen …?«

Paul stand vor der Tür zum Saal und zögerte noch kurz.

»Warte!«, Fräulein Christiane eilte ihm nach. »Du hast noch was am Ohr, wirklich, du Ferkel, was hast du nur …?«

Nein, bitte nicht! Jetzt spuckte sie auf ihr Tuch und rubbelte damit an Pauls Schläfe herum. Wie tief konnte ein Mensch noch sinken? Bloß weg hier, dann doch besser hinein zu den Hyänen. Mit möglichst ruhigen Schritten ging er den Mittelgang entlang. Sein Herz pumpte bis zum Hals. Er fühlte sich schwindelig und ja … er war sich jetzt fast sicher, dass er sich jeden Moment übergeben musste.

»Herr Kollege Colossa! Da sind Sie ja! Wir hatten gerade über Ihren Onkel gesprochen, der uns allen sehr am Herzen gelegen hat, und da dachten wir, es wäre doch schön, wenn wir seinen Nachfolger persönlich kennenlernen könnten! Wir würden uns wirklich sehr freuen, wenn Sie einige Worte an uns richten!«

Wenn der dicke Wiegand wüsste! Die nächste Begegnung mit dem stand schon dick im Schicksalskalender markiert. Allerdings in weit weniger festlicher Umgebung: beim Anwaltsgericht.

Als Paul vorne am Podium ankam, machte Wiegand ihm Platz. Da stand er nun. Der geschminkte Mann mit der Augenklappe. Das Make-up dürfte verhindern, dass sein Gesicht genauso grün wirkte wie seine Krawatte. Er war jetzt vielmehr weiß, wie sein Hemd. Aber immer noch besser als die Originalfarbe seines Jochbeins, das sicher unter der Schminke zwischenzeitlich blau, schwarz und violett war.

Einige der Anwältinnen und Anwälte begannen zu klatschen. Es wurden immer mehr. Dann standen die ersten auf, und bald folgte ihnen der Rest. Paul war schon klar, diese stehenden Ovationen galten nicht wirklich ihm. Das war ein Nachruf auf Onkel Oscar. Er war hier offenbar wirklich der ganz große Zampano gewesen. Umso schlimmer, dass Paul nun da stand, anstelle von Oscar.

»Danke!«, sagte er ins Mikro. Seine Stimme war kratzig und belegt. Zum Glück hatte es keiner richtig gehört. »Vielen Dank!«, versuchte er es noch einmal. Klang schon besser. Der Applaus ließ nach, immer mehr Anwälte setzten sich. Nur ganz vorne stand einer immer noch. Und klatschte. Es war der besoffene Alte mit dem abgewetzten Anzug, der Paul schon in der Eingangshalle aufgefallen war. Wie peinlich. Aber irgendwann setzte auch der sich.

Sie beobachteten ihn. Warteten, was er tun würde. Paul sah etliche grinsen. Ihren Nachbarinnen und Nachbarn Bösartigkeiten ins Ohr flüstern. Garantiert waren einige wirklich integere Persönlichkeiten darunter. Sicher auch ein paar üble Koksnasen. Ein paar von denen würden für ihre Mandanten durchs Feuer gehen. Und ein paar andere würden ihnen lebenswichtige Organe pfänden, wenn das erlaubt wäre und man damit ihr Honorar aufbessern könnte. Anwälte sind eben auch nur Menschen.

Was sollte er den Kollegen jetzt erzählen? Was man eben so sagt? Aber was sagt man in so einer Situation?

Am besten was Lustiges. Ein Eisbrecher. Das half immer. Paul fiel nur nichts Lustiges ein. Oder doch … er musste an »Punkroxx« denken, den Internet-Troll. Der war irgendwie schon lustig.

»Terroristen haben das Tagungsgebäude überfallen, in dem gerade ein Anwaltskongress stattfindet …«, sagte Paul ins Mikrofon. Es wurde mucksmäuschenstill im Saal. Einige blickten entsetzt, drehten den Kopf in Richtung Foyer. Die hatten wohl nicht kapiert, dass Paul einen Witz erzählen wollte? »Sie haben alle anwesenden Anwälte gekidnappt. Die Terroristen haben der Polizei ihre Forderungen übermittelt: so lange, bis sie zehn Millionen in Goldbarren und ein Fluchtfahrzeug kriegen, wollen sie jede Stunde … einen Rechtsanwalt … freilassen.«

Es herrschte immer noch Totenstille. Die Anwaltschaft war entsetzt. Doch in den hinteren Reihen kicherten jetzt einige der Jungen. Es wurden mehr. Manche hatten Tränen in den Augen, bekamen regelrechte Erstickungsanfälle. Es war dabei nicht ganz klar, ob sie den Witz so gut fanden oder ob sie so überwältigt von der Situationskomik waren. Davon, dass sich einer da vorne hinstellte und einen Anwaltswitz erzählte. Die allermeisten jedoch waren einfach nur sprachlos. Paul beschloss, ihnen eine zweite Chance zu geben.

»Kennen Sie den? Ein Mann kommt in eine Bar und brüllt: Alle Anwälte sind Arschlöcher! Da sagt einer der Gäste am Tresen zu ihm: Ey, Mann – was fällt Ihnen ein, mich zu beleidigen? – Wieso, sind Sie etwa Anwalt? – Nein, antwortet der Gast. Ich bin ein Arschloch!«

Ein paar von denen, die vorhin schon gelacht hatten, lagen jetzt praktisch unter den Tischen. Alles in allem zeigte sich zumindest ein Viertel der Anwesenden sichtlich amüsiert. Der Rest verhielt sich weiterhin entweder neutral distanziert, einige waren aber auch erkennbar pikiert. Das hier war wohl unter ihrem Niveau. Paul war in diesem Augenblick auch nicht mehr ganz sicher, ob das eine wirklich gute Idee gewesen war. Jetzt war es zu spät. Er musste das Beste daraus machen.

»Das, was jedem von Ihnen, jedem von uns, jedem überhaupt an Dr. Oscar Colossa, meinem …«, beinahe hätte Paul »Vater« gesagt, er besann sich gerade noch, »… meinem Onkel auffallen musste, das war seine Heiterkeit. Sein unbezwingbarer Humor. Manchmal pechschwarz. Manchmal so kompliziert, dass man ihn kaum als Humor erkannte …« Die finsteren Mienen hellten sich sichtbar auf. Paul hatte die Lage wieder im Griff. Und er hatte ein verbindendes Thema gefunden. »Aber man darf Onkel Oscars Humor nicht mit Albernheit verwechseln. Dieser Mann war alles, aber sicher nicht albern. Für mich war er schon als junger Jurist, als Student, als Referendar, als Berufsanfänger immer ein leuchtendes Vorbild. Ein Sinnbild für die besondere Würde, die dieser besondere Berufsstand ausstrahlt. Wir Anwälte sind Organe der Rechtspflege. Und als solche unverzichtbar für den Körper des Rechtsstaats. Wir haben heute schon viel darüber gehört, dass ein ordentlicher Rechtsstaat sich seine Anwaltschaft etwas kosten lassen darf. So, wie ein Körper seine Organe mit Blut versorgt, muss auch der Rechtsstaat seine Organe der Rechtspflege ordentlich versorgen …«

Was redete Paul denn da? Das fiel ihm einfach so ein, ganz spontan. Aber es klang gut, fand er. Und zur Bestätigung erhielt er sofort Zwischenapplaus. Klare Sache, jetzt hatte er den Geschmack der Masse getroffen. »Aber es geht nicht um Geld! Nicht nur!« Sofort schwand die Begeisterung.

»Auch unsere Würde muss gewahrt bleiben! Unsere Berufsehre! Man bestimmt uns dazu, Grenzgänger zu sein. Wir sind quasi die Elitetruppen des Rechtsstaats. Uns setzt man gerne auch einmal hinter den feindlichen Linien ab. Aber wenn ein Soldat hinter den feindlichen Linien verloren geht, dann setzt die Armee Himmel und Hölle in Bewegung, um ihn da unversehrt wieder herauszuholen! Genau das erwarte ich auch vom Rechtsstaat, wenn ein Anwalt verloren geht!«

Die Gesichter sagten es deutlich: Die wussten nicht, was er von ihnen wollte.

»Auch wir Anwälte gehen manchmal verloren! Wenn wir ein besonders undankbares Mandat übernommen haben. Einen Kinderschänder verteidigen. Einen korrupten Politiker vertreten. Für einen Mafiaboss vor Gericht auftreten, einen in öffentliche Ungnade gefallenen Automobilkonzern oder eine Bank. Das ist eben unser verdammter Job!

Ja, mehr noch: Unser Standesrecht verbietet uns regelrecht, sogenannte schmutzige Mandate abzulehnen. Jeder hat in einem Rechtsstaat das Recht auf seinen Anwalt. Auch ein Axtmörder. Auch ein Heiratsschwindler. Auch der Vorstandsvorsitzende eines Waffenproduzenten, der die halbe Dritte Welt auf dem Gewissen hat. Wir Anwälte dürfen uns da nicht nur die Rosinen herauspicken. Manchmal setzt uns der Rechtsstaat also ganz tief hinter den feindlichen Linien aus, und dort sind wir dann ganz allein, mit unseren finsteren Mandanten! Mit so einem Auftrag macht man sich beileibe keine Freunde. Die Presse fällt über einen her, Heerscharen von selbst ernannten Aufrichtigen rufen dazu auf, uns zu steinigen, weil wir den Bösewichten helfen. Sie zeigen mit den Fingern auf uns, bespucken uns und bewerfen uns, im übertragenen Sinne, mit Scheiße. Shitstorm nennt man so was auf Neuhochdeutsch. Und wer hilft uns dann? Wer? Sagen Sie es nur, werte Kolleginnen und Kollegen! Niemand! Am Ende müssen wir befürchten, uns selber auch noch strafbar zu machen, oder schadenersatzpflichtig, nur weil wir versuchen, das Beste für unsere Mandanten herauszuholen. Aber genau das ist doch unser Job, oder etwa nicht?« Ohne dass er es geplant hatte, hatte Paul gerade damit begonnen, den fremden Anwälten da unten seine eigene Geschichte aufzutischen. Und wieder begann hier und dort Murmeln und Raunen. Paul erkannte sofort, dass er einen wunden Punkt getroffen hatte. Zustimmendes Nicken, Einzelne klatschten Beifall. Vermutlich hatten die auch schon einmal das Vergnügen genossen, einen Briefumschlag mit beschissenem Klopapier aus ihrer Kanzleipost zu fischen?

Paul war sehr aufgeregt. Das Blut pochte ihm in den

Schläfen. Er hatte noch mehr zu sagen! Er wollte! Aber jetzt plötzlich forderte die Natur ihren Tribut von Paul. Alkohol, Sexdrogen, Viagra, Adrenalin, Schlafmangel, die Kopfverletzung, seine stets unregelmäßige Ernährung, der Koffeinmissbrauch, zu wenig Flüssigkeit und ein knappes Dutzend Hähnchenkeulen … das war einfach zu viel für einen Vierunddreißigjährigen.

Und gerade, als Paul neue, starke Worte in die Menge schleudern wollte, begannen Lichtpunkte, vor seinem Auge zu tanzen … und dann wurde es trüb und immer dunkler. Es rauschte in Pauls Ohren, seine Knie wurden weich …

Paul klammerte sich an das Rednerpult … er kniff sein Auge fest zu, versuchte, ruhig zu atmen, sich zu konzentrieren. Kalter Schweiß stand ihm auf der Stirn. Dann spürte er es in seinem tiefsten Inneren, er spürte es mächtiger werden, spürte es in sich aufsteigen, spürte, wie er alle Gewalt darüber verlor. Der Speichel lief in Bächen in seinem Mund zusammen, Tränen schossen ihm ins Gesicht und dann …

Rechtsanwalt Paul Colossa warf seinen Oberkörper über das Pult und kotzte mit einem brüllenden Würgen einen gelbbraunen Schwall voll unverdauter Hühnchenbrocken in weitem Bogen in die erste Reihe des Publikums. Auch die zweite Reihe bekam noch was ab. Einzelne Tropfen flogen sogar weit darüber hinaus zu den Hinterbänken.

Aber Paul hörte das Kreischen nicht mehr. Das Aufjaulen des Mikrofons, das abgebrochen war, als Paul über das Pult gestürzt und dahinter auf den vollgekotzten Teppich gekracht war.

71 KILLERINSTINKT

Ich wünsche ihm einen unfähigen Arzt, der ihn mit einem dreckigen Skalpell aufschlitzt. Und dann sollte man ihn an seinen Gedärmen über seinem Bett aufhängen. 04:17

Déjà-vu?

»Alter, willst du nichts sagen? Ich glaube, ich würde Scheiße sagen oder so?« Attila hatte sein Gesicht mit den grünen Strahleaugen direkt über ihn gebeugt und grinste dämlich. Paul drehte den Kopf. Er erkannte das Krankenzimmer sofort wieder. Alles schon mal erlebt. Genau hier drin hatte er gelegen, als er das Auge verloren hatte. Oder sahen die Zimmer einfach alle gleich aus? Anders als beim letzten Besuch im Klinikum Neustadt hatte er diesmal leider eine ziemlich plastische Erinnerung an die letzten Momente bei vollem Bewusstsein. Amnesie kam leider nie dann, wenn man sie am dringendsten brauchte. Er würde sich bei der Rechtsanwaltskammer nie wieder blicken lassen können!

»Mein lieber Junge, Sie waren ja total dehydriert! Wir haben erst mal literweise Kochsalzlösung in Sie reingeträufelt, bis die Werte wieder normal waren!«

Bartholomäus. Er saß auf einem Stuhl neben Pauls Bett und lächelte. Wie hielten die zierlichen Stühle diesen Nilpferdmann nur aus?

Schön, dass scheinbar alle im Zimmer gut gelaunt waren. Paul war es nicht. Immerhin, er fühlte sich seltsam ausgeruht. Das Gefühl hatte er länger nicht gehabt. Er war bereit für die verschiedenen Hinrichtungen, die ihm drohten. Bereit, die letzten Schritte erhobenen Hauptes zu gehen, bis zum Schafott. Doch vorher musste er den Abschlussbericht schreiben. Eisenreich fiel ihm wieder ein. Paragraf hundertachtunddreißig … Dabei musste er auch an Hähnchenkeulen denken, und gleich machte sich ein sanfter Würgereiz bemerkbar.

Paul richtete den Oberkörper auf und stützte sich dabei auf den rechten Ellbogen. Wollte er jedenfalls. Aua! Das tat gemein weh! Er erinnerte sich. Nach dem Erbrechen war er gefallen. Auf den Arm.

»Da haben Sie sich eine kleine Prellung eingefangen«, kommentierte Bartholomäus. »Als Sie … vom Podium gestürzt sind. Aber Sie haben Glück gehabt. Nichts gebrochen.« Nein. Er hatte recht. Nur erbrochen.

Fräulein Christiane war auch da. Die wussten also über alles Bescheid. Jedes schäbige, peinliche Detail der heutigen Aktion würde ihn bis zum jüngsten Tag verfolgen. Wer war denn noch alles im Raum? Ein Riesenrummel in dem engen Zimmer! Frau Barbara stand an der Tür. Ihr grell geschminktes Gesicht wirkte ernst. Das passte. Paul hatte inzwischen eingesehen, dass diese Frau die vielleicht diskreteste Person war, der er bislang begegnet war. Eine erschreckende Erkenntnis für einen Volljuristen. Auch das quietschorangefarbene Spaghettiträger-Oberteil mit weißer Spitze passte zu ihr. Drunter trug sie wohl nichts? Die Nippel waren deutlich zu sehen.

Und dann war da noch …

Paul traf fast der Schlag. Auf der Fensterseite des Raums saß … das konnte doch nicht sein … Elvis Babik! Der schmierige, pummelige Glatzkopf mit dem roten Bärtchen. Der Herr des Shitstorms. Babik fühlte sich erkennbar unbehaglich.

Und wer war die Frau neben ihm? Die blonden Haare waren gefärbt, das sah man gleich. Die Frisur ging so knapp über die Ohren. Wie nannte man das, Bob? Gab es da nicht so einen wuscheligen Hund, der so ähnlich hieß? Das Gesicht war ein bisschen rundlich … es kam Paul bekannt vor, aber … nein! Nicht wirklich, oder …

Das war Kassandra! Pauls bösartige Ex-Freundin! Elvis Babik und Sandra saßen hier an Pauls Krankenbett? War er tot und in der Vorhölle gelandet? Welcher Arzt hatte das zugelassen? Das war der Genesung sicherlich ähnlich zuträglich wie radioaktiver Regen! Vielleicht war das hier alles gar nicht real? Einfach ein besonders widerlicher Albtraum?

Entsetzt blickte er Attila an. Der grinste weiterhin. »Ja, Alter, wie du siehst, haben wir heute … echt besonderen Besuch!«

Die Tür ging auf, beinahe hätte die Krankenschwester mit dem Tablett Barbara über den Haufen gerannt.

»Stellen Sie es einfach hin«, sagte Bartholomäus zu ihr. Dann goss er eine Flüssigkeit mit wenig angenehmem Geruch aus einer Thermoskanne in eine weiße Tasse und hielt sie Paul hin. »Fencheltee! Um die Innereien wieder einzurenken …«

Paul wollte nichts trinken, aber Bartholomäus hielt ihm die Tasse so lange unter die Nase, bis er nachgab. Es war viel zu heiß. Ungesüßt und bitter.

Also – was hatte es mit den beiden grässlichen Gestalten nun auf sich? Warum waren die hier?

Diesmal hatte Attila keine Gitarre zur Hand. Aber so ganz ohne Show konnte er eben doch nicht. Er ging um Pauls Bett herum und stellte sich hinter Sandra und Babik. Was Paul zwang, sich zu drehen und Sandra noch genauer anzuschauen. Sie hatte ziemlich zugelegt. Richtig mopsig war sie geworden. Und diese blonde Sechzigerjahre-Stewardessenfrisur sah beschissen aus. Schön. Paul hätte es nicht gefallen, wenn dieses Weib wie die Sonne gestrahlt hätte.

»Trolle …«, hob Attila im Ton einer großen Rede an, »Trolle leben in Bergwerken und greifen Hobbits an. Zum Glück sind die aber mit Mithril-Hemden geschützt …« Paul war beinahe bereit zu schmunzeln. Die meisten anderen im Raum blickten allerdings irritiert. »Alter, …«, versuchte Attila, seine Metapher zu erläutern, »… kennt keiner von euch *Herr der Ringe*? Als der Bergtroll zusammen mit den Orks in Moria Frodo fast absticht und der nur überlebt, weil er dieses unendlich wertvolle Panzerhemd trägt …?«

Keiner rührte sich. »Ach, flieht doch, ihr Narren«, zitierte Attila trotzig Tolkien noch einmal. »Also in Wirklichkeit gibt's Trolle natürlich nur im Internet. Und es ist sauschwer, sie zu jagen, und noch schwerer, sie zu kriegen. Sie schreiben ihre intriganten kleinen Hasskommentare, beleidigen, drohen und verleumden Leute. Sie provozieren und hetzen und spotten und schreiben einen falschen Namen drunter. Anonyme Arschlöcher, die das Schlechteste aussprechen, was Menschen so denken können.«

Paul sah in die Runde. Barbara und Christiane waren interessanterweise die beiden, die am heftigsten nickten.

»Wenn du Trolle am Arsch hast, dann bist du … ganz schön am Arsch …« Zweimal dieselbe Metapher … War das jetzt eine Tautologie oder ein Pleonasmus? … Attila war es egal. »Aber wenn so ein verfickter Troll nicht aufpasst, kann es in seltenen Ausnahmefällen passieren, dass man auch ihn am Arsch kriegt …«

Schön gesagt. Aber worauf wollte Attila hinaus? Es ging vermutlich um den Shitstorm, den Babik losgetreten hatte? Attila war ein großer Meister der Verwirrung. Oder Verwirrtheit? Jetzt wechselte er das Thema, noch bevor jemand sein seltsames Troll-Rätsel gelöst hatte.

»Im achtzehnten Jahrhundert war die Karibik verseucht von Piraten. Ihr wisst schon, Piraten der Karibik und so?« Attila verließ nun seinen Platz hinter den Stühlen von Sandra und Babik, was in beider Mimik eine gewisse Erleichterung auslöste. Er stellte sich ans Fußende von Pauls Krankenbett.

»Aber dann haben sie auf den Bahamas einen neuen Gouverneur eingesetzt. Und der hat die Piraten mit ihren Augenklappen alle ausgeräuchert und vertrieben. Was vielleicht auch daran lag, dass er eine persönliche Rechnung mit den Piraten offen hatte …«

Attila griente Paul jetzt direkt an. Ja, ja, das mit der Augenklappe hatte Paul schon kapiert. Das hatte ihm gegolten, aber …

»Der neue Gouverneur hieß Woodes Rogers …«

Holla, die Waldfee! Pauls ekelhaftester und penetrantester Troll hatte sich also den Namen eines berühmten Piratenjägers zugelegt! Na da hatte Attila tatsächlich eine spannende Überraschung ausgegraben.

»Jeder Troll hinterlässt eine Spur im Internet, wenn er

seine Dreckskommentare absondert. Und zwar hinterlässt er seine IP-Adresse …« Nun wanderte Attila wieder hinter Sandras und Babiks Stühle und zurück zum ursprünglichen Thema. Beide trauten sich nicht, sich zu ihm umzudrehen. »Die IP-Adresse kann aber leider nicht jeder sehen. Sehen kann die zum Beispiel nur jemand, dem der Troll eine E-Mail geschrieben hat. Wenn der Troll zum Beispiel einen Hasskommentar beim ›Newtown Blog‹ hinterlassen will, muss er sich da erst mal mit seiner E-Mail-Adresse anmelden.« Attila legte doch tatsächlich seine Hand auf Babiks Schulter! Und der wagte nicht, etwas dagegen zu unternehmen. Babik hatte wieder eines dieser kurzärmeligen, karierten Hemden an. Jetzt bemerkte Paul auch, dass im Raum ein ekeliger Gestank nach alten Kippen hing. Den dünstete bestimmt Babik aus. Wobei man neuerdings auch Attila diesbezüglich im Verdacht haben konnte.

»Wenn nun jemand den ›Newtown Blog‹ von Elvis Babik … sagen wir … übernehmen würde …«, Attila legte jetzt die andere Hand auf Babiks andere Schulter, »… dann könnte er die E-Mail sehen, mit der sich Woodes Rogers dort angemeldet hat, um seine Trollkommentare zu posten. Aber das hilft einem natürlich nur begrenzt weiter. Denn nur mit einem gerichtlichen Beschluss kann man rausfinden, wer genau der Anschlussinhaber ist, der hinter einer IP-Adresse steckt …«

Er sah Paul bedeutungsschwer an. Ja? Und weiter?

»Aber auch ohne Gericht kann man herausfinden, wo der Troll seine Höhle hat. Ungefähr jedenfalls. Und da hat doch tatsächlich ein neugieriger IP-Adressen-Sucher herausgefunden, dass die IP-Adresse unseres Trolls irgendwo so grob in den Bereich Zeppelinstraße in München passt.«

Das saß! Jetzt endlich hatte Paul begriffen, was hier los war. Zeppelinstraße? Da war seine alte Wohnung! Die Wohnung, in der jetzt die bösartige Kassandra allein hauste. Und das bedeutete: Kassandra war Woodes Rogers! Natürlich! Daher all das Detailwissen! Und was sie nicht selbst über Paul gewusst hatte, das hatte Attila ihr in der kurzen Zeit erzählt, als die beiden zusammen waren. Daher diese Penetranz! Und sie hatte es Attila ja ausdrücklich angedroht, dass sie sich rächen würde! An ihnen beiden.

Wut durchströmte Paul. Gab es eigentlich noch Bettpfannen? So eine hätte er Sandra jetzt gern ins Gesicht geschleudert!

»Spinnst du?«, brüllte er sie stattdessen an. »Wegen dir haben die … jemand hat Oscars Grab geschändet, du … blöde …«

Alle waren ganz still. Kassandra hatte Tränen in den Augen. Das war möglicherweise ihre Rettung. Paul hatte Beißhemmung bei Frauen, die weinten. Ganz gleich, ob die Tränen echt waren oder eher krokodilartig. Letzteres musste man bei Kassandra immer in Erwägung ziehen.

Wer übrigens keinerlei Probleme mit Sandras Tränen hatte, das war Fräulein Christiane. Paul erkannte erst gar nicht, was es war, das da über seinen Kopf hinweg geflogen kam. Ah, es war das Handtäschchen, das Christiane bei der Versammlung der Rechtsanwaltskammer dabeigehabt hatte. Wirkte ziemlich schwer! Als es Sandra mit großer Wucht am Kopf traf. Der Aufprall verursachte ein sattes Geräusch. Sandra hatte noch vergeblich versucht auszuweichen. Dann aber bekam sie rückwärts Übergewicht, streckte ihre schwarzen High Heels weit hoch in die Luft, ruderte noch ein- oder zweimal mit den Armen und knallte schließlich samt Stuhl laut krachend rückwärts auf den Boden.

Paul erinnerte sich daran, wie er Abstreiter das Buch an den Kopf geschleudert hatte. Der war genauso weggekippt. Und als Rutland seinen Ordner beim Dirigieren geschleudert hatte …

Attila blieb übrigens völlig ungerührt hinter Babiks Stuhllehne stehen und blickte, die Hände weiter auf Babiks Schultern, mitleidslos auf Kassandra hinunter. Dafür war Bartholomäus aufgesprungen. Klar, der hippokratische Eid galt ohne Ansehen der Person.

»Du lieber Gott …«, stöhnte er. Dabei hatten sie es doch hier wohl eher mit dem Beelzebub zu tun? Christiane war zum Werfen aufgestanden. Anstatt nun allerdings ihrem Opfer mit Bartholomäus gemeinsam zu helfen, was ein guter Verteidiger vielleicht noch als »strafbefreienden Rücktritt vom Versuch« hingebogen hätte, nahm sie mit einem durchaus selbstgefälligen Gesichtsausdruck wieder auf ihrem Stuhl Platz.

Passend dazu Attila: »Kassandra ist extra heute aus München zu uns gekommen, weil sie sich entschuldigen möchte. Und sie möchte Paul darum bitten, sie nicht anzuzeigen, wegen der gravierenden Straftat, die sie mit ihren Trollspielen verwirklicht hat. Und vor allem möchte sie Paul bitten, sie nicht zu verklagen. Weil sie sonst alles verliert, auch Pauls Wohnung. Und sie muss dann auch Privatinsolvenz anmelden, und dann ist sie auf ewig rot bei der Schufa und kriegt nie wieder einen Kredit bei der Bank oder einen Handyvertrag oder einen festen Job … wegen … ehm … Paragraf … äh … neunhundertzweiundsechzig … BGB …« Attila blickte Paul Hilfe suchend an und hob die

Augenbrauen dramatisch. Was wollte er nur damit sagen? Paragraf 962 BGB: Das Recht des Eigentümers eines Bienenschwarms, diesen auf das Grundstück des Nachbarn zu verfolgen? Das war einer dieser Ulkparagrafen, die man sich schon im ersten Semester merkt. Paul konnte nicht anders, er musste schmunzeln. Attila hatte einfach aufs Geratewohl eine Zahl geraten, einen Paragrafen erfunden, um anzugeben. Er pokerte, um Kassandra besonders glaubwürdig einzuschüchtern. Eigentlich gar keine schlechte Idee, denn dadurch, dass Kassandra gerade tätlich angegriffen worden war und sich sogar möglicherweise verletzt hatte, war ihre Verhandlungsposition jetzt natürlich deutlich besser geworden, als sie es zu Anfang gewesen war. Was war schon ein bisschen Shitstorm gegen eine astreine gefährliche Körperverletzung mit einer Handtasche?! Attila tat das hier also nicht nur, um Paul zu rächen, sondern auch, um Fräulein Christiane den Hals zu retten.

»Ja …«, log Paul deshalb nun tapfer mit. »Der BGH hat kürzlich … wegen neunhundertzweiundsechzig … gegen einen Troll eine Millionenstrafe bestätigt …« Er musste aufpassen, nicht zu grinsen, bei der Vorstellung, wie fünf Karlsruher Richterinnen und Richter in roter Robe einen bienenjagenden Internettroll verurteilten.

Bartholomäus stellte Sandras Stuhl wieder auf und half ihr vom Boden hoch. Während sie laut schluchzend Platz nahm, betastete er vorsichtig ihren Hinterkopf.

»Bitte … es tut mir wirklich so leid …«, jammerte sie, und breite schwarze Tränenspuren vernichteten ihr Make-up. »Ich wollte nicht … ich hatte doch nie erwartet, dass so etwas Furchtbares …« Jedenfalls waren die Tränen echt. Schmerz hat etwas ungeheuer Wahrhaftiges an sich.

»Wenn ich gewusst hätte, dass diese Leute … wenn ich es wiedergutmachen kann … oh, bitte, Paul …« Sie jaulte laut auf.

Das war eine schwierige Situation, die Paul noch nicht erlebt hatte. Bisher war es immer so gewesen, dass *er* der Bittsteller gewesen war und Sandra anflehte. Nicht umgekehrt. Ob er abends mal mit Freunden ein Bierchen trinken darf. Ob sie endlich mal nicht nur in Südtirol Urlaub machen könnten. Ob er noch ein wenig länger wach bleiben darf, bis die tolle Dokumentation über den Münchener Gipfel 1938 vorbei ist. Aber so war das im Leben. Eines Tages werden die Letzten die Ersten sein. Die Söhne werden zu Vätern. Die Jungen müssen sich plötzlich um die Alten kümmern. Und Kassandra flehte jetzt Paul an. Gutes Gefühl.

Dummerweise war Paul Anwalt, nicht Richter. Er stand gewohnheitsmäßig und von Berufs wegen den Schwachen zur Seite. Den Flehenden. Als Anwalt besaß er die besondere Gabe, sich in Menschen hineinzuversetzen. In beinahe jede Art von Mensch. Auch in Kassandra. Und er verstand im hintersten Winkel seines vergrämten Herzens sehr wohl auch, warum sie so verbittert war. Warum sie bereit gewesen war, ihm das anzutun. Immerhin hatte er ihren Lebensentwurf über den Haufen geworfen, als er von heute auf morgen München verlassen hatte und damit auch sie. Paul begriff sogar, wie es hatte passieren können, dass Sandra die Kontrolle über ihren Rachefeldzug verloren hatte. Man verlor so leicht die Kontrolle! Das Leben war verdammt kompliziert.

»Bitte … Paul … Du kennst mich doch …«

Ja, schon. Genau das war das Problem. Genau deshalb

fand Paul, bei aller Empathie, dass diese böse Kreatur, die da gerade vor seinem Auge in Selbstmitleid zerfloss, für die abartige Hetzkampagne bestraft werden musste, die sie gegen ihn entfesselt hatte. Die Angriffe auf seine Wohnung. Auf seine Kanzlei. Auf seinen Beruf und seinen guten Ruf. Kassandra hatte zu nichts weniger aufgerufen, als ihn zu töten! Sie musste, bei allem Mitleid, unbedingt bestraft werden.

Aller Augen ruhten auf Paul. Wie würde also sein Urteil lauten?

»Dafür, dass du mir das angetan hast, musst du …«, Paul schossen wirre Bestrafungsfantasien durch den Kopf. Wie Sandra nackt, geteert und gefedert an der Isar entlangrennt, verfolgt von einer Horde johlender Trolle mit knallenden Peitschen und wüsten Perchtenmasken. Richtige, echte Trolle. Wo kamen solche Bilder nur her? Und als er sie sich nackt vorstellte, da rührte es sich doch tatsächlich in seiner Hose … nein, sofort Schluss damit!

»Du musst in Zukunft für die Wohnung Miete bezahlen!« Er brüllte sie fast an. »Und jetzt will ich, dass du sofort gehst!« Gut gemacht, Paul. Aber nein, bitte nicht, da lag noch etwas anderes auf seiner Zunge und wollte raus. Paul konnte einfach nicht anders … er versuchte, es mit ganzer Macht zu unterdrücken, wie einen Niesreiz, aber zu lange hatte ihn diese Frau erzogen und dressiert … er musste es einfach sagen: »Es tut mir leid … «

Verdammt. Das war ihm rausgerutscht.

Bartholomäus begleitete die schluchzende Kassandra aus dem Zimmer. Paul blieb zurück. Mit einem durchaus guten Gefühl. So ähnlich hatte sich Siegfried bestimmt gefühlt. Als er auf Barbaras Buntglasfenster im Obergeschoss der Kanzleivilla den leidigen Lindwurm gepfählt hatte.

»Und warum ist er hier?«, fragte Paul als Nächstes, mit schnodderigem Ton in Babiks Richtung, blickte dabei allerdings sorgfältig nur Attila an.

Jetzt kam Frau Barbara von ihrer Position an der Tür herüber und setzte sich auf den leeren Platz, den Sandra hinterlassen hatte. Sie wandte sich Babik zu und nahm seine Hände in ihre. Und das, während Attila immer noch dessen Schultern väterlich berührte! Ein denkwürdiges Schauspiel. Ein wenig so, als würden die beiden ihren todkranken Opa im Altersheim besuchen. So ähnlich schaute Babik übrigens tatsächlich aus der Wäsche.

»Der Herr Babik hat bei der Polizei Anzeige gegen unbekannt erstattet. Jemand hat ihm nämlich den ›Newtown Blog‹ ausgeknipst.« Man merkte richtig, wie sehr Attila diese ganze Inszenierung genoss. Zu Recht! Er hatte sich wirklich große Mühe gegeben! Jetzt begriff Paul auch, warum er in den letzten Tagen andauernd weg gewesen war.

»Der Herr Babik hat bei der Polizei ausgesagt, dass er glaubt, dass dahinter entweder der Rechtsanwalt Colossa steckt oder die Leute vom Schloss Hirschenhaid …«

Frau Barbara streichelte Babik über die fettig glänzende Glatze.

Attila grinste und fuhr fort: »Aber der Herr Babik weiß natürlich, dass weder der Rechtsanwalt Colossa noch jemand oben im Schloss technisch dazu in der Lage wäre, einen Blog zu hacken. So was können nur total ausgefuchste, krasse Typen aus der Darknet-Unterwelt …«

Attila massierte Babiks Schultern. »Außerdem hat sich der Elvis Babik schon auch geschämt, weil er den fiesen Troll Woodes Rogers und viele andere fiese Trolle auf den armen Rechtsanwalt Colossa gehetzt hat, und der Elvis

Babik weiß schon auch, dass er deshalb selber schuld ist, dass sein mieser kleiner Blog plattgemacht werden musste.«

Unglaublich, Babik glotzte wie ein Lämmchen beim Schlachter. Hatten die ihm was eingeflößt? So wie bei Biermordts Kampfhund?

»Wir haben mit dem Herrn Babik geplaudert, die Barbara und ich, und wir haben herausgefunden, dass der eigentlich einen ganz weichen Kern hat, unter seinem knallharten Enthüllungsjournalistenpanzer. Und dieser weiche Kern, der war total traurig in letzter Zeit. Und genau wie die bösen Trolle hat der Elvis Babik auch nur wegen dieser großen Traurigkeit in ihm drin diese schlimmen, hässlichen Kommentare verfasst. Das hat er uns erzählt.«

Es war wie in einem furchtbar schlechten, sehr unterhaltsamen Film. Paul war gespannt, was jetzt kommen würde. Offensichtlich hatte Attila sich auch hier große Mühe gegeben. Ja, das hatte Attila in der Tat.

»Der Herr Babik hat uns erzählt, der Barbara und mir, dass er nur deshalb so furchtbar melancholisch ist, weil er …«

Dramatische Pause …

»… schon ewig nicht mehr ficken durfte.« Man hörte im Raum ein kollektives Ausatmen. Paul hatte gar nicht bemerkt, dass auch Bartholomäus schon wieder hereingekommen war. Der prustete und hielt sich rasch die Hand vors Gesicht.

»Früher nämlich, da durfte der Elvis Babik zweimal im Monat, meistens am Samstagvormittag, bei sich daheim im Kinderzimmer ficken … weil der Elvis Babik leistet nämlich noch seiner Mama Gesellschaft … also er durfte bei sich im Kinderzimmer die Barbara ficken. Das hatte der

Dr. Colossa erlaubt. Und im Gegenzug hat der ›Newtown Blog‹ den Oscar nicht mehr genervt.«

Wieder dieses ungläubige Atmen um Paul herum. Nur Paul war nicht überrascht. Dieses Geheimnis kannte er ja bereits von Barbara selbst, wenn auch nicht mit solch pikanten Details ausgeschmückt.

»Und dann ist der junge Colossa plötzlich gekommen und hat gesagt: Alter, Schluss mit dem Rumgeficke. Und er hat der Barbara ihre Berufsausübung einfach verboten. Weshalb der Babik plötzlich samstags nicht mehr auf die Barbara draufgedurft hat. Drum war der Babik auch so sauer und hat dem Paul Colossa einen fetten Shitstorm besorgt. Aber der ist ihm dann ein bisschen aus dem Ruder gelaufen, und er war sogar fast ein wenig froh, dass die ausgefuchsten krassen Typen aus der Darknet-Unterwelt den Sturm für ihn gestoppt haben.«

Jetzt drehte sich Babik zu Attila um und wollte erkennbar widersprechen, doch Barbara legte ihm besänftigend den Zeigefinger auf die Lippen und machte »Psssst«.

Dann sprach sie, mit ihrer unglaublich melodischen Stimme, weiter. »Und jetzt haben wir mit dem Elvis zusammen überlegt, dass wir am liebsten alle dafür sorgen würden, dass diese ganze unschöne Sache vorbei ist. Der Elvis bekommt seinen Blog zurück, und dafür hat er uns versprochen, dass er ab jetzt keine hässlichen Sachen mehr über den Rechtsanwalt Colossa schreibt, gell …?« Sie blickte Babik tief in die Augen, und der lächelte debil zurück. Geilheit ist so peinlich.

»Und als Gegenleistung darf er mit mir …« Wieder das kollektive Atmen im Zimmer. »Aber nur ein Mal! Dann suchst du dir mal eine richtige Freundin!« Babik hatte jetzt ein Dauergrinsen aufgesetzt. Was helfen alle zivilisatorischen Fortschritte der Menschheit – am Ende läuft alles nur auf das eine hinaus. Und aufs Fressen. Fressen und Ficken. Wenn man in der galaktischen Enzyklopädie unter »Planet Erde« nachblättern könnte, dann wären das sicher die beiden Schlagworte. Und daneben ein Bild von Babik. Oder einer Amöbe. Was bei diesem Gesichtsausdruck kaum einen Unterschied machte.

Fragte sich nur, wie das mit dem Blog funktionieren sollte? Der war ja futsch! Das musste doch sicher alles völlig neu programmiert werden? Und das kostete doch eine Menge Geld? Babik würde komplett von vorne anfangen müssen. Das hätte er doch auch ohne Attilas Hilfe gekonnt? Ohne dass Barbara mit ihm in die Falle stieg … wofür indirekt sicher Paul in irgendeiner Weise würde bezahlen müssen! Oder sollte er etwa den Neustart des Blogs auch bezahlen? Was hatte er dann eigentlich davon?

»Der ›Newtown Blog‹ wird übrigens nicht nur nichts Negatives über Paul mehr berichten, nein, der Herr Babik wird der Polizei auch mitteilen, dass alles ein riesiger Irrtum war und sein Blog wegen einer technischen Panne abgestürzt war«, beantwortete Attila die unausgesprochene Frage.

Gut, jetzt leuchtete Paul ein, dass er davon tatsächlich profitieren würde. Wobei, streng genommen, er ja gar nichts mit dem Hack zu tun gehabt hatte …

»Zufällig fügt es sich nämlich so, dass der ›Newtown Blog‹ in Wahrheit nie wirklich gelöscht wurde! Er wurde eher, sagen wir … gekidnappt.« Erläuterte Attila. »Von irgendeinem ausgefuchsten krassen Typen aus der Darknet-Unterwelt. Und der muss jetzt eigentlich nur auf einen

Knopf drücken und schon strahlt die große, bunte Babik-Welt wieder im alten Glanz …«

Paul war ein bisschen beeindruckt. Attila hatte ihm also tatsächlich den Troll und den Blogger gleichzeitig vom Hals geschafft? Und damit auch noch einen Punkt in der Anklage der Staatsanwaltschaft gestrichen! Gab unterm Strich vielleicht ein Jahr weniger Knast?

Jetzt mischte Bartholomäus sich ein: »Eigentlich wollte ich den Rest erledigen, reinen Tisch machen, die Verantwortung übernehmen … wie sich das gehört … allein schon wegen Oscar … ich kann ja seinen Sohn nicht hängen lassen …«

Paul zuckte zusammen. Aber niemand schien sich daran zu stören, dass der Arzt unter Missachtung seiner Schweigepflicht gerade freiweg ausgeplappert hatte, dass Onkel Oscar gar nicht sein Onkel, sondern … Wussten es am Ende alle? Jetzt wusste es auch Babik.

Draußen vor dem Fenster ertönte ein kurzes Tatü-Tata, und im Gang vor der Tür hörte man Schritte. Bartholomäus zog sein Smartphone aus der Tasche seines weißen Kittels und warf einen Blick darauf. Unfassbar eigentlich, dass sie Paul schon wieder hierhergebracht hatten, statt in eine der Medizinhochburgen in Nürnberg oder Erlangen, die viel näher gelegen hätten. Und viel besser ausgestattet waren. Wenn es um Paul ging, stand die optimale Gesundheitsvorsorge wohl nie an erster Stelle? Wer entschied das eigentlich?

»Aber es ist wie in der Chirurgie … es gibt immer den … eleganteren Weg. Weniger blutig, minimalinvasiv …«

Wovon redete Bartholomäus?

»Ich habe Ihren Kollegen Attila quasi in dieser Sache um ein Konsil ersucht …« Bartholomäus wirkte gut gelaunt.

Wenn Paul Arzt wäre, Klinikchef, so wie dieser Mann, dann wäre Attila in chirurgischen Fragen nicht seine erste Wahl. Auch nicht die zweite! Aber gut …

»Ich habe ihn also gefragt: Wie können wir das gesammelte Wissen über die Missstände im KIR den Ermittlungsbehörden zugänglich machen, ohne dass ich mich den Behörden opfern … ohne zu heftige Kollateralschäden zu verursachen …«

Ach was? Da war dem Bartholomäus wohl auf den letzten Metern das Heldentum doch noch abhandengekommen. Aber als sein anwaltlicher Berater musste Paul ihm da ziemlich schwarze Karten auf den Tisch legen! Und Attila mochte in Fragen der Schwerenöterei eine ausgewachsene Koryphäe abgeben, aber der Schlamassel, in den der Herr Doktor sich und nebenbei auch Paul gebracht hatte, war quasi eine unheilbare Erkrankung. Ein nicht therapierbarer Tumor. Hirntod. Da konnte auch kein Attila, ja erst recht kein Attila, mehr helfen. Ausgerechnet Attila! Absurd!

»Die Sache wird so laufen …«, dozierte Bartholomäus im Stil einer Chefarztvisite. »Sie werden Ihren Bericht schreiben. Einen umfassenden. Einen schonungslosen. Einen detaillierten Bericht über die Situation im KIR …«

»Entschuldigen Sie, Herr Dr. Bartholomäus …«, intervenierte Paul, nun ansatzweise entnervt. Es war genug Show, die wussten alle nicht, wovon sie hier sprachen …

»Pssst!«, zischte Fräulein Christiane Paul an. Ja, waren hier denn alle …?

»Nun ist es sicherlich Ermessenssache, wie Sie die konkrete Rolle meiner Wenigkeit und auch Ihre Situation im Bericht formulieren wollen …«

Hatte Bartholomäus noch alle Pillen in der Dose?

»Vielleicht könnten wir das besprechen, ohne dass Babik …«, versuchte Paul erneut, seine völlig enthemmte Entourage zur Vernunft zu bringen.

»Aber nein, ohne den geht's doch gerade nicht …« Bartholomäus jubelte regelrecht. Dem hatten sie ganz sicher ein Muskelrelaxantium direkt ins Gehirn gespritzt!

»Babik wird den Bericht ja auf dem ›Newtown Blog‹ veröffentlichen!«

Ja, das Mittel hatte die Birne schon ganz weich gemacht. Paul war jetzt wirklich sauer.

»Sie wissen doch überhaupt nicht, wovon Sie da reden, Mann!«, schrie er Bartholomäus unvermittelt an. »Das, worüber Sie da gerade freimütig plaudern, ist ein vertraulicher, geheimer Untersuchungsbericht, der nach klaren Vorgaben im Rahmen eines Mandatsverhältnisses zu fertigen ist. Und zwar einzig und ausschließlich für meinen Mandanten! Das KIR! Niemand sonst wird den sehen, niemand wird sich einmischen, was da drinstehen darf! Ihr habt doch alle überhaupt keine Ahnung! Ihr habt keinen Schimmer, was Anwälte tun! Was das bedeutet! Wenn dieser Bericht nicht … nicht korrekt gemacht ist. Wenn er in falsche Hände gerät, das ist Vertragsbruch! Geheimnisverrat. Die zahlen mir mein Honorar dann einfach nicht! Und … die verklagen mich bis auf die Knochen! Strafbar ist das auch! Ist nicht so, als ob Lieschen Müller ein Geheimnis ausplaudert. Das kostet mich meine … Scheißanwaltszulassung …« Paul drehte sich in Richtung Christiane, die ihn skeptisch anblickte, durchaus in geduckter Stellung. »Das ist dann ein Fall für den Herrn Professor Wiegand! Und unser guter Ruf, unser guter Ruf, der ist dann beim Teufel!« Er drehte sich wieder zu Bartholomäus zurück. »Und ganz sicher wird Babik …«, Paul spuckte richtig, als er den Namen herausplärrte, und Babik zuckte dabei ängstlich zusammen, »… dieses Dokument als allerletzter Mensch auf der ganzen Welt von mir zu sehen kriegen und wenn ich es auffressen muss, und erst recht wird er es nicht auf seinem …« Jetzt kam wirklich jede Menge Spucke heraus, und Wut, die sich da seit geraumer Zeit aufgestaut hatte, wie Eiter in einer Wunde, über der sich eigentlich schon die Haut geschlossen hatte, »…: auf seinem … gottverdammten, beschissenen, illegalen Drecks-Provinz-Internetportal! Wisst ihr überhaupt, wer dieser Mann ist!? Und wegen dem soll ich meine Zulassung verlieren? Damit Herr Doktor Bartholomäus sauber aus der Nummer rauskommt? Spinnt ihr denn alle?«

Jetzt hatte er gleich mehrere Leute bei der Ehre erwischt. Bartholomäus holte schon Luft, doch Babik war noch schneller von seinem Stuhl aufgesprungen. Es war alles wie bei einem Kammertheaterstück, bei dem jeder mal was sagen durfte. Der zünftige Krankenhausstadel. Aber ganz klar war es noch nicht: Komödie oder Tragödie? Denn der herumplärrende Paul in seinem Bett hatte eines dieser geblümten Nachthemden an und trotz Augenklappe, oder gerade deswegen, wirkte er nicht wirklich Ehrfurcht einflößend.

»Herr Colossa …«

Erfreulich, dass Babik ihn ausnahmsweise nicht Dr. Hook nannte!

»… ich habe durchaus Verständnis für Ihre Wut. Das glauben Sie mir jetzt vielleicht nicht. Aber ich kann mir das alles wunderbar anhören, was Sie da herumschreien, ohne dabei die Fassung zu verlieren. Und was immer Sie glauben … also Sie glauben doch nicht ernsthaft, dass mein journalistisches Engagement damit steht und fällt …«, jetzt wurde er rot, »… ob ich mit Barbara … also das können Sie vergessen!« Er atmete kurz durch und warf einen verstohlenen Blick auf Frau Barbara. Hatte er Angst, sie beleidigt zu haben? »Sie wissen ganz genau, dass das, was die da in diesem Internat veranstalten, ein so dermaßen krasser Skandal ist … also, das hat mit schwarzer Pädagogik gar nichts mehr … so was hat es überhaupt noch nicht gegeben! Höchstens bei den Nazis vielleicht in ihren komischen Napola-Internaten …«

»Was hat das mit mir zu tun?«, warf Paul trocken ein.

»Sie machen gemeinsame Sache mit diesen …«, erwiderte Babik, heftig schnaufend.

»Ihre Schlussfolgerung, wes Brot ich ess, des' Lied ich sing, die ist einfach vermessen und in gewisser Weise auch naiv. So stellt sich der Herr Babik und seine Gefolgschaft die böse Welt halt vor, nicht wahr? Das, was Sie Verdachtsjournalismus nennen, ist eine Mischung aus Schlamperei und Hexenjagd. Wenn Juristen genauso schlampig arbeiten würden wie Sie, dann gute Nacht, Rechtsstaat!«

Paul wusste selbst, dass er da ganz schön große Töne spuckte. Er wusste genau, dass der selbst ernannte Journalist da vor ihm auf dem Krankenzimmerstuhl mit seinem »Verdacht« ganz nah an der Wahrheit lag. Noch hatte Paul nichts geschrieben. Es gab noch keinen Untersuchungsbericht des Sonderermittlers. Aber Paul hatte keinen Millimeter Spielraum! Natürlich musste er mit diesen Schweinepriestern gemeinsame Sache machen! Dazu hatte er sich vertraglich verpflichtet. Außer … Paragraf hundertachtunddreißig … Aber Eisenreich hatte leicht reden. Vor Gericht und auf hoher See, da ist man in Gottes Hand! Das war die einzige verbindliche Wahrheit! Ob Stahls Knebelvertrag sittenwidrig war, das entschied am Ende vielleicht nach Jahren des Streitens das Oberlandesgericht Nürnberg oder sogar der BGH. Und die waren dermaßen rechtskundig, dass man am Ende vor lauter Weisheit und Logik der höchstrichterlichen Urteilssprüche den Sinn gar nicht mehr begriff. War dann aber auch nicht nötig. Ende der Fahnenstange. Wenn der BGH sagt: Der Himmel ist so rot wie unsere Roben, dann konnten Galilei und alle Astronomen und Meteorologen der Welt das Gegenteil so lange postulieren, wie sie wollten. Juristisch gesehen war dann der Himmel eben rot! Und ob der Stahlsche Knebelvertrag wirklich sittenwidrig war? Oder vielleicht doch auch einfach nur rot?

Trotzdem fühlte es sich für Paul gut an, was er zu Babik gesagt hatte. Hier hatte einer, der in der richtigen Ecke stand, einem, der in der falschen Ecke stand, die Leviten gelesen. Und Babik strahlte tatsächlich einen Hauch von Verschämtheit aus. Hatte Paul also ebenfalls beinahe ins Schwarze getroffen?

»Wenn Ihr Bericht tatsächlich so seriös ist, wie Sie behaupten …«, versuchte Babik es jetzt mit einer starken Kreidenote in der Stimme, »… dann weiß ich genau, was da drin stehen muss …«

»Nichts wissen Sie!«, unterbrach Paul ihn trotzig.

Babik ging allerdings nicht darauf ein. »Und wenn Sie einen Funken Anstand besitzen, dann lassen Sie denen das nicht durchgehen. Anwaltliche Schweigepflicht hin oder her. Das ist einfach eine Frage des Charakters!«

»Ach, was wissen Sie schon von Anstand!«, ätzte Paul.

»Aber ich verstehe natürlich die Bredouille, in der Sie

sich befinden …«, argumentierte Babik ganz ruhig und sachlich weiter.

Paul hatte schon an seinen Schmähschriften gemerkt, dass dieser Mann alles andere als ein Dummkopf war. Was ihn nicht sympathischer machte. Im Gegenteil.

»Wie der Herr Doktor schon angedeutet hat, gibt es aber möglicherweise einen eleganten Weg, wie wir alle aus dieser Sache herauskommen könnten … und jeder hätte etwas davon …«

Schon der Gedanke an einen Deal mit Babik war Paul zutiefst zuwider. Aber … audiatur et altera pars … anhören konnte er sich die andere Seite zumindest einmal.

»Angenommen …«, fuhr Babik fort und kam jetzt näher an Pauls Bett, wobei er gleichzeitig die Stimme etwas senkte, »… angenommen, Sie hätten diesen sagenhaften Abschlussbericht gerade eben fertig geschrieben und plötzlich würde ein … wie sagt Ihr Freund doch … ausgefuchst krasser Typ aus der Darknet-Unterwelt sich in Ihren Computer hacken und den Bericht … illegal downloaden? Und angenommen, dieser Darknet-Hacker-Typ hätte eine Schwäche für unabhängigen lokalen Enthüllungsjournalismus … und der ›Newtown Blog‹ käme auf diesem Weg an das Material und würde es veröffentlichen?«

Pauls Stirnfalten kräuselten sich erbost. »Erstens mal würde man mich allein schon dafür haftbar machen, dass ich meine Daten nicht ausreichend gesichert habe, sonst käme ein Hacker da gar nicht dran. Und zweitens würden Sie sich vermutlich strafbar machen, wenn Sie Sachen veröffentlichen, die … ja letztlich eigentlich gestohlen wurden!«

Jetzt mischte Barbara sich ein: »Zufälligerweise ist unser

System in der Kanzlei seit heute Mittag auf dem absolut allerneuesten Stand, was IT-Sicherheit betrifft. Ein …«, sie kicherte, »… ausgefuchster, krasser Typ aus der Darknet-Unterwelt, ein Syrer, der zufällig für ein renommiertes EDV-Technikhaus in München zu arbeiten scheint, hat uns per Fernwartung eine absolut undurchdringliche Firewall aufgespielt. Es wäre regelrecht unerklärlich, wenn sich da ein Hacker durchmogeln könnte …« Wieder kicherte sie.

»Und was die Frage betrifft, ob ich das Material veröffentlichen darf … zerbrechen Sie sich meinen Kopf nicht deshalb. Sie wissen doch, ich habe ganz exzellente Anwälte …«, ergänzte Babik. Wie schmierig das aussah, wenn Babik zwinkerte.

Wieder einmal sahen alle auf Paul. Er seufzte.

⑫ SIXTYNINE

> Man muss diesen Rotz konsequent entsorgen. Alles weg, bis nichts mehr davon übrig ist. Das nennt man deutsche Gründlichkeit. 01:26

Freitagabend. Als Gott die Welt erschuf, war es in Wahrheit doch eigentlich nicht der Sonntag, den er zum Fest gestaltete. Insgeheim war der Wochenhöhepunkt der Freitagabend. Der Wochen Mühe war bewältigt, und das ganze lange Wochenende hatte Gott noch vor sich. Ganz gleich, wie lange er am Freitagabend mal wieder feiern würde, am Samstag war Ausschlafen erlaubt. Freitagabend, das war, als sei die Zeit kurz stehen geblieben. Der »Was kostet die Welt«-Tag!

Aber das alles galt nicht für Paul. Nicht heute. Mitternacht lief die vertraglich festgeschriebene Frist zur Abgabe des Sonderberichts ab, und was er bisher geschrieben hatte, dafür gab es bestimmt noch keine Fleißpunkte.

Paul war allein in der Kanzlei. Allein in der Villa. Alle ausgeflogen. Er saß an Oscars mächtiger Schreibtischplatte. Er blickte auf das Nachmittagssommerlicht, das auf den Bücherrücken flimmerte. So viele Bücher. Wo hatte Oscar die nur alle hergeschafft über die Jahre? Paul war müde. Nein, mehr als müde, er war wirklich erschöpft. Beinahe der Last des Lebens ein wenig überdrüssig. Wozu? Hätte Paul Töchter und Söhne gehabt, eine Partnerin, Familie, gut. Dann hätte sein Leben einen äußeren Rahmen gehabt, der die Frage nach dem Sinn von selbst beantwortete. Ein Vater schützt und ernährt Frau und Kinder. Egal, ob müde, genervt und unmotiviert. Die Natur hätte ihn dann schon angetrieben. Nicht aufgeben. Die Brut nicht im Stich lassen. Aber so? Das Leben hatte ihn in die Ecke gestellt. In die Ecke gedrängt. In die Falle. Er war so jung schon gescheitert. Und hatte überdies auch noch alles falsch gemacht. Er musste an Kassandra denken. Wie sie weinend von Bartholomäus aus dem Zimmer geführt wurde. Er war nicht glücklich gewesen mit ihr in der Wohnung in der Zeppelinstraße, nein. Aber sie hätten Kinder haben können, und an diese hätte Paul seine Gene weitergegeben. Natürlich auch Kassandras Gene, die verderbten. Aber immerhin, er wäre nicht einfach so von der Ewigkeit ins Universum hinausgeweht worden! Oscar hatte schon gewusst, warum er das heimlich schnell erledigt hatte. Hatte sich mal eben kurz in Paul verewigt. Wie ein Graffitisprayer hatte er bei Nacht und Nebel »Paul« an die Mauer des Kosmos gesprüht. Und »Oscar« gemeint. Das sollte seinen Tod überdauern. Ihn unsterblich machen. Aber jetzt verblasste er bereits. Jetzt war mit Paul auch Oscar gescheitert. Schlussendlich war die ganze Familie Colossa mit ihrem letzten lebenden Spross in die Sackgasse geraten. Oscars prachtvolle Gene steckten hier nun am Schreibtisch fest. Alles umsonst. Am Bildschirm hing ein gelber Zettel: »Neuer Code: 2#dEfT§ 23r5V@!§ 331Ww!« Super. Der war sicher nicht zu knacken. Und man konnte ihn sich so einfach merken!

Die Müdigkeit war nicht zu ertragen. Vielleicht ein Espresso? Paul ging hinüber ins Vorzimmer der Kanzlei. Magische Sonnenstrahlen auf dem Schachbrettmuster und auf den großen Holzoberflächen von Fräulein Christianes Frontdesk. Der perfekt aufgeräumt war. Er roch ihr Parfüm. Onkel Oscar blickte von seinem Schwarz-Weiß-Porträt milde auf ihn herab. Er sah ebenfalls müde aus. Auch einen Espresso? Das wäre großartig. Jetzt Kaffee mit Oscar trinken. Den verdammten Fall gemeinsam noch einmal von allen Seiten betrachten. Ihm gemeinsam auf den Grund gehen. »Von hinten durch die Brust ins Auge«, würde Oscar sagen. Und »per aspera ad astra«. Und sicher auch: »Das Gras wächst nicht schneller, wenn man daran zieht.« Paul konnte Oscars knarzende Stimme regelrecht hören. Sein Vater würde die richtigen Worte finden, geschickte Formulierungen, die nach viel klangen und doch nichts sagten. Große Juristenkunst.

Seufzend lauschte Paul dem Brummen des Kaffeeautomaten.

Was lag da? Hatte Christiane wohl in der Eile vergessen. Die von Archer gebügelte Jeans. Bösartigerweise mit messerscharfer Bügelfalte. Dazu Pauls Hemd, Unterwäsche, Schuhe und obenauf …

Das Tütchen. Mit dem Ritalin. Warum hatte Paul das nur eingesteckt? Vielleicht war es Pauls Bauchhirn gewesen, das hier entschieden hatte? Paul hatte davon gelesen. Anders, als Name und Verortung vermuten lassen würden, dachte das Bauchhirn nicht nur an Essen. Es war für das emotionale Denken verantwortlich. Sex zum Beispiel. Aber auch Liebe! Die berühmten Schmetterlinge im Bauch, das war das Bauchhirn. Pauls Bauchhirn dachte an Lara Wanek.

Und es hatte möglicherweise auch in Sachen Ritalin einen perfiden Plan verfolgt. Den Gegner mit seinen eigenen Waffen schlagen?

Paul schloss die Adlerwappentür seines Büros sorgfältig hinter sich. Und obgleich es hell genug im Raum war, machte er die Schreibtischlampe an. Vor sich hatte er eine große Fläche von Akten freigeräumt, und da lag es nun, das Tütchen. Aber … verdammt. Er fand wieder einmal keinen Kugelschreiber. Das war wie ein Fluch!

Natürlich hatte Fräulein Christiane Kugelschreiber. Mehrere sogar. Aber Christianes Kreise wollte er lieber nicht stören. Sie würde es sofort bemerken, wenn einer in ihre Ordnung eingriff, einen Stift mopste und dann … nein, lieber nicht.

An Michas Schreibtisch im Nebenzimmer hatte sich inzwischen Barbara ausgebreitet. Früher, zu Michas Zeiten, war das ein Ort der Klarheit gewesen, der inneren Ruhe. Jetzt war das ein … anderer Ort. Schlampig gestapelte Akten, lose Papiere. Es sah aus wie bei Paul! Wenigstens hatte Barbara Kugelschreiber auf dem Schlamperschreibtisch. Dutzende davon. Die würde es sicher nicht bemerken.

Als er den Raum verließ, warf er einen Blick auf die Fotos von Liliane Draxlers Volksmusikpreisen, die überall um deren Schreibtisch hingen. Der natürlich aufgeräumt war. Paul vermisste ihre Schwester Micha. Was die wohl jetzt so machte?

Als er wieder an seiner beleuchteten Tischplatte Platz genommen hatte, schraubte er den mitgebrachten Barbara-Kugelschreiber sorgfältig auseinander. So wie er es bei Abstreiter hatte beobachten dürfen.

Dann entnahm er dem Druckverschlusstütchen eine Ritalinkapsel. Diese Tütchen kannte er sonst nur aus Ermittlungsakten. Darin wurden üblicherweise verbotene Betäubungsmittel aufbewahrt. Gab es überhaupt einen anderen, einen legalen Verwendungszweck für Druckverschlusstütchen, oder wurden die schlicht und einfach ausschließlich für Drogenhändler produziert?

Vielleicht wurden sie ja auch von Insektensammlern benutzt? Um kleine Krabbelkäfer darin zu sammeln? Die armen Viecher. Aber vermutlich benutzten Käfersammler ohnehin eher kleine Plastikdosen als Plastiktütchen. Da stopften sie dann gleich ein Wattebäuschchen mit hinein, getränkt mit einer scharf riechenden Chemikalie. Und wenn der Käfer in seinem Becher dann einmal tief durchatmete, inhalierte er die giftigen Dämpfe und war sofort tot. Ja, so machten sie es vermutlich. Käfersammler sind doch nichts anderes als eine besonders perverse Sorte von Philatelisten.

Da lag die Kapsel vor Paul. Abstreiter hatte sie aufgeschnitten. Na gut, das konnte Paul auch. Er hatte da so einen Becher auf dem Schreibtisch stehen. Er hatte es auf den eleganten, dolchartigen Brieföffner abgesehen, der, neben etlichen kaputten Stiften, aus der Dose ragte. Der war nicht gerade besonders scharf, aber … Paul drückte fest, säbelte ein bisschen hin und her. Verdammt! Jetzt war die eine grüne Hälfte der Ritalinkapsel durch den hohen Druck weggeschnipst. Lag irgendwo am Boden … Nein, Paul hatte keine Zeit, sie zu suchen. Beim Abschuss hatte sie immerhin einen Teil ihres gelblich weißen Pulvers auf der Tischplatte gelassen. Und er hatte ja auch noch die zweite Hälfte der Kapsel, samt Inhalt. Mit dem Brieföffner schob er das Pulver zu einem Häufchen zusammen. Ziemlich mickrig! Wenn er das Ritalin dazu missbrauchen wollte, echte Höchstleistungen bis Mitternacht abzuliefern, würde diese homöopathische Menge sicher nicht genügen.

Kaltblütig und mit wachsender Routine zerschnitt Paul vier weitere Kapseln. Einen Augenblick lang dachte er darüber nach, was er mit den leeren grünen Hüllen anfangen sollte. Er warf sie sich mit Todesverachtung in den Rachen und spülte sie mit einem Schluck Espresso hinunter. Keine Spuren hinterlassen. Der Espresso war inzwischen kalt. Macht nichts. Soll angeblich schön machen.

Die »Spur«, die Paul auf seinem Tisch zusammenkratzte, die »Line«, war etwa zwanzig Zentimeter lang. Hatte er moralische Bedenken? Nein. Gesundheitliche vielleicht? Auch nicht. Juristische am Ende gar? Manchmal muss ein Mann tun, was ein Mann tun muss. Und manchmal muss er das durch die Nase tun.

Also Augen zu und rein damit. Mit dem Kugelschreiberröhrchen in das rechte Nasenloch. Das kitzelte. Mit der Öffnung des Röhrchens an das linke Ende der Line. Heftig saugte Paul und bewegte dabei das Röhrchen langsam von links nach rechts, die Augen dabei fest zugekniffen. Es ging ganz leicht, allerdings entwickelte sich sofort ein starker Niesreiz! Das durfte nicht passieren. Das ganze gute Zeug wieder herausrotzen? Auf keinen Fall. Was wusste Paul über das Niesen? Er hatte einmal gehört, bei der Bundeswehr würden Schützen, damit sie beim Herumballern nicht versehentlich niesend um die Ecke schießen, sich den Handballen ganz fest von unten gegen die Nase pressen. Bis es wehtat. Paul presste. Es tat weh. Er musste aber immer noch niesen. Vielleicht lag es daran, dass Paul den Wehrdienst verweigert hatte? Was gab es noch für Tricks? Schlucken! Angeblich kann man, während man schluckt, nicht gleichzeitig niesen! Paul schluckte – und tatsächlich, der Niesreiz war verschwunden. Kaum aber, dass er fertig geschluckt hatte, war er wieder da. Noch mal schlucken? Hätte Paul gern! Aber er hatte keine Spucke mehr. Trocken schlucken ist ganz schön schwierig. Und der kalte Kaffee war alle. Jetzt donnerte es unaufhaltsam heran, das Niesen ballte sich zusammen, und Paul wusste, es gab kein Entrinnen. Der einzige Weg, das wertvolle Methylphenidat in seinem rechten Nasenloch zu behalten, bestand darin, sich die Nase während des Niesens zuzuhalten. Implosion quasi. Und das tat Paul. »Hmpf …« machte es nur, und eine gewaltige Druckwelle schoss in seinen Kopf hinein. Es drückte ihm die Tränen aus den Augen. Aber vor allem schien der Schub das Medikament direkt in Pauls Hirn hineinkatapultiert zu haben, denn ja, er spürte es! Und wie. Ganz warm wurde ihm im Kopf. Gutes Gefühl, keine Frage. Was ist der Feind des Guten? Das Bessere! Also den verbleibenden, ritalingeschwängerten Rotz lautstark grunzend hochziehen und dann den Stift ins linke Nasenloch und Nachschub saugen. Da war noch jede Menge Line übrig. Schön langsam.

Aber da war der Niesreiz auch schon wieder. Doch er hatte seinen Schrecken für Paul verloren. Diesmal versuchte er gar nicht erst, es zu unterdrücken. Routiniert kniff er die Nase erneut zu und ließ es kommen. »Hmpf …« Und plitsch, landete der Rotz auf dem Schreibtisch. Scheiße, Paul hatte die Nase nicht fest genug zugehalten. Ekelhaft. Außerdem hatte er dabei den Rest der Line weggepustet. Erst mal ein Taschentuch … Paul eilte hinaus zum Kaffeeautomaten und holte sich eine Küchenrolle. »Die vermutlich längste Serviette der Welt.« Verzweifelt versuchte er währenddessen, allen verbliebenen ritalinhaltigen Rotz in die Stirnhöhle hochzuziehen. Das klang nicht wie bei Gentlemen. So dürfte die Queen ihn niemals erleben! Gott sei

Dank war sie nicht hier. Und auch sonst keiner. Pfui Teufel, all der Glibber auf dem Tisch. Wo war denn das alles hergekommen? Aber da musste doch auch noch Pulver übrig sein? Ob er mit der Zunge …? Nein, das ging dann doch zu weit. Widerlich. So rasch brachten Drogen einen an den unteren Rand der Gesellschaft. Er wischte den Schreibtisch mit einem Papiertuch schön sauber. Hatte er denn jetzt überhaupt genug Ritalin konsumiert, um die erwünschte Wirkung zu erzielen? Das tolle warme Gefühl von eben war jedenfalls wieder verschwunden. Vielleicht war alles wieder rausgekommen? So ein Elend. Nicht mal Drogen konnte er richtig! Die letzten Hinterwäldler hatten das drauf, aber selbst in dieser Frage versagte Paul Colossa.

Apropos Hinterwäldler und Drogen … jetzt kam dann doch noch ein mieses Gefühl in ihm auf. Gewissen oder so was. Was, wenn jemand die restlichen Pillen bei ihm fand? Eisenreich hatte ihn unzweideutig gewarnt, dass er mit einer Hausdurchsuchung zu rechnen hatte. Wenn die dann ausgerechnet beim KIR-Sonderermittler, auf den ohnehin bereits ein böser Schatten eines Verdachts gefallen war, Ritalin fanden … nicht auszudenken. Er musste das Zeug sofort wegschaffen! Paul blickte sich um. Die Bücher. Ja. In einem von Oscars Büchern hatte er immerhin eine Flasche Whisky gefunden, in einem zweiten war eine Pistole verborgen gewesen. Sicher waren hier noch weitere Geheimnisse zwischen den Zeilen zu vermuten. Aber welches Buch?

Paul stand auf. Ups! Schwer zu beschreiben, aber Stehen fühlte sich anders an. Gehen auch. Hatte er sich also doch genügend Pulver reingesaugt? Paul ließ die Finger über die meist ledernen Buchrücken gleiten. Seufferts *Archiv für Entscheidungen der obersten Gerichte* und *Allgemeines Landrecht für die preußischen Staaten* und Enneccerus' *Lehrbuch des Bürgerlichen Rechts*, alles in Frakturschrift. Alles zu dünn, um was darin zu verstecken.

Ah, da war ein fetter Brocken: *Code Civil des Français* – das hatte Napoleon den deutschen Landen eingebrockt. Paul schlug das Buch auf.

1804 erschienen. Roch auch so. Und mit einem Füller hineingekritzelt: »Marseille, mercredi 5 juin 1971. Oscar! Merci pour tout le bonheur que tu m'as donné depuis que tu es entré dans ma vie. Je t'aime, Inès.«

Pauls Französisch war etwas eingerostet. Aber Marseille 1971 und »Je t'aime«, das verstand er schon. Er blätterte weiter, und ab Seite 241 fand er, was er gesucht hatte. Da hatte einer das Gesetz ausgehöhlt. So was kam in Juristenkreisen ja immer wieder vor, aber hier war ein nachhaltiger Hohlraum in Größe einer Zigarettenschachtel entstanden. Er beinhaltete übrigens auch genau eine solche. Eine blaue. Paul nahm sie vorsichtig heraus. Eine weiße Wolke war darauf abgebildet, eine Frau im Kleid und darunter der Schriftzug »GITANES«. In dem Päckchen waren tatsächlich auch einige Zigaretten. Gelbe. Außerdem ein Streichholzmäppchen mit dem Aufdruck »Hotel Peron« und … Paul kniete sich auf den Boden und leerte die Schachtel behutsam aus … ein goldener Ring, eine Fünf-Francs-Münze, eine blonde Haarlocke und zwei Fotos. Das eine vergilbt, in Farbe. Eine blonde Frau mit einem sehr langen, geflochtenen Zopf und einem olivgrünen Kleid, mit Zigarette. Ein Mann im hellen Anzug, in der Hand ein Hut. Die beiden saßen an einem kleinen Tisch unter der Markise eines Cafés. Beide lachten in die Kamera. Ein Augenblick, der aus der Ewigkeit fiel. In

Pauls überraschte Hände. Das andere Bild war ein Passfoto, schwarz-weiß. Dieselbe Frau, die Haare offen. Ernste, große Augen. Das musste Inès sein? Sie hatte die Widmung in das Buch geschrieben. Von ihr war sicher auch die Locke. Den Mann mit Hut hatte Paul natürlich sofort erkannt. Schlank war Oscar damals noch gewesen. Und er hatte einen Schnurrbart getragen. Was hatte es mit dem Ring auf sich? Niemand würde es je erfahren, vermutete Paul. Aber genau danach hatte er gesucht. Ein exzellentes Versteck. Da kam das Tütchen mit rein! Wenn in fünfzig Jahren wieder einmal jemand den Code Civil aufklappte und die Zigarettenschachtel herausnahm, wäre das Geheimnis angesichts der Pillen nun umso verwirrender. So entstanden historische Missverständnisse. Wie die Bibel, in der Oscar seinen Whisky versteckt hatte.

⑦③ SUPERMOHAMED

> Die Taliban machen das richtig. Einfach mal einen Finger abhacken. Oder die Hand. Oder gleich den Kopf wegschneiden. Dann checken die es schon. 13:17

Selbst tippen. Es gibt viele Menschen, die das regelmäßig tun. Paul auch. Auf seinem Smartphone. Aber Schriftsätze, am Computer, mit der Tastatur, das war eine ganz andere Baustelle. Bis Paul es, unter Verwendung des psychedelisch anmutenden, neuen alphanumerischen Codes, überhaupt erst einmal geschafft hatte, den bisherigen Teil des Gutachtens im jetzt perfekt gesicherten Kanzleisystem zu öffnen! Und dann … Paul verwendete nicht wirklich nur die beiden Zeigefinger. Aber von zehn Fingern war er auch weit entfernt. Bei genauer Betrachtung waren es eigentlich … drei. Die zwei Zeigefinger und der kleine Finger der rechten Hand. Damit drückte er immer die Shift-Taste für Großbuchstaben und Sonderzeichen. Dumme Sache! Der kleine Finger, das war der, den Geiselnehmer immer als Erstes abhackten und den Angehörigen der Geisel schickten. »Wir meinen es ernst!« Bei Paul hätten sie dann schon irreparablen Schaden angerichtet. Er würde nie mehr schnell tippen können.

Paul tippte mit drei Fingern verblüffend schnell. Die Worte flogen ihm nur so zu. Er fühlte sich wie in einem

Tunnel, durch den er formulierend raste. Die Ablenkungen, unter denen seine Arbeit, sein ganzes Leben sonst arg litten, wurden ausgeblendet. Er achtete nicht auf den Staub, der in den Sonnenstrahlen Walzer tanzte. Nicht auf die rot-grüne Blattwanze, die gerade auf dem oberen Rand des Monitors balancierte. Es war, als müsste Paul sich einfach nur an einer Schnur von Worten entlanghangeln. Ein virtueller großer Plan lag vor seinem inneren Auge ausgebreitet, und mit einer ihm ganz unbekannten Konzentration arbeitete er den ab. Beobachtungen, Zitate, Beschreibungen, Fotos. Die Kontrollmechanismen des KIR, die Namen der Verantwortlichen, die er doch nur ein einziges Mal gehört hatte, die stellvertretende Schulleiterin Nikolovska, der Präfekt des Internats, Roth-Gedeck, die Lieferkette des Hausmeisters, das geheime Meth-Labor, alles war sofort in seinem Gehirn abrufbar. Organisationsverschulden, ärztliche Schweigepflicht, Arzneimittelrecht, er wusste es, einfach so! Und so stellte er, streng systematisch und sauber bewiesen, Seite für Seite, dar, unter welch unfassbarem Leistungsdruck die Jungen im KIR arbeiten mussten, wie sie in verkürzten Unterrichtseinheiten vormittags den Lehrplan bayerischer Gymnasien und dann bis in die Nacht den Probenplan einer Elite-Musikschule abarbeiteten. Er schilderte die Ticks und krassen körperlichen Auffälligkeiten der Jugendlichen. Blass, klein, dürr. Die Mechanismen von Denunziation und roher Gewalt im Haus und die zentrale Machtstellung von Rutland, Archer und Abstreiter. Alles wurde dem Erfolg der Schule, dem Ruhm unterworfen. Der Einzelne galt nichts. Er beschrieb, wie Lara Wanek und das Lehrerkollegium wegsahen, wie die Eltern das Offensichtliche ignorierten, wie alles nur dem einen Ziel untergeordnet wurde, koste es, was es wolle. Rechtsanwalt Colossa beschrieb die internationalen Netzwerke der Elite-Musikeinrichtungen und die großen Orchester und Häuser. Blitzschnell recherchierte er Namen und Daten im Internet und ließ sie in seinen Text einfließen. Und dann beschrieb Paul das Ritalin. Wie es bereits Grundvoraussetzung für die Aufnahme von Schülern wurde, gedeckt von Eltern und Kinderärzten, unter dem Deckmantel einer erfundenen Aufmerksamkeitsdefizit-Diagnose. Wie die Dosis Jahr für Jahr gesteigert werden musste, um den wachsenden Leistungsanforderungen Rutlands gerecht zu werden, denen ein normaler Mensch, ein normales Gehirn, unmöglich gewachsen war, und wie schließlich die Hürden der zulässigen Mengen gnadenlos gerissen wurden. Paul beschrieb, wie Dealer die erforderlichen zusätzlichen Mengen in Kooperation mit Archer in die Einrichtung schleusten und wie Rutland den Stoff sodann mit Abstreiters Hilfe den Schülern zuwies, die keine Chance hatten, sich dem systematischen Doping zu entziehen. »Neuro enhancement.« Ritalin hemmt den Abtransport von Dopamin im Gehirn. Dadurch steigt die Dopaminkonzentration zwischen den Nervenenden, und Signale werden schneller zwischen den Gehirnzellen weitergeleitet, was die Leistungsfähigkeit des Gehirns steigert. Paul beschrieb es, und er spürte das gerade am eigenen Leib, er spürte es extrem deutlich. Es war berauschend, so klar zu sein, so präsent, so schnell zu denken. Beängstigend war das. Das war nicht Paul, sondern ein ganz anderer. Einer, der um 23.52 Uhr die letzte Korrektur am Bericht abgeschlossen hatte. Zusammenfassend stellte der Bericht mehrere Verantwortliche im KIR unter den dringenden Verdacht, unter Verstoß gegen das

Betäubungsmittelgesetz systematisch Kinder an Körper, Gesundheit und Psyche zu verletzen und das aus letztlich wirtschaftlichen Motiven. Einige der Vorwürfe lauteten: Drogenbesitz und -handel, Körperverletzung, Nötigung, Beleidigung, Misshandlung Schutzbefohlener. Im Zentrum des Verdachts standen Rutland und sein Butler. Abstreiter … na ja, der war eigentlich noch ein Kind. Paul ließ ihn hinten runterfallen, auch das denkwürdige Gespräch in der Bibliothek fand so wenig Erwähnung wie der Abend im Café. Bartholomäus hatte Paul nur am Rande gestreift, ein bisschen Fahrlässigkeit unterstellte er bestenfalls. Den wollte er schonen.

Am Ende verfasste Paul eine E-Mail an die Kanzlei MacAllistair, Weinstein und Smith. Genauer gesagt an die Adresse der lieblichen Astrid Singer, Stahls persönlicher Assistentin. Ob sie ihn jetzt noch lieb hätte?

»Der Bericht ist fertig, ich habe ihn über beA verschickt.«

Paul war ein bisschen stolz, dass er es geschafft hatte, selbst einen Schriftsatz über das elektronische Anwaltspostfach beA zu übermitteln. Mit Kartenleser, persönlicher Identifikation und allem Drum und Dran. Das war die Zukunft! Und Paul war heute Nacht ein Teil davon. Frist gewahrt. Klappe zu. Affe tot.

Und jetzt? Würde der syrische Hacker gleich zuschlagen und sich den Abschlussbericht runterladen? Würde Paul überhaupt etwas davon mitbekommen? Musste er jemanden informieren? Attila vielleicht? Im Haus war es nach wie vor ganz still. Aber Paul hatte so konzentriert gearbeitet, dass er vielleicht gar nicht bemerkt hätte, wenn jemand nach Hause gekommen wäre. Er war stolz auf sich, was immer jetzt als Nächstes geschehen mochte.

Sicherheitshalber ließ er den Computer laufen. Sonst kamen die Hacker ja vielleicht nicht an den Bericht heran? Oder spielte das gar keine Rolle? Ach, was wusste Paul schon über die grässliche Technik? Er war Jurist.

74 CHECKER

Was machst du, wenn ein Anwalt im Zickzack durch deinen Garten rennt? Sauber zielen und weiterschießen! 21:01

Paul knipste die Schreibtischlampe aus. Oh, dunkel war es geworden! Alles sah blau aus im gefilterten Licht der Straßenlaterne. Paul warf einen langen Schatten, während er den Raum durchschritt. Die Adlertür knarzte, als er ins Vorzimmer trat. Paul verspürte einen leichten Schauer. Als läge etwas in der Luft. Vielleicht war es das Nachlassen des Ritalins? Es hatte ihm gute Dienste geleistet, aber Paul wäre durchaus dankbar, wenn das jetzt wieder aufhörte. Er wollte gern wieder er selbst sein, kein Zombie mit Tunnelblick.

Paul hörte ein Knacken im Treppenhaus. Vermutlich die Holztreppe, die in den Abendstunden langsam abkühlte. Holz ist ein lebendiger Werkstoff. Dennoch mochte Paul das Geräusch nicht.

Er ging durch die Kanzleitür ins dunkle Treppenhaus hinaus. Als er die Stufen hinaufging, knackste und knarrte es wieder in mannigfachen Schattierungen, als würde die Treppe still einer bösen Folter widerstehen. Oder als würden mehrere Menschen gleichzeitig …? Verdammtes Ritalin. Wahnvorstellungen.

Der heimische Geruch der Wohnung beruhigte Paul. Warum war er überhaupt beunruhigt? Weil er diesen

Bericht in die Welt gelassen hatte? Es vielleicht jetzt nicht mehr rückgängig zu machen vermochte? Nein. Im Gegenteil, das gab Paul ein Gefühl der Genugtuung. Das war er sich selbst schuldig gewesen. Daran lag es nicht. Es war etwas anderes.

Paul dachte darüber nach, die Einsamkeit zu vertreiben, indem er Musik hörte. Aber was? Nichts passte. Nein, er wollte keine Musik. Schließlich entschied er sich dafür, sich Gesellschaft zu verschaffen. Wo war er denn … ah, dort in der Ecke des Wohnzimmers schlief er unter einem Bücherregal. Der Staubsaugerroboter. Paul kniete sich zu dem deckelartigen Gesellen hinab und drückte seinen Knopf. Aufwachen! Prompt glühten blaue Lichter auf, ein Summen erklang. Die Maschine wandte sich nach links, dann nach rechts, wohl noch unentschlossen, und fuhr schließlich geradewegs auf Paul zu, vermied jedoch die Kollision, blinkte rot und gab ein unzufriedenes »Tideldüt« von sich. Paul schmunzelte. »Ist ja schon gut, ich wollte dich nicht aufhalten …« Wie albern. Paul plauderte mit einem Haushaltsgerät. Vielleicht war das der Beginn einer sehr besonderen Freundschaft. Paul trat beiseite, das rote Blinken wich blauer Zufriedenheit, und der kleine Kerl begann, seine Bahnen zu ziehen. Raschelnd und summend hörte man seine Bürsten rotieren. Paul sah eine Weile zu. Das beruhigte ihn. Das Wohnzimmerlicht hingegen wirkte unangenehm grell. Der Lichtschalter brachte seinen überreizten Augen lindernde Sommernachtsdunkelheit. Es war so stickig hier! Paul eilte hinüber in die Küche, riss das Fenster zum Kirschbaum auf. Ahhh … Luft, er trank sie, die lauwarme Luft, den Sauerstoff. Apropos Trinken, Paul hatte Durst. Sein Mund war trocken. So trocken, als hätte seit Tagen kein Tropfen Flüssigkeit mehr den Weg über seine Lippen gefunden. Er hatte auch gar keinen Speichel, überhaupt keinen! Paul machte die Kühlschranktür auf. Flaschen, viele, aber alle verschlossen. Für so etwas hatte er jetzt keine Zeit, Flaschen aufzudrehen. Er brauchte sofort Wasser! Ohne jede Verzögerung! Also drehte er den Küchenwasserhahn auf und hängte sich darunter. Trank. Sog das Wasser regelrecht in sich hinein. Konnte gar nicht aufhören damit. Dann ließ er es weiter über seinen Kopf rinnen. Über seine wirren Haare, über sein glühend heißes Gesicht. Obwohl er das Wasser auf ganz kalt gestellt hatte, kam es ihm unangenehm warm vor. Während er da so mit dem Kopf im Spülbecken hing, in der dunklen Küche, ein leichter Wind wehte durchs Fenster, fiel ihm ein Zitat von Mark Twain ein: »Man kann die Erkenntnisse der Medizin auf eine knappe Formel bringen: Wasser, mäßig genossen, ist unschädlich.«

Paul tat den Kopf hoch und drehte den Hahn zu. Ritalin war nicht unschädlich, da war er sich jetzt ganz sicher. Das waren die Nebenwirkungen. Er griff nach einem Geschirrhandtuch und trocknete sich Haare und Gesicht ab. Das Handtuch roch muffig. Die betrunkene Jägerin und ihre Genossen blickten von ihrem Barockgemälde an der Küchenwand gelangweilt auf Paul herab.

Ein Espresso? Ja, den wollte er jetzt. Paul stellte eine Tasse in den Automaten und schaltete ihn ein. Während der brummte, sah Paul hinaus in den Garten. Das Gras bewegte sich dort unten. Ein kleines Tier. Eine Maus? Zu groß, vielleicht eine Ratte. Nein, zu unsympathisch. Lieber ein Siebenschläfer. Solange Paul nichts Genaues wusste, konnte er noch Wünsche äußern, oder? So lange war noch alles möglich. Sogar das Unwahrscheinliche. Das nannte man dann Wunder. Er wünschte sich, dass das Tier ein Siebenschläfer sein möge. Aus der Familie der Bilche.

»Brrrrr … klack«, machte die Maschine und verstummte dann. Kaffee ist fertig. Es war wieder still. Im Wohnzimmer summte der Roboter.

Dann hörte er auf zu summen, und es war noch stiller.

»Tideldüt«, hörte Paul plötzlich. Der Kollisionsalarm. Was hatte das Kerlchen gestoppt?

Paul hörte ein Rumpeln. Das war aber nicht der Staubsauger …

»Bollocks!« Eine Männerstimme, dann ein schabendes Geräusch. Wieder das laute »Tideldüt«. Und sofort darauf ein ohrenbetäubender Knall. Dieses Geräusch kannte Paul. So hatte es geklungen, als er damals unten im Büro die Walther PPK abgefeuert hatte. Oscars Pistole. Und jetzt roch Paul auch schon den sauren, scharfen Geruch, den er auch damals wahrgenommen hatte.

Wer immer der Mann dort im Wohnzimmer war, nur wenige Meter hinter der halb offenen Küchentür im Dunkel: Er hatte gerade geschossen.

Was bedeutete das? Vieles. Vor allem aber, dass er es sicher wieder tun würde. Zum Beispiel, wenn er jeden Moment die Küche betrat. Oder auch, wenn Paul ins Wohnzimmer ging, um durch die Haustür die Wohnung zu verlassen. Einfacher formuliert: Der Fluchtweg war abgeschnitten, Paul saß in der Falle. Draußen wartete einer mit einer Waffe auf ihn.

»Er wird im Büro sein …« Das war eine andere Stimme. Eine jüngere, die Paul sofort bekannt vorkam. »Ich glaub, er ist unten! Hier ist keiner.« Johannes Abstreiter!

»Wait!«, wieder der Mann. Bei dessen Stimme war Paul sich nicht ganz sicher. Archer? Nun hörte Paul Schritte. Festes Schuhwerk, laut auf dem Parkettboden des Wohnzimmers. In Richtung Küche.

Jeden Augenblick würde der Schütze hereinkommen. Er würde Paul sehen. Und Paul wusste: Er würde ihn sofort totschießen. In Pauls Kopf eine Kugel jagen. Oder in die Brust, in den Bauch. Dafür waren die beiden hergekommen. Einzig und allein deshalb.

Paul hatte Angst. Mehr Angst, schlimmere Angst als irgendwann zuvor in seinem Leben. Todesangst. Sie war mächtiger, unmittelbarer, urtümlicher als alles, was er bislang psychisch und körperlich erfahren hatte. Er bemerkte, wie sein Körper sich veränderte. Wie seine Muskeln sich spannten, sein Herz zu rasen begann und sein Blut in den Ohren rauschte. Er hechelte, und seine Knie wurden butterweich. Ihm war heiß, und er bemerkte, wie ihm der Schweiß ausbrach, auf der Kopfhaut, der Stirn, unter den Achseln. Tapp, tapp, die Schritte kamen näher.

Paul! Du musst weg! Der wird dich umbringen! Wenn dieser Mann durch diese Tür kommt, ist alles vorbei. Nie wieder wirst du dann den Himmel sehen, Wein trinken, Musik hören. Nie wieder lieben, streiten, reden. Du wirst kein Anwalt mehr sein, kein Freund, kein Mann. Kein Mensch. All deine Gedanken an eine nahe oder ferne Zukunft, sie werden mit einem Knall, einem kurzen heftigen Schmerz vor deinen Augen verschwimmen und schwarz werden. Gleich, Paul, gleich bist du verschwunden aus der Welt! Tot!

Und wieder näherte sich ein weiterer schwerer Schritt, und noch immer stand Paul wie angewurzelt. Warum denn nur? Dann besser kämpfen! Ihm entgegenstürzen, mit einem Messer oder einem Stuhl oder einfach mit den blanken Fäusten. Den Überraschungseffekt nutzen, blitzschnell aus der Dunkelheit auftauchen, zuschlagen und hinaus durch die Tür? Alles besser als hier stehen! Tu doch was, Paul!

Noch ein Schritt, tapp … dann Ruhe. Paul hörte den Mann atmen. Er wusste, dass Paul hier war. Er hatte ihn bemerkt. Deshalb zögerte er. Damit war die Chance vertan, den Eindringling zu überraschen. Pauls letzte Chance zu überleben. Er sah einen schwarzen Handschuh an der Tür. Er sah, wie die schwarze Hand die Tür, ganz sachte, weiter aufschob.

»Padamm-padamm-padamm-padamm«, raste Pauls Herz, und er bekam keine Luft mehr durch seinen engen Schlund. Paul wollte schreien! Er konnte es nicht. Paul wollte weinen, doch auch das konnte er nicht. »Padamm-padamm-padamm …«

Eigentlich hatte Paul gar keine Lust mehr. Eigentlich war ihm alles egal. Sollte er doch! Sollte er ihn erschießen.

Ein Kopf schob sich langsam herein. Archer, tatsächlich der Butler. Absurd gekleidet. Er trug ein schwarzes Kopftuch und sah damit einem Freibeuter weit ähnlicher, als Paul es je getan hatte. Und sein Gesicht glänzte. Fettig. Die Eleganz seiner Gesichtszüge war dadurch verschwunden. Seine Nase zeichnete sich messerscharf ab. Unter einem langen Ärmel der schwarze Lederhandschuh, der eine silbrig glänzende Pistole hielt.

Archer trat ein. Trotz der sommerlichen Wärme war sein gesamter Körper in einen schwarzen Overall gehüllt. Archer sah Paul sofort. Fixierte ihn mit bösen, starren Augen. Sagte kein Wort. Warum auch? Wenn ein Jäger im

Wald auf ein Tier anlegt, dann sagt er ja auch nichts. Paul war nur ein Tier für den da. Paul verstand Archer. Die seltsame Verkleidung, das Kopftuch, das eingefettete Gesicht, alles zweckdienlich. Das hatte nichts mit Eitelkeit oder Verschrobenheit zu tun. So würde der Mörder keine Haare verlieren, keine Hautschuppen, keine Fingerabdrücke hinterlassen. Keine DNA-Spuren, die ihn später verrieten. Später, wenn er Paul erschossen hatte. Was er wohl mit Pauls Leiche tun wollte? Einfach liegen lassen? Oder hatte er auch hier einen Plan, war sorgfältig vorbereitet? Wie war er nur ins Haus gekommen? Wie hatte er die Wohnungstür geöffnet?

Archer hob die Pistole. Er tat es nicht langsam, nicht wie in Zeitlupe. Vielmehr mit einer ganz natürlichen, zügigen Bewegung. Er war gekommen, um Paul totzuschießen. Warum Zeit verlieren, warum Paul Gelegenheit zur Flucht lassen?

»Padamm-padamm-padamm«, raste Pauls Herz. Er wollte nicht sterben. Gestorben wurde jeden Tag, aber doch nicht von ihm! So jung noch. Er musste an seine Mutter denken, in ihrem karierten Pyjama, an die gelbe Telefonzelle, an der er morgens auf dem Schulweg vorbeigekommen war, an den Kaffeeautomaten unten in der Unibibliothek am Professor-Huber-Platz, an die Katze der Nachbarn, deren Schwanz nach einem Autounfall amputiert werden musste und die wie ein Luchs aussah. An den alten Rasenmäher, unten in Oscars Gartenschuppen, und den Benzingeruch, wenn Paul ihn betankt hatte, um als Kind den Garten der Villa zu mähen. Er sah Oscar mit weit aufgeknöpftem Hemd aus dem Küchenfenster blicken, mit einer Zigarre zwischen den Schneidezähnen, und hörte ihn lachen.

Jetzt würde jeden Augenblick ein lauter Knall folgen, er würde einen kurzen Schmerz spüren, durch Brust oder Kopf zuckend. Und dann würden sicher noch mehr Bilder wie ein Film vor seinem inneren Auge ablaufen. So erzählte man es doch. Würde er dann durch einen dunklen Korridor wandern, auf eine Tür zu, die nur einen Spalt weit geöffnet war, und durch diesen Spalt würde ein helles, warmes Licht fallen? Was war hinter der Tür? Paul wollte es nicht wissen. Noch nicht heute, nicht jetzt.

Obwohl es ganz schnell ging, sah Paul genau, wie Archer mit dem Finger den Abzug durchdrückte. Archer war also Linkshänder? Jedenfalls hielt er die Waffe in der linken Hand. Das Gesicht des Mörders war ausdruckslos.

Und dann …

Paul tat es gar nicht selbst, jedenfalls nicht bewusst. Vielleicht war es wieder das Bauchhirn? Als der erwartete, wahnsinnig laute Knall endlich kam, da hing Paul jedenfalls bereits frei schwebend in der Luft. Paul roch den Schuss, und der Geruch vermischte sich mit dem Aroma von frischem Kaffee. Dann spürte Paul die Nachtluft im Gesicht. Er flog in die Nacht hinaus und fühlte sich, als sei er schwerelos.

Obwohl alles so rasend schnell geschah, konnte Paul in diesen Sekundenbruchteilen klar denken. Er dachte daran, dass es ein eigenartiger Anblick für Archer sein musste, wie Paul durchs Küchenfenster schwebte. Der Engel Paul.

Paul dachte darüber nach, wie einzigartig schön die goldfarbene Espressotasse gewesen war, die da gerade klirrend von Archers Kugel zerfetzt worden war. Wo Oscar die wohl hergehabt hatte? Paul wunderte sich darüber, woher die unglaubliche Kraft gekommen war, die seine lahmen Beine urplötzlich durchströmt und zu diesem grandiosen Sprung durchs Fenster befähigt hatte. Paul wunderte sich, wie Archer ihn aus solcher Nähe hatte verfehlen können. Und Paul war auch besorgt. Wie hoch war das eigentlich, vom Küchenfenster bis unten auf den Rasen? Drei, vier Meter? Paul flog durch die Nacht und dachte nach. Er würde nicht ewig schweben. Die Schwerkraft. Masse mal Beschleunigung … Wenn er auf dem Kopf oder dem Nacken landete, würde er sich das Genick brechen. Ideal wäre es, auf den Füßen aufzukommen! Aber dazu müsste Paul sich in der Luft drehen. Paul glaubte nicht, dass das möglich war. Zumal er sich nicht sicher war, wo oben war. Und vor allem unten. Letztlich war es wieder einmal eine dieser Situationen im Leben, in denen man abwarten musste. Warum war er eigentlich nicht einfach hinüber in den Kirschbaum gesprungen und hinuntergeklettert?

Schwer zu sagen, mit welchen Körperteilen Paul zuerst am Boden aufprallte. Alle gleichzeitig? Man sollte doch erwarten, dass Gras sich weicher anfühlte? Tat es aber nicht. Verblüffenderweise aber tat Paul etwas Kluges in diesem Augenblick. Paul tat, auch wenn es nicht elegant aussah, sogar etwas durchaus Spektakuläres: Er überschlug sich, mehrfach. Und zwar bewusst und absichtlich. Wäre es nämlich allein nach der Physik gegangen, so wäre Paul in den Garten geklatscht wie ein nasser Sack, und liegen geblieben. Mit gebrochenen Knochen, die sich in seine inneren Organe gebohrt hätten. Paul aber überschlug sich, wissentlich und willentlich! Im Kampfsport hätte man vielleicht von »Abrollen« gesprochen. Aber so gekonnt sah es dann doch wieder nicht aus. Zumal niemand bei Judo, Karate oder Krav Maga, oder zu was Stadtkinder von ihren

Müttern sonst so nachmittags gebracht werden, große Mengen Gras und Dreck in den Mund nehmen würde, wie der sich in seinem Garten überschlagende Paul es gerade getan hatte. Pfui, wie eklig. Weh tat es trotzdem. Am Ende einer solchen Kampfsportübung, da standen die Kampfsportkinder wieder auf der Matte. Und was soll man sagen? Auch Paul stand! Dreck ausspuckend. Keuchend. Mit einigen Prellungen. Aber er stand. Während die Kampfsportkinder sich als Nächstes verbeugten, machte Paul etwas in seiner Lage viel weniger Albernes: Er rannte los. Einfach los! Ohne Ziel. Und das nicht zu spät. Denn direkt hinter sich hörte er plötzlich einen erneuten lauten Knall und Paul hätte schwören mögen, den Einschlag des Projektils in den Stamm des Kirschbaums ebenfalls gehört zu haben.

Als Paul mit einem gewaltigen Satz über den Gartenzaun sprang, folgte auch schon der dritte Schuss. Archer ballerte einfach wild um sich. Gott sei Dank war es finster hier draußen. Archer schien nicht eben ein geübter Schütze zu sein. Als Pauls Hose sich bei seinem Sprung in einer Spitze des Gartenzauns verfing und Paul flach auf den Gehsteig klatschte, gab es ein dumpfes Geräusch. Hässliche Schürfungen an den Händen. Über den Zaun war er jedenfalls jetzt auch drüber.

Aufstehen, Paul, weiterrennen! Wie immer im Leben. Paul hatte gar keine Schuhe an, nur Socken, stellte er fest. Na und? Er rannte. Was sollte er auch sonst tun, mit einem schießwütigen Mörder in der Wohnung. Paul hatte ein dermaßen starkes Bedürfnis zu rennen, es gab eigentlich überhaupt keine Tätigkeit, die er dem gerade hätte vorziehen mögen. Er rannte und rannte, als hätte er nie etwas anderes getan. Paul dachte nicht mehr nach. Nicht darüber, ob

Archer ihm vielleicht folgte? Ob er noch einmal schießen würde? Und es in Anbetracht dessen geschickter erscheinen mochte, im Zickzack zu rennen? In welcher Richtung er überhaupt unterwegs war? Nichts von alledem belastete Pauls Kopf.

Der Bauch übernahm erneut. Und eine der mächtigsten Emotionen überhaupt trieb das Bauchhirn an: die Liebe … zum eigenen Leben.

Am Rande des historischen Stadtzentrums, dort, wo die Fußgängerzone beginnt, etwa eineinhalb Kilometer entfernt, wachte Pauls Kopf wieder auf, führte eine Kurzdiagnose in Pauls Körper durch und zog abrupt die Notbremse. Paul blieb sofort stehen. Sackte in die Hocke. Japste. Keuchte. Metallisch schmeckende Spucke. Er lebte noch. Verdammt. Archer wollte ihn abknallen!

Und jetzt? Polizei. Klar. Was sonst! Paul raffte sich wieder auf. Scheiße. Alles tat weh. Die Handflächen bluteten. Die Socken waren durch. Kein Mensch war weit und breit zu sehen. Kein Auto.

Paul trottete durch die dunkle Fußgängerzone von Neustadt. New York war nachts so hell, dass man es sogar aus dem Weltall gut erkennen konnte. Neustadt eher weniger.

Langsam schleppte Paul sich am Rathaus vorbei. Die große goldene Uhr oben an der weißen Fassade zeigte kurz vor halb neun. Halb neun? Blödsinn. Das Ding war stehen geblieben! Es war weit nach Mitternacht! Paul schlich weiter. Zum Glück war keiner unterwegs. Er musste ein erschreckendes Bild abgeben. Der Erdbebenopferlook. Er spürte, dass sein Gesicht voller Dreck war. Mit den blutigen Händen konnte er es allerdings nicht sauber wischen. Die Augenklappe war auch ab, lag vermutlich irgendwo im

Garten. Jeder würde schreiend davonrennen, der ihn so sah. Zombieapokalypse. Paul schlurfte durchs untere Tor, vorbei am neuen Einkaufszentrum, am Landratsamt, am Geschwister-Scholl-Gymnasium. Die große Einfallstraße aus Richtung Nürnberg. Hier kam ihm hin und wieder ein Auto entgegen. Nachtschwärmer, die nicht auf ihn achteten.

Paul musste an den Abschlussbericht denken. Ob der Hacker ihn sich inzwischen geholt hatte? Und er dachte darüber nach, was Archer wohl jetzt in seiner Wohnung treiben würde. Und Abstreiter! Der dumme Kindskopf. Machte gemeinsame Sache mit einem Mörder. Unsäglich. Wohin sollte ihn dieser Weg im Leben führen, so verdorben, in so jungen Jahren?

Paul schlurfte weiter auf seinen Socken, bis er endlich vor der beleuchteten Tür stand.

⓻⓹ TSCHERNOBYLRULES

> Vielleicht sollte man dem Herrn Anwalt mal das Grundgesetz auf seinen fetten Arsch tätowieren. Und wenn er sich dann umdreht um es zu lesen bricht er sich hoffentlich seinen Hals. 02:54

»Klinikum Neustadt«, stand da. Nicht Polizei. Wie war er denn hierhergekommen? Überlebensinstinkt? Das Bauchhirn sehnte sich wohl nach Heilung, nicht nach Gerechtigkeit. Paul griff nach seinem Smartphone. Bartholomäus anrufen. Aber die Hosentasche war leer. Es war in der Wohnung geblieben. Bei Archer. Und jetzt? Einfach in die Eingangshalle hineinlaufen? So, wie er aussah? Die würden auf jeden Fall die Polizei anrufen. Das wollte Paul jetzt plötzlich gar nicht mehr. Und wenn er durchkäme, ohne bemerkt zu werden? In den Aufzug, ganz nach oben … da war Bartholomäus' Büro doch irgendwo? Aber es war Nacht. Ob der Klinikchef um diese Zeit noch arbeitete? Außerdem waren überall Türen mit Sicherheitskarte gewesen, spätestens dort würde er auflaufen.

»Kann ich Ihnen helfen?«

Eine Frau. Sie stand da und rauchte. Was hier verboten war. Was in diesem Fall gut war, befand Paul. Wo kam sie plötzlich her? Egal: Solange auch sie etwas Verbotenes tat, konnte sie Paul angesichts seiner Zombiehaftigkeit keine Vorwürfe machen. Obwohl es ja nicht direkt verboten war, wie ein Untoter auszusehen. Rauchen hingegen schon!

»Ich muss dringend zu … zu Doktor Bartholomäus … sofort …« Paul stotterte heiser.

»Zum Chef?«, antwortete die Frau verwundert.

Sie trug grüne Klinikkleidung und eine grüne Haube, die ihre Haare verdeckte. Ihr Gesicht war freundlich und offen, Lachfältchen um Mund und Augen. An ihrem Unterarm erkannte Paul eine bunte Tätowierung. Ein Krake, der einen Schlüssel umklammerte. Paul hatte diese Frau doch schon einmal …

»Sie sind der Rechtsanwalt, der uns nach Erlangen begleitet hat!«

Sie hatte ihn also auch erkannt. Was gut war, denn jetzt gab es schon zwei verbotene Dinge, die Paul von ihr wusste. Der Verstoß gegen das Rauchverbot war eindeutig das kleinere Übel.

»Warten Sie …«, sagte sie, ließ ihre Zigarette auf den Boden fallen, trat sie mit ihren weißen Schlappen aus, bückte sich, hob die Kippe auf und warf sie in einen Mülleimer. Dann zog sie ihr Smartphone heraus und telefonierte, sehr kurz.

»Er holt Sie ab. Kommen Sie mit. Wir schauen uns das mal an.« Mit »das« meinte sie wohl Pauls Zombieattribute.

Kurz darauf saß Paul in einem Behandlungszimmer auf einer Liege. Fußsohlen und Handflächen brannten höllisch. Alkohol. Die Ärztin, die Paul Rebecca nennen durfte und auf deren Schildchen »Dr. Russo« stand, hatte die Wunden gereinigt, desinfiziert, Tinkturen und Cremes aufgetragen. Auf die Füße kamen Pflaster, die Hände wurden verbunden. Die Socken landeten im Müll.

Während sie ihn ruhig und mit geschickten Handgriffen versorgte, konnte Paul auch die Worte auf ihrem Unterarm unter dem Kraken mit dem Schlüssel lesen: »Lerne loszulassen. Das ist der Schlüssel zum Glück.« Das überzeugte Paul nicht. Loslassen führte zu freiem Fall. Und zu leeren Händen. Das wusste er genau.

Als sie sein Gesicht reinigte, fragte sie, fast zärtlich: »Was ist mit deinem Auge passiert?«

»Ein Unfall …«, antwortete Paul. »Ich war verliebt …« Das reichte Dr. Rebecca Russo offensichtlich völlig. Sie stellte ohnehin wenig Fragen. Zum Beispiel, wer Paul so zugerichtet hatte? Schon wieder so eine diskrete Person. Paul hingegen …

»Weißt du, wie es dem Jungen geht? Hugo Rutland?« Warum duzten sie sich eigentlich? Vermutlich, weil sie beide Ganoven waren?

Sie schüttelte den Kopf und sah ihn nicht an. Wusste sie es nicht, oder …?

»Am Nachmittag haben sie angerufen … sieht nicht gut aus …«

Wie kalt und hässlich das Licht der Neonröhren in diesen Krankenhäusern war. Die ganze erbärmliche Funktionalität. Weiße Oberflächen, Schubladen. Kisten voller medizinischer Utensilien. Nichts Menschliches. Nichts Privates. Nichts Schönes. Hugo Rutland würde also sterben? War er schon tot? In so einem Raum sicherlich. Oder einem noch schlimmeren. Allein vermutlich?

Rutlands Krankheit war »unnatürlich« gewesen, und deshalb war es auch sein Tod. Wenn »unnatürlich« zur Debatte stand, gingen Tote direkt in die Rechtsmedizin. Das war in Erlangen nur ein paar Straßen weiter. Auch unnatürliche Tote wurden von Menschen in Schwarz betreut. Allerdings waren es in diesem Falle nicht Bestatter, sondern Staatsanwälte. Der Fall »Kolleg Ida Rubinstein« würde von der Abteilung »Gift« zu den Spezialisten für Tötungsdelikte in Abteilung eins der Staatsanwaltschaft Nürnberg wechseln.

Die Tür öffnete sich, Bartholomäus kam herein. Er trug eine Jeans und ein kurzärmeliges weißes Poloshirt. Paul war überrascht, dass es Jeans in dieser Größe gab. Wobei Paul, nachdem er den zweiten Vorsitzenden der Rechtsanwaltskammer kennengelernt hatte, Bartholomäus als nahezu sportlich empfand. Bartholomäus war nicht so diskret wie Pauls behandelnde Ärztin. Er inspizierte Paul vielmehr von Kopf bis Fuß und fragte dann geradeheraus, mit völlig unprofessionellem Entsetzen in Richtung seiner Kollegin: »Was ist denn mit dem passiert? Wo hast du ihn aufgelesen?«

Er sah Paul gar nicht an, er redete nur mit Rebecca.

»Er kam allein. Zu Fuß. Fragen Sie ihn doch selbst!«

»Äh, ja, danke, Becca. Ich kümmere mich um alles. Kein Papierkram, du weißt Bescheid, ja?«

»Va bene …«, antwortete sie, zwinkerte Paul zu, und schon war sie weg.

»Hätte nicht gedacht, dass ich Sie heute noch mal sehe …« Bartholomäus wirkte verlegen. Er kaschierte das, indem er den Verband an Pauls Händen untersuchte. Dann blickte er ihm ins Gesicht, betastete das rechte Jochbein. Das schillerte immer noch grün und blau von Sir Evelyns Faustschlag.

»Moment …« Schon war er weg.

Paul saß allein im Neonlicht. Aus ein paar Metern Entfernung, in der Scheibe gespiegelt, wirkte er ganz normal, fand er. Um zu erkennen, wie kaputt er war, musste man ihm schon näherkommen.

Bartholomäus kehrte zurück. Und reichte Paul eine neue schwarze Augenklappe. Worüber Paul sich wirklich sehr freute. Kaum war er wieder ein Pirat, da kehrten auch Fragmente seines Selbstbewusstseins wieder.

»Archer ist in meine Wohnung eingedrungen und hat auf mich geschossen.«

Bartholomäus nickte. Das war alles? Ein wenig mehr Begeisterung hätte Paul sich schon erhofft!

»Wollen wir jetzt die Polizei informieren?«, hakte Paul nach.

»Das kommt darauf an …« Bartholomäus kratzte sich verlegen den Bart mit beiden Händen, »… was in Ihrem Bericht steht. Runtergeladen haben die ihn wohl inzwischen … aber Babik hat scheinbar noch nicht …«

Paul fiel auf, dass er seit geraumer Zeit keinerlei Juckreiz am Kinn mehr verspürte, nachdem Barbara ihm die Creme gegeben hatte. Woher wusste Bartholomäus eigentlich, dass die sich den Bericht geholt hatten?

»Vielleicht gehen wir nach oben in mein Büro … Sie brauchen allerdings … Schuhe …!«

Auf dem Weg ins Büro des Klinikchefs stellte Paul fest, dass er selbiges nie im Leben auf eigene Faust gefunden hätte. Gleich mehrere Sicherheitstüren hätten zudem sein Fortkommen vereitelt. An den nackten Füßen hatte er geborgte Birkenstocksandalen, wie alle sie hier trugen. Außer jenen, die weiße Turnschuhe bevorzugten. Und Bartholomäus, der schwarze Lederslipper anhatte.

Paul hatte die Couch im Büro des Fürsten gar nicht

bemerkt, als er vor ein paar Tagen das erste Mal hier gewesen war.

»Trinken Sie Whisky?«

»Ich weiß nicht …« Paul war besorgt. »Ich hatte in den letzten Tagen mehrere … also dieses seltsame Nasenspray, so eine … Sexdroge glaube ich, dann … ähm … Viagra … und heute Abend … Ritalin …« Bartholomäus war Arzt. Es half nichts, Ärzte zu belügen. Das war genau, als würde ein Angeklagter seinem Anwalt vorenthalten, was wirklich passiert war. Wie sollte der dann eine vernünftige Verteidigungsstrategie entwickeln? Dafür gab es ja die Schweigepflicht. Trotzdem wurden gerade Ärzte und Anwälte von ihrer Kundschaft gern besonders dreist belogen. Zum Glück merkten die das natürlich sofort, ahnten die Wahrheit und konnten trotzdem helfen.

»Oh«, sagte Bartholomäus, »Sie haben Poppers geschnupft? Ich dachte, das machen nur Schwule, weil es den Anus so schön weich macht!« Er lachte. »Das müssen Sie mir alles genau erzählen! Aber ich glaube nicht, dass irgendwas davon sich nicht mit einem guten Scotch vertragen würde. Ich habe da noch was von Oscar, das müssen Sie unbedingt mal …«

Er hatte eine kleine, bauchige Flasche mit blauem Etikett in der Hand, die Paul bekannt vorkam. »Der ist nicht aus den Highlands, sondern vom Schliersee. ›Loch Schliersee‹ könnte man sagen …« Er las grinsend: »Im Rumfass gereift. Weiß gar nicht, ob man den überhaupt als Scotch bezeichnen darf?« Er goss ein Glas ein und reichte es Paul. Der leerte es in einem Zug und hielt Bartholomäus das Glas sofort wieder hin, bevor der sich selbst eingeschenkt hatte. Betäubung war genau das, was Paul jetzt brauchte. Hatten die nichts Härteres in der Klinik? Nur Alkohol? Bartholomäus war doch gelernter Anästhesist? Aber der machte jetzt erst recht einen auf Weichei und füllte Mineralwasser in ein weiteres Glas. »So dehydriert, wie Sie hier letztes Mal aufgetaucht sind, sollten Sie besser zwischendurch mal …«

Tatsächlich. Paul hatte Durst. Immer noch. Schon wieder. Das verdammte Ritalin. Die verdammte Hitze.

»Wollen wir Attila anrufen, und dann erzählen Sie ihm, was passiert ist …?«

Paul war erstaunt, dass Bartholomäus Attila scheinbar duzte, er dessen Telefonnummer zu besitzen schien und es für naheliegend hielt, jetzt ausgerechnet Attila anzurufen. Es musste viel passiert sein.

Gleich darauf griente Attila aus Bartholomäus' Smartphone heraus. »Hallo, Doc! Alter, komm doch zu uns! Wir haben richtig Spaß. Pauls Bericht ist der Ober-Ober-Hammer, echt. Gänsehaut, Alter! Weißt du, wo Paul ist? Er geht nicht dran, hab schon tausendmal angerufen …«

So wie Attila klang, waren er und der Klinikchef wohl neuerdings richtig eng miteinander. Bartholomäus drehte sein Smartphone so, dass Attila Paul sehen konnte.

»Alter!« Attila war betrunken. Im Hintergrund sah Paul andere Leute auf einer Wiese, scheinbar ein kleiner Garten. Stand dort ein Grill?

»Wo bist du?«, fragte Paul.

Attila lachte. »Wir sind bei Elvis und machen ›Newtown Blog‹ Revival Party! Wir haben deinen Bericht. Alter … Respekt! Das ist die Hiroshima-Bombe für Rutland!«

»Archer ist in meiner Wohnung gewesen und hat versucht, mich zu erschießen …«

Jetzt erschien Christianes Gesicht. Sie wirkte entsetzt, sagte aber zunächst nichts.

»Ich konnte weglaufen, aber ich frage mich, ob ich zur Polizei gehen soll?«

»Alter … ich weiß nicht. Du bist der Anwalt! Aber …«, Attila war wieder zu sehen.

»Paul, geht es dir gut? Bist du verletzt?« Christiane war aufgebracht.

»Alles ist gut, Fräulein Christiane.« Bartholomäus blickte jetzt direkt in die Kamera, sein bärtiges Gesicht füllte den Bildschirm auf der anderen Seite voll aus. »Er ist bei uns in der Klinik, hat nur ein paar Schrammen abgekriegt. Und einen Schreck.«

»Es ist so …« Paul konnte jederzeit auf Anwalt umschalten. »In dem Bericht ist nichts davon erwähnt, dass Dr. Bartholomäus das Ritalin verschrieben hat, obwohl er wusste … und da steht auch nichts davon drin, dass wir in Erlangen waren und das alles … und das mit dem ›Newtown Blog‹ sowieso nicht … wenn ich jetzt aber zur Polizei gehe und mich als Zeuge zur Verfügung stelle, dann muss ich das möglicherweise vollständig erzählen … also man muss dann ja eine wahrheitsgemäße Aussage machen, nicht nur die Rosinen rauspicken und den Rest unterschlagen …«

Fräulein Christiane konnte auch ganz schön schnell auf Anwalt umschalten: »Junge, das wirst du schön bleiben lassen! Du darfst nicht einfach eine Zeugenaussage machen, das weißt du ganz genau! Du kommst in Teufels Küche, wenn sich das mit deiner Verschwiegenheitspflicht überschneidet! Die kriegen dieses Pack doch jetzt so oder so. Wegen all dem, was du geschrieben hast. Da musst du dich nicht noch extra wichtig machen!«

Nun, wenn Fräulein Christiane das so entschieden hatte, dann war es wohl geklärt.

»Warum seid ihr bei Elvis Babik?« Ein bisschen neugierig war Paul schon.

Zur Antwort erschien Babiks Gesicht auf dem Bildschirm. Auch er war stark betrunken. »Doktor Colossa … lassen Sie mich eines … lassen Sie mich eines sagen. Meinen … allergrößten Respekt … also ich muss nur … kann nur in tiefster Demut … also was ich sagen will …«

Attila lachte wieder in die Kamera. »Der Elvis ist voll dein Fan, und er findet, dass er sich echt arschlochmäßig verhalten hat. Und echt, der Elvis ist eigentlich ein total cooler Typ! Warte mal, ich …«

Attilas Finger wurden in Großaufnahme sichtbar und fummelten am Smartphone herum. Dann war das Bild plötzlich weg, die Verbindung unterbrochen. Die hatten Spaß. Wenigstens waren sie außer Gefahr gewesen, als der Schütze ins Haus kam. Elvis Babik hatte sie gerettet. Ein bisschen. Man konnte es so hindrehen. Wenn man sich Babik gegenüber wohlwollend zeigen wollte.

Paul schlief in dieser Nacht in einem Krankenbett, das Bartholomäus ihm organisiert hatte. Palliativstation. Sonst war nichts frei. Ein schöner Raum, Pastellfarben, viele Blumen, hoffnungsfrohe Gemälde.

»Denke nicht so oft an das, was dir fehlt, sondern an das, was du hast – Marc Aurel« hing eingerahmt an der Wand. Es war das Letzte, was er las, bevor er das Licht ausmachte. Für manchen in diesem Zimmer mag diese Binsenweisheit die letzte Lektüre überhaupt gewesen sein. Und? Was hatte einer denn noch groß, wenn er hier lag? Ganz schön zynisch! Nicht alles, was gut klang, war nett. Andererseits: Seine Erinnerungen hatte natürlich jeder dabei. Das mochte ein ziemlicher Schatz sein. Gerade in den letzten Stunden. Aus dem Nebenzimmer hörte Paul ein langes, ungesundes Husten. Palliativ eben. Paul war definitiv zur falschen Zeit am falschen Ort. Aber das dachte sich vermutlich jeder, dem hier ein Bett zugeteilt wurde …

76 HANNA

Er sieht aus wie ein Totengräber. Eigentlich sieht er aus wie ein Toter … jedenfalls wäre es schön, wenn er so aussehen würde, oder? 23:08

Paul hatte ausgiebig geschlafen, zu Hause lange in der Whirlpoolbadewanne gebadet, dann wieder geschlafen. Den Vormittag und auch den größten Teil des Nachmittags. Jetzt hatte er sein bestes Hemd angezogen, dazu die Manschettenknöpfe mit dem Königsberg-Wappen von Oscar. Kurz hatte er überlegt, ob man ihm das in irgendeiner Form als revanchistisch auslegen könnte. Aber das war albern, aus vielerlei Gründen. Insbesondere deshalb, weil es Oscars Manschettenknöpfe waren und Oscar Kaliningrad speziell wegen der Russen gemocht hatte. Albern aber auch, weil kein Mensch das Wappen von Königsberg erkennen würde.

Überall hatte er Pflaster, auf den Handflächen, an den Fußsohlen, am Ellbogen, aber wer das nicht wusste, konnte sie nicht sehen. Das blaue Auge erkannte man auch nur aus der Nähe. Auf den ersten Blick und aus normaler Gesprächsdistanz sah Paul anständig aus und seriös. Seine wirren, dunklen Haare hingen nicht mehr in die Stirn, sondern waren gezähmt und ordentlich zur Seite gekämmt. Der Bart gestutzt.

Paul besaß keine formelle Abendgarderobe. Aber er hatte ja den schwarzen Anzug und trug dazu wieder seine grüne Krawatte. Er hatte einen großen Salat mit Putenbruststreifen gegessen. Barbara, die verantwortlich dafür zeichnete und damit einen klaren Akzent in Richtung regelmäßige und gesunde Ernährung hatte setzen wollen, hatte ihm auch noch eine Flasche alkoholfreies Bier dazugestellt. Gut für Elektrolyte und so was. Als sie weg war, hatte Paul das alkoholfreie Bier allerdings gegen richtiges Bier getauscht. Der Salat war lecker. Vor allem die Fleischstückchen. Jetzt saß Paul im Turmerker des Wohnzimmers im Licht des Romeo-und-Julia-Fensters und hörte Musik. Annie Lennox. »No more I love yous.« Paul war in trauriger Grundstimmung, denn er hatte einen Freund verloren. Nicht Attila! Dann hätte er hier nicht ruhig gesessen und Musik gehört. Attila war oben, mit Barbara. Was man neuerdings ja immer daran merkte, dass es still war. Paul bildete sich ein, es wäre oben noch stiller, wenn die beiden da waren, als wenn keiner zu Hause war!

Nein, der Freund, den Paul verloren hatte, lag vor ihm auf dem Mühletisch. Der kleine Staubsaugerroboter. Mausetot. Der fleißige kleine Kerl hatte Paul mit seinem letzten »Tidelüt« das Leben gerettet. Er hatte Archers ersten Schuss auf sich gelenkt. Ein altruistischer Roboter. Einer, der die Asimovschen Gesetze kannte: »Ein Roboter darf kein menschliches Wesen wissentlich verletzen. Ein Roboter darf nicht durch Untätigkeit wissentlich zulassen, dass einem menschlichen Wesen Schaden zugefügt wird. Ein Roboter muss seine eigene Existenz beschützen, solange dieser Schutz nicht mit Regel eins oder zwei kollidiert.« Hätte der kleine Staubsauger seinen Asimov nicht beherzigt, wäre Archer unbemerkt in die Küche gekommen und hätte Paul meuchlerisch in den Rücken geschossen. Ein

Held war der Roboter also. Der erste und einzige echte, den Paul kannte. Selbstlos. Loyal. Tapfer. Der Schuss hatte ein riesiges Loch in dem kleinen Burschen hinterlassen. Wenn man auf seinen Knopf drückte, geschah nichts mehr. Nie wieder würde er in den Ecken der Wohnung herumwuseln, nie wieder blau blinken, oder rot. Er war so ein genügsamer kleiner Roboter gewesen. Nach der Trennung von Sandra sein erster Mitbewohner. Einen besseren hätte Paul sich nicht wünschen können. Und er hatte nicht einmal einen Namen gehabt.

Er schob den kleinen Staubsauger in einen eigens dafür bereitgelegten Stoffbeutel. Paul hatte ganz bewusst keine billige, knallbunte Plastiktüte für seinen Freund gewählt, mit einem dämlich-belanglosen Werbeaufdruck. Es war eine Jutetasche. »Dreißigster Evangelischer Kirchentag in Hannover, 2005.« Und auf der Tasche stand auch das Motto der Veranstaltung: »Wenn dein Kind dich morgen fragt …«, hatte es gelautet. Paul hatte den Beutel in der Küche gefunden, beim Mülleimer. Paul hatte keine Kinder, die ihm Fragen stellen könnten. Würde Paul einmal Kinder haben und sie würden ihn fragen, er könnte ihnen einiges erzählen. Aber ob er auch Antworten auf ihre Fragen hatte? Der kleine Roboter hatte keine Fragen mehr. Paul musste sich eine Träne aus dem Auge wischen.

Dann tippte er eine Nachricht an Attila: »Seid ihr bald fertig? In einer halben Stunde geht es los!«

Paul hätte gern einen Espresso getrunken. Aber auch der Kaffeeautomat war hin. Der Schuss, der Paul galt, hatte die Tasse zerfetzt und ein faustgroßes Loch in das Gerät gerissen. Dahinter in der Wand war jetzt auch ein Loch, und in der Küche hatte Paul eine Riesensauerei beseitigen müssen.

Ansonsten aber hatte Paul keine Spuren von dem unheimlichen Besuch vergangene Nacht gefunden.

Der »Newtown Blog« war seit den frühen Morgenstunden wieder online. Babik hatte Paul höchstpersönlich um sechs eine Nachricht in die Palliativstation geschickt. Da war Paul sowieso schon wach gewesen. Er hätte nie erwartet, dass Sterbende so viel Lärm machen! Husten, Lachen, Röcheln, Singen, Schreien, Weinen. Sterben war irgendwie ganz genauso wie Leben. Das Frühstück auf der Palliativen war exzellent.

Babik hatte großen Aufwand betrieben, beim Neustart seines Blogs. Verbesserte Grafik, neue Rubriken. Und das alles in nur einer Nacht! Vermutlich hatte der Syrer ihm geholfen. Die große Titelstory, die exklusive Veröffentlichung des geheimen Untersuchungsberichts über das Kolleg Ida Rubinstein, belohnte ihn dafür. Ein Riesenerfolg! Im Lauf des Tages waren bereits um die achthundert Kommentare zusammengekommen und Tausende Klicks. Ab heute spielte Babik in einer neuen Liga. Und garantiert kam die richtig große Welle sowieso erst, wenn die überregionalen Medien Witterung aufgenommen hatten. Paul hatte die Kommentare nur überflogen. Die meisten verdammten das KIR oder lobten Paul, oft beides. Es war richtig langweilig geworden. Paul hasste Schleimer. Aber ein bisschen gut tat es schon auch. War sicher eine Superwerbung für die Kanzlei. Babik hatte ergänzend einen netten Kommentar verfasst, den er großspurig »Editorial« nannte. Über die Überschrift konnte man sich streiten: »Das Schaf im Wolfspelz?« Paul sah sich selbst nicht unbedingt als Schaf. Schafe waren dämliche Tiere, die wie Luftballons aufgingen, wenn sie tot waren, und immer ein wenig nach Pipi rochen, fand Paul.

Aber er wusste auch, dass Babik garantiert noch besoffen gewesen war, als er den Text verfasst hatte, und er hatte einen Verdacht, womit er sich wach gehalten haben könnte. Jedenfalls triefte Babik vor Reue und bescheinigte Paul, ein Anwalt aus edelstem Holze und von feinstem Charakter zu sein. Ganz erfreulich eigentlich, Überschrift hin oder her.

»Ding-Dong.« Paul schreckte immer noch bei der Türglocke zusammen. Dabei wusste er doch inzwischen, dass die wirklich schlimmen Besucher nicht klingelten.

Attila hatte keinen Anzug an. Aber immerhin ein weißes Hemd zur Jeans. »Alter, hast du eine Krawatte für mich?«

Die meisten von Oscars Krawatten hatte Paul behalten, und er hatte selbst noch ein paar hinzugefügt, sodass sich an der Krawattenschnur auf der Innenseite des Kleiderschranks im Ankleidezimmer sicher um die hundert verschiedene Farben und Muster aneinanderreihten. Doch Attila zögerte keine Sekunde und griff nach dem einzigen roten Schlips.

»Echt jetzt?«, fragte Paul entsetzt und rätselte, wie es dazu hatte kommen können, dass er dieses Teil nicht ausrangiert hatte.

»Die ist geil!«, urteilte Attila in der Sache abschließend. »Kannst du …?« Attila hielt Paul die Krawatte hin.

Der lachte. »Okay, schlag den Kragen hoch.« Nach dem dritten Versuch, den Schlips am Hals des Freundes zu knoten, gab Paul auf.

»Alter, ich dachte, du machst das jeden Tag. Gib her, dann mach ich's halt selber, o Mann …«

Aber Paul dachte nicht daran aufzugeben. »Witzfigur! Ich kann das blind im Dunkeln! Aber eben nicht spiegelverkehrt. Hättest ja Barbara fragen können! Die kann das bestimmt. Ich mache es einfach an meinem Hals und du musst sie dann eben über deinen hässlichen Kopf ziehen …«

Während Paul tatsächlich mit blitzschnellen Handgriffen die Krawatte am eigenen Hals band, von Oscar gelernt, stellte er eine Frage, die er nicht länger hinauszuzögern vermochte: »Wo wir gerade bei Barbara sind. Sag mal, ihr … ihr tut es doch da oben, oder? Ich meine, Sex?«

Attila sah ihn erstaunt an, als hätte Paul ihn gefragt, ob Wasser nass ist oder ob Licht leuchtet.

»Ich meine, das Haus ist ziemlich hellhörig …«, ergänzte Paul. »Normalerweise höre ich Barbara sehr oft und leider ganz genau. Sie verschiebt immer ihre Möbel und so …«

Attila grinste wissend.

»Aber wenn du mit ihr … ich meine … es ist total still bei euch da oben! Ich hab' mir echt schon Sorgen gemacht!«

»Yoga-Sex«, stellte Attila die Antwort kurz und trocken in den Raum.

»Was?« Paul hatte sich gerade die fertig gebundene Krawatte über den Kopf gezogen.

»Na ja, Alter. Yoga kennst du doch, oder? Voll die Energieflüsse und mentale Klarheit und so. Und das kann man auch beim Vögeln gemeinsam machen. Ist am Anfang ein bisschen schwierig und tut weh, aber dann, Alter! Die krasse Offenbarung!«

»Und warum ist es so leise?« Paul war immer noch skeptisch.

»Ey, Mann, es ist Yoga! Was stellst du dir dabei denn bitte für Geräusche vor?«

Paul war zumindest insoweit beruhigt, als er jetzt davon ausgehen durfte, ja musste, dass die es da oben die ganze

Zeit beinahe durchgehend getrieben hatten. Das war es gewesen, was Paul erwartet hatte, und sosehr er Attila dafür auch moralisch zu verurteilen bereit war, so dankbar war er auch dafür, dass das Universum wenigstens in dieser Frage wieder im Lot war.

»Komm, bück dich«, beendete Paul dieses wichtige Gespräch und zog Attila die rote Krawatte über wie der Henker dem Delinquenten die Galgenschlinge. Dann zog er den Knoten zurecht und klappte Attilas Kragen wieder herunter.

»Voll eng, das würgt mich!«, beklagte Attila sich.

»Jammer nicht, wirst dich schon dran gewöhnen. Ich hab das jeden Tag an! Los jetzt, wir sind spät dran.«

77 KRASS

Lebendig begraben … bis er erstickt. 05:04

Gegen zwanzig vor neun fuhr der Defender vor die wieder einmal verschlossenen Eisentore des Friedhofs von Neustadt. Routiniert steuerte Paul den Wagen mit der Motorhaube so nah an das Gitter, bis es vom Anstoß leicht erzitterte. Paul und Attila stiegen aus, Paul mit Stofftasche. Attila holte einen Spaten und eine Klappleiter hinten aus dem Wagen. Attila kletterte zuerst auf die Motorhaube und sprang über das Tor. Paul reichte ihm Leiter, Schaufel und Beutel und sprang dann hinterher.

Auf Oscars Grabplatte saßen zwei schwarze Vögel. Sie sahen genau gleich aus. Aus Menschensicht zumindest. Paul war sich daher unschlüssig, welcher von beiden Oscar sein mochte? Er freute sich aber, dass die Vögel da waren. Attila hatte Oscar in seiner Vogelgestalt ja bislang noch nicht kennengelernt. Paul zögerte allerdings, ihn vorzustellen. Nicht, weil er unsicher war, welcher von beiden der richtige Vogel war und wer dann wohl der andere sein mochte. Die Vogelsache war Paul vielmehr insgesamt etwas peinlich. Eine Frage jedenfalls klärte sich von selbst: Der aus Pauls Perspektive gesehen linke Vogel flatterte zweimal kräftig und erhob sich dann in die Luft. »Krah, krah …« Weg war er. Dann war Oscar wohl der andere, der sitzen blieb.

Attila zeigte einmal mehr seine pragmatische Seite und

begann, mit dem mitgebrachten Spaten am Rand des Grabs zu buddeln. »Hol mal Wasser und schütte es drauf, dann ist das Graben leichter«, kommandierte er.

Das klang vernünftig, also schleppte Paul zwei der blauen Gießkannen heran und goss sie in das bereits knietiefe Loch, das Attila inzwischen ausgehoben hatte. Die neuen Blumen auf dem Grab ließen in der abendlichen Schwüle schon wieder die Köpfe hängen, weshalb Paul weiteres Wasser holte. Der Trick mit der nassen Erde hatte offenbar gut funktioniert, denn als er zurückkehrte, war das Loch sicher bereits einen guten halben Meter tief. Paul wässerte die Pflanzen und schielte dabei skeptisch zu seinem Begleiter hinüber, der mit großer Besessenheit immer weiter ins Erdreich vordrang. »Du, Attila, wie tief willst du denn …?«

»Alter, rumstehen und zuschauen und dann auch noch motzen, das brauch ich grad gar nicht!« Attila schien besessen von seinem Loch.

»Ich glaube, es ist tief genug, wir müssen es ja auch wieder zumachen«, versuchte Paul, seinen Freund diplomatisch zu bremsen. Attilas Gesicht war inzwischen fast genauso rot wie seine Krawatte, das weiße Hemd war voller Schweißflecken. Er hielt inne.

»Willst du was sagen, oder so?« Attila ließ den Spaten fallen.

Paul war verlegen. »Was soll ich denn sagen?«

»Na, was Besinnliches? Du kanntest das Teil doch am besten. War ja dein Staubsauger. Vielleicht kannst du ihn Oscar vorstellen. Ich meine, jetzt, wo die beiden sich ein Grab teilen müssen …?«

Paul schielte wieder unauffällig zu dem großen Vogel

hinüber, der ungerührt auf seinem Platz ausharrte und in der typischen Weise den Kopf schief hielt.

»Erst mal reintun, oder?«, schlug Paul vor. Dann suchte er sich einen trockenen Flecken Gras, auf den Attila noch keine matschige Erde geschippt hatte, kniete sich mit dem Stoffbeutel vor das Loch und versenkte die sterblichen Überreste des Staubsaugerroboters vorsichtig hinein.

Attila stand todernst daneben. Jeder andere hätte Paul vielleicht verspottet, in dieser doch nicht alltäglichen Situation. Oder hätte sich sogar Sorgen um Pauls Mentalhygiene gemacht. Aber nicht Attila. Das wurde Paul klar, als er sich wieder hochgerappelt hatte und sein Trauergeselle ernsthaft betroffen in das Loch hinabblickte. Deshalb entschied Paul auch, Attila mit der vollen Wahrheit zu bedienen: »Ich glaube, der Vogel da ist Oscar. Der ist immer hier, wenn ich komme. Und das Tier hat ein paar Eigenschaften, die sind so … Glaubst du an Seelenwanderung?«

Ein klein wenig bereute Paul es sofort wieder. Er war besorgt, was Attila antworten könnte. Die Beerdigung eines Staubsaugerroboters war das eine, aber diese Vogelsache …

»Als wir das letzte Mal hier waren, war der Vogel aber nicht da!« Attila schien es direkt zu dem Tier zu sagen, und Paul hatte fast den Eindruck, dass er beleidigt klang.

»Ja, schon, aber das war nachts, und ich glaube, die sind eher tagaktiv …«, nahm Paul den Vogel in Schutz.

»Ach«, Attila sah jetzt wieder trotzig in das Loch. »Sonst hat er sich doch auch einen Scheiß um Regeln geschert, und jetzt hat er plötzlich keine Zeit mehr, wenn ein alter Freund mal außerhalb der Sprechstunde kommt, oder was …?«

Daraufhin geschah etwas Erstaunliches. Der Vogel flatterte, so wie sein Zwilling eben schon, mit den Flügeln und erhob sich langsam in die Luft. Attila schaute erschrocken hin. »Ey, so hab ich's doch nicht gemeint!« Da landete das Tier wieder. Und zwar direkt zwischen den Blumentöpfen auf der Grabplatte, keinen halben Meter von Attila und Paul entfernt. Neugierig blickte es ins Loch hinunter.

»Am besten wäre, wenn ER was sagt …«, stellte Attila fest, und in seinem Gesicht zeigte sich nun ein Ausdruck, den Paul spontan interpretiert hätte, als … Genugtuung?

»Nein, lieber nicht.« Jetzt ging es Paul langsam doch zu weit. Ein Vogel, der bei der Beerdigung eines Staubsaugers redete? Paul übernahm den Part selbst: »Also … ich möchte mich noch mal bedanken, dass du mir … quasi das Leben gerettet hast, obwohl du ja nur ein Roboter bist …«

»Was heißt, nur ein Roboter …?«, intervenierte Attila. »Wir sind zwei unterschiedliche Intelligenzen, zwei Willensformen, die eine aus lebender Materie, die andere aus lebloser … die sich hier an diesem Friedhof über einen kosmischen Graben die Hand reichen …«

»Hast du schön gesagt.« Attila beherrschte Esoterisch fließend. Paul griff nach dem Spaten und begann, Schaufel für Schaufel nasses Erdreich zurück in das Loch zu werfen. »Wir müssen leider …« Es war unklar, ob er sich bei Attila oder bei dem Staubsauger entschuldigte. Bald sah man nur noch einen beigefarbenen Zipfel der Stofftasche, und dann war keine Spur mehr übrig. Der Vogel hatte offenbar verstanden, dass die Show vorbei war. Er hüpfte ein paarmal hin und her, von Attila fasziniert beäugt, und flog dann davon. »Krah!«

78 TROLLI

Die Treibjagd ist eröffnet! 01:47

Mittels der mitgebrachten Leiter verließen sie diesmal ohne fremde Hilfe den Friedhof. Zurück im Defender schwiegen beide erst. Dann hatte Attila plötzlich einen Deoroller und eine Schachtel Zigaretten in der Hand.

»Das da ist eine gute Idee«, Paul deutete auf den Deoroller. »Aber die Kippen ganz bestimmt nicht in meinem Auto!« Er war nervös.

Attila verstand und ließ die Zigaretten wieder verschwinden. Stattdessen schob er eine neue CD ein. Schnelle, dumpfe, synthetische Bassrhythmen, eine bis zum Äußersten verzerrte E-Gitarre und eine von einem Synthesizer gefolterte Stimme, Mann oder Frau war schwer zu sagen, die immer wieder verzweifelt brüllte: »Konsum! Ist das noch nicht genug? Konsum! Ist das noch nicht genug? Konsum …«

Paul hörte eine Weile zu. Er wusste Attilas weitgefächerten Musikgeschmack durchaus zu schätzen und ließ sich immer wieder gern von ihm inspirieren, aber …

»Attila, mach das weg!«

Attila gehorchte widerwillig und drehte das Radio leiser. Nach ein paar weiteren »Konsum«-Wiederholungen machte er die Musik ganz aus. »Leise klingt es scheiße …«

Paul sah zu ihm hinüber. »Ich finde, es klingt laut auch scheiße. Was ist das?«

»Digital Hardcore, mehr oder weniger. Hat ein Kumpel von mir gemacht …«

Dann waren sie auch schon da. Mit dem Defender war die Strecke deutlich kürzer als mit einem Aufsitzrasenmäher. Paul staunte. Parkplatztechnisch hatte er beim KIR in den letzten Tagen ja schon einiges erlebt. Aber das hier übertraf alles. Die Hälfte der Autos waren Taxis, viele mit Nürnberger Kennzeichen, einige sogar aus München. Die meisten anderen Autos sahen verdächtig nach Mietwagen aus. Große Limousinen. Da hatten sich wohl einige der internationalen Rabeneltern in den Flieger gesetzt, um den Filius beim Abschiedskonzert musizieren zu sehen …

Paul hatte keine Einladung erhalten. Er war sich nach seinem Abschlussbericht auch ziemlich sicher, dass er nicht willkommen war. Aber er würde bestimmt nicht den Schwanz einziehen wie ein getretener Köter. Außerdem wollte er Lara sehen. Was er sich von einer Begegnung konkret erhoffte, wusste er natürlich auch nicht.

Paul hätte ja heute einmal den offiziellen Parkplatz auf der Vorderseite ausprobieren können, aber er entschied sich, das Problem in bewährter Manier zu lösen, indem er sich wieder einmal mit dem Defender tief in die Botanik schob.

»Alter, man kriegt die Tür kaum auf!«

Als die beiden die große Wiese betraten und das Schloss vor sich liegen sahen, verschlug es Paul den Atem.

Der Himmel hatte sich bereits in abendliches Blau gefärbt. Davor glühte, in scharf abgegrenztem Kontrast, Schloss Hirschenhaid, die Fassade von großen Scheinwerfern in Orangegold getaucht. Alle Fenster waren beleuchtet.

Vor der großen Treppe war für das Orchester eine Bühne aus Holz aufgebaut worden, die Paul an einen chinesischen Fächer erinnerte. Links und rechts davon: riesige Segel, die in sanftem Rhythmus ihre Farbe änderten … tiefrot, violett, blau, grün.

Erst als die beiden näher kamen, konnte Paul erkennen, wie viele Menschen sich auf dem Rasen versammelt hatten. Etliche Hundert mochten es sein. Und jetzt auch vermochte Paul erst zu beurteilen, wie hoffnungslos underdressed er war. Von Attila gar nicht zu reden. Die meisten Männer trugen Smoking, die Damen schillernde Abendgarderobe. Diese Leute wirkten vornehm. Sehr reich. Sehr überlegen. Paul fühlte sich eher wie ein Insekt. Der letzte Rest von Selbstvertrauen schwand, als sie den äußersten Rand der weit verstreuten Menschenmenge erreichten und eine wohlvertraute Gestalt auf sie zugerannt kam. Der Hausmeister. Ähnlich wie Paul trug der ein hautfarbenes Pflaster, allerdings nicht an den Händen, sondern im Gesicht. Paul wusste, woher das rührte. Anders als Paul allerdings trug der Bedienstete des Schlosses heute keinen blauen Overall, sondern einen Frack, ein gestärktes weißes Hemd und eine schwarze Fliege.

»Gehören Sie zu der Cateringfirma?«, blaffte er Paul unfreundlich an. »Die Kühlung, die Kühlung, die ist viel zu … das muss viel kühler …! Die Getränke sind … der Champagner … die Kühlung!«, stammelte er.

Offenbar erkannte der Typ Paul nicht. Was Paul eigentlich gelegen kam. Aber dass er ihn für einen Mitarbeiter des Caterers hielt, war erniedrigend.

»Es tut mir leid, wir sind Gäste«, antwortete Paul und versuchte, dabei sehr souverän zu klingen. Der Hausmeister musterte ihn irritiert, drehte sich dann um und ging ohne ein weiteres Wort weg. Niemand redete hier mit Insekten. Außer Paul, der an die Hummel denken musste. Damit hatte alles begonnen.

Das Insekt-Sein hatte einen einzigen Vorteil: Es machte einen unsichtbar. Attila und Paul bewegten sich zwischen den Menschen hin und her, hörten sie lachen, plaudern, tuscheln, meist auf Englisch, bisweilen auch exotisch. Aber keiner grüßte, keiner hatte Interesse an Small Talk, keiner nahm sie für voll oder auch nur wahr. Menschen mit asiatischen Gesichtszügen, slawischen, afrikanischen. Jetzt erst wurde Paul so recht bewusst, was für ein elitärer Laden das KIR wirklich war. Ein Schüler der Unterstufe, dunkelblauer Anzug, blau-rot gestreifte Krawatte, erschreckte Paul regelrecht, als er vor ihm mit einem Tablett mit Sektflöten stehen blieb und ihn erkennbar wahrnahm. Mit hartem Akzent fragte er: »Like some champagne?« Attila ließ sich das nicht zweimal sagen und nahm sofort zwei Gläser. Paul begnügte sich mit einem. Dem Jungen war es gleich, er ging einfach weiter.

Paul und Attila näherten sich, unsichtbar, wie sie waren, immer weiter der Bühne. Dort waren inzwischen einige Schüler mit Instrumenten aufgetaucht und hatten auf Stühlen Platz genommen. Die meisten der Plätze dort oben waren aber noch unbesetzt.

»Meinst du, es gibt Essen?« Paul hatte den Salat gehabt und fühlte sich auch nicht hungrig, deshalb überraschte Attilas Frage ihn. »Bestimmt …«, antwortete er und sah sich um. Eigentlich suchte er aber gar nicht nach einem

Büfett, sondern nach Lara Wanek. Die ganze Zeit schon. Wohin immer er blickte, wandten die Leute den Blick ab. Nicht einmal seine verwegene Augenklappe interessierte hier jemanden.

Entsprechend heftig erschrak Paul, als plötzlich doch ein paar Augen ihn in den Blick nahmen. Eine junge Frau, vielleicht dreißig Meter von ihm entfernt. Sehr zierlich sah sie aus in einem engen lachsfarbenen Kostüm. Halblange, blauschwarz glänzende Haare. Dunkler Teint.

Paul erkannte sie sofort: Micha, seine frühere Mitarbeiterin. Liliane Draxlers Adoptivschwester aus Sri Lanka. Die vor einigen Monaten seine Geliebte gewesen war, für sehr kurze Zeit. Von der er anfangs nicht gewusst hatte, ob sie eine junge Frau oder ein junger Mann war. Woran bei dieser zauberhaften Gestalt jetzt gerade übrigens nicht der geringste Hauch eines Zweifels bestand. Pauls Herz pochte heftig. Sollte er zu ihr gehen? Doch noch ehe er das entscheiden durfte, wandte sich Micha einem Mann im Smoking zu, hakte sich demonstrativ bei ihm unter und stolzierte mit ihm davon. Diese Geste galt Paul, das hatte er schon kapiert. Sie drehte sich sogar noch einmal kurz zu ihm um. Ganz kurz aber nur. Nur um zu sehen, ob er's kapiert hatte.

In diesem innerlich aufgewühlten Zustand erblickte Paul Lara Wanek. Sie stand allein nahe der Bühne und telefonierte. Sie war ganz in Schwarz gekleidet. Ein Hosenanzug. Überhaupt nicht festlich. Sehr streng und schlicht. Und soweit Paul das aus der Distanz erkannte, weinte sie. Nicht laut, nicht verzweifelt, aber unrettbar. Natürlich. Paul begriff sofort. Hugo Rutland war tot. Jetzt hatten sie einen Mordfall. Lara hatte den Jungen als ihren Sohn betrachtet.

Eltern und Kind, das ist keine Sache von Blut und Genen. Das passiert woanders. Im Kopf. Im Herzen. Und wenn die alten Griechen recht damit hatten, den Sitz der unsterblichen Seele in der Leber zu verorten, dann spielte sich die Eltern-Kind-Kiste vor allem in der Leber ab. Paul wusste das. Sein verstorbener Vater, also der eine der beiden verstorbenen Väter, Robert Colossa, war ja auch nicht sein leiblicher Vater gewesen. Und doch tat er sich weit leichter mit dem Gedanken, dass dieser Mann, der ihm das Radfahren beigebracht hatte, der morgens vor der Schule beim Frühstück die Milch in seine Cornflakes gegossen hatte, der Papierflugzeuge für ihn gefaltet hatte, sein Vater war. Viel eher als der andere, der genetische Vater, den er sein ganzes Leben »Onkel Oscar« genannt hatte. Oscar war alles Mögliche für ihn gewesen, Vorbild, Mentor, väterlicher Freund, aber … kein Papa.

Und ohne Frage, Lara Wanek war Hugo Rutlands Mama, und deshalb stand sie da in Schwarz und weinte. Wäre Paul ein großer Mensch gewesen, so wäre er jetzt zu ihr gegangen. Vor aller Augen. Er hätte ihr ins Gesicht geblickt, hätte »mein aufrichtiges Beileid« gesagt und sie fest an sich gedrückt. Aber so groß war Paul Colossa nicht. Noch nicht. Nicht hier, nicht heute. Beschämt wandte er sich ab, sah sich nach Attila um und sagte: »Vielleicht ist das Büfett im Haus …«

So weit kamen sie aber nicht. Einstein kam ihnen dazwischen. Nicht im relativen Sinne, kein quantentheoretisches Phänomen, keine Singularität, die sich um ein schwarzes Loch aufgetan hätte. Nein, das schwarze Loch spürte Paul nach der Sichtung der beiden Frauen nur in sich und damit verbunden den Wunsch, in einem solchen zu verschwinden. Einstein hingegen erschien vielmehr in Gestalt des Paul noch von der unsäglichen Pressekonferenz bekannten Professors Leberecht Cornelius, der allerdings eher einer Einstein-Karikatur ähnelte als dem Physiker selbst.

Die teuren schwarzen und farbigen Stoffe drängten sich nun näher um die Bühne, und es wurde eng. Paul zog sich an den Rand zurück. Der Redner begrüßte die Gäste, Allgemeinplätze, was man eben so sagt. Er sprach Deutsch, vermutlich verstanden ihn neunzig Prozent der Anwesenden nicht. Aber es gab auch nicht viel zu verstehen, denn das Wesentliche blieb ohnehin ungesagt. Kein Wort zum Tod des Jungen. Kein Wort zum veröffentlichten Sonderbericht. Kein Wort über die systematische Vergiftung der Kinder. Die zogen das hier einfach eiskalt durch, als sei nichts geschehen. The show must go on. Babik, der Narr, hatte schlicht und einfach recht gehabt.

Etwas abseits von der Menge lief langsamen Schrittes ein Mann über den Rasen. Eine Hand in der Tasche seiner Smoking-Hose. Mit der anderen presste er ein Smartphone ans Ohr. Der Kollege Stahl. Verschwunden das Zahnpastawerbung-Lächeln. Er wirkte sehr ernst. Sagte nur hin und wieder ein paar Worte. Einmal schüttelte er heftig den Kopf, blickte sich dann in alle Richtungen um und ging schließlich weiter. Der wusste, was los war. Wenn er Paul bemerkt hatte, so ignorierte er ihn geflissentlich. Er wirkte allerdings eher so, als fühle er sich unbeobachtet.

Vorne auf der Bühne kam indes Bewegung auf. Weitere Schüler mit Instrumenten suchten sich Stühle, und das bisher wie ein Bienenstock summende Publikum wurde ruhig. Die großen, farbigen Lichtsegel wurden verdunkelt. Mehrere zusätzliche Scheinwerferbatterien flammten auf und ließen auf der Bühne Blasinstrumente, lackiertes Holz und silberne Schnallen aufblitzen.

Jetzt wurde es ganz still. Große Magie! Vor dem dunkelblauen Himmel die goldgelbe Fassade des Schlosses. Die in dunkles Rot getauchten Farbsegel. Kein Geräusch mehr, bis auf den Gesang einiger Amseln.

Es begann, erst kaum hörbar, doch mit zunehmendem Aufbrausen, der typische Klang eines sich einstimmenden Orchesters. Ein wirres, disharmonisches Flüstern. Ein Zwitschern von Läufen und Tonfolgen. Jeder Musiker hörte nur auf sein eigenes Instrument, immer stärker schwoll der anarchische Klangteppich an, mit befremdender, schroffer Schönheit. Und dann … plötzlich wieder Stille, ganz abrupt.

Zwei Männer stiegen die Treppe zur Bühne hinauf. Voran, im schwarzen Frack, mit ungewöhnlich akkurat frisiertem Haar: Sir Evelyn Rutland. Eine ganz kurze, nur angedeutete Verbeugung zum Publikum. Ihm auf den Fersen, eine Ledermappe tragend, sein mörderischer Schatten Archer. Unfassbar, dass der frei herumlief! Aber Paul hatte ja höchstselbst entschieden, ihn davonkommen zu lassen. So fühlte sich das also an, wenn man aus Bequemlichkeit auf Gerechtigkeit verzichtete und es dann bereute. Oder auf Rache.

Der Dirigent stellte sich vor sein Orchester, erneut eine angedeutete Verbeugung. Dann war es wieder ruhig. Die Stille schien eine Ewigkeit zu dauern. Und doch knisterte die Atmosphäre regelrecht, so gespannt waren alle.

Der Dirigent zuckte nur, unmerklich fast, mit der rechten Hand …

Und »Tam – tatata – tam – tatata – tap-tap – tam – tatata – tam – tatata – tatata-tatata …« Es begann. Ein leises Seufzen ging durch die Menge.

»Mit recht gerafftem Tempo stürzt sich der Schlagzeuger von den vorderen Plätzen des Orchesters aus in den legendären Herzschrittmacher des *Boléro* … die kleine Trommel …«

Wer redete denn da so laut? Paul schaute sich um. Ah! Paul und Attila waren also doch nicht die einzigen Gäste in unangemessener Garderobe! Ein paar Meter entfernt von ihnen stand ein sehr großer, dürrer Mann mit krausem grauem Lockenkopf. Der hellblaue Anzug war ihm zu weit, aber auch zu kurz. Rosa Hemd, das vorne rechts aus der Hose hing. Und unten aus der Hose, die ebenfalls zu kurz wirkte, lugten schwarz besockte Knöchel heraus, als der Kerl sich auf die Zehenspitzen stellte, um das Orchester besser zu sehen. Auf braunen Sandalen. Mit einem Feldstecher beobachtete er die Bühne. In der anderen Hand hielt er ein Diktiergerät, in das er unablässig brabbelte.

»Hier feiert die kleine Trommel ihren größten Auftritt in der Orchesterliteratur. Für einen Schlagzeuger schlechthin das Paradestück. Wenn er es denn nicht verdirbt …«

Einige Leute drehten sich um, suchten, wer da so unverfroren die heilige Musik zu stören wagte.

»Der ganz leise Anfang des *Boléro* ist der besondere Reiz dieses Stückes, seine große Herausforderung. Vier Takte pianissimo, bis endlich die Flöte einsetzt … Am Trommelstock zeigt sich jetzt die Nervosität des Schlagzeugers. Das Zittern seiner Hände wird durch den Stab verlängert, das Publikum spürt, wie er schon in den ersten Sekunden die Kontrolle verliert. Das ist peinlich. Und der Anfang ist verpatzt. Ein Graus. Rutland hat fehlbesetzt … wieder einmal …«

Paul war entsetzt. Die Musik klang doch ganz nett …

Und es hatte ja auch gerade erst angefangen! Was wisperte dieser Bursche da für Bösartigkeiten in sein Gerät? Wie wollte er das beurteilen, wenn er gar nicht richtig zuhörte, vor sich hingiftend? Wer war denn das? Es waren doch nur Kinder.

Jetzt erklang die Flöte. Ihren Schlangenbeschwörer-Ton liebte Paul am meisten.

»Die Soloflöte führt das Hauptthema ein … seidenweich … wunderschön …« Auch der Typ hatte es bemerkt. Na siehst du, alter Meckergreis. Und jetzt sei still und hör zu!

»Aber die eine wohlklingende Flöte bewahrt Rutland nicht vorm Scheitern, dem wir hier leider beiwohnen müssen. Denn der *Boléro* lebt von seinem Tempo. Und die Versuchung ist natürlich riesig, davonzugaloppieren. Da fuchtelt Rutland wild herum. Auch er hört es und will sein Orchester mäßigen. Aber er kann dieses Tempo nicht mehr einfangen. Achtzehn Minuten! Das war die Vorgabe des Meisters. So wollte Ravel es haben. Und wer den *Boléro* einmal langsam genießen durfte, mit sechzehn, mit achtzehn Minuten, den nervt es nur noch, wenn ein Orchester so dilettantisch dahinhastet. Wie dieses hier! Abbado hat den *Boléro* mit vierzehn Minuten zwanzig noch erträglich herumgebracht, aber Rutland, der will heute wohl noch weg, so eilig hat er's. Es scheint, er hat die Kontrolle über sein Orchester verloren. Wenn es so weitergeht, hat er die Nummer in zehn Minuten durch. Rekord! Und alle werden froh sein, wenn es vorbei ist.«

»Psssst!«, zischte ihm nun eine üppige Dame in Lila zu. Doch der Mann geriet erst richtig in Fahrt.

»Man sollte Rutland die Oboe d'Amore verbieten, ja man

sollte ihm den Taktstock wegnehmen und ihn damit verprügeln und zwingen, sich Celibidache anzuhören. Damit er einmal sieht, wie ein richtiger Dirigent das macht. Wie der den *Boléro*, stoisch wie einen Marsch, gebetsmühlenartig aufschichtet und dabei eine mit Händen greifbare Spannung entsteht. Rutland ist zweitklassig geworden. Sein Orchester nur musizierende Kinder. Wo sind sie, seine jungen Genies? Und die miese Akustik in diesem Schrebergarten … man möchte brechen …«

Der Mann sah gar nicht mehr zur Bühne vor, sondern hatte begonnen, auf und ab zu laufen. Sein Kopf war rot, er hatte Schweißperlen auf der Stirn und so, wie der *Boléro* langsam in seinem Klangvolumen anschwoll, immer mehr Instrumente sich in den Rhythmus gesellten, so zeterte auch er immer heftiger. Vermutlich war das ein Kritiker. Die Elvis-Babik-Variante für Musiker. Jeder stirbt seinen eigenen Tod.

Genervt entfernte Paul sich ein Stück. Attila wunderte sich zwar, folgte ihm aber. Er schien sich ohnehin nicht für die Musik zu interessieren, oder für das Publikum oder etwas anderes, das sich außerhalb seines Smartphones abspielte, auf dem er wie besessen herumtippte. Paul hingegen war gefangen. Er wiegte sich im raschen Takt der Trommeln hin und her, blickte auf das Lichtspektakel und fühlte sich fast, als würde er emporgehoben von der Musik. Wie kraftvoll, wie mächtig das klang! Pam, pam, pam!

Und jetzt begannen sie auch noch mit weiteren Effekten! Während sich die Bläser verausgabten wie die Trompeten von Jericho, tanzten über die goldbestrahlte Fassade des Schlosses plötzlich blaue Lichttupfer …

⑲ XTREME88

> Alle einsperren bei Wasser und Brot! Nicht in so eine Luxuszelle mit Fernseher. So eine wo die Ratten ihm in den Arsch kriechen und sich durchs Gekröse knabbern bis sie aus seinem großen Maul wieder rauskommen. 02:11

Überall war Geschrei. Paul rannte. Warum war er eigentlich Anwalt geworden und nicht Paketbote? Oder Triathlet? Wenigstens hatte er dieses Mal Schuhe an. Attila war gemeinsam mit ihm losgerannt, aber in dem allgemeinen Aufruhr hatte er ihn verloren. Überall Panik. Überall Polizei, Uniformierte, die Kommandos brüllten und mit Taschenlampen herumfuchtelten. Die Einsatzfahrzeuge standen im Halbkreis rund um die Festwiese, mit flackerndem Blaulicht. Meistens VW Busse, Mannschaftstransporter. Durch ein Megafon kamen immer wieder Durchsagen. »Hier spricht die Polizei! Verhalten Sie sich ruhig und bleiben Sie vor Ort, bis wir Ihre Personalien feststellen konnten. Remain quiet and show your documents!« Es mussten Dutzende Polizisten sein, vielleicht Hunderte. Einige Meter neben sich sah Paul den Kollegen Stahl. Sieh an, auch der Kollege rannte, als wäre der Teufel hinter ihm her. Beide Anwälte strebten dem Waldrand zu. Vermutlich hatte Stahl gerade dasselbe gesehen wie Paul. Wie eine Gruppe von Polizeibeamten Rutland mitten beim Dirigieren zu Boden gerissen hatte und man ihm auf dem Bauch liegend Handschellen anlegte. Das Orchester hatte währenddessen einfach weitergespielt. Paul hatte kurz darauf auch Archer in Handschellen gesehen. Etliche Polizisten waren ins Schloss eingedrungen. Dort würden sie jetzt sicher alles auf den Kopf stellen. Ob sie Rutlands Kellerlabor fanden? Und was war mit Lara Wanek geschehen? Paul hatte keine Zeit, sich Gedanken über sie zu machen. Wenn er nicht ebenfalls den Abend gefesselt beenden wollte, so wie Rutland, dann musste er den Waldrand erreichen, bevor ihn jemand erkannte.

Stahl war weg. Hatten sie ihn erwischt? Oder hatte er sich schon ins Gebüsch geschlagen? Wen von den Frackträgern die wohl noch alles einkassieren würden? So viele so reiche Menschen … sicher war nicht jeder der anwesenden Eltern auf legalem Weg zu Wohlstand gelangt.

Auf dem Parkplatz war verblüffend wenig los. Nur zwei Polizeibeamte konnte Paul erkennen, die vor der geöffneten Schiebetür eines VW Busses miteinander redeten. Die hatten ihn noch nicht bemerkt. Das würde sich freilich schnell ändern, wenn er den Zündschlüssel drehte und der Diesel ansprang. Es musste schnell gehen. Irgendwie musste er durchs Gebüsch bis zur Straße durchbrechen und dann Gas geben. Ob sie ihn verfolgen würden? Vielleicht sogar auf ihn schießen?

Das könnte er natürlich vermeiden, wenn er mal wieder zu Fuß floh. Aber dann würden sie den Defender finden … und behalten … nein. Den kriegten sie nicht! Jetzt wurde Paul wütend. Oder mutig. Oder leichtsinnig. Jedenfalls öffnete er die Tür, stieg ein und setzte sich auf den Fahrersitz. Da vorne war doch eine große Lücke zwischen zwei

Bäumen? Hinter der eigentlich die Straße liegen müsste … No risk, no fun. Kam er da wohl durch? Verdammt … das hier war der Defender der Queen! War es verboten, einfach abzuhauen? Warum eigentlich? Er war auf einem Konzert gewesen, das hatte ihm nicht gefallen und deshalb hatte er beschlossen, jetzt heimzufahren. Das konnte ja schwerlich verboten sein! Ihm, als freiem Bürger, in einem freien Land! Es sei denn, einer der beiden Polizisten vor dem VW Bus verbot es, dann wäre es vielleicht Widerstand gegen Vollstreckungsbeamte oder etwas in dieser Art … wenn sie ihn rechtzeitig bemerkten. Mal sehen. Zündschlüssel drehen … Scheinwerfer an … Mann, war der Diesel laut … und Gas! Es rumpelte und krachte, als er sich vorwärtsbewegte, einige Male drehten die Reifen durch, dann plötzlich stand das Fahrzeug schräg … er war über einen Baumstamm gerutscht? Aber es ging weiter. Jetzt hatte er die beiden Bäume erreicht, es knirschte, das klang nicht gut, egal. Die Lücke war enger als gedacht! Nein! Scheiße! Die Außenspiegel! Wenn er jetzt weiterfuhr … knack … der linke Spiegel war hin. Es half ja alles nichts, er musste hier raus! Eine grüne Blätterwand, Paul fuhr einfach hinein … und dahinter … die Straße! Die Vorderräder griffen Asphalt … Paul gab Vollgas. Nach hundert Metern sah er den VW Bus im Spiegel hinter sich auf die Straße einfahren. Blaulicht. Und dann hörte er es auch: »Tüüü, taaaa …« Sie waren hinter ihm her. Paul schoss in eine der engen Haarnadelkurven, hinab nach Neustadt, volle Drehzahl im zweiten Gang, es dröhnte schrill, wenn man den alten, schweren Diesel mit so hohen Umdrehungen quälte. Nun sah er das Polizeiauto nicht mehr. Aus den Augen, aus dem Sinn. Sie konnten ihm nicht nachweisen, dass er sie bemerkt hatte! Ein

Stück geradeaus, dann wieder eine enge Kurve. Nur nicht vom Gas gehen! Sobald er unten im Ort war, musste er nur noch ein paarmal abbiegen, dann hatten sie ihn verloren. Die Sirene war laut. Es nervte. Paul drehte das Radio auf. »Konsum! Ist das noch nicht genug? Konsum! Ist das noch nicht genug?« Perfekt. »Digital Hardcore« war genau das, was jetzt am besten zu Pauls Gefühlslage passte. Der Motor und die Musik waren gemeinsam so ohrenbetäubend laut, dass Paul ganz sicher keine Sirene mehr hörte.

Entsprechend konnte Paul auch nicht hören, dass in der nächsten engen Kurve sogar die Reifen des Defender quietschten. Aber er spürte, wie die schwere Kiste leicht driftete und sich dabei steil auf die Seite neigte. Paul ruderte wild am Lenkrad und trat heftig auf die Bremse. Trotzdem rutschte der Wagen weiter, schob direkt auf die Leitplanke zu. Dann blieb das Auto endlich stehen. Und der Motor ging aus. Scheiße … scheiße! Abgewürgt. Das hatte der Fahrlehrer doch immer gepredigt: bei Vollbremsung die Kupplung durchtreten! Eisner hatte der geheißen. So ein uralter Typ mit gefärbten Haaren und Hornbrille. Roch etwas seltsam. Roter Golf.

»Konsum! Ist das noch nicht genug …?«

Wertvolle Sekunden hatte Paul verloren. Gleich hatten die Bullen ihn eingeholt! Zum Glück sprang der Motor sofort wieder an. Und Paul gab Gas. Vorbei an den Lichtern der ersten Häuser von Neustadt. Bei der ersten Möglichkeit riss Paul das Steuer nach rechts und bog ab. Im Rückspiegel war nichts zu sehen. Er drehte die Musik leise. Die Sirene hörte er zwar noch, aber sie schien recht weit weg zu sein? Also weiter, vorbei an der Grundschule und bei dem kleinen Italiener wieder links. Eine lange Straße voll geparkter

Autos. Ein junges Paar mit einem Kinderwagen. Die Frau trug das Baby. Der Mann warf Paul einen bösen Blick zu, als er an ihm vorbeiraste. Sorry …

Bald schon, nach vier oder fünf, vielleicht auch sechs oder sieben Abbiegevorgängen, wusste Paul selbst gar nicht mehr, wohin er eigentlich fuhr. Oder wo er überhaupt war. Wohngebiete. Die alten Omahäuschen, die nach dem Krieg gebaut worden waren, mit den spitzen Dächern und dem Windfang an der Eingangstreppe, wurden immer seltener und wichen großen Klötzen mit Tiefgarage. Links bog Paul ab und wieder rechts und … dann war er plötzlich bei der Kanzlei. Da wollte er doch gar nicht hin! Wie war das denn jetzt gegangen? Wieder mal das Bauchhirn?

Doch diesmal hatte das Bauchhirn Mist gebaut. Hätte er doch auf seinen Kopf gehört.

Es ging ganz schnell. Hinter den beiden Streifenwagen, die vor der Kanzleivilla parkten, sprangen drei in blaue Overalls gekleidete Polizisten hervor und richteten ihre Waffen auf den Defender. Ein Vierter kam auf Paul zugerannt.

Aus der Hofeinfahrt kam Frau Barbara auf die Straße und stand jetzt inmitten der Bewaffneten. In einem rosa Bademantel. Um den Kopf hatte sie ein Handtuch geschlungen wie einen Turban. Sie schlug die Hände vors Gesicht.

Tja, Paul, das war's.

⑳ ULF

> Früher hat man Piraten aufgehängt …
> sollte man drüber nachdenken. 00:51

Unschlüssig blieb Paul am Anfang des langen Gangs mit dem Marmorfußboden stehen. Rechts eine Reihe Fenster. Links eine Reihe Türen. »Na los, Nummer fünf, nicht so schüchtern …« Günther schlug die eiserne Tür hinter ihnen zu. Günther war nett. Als sie eben gemeinsam gewartet hatten, hatte Günther ihm sein Leid wegen der neuen, blauen Justizuniformen geklagt. Klar, die Cargohosen sahen schick aus. Aber Günther erzählte, dass man wirklich jeden winzigen Fleck auf diesem glatten Stoff sah, außerdem knitterten die so arg, dass man sie im Grunde genommen jeden Abend bügeln musste. Die senfgelb-grüne Uniform früher war zwar hässlich, aber viel strapazierfähiger! Paul konnte sich, was die Strapazierfähigkeit seiner Jeans und seines Hemds betraf, nicht beklagen. Die hellblauen Teile waren bestimmt schon tausendmal gewaschen worden und erfüllten immer noch ihren Zweck. Bequem war das natürlich nicht. Es scheuerte überall. Gott sei Dank durfte er zumindest seine eigene Unterwäsche tragen. Da hatte ihm jemand übel mitgespielt! Üblicherweise durften Untersuchungshäftlinge ihre eigene Kleidung tragen. Außer solche, die wegen BtM einsaßen. Betäubungsmittel. Drogen. Und in diese Kategorie hatten sie offenbar Paul vorläufig eingestuft! Wer auch immer auf diese Schnapsidee gekommen war. Vermutlich so ein blutjunger Schnösel von Staatsanwalt, der sich noch nicht mal selbst die Schuhe zubinden konnte. Aber es half nichts. Da war er nun also.

»Na, jetzt machen Sie schon, Herr Rechtsanwalt, sonst verpassen Sie noch das Mittagessen. Gibt Spaghetti mit Tomatensoße!«

Ein bisschen nervte Günther schon auch. Genau wie die Bilder hier im Flur. Belanglose, verblasste Drucke mit Dreiecken und Kreisen drauf. Was war das, moderne Kunst? Wer hatte die ausgesucht? Und wer hatte sie aufgehängt? Wann war das gewesen? Vermutlich zeitgleich mit dem letzten Anstrich der Wände im Flur. Die waren sicher mal weiß gewesen, nicht gelbgrau. Die vergitterten Fenster waren mit blickdichter Folie beklebt. Günther fasste einen der Heizkörper unter den Fenstern an. »Haben die Idioten die Heizung wieder voll aufgedreht. Mitten im Sommer. Und im Winter ist alles kalt! Armes Deutschland!«

Deutschland lag Günther sehr am Herzen. Fast ein wenig zu sehr, befürchtete Paul, er war aber sicherheitshalber nicht näher darauf eingegangen. Es war nicht klug, es sich mit Günther zu verderben. So viel hatte Paul hier drin schon gelernt. Zum Glück trollte sich der Justizbeamte nun, ohne sich darum zu scheren, ob Paul jetzt Sprechraum Nummer fünf betrat oder ob er vielleicht noch weiter im Gang herumlungerte. Wollte vermutlich eine rauchen? Günther schlurfte gelangweilt über die matt glänzenden Fliesen, sperrte geräuschvoll die Gittertür mit einem seiner Dutzende Schlüssel auf, öffnete sie quietschend, ließ sie von draußen laut ins Schloss fallen und sperrte klappernd ab. Dann war Paul allein. Er genoss diesen kurzen Augenblick des Freigelassenseins. Auch wenn die kleine Freiheit nur fünfzig Meter schäbiger Gang zwischen zwei vergitterten Pforten war. An einem der Fenster hatte sich an der unteren linken Ecke die Klebefolie gelöst. Paul trat näher, ging in die Hocke und blickte hindurch. Draußen war ein Innenhof, von allen Seiten mit Knastgebäuden umbaut – aber mit einer kleinen Wiese in der Mitte und sogar einem Baum. Eine Oase. Oder eine Fata Morgana? Und mitten auf dem kleinen Flecken Gras, da saß, zu Pauls grenzenlosem Erstaunen: ein großer schwarzer Vogel. Ein Rabe oder eine Krähe oder Dohle oder was auch immer. Einer von denen eben. Und als wäre das nicht verwunderlich genug, wandte sich der Vogel ihm jetzt tatsächlich zu! Wie hatte der ihn bemerkt? Es war nicht gerade so, dass er hergeflogen kam – das wäre dann vermutlich doch zu viel des Guten gewesen. Aber er sah eindeutig in Pauls Richtung, und Paul fragte sich, ob es vielleicht nicht nur einer von denen war, sondern sogar derjenige welcher? Das hier wäre ohne jeden Zweifel der richtige Moment für Oscar, endlich wieder einmal seine Fittiche über den Sohnemann zu halten! Einen Moment sahen sich die beiden an, dann erhob sich der Vogel mit einigen kräftigen Flügelschlägen und verschwand über den Dächern. Frei …

Die Tür des Anwaltssprechzimmers Nummer fünf der Untersuchungshaftanstalt Nürnberg stand weit offen. Der Raum hatte Besenkammergröße. Auch hier war das Fenster blickdicht und vergittert. Ein kleiner Tisch stand an der Wand, mit zwei Stühlen. Einer gepolstert. Der andere mit blanker Holzoberfläche. Oscar hatte den gepolsterten Stuhl immer dem Mandanten gegeben, wenn er Besprechungen in der »Mannertstraße« hatte. Pauls Anwalt hingegen hatte sich den gepolsterten Stuhl selbst genommen, aber das war Pauls geringste Sorge.

»Na, geht es Ihnen gesundheitlich wieder besser? Verdauung und so? Darüber werden die Kolleginnen und Kollegen noch lange reden!«

Die speckige Glatze und das Fettpolster in Professor Wiegands Nacken glänzten verschwitzt. Paul war sich sicher gewesen, dass er den Vorsitzenden der ersten Kammer des Anwaltsgerichts demnächst treffen würde. Aber dass der Mann ihn hier im Knast besuchte, als Verteidiger, das war dann doch eine echte Überraschung.

»Sie wundern sich vielleicht, dass wir uns schon wieder begegnen …«, griff Wiegand Pauls Gedanken auf. »Aber ich schulde Christiane Wolff ein paar Gefallen, und das hier ist eine gute Gelegenheit … bitte nehmen Sie doch erst mal Platz, Herr Kollege!«

Es war natürlich albern, aber in dieser ungewöhnlichen Situation klang »Herr Kollege« einfach wahnsinnig gut. Beim Frühstück war Paul einer ganzen Reihe von Menschen begegnet, hinsichtlich derer er das dringende Bedürfnis hatte, sich von ihnen deutlich zu unterscheiden. Sogar Stachowiak hatte er gesehen, den verrückten Sektenguru, der einen Sprengsatz in der Nürnberger Lorenzkirche gezündet hatte. Der lief hier einfach so frei herum! Wobei, frei natürlich nicht. In Untersuchungshaft eben. Und im Gegensatz zu Paul durfte der seine Privatkleidung tragen. War ja nur versuchter Massenmord, nicht Drogen.

Paul nahm Platz. Ihm war schwindelig. In der grauenhaften Zelle hatte er die Nacht über kein Auge zubekommen. Was heißt Nacht, sie hatten ihn erst gegen drei hergebracht. Erst Kripo, dann Haftrichter. Er hatte geschwiegen.

Reden konnte er später immer noch. Besser erst mal den Mund halten.

»Sie haben mehr Glück als Verstand …«, sagte der Dicke in einem Ton, den Paul unangemessen und arrogant fand. »Und Sie haben den richtigen Namen. Wenn einer Colossa heißt, dann … na ja, sagen wir mal, dass es eine ganze Reihe schützender Hände über Ihrem Kopf gibt …«

Wiegand erwartete wohl, dass Paul etwas zu ihm sagte. Aber Paul hatte sich an das Schweigen inzwischen richtig gewöhnt. Außerdem traute er dem Burschen nicht über den Weg.

»Wissen Sie, warum Sie in U-Haft sind? Ich meine, es gibt ja nicht viele Möglichkeiten, das kennen Sie selber, Verdunkelungsgefahr und Fluchtgefahr eben. Und bei Ihnen, Herr Kollege Colossa, da würde doch jeder Student im zweiten Semester Verdunkelungsgefahr vermuten! Die Gefahr heimlicher Absprachen mit Ihren Mittätern, Einflussnahme auf Zeugen, Behinderung der Ermittlungen. Nicht umsonst hat man Sie alle in getrennten Anstalten verräumt! Rutland sitzt in Bayreuth, Archer in München. Alle wegen Verdunkelungsgefahr. Die Wanek haben sie übrigens laufen lassen, den Bartholomäus auch. Der Abstreiter ist ein paar Häuser weiter in der Jugendarrestanstalt Nürnberg untergebracht. Allesamt Verdunkelungsgefahr. Und den Kollegen Colossa? Den finden wir in der Mannertstraße, Haftgrund: Fluchtgefahr! Nichts mit Verdunkelung.«

Paul staunte, was man ihm am offenen Mund unschwer ansah. Fluchtgefahr? Wohin sollte er denn bitte fliehen? Er hatte hier seine Kanzlei, sein soziales Umfeld, sein Vermögen. Ins Ausland etwa? In welches?

»Nach meiner Kenntnis hat sich der Amtsrichter Eisenreich aus Neustadt beim hiesigen Haftrichter und der Staatsanwaltschaft höchstpersönlich letzte Nacht stark dafür gemacht, dass man Sie ausdrücklich wegen Fluchtgefahr festhält und ausdrücklich nicht wegen Verdunkelung …«, fuhr Wiegand fort.

Wieso Eisenreich? Hatte der noch alle Latten am Zaun? Was hatte der denn damit zu tun? Als hätte Paul nicht schon Probleme genug! Fluchtgefahr? Wollten die ihn alle verarschen?

Draußen im Flur hörte man Stimmen. Ein lautes, dreckiges Lachen. Eine Tür knallte. Da traf sich wohl noch ein Gefangener mit seinem Anwalt.

»Das Besondere am Haftgrund der Fluchtgefahr ist …«, Wiegand machte eine Pause und blickte Paul amüsiert an, wie ein Quizmaster. Aber Paul kannte die Antwort nicht. »… dass man bei diesem Haftgrund sogar in Deutschland *ausnahmsweise* auf Kaution aus der Haft entlassen werden kann. Kaution kommt bei uns natürlich fast nie vor, wir sind ja hier nicht bei den Amis. Bei Verdunkelungsgefahr ist Kaution absolut ausgeschlossen. Rutland, Archer, Abstreiter … die werden verschimmeln, so arg, wie die nach Verdunkelung riechen. Aber der Kollege Colossa, ausgerechnet der ist wegen Fluchtgefahr hier und deshalb … na ja, Sie wissen schon …«

Paul klebte an den wulstigen Lippen seines Anwalts.

»Langer Rede, kurzer Sinn: Bis wir diesen verdammten Fall aufgeklärt haben, das wird ein hartes Stück Arbeit. Aber jetzt habe ich erst mal eine wirklich gute Nachricht für Sie …« Er machte eine unerträglich lange Pause. »Wir haben zweihundertfünfzigtausend Euro Kaution hinterlegt, in ein paar Tagen sind Sie hier raus.«

DANK …

… **euch ist diese Geschichte** entstanden! Ich verneige mich vor meiner Editorin Dr. Barbara Heinzius und dem gesamten Goldmann-Team, meinem Lektor Gerhard Seidl, meiner Agentin Monika Hofko, meinen Erstlesern Anja, Daniela, Swantje und Papa, meinem »spiritus lector« Oliver Karbus – und vor ihr, meiner behutsamsten Kritikerin.

Autor

Hendrik Esch wurde 1975 in München geboren. Er arbeitet als Opferanwalt und Strafverteidiger, schlägt sich aber auch mit Auffahrunfällen, Mietnomaden und Maschendrahtzäunen herum. Kein menschlicher Abgrund ist ihm fremd, die Hoffnung lässt er trotzdem immer erst am Schluss sterben. Mit seinem ersten Roman »Jagdtrieb« hat er die Serie um den bayerischen Rechtsanwalt Paul Colossa begonnen.

Hendrik Esch bei Goldmann
Jagdtrieb. Kriminalroman
Giftrausch. Kriminalroman

Unsere Leseempfehlung

416 Seiten
Auch als E-Book erhältlich

512 Seiten
Auch als E-Book erhältlich

512 Seiten
Auch als E-Book erhältlich

Anwältin Evelyn Meyers aus Wien und Kommissar Pulaski aus Leipzig – ein eher ungewöhnliches Team, das doch der Zufall immer wieder zusammenführt. Gemeinsam ermitteln sie in drei ungewöhnlichen Fällen und folgen den Spuren perfider Serienmörder quer durch Europa …